ハヤカワ文庫 NV

〈NV1343〉

霊応ゲーム

パトリック・レドモンド

広瀬順弘訳

早川書房

7560

THE WISHING GAME
by
Patrick Redmond

Translated by
Masahiro Hirose
Published 2015 in Japan by
HAYAKAWA PUBLISHING, INC.
This book is published in Japan by
arrangement with
COOMBS MOYLETT LITERARY AGENCY
through TUTTLE-MORI AGENCY, INC., TOKYO.

父、ピーター・ウィリアム・ドーソン・レドモンド
（一九三一～一九九一）に
永遠に変わらぬ愛をこめて

謝辞

まず第一に、本書の執筆中、相談役としての意見と絶え間ない励ましの言葉で筆者を助けてくれた母、メアリー・レドモンドに感謝する。とくに性格描写とストーリーのテンポに関して、彼女はきわめて貴重な助言を与えてくれ、彼女の支援なしには本書は完成しなかったと言っても、けっして言いすぎではない。

つぎに、従兄弟のアンソニー・ウェッブ、友人のポール・ボルガー、ジェラード・ホプキンズ、イアンドラ・マッカラム、スーザン・マッゴーアン、レベッカ・オーウェン、レズリー・シムズ、ジリアン・スプラウルに感謝する。いずれも快く未完成の原稿を読んでいろいろとコメントしてくれた。その寛大なる心は、筆者にとってこの上なく貴重な宝物である。

第三に、筆者のために過分の仕事をしてくれた出版エージェントのパトリック・ウォルシュ、本書に多くを費やす勇気を持ってくれたホダー・アンド・スタウトン社のケイト・ライアル・グラントに感謝する。

最後に、本書の執筆にあたってきわめて貴重な参考資料となった名著『パブリック・スクール現象』の著者ジョナサン・ガソーン＝ハーディーに賛辞を呈したい。

「幼いころから、自分の所属するグループの不興を招くほど大きな不幸はないと教えこまれた者は、自分のまったく理解できない戦いにおいても、愚かな人々から軽蔑されるよりも、戦死したほうがましだと考えるようになる。

イギリスのパブリック・スクールはその制度を高度に完成させ、〝みんな〟の前に出ると知性が萎縮するように仕向けることによって、それをほとんど無力なものにしてきた。それが、いわゆる〝男らしい男を育てること〟なのだ」

バートランド・ラッセル著『教育と社会秩序』より

バートランド・ラッセル平和財団のご厚意により転載

霊応ゲーム

登場人物

ジョナサン・パーマー
リチャード・ロークビー
ニコラス・スコット
スティーヴン・ペリマン
マイケル・ペリマン
ジェームズ・ホイートリー
ジョージ・ターナー
スチュアート・バリー
ウィリアム・アボット
……カークストン・アベイ校の生徒

クライヴ・ハワード……………同校長
エリザベス………………………クライヴの妻
ジェニファー……………………エリザベスの従姉妹
ヘンリー・アッカーリー………ラテン語の教師
マージョリー……………………ヘンリーの妻
アラン・スチュアート…………歴史の教師
ポール・エラーソン……………ジョナサンの元上級生
ブライアント……………………学生寮の舎監
マルコム…………………………リチャードの父
キャサリン………………………リチャードの継母
エドワーズ………………………ノリッジ警察の主任警部
ブラッドリー……………………同警部
ロズウェル………………………ロンドン警視庁の警部

一九五七年十月十七日付《タイムズ》紙に掲載された投書

拝啓

私は三十年来貴紙の忠実な購読者で、貴紙の秩序正しい世界観にいつも敬服しておりました。貴紙が旧友のように思え、その落ち着いた、親近感のある紙面を見ない日は、なにか物足りない気がするほどでした。

ですから、先週の月曜日の貴紙に掲載されたコリン・ハモンド氏の「特権の囚人たち」を読んだときには、私はわれとわが目を疑ったほどショックを受けました。

十日たったいまでも私は、貴紙がなぜあのような記事を掲載したのか理解できません。おそらくハモンド氏は、今日新聞や雑誌をにぎわせている〝怒れる若者たち〟のひとりなのでしょう。わが国が大切にしている制度をひとつ残らずこきおろす以外に能のない傲慢で愚かな青年にちがいありません。貴紙ともあろうものがなぜ、そのような恥知らずな人物に意見をぶちまける場を提供したのでしょうか？

私はいまだかつてあれほど言語道断な新聞記事を読んだことがありません。あれを読んで私は、ハモンド氏は正気ではないと結論せざるをえませんでした。さもなければ、氏は有名になりたい一心で、どんな悪口でも平気で口にするような人物なのでしょう。

あの恐ろしいカークストン・アベイ学園事件の原因がパブリック・スクール制度そのものにあるなどと、いったいどうして主張できるのでしょうか？　私はパブリック・スクール出身者（フェラーズ・カレッジ、一九一九～二四年在学）の一人として、私がつねに高く評価してきた制度を中傷する記事に対して抗議せずにはいられません。私の母校は、他の同じような学校同様、居心地のよい、楽しい場所で、ハモンド氏の主張するような、残酷で恐怖に満ちた牢獄ではありませんでした。

あの陰惨なカークストン・アベイ事件の中心人物となった少年たちは、〝教育制度に毒されて〟いたわけでも、〝環境の犠牲者〟だったわけでもありません。かれらをそのように描写するのは重大な誤りです。

どのような弁明も、かれらの恐ろしい行為を正当化することはできません。あのような行動には、なんら弁解の余地はありません。若さも、孤独も、家族と離れて暮らしていたことも、ハモンド氏がかれらを弁護するために列挙している多くの理由はどれひとつとして、かれらの罪を軽減するものではありません。かれらの行動はたんなる若気の至りとしてすまされるものではなく、非道な行ないでした。

かれらを弁護しようとするだけでも言語道断なのに、ハモンド氏がさらに、わが国において人々に高く評価されている制度に責任を転嫁しようとしていることは、心ある人ならばだれしもけっして潔しとしないと思われる恥ずべき行為です。以後、私は貴紙を読むのをやめます。あのように真実を歪曲した記事を掲載する新聞を購読するわけにはいきません。

敬具

ケント州ハヴァリング、旧司祭館
チャールズ・マルヴァートン

プロローグ

一九九九年一月、ロンドン

窓の外では肌を刺すような風がヒューヒュー吹きすさんでいたが、部屋のなかは暖炉の火があかあかと燃え、暖かく居心地よさそうに見えた。椅子に腰かけていた若い男はマントルピースの上の時計に目をやった。その頬は炎の熱でほてっていた。

十二時十分。来ないのか？

いや、来る！　きっと来る。来るはずだ！　こっちの人生がかかってるんだ！

彼は立ち上がって部屋のなかを歩きまわり、もう何度かくり返したように、準備に遺漏はないか確認した。

部屋はじつに立派なものだった。床には毛足の長い赤い絨毯《じゅうたん》が敷きつめられ、壁は淡い水色、天井は高く、大きな窓からは、北風のなかをコートに身をくるんだ人々が前屈みになって足早に通りすぎていく舗道が見下ろせた。家具はいずれも高価なルイ十五世様式の複製品で、壁には海に浮かぶ船の水彩画がかかっていた。

暖炉の両側には椅子が置かれ、一脚の椅子のそばに小さなテーブルがあり、その上にハードカバーの本が二冊と新聞記事のコピーの束が積み重ねてあった。ケトルの湯は沸騰していたし、ティーカップと受け皿はトレーの上に並べられ、ビスケットは皿に盛ってあった。用意はすべて整っていた。足りないものはなにもなかった。

だが、肝心の客がまだ姿を見せない。

十二時十五分。

彼は薪《まき》をもう一本火にくべた。炎の熱が熱い手のように彼の顔をつつんだ。目の前で踊るように燃える炎をじっと見つめる彼の喉も熱く、からからだった。

マントルピースの上の時計は相変わらずカチカチと時を刻んでいた。秒は積み重なって分となり、それはやがて時間となった。一秒経つごとに彼の夢と希望が少しずつ薄れていくというのに、時は容赦なく過ぎていった。

十二時半。時計がボーンと鳴って半を告げた。そのとき、玄関のドアをノックする音が聞こえた。彼はたちまち喜色満面となり、同時にアドレナリンの急激な増加で頭がくらくらした。彼は部屋を飛び出し、廊下のはずれの玄関へ急ぎ、鍵をまわしてドアを大きくあけた。

戸口に一人の男が立っていた。背の高い、痩せぎすの、髪の薄くなりかけた中年の男で、安物のコートを着ていた。目は猜疑心に満ち、迫る危険を感じている動物のそれを思わせた。

「ウェバーさん？」そうたずねた男の声は低く静かで、耳をそばだてないと聞こえないほどだった。

「ええ。ぼくがティム・ウェバーです。さあ、どうぞどうぞ、お入りください」彼は先に立って部屋に入り、小さなテーブルのそばの椅子を男にすすめた。「そこにおかけになりませんか？」

男は言われるままに腰を下ろしたが、コートを脱ごうとはせず、ティムが紅茶かコーヒーをとすすめても、何もいらないと答えた。男はテーブルの上の二冊の本のうちの一冊を手にとり、表紙を眺めた。

ティムはもう一脚の椅子に座って男を見つめた。さきほどの歓喜は消えて、なにか拍子抜けがしていた。彼はもっと強烈な個性の相手を予想していたのだが、いま目の前にいるのはまったく存在感の薄い男だった。もっとも、四十年間も人目を忍んで生きてきたのだから、それも当然かもしれない。ティムはそう自分に言い聞かせた。

「どっちの本を見ておられるのですか？」

「マーティン・ホプキンズの『秘密だらけの学校』です」

「もう、お読みになりましたか？」

「ええ、もちろん」

「さぞかし妙な感じでしょうねえ」

「妙な感じ？」

「自分自身のことについて読むのは」

男は答えなかった。沈黙が霧のように立ちこめた。ティムは気づまりをおぼえて、急いでそれを破った。「来る気になってくださって、感謝しますよ」彼は明るい声で言ったが、とたんに、そう言ったことを後悔した。

「ああ言われては、来ないわけにはいかないでしょう」

「ぼくはべつにプレッシャーをかけるつもりはなかったんですよ。それは本意じゃありません。ほんとに……」彼は口ごもった。自分の言葉がまったく説得力を欠いているのがわかったからだ。

男は警戒するような目でティムを見つめた。「しかし、わたしはあなたの言ったことを信じたわけじゃない。あなたは嘘をついているんだと思う」男は力をこめて言ったが、その口調には、どこか確信を欠いているような響きがあった。ティムはまた自信を取りもどした。

「いえ、嘘じゃありませんよ。もしそう思っているのなら、なぜ来たんです？」

「警察は徹底的な捜査をしました。何もかも新聞に報道されたし、事件に関する本も書かれた。あなたには、わたしが何をしたか、わたしたちが何をしたか、全部わかっているはずです」

ティムは首を振った。「ぼくは、あなたがたが何をしたか、新聞で報道された範囲では知っています。警察が新聞に対して、あなたがたが何をしたと言ったかも知っています。しかし、警察は新聞にすべてを話したわけではなかった。そうでしょう？」

「話しましたとも。警察は徹底的に調べたんです」

「それはそうでしょう。しかし、警察はその結果をすべて公表したわけではなかった。ちがいますか？　世間に知らせたくないことは公表しなかったんでしょう？」

「そんなばかな！　どんなことでです？」男の声には怒りがこもっていたが、依然どこかに確信のなさがうかがえた。ティムは口元に薄笑いをうかべた。「ですから、それを話してほしいんですよ」

「ばかばかしい！　いったい何を話せというんですか！」男は席を立つようなそぶりを見せた。ティムは、いまだ、と思った。

「楡《にれ》の木ホームというのは聞いたことありますか？」

男はきょとんとした顔でティムを見つめた。「え、何？」

「楡の木ホームですよ。コルチェスターの郊外にある老人ホームです」

「知りませんね。そこがどうかしたんですか？」

「三カ月前に、ぼくはそこへ行ったんです。ある雑誌から取材を依頼されたんですよ。高齢者養護施設についての埋め草記事ですけどね。ぼくは入所者の親戚になりすまして園内に入った。老人たちに話しかけて、何か感動的な話を聞き出そうと思ったんです」

「それとわたしとどんな関係があるんです？」

「そのホームで、ぼくはトマス・クーパーという老人に会いました。見るからに弱々しい感じの人だったけれど、頭はまだはっきりしていた。もう、何年もホームで暮らしているということでした。奥さんはずっと以前に亡くして、たった一人の子供はカナダに住んでいて、訪ねてくる人もいなければ、かまってくれる人もいないようなんです。それで、孤独で淋しいもので、だれでもいいから、自分に関心を寄せて、話を聞いてくれる人をほしがってたんです。

トマスはぼくを相手に身の上話を始めて、いつまでもしゃべりつづけました。それがひどく退屈な話だったもので、ぼくは何か口実を見つけて退散しようと思いましてね、腰を浮かしかけたんです。ところが、そのとき彼の口から出た話に、ぼくはびっくりして耳をそばだてました。トマスはもともとコルチェスターの出身ではなくて、ノーフォーク生まれで、家が貧しかったので、十四歳のときにはもう奉公に出ていて、ヤーマスにある大きな屋敷で執事になる修業をしていたというんです。彼はそこで妻のエレンと知りあった。彼女は料理人見習いだったそうです」

男はじれったそうに吐息をついた。「いったいいつになったら質問に答えてくれるんです？」

ティムは男の苛立ちを無視した。「数年後、二人は修業を終え、ヤーマスの屋敷を出た。つまり、一人前になったわけです。夫婦は金持ちの家に住みこみ、妻のエレンは料理人兼家政婦、彼は執事兼雑用係として働いた。仕事は順調で、二人はノリッジの金持ちの家に何年も住みこみ、幸せだった。ところが、雇い主一家がフランスへ移ることになって、トマスたち夫婦も一緒に来てほしいと言われた。でも、二人は外国で暮らしたくなかったので、雇い主の紹介でよそへ移ったところ、そこは前よりさらにいい職場だった。その、二人が新しく住みこんだ家というのは、ジェレミー・ブラキストン……」ティムはつぎの言葉を強調するために間をおいた。「なんとノリッジの主教の屋敷だったというのです」

男の不信の目が驚きで大きく見開かれた。ティムはほっと安堵の胸をなでおろした。彼は、その話が老人の妄想ではないかと思って、ひどく不安だったのだ。しかし、相手の反応で、そうでないことがはっきりした。

「トマスとエレンは一九四九年にノリッジの主教の屋敷に住みこみ、五年間そこで働いた。幸福な五年間だった。主教はよい雇い主で、親切で思いやりがあり、トマスの言葉によれば、〝仕えるのが楽しい主人〟だった。主教は、どちらかといえば、いわゆる〝世俗的な聖職者〟だった。客をもてなすのが好きで、友人が大勢いて、人生をとことん楽しんでいたそうです。ある夜、すべてが一変するまではね。

一九五四年十二月のある日の午後、トマスはノリッジ警察署からの電話を受けた。警察は州の北部の学校——カークストン・アベイという全寮制の学校で起きた事件を調べていた。それはまったくひどい事件で、ショッキングな話だった。トマスは、ノリッジじゅうがその話で持ちきりだったことを憶えていました。

警察の捜査は証人の二人の少年を中心に進められていた。二人は警察の事情聴取を受けていて、事情聴取はもう何日もつづいていた。そしてこの日、警察は主教に、署まで出向いて二人の少年のうちのひとりの話を聞いてやってほしいと依頼してきたのです。

警察は主教に、少年に会うことをマスコミに悟られないよう、夜、闇にまぎれて来てほしいと言ったそうです。しかし、それ以外は、いくらトマスがきいても何も答えず、ただ、主教に、その夜のうちに署に来てほしいと伝えるようくり返すばかりだった。

そういうわけで、主教は出かけていった。家を出る前、彼は、たいしたことはない、どうせばかげた話だろうから、一時間もすればもどってこられるだろうと言っていたそうです。で、トマスとエレンは眠らずに主人の帰りを待って、エレンは夕食が冷めないようにしておいた。ところが、主教は一晩じゅうもどらず、明け方帰宅したときは、一夜のうちに十歳も年をとったように憔悴していた。彼はトマスらの質問にはいっさい答えず、ただ、彼がその夜警察署へ行ったことをだれにもしゃべってはいけないと言い、絶対に口外しないと夫婦に約束させた。それから、彼は書斎に閉じこもり、一日じゅう姿を見せなかったそうです。

その日から、主教はまるで別人のようになってしまった。以前は陽気で外向的だったのに、人を避け、内向的になった。ほとんどだれにも会わず、ときおり鬱状態に陥り、何日ものあいだひとりで書斎に座り、ぼんやり壁を見つめて過ごすこともあったそうです。そのうち彼は悪夢に悩まされるようになって、トマスとエレンはときどき、主教が夢にうなされる声を聞いたといいます。三カ月後には、彼は神経衰弱のようになり、主教の地位を辞さなければならなかった。そしてコーンウォールに住む兄弟のところへ行き、数年後にその地で死んだそうです。

トマスとエレンは約束を守り、その夜の出来事についてはだれにもしゃべらなかった。エレンは秘密を胸にしまったまま墓に入った。でも、トマスは死ぬ前にだれかに話したいと思っていたのです。ぼくが会ったとき、彼は死を目前にしていて、ぼくと話してから二週間後に息をひきとりました。彼は死ぬ前にそのことをだれかに打ち明けて、心の重荷を降ろしたかったのでしょう。

ぼくがノリッジの当局に確認したところによると、たしかにジェレミー・ブラキストンは神経衰弱のような病にかかったため一九五五年の四月に主教の座を辞したということでした。また、彼が辞任するまで、トマス・クーパーとエレンという夫婦を雇っていたというのも事実でした。しかし、ぼくはカークストン・アベイ事件についての新聞記事をすべて調べたけれど、主教があなたに会ったということはどこにも書かれていない。マスコミと世間の知るかぎり、そんなことはなかったことになっている。つまり、それが警察の意向だった。そうでしょう？

ぼくは新聞のすべての報道に目を通し、本も読みました。だから、あなたが何をしたか、いや、あなたが何をしたと警察が発表したかは知っています。あなたがたがしたといわれていることはたしかに恐ろしいことだった。しかし、それはひとりの男が神経を病む原因になるほど恐ろしいこととはどうしても思えない。となるとどうしても、あなたが主教に打ち明けたのは、警察がマスコミに発表したのよりもっとはるかに恐ろしい話でなければならないのです」

ティムはそこまで話すと、大きくふうっと息を吐いた。額にかかる髪があおられて揺れ、心臓の鼓動が耳に響くようだった。彼は気負い立っていた。

「それで、あなたが主教に打ち明けた話をぜひ聞かせてほしいんです。カークストン・アベイで実際にはどんなことが起きたのか知りたいんですよ」

男はティムをじっと見つめた。その目から怒りは消え、いまは後悔と強い疲労の色がうかんでいた。「あれはもう四十年以上も前のことです。とうに過ぎ去ったことですよ」

「とんでもない！　あれほど世間を騒がせた事件がほかにいくつあると思いますか？　あれは、ブレイディー＝ヒンドリー事件やメアリー・ベル事件に匹敵する大事件だった。とにかく、新聞に載った少年たちの顔写真が印象的でしたからねえ。邪気のない子供の仮面をかぶった〝悪魔〟と呼ばれたあの少年たちの顔は、いまだにだれの目にも焼きついていますよ——ぼくのように、事件発生から何年もたってから生まれた者でさえね」

男は首を振った。「あれはもう過去の話です。ほじくり返すことはない」

「そうはいかない！　これは一生に一度のスクープなんです！　これを世に出せば、ぼくはイギリス一有名なジャーナリストになれるんですよ！」

「するとそれがあなたの狙いなんですね？　成功、名声が？」

「そうですよ！　だからどうだというんですか！　こういうチャンスをずっと待ってたんです！　新聞記者になってからもう十年になるけれど、そのあいだずっと老人ホームの話だとか、結婚式とか、地方議会の会議とか、ほかの連中が引き受けたがらないような記事ばかり書いてきたんですからね！」

男は二人のいる部屋を身振りで示した。「それでけっこういいお金になるようじゃないですか」

「ぼくにこんな家が買えると思うんですか？　これはぼくのガールフレンドの両親の家ですよ。ぼくは二人から毛嫌いされているけれど、いま、二人はクルーズに出かけて留守なんです。さもなければ、ぼくはここの玄関の敷居をまたぐこともできないんです。ぼくが住んでいるのはルイシャムのちゃちなアパートです。もしいまみたいにうだつがあがらないと、一生あそこから出られない。ぼくはあそこからここに移りたい。この事件の記事がその切符なんですよ！」

「そして、その切符をあなたに渡せるのが、このわたしだというわけですね」男は静かに言った。

「お金は払います。儲《もう》けはすべて折半することにしましょう。新聞、雑誌、もちろん単行本も、それからテレビ出演。もしかすると映画化権も売れるかもしれない。何十万ポンドにもなるかもしれないんですよ」

男はティムを見つめた。「お金がわたしにとって、いったい何になるというんです？」「あなたは人生をやりなおせる。どこか遠いところへ行って再出発するんですよ。できるかぎり。あなたは巻きこまれずにすむ。巻きこまれたくないのならね」ティムは内心、それが嘘であることを知っていたしかし、かまうものか。この際、そんなことはどうだっていいじゃないか？　彼は欲しいものを手に入れるためなら、どんな約束でもするつもりだった。

「人生をやりなおす？　わたしの人生は、警察がカークストン・アベイにやってきた日に終わったんです。やりなおせっこありません。どんな大金を積んでも、そんなことは不可能です」

ティムの頭は猛烈な勢いで回転していた。金になるという線をもっと推すべきか、それとも脅しに移るべきか——何もかも話してくれればよし、さもないと、話すまでつきまとうぞ。あんたはいまの境遇がみじめだと思っているようだけど、こっちはそれを十倍もみじめにしてやれる。欲しいものが手に入るまでは絶対にやめないからな、という具合に。ティムはこのまま金儲けの線でいくことにした。できることなら粗野なまねは控えることにしようと思い、彼はまた口をひらきかけた。

そのときだった。「わかりました。いいでしょう」という男の言葉を、ティムは耳にした。とたんに、ティムは舞い上がった。それは性的な絶頂感にも負けない強烈な高揚感だった。

「ほんとうですか？」

男はうなずいた。

「あの夜、主教に話したことを全部ぼくに打ち明けてくれるんですね？」

「ええ。あれ以来、わたしは一切だれにも打ち明けず、ずっと自分の心の奥に押しこめてきましたが、だれかに打ち明けたらきっとすっきりするでしょう。たとえあなたのような人にでもね」

ティムは侮辱的な言葉を聞き流した。「けっして後悔はさせませんよ。約束します。一財産はつくれる。想像もつかないような大金が入ります」

「わたしは金のために話すんじゃありません。金儲けはできませんよ、あなたもわたしも」

「それはどういう意味です？　儲かりますとも！　どえらい大金が！」

男は首を振り、初めて笑顔をのぞかせた。「金も、名声も、無用です。ただ、真実を知ってほしいだけです」男の瞳に奇妙な光がきらめいた。正体不明の暗い光で、ティムはなんとなく薄気味悪い感じにおそわれた。なぜか、二人のあいだの力の均衡が崩れたような気がした。彼の頭のなかで、ささやく声があった。

これはちょっとばかり予想とは違うぞ。

彼は心中のとまどいをひとまずわきに置いて、目前の仕事に集中することにした。「お話はテープに録音しなければなりません。それはわかってもらえますね？」

男はうなずいた。ティムは椅子の後ろからテープレコーダーを持ってきて男のそばのテーブルの上にのせ、カセットを入れた。リールがまわりだし、静かな回転音が流れだした。

二人は暖炉の前に向き合って座っていた——野心に燃える若いジャーナリストと、暗い目をした痩せた中年男、その昔、イギリスじゅうで最も悪名高い中学生だった人物。

ティムは舌先で唇を湿してから、質問にとりかかった。

「マーティン・ホプキンズはその著作で、一九五四年十二月九日の事件は、それ以前から始まっていた一連の出来事の帰結にすぎないと指摘していますね」

男はうなずいた。

「ホプキンズは、事の起こりは十一月初め、一学期の中間休暇の直後だったと言っていますが、そうなんですか？」

「まあ、そう言えないこともありませんが……」

「それはどういう意味です？」

「何が起きたかほんとうに理解するためには、もっと前までさかのぼる必要があります」

「どれぐらい前？」

「一月《ひとつき》ほど前。十月初めのある朝、事件の真の発端となった出来事があったんです」

「その日の朝、何があったんです？」

「ほんの些細なことです。すくなくとも、当時はそう見えたんです」男はまた笑顔を見せた。「近頃の映画なんかでは、最初のシーンはいつもすごくドラマチックですよね。爆発とか、殺人事件とか。幕が上がると同時に、どーんと太鼓が轟くような感じだ。カークストン・アベイではそんなことは何もなかった。しかし、はっきりした始まりはあった。あの朝の出来事が始まりで、その後のことはすべて、それに端を発しているんです」

「その朝のことを聞かせてください」

「それはカークストン・アベイでのごくふつうの朝、月曜の朝でした……」

第一部　絆

一九五四年十月、ノーフォーク

1

物事にはすべて始まりがある。どんなに長い本でも、ひとつの単語で始まる。どんなに長い旅でも、第一歩から始まる。

カークストン・アベイ事件の第一歩は、ひとつの思いがけない手助け――十月の暗い曇天からわずかにのぞく明るい青空のような親切な行為だった。だが、やがて、その澄んだ青色は濁り、汚れ、腐敗し、空いっぱいに病魔をひろげるのだ。

朝礼はまもなく終わるところだった。学校のチャペルには三百人の思春期の少年たちの声が鳴り響いていた。少々荒っぽい歌い方だったが、それでも、イギリスの賛美歌のなかで最も精神を高揚させる歌の美しさは損なわれなかった。

金色に燃えるわが弓をわれに持ち来たれ！
わが願いの矢をわれに持ち来たれ！
わが槍をわれに持ち来たれ！　雲よ、ひろがれ！
炎のわが戦車をわれに持ち来たれ！
イングランドのうるわしき緑の土地に
神の国を築くまで、
われはたゆみなく心の戦いをつづけ、
剣を振るう手を休めることなからん。

歌声は静まり、エコーが空中をゆっくりと流れ、チャペルの垂木にぶつかって消えた。
「祈りましょう」ハワード校長が聖歌隊席の前の席から厳かに呼びかけた。生徒たちはいっせいにひざまずき、木製ベンチの端に少年たちの尻がぶつかってドシンドシンと鈍い音をたてた。
「神よ、今日ここに集いました僕《しもべ》たちをご照覧ください。今日もいつの日も、あなたが与え給うた務めを果たし、あなたの掟を守る力をわたくしたちにお授けください。主イエス・キリストの御名において、アーメン」

「アーメン」と、生徒たちも唱和した。

三十秒間の黙禱――祈りを捧げたり、終わったばかりの週末休暇にまたもどりたくなったり、まだすんでいない宿題の心配をしたりするひととき。

オルガンがまた鳴りだした。『トッカータとフーガ』の響きがチャペルにみなぎった。生徒たちは立ち上がり、列をつくって出口へ向かった。寄宿する寮ごとに、一列ずつ、どの生徒もうやうやしく祭壇に向かって頭をさげてから通路を進み、秋の朝の冷気のなかへ出ていった。

生徒たちはチャペルの小径を通って学校の本館へ向かった。胸に校章が刺繡《ししゅう》してあるスマートな紺のブレザー、ぴしっとアイロンのかかったグレーのズボン、ピカピカに磨かれた黒い靴――校則に決められた画一的な制服の群れに、自分の好きな上着の着用を認められている上級監督生《プリーフェクト》たちが明るい彩りを添えている。風が平坦な敷地を吹き渡り、小径沿いのブナの並木のあいだをヒューッと吹き抜けた。三マイル北の海から吹きつける冷たい潮風だ。

小径が二股に分かれているところまで来ると、一部の生徒は林を通って、木立に隠れている二棟の寄宿舎、ヘザーフィールド寮とモンマス寮へ向かった。残りの生徒たちはラグビー場を過ぎて本館のほうへ進んだ。本館はヴィクトリア風ゴシック様式の大きな建物だったが、広々としたノーフォークの空の下では小さく見えた。

それは実際には二棟の建物で、回廊でつながっていた。右側の棟には大半の教室と講堂があり、左側の棟はもう二つの寮――アベイ寮とオールド・スクール寮から成っていた。生徒たちは午前中の授業に必要な教科書をとりに、列をくずすことなくそれぞれの寮に入っていった。

四年生のジョナサン・パーマーは、オールド・スクール寮のほかの生徒たちと押し合うようにして回廊を教室へ向かった。

ジョナサンは明るい茶色の髪、繊細な目鼻立ちをしたスリムでハンサムな少年で、三カ月前に十四歳の誕生日を迎えたところだった。

ジョナサンは講堂の前を過ぎて石の床の長い廊下を通っていった。彼のまわりではみんなが押したり突いたりしながら、情報交換をしたり悪口を言いあったりして、落ち着いて一週間の退屈な勉学を始める前に、週末休暇の残りのエネルギーを発散させていた。あたりはむっとするようなワックスのにおいと、生徒たちのざわめきと数百足の学生靴の響きで満ちあふれていた。教室は廊下の両側に並び、ドアに金色の文字で部屋の名前が記されていた――ドレイク、ウォルポール、ピット、メルバーンなど、イギリスが大英帝国となるのに貢献した輝かしい偉人たちの名前だ。

ジョナサンはメルバーン教室に入っていった。冷たい白い壁のあいだに並ぶ古びた二人がけの机は檻《おり》のように思えた。すでにいくつかの〝檻〟は埋まっていて、近くの席の友人としゃべっている者もいれば、教科書や空中をじっと見つめている者もいた。みんな、一時間目のラテン語の授業が始まるのを待っていて、教室にはさまざまな声が飛び交っていた。それは四方の壁が過去百年間ずっと聞かされ、おそらく今後さらに百年間聞かされることになる声だった。

「……全然公平じゃないよ！　ぼくのほうがうまいって、みんな知っているのに、あいつの兄貴がキャプテンなんで、あいつが選ばれたんだ……」

「……あの数学の宿題、全然できなかった。きみのノート貸してくれる？」

「……なにがなんでも彼と一緒の部屋にしてもらうんだよ！」

「……それで、ロンドンに行ってショーを見てきてもいいって、お父さんが言ったんで……」

　ジョナサンはいつもの席についた。その机はとくにおんぼろで、椅子はいまにも壊れそうだった。彼の前の壁には、エリザベス女王の肖像がかかっていた。去年の戴冠式のときに愛国心を示すために掲げられたのが、そのままになっていたのだ。戴冠式の日、彼は母や近所の人たちと一緒に、近所でただ一軒テレビのある家にぎゅうづめになって過ごした。彼がテレビを見たのは、そのときが初めてだった。

　彼のとなりの席も、前の二人がけの机もあいていた。ニコラス・スコットと双子のペリマン兄弟がモンマス寮から来てそこに座るはずだった。三人が来ていないので、ジョナサンは独りぼっちで心細かった。彼は宿題を書いたよれよれの紙に目を落とした。これからの四十分間、クラスが学ぶことになっているセンテンスを訳してこなければならなかったのだが、ほとんどお手上げだった。でも、平気だ、とジョナサンは思った。ニコラスが正解を知っているはずだからだ。ニコラスはいつも答えを知っていた。

　机の表面にはいろいろな名前や日付が彫りこんであった。ジョナサンはほっそりした指の先でそれをなぞった。ジョン・フォレスト、一九三七、ピーター・アシュリー、一九一二、チャールズ・ハントリー、一八九六——もうみんなとっくの昔に大人になって、ここで過ごした時代は遠い過去となっているはずだった。

生徒がつぎつぎに教室にすべりこんできて、ざわめきはますます大きくなった。リチャード・ロークビーが教科書を小わきにかかえて大股で入ってきて、いつも座る窓ぎわの机へ向かった。教室の後ろのほうでは、ジェームズ・ホイートリーとジョージ・ターナーが紙つぶてをコリン・ヴェールめがけて投げつけていた。コリンは気にしないふうを装って笑ってすまそうとしていたが、その笑いはこわばりがちだった。

スティーヴン・ペリマンが弟のマイケルを従えて入ってきた。二人はジョナサンの前の席につき、同じ淡いブルーの瞳でジョナサンを見つめた。

「ニコラスはどうしたの？」と、ジョナサンはきいた。

マイケルは大仰に吐くまねをしてみせた。

「ゆうべゲロを吐いたんだ」と、スティーヴンが説明した。「それで、保健室へ連れていったら、たぶん、何かの菌にとりつかれたんだろうってさ」

ジョナサンはがっくりした。ニコラスの具合が悪いというのももちろん心配だったが、それより、自分の宿題の出来の悪さのほうがもっと気がかりだった。

「ぼくたち、宿題をやろうとしたんだけどね」と、マイケルが言った。「どのセンテンスも満足にできなかったんだ」

「ぼくたち？」と、スティーヴンが大声できき返した。ジョナサンは、スティーヴンの右目の上に小さな青あざができているのに気づいた。「その傷、どうしたの？」

「ゆうべ、五年の連中のストームをくらったんだよ。あいつら、三年を襲うつもりだったらしいんだけど、三年のやつら、部屋の入口にバリケードを築いてたんだ」

「五年のやつら、ぼくたちのベッドを引っぺがしやがった」と、マイケルがつけ加えた。

「それから、洗濯かごをぶつけ合うゴーカート遊びをしようとして、ジュリアン・アーチャーをひとつのかごに入れて、もうひとつにぼくを入れようとしたんだけれど、スティーヴンが自分が代わりに入ると言って入ったの。それがあんまりやかましかったので、ソーパー先生が入ってきて、五年のやつらは洗面所から逃げていっちゃったけど、スティーヴンとジュリアンはまだ洗濯かごに入れられたままだったんで、ソーパー先生が二人を出してくれて、何があったのかスティーヴンにきいたってわけ」

「で、先生に言いつけたの？」と、ジョナサンはきいた。

スティーヴンは、何をばかなことをきくんだ、というようにジョナサンを見た。「ああ、あたりまえだろ！　自分だって夜、ホイートリーたちに襲われたら、先生に言いつけるだろ？」

ジョナサンは後ろを振り返り、ジェームズ・ホイートリーを見守った。ホイートリーはまださも愉快そうに目を輝かせてコリン・ヴェールに紙つぶてを投げていた。コリンは相変わらず気にしないふうを装っていたが、紙つぶての一個が目に当たると、いまにも泣きだしそうな顔になった。ジョナサンはコリンの気持ちを思って激しい憤りをおぼえた。

そして、ちょっぴり後ろめたい気がした。

心のどこかで、自分でなくてよかった、と思っていたからだ。

「答え合わせをしようよ」と、スティーヴンが言った。

だが、三人が答え合わせをしようとしたとき、アッカーリー先生が姿を現わした。長身の先生は背筋をぴんとのばし、ガウンの裾を翻《ひるがえ》して颯爽《さつそう》と教室に入ってきた。教室のなかはたちまちしんと静まり返った。

アッカーリー先生は、青白い貴族的な顔の深い眼窩《がんか》の奥の鋭いグレーの目で教室をさっと見まわし、ジョナサンのとなりの空席に目をとめた。「ニコラスはどうした？」

「病気なんです、先生」と、スティーヴンが答えた。

「そうか。みんな、宿題はやっただろうな」

「はい、やりました」生徒たちは異口同音に答えた。が、自信にあふれる声ばかりではなかった。

「よろしい」先生は教卓に向かって座った。「では、五十六ページを開いて」

ジョナサンは言われたとおりにしようとして、ぎょっとなった。目の前にある教科書の表紙の絵は、交差する二つの三角形の図だったのだ。ジョナサンはそのとき初めて、ちがう教科書を持ってきてしまったことに気づいた。彼は心臓がみぞおちまで落ちていくような気がした。よりによってこの授業で、こんなまちがいをするなんて！　自分の愚かさを呪いながら、彼は急いで手を挙げた。

アッカーリー先生はまさに授業を始めようとしていて、手を挙げた生徒がいるのに気づくと、じれったそうに吐息をついた。「何だね、ジョナサン？」

「すみません、先生。教科書を忘れました。寮へもどってとってきていいですか？」

鋭いグレーの目が天を仰いだ。「ジョナサン、これが何の授業かわかっているな？」

「はい、先生」

「それなら、なぜ違う教科書を持ってきたのかね？　ラテン語の時間にはラテン語の教科書を持ってくるんだ。それぐらいわかるだろう、きみのような生徒にだって？」

だれかのくすくす笑う声が聞こえた。ジョナサンは自分の頬が赤らむのを感じた。こういうときは何も言わないほうが安全だとわかってはいたが、これがほかの生徒だったら、アッカーリー先生だってこんなにごちゃごちゃ言わないだろうと思うと、弁解せずにいられなかった。「数学の教科書を持ってきてしまったんです。色も大きさもラテン語の教科書と同じなので、まちがえやすいんです」しゃべっているうちに、自分のヨークシャー訛《なま》りがますます強くなっていくのに気づいて、ジョナサンは黙っていればよかったと後悔した。

「おいおい、ジョナサン、そのへんてこりんな訛りで泣き言を言うのはやめてくれ！　だれも、きみの言いわけなど聞きたくないよ！」アッカーリー先生は教室を見まわして空席をさがした。「ロークビーのとなりへ行って見せてもらいなさい」

ジョナサンは立ち上がった。まだ顔が火照《ほて》っていた。みんなにじろじろ見られていると思うと、身が縮むようだった。マイケルと視線が合うと、彼は気の毒そうに微笑《わら》った。

ジョナサンは教室の前のほうの、リチャード・ロークビーが一人で座っている二人がけの机へ向かった。リチャードは窓ごしに学校の裏手のグラウンドを眺めていた。

リチャード・ロークビーはこの学校の一匹オオカミで、ほかのすべての生徒たちをあからさまに軽蔑するような態度をとっていた。彼は友だちをつくろうとせず、できるだけだれとも口をきかないようにしているようで、仲間などいらないと思っているらしかった。

そのような態度はジョナサンには不思議でならなかった。ジョナサンの母親は、一匹オオカミが世間と距離を保とうとするのは、劣等感に悩まされているからだ、自分が愛読している雑誌にそう書いてあったからまちがいないと言っていた。ジョナサンは、母親の言うとおりだろうと思ったが、リチャード・ロークビーがいったいなんで劣等感をいだかなければならないのか見当がつかなかった。リチャードは抜群に頭がよくて、自信満々で、ごくまれに自分から進んで口をひらいたときは、すばらしく弁舌さわやかだった。

そして、何よりも目立ったのは、彼の思わず目を瞠《みは》るような端整な容貌で、リチャードは長身で運動選手のような体つきで、漆黒の髪、男らしい整った顔立ちに恵まれ、深くくぼんだ鋭い青い目は、世の中に対して燃えるような軽蔑の視線を投げかけ、たえず挑戦状を突きつけているようだった。

ジョナサンはリチャードのとなりに腰を下ろし、おずおずと彼に笑顔を向けた。リチャードはそっけなくうなずき、二人用の机の真ん中に教科書を押しやり、また窓の外へ視線を向けた。

アッカーリー先生は教室を見わたした。「それじゃ、アプトン、最初のセンテンスを訳しなさい」

授業が始まった。アダム・アプトンは頭がよくて勉強熱心な生徒だった。彼は通常の翻訳の手順に従って、ラテン語の単語を読み上げてはそれを英訳し、センテンス全体を訳していった。そのあいだ、ほかの生徒たちは不安そうな面持ちでもじもじしながら、つぎに指されるのが自分でないように念じていた。ジョナサンは自分の不出来な訳文を見つめ、自分はまちがいなく指されるものと思い、せめて五番めと八番めのセンテンスが当たらないように祈った。

二番めのセンテンスはコリン・ヴェールが訳した。これも上出来だった。三番め、マイケル。これはあまりうまいとはいえなかった。マイケルはまちがえ、スティーヴンが小声で教えてやらなければならなかった。アッカーリー先生は怒りだした。「何をやってるんだ、マイケル、これは宿題だったんだぞ！　それから、スティーヴンも今度弟に答えを教えたら、居残りだからな。このつぎはちゃんと勉強してくるんだぞ！」

四番めのセンテンス、スチュアート・ヤング。すばらしいというほどではなかったが、マイケルよりはましだった。

いよいよ五番めのセンテンス。アッカーリー先生の目が教室を見まわした。ジョナサンはうつむいて机を見つめていたが、先生の視線が自分のほうに向くのを感じ、不安に体をこわばらせた。

「ロークビー！」

リチャード・ロークビーは窓から目を離してアッカーリー先生のほうを見た。「なんでしょうか？」

「ロークビー、邪魔をしてすまんねえ。さしつかえなければ五番めのセンテンスを訳してもらえないかね。それともきみは、グラウンド係がクリケットのピッチを整備するのを見ているほうがいいのかな？」

先生におもねるような笑い声が教室じゅうにこだました。アッカーリー先生は喝采に応えるようにわずかにうなずいてみせた。

「それは、グラウンド係を見ているほうがいいですね、先生」リチャード・ロークビーは答えた。

またどっと笑い声が起こった。これは追従笑いではなかった。だから、すぐに静まった。

「えっ、いまなんて言ったのかね？」アッカーリー先生は明らかに聞きちがいと思ったようだった。

「ぼくはグラウンド係を見ているほうがいいと言ったんです、先生」

アッカーリー先生は目を皿のように見開いた。顔から微笑が消えた。「きみは冗談を言っているのかね？」と、先生はきいた。生徒たちは、雷が落ちそうな気配を察して不安そうに身じろぎした。

だが、当のリチャード・ロークビーは、雲行きが怪しくなったのをいっこうに気にしていない様子だった。「ぼくはただ先生の質問に答えただけです」彼は落ち着きはらって答えた。「それが先生のご希望だと思ったものですからねえ。そうでないのなら、なぜ質問なさったのですか？」

「きみはわたしを笑い物にしようとしているのではないだろうな、ロークビー？」と、アッカーリー先生はきいた。不気味なほど静かな口調だった。

リチャード・ロークビーは少し考えてから言った。「わざとそうしようと思ったわけではありません、先生」

教室じゅうの生徒が思わず息をつめた。みんな、もうまちがいなく雷が落ちるものと思ったのだ。

だが、雷は落ちなかった。アッカーリー先生は超人的な努力をして怒りを呑みこんだようだった。ジョナサンは驚きの目をとなりの席に向けた。すると、なんとリチャードはアッカーリー先生をきっとにらみ返し、先生の怒声に怯えるどころか、まったく平然としているではないか。

「五番めのセンテンスだ、ロークビー」と、アッカーリー先生は言った。

「ええ、五番めのセンテンスが何でしょう、先生?」リチャードは礼儀正しい口調でたずねた。

「訳すんだ!」

リチャードはため息をついた。そっと、しかし、みんなに聞こえるぐらいはっきりと。彼は教科書に目を落とした。

それから、彼はセンテンスを読み上げ、完璧と思われる訳をつけた。

「大変よくできたね、ロークビー」アッカーリー先生はいささかわざとらしい口調でほめた。

リチャードは鷹揚にうなずき、またもや窓の外へ視線を向けた。一瞬、アッカーリー先生は怒りに顔をゆがめて何か言いそうになったが、すぐに思い直した。

授業はそのままつづいた。

六番めのセンテンス、ショーン・スペンサー。まあまあのできばえ。

七番めのセンテンス、ヘンリー・オズボーン。すばらしい名訳だった。それもそのはず、ヘンリーは去年ラテン語の優等賞をとっていたのだ。

八番めのセンテンス。「これはとっても難しいぞ」と、アッカーリー先生は言った。「だれか勇気のある者にトライしてもらおう。だれにしようか？」

すでにあてられた生徒たちは胸を張って前に目を向け、ほかのみんなはうつむいて、できるだけ目立たないようにしていた。ジョナサンには、アッカーリー先生の目が二つの小さな灼熱した針の先のように教室じゅうを探っているように思えた。

ぼくがあてられませんように、どうかあてられませんように、神様、どうかぼくがあてられませんように。

「ジョナサン」

「はい？」ジョナサンは自信ありげな声を出そうとしたが、いまにも吐きけをもよおしそうだった。こういうときはいつもニコラスが頼みの綱だったのだが、いまはニコラスはいない。

「八番めを訳しなさい」

「はい、先生」ジョナサンは宿題を書いた紙の空白の部分を見つめた。頭のなかも真っ白だった。

「さあ、ジョナサン。早くしないと日が暮れてしまうぞ。きみはもう、教科書の件でわれわれの時間をずいぶんむだにしているのだからな」

ジョナサンは教科書に印刷されている文字を眺めた。ちんぷんかんぷん。広東語で書かれているも同然だった。

「ジョナサン、公立校では、先生に質問されたとき、口をぽかんとあけて間抜けな顔をしてみせるのは一般的な反応かもしれないが、この学校ではちがう。さっさと答えるんだ」

笑いさざめく声。ジョナサンはまた頬が赤くなるのを意識した。彼は頬骨のあたりを強くこすって、こんなにすぐ赤くならなければいいのにと思った。

「センテンスを訳すときはだね、ジョナサン、まず主語を見つける。主語、動詞、目的語その順序でさがすんだ。このセンテンスの主語は何だね？」

ジョナサンは、センテンスを眺めた。主語らしい単語は見当たらない。

「さあ、ジョナサン。魚みたいに目をきょろきょろさせてぼんやり座っていないで、答えたらどうだ」

また追従笑いが起こった。「ぼんやりしているわけではありません、先生」と、ジョナサンは言った。心臓の鼓動はますます速まるばかりだった。

「じゃあ、主語はどれだ？」

「ええと……」ジョナサンは単語から単語へ目を移しながら、正しいのを見つけようとした。

「ちがうね、ジョナサン、主語は〝ええと〟ではない。このセンテンスには〝ええと〟という単語は含まれていない」

笑い声はしだいに大きくなっていった。後ろのほうでジェームズ・ホイートリーが底意地の悪い餓鬼のようにくすくす笑っている声がジョナサンの耳に入った。ジョナサンは当てずっぽうに答えた。

「おいおい、ジョナサン。いくらきみだって、それほどばかじゃないだろう。もう一度当ててみるんだ」

ジョナサンは笑い声を耳から締め出して教科書を見つめた。いまはもう顔だけでなく全身が赤くなっていくような気がした。

「ジョナサン！　いつまで待たせる気だ！」

「はい、先生」

「さあ、主語はどれかね？　こんな簡単な質問に答えられないようじゃ、きみはこの学校にいる資格はないぞ！」

ジョナサンは目の前に並ぶ単語を見つめた。どれも主語に見え、心臓の鼓動が耳にとどろき、パニックでめまいを起こしそうだった。

「ジョナサン！　主語はどれなんだ?!　言っておくがね、今度まちがえたら、今学期中ずっと校長室行きだからな!!」

ジョナサンの目の焦点がひとつの単語に合った。彼は口をひらいた。

どうか神様、これが正しい単語でありますように、どうか神様、どうか神様……

そのとき、教室のドアをノックする音がした。

「どうぞ！」と、アッカーリー先生はどなった。

ひとりの三年生が一枚の紙片を持ってきた。「すみません、先生、校長先生が、来週の時間割の変更に先生の同意が得られるかどうか伺《うかが》いたいそうです」

アッカーリー先生は紙切れを受け取って目を通した。三年生は教室の緊張した空気にはまったく気づかず、教卓のそばに涼しい顔で立っていた。

ジョナサンはシャツの襟に首を締めつけられるような気がし、網膜に血がひろがったようで、目の焦点が合わなくなってしまった。後ろでみんながひそひそささやいているのが聞こえ、全部の視線が自分に注がれているように感じた。ただひとり、リチャード・ロークビーだけはわれ関せずという様子で、紙切れに何やらいたずら書きをしていた。

ジョナサンはペリマン兄弟のほうを見た。スティーヴンは彼に向かって何かもぐもぐ口を動かしていた。ジョナサンはスティーヴンの唇の動きを読もうとしたが、読めなかった。そのとき、だれかがジョナサンの腕をつついた。彼はそれを無視してスティーヴンの唇にさらに注意を集中した。が、また腕をつつかれて、彼はようやく振り向いた。リチャード・ロークビーが紙切れを彼の前に押しやった。そこに書かれているのは、センテンス全体の訳文のようだった。

二人の視線が合った。リチャードはうなずいた。

ちょうど三年生が教室を出ていくところだった。アッカーリー先生はジョナサンのほうへ向き直った。「みんなきみの答えを待ってるんだがね、ジョナサン」

ジョナサンは目の前の紙切れを見つめた。パニックがとまどいに変わった。これは罠だろうか？　そうかもしれない。だが、溺れる者は藁《わら》をもつかむというたとえどおり、彼は最初の単語を読みあげ、先生の怒りが爆発するのを待った。

すると、何も起こらなかった。ジョナサンはつぎの単語を訳し、顔を上げてアッカーリー先生を見た。先生はうなずいて、「よろしい、ジョナサン」と言った。がっかりしたような口調だった。

ジョナサンはセンテンスを全部訳しおえた。安堵感が、どっと大波が押し寄せるように胸にひろがり、それがあまりに急激だったので、体が震えだしそうだった。

授業はつづけられ、腰を下ろしたジョナサンは、教科書を見つめながらゆっくりと深呼吸して、顔の火照りが冷め動悸がおさまるのを待った。

九番めのセンテンス、マルコム・アッシャー。かなりむらのある訳。十番めのセンテンス、ティモシー・ワサム。こなれた訳で、ちょうど終業のベルが鳴ったときに終わった。

アッカーリー先生はすたすたと教室を出ていった。生徒たちはもうちょっとゆっくり腰を上げ、教科書やノートをまとめて、次の地理の授業へ向かう準備をした。

ジョナサンは感謝の気持ちを抑えられず、リチャード・ロークビーに向かってそれをぶちまけた。「ぼくには絶対にあのセンテンスは訳せなかったよ！　もし助けてもらえなかったら、校長室へ行かされるところだった。ほんとに助かったよ。ほんとに……」

リチャード・ロークビーは完全にジョナサンを無視して二人掛けの席から立ち上がり、彼のわきをすり抜けて教室の出口へ向かった。ジェームズ・ホイートリーがそのリチャードに、狡猾そうな顔に畏敬の色をみなぎらせて声をかけた。「おい、ロークビー、お見事だったな！　さっきのあのアッカーリーの顔ったらなかったな！　どうだい、ちょっと……」リチャードはそれも無視し、立ちどまろうともしなかった。ジェームズ・ホイートリーは憤慨した様子で、間が悪そうに突っ立っていた。

ペリマン兄弟は戸口でジョナサンを待っていた。ジョナサンは二人のところへ急いだ。

「アッカーリーはいつもジョナサンにいちばん難しい問題をやらせるな」廊下に出ながら、

スティーヴンが言った。「あの先生、ぜったいきみを目の敵《かたき》にしてるんだ」

ジョナサンはうなずいて、まわりのほかの生徒たちを眺めた。紺色のブレザーを着た少年たちが巣から巣へ移動するアリの群れのように教室から教室へと移動していた。あたりは何百人もの若い声で騒然としていた。みんながてんでにわいわいがやがや言う声が渾然一体となって、雲のようにまわりじゅうをつつんでいた。

それはまさに学校の音だった。学校という、多くの部品からなる強力な機械、昔からずっとそうだったように、なめらかに能率的に作動する機械の音だ。ジョナサンもその学校の一員だった。そして、その一員であることは光栄なこととされていた。

ジョナサンはそれがいやでたまらなかった。

彼はペリマン兄弟のあとについて地理の教室へ向かった。

ジョナサンは、昼食と体育の時間のあいだの三十分の休み時間にニコラス・スコットを見舞った。

ニコラスは学校のサナトリウムの、石鹸と消毒剤のにおいのする狭い病室にひとりでいた。ベッドに座って本を読んでいて、その小さな黒い目は、分厚い眼鏡のレンズのせいでいっそう小さく見えたが、ジョナサンの姿を見るとぱっと明るくなった。「来てくれないかなと思ってたんだ」

ジョナサンはベッドに腰を下ろした。「何を読んでるの？」

「『十号病棟の恋』」ニコラスは顔をしかめて答えた。「病院のロマンスさ。看護師のシスター・クラークが貸してくれたんだ。ほかになんにも見つからなかったんだって」

「何か持ってきてあげればよかったな。気がつかなかった。ごめん」

「いいよ。今朝のラテン語はどうだった？」

ジョナサンはニコラスに事の顚末を話して聞かせた。「ぼくはアッカーリーが大嫌いだ。なんでいつもいつもぼくばかりいびるんだろう？　公立の小学校に行ってたっていうのが、そんなに悪いことなのかな？」

「ちっとも悪くなんかないさ。ほかの先生たちはみんななんとも思っていないよ」

「だいたい、ぼくだけじゃないんだから。三年のジョン・フィッシャーだってヤーマスのそばの公立から来たんだ。しかもあいつはジャガイモ掘りみたいなひどい訛りがあるし、ぼくよりラテン語ができないのに、アッカーリーは彼をぼくほど目の敵にしないんだ」ジョナサンはベッドの脚に靴の裏をこすりつけた。さきほどの屈辱感がどっともどってきた。「ぼくはあいつが大嫌いだ！　このいまいましい学校も大嫌いだ！」

「ここはそれほど悪い所じゃないよ」ニコラスはなだめるように言った。

「ここが？　そうかなあ？」

「あの先生のことでそうかっかするな、ジョナサン。あんな先生なんか、気にするだけ損だよ」

ジョナサンは何も答えず、靴に目を落とした。ふと、ニコラスと初めて会った日のことが心にうかんだ。

それはちょうど一年と少し前、ジョナサンがカークストン・アベイに入学した日のことだった。あの悪夢のような日、いろいろな注意に耳をかたむけ、いろいろなリストに目をこらし、学校のあちこちを見てまわり、ベルが鳴るたびに緊張した日、彼が暮らすことになったこの、規則だらけの奇妙な場所を理解しようと必死で努力するうちにだんだん気がめいっていった日のことだ。

あの日ジョナサンは、すきま風の入るだだっぴろい体育館にアンダーシャツとパンツだけの姿で立って、寒さに震えながら身長・体重測定の順番を待っていた。ホイッスルを首からかけ、厳めしい顔をした人たちが大声で指示を与えていた。ジョナサンはそこに集まった六十人の新入生の一人だったが、ほかのみんなは、パブリック・スクール進学希望者のための私立小学校《プレップ・スクール》の出身で、こういう苛酷な管理社会で暮らす心がまえができていたようだった。ジョナサンの出身校は、そういう準備を一切してくれなかった。彼はほかの進学希望者たちに囲まれて待っていたが、生まれてこのかた、そのときほど孤独に感じたことはなかった。

そのうちジョナサンは、近くに立っていた三人のグループに目を奪われはじめた。目鼻の寄った顔に分厚いレンズの眼鏡をかけた小柄で痩せっぽちの少年、それに、艶《つや》のないブロンドの髪の一卵性双生児の三人組だった。すると、痩せた少年がジョナサンの視線に気づいて、いぶかしむように眉をつり上げたので、ジョナサンはきまりが悪くなって顔をそむけた。だが、もう一度おそるおそるそちらのほうを見ると、その少年は微笑をうかべ、三人の仲間に入るよう手招きしていた。

そこで、ジョナサンはおずおずと近づいたのだが、たちまち三人と打ち解け、もう、独りぼっちではないという気がした。その、まごつくことばかりだった一日が終わるころには、四人はしっかりと結ばれ、その奇妙な新しい世界で生き残るために助け合う仲好し四人組となっていた。

そんな記憶が思いがけず急によみがえってきたので、ジョナサンの心のなかにほのぼのとした温もりがもどり、かたわらに座っている眼鏡をかけたきまじめな少年への思いがどっとあふれてきた。「早くよくなれよ。きみがいないとつまらないから」

「明日は出られるはずだよ」と、ニコラスは言った。

「土曜までには必ず出てこいよ」

「土曜？」

「朝礼のときに、アナウンスがあったんだ。土曜の午後に講演があるって。コリンソン将軍が戦争の話をしに来るんだって。きっとさぞかし面白い話が聞けるんじゃないかと思うから」

「ああ、それは面白そうだな。コリンソン将軍のノルマンディー上陸作戦の体験談ならきっとすごいだろうから、それが聞けるんなら、退屈な半日の休日を返上したってちっとも惜しくないね」

二人はしかつめらしい顔をつくろうとしたが長くはつづかず、すぐにげらげら笑いだし、敬礼の真似をして、唇をブルルと震わせながら『希望と栄光の国』のメロディーを口笛で吹いた。

「プレップ・スクールにいたころ」と、ニコラスが言った。「国会議員が政治の話をしに来てね、長々としゃべったことがあったんだ。午後中ずっとしゃべりっぱなしで、夜中までしゃべりつづけそうな勢いだったんだけれど、ピーター・ボウエンっていう一年生が居眠りをはじめちゃってね」

「それで？　そいつ、鼾《いびき》をかきはじめたのかい？」

「ううん！　それよりずっと面白いことが起こったんだ。なんとそいつ、夢にうなされたのさ！　ターザンの息子〝ボーイ〟になって、ジャングルで巨大なクモに追いかけられている夢を見たらしいんだ。国会議員が何か質問はないかときいたとき、ピーター・ボウエンは『助けてくれ、ターザン！　クモがキンタマに食いついたよう！』って叫びだしたんだ！」

二人はまた大笑いした。あまりに大声を出したので、シスター・クラークが戸口から顔をのぞかせて、静かにするよう怒鳴った。

「ジョナサン、そろそろ行ったほうがいいんじゃない？」二人の笑いがようやく鎮まると、ニコラスが言った。「体育の時間の支度をしなくていいのかい？」

ジョナサンは腕時計に目をやった。「まだ大丈夫だ。どうして？　眠くなったの？」

「ううん。ぼくはいてほしいさ。来てくれてうれしいよ」

「ぼくもだ」

二人は二、三分黙って座っていた。温かくて気持ちのいい、はき慣れた靴のように心地よい沈黙だった。

やがてニコラスが、さっきまで読んでいた本を開いた。「ここんところ、すごくおかしいんだ。聞いて……」

夜の九時十五分。ジョナサンは湯の栓をしめてシャワー室を出た。

彼は床に水滴をぽたぽた垂らしながらタオルをとって腰に巻きつけ、オールド・スクール寮の更衣室に入っていった。更衣室には汚れた衣類の臭いがただよい、まわりからは、やはり就寝の準備をしているほかの生徒たちのたてる物音が聞こえていた。

ジョナサンはパジャマとナイトガウンに着替え、暗い廊下づたいに正面玄関のホールに向かって歩いた。掲示板の前を通り、優勝カップの飾ってある戸棚、そして毎朝生徒宛ての郵便物が並べられるテーブルを通りすぎ、階段を上る。月初めにおろしたばかりで、まだ大きすぎるスリッパが、冷たい石の床の上でパタパタと音を立てる。

ジョナサンは階段を上りきると、監督生たちの自習室兼寝室の並ぶ廊下を通り、四年生の共同寝室のドアをあけた。

共同寝室は木の床の細長い部屋で、どれも同じグリーンの毛布のかかった寝台が十六、八つずつ二列に並び、それぞれ横に小さな木製のロッカーがついていた。部屋はがらんとしていたが、コリン・ヴェールとウィリアム・アボットの二人だけはすでにベッドに丸くなって本を読んでいた。

ジョナサンは寝台の列を通りすぎ、洗面所に通じる左側のドアを押した。洗面台が六つ、仕切り板で囲ったトイレが一つ、壁ぎわの棚には歯ブラシを立てるコップと洗面バッグをかけるフックが並んでいる。

ジョナサンは歯を磨いた。ゆっくりと丁寧《ていねい》に。背後でバタンバタンとドアを開閉する音、人声、少年たちが寝室になだれこみ、さらに洗面所に入ってくる物音が聞こえた。みんなナイトガウン姿で、歯ブラシに手をのばしたり、洗面バッグから洗面タオルを取り出したり、カークストン・アベイの就寝時のいつもの儀式を執《と》り行なっていた。

ジョナサンは自分の寝台へ向かい、ナイトガウンを脱いで二枚のシーツのあいだにもぐりこんだ。シーツはその朝替えたばかりで糊《のり》がよくきいていたので、板のように体を押さえつけ、彼はほとんど身動きがとれなかった。

彼はベッドの横のロッカーに入れておいた本に手をのばした。英語の授業の課題図書、『サイラス・マーナー』で、それになんとか注意を集中しようとした。が、どうしても気が乗らないので、まわりの同室の少年たちの様子を見守った。

寝室の反対側では、スチュアート・バリーがベッドに座ってジェームズ・ホイートリーとしゃべっていて、ジョージ・ターナーも二人のところへ行った。スチュアートとジョージ、それにジェームズ・ホイートリー、三人は仲間だった。スチュアートは背が高く、金髪で、顔立ちは整ってはいるが、個性がなく、能力にも欠け、どちらかというと人の尻馬に乗るタイプ。ジョージは人一倍図体が大きく、骨太、粗野な目鼻立ち、とんがり頭にもじゃもじゃの黒い髪で、これまた頭が悪くてリーダーになる器ではない。

問題はジェームズ・ホイートリーで、小柄で、強靱で、抜けめのない腕白そうな顔つき、邪悪で悪賢そうな目――いま、その目がおもむろに寝室じゅうを見まわしているようだった。

目を合わせないようにするんだ、とジョナサンは思った。

ジョナサンは目を伏せて本を読んでいるふりをしていたが、ふと、今夜、ホイートリーら三人がどんないたずらを計画しているのだろうか、と思って身をこわばらせた。自分も無理やりそれに巻きこまれるのだろうか？

ジョナサンは、三週間前、ホイートリーがウィリアム・アボットに、侮辱したと言いがかりをつけた晩のことを思い出した。三人組は消灯時間になるのを待ってウィリアムをベッドから引きずり出し、洗濯かごに突っこんで蓋を閉めて非常階段の上から突き落とした。ウィリアムは横腹に打撲傷を負って三日間サナトリウムで過ごした。

もちろんすぐに監督生のひとり、ニール・アーチャーが寝室に飛びこんできて、犯人はだれか、いじめは校則違反だから、名乗り出ないのなら全員に罰として一週間早朝ランニングをやらせるぞと言った。

だが、三人組はむろん何も言わないし、ほかの生徒たちも口をつぐんでいたので、それから一週間というもの、毎日夜明け前にたたき起こされ、朝食の前に一時間、グラウンドのぬかるみに足をとられながら走らされるはめになった。みんなが黙っていたのは、そうするほかなかったからだった。

なぜなら、カークストン・アベイで唯一ほんとうに重要な掟は、けっして告げ口をしてはならないという暗黙の決まりだったからだ。だれにどんなことをされても、決して、絶対に告げ口をしてはならないのだ。

寝室のドアが開いて、ブライアン・ハリントンが姿を見せた。ブライアンは大柄で堂々としていた。寮のラグビー・チームのキャプテンで、そのうえ、いまや寮長という絶大な権力も握っていた。その権力はこのあいだまでポール・エラーソンが握っていたのだが、彼は……

しかし、ジョナサンはそのことは考えたくなかった。

ブライアンは寝室を見まわし、まだベッドに入っていなかった者たちがあわてて自分の寝床へ向かうのを見守った。「よし、みんな、おやすみ」

「おやすみなさい、ハリントン先輩」みんな声をそろえて言った。ブライアンは電灯を消し、分厚い木製の扉を閉めて立ち去った。寄宿生たちは暗闇の寝室のなかに自分たちだけになった。

初め、あたりはしんと静まり返り、海から吹きつける風が窓をガタガタ鳴らすだけだった。が、やがて、暗闇のあちこちからひそひそ声が聞こえはじめた。見つかって罰を受けないように小声でささやきあう声だ。ジョナサンは黙っていたが、ジェームズ・ホイートリーがどうするつもりか気がかりだったので懸命に耳をそばだてた。と、ホイートリーが鋭い、かん高い声をあげるのを聞きつけた。が、それはただ、あくびをしながらスチュアートに、「おやすみ」と言っただけだった。ジョナサンはほっと胸をなでおろした。今夜は何も起こらずにすみそうだった。

ジョナサンは体を丸くして横になり、なおも耳をすましつづけた。ささやきあっていた少年たちもついに眠りにつき、あたりはしだいに静まっていった。咳ばらい、鼻をすする音、くしゃみ、だれかが寝返りを打った拍子にベッドのスプリングがきしむ音――ときおり、壁ぎわを通る温水パイプのシューッという音がした。息づまるような、少年たちでいっぱいの暗闇。

ジョナサンは、ポール・エラーソンのことが頭にうかんでくるのをどうすることもできなかった。それでもなお、エラーソンのことは頭から追い払い、なんでもいいから何かほかのことを考えようとした。

ジョナサンは、寮の寝室というのがなんともいやな所だということを考えた。彼はその、プライバシーのなさ、いつもだれかに見られているという感じがいやでたまらなかった。アベイ寮に入っている生徒たちみたいに自分だけの部屋があったらいいのに、と思った。個室。鍵のかかる部屋。ジェームズ・ホイートリーやジョージ・ターナーみたいな連中を締め出せる鍵。部屋に鍵がかかれば、今夜は何が起こるのかとびくびくせずに安眠できる。ジョナサンはアベイ寮に入りたかった。リチャード・ロークビーはアベイ寮にいた。

ジョナサンは仰向けになって天井を見つめ、今朝のラテン語の時間のことを考えた。リチャードがアッカーリー先生に対して見せた態度を、そしてリチャードがジェームズ・ホイートリーを鼻であしらったことを思い出した。また、ジョナサンが頼んだわけでもないのに、リチャードが助け船を出してくれたことも。

そのことを思い起こしているうちに、新しい、奇妙な考えがジョナサンの心に芽生えた。二人は友だちになれるかもしれないという考えが。

なれるかもしれないじゃないか。授業のあとリチャードに無視されたからといって、気にすることはない。リチャードは急いでいた。ただそれだけのことだ。

ジョナサンは頭のなかで計画を練りはじめた。明日、リチャードに話しかけてみよう。彼に口をひらかせて、彼のことを聞き出すんだ。共通の話題を見つけて、それを基に友情を築くんだ。

だが、計画を練っているうちに、ジョナサンは自分の考えに根本的な欠陥があることに気づいた。リチャードはジョナサンとはちがう。友だちなど必要としていない。彼は強くて、他人に頼る必要はないのだ。

ジョナサンの思いつきは、常識の冷たい槍に貫かれてもろくも崩れさり、あとに残ったのは、虚しさとかすかな心の疼《うず》きだけだった。

ぼくもあんなふうになりたい。ああ、あんなふうになれるのなら、どんな犠牲を払ってもいい。

ジョナサンは仰向けになって暗闇を見つめ、風の音と周囲の重苦しい沈黙に耳をかたむけながら、どこか遠くへ、はるか遠くへ行きたいと思った。

2

カークストン・アベイ校のクライヴ・ハワード校長は書斎の窓から外を眺めた。カーキ色の制服姿も凛々《りり》しい学校軍事教練隊が回廊の前に整列して、コリンソン将軍夫妻を、着きしだい講堂まで案内しようと待機していた。ヘザーフィールド寮とモンマス寮から大勢の生徒たちが出てきて講演会場へ向かおうとしていた。みんな風に向かって体をかがめ、早足に歩いていく。校長はほっとして口元をほころばせた。万事、予定どおりに進んでいた。

校長は戸口のそばの鏡に近づいて自分の姿を眺めた。長身でがっしりした体格、四十代後半のいまは髪に白いものがまじり、顔は自分でも実直で温和に見えると思った。ネクタイもそう曲がっておらず、もう一度髪に櫛《くし》を入れる必要もなさそうだった。

だれかが近づく足音が聞こえた。軽やかでしとやかな足音で、彼の妻のエリザベスが部屋に入ってきた。校長より十歳年下で、繊細で魅力的な顔立ち、生き生きした目をしていて、スリムな体型を引き立たせるシックなブルーのドレスを着ていた。彼女は夫の前でバレリーナのようにくるりと一回転して見せた。「これでいいかしら？」

妻の姿を見て、一瞬クライヴの胸は躍った。結婚後十五年たったいまでも、この妖精みたいな美女が自分の妻だとは信じられないような気持ちだった。「とてもきれいだよ」彼は優しく言った。「だれもきみの足元にも及ばないね」

「あなただって悪くないわよ。ただ、ネクタイがちょっと曲がっているけど」彼女は夫のネクタイを直し、指先で彼の髪をなでつけた。「これでいいわ。これなら、人前に出てもまあ大丈夫よ」

クライヴは妻の鼻の頭に軽くキスした。「じゃあ、わたしと並んでいるところを人に見られても恥ずかしくないね？」

「ちょっと恥ずかしくなくもないけど、でも、人はだれでも十字架を背負って生きているんですもの」

二人は声をあげて笑い、彼はまた妻にキスした。「緊張してる？」と、エリザベスはきいた。

クライヴはうなずいた。

「大丈夫。何もかもうまくいくから」

「どうしても心配が先に立ってね。ポール・エラーソンのことがあってからというもの、何をするにも……」

「あれはもう過去のことよ」エリザベスは急いで言った。

「そうかな？」

「そうですとも！」彼女は強く言い放った。「だから、いつまでも自分を責めるのはおよしなさい。あなたにはどうすることもできなかったんだから」

「わたしは校長としてあの子に対して責任があった。わたしはあの子の期待を裏切ってしまったんだ」

「そんなことはないわ、クライヴ。彼はもう十八だったんだから。大人だったのよ。自分のことは自分で決められる年になっていたの。だれかに強制されて、あんなことをしたわけじゃないわ」

「それでもわたしは、もっと何かしてやれることがあったような気がするんだ。あのことがあったあとでもね。学校では追悼式もやらなかったんだからね」

「それは、彼の両親がそのほうがいいって言ったからよ。あなたが決めたわけじゃないわ」彼女は夫の頬をなでた。「あれはたしかに悲しい出来事だったわ。若い命が断たれるなんて、ほんとに残念なことよ。でも、それはあなたのせいじゃない。あなたにはなんの責任もなかったのだから、あなたは自分を責めてはいけないわ。あなたはいい人よ、クライヴ。あなたのような人が校長になったのは、カークストン・アベイにとって幸運なことなのよ。あなた、絶対にそれを忘れてはだめよ」

クライヴは妻の体を抱き寄せ、彼女の頬にキスした。「ああ、エリザベス、きみがいなかったら、わたしはどうなることだろう？」

彼女は笑った。遠くで鳴る鈴の音のような愛らしい笑い声だった。「そんなこと、考えただけでもぞっとするわ！　でも、心配しないで。今日の講演会はきっとうまくいくから。そうなるように、二人でがんばりましょう」

ジョナサンはオールド・スクール寮のほかの生徒たちと一緒に講堂に入っていった。

講堂は巨大な長方形の建物で、天井は高く、オーク材の鏡板を張った壁には学校の理事や著名な卒業生たちの肖像がかかっていた。木製の椅子が演壇以外のスペースを埋め、中央に通路があけてあった。ヘザーフィールド寮やモンマス寮の生徒たちはすでに席についていた。ジョナサンはそこを通り抜け、ニコラス・スコットとペリマン兄弟の姿を見つけた。ニコラスはジョナサンを見てにっこりし、マイケルはあくびをかみ殺す真似をしてみせた。

日光が講堂の窓から射しこみ、空中に舞うほこりを照らし出していた。ジョナサンは前のほうの席に座った。正装の上着は窮屈だったし、これから退屈な午後を過ごすことになると思うと気がめいった。こんな堅苦しい雰囲気にはおさらばして外へ出たかった。彼は壁にかけられた肖像画を見上げた。何十もの冷たい無表情な目が非難のまなざしで彼を見下ろし、まるで彼に愛校心がないのを叱責しているようだった。

だれかが、「起立！」と号令をかけた。全校生徒がいっせいに立ち上がった。

ハワード校長は、正装に身を固めた背の高い白髪頭の将軍と並んで大股で通路を入ってきた。ハワード夫人は、水玉模様のドレスを着た、気むずかしい顔つきの太った将軍夫人と並んで二人のあとにつづき、いつもながらにこやかな笑顔を見せていた。軍事教練隊がそのあとを進んだ。隊員たちの靴はピカピカに磨き上げられていた。その後ろから、教師たちが、全員黒いガウンを着て、単身か、あるいは妻と連れだってつづいた。

軍事教練隊と教職員はジョナサンの前にずらりと並んで立った。校長夫妻と二人の来賓はそのまま演壇に上がった。そこには四人のために椅子が用意してあった。校長は演壇の反対側でピアノに向かって座っている音楽のバランタイン先生に合図した。バランタイン先生がピアノを弾きだすと、全員による国歌の斉唱が始まった。

神の救い
われらが女王にあれ！
幸と勝利
栄光あれ！
栄えたまえ
われらが女王！

全員が着席すると、校長先生は演壇の前方に進み出て、手短に紹介の言葉を述べ、このような著名な講演者の来臨を仰ぐことができて諸君はまことに幸運だと言った。ジョナサンは早くもじっと座っているのに飽きて、講堂のなかをきょろきょろ見まわした。と、その目が化学のジェプソン先生の夫人のところで止まった。ジェプソン夫人はいかにも講演が楽しみでたまらないという表情を顔に貼りつけて目の前をじっと見つめていた。きっと彼女もぼくとおなじくらい退屈しているんじゃないか、とジョナサンは思った。

ついでジョナサンは、アッカーリー先生が足元に目を落としているのに気づいた。先生は口を固く結んでいて、となりの席は空いていた。アッカーリー夫人はどうしたのだろう、とジョナサンは思った。病気なんだろうか？

校長先生が自分の席にもどると、コリンソン将軍が立ち上がり、演台の前方へ大股で進み出た。講堂じゅうに拍手が響きわたった。

将軍はしばし無言で拍手に応えていたが、やがて大きな手を挙げて静粛を求めた。「今日、ここに集まった諸君のなかには、『せっかくの土曜日だというのに、なぜ、どこかの老兵の話を聞いて半日をむだにしなくちゃならないんだろう？』と考えている人もいるはずだ」そう言って、将軍は、「どうかな？」というように眉をつり上げた。「そうじゃないかな？」

生徒たちは声をそろえて、「ノー」と答えた。ジョナサンは黙っていたが、イエスと言う勇気がないのが残念だった。

「おそらく」将軍はつづけた。「諸君のなかには、わたしのような老いぼれから学べることなど何もないと考えている人がいるにちがいない。わたしはそうは思わないのだが、しかしわたしはいつも、一人の志願兵は強制的に徴集された十人の兵士にまさると言っている。だから、もし、きみたちのなかにわたしの講演に興味がなくて、ほかにもっと大事な用があると思っている人がいるなら、いますぐ出ていってかまわない」

生徒たちは笑った。今度のはごく自然な反応だった。出ていくだって？　そんなことできないよ。

その言葉とはうらはらに、将軍も明らかに、出ていく生徒などいないだろうと思っていた。将軍はほとんど息もつかずに口をひらくと、つづけた。「まず第一にわたしが言いたいのは……」ジョナサンは早くも気が散って、ぐったりと椅子の背にもたれた。そのとき、彼の視界の端に、何か動くものが映った。

ジョナサンは振り向いた。ほかのみんなも振り向いていた。

なんとリチャード・ロークビーが席を立ち、彼の列の端のほうへ移動していくところだった。

リチャードは通路に出て、出口へ向かった。頭を高くあげ、胸を張り、落ち着きはらった目つきで前方を見つめ、軽やかでしっかりした足どりで歩を運び、周囲の目など少しも気にならないようだった。目立ちたいからそんなことをしているという様子でもなかった。ただ、自分の思うままに、自信を持って冷静に行動しているだけで、他人にどう思われようとまったく気にならない、そんな感じだった。

講堂のなかは水を打ったようにしんとなった。ほかの生徒たちはまるで、仲間の一人が自分の死刑執行令状に署名するのをじっと見ているかのように、驚きのあまり言葉もなかった。ただ、リチャードの靴のかかとが石の床に当たる音だけがコツコツと響いていた。

リチャードは講堂の端の大きな二重扉の前に達すると、そこを出て、扉が背後で自然に閉まるにまかせた。彼の靴音が廊下に響き、やがてしだいに遠ざかって消えていった。

完全な静寂。なにか大きな塊のような感じがするほど重苦しい静寂だった。

みんなの視線がゆっくりと演壇へもどった。校長夫人が将軍夫人に何やら耳打ちしていた。ハワード校長はポートワインみたいに真っ赤な顔をして床を見つめ、床に穴があいて自分を呑みこんでくれるよう念じているようだった。

そして、コリンソン将軍はひとり演壇の前に立ち、いま、リチャード・ロークビーが出ていった扉を、まったく信じられないという顔で見つめていた。彼の口は半ばひらいたままだった。もし、墓からよみがえったヒトラーが講堂に現われて、これから新たな侵略を開始すると宣言したとしても、将軍はそれほど驚いた表情を見せなかったのではないか。

静寂は一分ほどつづいた。みんなただただあっけにとられていた。

と、三年生の一人がくくっと笑った。

おかしくて笑ったというより、緊張のあまり起こる、短く、かん高い笑い声だった。声変わりの少年の笑い声で、低い音ではじまり、急に二オクターブほど上がり、また急降下し、ほんの五秒ほどでやんだ。

講堂に生気がもどった。あちこちでささやき声が起こり、笑いがもれたかと思うと、すぐに押し殺された。ジョナサンはあたりを見まわし、少年たちが示す十人十色の反応を観察した。ジェームズ・ホイートリーとジョージ・ターナーは腹をよじって声を出さずに笑っていた。ヘンリー・ブレイクは憤然としていた。ヘンリーの父は戦死していたのだ。ウィリアム・アボットは、リチャード・ロークビーは気が変になったにちがいないというように首を振っていた。教師たちはかたわらの妻たちに小声で何か言っていた。軍事教練隊だけは忠実に前方を凝視していた。

「静かに！」ハワード校長が割れ鐘のような声で怒鳴った。

みんな驚いて飛び上がった。将軍まで飛び上がった。ふいに、将軍が演壇から転げ落ちる図がジョナサンの目にうかび、彼はおかしくてたまらず、指をかんで笑いをこらえた。

騒ぎはなんとかおさまり、コリンソン将軍は心を落ち着けた。「まず第一にわたしが言いたいのは……」生徒たちはなんとかリチャードのことは忘れて将軍の話に注意を集中しようとした。

将軍は一時間半にわたってしゃべりつづけた。戦争について、ダンケルクやDデイについて、〝諸君が誇りにすべき〟勇敢な英軍兵士たちについて、規律と献身の大切さについて語った。そして、「わたしの話が諸君にいささかなりとも考える材料を提供することができたなら幸いです」と締めくくって講演を終えた。

生徒会長のトマス・コーディーがさっと立ち上がり、「全校生徒！　コリンソン将軍のために万歳三唱！」と音頭をとった。威勢のいい歓声が三度あがった。将軍は校長先生に案内されて、教員とその妻たちの列席するティーパーティーの席へ向かった。生徒たちは、一列ずつ講堂から出ていった。外はもう日が傾き、太陽の光は薄れていた。

その夜の寮は講演会の話で持ちきりだった。まちがいなく、将軍の来訪はカークストン・アベイの少年たちにいろいろと考える材料を提供してくれたのだった。

だが、話題の中心となったのは将軍の講演の内容そのものではなかった。

日曜日の朝。礼拝は三十分前にすでに終わっていた。

ハワード校長は書斎の机に向かって座っていた。そして、リチャード・ロークビーがその前にいた。

校長は深くゆっくりと息をしていた。彼は、わたしは冷静だ、と自分に言い聞かせようとした。そして、ずっと冷静でいるつもりだった。

これがもし前の晩だったら、話はちがっていただろう。リチャード・ロークビーのショッキングな行動は、憤慨した将軍をなだめるのに三時間も四苦八苦したこととあいまって、彼をかんかんに怒らせていたから、もし、将軍が帰った五分後にリチャード・ロークビーが前に立っていたら、校長はリチャードを思いっきり鞭でひっぱたいていたにちがいなかった。

しかし、一晩たったいま、校長は落ち着きを取りもどしていた。それに、彼は妻から、厳密にいえばリチャード・ロークビーはなんの規則にも違反していないのだからそのつもりで、と注意されていた。

校長は、自分の前に立っている少年をじっと観察した。ぴんとのばした背筋、尊大に突き出したあご、男らしい、整った目鼻立ち、軽蔑に近い無関心さで校長を見ている冷たい青い目――校長は思わず体がこわばるのを意識した。

この少年は問題児だ。

だが、校長は二十年に及ぶ教員生活を通じて、問題を起こす生徒を大勢見てきたので、リチャード・ロークビーのような子にはどう対処したらいいかわかっていた。

「きみには何か言い分があるかね？」

青い目は校長を無遠慮に観察した。「それはどういう意味ですか、先生？」

「とぼけるのはよしなさい、ロークビー。どういう意味かはよくわかっているはずだ」

「ぼくの記憶にまちがいがなければ、将軍は、たしか……」リチャードは記憶をたどるように言葉をとぎらせた。「自分のような老いぼれの話に興味のない者は出ていってかまわないと言いましたよね。ぼくは将軍の話に全然興味がなかったので、出ていったまでです」

ハワード校長ははあはあ荒く息をしながら、怒りをこらえようとした。怒ってもなんの解決にもならない。

だが、この少年の声はひどく挑発的で慇懃《いんぎん》無礼だった。まるで塩を振りかけたチョコレート・ケーキみたいなのだ。

「ロークビー、コリンソン将軍が本気であんなことを言ったわけでないということは、きみだって百も承知のはずだ」

「それじゃ、なぜあんなことを言ったんです？」

「なぜあんなことを言ったかなんて、どうでもいい！　とにかく将軍は本気でああ言ったわけじゃない。きみはそれがよくわかっていながらああしたのだ！」

リチャードはちょっと目を伏せた。ハワード校長は内心にんまりした。うまくいきそうだ。

だが、リチャードはすぐまた顔をあげた。

「じゃあ、先生は、将軍は嘘をついていたとおっしゃるんですね？」

「そんなことは言ってない！　屁理屈を言うんじゃない！　いいかげんにせんと……」校長は自分を抑えた。挑発に乗ってはならない。

「ロークビー、きみは学校の賓客に対してきわめて失礼な行動をとった。きみは好むと好まざるとにかかわらずカークストン・アベイの一員だから、学校の名誉になるような行動をとる義務がある。将軍は昨夜、本校に対してじつに悪い印象をいだいて帰っていかれた。その責任はきみにある。それについて、きみはどう思うかね？」

「なんとも思いません」

校長はまた怒りがふくれあがるのをおぼえ、努めてそれを抑えた。「きみは全然恥ずかしいと思わないのか？」

「ええ、先生」

「ロークビー、コリンソン将軍はわが国のために戦った勇士だ。そういう人物に対して、昨日の午後きみが示したような失敬な態度はとるべきではない」

リチャード・ロークビーはまばたきもせずに校長を見つめ返した。「先生がそうおっしゃるのなら、そういうことにしておきましょう」

校長はなんとか癇癪《かんしゃく》を起こすまいと必死だった。

だが、リチャードの目つきは校長の神経を逆なでした。その目は、〝ぼくは先生を軽蔑する。先生の標榜するすべての価値を軽蔑する〟と言っていた。

もうがまんできない！　この子に、こんな態度をとるのは許されないということをわからせなければ。

ハワード校長は原則として、フェアでない攻撃は慎むよう心がけていたが、どんな原則にも例外はある。

「ロークビー、軍人の多くが国を守るために命を捨てているんだぞ！　大勢の兵士が戦死したのだ！　そのうえ、大勢の人が、気の毒に、収容所で亡くなっているのだ。もし、きみのお父さんがそのうちの一人だったらと想像してみたまえ！」

「ぼくの父が？」リチャードの平静さがわずかに揺らいだ。まちがいなく心の動揺がその声に表われていた。

「そうだ！　きみのお父さんがだ！　ああいう収容所で！　鬼畜生のようなやつらの捕虜になって、殴られ、拷問され、ありとあらゆる屈辱に耐え、飢えと虐待に苦しみながらなんとか生き延びようとしていたとしたら！　そうだったとしたら、きみはあの将軍のような人のことをどう思うだろうね？　それでも、あんな生意気な態度をとったかな？」

リチャードは目を大きく見開いた。口もひらいたが、言葉は出てこなかった。と、リチャードはうなだれた。

ハワード校長は後ろめたさと満足感の入り交じった落ち着かない気分で、じっと少年を見つめた。

「どうだね？」

リチャードは首を垂れたままだった。

「どうだね？」

リチャードはゆっくりと顔をあげた。ハワード校長は叱責の締めくくりをしようとして口をひらきかけた。が、相手の顔を見たとたん、言いかけた言葉を呑みこんだ。

少年の目は怒りに燃えていた。怒りは瞳からほとばしり出て、錐《きり》のように校長に突き刺さった。

そして、校長の問いかけに答えた少年の口調には、さきほどまでの冷静さはみじんもなかった。

「あなたはぼくがどう思うか知りたい?!　ぼくは父が苦しんだらいい気味だと思っただろう!!　父が死んだら喜んだだろう!!　ぼくは父を殺すのに手を貸したドイツ人たちに勲章を

やりたいくらいだ!!」

一瞬、少年の体は、煮えくり返るような激しい感情を抑えきれなくなったように震えた。それから、少年は平静を失ったとき同様すみやかに落ち着きを取りもどした。体の震えは止まり、目もさきほどまでのように冷たく澄んで校長を見つめた。

その視線に気圧《けお》されて、ハワード校長は思わずあとずさりしそうになった。さきほどの思いがまた頭にうかんだ。

この少年は問題児だ。

だが、今度は、それにさらに重大な、不気味な思いが加わっていた。

この少年は危険だ。

校長は譴責《けんせき》の締めくくりをするのを忘れた。少年がかっとなって怒鳴ったことに対して謝罪させるのも忘れてしまった。とにかく、この訓戒を一刻も早く終わらせたいと思った。

「ロークビー、きみは将軍宛てにお詫びの手紙を書いて、明日の朝、わたしの秘書に渡すのだ。それから、二度と、学校に来られた賓客にあのような無礼な態度はとらないように。わかったな?」

「はい、先生。ようくわかりました」

「それだけだ。もう行ってよろしい」

リチャード・ロークビーは校長室を出ていった。ハワード校長はその後ろ姿を見送ってから、深いため息をついた。そのとき初めて、自身の激しい動悸に気づいた。

一分ほどすると、ノックの音がして、エリザベスが姿を現わした。「どうでした?」

校長は首を振った。「あの子は正常じゃない。父親に手紙を書いて、退学させなければならないかもしれない」

「どうして？　クライヴ、いったい何があったの？」

校長は一部始終を妻に話した。「自分の父親のことをあんなふうに言うなんて！」

「あの子にあまり厳しくしないようにしてね」と、エリザベスは静かに言った。「大変な思いをしているのだから」

「そんなことは言いわけにならんよ。いくらなんでも、あんなことを言うなんて！」

「そんなふうに決めつけたら、あの子が可哀想《かわいそう》だわ、クライヴ。あなただって、もし、あの子みたいな経験をしていたら、どうなったかわからないでしょう」

校長は首を振った。「いいかい、エリザベス、あの子にはどこか異常なところがあるんだ。心のなかに、何か邪悪なもの、破壊的なものがある」

「彼はただの子供よ、クライヴ。それだけだわ。孤独な十四歳の少年よ」

「孤独だって?!」校長は驚いたように妻を見つめた。「とんでもない！　それどころか、彼のほうで、学校じゅうのほかの人間を汚いものみたいに避けているんだよ！」

「だからといって、彼が孤独でないということにはならないわ。心の奥底では、だれだって、だれかを必要としているのよ、クライヴ」

校長は皮肉っぽく笑った。「リチャード・ロークビーでもかい？」

「リチャード・ロークビーでもよ。人間は一生孤立して生きていくわけにはいかないのよ。そんなことをしたら、心が死んでしまうわ」

校長は妻の言葉をしりぞけようとしたが、ふと最愛の妻の顔を見て、彼女なしの人生がどんなか想像した。というより、そんな人生はまったく想像できなかった。彼は彼女なしには生きていけない、生ける屍《しかばね》になってしまう、そう気づくと、彼は不安になり、妻の体に腕をまわして引き寄せ、「わたしにはひとつだけわかっていることがある」とささやいた。「もし、きみがいなくなったら、わたしの心は死んでしまうだろう。きみがわたしの人生の一部でなかったら、わたしは生きつづけることができないだろう」

しんと静まり返った校長室で、二人は優しく口づけを交わした。

リチャード・ロークビーは、だれもいない教室の机に向かって座っていた。

彼はじっと前を見つめていたが、何も目に入っていなかった。彼の注意は頭のなかのスクリーンに集中していた。

そのスクリーンにはただひとつのイメージが映し出されていた。彼の父のイメージ、健康で裕福で、世間にも自分にも満足している男のイメージが。リチャードはそのイメージをきっと見すえた。それは、彼の頭の中心にある太陽のように、目の前でぎらぎらと光っていた。

そうするうちに、彼の胸はたちまち憎悪に満たされていった。氷の塊のような憎悪がみぞおちのあたりから毒素のように全身にひろがり、彼のなかに潜むほかの複雑な感情をすべて麻痺させ、冷たい、まじりけのない憎悪の香油で洗い流してしまった。

彼はじっと座って前を見つめ、ゆっくりと深呼吸しながら心の平静がもどるのを待った。一時の弱気は克服された。彼はいつもの彼にもどっていた。

彼は立ち上がって教室から廊下に出ると、ほかの教室や講堂の前を通りすぎ、活気に満ちた物音のするほうへ向かった。彼はいつものように軽やかで自信にあふれた足どりで、頭を高く上げて、胸を張り、まっすぐ前を見て歩いた。

回廊のところまで来ると、少年たちが三々五々、雑談したり取っ組み合いをしたりして、昼食の合図のベルが鳴るまで暇つぶしをしていた。彼が姿を見せると、みんないっせいに彼に目を向けて、質問を浴びせたりからかったりした。「どうだった、ロークビー、校長先生に何をされた？」「鞭でたたかれたに決まってるさ。当然の罰だ、あんな生意気なやつにはな」リチャードは何を言われても一切無視した。

彼はアベイ寮のほうへつかつかと歩いていった。その超然とした姿は、物静かで自信に満ちていた。

そして、いつもながら、彼はひとりだった。

3

火曜日の午前、四時間目。ちょうど授業が終わったところだった。

ジョナサンは自分のレポートを前に置いて机に向かって座り、同級生たちがわれ勝ちに、一週間にただ一度の自由時間を楽しもうと教室から出ていくのを見ていた。ニコラス・スコットはいちばん最後まで残って、彼に目配せしてから廊下へ出ていった。生徒たちの声の残響も消え、教室のなかはしんとなった。

歴史のスチュアート先生は黒板を消していた。むっとする教室のなかに白墨の粉が雲のようにただよった。スチュアート先生は二十代後半、長身のスポーツマンタイプで、男らしい角張った顔はハンサムといえなくもなかった。彼の腕はやり投げのウォーミングアップでもするように黒板の上でなめらかな弧を描いていた。黒板を消しおわると、先生は教卓に向かって座り、ジョナサンを手招きした。

「さて」と、先生は言った。「きみのそのレポートだが」

ジョナサンは何と言われるか見当がついていたので、きまり悪そうにもじもじした。

「とてもよく書けているよ、ジョナサン。第一級のできばえだ」

ジョナサンは顔が火照るのを意識した。「ありがとうございます、先生」彼は誇らしさと恥ずかしさの入り交じった口調で言った。

「礼を言う必要はないよ。褒《ほ》められて当然なんだからね。学校の図書室にはエリザベス一世に関する本がすくなくとも十二、三冊あると思うが、きみはそれを全部調べたようだね」

「全部ではありません、先生」ジョナサンは謙虚に答えた。

スチュアート先生の茶色の目には優しさがあふれていた。出身大学のブレザーを着ていたせいもあって、彼は教職員のひとりというより上級監督生のように見えた。スチュアート先生は黒いガウンを着ない数少ない教師のひとりだった。「きみは歴史が好きかい？」と、彼はたずねた。

ジョナサンはうなずいた。

「どうして？」

ジョナサンは虚をつかれた。歴史の先生からそんなことをきかれるとは思ってもみなかったのだ。「とにかく楽しいんです、先生」

「どうして楽しいのかな？」

「面白くてわくわくするから」

「何が面白いと思うね？　戦争？　王族や貴族の争い？」

ジョナサンは、ええ、と言ってしまおうかと思った。だが、彼はスチュアート先生が好きだったので、正直に答えたかった。「いいえ、先生、それだけじゃありません。歴史は……」

「歴史は？」

「わかりません、先生、言葉で言うのは難しいんです」

「言ってみなさい」

　ジョナサンは微笑して肩をすくめただけだった。

「言ってみなさい、ジョナサン。先生は知りたいんだ」

「歴史はとっても生き生きしているように思えるからです」

「生き生きしている？　それはどうして？」

「それは、歴史に出てくる人たちがそうだからです。歴史上の偉い人たちが。歴史に書かれている偉人たちの生涯を読むと、その人たちが何を成し遂げたかとか、どんな危険に直面したかとか、歴史の本で読むと、ぼくは……」ジョナサンはなんとかして自分の考えを言い表わそうと言葉をさがした。「その人たちはただ存在したというだけじゃなくて、ほんとうに自分の人生を生きたように思えるんです。その人たちのことを読むだけで、ぼくも生きているんだという気がしてくるんです」

　スチュアート先生は椅子に深く座り直してジョナサンに微笑《ほほえ》みかけた。「きみの気持ちはよくわかるよ。わたしが学校にいたころ、友だちはよく、わたしがなぜ歴史の本なんか読むのかわからないと言ったものだ。その連中にとっては、歴史は活気のない学問だったが、わたしにとっては、歴史はほかの教科を全部合わせたよりも活気にあふれていた」

「そうなんです。歴史の本を読むのは物語を読むのに似ているけれど、実際にあった話だから、物語よりもっと面白いんです」

「きみはよく本を読んでいるようだな？」

ジョナサンは大きくうなずいた。「年じゅう読んでいます」

「きみのレポートを読むと、それがわかる。いま、何を読んでいるの？」

「鉄仮面の話です」

「面白いかい？」

「最高です！　日曜日に読みはじめて、午後じゅうずっと読んでいました。日曜の午後のいちばんの過ごし方は、面白い本を夢中で読むことです」

「月曜日の朝からの〝楽しい〟日課のことをすっかり忘れさせてくれるからかい?!」

「ここにいなくちゃならないということを忘れさせてくれるからです！」

ジョナサンは自分が何を口走ったかに気づいて、あわてて口をつぐんだ。しまったと思って、彼は目を伏せ、靴を見つめた。彼の靴はずいぶん汚れていた。遠くで、三年生がフランス語の動詞を暗唱しているのが聞こえた。

「それがきみの望みなのか、ジョナサン？　ここにいるのを忘れることが？」

「いいえ、先生」

「ほんとか？」

「ほんとです、先生」

ジョナサンはおっかなびっくり顔をあげた。スチュアート先生はさぐるように彼を見ていたが、先生の目は好意的だった。何か質問したそうな目だったが、ジョナサンには、先生がその質問をすることはないとわかっていた。ある種の質問は、カークストン・アベイではけっして口にしてはならないのだ。

ジョナサンは、もう帰っていいと言われるものと思った。

「だんだんよくなるよ」ふいに、スチュアート先生は言った。「上の学年へ行くにつれてね。上級生になればなるほどよくなる。そんなことを言っても、いまはたいした慰めにならないのはわかっているけど、ほんとにそうなんだ」

その言葉は親切心から出たものだったが、ジョナサンは生傷に触れられるような気がした。彼は何も言わなかった。

「先生の言うことが信じられないのかい？」

ジョナサンは首を振った。

スチュアート先生はジョナサンがまだ何か言いたげなのを見てとった。「だけど？」

「ポール・エラーソンもよくそう言っていたんですよ、先生」

その、いまはだれもめったに口にしない名前は、鉛のように重く空中に垂れ下がった。スチュアート先生は大きく息を吸いこみ、それからしばらく沈黙がつづいた。

「きみのレポートはとてもよく書けていたよ、ジョナサン」ようやく、スチュアート先生は言った。「ほんとうによく書けていた」先生は笑顔を見せたが、力のない笑顔だった。「長いこと引きとめてすまなかったな。もう行っていいよ」

「はい、先生。ありがとうございました」ジョナサンはきびすを返してドアへ向かった。

教室を出る前にスチュアート先生のほうを振り返ると、先生は机に向かい、宙を見つめてじっと考えこんでいた。

スチュアート先生はポール・エラーソンが好きだった。ポール・エラーソンはみんなに好かれていた。

ただ、いまはもう、だれも彼の名前を口にしなかった。あんなことがあってからは。もはやまるで、ポール・エラーソンなどまったく存在しなかったみたいだった。

ジョナサンは前に向き直って歩きだし、心のなかで波立ちはじめた激しい感情から逃れるように足早に立ち去った。


カークストン・アベイ校の図書室は、学校の本館の二階にある巨大な、オーク材の鏡板を張った部屋で、窓からはラグビー・グラウンドと礼拝堂が見下ろせた。五、六人の五年生がひとつのテーブルを囲み、笑いさざめきながら勉強している以外、図書室はがらんとしていて、当番監督生の姿はどこにも見当たらなかった。

ジョナサンは五年生たちのわきを通り抜け、〝象の墓場〟と呼ばれている宗教書のコーナーのほうへ向かった。そこは部屋の左隅の奥まった一角で、窓辺には作りつけのベンチがあった。

一九四二年まで、宗教研究はカークストン・アベイ校の重要な教科のひとつだった。学校専属司祭のジョンソン師は、地獄の責め苦を強調する神学の信奉者で、青少年はとくに悪魔の誘惑に負けやすいと確信していた。したがって、授業はもっぱら学校の図書室にずらりと並ぶ宗教書の精読にあて、併せて、地獄に堕ちた罪人たちの苦しみをまざまざと描写し、生徒たちに自分の罪深い魂を憐れむよう神に祈ることを勧めた。

そのせいか、一九四二年に、神は現実にカークストン・アベイ校の生徒たちを憐れみたもうた。ジョンソン師が、ロンドンに住む兄弟を訪問中に空襲にあって命を落としたのだ。後任のポッター師は、生徒たちの魂を救うことよりも、自らの静かな生活を楽しむことに熱心だった。宗教書の研究は過去のものとなり、授業は聖書の主要部分の要約にあてられ、学年末試験に出そうな箇所に関するあからさまなヒントがちりばめられるようになった。その結果、図書室の宗教書にはもう何年もだれも手を触れていなかった。そこは、ひとりになりたい者にとって絶好の隠れ場所となった。

ジョナサンはそのコーナーをめざした。ところが、そこへ行って見ると、意外にもその席はすでにふさがっていた。

リチャード・ロークビーが窓辺に座っていたのだ。彼はあごを手で支え、肘を膝について窓の外を眺め、雨滴がゆっくりと窓ガラスをつたって落ちるのを目で追っていた。

その姿を見ると、ジョナサンは自分が侵入者のような気がして、相手に気づかれないうちに逃げ出そうと、回れ右をした。

だが、そのとき、彼の頭のなかで声が、何か言えとうながした。

ジョナサンはその声を無視した。リチャード・ロークビーが彼としゃべりたいと思っているはずがなかったからだ。

だが、頭のなかの声はあきらめず、ひそやかに、そそのかすようにささやきつづけた。

何か言え。なんでもいい、会話のきっかけをつくれ。おまえはリチャードと話をしたがってただろ？　いまがそのチャンスだ。

ジョナサンは立ち去りたかった。だが、もしこのまま立ち去ったら、きっと後悔して自分がいやになるにちがいなかった。ジョナサンはリチャードのほうを向いた。まるで大事な試験に臨むときのように緊張しているのが、自分でもわかった。

「ハロー、リチャード」

リチャードにはジョナサンの声が聞こえなかったようだった。ジョナサンはもう一度、今度は前より大きな声で言ってみた。「ハロー、リチャード」

リチャードはようやくジョナサンの声に気づき、ちょっと驚いたように振り向いた。その目つきがあまりに険しかったので、ジョナサンはどぎまぎして、最初に頭にうかんだ言葉を口走ってしまった。「べつに本を読んでるんじゃないんだね？」

「読んでるように見えるか？」

ジョナサンは照れ隠しにちょっと笑った。

「何の用？」と、リチャードはきいた。

「あの……」ジョナサンは何か言うことをさがした。「きみにお礼を言いたかったんだ」

「礼を？」

「先週のね。ラテン語の訳を教えてくれたときの」

リチャードは何も言わずにジョナサンをじっと見つめつづけ、ジョナサンは自分が声をかけた理由をもっと説明しなければならないような気にさせられた。「ぼくは、アッカーリーの出す宿題がいつもできないから、教えてもらって、ほんとに助かったんだ」

リチャードは肩をすくめ、「あんなこと、なんでもないよ」と言って、雨滴の走る窓ガラスに視線をもどした。その様子から、彼としてはもうそれ以上ジョナサンと話すことは何もないということがありありとうかがえた。

ジョナサンはその場に突っ立ってもじもじしながら、何かほかに言うことはないかさがした。リチャードは、ジョナサンがまだそこにいるのに気づくと、振り向いた。「いったい何の用なんだ？」そっけない、苛立ったような声だった。

なんでもないよ、とジョナサンは答えようとした。そう答えるつもりだったのだ。が、ききたくてたまらなかった質問が、止める間もなく口から飛び出してしまった。

「きみは何でだれとも口をきかないの？」

リチャードはちょっと目を見開いた。「そんなこと、きみとどんな関係があるんだ？」

「べつに」

「じゃあ、なぜきくんだ？」

「だって、知りたいから」

「どうして？」

「だって、あんまり理屈に合わないから。きみみたいな人がそんな態度をとるなんて」

「ぼくみたいな人？」

「きみは、その気になればだれとだって友だちになれるだろう」

「友だち？」リチャードは信じられないという顔をした。「友だちねえ」彼はさげすむような、同時に面白がるような口調でくり返し、かすかに笑うと、また窓に目をもどした。

「きみはどうして友だちをつくらないの？」

「あっちへ行けよ、ジョナサン」

「だけど、いったいどうして？」

リチャードは鼻で荒く息をした。「いいから、あっちへ行け」

「だけど、ほんとにどうして？」ジョナサンもだんだんじれったそうな口調になった。「どうしてきみはみんなを毛嫌いするのさ？　ぼくたちのどこがいけないんだ⁈」

「みんな意気地《いくじ》なしの羊だからさ」

「ぼくは意気地なしなんかじゃない！」ジョナサンはかっとなってどなった。

リチャードはまっすぐジョナサンを見た。が、何も言わなかった。ただ軽蔑の目を向けて、わずかに片方の眉をつり上げた。

「ぼくはちがう！」

「いいや、意気地なしさ」

「ちがう！　意気地なしなんかじゃない！」

「そうなんだよ！　きみもほかの連中も、ここにいるのはみんな。みんな学校がやれと言うことをやるだけだ。学校が考えろということを考えるだけ。どいつも意気地なしの羊だ」

「そんなことはない！」

「いや、そうだとも。ここの連中はだれひとりとして、自分の頭で考えることができない。この学校にはゾンビがうようよしているんだ！　どいつも死人同然、ポール・エラーソン同然なんだ！」

「ポール・エラーソンのことは言うな‼」

そうわめいたジョナサンの口調の激しさには、ジョナサン自身も、リチャード同様びっくり仰天した。ジョナサンの心臓は早鐘のように打っていた。「ポール・エラーソンのことをそんなふうに言ってはいけない！」ジョナサンはいくらか抑えた声で言った。「絶対にいけない！」

「どうして？」と、リチャードはきいた。急に、興味を引くものを見つけたようにその目が鋭い光を帯びた。「なぜだ？　なぜ彼のことをそんなふうに言っちゃいけないんだ？」

「とにかくいけない」

「なぜ？」

「だって、きみは彼のことを何にも知らないんだから！」

「じゃあ、きみは知っているというのか？」

「きみよりは知ってるさ」ジョナサンは生唾を呑みこんだ。気がつくと、喉がからからだった。

「どうして？」

「彼はぼくの寮の寮長だったんだ」

「そんなことはわかっているさ」リチャードはじれったそうに言った。「そんなことはなんの意味もないね」

「去年、ぼくは彼の身のまわりの世話をする当番生《ファグ》だった」ジョナサンはまた唾を呑みこんだ。つぎに何をきかれるか、彼にはわかっていた。

「エラーソンがなぜあんなことをしたか、知ってるのか？」

ジョナサンは立ち入った話はしたくなかった。それはジョナサンにとってはタブーだった。

彼は立ち去ろうと思った。

だが、リチャードの目に見すえられ、催眠術にかけられたように、その視線の呪縛から逃れることができなかった。

「ぼくは彼と口をきいたこともなかった」と、リチャードは言った。「どんな人だった？」

「ほかの上級生みたいじゃなかった。意気地なしなんかじゃなかったよ。ほかのみんなを意気地なしって呼ぶのはきみの勝手だけど、ポール・エラーソンだけはちがっていた」

「どんなふうにちがってたんだ？」

さまざまな記憶がジョナサンの心にうかんできた——思い出すとつらすぎるので忘れようとしていた記憶が。いまも思い出すまいとしたが、洪水を一本の指で止めようとするようなもので、思い出は浜辺に打ち寄せる波のように彼の心に押し寄せてきた。

そして、それと一緒に、とうとう、涙があふれてきた。

悲しみに負けたのが恥ずかしく、自分の意気地なさに愕然として、ジョナサンはあわててその場から逃げ出した。

急いで図書室を出ていこうとするジョナサンに、テーブルを囲んでいた五年生たちは冗談口をたたきあっていて気づかなかった。だが、戸口にたどりついてドアを押しあけたとたん、入ろうとしていた二人の生徒と鉢合わせしてしまった。

「おい、気をつけろ！」そのひとりが大声で怒鳴り、五年生たちも何事かと、話をやめて振り向いた。

ジョナサンが目をあげると、コートニーとフィッシャーという、同じ四年生だが別のクラスの生徒が前に立ってにらみつけていた。ジョナサンは小声で謝りながら、二人のわきをすり抜けようとした。

「こいつ、べそをかいているぞ！」と、コートニーが大声をあげた。

「べそなんかかいていないよ」ジョナサンはもう一度二人のわきをすり抜けようとした。だが、コートニーはジョナサンの前に立ちはだかり、行く手をふさいだ。コートニーは長身の粗暴な少年で、大きな耳が頭とほとんど直角に突き出ていた。「こいつ、べそをかいてやがるよ！」と、彼はまた大声で言った。「見ろよ！」

「かいていないってば！」ジョナサンの心臓がまた速まりだした。五年生たちの目がいっせいに自分に注がれるのを、ジョナサンは感じた。五年生たちはもはや勉強などそっちのけで、四年生同士の決闘が始まるのを目を輝かせて待っていた。ジョナサンはもう一度コートニーのわきをすり抜けようとした。

だが、コートニーは執拗にジョナサンの行く手をふさぎ、細い、ブタのような目に、からかうような、軽蔑のゆがんだ笑いをうかべていた。そして、観客がいるのに気づくと、その期待に応えようとしだした。「いいや、かいているね！」彼はしつこくくり返し、ジョナサンを手で突いた。ジョナサンは後ろへよろけて、さながら獲物がしとめられるのを待ちかまえるハゲワシのような野次馬たちが座っているテーブルの角にぶつかった。「何めそめそ泣いてやがるんだ、え、女の腐ったの?!」

「彼にかまうのはやめろ！」みんなの背後から、大きな声がひびいた。

リチャード・ロークビーが窓ぎわの席を立って、戸口でのいざこざを見守っていた。「おまえは引っこんでろ、ロークビー」コートニーは一蹴した。

「かまうなと言ったのが聞こえなかったのか？」

コートニーはその言葉を無視して、ジョナサンの肘にパンチをくらわせた。その強烈な一撃でジョナサンの殴られた腕全体がしびれた。

「かまうなって言うんだ、象耳小僧！」

コートニーの動きが止まった。

五年生のひとりが唇をすぼめてヒューと低く、囃《はや》すように口笛を鳴らした。

コートニーは口笛で囃した五年生のほうをじろりと見やり、またリチャードのほうへ向き直った。「いま、おれのことを何て呼んだ?!」

「聞こえただろう」リチャードは落ち着き払って答えた。

コートニーは一歩彼のほうへ踏み出した。「おれの質問にちゃんと答えろ、ロークビー！」二人のあいだに立っていたジョナサンは、事の成り行きに顔をこわばらせた。

だが、リチャードは少しも恐れるそぶりを見せなかった。彼も一歩前へ足を踏み出した。

「まさか耳が聞こえないわけじゃないよな、コートニー？」と、リチャードは微笑《わら》いながら言った。「だって、そんなにでかい耳をしてるんだから」

「ああ、聞こえるとも！」

「それはよかった。知能指数が低いだけでも、ずいぶんハンデになってるだろうからな」

だれかがくすりと笑った。

コートニーはまたテーブルのほうをじろりと見た。彼はまだ満面に怒りをみなぎらせてはいたが、その表情がしだいに揺らぎはじめていた。「黙れ、ロークビー！」

「黙らなかったら？」

「黙らなければ、こっちが黙らせるまでさ」フィッシャーが初めて横から口をはさんだ。

「へえ、こいつ、口をきくのか。いや、てっきりコートニーがいつもそばに置いてる飾り物かと思っていたよ」リチャードはさげすむようにフィッシャーをじろりと一瞥《いちべつ》し、またコートニーのほうへ向き直った。「それで、どうやって黙らせるつもりなんだ？」

「すぐわかる！」

「いや、ちゃんと教えてくれ」そう言うなり、リチャードはもう一歩前へ足を踏み出した。いまは満面に笑みをうかべ、目はぎらぎらと光っていた。「どうやって黙らせるんだ？　目のまわりに黒あざをつくるっていうのか？　鼻の骨をへし折るのか？」リチャードは声をあげて笑いだした。「それとも、耳が腫《は》れ上がるほどぶんなぐるというほうが、おまえらしくていいかな？」

またくすくす笑いが起こった。今度は一人ではない。テーブルを囲む五年生全員が笑っていた。

コートニーの顔から激昂の色が薄れ、とまどいの表情が混じった。「おい、でかい口をたたくのはやめろ！」彼は精いっぱい激しい口調で言った。「さもないと、おまえの歯をずっと奥まで、自分のケツに嚙みつけるくらい奥までめり込ませてやるからな！」

「あまり興奮しないほうがいい、コートニー。興奮すると耳がパタパタ動くからな。そのうえそれ以上熱い息を口から吐くと、ダンボみたいに飛びだすかもしれないぞ」

くすくす笑いは爆笑に変わった。コートニーはもはや完全に劣勢に追いこまれ、言い返す言葉も思いつかず、ただ酸欠の金魚みたいに口をぱくぱくさせるばかりだった。

そのとき、いきなりドアがあいて、地理のハントリー先生がつかつかと入ってきた。タバコのやにで黄ばんだ歯のあいだにパイプをくわえていた。「いったい何の騒ぎだね？」先生は鼻をつくタバコの煙を吐き出しながら雷を落とした。「ここは図書室で、下級生の娯楽室じゃないんだぞ。さあ、きみたち五年生も、もう教室へもどりなさい」

五年生たちはしぶしぶ立ち上がり、本やノートをまとめてドアのほうへ向かった。ハントリー先生は今度は、テーブルのそばに立っている四人をにらみつけた。「きみたちはここで何をしてるんだ？　勉強してないんなら、さっさと出ていきなさい！」先生はドアを指さした。

コートニーは面目を失わずに退却する口実ができたので、これ幸いとばかりに出ていこうとした。「生かしちゃおかないからな！」彼は小声でリチャードに言った。

「いいとも！」リチャードは軽蔑の目で見返した。

「待ってろよ！」コートニーはそう捨てぜりふを吐くと、フィッシャーにつづいて、ハントリー先生が押さえているドアの外へ出ていった。

「きみたち二人もだ」ハントリー先生はいかめしい顔でジョナサンとリチャードをにらみつけて言った。ジョナサンはすぐさま立ち去ろうとした。

「でも、先生、ぼくたちは勉強してるんです」と、リチャードは言った。「歴史の研究課題の資料をさがしているんです。火薬陰謀事件――一六〇五年十一月五日のカトリック教徒による議事堂爆破計画の研究です。ぼくたち、スチュアート先生に言われて本をさがしにきたんですよ」

「ほんとうかね？」ハントリー先生は疑わしそうな顔をした。

「嘘だと思うのなら、スチュアート先生にきいてください」と、リチャードは言った。「いま、教室にいますから」

ハントリー先生は首を振った。「それなら、騒いでいないで、さっさと本を見つけなさい」そう言い置いて、先生はすたすたと出ていった。ジョナサンとリチャードは、急にしんとした部屋のなかに二人きりになった。

ジョナサンの心臓は、五マイル走ったあとのように激しく鼓動していた。「コートニーにはあんなこと言わないほうがよかったよ」と、彼はリチャードに言った。

「どうして？」

「きっと、ひどい目にあわされるから」

「そんなことないさ」

「いや、あわされるよ。あいつの言ったことを聞いただろう？」

「口先だけの脅しだよ。コートニーは、あいつのことを怖がっている連中だけをやるんだ。殴られたら殴り返すような者には絶対に近づかない」

「それでもやっぱり、あんなこと言わないほうがよかったよ」ジョナサンはちょっと口をつぐみ、それから、ぎこちなくつけ加えた。「ありがとう」

それまでドアを見つめていたリチャードは、ジョナサンのほうを振り向いた。ふいに、ジョナサンはリチャードの目が初めて彼を人間として見ているような奇妙な感じにとらわれた。ジョナサンの心のなかでもやもやしていたものが、ひとつのはっきりとした形をとった。二人の心がつながったのだ。

それはほんの一瞬のことで、すぐに消えてしまい、またしばらく沈黙がつづいたが、それはもう気づまりな沈黙ではなく、ジョナサンは思いきって言いたいことを言うことができた。

「ほんとに、きみみたいになれたらいいと思うよ。きみみたいになれるんなら、何したっていいと思うね」

リチャードはジョナサンをまじまじと見つめた。「ほんとに？」

ジョナサンはうなずいた。

「どうして？」

ジョナサンは顔を赤くして目を伏せた。

「何でもきみがするようにできたらいいと思うから」

「どんなことさ？」

「何もかもだよ。何もかもきみがするようにできたら、きみが言うように言えたらいいよ。いまきみがコートニーに言ったように。先週、きみがアッカーリーをやりこめたように。講演会のとき、みんなの見ている前できみが講堂から出ていったように。きみと同じようにする勇気が持てるんなら、ぼくはどんな犠牲を払ってもいいよ」

「ぼくは勇気があると思う？」

「ああ、もちろんさ！　だって、ぼくにはとてもアッカーリーに、きみが言うようにはぜったい言えないもの」

「いや、言えるよ」

ジョナサンは首を振った。

「言えるとも。アッカーリーのことをほんとに憎いと思うなら」

その言葉はジョナサンの意表をついた。「ぼくはあの先生をほんとに憎んでるよ」

「いや、憎んでいない」

「ううん、憎んでるよ」リチャードは首を振った。「憎んでいるってば！」

「いや、憎んでいない。きみは先生に認めてもらいたがっている。先生によく思われたいと思っている。ぼくは先生にどう思われようと、これっぽっちも気にしていない。それがきみとぼくのちがいさ。勇気なんかとは関係ない」

「でも、ぼくはほんとに先生を憎んでいるよ」ジョナサンは言いはった。「いつもぼくばかりやり玉にあげるから」

「それなら、相手にそうとわからせなくちゃ。きみが憎んでいるということ、相手が何をしようと、平気だということを態度で示すんだ」リチャードの表情が暗く険しくなった。「まったく、もしぼくがあいつにあんなことを言われたら……」

「でも、アッカーリーはきみにはぜったいあんなことは言わないよ」ジョナサンは静かに言った。「きみに対してはね。それがぼくたち二人のあいだのほんとうのちがいだよ」

ふいに、リチャードの目に光が宿った。それは、これまでジョナサンが一度も目にしたことのない温かい光だった。リチャードは何か言おうとして口をひらいた。

だが、彼は唐突に思いとどまった。リチャードの顔はまた仮面のようになった。彼は顔をそむけ、図書室の反対側の窓のほうを見やった。雨はいつのまにかやみ、弱々しい秋の陽が射しこんでいた。

昼食のベルが鳴った。ニコラスとペリマン兄弟が食堂の外でジョナサンを待っているはずだった。「もう行かなくちゃ」ジョナサンはリチャードに言った。「ぼくをかばってくれてありがとう」

リチャードは知らん顔をしていた。ジョナサンは内心傷ついて、その場を立ち去ろうとした。

「ジョナサン」

ジョナサンは目を輝かせて振り向いた。「なあに？」

「きみはみんなに好かれたいと思っている。うまくみんなに合わせて仲間になりたいと思っている。それがきみの弱みなんだ。それだから、アッカーリーやほかの連中につけ入られるんだ。きみはあいつらを憎む術《すべ》を身につけなくちゃいけない。あいつらや、あいつらが大切にしているものすべてをね。そうすればきみは強くなれる。そうすれば勝てるようになるんだ」

ジョナサンは悲しげに微笑《わら》った。「きみが言うと、とても簡単そうだけどね」

「簡単だとも」

4

日曜日の午後二時半。ジョナサンはオールド・スクール寮の自習室でジャイルズ・ハリントンとしゃべっていた。

ジャイルズは背の高いハンサムな十五歳の少年で、見るからに〝将来は寮長になる器〟という感じだった。彼は兄ブライアンの愛寮心の重要性に関するスピーチをみんなが聴きにくるかどうか、チェックしているところだった。

愛寮心は現在、オールド・スクール寮の寮生たちにとってきわめて重大な問題だった。前日の午後、ブライアン・ハリントンの率いるオールド・スクール寮のラグビー・チームがヘザーフィールド寮チームに惨敗を喫したのだ。全校生徒が目撃したその敗北は、みんなを驚かせた。それまでヘザーフィールド寮がスポーツの面で優秀だというのは、ヘンリー八世の家庭が円満だというに等しかったからだ。

だが、ヘザーフィールドには、最近転校してきたばかりのバジル・カーターという切り札があった。バジルはまだ十六歳だったが、身長六フィート三インチで、筋骨隆々、バレエ・ダンサーもうらやむようなしなやかで敏捷《びんしょう》な体に恵まれ、風のように速く走れた。ヘザーフィールド側はボールを奪うと必ずバジルにパスし、バジルは相手チームの選手たちをボウリングのピンみたいにつぎつぎになぎ倒してトライラインへ突進し、味方を勝利へ導いた。

その敗北はオールド・スクール寮全体の自尊心を著しく傷つけ、タッチラインからの応援が足りなかったせいだということになった。そこで、ブライアンが一席ぶつことになったのだ。

「スピーチは三時に始まるんだ」ジャイルズはジョナサンに言った。「時間に遅れないように気をつけろよ。ブライアンは遅刻するやつらに待たされるのをいやがるからな」

ジョナサンはうなずいた。

「よし。愛寮心は大事だ。わかるだろう、ジョナサン？」

ジョナサンはもう一度うなずいた。ジャイルズは疑わしげに彼を見た。ジャイルズの父親は、ノーフォークじゅうに地所を持っているリチャード・ハリントン卿で、ハリントン一族は薔薇戦争の時代までさかのぼる旧家だった。ブライアンとジャイルズは、カークストン・アベイ校に入学した一族の五世代目にあたっていたので、二人はわが物顔に学校のなかを闊《かっ》歩《ぽ》していた。ジョナサンはジャイルズが大嫌いだった。

「わかっているよ」と、ジョナサンは答えた。「ぼくたちがもうほんのちょっと大きな声で応援していたら、ヘザーフィールドなんかこてんぱんにやっつけていたにちがいないからね」

そう言ったとたん、ジョナサンは後悔した。ジャイルズがその言葉の皮肉に気づいて、兄に言いつけるに相違ないと思ったからだ。しかし、ジャイルズは、イギリスのスポーツマンによくある剛健で鈍感な頭の持ち主だったので、ジョナサンの言葉を額面どおりに受けとって相づちを打った。「そのとおりだ」

「きみの兄さんはどれぐらいしゃべるつもりかな？」

「いくらでも、必要なだけしゃべる！」ジャイルズはシビアに言った。ジョナサンはおとなしくうなずき、あるときジャイルズが友だちに、彼の父親が小作人たちのことで困っていると話しているのを立ち聞きしたことを思い出した。「あいつらは根っからの怠け者なんだ！一生懸命働くというのがどういうことか、わからないのさ！」ふと、ジャイルズが学校のブレザーに革のブーツというでたちで、軍隊式に足を高くあげて麦畑を歩きながらクリケットのバットで労働者たちを殴っている光景がジョナサンの目にうかび、彼は思わず噴き出しそうになって、あわてて唇をかんだ。

そのとき、ドアをノックする音がした。「入って！」ジャイルズは、自分に用のある者が来たのだと思いこんで大声で言った。ドアが開くと、そこに立っていたのはリチャード・ロークビーだった。

ジョナサンはびっくりした。前の火曜日に図書館で会って以来、二人は一言も言葉を交わしていなかった。ときおり、授業中にリチャードと目が合うと、ジョナサンは親しみをこめてうなずいてみせたが、リチャードは知らんぷりをしていた。

自習室は狭くて三人入ると窮屈だったので、リチャードはドアのかまちに寄りかかってジョナサンにきいた。「今日の午後、何をするつもり？」

「ジョナサンはスピーチを聴くことになってんだ」と、ジャイルズが答えた。

リチャードはジャイルズを無視した。「どうなの、ジョナサン？　何をするつもり？」

「いま、教えてやったじゃないか！」ジャイルズは無視されたのが面白くなかったので、むっとして言った。「さあ、とっとと失《う》せろ、ロークビー。おれたちはおまえみたいなやつに用はない」

「スピーチって、ブライアン・ハリントンのかい？　そういえば、きみたちの掲示板に張り紙がしてあったな」

ジョナサンはうなずいた。「愛寮心についてなんだ」彼は顔をしかめたいのをこらえながら言った。

「そういう話は、おまえには全然わからないだろうな」と、ジャイルズはつけ加えた。

「そのとおり」リチャードは愛想よく認めた。「きみの兄さんとはちがってね」

そんな愛想のいい態度はリチャードらしくなかったので、ジャイルズはうさんくさそうにきいた。「それはどういう意味だ？」

「いま言ったとおりの意味さ。きみの兄さんはまったく愛寮心の固まりなんだ。だから、彼が愛寮心の話をすることにしたのは、下級生たちがこの寮を彼ほど愛していないのが残念だったからだということは、きみもぼくもよく承知している。これは全然個人的な感情とは無関係だということはね」

「個人的な感情？」

「学校じゅうの物笑いになっていた弱いチームにこてんぱんにやっつけられた恥ずかしさ、屈辱感さ」リチャードはちょっと間をおいた。「とくに、そのチームの花形選手が外人だったといういまいましさとはまったく関係ないんだよな」

ジャイルズの顔に狼狽の色がひろがった。「もちろんだ。そんなことは全然関係ない！」

と、彼は怒鳴った。

「ああ、わかってるよ」

「無関係だ！」

「わかってるって言っただろう、ハリントン。そうムキになるな」

リチャードがジャイルズの言うことを認めれば認めるほど、彼はますます躍起《やっき》になっていった。「うちの兄貴は外人に対して何にも偏見なんか持ってはいない」

「ああ、わかっているよ」

「持っていないんだ！」

「わかっている」

「ほんとうだ！」

「そうだろうとも」

「ああ！」

「それどころか」と、リチャードは言った。「おそらくきみの兄さんは外人を尊敬していると言ってもいいんじゃないかな」

「そうだとも！」

「すごく尊敬しているね」

「ああ、している！」

「それどころか、きっと自分も外人だったらいいと思ってるんじゃないか？」

「もちろんだ！」と、ジャイルズはわめいた。「もちろん……いや、それはない！　それは絶対にない！　兄貴は……」ジャイルズはまんまと罠にはまり、自家撞着に陥ってどうにも答えようがなくなってしまった。それでも彼は懸命に威厳を保とうとして精いっぱい胸をそらし、リチャードをにらみつけた。「おまえなんかはこの学校の恥だ、ロークビー。ここにいる資格なんかまったくないんだ！」

リチャードは歌手のアル・ジョルスンの真似をして目玉をぐるりとまわした。「あれまあ、ハリントンの若旦那、それを言っちゃあおしめえだよ！」

ジャイルズはリチャードをさらに鋭くにらみつけて怯えあがらせようとした。だが、彼はもうすでに、どうしたらいいかわからなくなっていた。なにしろ彼はハリントン家の一員、学校の英雄の輩出する家系の出で、見上げられ、尊敬されるのには慣れていたが、そんなふうに大っぴらに侮辱された経験はまったくなかったのだ。

「おまえはまったく見下げはてたやつだよ、ロークビー」彼は尊大な口調でそう言い捨てて、自習室を出ていった。

リチャードは自習室に入ってドアを閉めた。

「あんなことを言ったのはまずかったよ」と、ジョナサンは言った。

「この前もそう言ったぞ、ジョナサン」と、リチャードは指摘した。

「うん、言ったね」

二人はじっと顔を見合った。

と、急に笑いがこみ上げてきた。二人は同時に腹をよじって笑いだした。そして、どうにも止まらなくなって、一分以上も体を前後に揺すってハイエナのように笑いつづけた。最初に平静にもどったのはリチャードだった。ジョナサンもやっといつもの自分に返り、上体を起こして、あらためてリチャードを見つめた。

「それで、今日の午後は何をするつもり？」と、リチャードはきいた。

スピーチのことはすっかり忘れ去られた。その瞬間の急激な気持ちの高ぶりのうちに、すべては忘れ去られた。「なんにも」と、ジョナサンは答えた。「なんの予《は》定もないよ」

「どこか遠くへ行こう。何マイルも離れたところへ行って、半日、この掃きだめのことは忘れて過ごすんだ。そうしないか？」

ジョナサンはうなずいた。興奮で体がふるえた。彼はわけもなく幸福だった。

リチャードはくるりと向きを変え、先に立って歩きだした。

エリザベス・ハワードは、ヘンリー・アッカーリーと妻のマージョリーと一緒に、バワートンにあるアッカーリー家の応接間に座っていた。

バワートンは、校門から一マイルほど離れた尾根の上の小さな村だった。村といっても、手入れの行きとどいた公園から半ダースほどの街路が放射状に出ていて、公園のそばに、十六世紀に創業された〈フリース〉というパブがあるだけで、その〈フリース〉と小さな郵便局だけがバワートンの商業活動の象徴だった。だが、村の石造建築は美しく、雰囲気は穏やかで、かなり高台にあったので、地平線まで起伏してつづく田園地帯のすばらしい風景が眺められた。そこは、学校の敷地内に住んでいない教職員たちには人気のある住宅地だった。

「先週の日曜日、お見舞いに来られなくてごめんなさい」そう言いながら、エリザベスはマージョリーに紅茶のお代わりをついでもらうためにカップを差し出した。

「いいんですのよ」と、マージョリーは答えた。「あのランダルとかいう子が講堂から出ていった事件で、いろいろと大変だったでしょうからねえ」

「その子の名前はロークビーだよ」と、アッカーリーが口をはさんだ。「リチャード・ロークビーだ」

「ああ、そうだったわね。あなた、たしかそう言ってたわ、ヘンリー。わたし、どうかしてるわねえ」マージョリーは夫に向かってすまなそうに笑い、紅茶をついだカップをエリザベスに渡した。「ほんとにとんでもないことをする子ですわねえ。奥様も校長先生も、さぞ残念な思いをなさったでしょう」

「ええ」エリザベスは重々しい口調で答えた。「それはね」彼女は顔の表情も重々しく保とうと努めたが、トレードマークの微笑みをいつまでも押し隠しておくことはできなかった。

「でも、将軍のほうがもっと残念そうだったわ」エリザベスは笑いだしながら言った。「可哀想にクライヴは何時間もかけて将軍の怒りを鎮めなくてはならなかったのよ。しまいには精も根も尽きはてたという様子だったわ」

「ロークビーはどうなるんです？」と、マージョリーはたずねた。「罰を受けるのかしら？」

「あんなやつは退学させるべきだ！」ヘンリーが急に激しい口調で言った。

「それはまたどうして？」エリザベスはヘンリーの語気の鋭さに驚いてきいた。

「がまんのならないやつだからですよ。信じられないほど傲慢だ！」

「でも、傲慢だというだけでは、生徒を退学させるわけにはいかないわ」

「傲慢なだけではない。一事が万事なんです。あなたは彼のクラスを受け持ったことがないから、奥さん、ロークビーがどういう生徒かわからないんですよ。言っておきますが、あれは問題児です」

エリザベスは首を振った。「彼はまだほんの子供じゃないの。それだけのことだわ」

「そうよ、ヘンリー」マージョリーも静かに口をはさんだ。「ひとりの子供がいくら問題を起こしたからといっても、たかが知れてるじゃないの？」

「きみに何がわかる？」ヘンリーは妻にかみついた。

マージョリーは顔を赤くし、一瞬目を大きく見開いて、傷ついたように夫を見つめたが、すぐに顔をそむけ、茶器に気をとられているふりをした。

きつい言葉を発したとたん、ヘンリーは後悔したようだった。彼は妻のほうを向いて口をひらきかけたが、結局何も言わず、スプーンをとって紅茶をかきまわしはじめた。彼はエリザベスに向かってかろうじて微笑んでみせたが、それは口のまわりの筋肉をかすかに動かしただけの疲れた笑みで、目は全然笑っていなかった。

エリザベスは気づまりに感じて目をそらし、応接間のなかを見まわした。そこはインテリアの隅々まで神経の行きとどいた美しい部屋だった。マージョリーはじつにセンスのいい女性だった。エリザベスは家具調度をほめようとしたが、彼女の目はいつか部屋の隅の小さなテーブルのほうに引きつけられていた。そこには、ブランコに乗った子供の写真が飾ってあった。金髪の巻き毛の子で、興奮して大声をあげているらしく、目は空を見上げて笑っていた。

　写真に見入っていたエリザベスは、背中に視線を感じてあわてて振り向いた。アッカーリー夫妻はもうにこにこ顔を彼女に向けていた。マージョリーの顔からも、傷ついたような表情は消えていた。塵《ちり》がカーペットの下に隠されるように、来客をもてなす女主人のにこやかな笑顔の下に隠されたのだ。

「それで、将軍の講演はどんなでしたの？」と、マージョリーがたずねた。

「とっても退屈。あなた、聴きにいらっしゃれなくてラッキーだったわ。もっとも、体の具合が悪くて来られなかったのだから、お気の毒だったけれど」

「たいしたことはなかったんです、ほんとに」

「偏頭痛がたいしたことないなんて、とんでもないわ。わたしの叔母がよく偏頭痛を起こすんだけれど、彼女の話を聞いていると、もう、とってもつらそうよ！　叔母に比べたら、あなたはずいぶんがまんづよいわ」

　マージョリーは謙虚に首を振った。「そうでもありませんわ。わたしの偏頭痛は、ごくたまにしか起きないんですもの。わたし、大丈夫だから行くって言ったんですけど、ヘンリーがどうしてもいけないって言いはるもので」彼女はためらいがちに愛情を示すように夫の手にそっと手を重ねた。

「疲れるといけないと思ったものですからね」ヘンリーはそう言い添え、妻の顔をちらりと見て微笑んだが、妻の手の下からそっと自分の手を引っこめた。彼はスプーンを手にとって細い指にはさんでくるくるまわしはじめた。そのはずみにスプーンが結婚指輪に当たってカチリと小さな音をたてた。すると、一瞬、マージョリーの手が宙で止まり、それから、自身の指輪を愛撫するようにさすりはじめた。

気づまりな沈黙がつづくなか、エリザベスは二人を眺めた。

エリザベスは、〝美人〟という形容に価する人はめったにいないと思っていたが、マージョリー・アッカーリーはその数少ないひとりだった。マージョリーはもう四十代の初めだったが、髪は金色の輝きをほとんど完全に保ち、つややかな黄褐色の瞳が髪の色を引き立て、チャーミングな物腰と優しい声が端整な目鼻立ちをいっそうきわだたせていた。

エリザベスは初対面のときからマージョリーが好きになった。それは、三年前、クライヴがカークストン・アベイ校に着任した直後、夫妻を歓迎するカクテルパーティーが開かれたときのことだった。エリザベスは、大勢の人でごった返す部屋の入口に夫と並んで立ち、作り笑いをうかべた教員夫人たちの冷ややかな視線を浴びて、すっかり途方に暮れていた。みんな、この若々しい校長夫人、学校の席次では自分たちの上に位置することになる新参者のあら探しをしようと、鵜《う》の目鷹《たか》の目だった。そのとき、マージョリーが人々のあいだから前へ進み出て、心からの歓迎の笑みをたたえ、進んでエリザベスをゲストたちに紹介し、彼女をみんなから仲間として受け容れられたような気にさせてくれた。進んで彼女の味方になろうとしてくれたのだ。

その後、エリザベスはほかの夫人たちとも友だちになろうと努力した。だが、それはいつも表面的な関係に終わった。校長夫人という彼女の高い地位が災いして、ほかの夫人たちは彼女を敬遠し、彼女に嫉妬した。彼女に真の友情を感じさせてくれたのは、マージョリーひとりだった。

二人は親しくつき合うようになった。マージョリーの夫のことがなければ、おそらく親友になっていただろう。

エリザベスはヘンリー・アッカーリーを好きになりたいと思い、好きになるよう努力した。彼を嫌うはっきりした理由はなかった。クライヴは、ヘンリーはわからず屋の朴念仁《ぼくねんじん》だと評したが、そう悪い男ではないとも言った。たぶん、クライヴの言うとおりなのだろう。だが、ヘンリーにはどこか、エリザベスの気にかかるところがあった。それは彼女の第六感だった。ときどき彼女は、頭が締めつけられるような感じから嵐の接近がわかることがあったが、それと同じだった。ときおり、彼女がヘンリーの冷たい貴族的な顔を眺めていると、その灰色の目の奥底を影がよぎるのが見えた。それは正体不明なだけに、いっそう不安をかきたてる影だった。

ふと、エリザベスがわれに返ると、マージョリーが彼女に紅茶をもう一杯すすめていた。エリザベスは口実をもうけて、この気まずい雰囲気から抜け出したいと思った。だが、マージョリーの目は彼女に哀願していたし、マージョリーは彼女の友だちだった。だから、彼女はにっこりしてカップを差し出した。

ソーリー・パークはカークストン・アベイ校から四マイルのところにある広大な森で、その名は、いまはもう取り壊されてしまった荘園領主の館の敷地だったことに由来していた。

リチャードとジョナサンは自転車を引いて森の小径を歩いていった。足下で枯れ葉がかさこそ音をたてた。やがて二人は自転車をオークの大木の根本に置いて木に登った。

二人は一本の枝に向き合って座り、足を宙でぶらぶらさせた。二人の吐く息が顔の前で白い水蒸気になり、幽霊のように風のなかで舞った。

「今日はどうしても抜け出したかったんだ」と、リチャードが言った。「明日まで待てなかったんだよ」

「明日？」

「大伯母さんの葬式さ」

それを聞いてジョナサンは、金曜日にリチャードが先生たちのうちの一人にその話をしていたのを思い出した。「亡くなって、残念だったね」

「ちっとも残念じゃないね。生きていたって、クリスマスに半クラウンの小遣いをくれて、気のないキスをしてくれるだけだったからね。それでも、日曜日一日、学校を抜け出すいい口実ができたってわけさ」

「きみの両親はなんできみをここに入れたの？」

「うちがロークビーだからにきまってるだろ。ロークビー一族はアップチャーチの出身なんだ。ここからほんの十五マイルのところだから、カークストン・アベイが地元のパブリック・スクールなのさ。父親もここに入っていたし、伯父さんも、お祖父さんもだ。先祖代々ずっと、恐竜の代にさかのぼるまでね」

「それって、変な感じじゃないかい？」

「変？」

「教室に座っていて、もしかすると百年前、きみの曾々《ひいひい》お祖父《じい》さんが同じ机に向かって、同じ授業を受けていたかもしれないって考えると」

「もしかすると同じ先生の授業を受けていたかもね」

二人は声をそろえて笑った。「でも、ほんと、変な感じだと思うな」と、ジョナサンは言った。

リチャードは肩をすくめた。

「ぼくだったら、薄気味悪い感じがすると思うね」

「察するところ、パーマー一族は有史以前からずっと子弟をカークストン・アベイに入学させてはこなかったようだね」

ジョナサンは首を振った。「ぼくの先祖の恐竜は貧乏で、学資が出せなかったんだよ」

二人はまた笑った。「それじゃあ、きみはなぜここに入学したの？」と、リチャードはきいた。

「入学すべきじゃなかった？」

「きみは典型的なカークストン・アベイの生徒じゃないからね」

「きみだって違うじゃないか」

「だけど、ジャイルズ・ハリントンは典型的だな。たぶんぼくらは二人とも彼を見習うべきなのかもしれない。あいつ、兄貴と同じぐらい鼻持ちならないやつかい？」

「もっと悪いよ。あいつが寮長になったら、ぼくたちの寮は完全なファシスト国家になっちゃうね」

二人はまた笑った。「それで、きみの両親はなぜきみをここに入学させたんだい？」と、リチャードはきいた。

「父の考えなんだよ。父は、ぼくが人生で成功するよう、出世するよう願っていて、この学校がその助けになると考えたんだ」

リチャードは目をむいてみせた。

ジョナサンはにやりとした。「ちゃんちゃらおかしいだろう？　でも、父はそう信じてるんだ。父の家はとても貧乏で、ぼくの祖父は靴製造工場で働いていた。それで、父の兄弟も同じ工場に入ったんだけど、父は頭がよくて、学校の成績がよかったから、銀行に入った。そして、いまは銀行の支店長なんだ。そんなの、あの学校のほかのみんなの父親と比べれば、月とすっぽんだということはわかっているけれど、それでも、出世にはちがいないからね。父は、自分が成功したように、ぼくにも成功させたいと思っているんだ。それで、ぼくが生まれるとすぐ、いつかぼくをああいう学校にやれるように、貯金を始めたってわけ」

「お父さんは、きみがこの学校が大嫌いだってこと、知ってるのかい？」

ジョナサンは首を振った。「そんなこと、言えるものか。父は、息子がパブリック・スクールに入っているというのがすごく自慢なんだから。だから、がっかりさせるわけにはいかないんだ」

「お父さんにだって、見当がつきそうなものじゃないか？　きみに会いに学校に来たときにさ。きみがどんなみじめな思いをしてるか、わからないのかな」

「まだ一度も会いに来てくれたことがないもの」

リチャードは驚いて口をあんぐりとあけた。「だけど、きみはもう、一年以上前からここにいるじゃないか！」

「父はロンドンに住んでるから、遠すぎるって言うんだ」

「そんなばかな！」

「それがほんとの理由じゃないんだ。ほんとは、ぼくの継母のせいなんだ。父は一年半前に再婚したんだけど、継母はぼくに焼きもちをやいてて、父とぼくの仲がいいのが気に入らないんだ。父とぼくを会わせたくないのさ。父を独り占めしたいから」

「だけど、お父さんはきっときみに会いたがっているはずだ。どうして彼女の言いなりになるんだ？」

「彼女に首ったけだからさ。彼女は父より若くて、すごく魅力的なんだよ。ぼくは彼女に一度しか会ったことがない。三人でお茶を飲みに出かけたんだけど、もうこりごりだよ。父は鼻の下を長くして彼女のほうを見てばかりいるし、彼女はぼくに親切にするふりをしてべたしたけれど、いかにもわざとらしかったし。彼女はずっとぼくに笑顔を見せていたけれど、全然心がこもっていなかった」ジョナサンはそのときのことを思い出して、身震いした。

「きみのほんとうのお母さんのほうはどうなんだ？　再婚したのかい？」

「ううん」

「どこに住んでいるの？」

「じゃあ、きみは休暇なんかのときはお母さんのところへ行くんだね」

「リーズの郊外」

ジョナサンはうなずいた。

「今学期の中間休暇もお母さんのところ？」

「ううん」ジョナサンはぱっと顔を輝かせた。「父に会いにいくんだ」

「どうして？　継母はべつにかまわないのかい？」

「彼女はデヴォンの実家へ行くことになってるんだ。それで、パパはぼくに手紙をよこして、ロンドンに来て一緒に休暇を過ごしたらどうかって言ってきたんだ。初めぼくは断わるつもりだった。ママは独り暮らしだから、ぼくに会いたがっているってわかっているから、彼女の気持ちを傷つけたくなかったんだ。でも、ママはぼくにしきりに勧めたんだ。ぼくがパパに会いたがってるって知っているからね。ぼくにロンドンへ行くようにって言ってくれた。もういまから待ち遠しくてたまらないよ！　もう一年以上もパパに会っていないんだから。話したいことがいっぱいたまっているからね」

「きみはほんとうに両親を愛しているんだね？」

そう言われて、ジョナサンはびっくりした。「もちろん。だれだってそうだろう？」

リチャードは答えなかった。彼は木の幹によりかかって空を見上げた。一羽の鳥が二人の頭上に飛んできて枝から枝へ渡り、その拍子に枯れ葉をひらひらと散らしていった。

「まあ」リチャードは静かに言った。「たぶんそうなんだろうな」

リチャードはゆっくりと息を吐いた。ジョナサンの心にいろいろな疑問がうかんだが、彼は本能的に、何もきいてはならないと察した。いまはまだだめだ。

「ジョナサン、そんな状況に黙って甘んじているって法はないよ」リチャードが藪から棒に言った。

「しかたないさ。ぼくにはどうすることもできないもの」

「できるとも。だって、お父さんはきみの父親だろ。きみは継母に、きみたち親子の仲を隔てることはできないってわからせるべきだ」

ジョナサンは首を振った。「そんなことできっこないよ。どっちにしろ、彼女はぼくの言うことなんか聞いてくれないよ」

「それなら、彼女が聞くようにするんだ。ぼくだったらそうするな。ああ、ぼくだったら、ぼくが好きな人とぼくのあいだを隔てるようなまねは、だれにも絶対にさせない」

「でも、それは、きみだからできるんじゃない？　ぼくはきみみたいにはできないよ」

「その気になれば、できるさ」

「この前も、きみはそう言ったけど、それは無理」

「無理じゃない」

「いや、無理だよ。きみはいとも簡単そうに言うけれど、簡単じゃない。すくなくともぼくにとってはね。ぼくはきみとはちがうんだ。きみが何か言うと、みんな耳をかたむけるけど、ぼくが何か言っても、みんなに無視されるだけさ」

「だけど、きみが何もしなければ、彼女の思うつぼだぞ。彼女はきみからお父さんを奪ってしまうだろう」

「そんなこと、できっこないさ」ジョナサンは力をこめて言った。「父がそんなことを許すはずがない」

「しかし、いま、そうしようとしつつあるんじゃないのかな？」リチャードはつぶやくように言った。

ジョナサンは答えなかった。それは、あまり軽々しく答えたくない質問だった。

二人は黙って座り、鳥の声に耳をかたむけていた。やがて、また話しはじめた二人はほかの話題に移っていった。

五時十五分過ぎ。

ジェームズ・ホイートリーは、オールド・スクール寮のほかの生徒たちと一緒に休憩室から出ていった。いつものように彼の両側にはジョージ・ターナーとスチュアート・バリーがいた。

「あの野郎！」と、ジェームズは大声をあげた。

「シッ！」と、スチュアートが制した。「ジャイルズに聞かれたら、たちまちブライアンに伝わるぞ」

ジェームズは怒りで顔を真っ赤にしていた。「かまうもんか！　ひとを一時間以上も待たせやがって、あげくのはてに、ゴルフをしにいくことにしたなんて言ってよこしやがって！　なんてやつだ！　あんなやつ、あの外人のバジル・カーターにぶちのめされてりゃよかったんだ！　キンタマを踏みつぶされていたらよかったんだ！」

三人は四年生の自習室に通じる廊下の前に立っていた。そこには、トイレの個室と大差ない広さで同じぐらい悪臭が立ちこめているので〝便所〟と呼ばれている小部屋が並んでいた。「おれの部屋へ来いよ」と、スチュアートが言った。「レモネードがあるし、おふくろが送ってよこしたケーキがまだ残ってるから」

「だけど、もうじき夕食だぜ」と、ジョージ。

「あんなまずいものが食えるか！」ジェームズががなりたてた。

「だけど、腹が空いたよ」

「だったら、とっとと失せろ！　おれはスチュアートと二人でケーキを食べる」スチュアートはうなずいて、用意するため自習室へ向かった。

ジョージはサルがバレエのピルエットを踊るみたいに不器用に足踏みした。「べつに行くって言ったわけじゃないよ」

「おれの知ったことか！　どっちでも勝手にしろ」

なおもジョージが食堂へ行くつもりはないと言いはっているあいだ、ジェームズ・ホイートリーの細い小さな目は、まわりを行き交う生徒たちの顔を見まわしていた。

と、その目が大きく見開かれた。

ジョナサン・パーマーとリチャード・ロークビーが寮の正面玄関の前に並んで立っていたのだ。二人ともコートを着こみ、寒風のなかで運動でもしたらしく頰が真っ赤だった。二人もまたほかの生徒たちを眺めていた。二人でみんなを眺めながら、リチャードがジョナサンに何か言い、二人とも笑いだした。

「調理場からパンを持ってこられるよ」と、ジョージが言った。「今朝も食パンを半斤くすねてきたんだ」

だが、ジェームズは予期せぬ光景に目を奪われていて、その言葉を無視した。

「だから、サンドイッチを作ることだってできる。例の牛肉のペーストもあるしね。黴《かび》が生えているといっても、ほんのちょっとだから」

ジェームズは、黙れと目顔で合図した。

ジョージは去っていった。ジェームズはそこに立ちどまったまま、リチャードとジョナサンの様子を見守った。ちょうどジョナサンが何か言ったところで、二人はまた声をたてて笑った。

ジェームズにはわけがわからなかった。リチャード・ロークビーはジョナサンなんかと一緒に何をしているんだ？　リチャードはだれとも、いっさい関わりたくないと思っていたはずじゃないか。

リチャードは、ジェームズとはいっさい関わりたくないという態度だった。

ジェームズの努力が足りなかったわけではない。彼はリチャードの注意を惹《ひ》くためにあらゆることを試してみた。リチャードが先生に口答えしたときは真っ先に声をたてて笑ったし、彼が先生をコケにしたときは真っ先に喝采した。そればかりか、リチャードが近くにいるときには、ジェームズは必ず取り巻き連中を集めて冗談を言い、みんなが大声で笑うのをリチャードが耳にし、ジェームズ・ホイートリーがみんなからどんなに買われているか気づくようにしていた。

それというのも、ジェームズはリチャードを自分の仲間に入れたいと思っていたからだ。十三カ月前、リチャードに初めて目をとめてからずっとそう思っていた。リチャードはどこから見ても、ぜひとも近づいてつき合い、仲間にしたくなるような人物なのだ。ジェームズは、いつも、自分が周囲の者にどんな印象を与えるか、ひどく気になるたちだった。リチャードのような生徒と親しくなれれば、その印象は向上するにきまっていた。

だから、ジェームズは努力に努力を重ねたが、いつも同じ無関心の壁に突き当たるばかりだった。そして、その壁がいつまでも崩れないので、彼はますます必死になってそれを突き破ろうとした。いまでは、その必死の思いは、彼の心に芽生えたひそかな憧れ、彼が自分自身にさえ認めるわけにいかないような性質の憧れに根ざし、つのる一方だった。

それなのに、いま、リチャードはジョナサン・パーマーと一緒にいた。ジョナサン・パーマー——どこの馬の骨かわからない公立校の出身者と。

いったいぜんたいどうしてこんなことになったのか？

リチャードがジョナサンに何か言い、ジョナサンは四年生の廊下のほうへ向かってきた。彼はジェームズのわきを通りぬけ、歩きながらコートを脱いだ。それを自習室に置いて、リチャードと連れだって食堂へ行くつもりなのだ。友だち同士、仲よく二人で。

いったいぜんたいどうしてこんなことになったのか？

リチャードはドアのそばに立ってジョナサンを待っていた。ジェームズは、これまでにもう何度もしたように、彼に近づいた。

「やあ、ロークビー。おれたち、バリーの自習室で何か食おうということになってるんだ。

一緒に来ないかい?」リチャードはジェームズのほうを振り向こうともせず、どこか彼の右肩の上あたりを見つめていた。

「あっちへ行け、ジェームズ」リチャードは面倒くさそうに言った。

その場を通りかかった二人の三年生がそのやりとりを聞いて忍び笑いをもらし、そそくさと通りすぎていった。

ジェームズは引きさがるしかなく、四年生の廊下のほうへ向かった。彼は腹を立て、自尊心を傷つけられていた。これまでも何度もそういう気分を味わわされてきたが、いまは、同時に頭が混乱していた。

四年生の廊下に入ったとたん、彼はだれか、反対方向へ急ぐ者とぶつかった。ジョナサン・パーマーだった。コートを脱いで、新しい友人と食堂へ向かおうとしていた。「あ、ごめん」と叫んで、ジョナサンは走り去った。

ジェームズはその場に立ちつくして、その後ろ姿を見送った。リチャード・ロークビーと食堂へ向かうジョナサン・パーマー。いまだにジェームズには見向きもしないリチャード・ロークビーと。

どうして? どうして? どうしてなんだ?


十時半。ヘンリー・アッカーリーは自宅の玄関に入った。

彼はじっと立ちどまり、人の動く音がしないか耳をすました。マージョリーまだ起きているだろうか？　そんなはずはない。彼女は、日曜日はいつも十時にはベッドに入っている。階段を見上げても、明かりは見えなかった。妻は眠っている。まちがいない。

彼は応接間に入っていった。その日の午後、夫婦がエリザベス・ハワードをもてなした部屋だ。彼は明かりをつけてサイドボードへ向かった。スコッチはデカンターに入っていた。彼はそれをたっぷりとつぎ、いっきに飲みほした。喉がひりひりしたが体が暖まった。彼にはそれが必要だった。

ヘンリーがもう一杯つごうとしたとき、足音が聞こえた。マージョリーがナイトガウン姿で戸口に立っていた。髪がほどけて、金色の後光のように頭を取り巻いていた。いつものように、彼女の目は不安そうだった。もう大昔のことになるが、かつて彼女の目は喜びと笑みにあふれていた。だが、彼はそんなことは思い出したくなかった。

「どこへ行ってたの？」と、彼女はきいた。

「どこへも」

「わたし、心配してたのよ。あなたがどこへ行ったのかわからなかったから」

「散歩してたんだよ」

「こんなお天気なのに？　天気予報では、今夜は氷点下になるって言ってたわ」

「新鮮な空気にあたりたかったんだ」

「でも、あなた、胸が弱いのよ。去年、風邪をひいたときのこと覚えてるでしょ？　ピアソン先生が、気をつけなくちゃいけないって言ってらしたじゃないの」彼女の声はビロードのようになめらかで、節のない子守歌のようだった。

「大丈夫だよ。わたしは子供じゃないんだ、マージョリー」

「それはわかってるわ。わたし……」彼女は悲しそうに言った。彼には耳慣れた口調だった。

「わたし、あなたのことを心配しているだけよ」

「そんな必要はない」

「あなたがどこへ行ったかわからないと、心配になるのよ。いろいろ想像して」

「いろいろって、どんなことだ？」彼は急に苦々しげな鋭い口調になった。「わたしがどこかへ行ってしまうとでも思ってるのか？　二度ともどってこないとでも？」

その言葉は彼女を傷つける目的で発せられたのだったが、返ってきた彼女の声は反対にしっかりしていた。「いいえ、ヘンリー」彼女は静かに答えた。「そんなことは思っていないわ。わたしには、あなたは必ずもどってくるってわかっているわ」

彼女は向きを変え、後ろ手でドアを閉めて出ていった。

彼は手にしたグラスを見つめた。それを壁にたたきつけたい激しい衝動にかられた。だが、そんなことをしてもなんの役にも立たない。何をやっても所詮《しょせん》むだなのだ。

彼はグラスを下に置いて、ゆっくりと、静かに呼吸した。

だが、彼のこぶしは固く握りしめられ、彼は心のなかで絶叫していた。


洗面所を出てベッドのほうへ歩きだすまで、ジョナサンはだれかが自分の様子をじっとうかがっているのに気づかなかった。

ジェームズ・ホイートリーが自分のベッドに座って、彼をじっと見つめていた。

ジョナサンがそれに気づいたとたん、ジェームズはにやりと笑ってうなずき、手にしていた本に顔を埋めた。

一瞬、ジョナサンは不安におそわれた。ジェームズは何か企んでいるのだろうか？　今夜は自分がいじめの標的にされるのだろうか？

だが、不安はすぐに消えた。ジョナサンは、今夜は何も起こらないと直感的に察した。もうこの寄宿舎で何カ月も過ごしたので、自分の直感は信頼できることがわかっていた。

彼は糊のきいたシーツのあいだにもぐりこみ、図書室から借りてきた読みかけの本のページをめくった。

ジェームズ・ホイートリーは自分のベッドに座ってジョナサンを見つめていた。彼の顔はもう笑ってはいなかった。

5

月曜日の朝。ちょうど朝礼が終わったところだった。オールド・スクール寮の生徒たちは、午前中の授業に必要な教科書を持って各自の自習室から出ていった。

ジョナサンはひとり当惑した表情をうかべて自習室に立っていた。

ラテン語の教科書が見つからなかった。

もうすでに二度同じことをくり返していたが、彼はもう一度かがみこみ、いつも教科書を入れておく小さな戸棚のなかをひっかきまわして大嫌いな赤い本をさがした。外では、教室へ向かう同級生たちの騒がしい話し声がだんだん遠ざかっていった。早くしないと遅刻しそうだった。

ジョナサンはパニックを来《きた》した。ラテン語は一時間目で、アッカーリー先生のクラスだけは絶対に遅刻できない。

彼は自分自身に、落ち着け、と言い聞かせた。教科書は必ずそこにあるはずなのだ。ゆうべ、今日やることになっているセンテンスを訳そうと、一時間にわたって実りのない努力をつづけたあと、ジョナサンはたしかに自分でその教科書をそこにしまったのだ。

だが、いま、それはなくなっていた。戸棚にある唯一の赤い表紙の本は数学の教科書――

先々週、ラテン語の教科書とまちがえて赤恥をかいた本だけだった。

ラテン語の教科書はいったいどこへ行ってしまったのだ？

彼は立ち上がって小さな部屋のなかを見まわした。家具といったら、ガタピシする机と傷だらけの戸棚ぐらいで、あとは調理場の見えるちっぽけな窓に粗末なカーテンがかかっているだけなのだ。教科書を隠そうと思っても、隠すところなどどこにもなかった。

だれかが持っていったにちがいない。無断で借りていって、返すのを忘れてしまったのだろう。だけど、いったいだれが？

いまはもう、それを突きとめるのは不可能だった。犯人かもしれないと思われる生徒たちはみんなメルバーン教室でアッカーリー先生の話を聞いているに相違ないからだ。

ジョナサンもそうしていなければならないのだ。

しかたない。うわべを取りつくろうために数学の教科書を持っていって、そっとニコラスの本を見せてもらうしかない。ジョナサンは数学の教科書をつかんで部屋から飛び出した。

が、そのとたん、彼は足を止めた。

そこに、がらんとした廊下の少し先に、見覚えのある赤い教科書が転がっていた。

ジョナサンはそれに歩み寄ると、かがんで表紙をめくり、遊び紙の記入を調べた。

一九五四年九月、四年M組、ジョナサン・パーマー。

どうしてこんなところにあるんだ？　いったいだれが置いたんだ？

ジョナサンはそれらの疑問をひとまずおいておくことにした。いまは時間がない。彼は本をひっつかんで教室へ走った。

講堂を通りすぎたとき、ジョナサンはようやく、そんなにあわてる必要はなかったことを思い出した。

この日、アッカーリー先生は十五分遅れて来る予定だったのだ。彼は先週の授業の終わりにそう言っていた。先生が来るまで、生徒たちは静かに机に向かってセンテンスを訳すことになっていた。

まずそんなことは無理。

ひとり廊下を歩いていくジョナサンの足音が石の床にコッコッと響いた。彼はつぎつぎと教室を通りすぎていった。どの教室にも生徒たちがいて、それぞれにその授業のリズムがあるようだった。フランス語の動詞の変化を英語訛りの間延びした調子で退屈そうに唱えている三年生、数学の授業で対数の無数の用法に驚嘆の声をあげている五年生、哲学の授業でハムレットの精神状態とそれによる人間洞察について考えている六年生――ジョナサンはすべての教室の前を通り過ぎて、メルバーン教室の細めにあいているドアのほうへ向かった。

そこに近づくにつれて、大勢の生徒たちの話し声が聞こえてきた。みんな同時に、一様にひそひそ声でしゃべっていた。

ジョナサンが入っていくと、とたんに教室のなかは水を打ったようにしんと静まり返った。みんな、アッカーリー先生が来たと思ったのだ。

ジョナサンは顔を赤らめながら、だれにともなく申しわけなさそうに笑顔を向け、ニコラス・スコットが待っている二人用の机のほうへ急いだ。彼はみんなのひそひそ話がまたすぐはじまるものとばかり思っていた。

だが、はじまらなかった。

教室のなかは、ジョナサンが椅子に腰を下ろしても、しんとしたままだった。

驚いて、ジョナサンはあたりを見まわした。クラスのみんなが彼を見守っていた。深刻な顔をしている者もいれば、薄笑いをうかべている者もいたが、だれもが何かを待っているような顔をしていた。

これはいったいどういうことなんだ？

内心動転しながら、ジョナサンは机に目をもどして教科書をめくろうとしたが、手が震え、目の焦点が合わなかった。沈黙がつづき、聞こえるのは、ときおりもれる忍び笑いだけだった。

彼は自分を穴のあくほど見つめているみんなの視線を感じて、顔が火のように火照りだした。ジョナサンは藁《わら》にもすがる思いでニコラスに目を向けた。

ニコラスも彼を見つめていたが、その顔にうかんでいたのは、期待ではなく無言の謝罪の表情だった。

ジョナサンは何も言わずに、目顔で何事かたずねた。

ニコラスは黒板のほうへあごをしゃくった。

そのほうを振り向いて黒板を見たとたん、ジョナサンは全身に冷水を浴びせられたような気がした。

なめらかな黒板一面に絵が描いてあった。鮮やかな白いチョークの線でスケッチされた二人の少年の姿だった。

二人のうちのひとりはだれとも見分けがつかなかった。ポケットに手を突っこみ、退屈そうな顔で正面を向いて立っていて、これといった特徴のない姿だったが、ただ、ズボンの前から巨大な男根がにゅうっと突き出し、額までとどきそうになっていた。

もうひとりの少年は、明らかにジョナサンに似せて描かれていた。

こちらは横顔を見せて立ち、目鼻立ちは女性的といってもいいほど繊細で、農民のかぶるようなつばの広い帽子をかぶっていた。口から一本の藁が突き出している。彼が田舎者だというあてこすりだ。

そして、口元には淫らな薄笑いをうかべ、両手をのばしてもうひとりの少年の巨大な男根を握り、目を大きく見開いてそれに見とれている。

ジョナサンの顔立ちの特徴はみごとにとらえられていた。それは下品な絵だったが、技術的には上手に描かれていた。作品の水準から察して、描いたのはおそらく優等賞をとった生徒だろう。去年の美術優等賞をとった生徒だ。

ジェームズ・ホイートリーだ。

ジョナサンはジェームズのほうを振り向いた。ジェームズはジョージ・ターナーと並んで教室の隅に座り、薄笑いをうかべてジョナサンを見ていた。小さな意地の悪い目が愉快そうに光っていた。

ジョナサンは頭がくらくらした。どうしてジェームズはこんなことをしたんだ？　どうしてジェームズはぼくのことをそんなふうにみているんだ？　ぼくがいったい何をしたというのだ？　ジェームズにしろだれにしろ、ぼくのことをそんなふうに見る理由は何もないはずだ！

と、教室のあちこちで笑い声が起こりはじめた。耳障りな、下卑た笑い声が四方からジョナサンの耳を突き刺した。笑い声を浴びると、ジョナサンはもう理由など考えるより、とにかく早くこの猥褻な絵を消してしまいたい衝動にかられた。

ジョナサンは野次と冷やかしの口笛の大合唱に追われるように黒板に駆け寄るや、黒板ふきをつかんで、自分に似せた下品な絵を消しはじめた。

そのとき、教室のドアがさっと開いてアッカーリー先生がつかつかと入ってきた。

「この騒ぎはいったい何事だ⁈」

先生が予定より十分早くやってきたため、だれもが不意をつかれた。笑い声と野次はぴたりとやんで、教室は嵐の前の静けさにつつまれた。黒板に集中していた視線はいっせいに教科書に向けられた。それは集団的な責任回避行動だった。

アッカーリー先生はジョナサンをじっと見つめた。ジョナサンは、車のライトに照らされてすくんだウサギのように黒板の前に棒立ちになっていた。「ジョナサン、そんなところでいったい何をやっているんだね？」

と、先生は黒板の絵に気づいた。

先生は鋭く息を吸い、鼻孔を大きく膨らませた。そうやって十秒間ほど黒板を見つめてから、先生は愛想がつきたというような表情でジョナサンに目をもどした。

「よくもこんなことができたものだな？」

一瞬、ジョナサンにはその言葉の意味がわからなかった。

「ぼくが?!」

「まったく学校の神聖な施設にいたずらするとは、それもこんな恥知らずな……」

「でも、ぼくじゃありません！　ぼくが描いたんじゃないんです！　ぼくは消していただけです!!」

「そんなことをわたしが信じると思うのかね?!」

「ジョナサンが描いたんじゃありません、先生！」という声が生徒たちのあいだからあがった。ニコラスだった。

「静かに!!」

「でも、先生、ジョナサンが描いたんじゃないんです！　ジョナサンはほんとのことを言ってるんです!!」

「静かに!!」アッカーリー先生のあまりにもすさまじい剣幕と怒声に、クラスじゅうが飛び上がった。先生はジョナサンに目をもどした。「まさかこんなことをするとは思わなかったよ、ジョナサン・パーマー。いくらおまえみたいなやつでもな」

ジョナサンはそんな侮辱にも目をつむった。とにかく自分の無実を証明しようと必死だったのだ。「ぼくじゃありません、先生!!　ほんとうにちがうんです!!」

「じゃあ、だれがやったのだ?!」

「これは……」

ジョナサンは言いかけてやめた。あまりに急いで舌を強く嚙《か》んで声を止めたので、血の味がした。が、口に出かかった名前をなんとか呑みこんだ。

カークストン・アベイの最も重要な掟は破るわけにはいかなかった。

「どうした、ジョナサン?! だれがやったんだ?!」

絶対に告げ口はするな。だれに何をされようとも、絶対に、絶対に告げ口はしてはならない。

「わかりません、先生」ジョナサンはすっかり気落ちした声で言った。打ちひしがれた、うつろな声だった。

「そんなことだろうと思ったよ。やっぱりおまえが描いたんだな、ジョナサン? おまえのほかに、こんなえげつないことをするやつがいるはずがない」

ジョナサンは首を振った。

「それじゃあ、だれなんだ?」

「わかりません、先生」

アッカーリー先生は語気鋭く言った。「もういい。おまえは当然この罰を受けることになる。休み時間になったら、わたしは舎監のブライアント先生に会っておまえがしたことを話し、おまえの中間休暇の外出許可を取り消すように言う。そうすればおまえにも、学校の備品を大切にしなければいけないということが少しはわかるだろう」

教室じゅうのみんなが息を呑んだ。ジョナサンはショックのあまり言葉もなかった。

「さあ、廊下に出て立っていなさい。さっさとわたしの前から消えるんだ」

ようやく、ジョナサンに声がもどった。「休暇を取り消すなんてひどすぎます!!」

アッカーリー先生は恐ろしい形相で目をつり上げた。「おまえは生徒の分際で先生のすることに文句をつけるのか!!」

「でも、やったのはぼくじゃないんです!」ジョナサンは泣きそうになりながら訴えた。

「出ていけ! わたしが即刻校長先生のところへ行って、おまえを退学処分するように言わないだけでも幸運だと思え!」

「先生、ぼくじゃありません! お願いです、ぼくの言うことを信じてください!」

「じゃあ、いったいだれがやったんだ?」

ジョナサンは答えなかった。そのかわりに、教室の後ろのほうでジョナサンを見つめているジェームズ・ホイートリーのほうを振り向いた。一瞬、ジョナサンの目が無言でジェームズに助けを求めた。

だが、ジェームズは目をそらした。

「さあ、いつまで待たせるんだ、ジョナサン。だれがやったんだ?」

「ぼくには言えません、先生」

「いいかね、ジョナサン、わたしは公平でありたい。もし、おまえがほんとうに無実なら、罰するわけにはいかない。だから、今夜の自習時間の終わりまで時間をやるから、それまでに、こんなけしからんことをした真犯人はだれか、ブライアント先生に言うのだ。さもないと、中間休暇は取り消しだからな」

ジョナサンは進退きわまった。ジェームズのことを言いつけるなど絶対にできなかった。罰を受けるしかない。だが、その罰はあまりにも苛酷で耐えがたかった。ジョナサンは、彼を厳しく責めたてる教師の顔を哀願するように見つめた。

そのとき、ジョナサンはアッカーリーの目がきらめいているのに気づいた。

アッカーリーは知っているのだ。

アッカーリーはジョナサンが窮地に陥っているのを知っていて、内心満足なのだ。アッカーリーはジョナサンが濡れ衣を着せられて罰せられるよう望んでいるのだ。

「さあ、教科書を持って出ていくんだ。わたしの前から消えないか！」

ジョナサンはあまりにも気が動転していたので、言われるままにするしかなかった。


休み時間に、生徒たちでごった返す廊下で、ジョナサンはジェームズ・ホイートリーに駆け寄った。「ねえ、やったのは自分だって、アッカーリーに言ってよ！」

「そんな義務はないね」そう言って、ジェームズは通りすぎようとした。

ジョナサンは彼の腕をつかんだ。「頼むよ！」　先生が何て言ったか聞いただろ！」

「それがどうしたっていうのさ？　そんなこと、こっちの知ったことか」ジェームズはジョナサンの手を振りほどこうとし、ジョージ・ターナーに合図して応援を求めた。

そこへ、ニコラス・スコットがやってきて、「まったくむかつくよ、あんなことするなんて」とジェームズを強くなじった。

「よけいな口出しするな、四つ目小僧！」

ニコラスは負けていなかった。「どうして口出ししちゃいけないんだ？　ほんとにきみのやることにはむかつくよ！　いつも偉そうな顔をしてるくせに、自分のやったことを認める勇気もないんだからね！　ぼくがジョナサンだったら、アッカーリー先生に何もかも言って、ひどい目にあわせてやるところだ！」

突然、ジョージがニコラスの眼鏡をむしりとって投げ捨てた。眼鏡は磨きあげた廊下を滑っていった。ニコラスは一瞬目が見えなくなって悲鳴をあげた。あわてて床に膝をついて、廊下を行き交う大勢の生徒たちの脚のあいだを這いまわって、レンズを踏みつぶされる前に眼鏡を拾おうとした。

「ひとでなし！」と、ジョナサンはののしって、ニコラスを助けようとした。ジョナサンは頭を石の壁にゴツンとぶつけて、うめき声をあげた。

だが、ジョージがジョナサンをつかまえ、手荒く壁に押しつけた。ジョナサンは頭を石の壁にゴツンとぶつけて、うめき声をあげた。

ジェームズはそのジョナサンに歩み寄ると、鼻がくっつきそうなほど顔を近づけ、ささやくように言った。

「アッカーリーにでもブライアントにでも、だれにでも一言でもチクってみろ、死んだほうがましだと思うことになるから覚悟しろ。おれのことをばらしたら、生まれてこなければよかったと思うほどみじめな目にあわせてやるからな！」

そう言い捨てて、ジェームズ・ホイートリーは例によってジョージたちを引き連れて去っていった。ジョナサンは頭のこぶをさすりながらニコラスを助けにいった。

一時。昼食の時間。学校の食堂の壁は、数百人の少年が昼食をとりながら大声をあげたり笑ったり口喧嘩したりする騒音で振動していた。教師たちは生徒たちから少し離れて、部屋の奥の一段高いところにあるテーブルを囲み、まじめくさった顔で政治やカリキュラムについて論じ、騒音を気にしないように努めていた。粗末なブルーのエプロンをかけた調理場の職員がテーブルのあいだを縫うようにして水差しに水をついでまわり、あたりには不味《まず》そうな料理の匂いが立ちこめていた。

ジョナサンは四年生のテーブルの隅に座って、ニコラス・スコット、ペリマン兄弟の三人と額を寄せあって何やら相談していた。

「ホイートリーのことをチクるわけにはいかないよ」スティーヴン・ペリマンがジョナサンに言った。「どんな目にあわされるかわからないから」

「だけど、そうするしかないよ」と、ニコラスが主張した。

「どうして？　まさか学校はほんとにジョナサンの中間休暇を取り消したりはしないさ」

「するとも」と、ニコラスが言いはった。

「アッカーリーが必ずそうなるようにするよ」と、ジョナサンは言った。彼はまだ全然手をつけていない自分の皿に目を落とした。マトン・チョップと茹《ゆ》ですぎのジャガイモとキャベツ、それにカスタードみたいにどろどろのグレーヴィーソースがたっぷりかかっていた。その匂いをかいだだけでも胸がむかついた。

「外出許可を取り消すことなんて、絶対にないよ」スティーヴンがなんとかジョナサンを安心させようとして言った。「居残りをくらうぐらいですむにきまってるさ」

「取り消すとも！」ニコラスは譲らなかった。「ロジャー・ブルックだって、そういう目にあったことがあるんだから」

「え、だれが？」

「ロジャー・ブルックだよ」ニコラスはずり落ちそうな眼鏡を押し上げながら言った。「ほら、ヘザーフィールド寮にいる五年生で、髪の毛がぼさぼさで歯が変テコなやつさ。去年、あいつは寮母と喧嘩して、『とっとと失せろ、このクソ婆！』と言ったら、寮母が舎監に言いつけて、彼の中間休暇が取り消しになってしまった。海外から来ている生徒たちと一緒に寮に残らなければならなかったんだ」

スティーヴンはしばらく考えてから口をひらいた。「それにしても、やっぱりチクるわけにはいかないよ。なにしろ相手がジェームズ・ホイートリーだからね」

ニコラスは小作りの顔に決然とした表情をうかべて断じた。「ジェームズ・ホイートリーみたいなやつは、どんな罰を受けても当然の報いだ」

「もちろんそうだよ！　あいつはひどいやつだ！　だけど、やっぱりチクるわけにはいかないよ、ジョナサン」

「みんなから総スカンをくらうからね」マイケルが初めて会話に加わった。

「問題はそんなことじゃないよ！」スティーヴンがぴしゃりと言った。「問題は、もしジョナサンがチクったら、ジェームズ・ホイートリーの一味が何をするかわからないってことだ！」

「なんにもしないさ」と、ニコラスが言った。「ぼくたちがジョナサンに味方すれば大丈夫だよ」

スティーヴンは天を仰いでみせた。「そんなこと、なんの足しにもならないよ！」

「やってみなけりゃ、わかるものか！」ニコラスがムキになってやり返した。

「ああ、そう！　いったいどうするつもりなんだ？　ジョージ・ターナーに詰め寄っていって、〝手をあげろ〟って言えば、あいつが笑いすぎて死ぬとでも思ってるのかい?!」

「でも、ニコラスはぼくたちよりはジョナサンのためにいろいろとしたよ」マイケルが静かに言った。

「おまえは黙ってろ、マイケル！　なんの役にも立たないんだから！」スティーヴンは弟の口を封じた。

「とにかくやってみるしかないよ」ニコラスが断固として言った。「ジョナサンはぼくらの友だちなんだからね」

「何をやったって、あいつらに笑いとばされるだけさ」スティーヴンがニコラスに言った。「そうに決まってるだろ？　それに、たとえなんとかできたとしても、ぼくたちがジョナサンを助けられるのは昼間だけだからね」

スティーヴンはテーブルごしにジョナサンのほうへ身を乗り出した。

「ぼくらはきみと寝る部屋がちがうんだよ、ジョナサン。寮までちがうんだ。だけど、ジェームズ・ホイートリーはきみと同じ寮だ。ジョージ・ターナーもスチュアート・バリーも、ジェームズが仲間に引き入れるやつはみんなね。きみは学期の終わりまでずっと、毎週毎晩、自習時間が始まってから朝食が始まるまで、ひとりであいつらと過ごさなくちゃならない。ジェームズ・ホイートリーと同じ部屋で寝なきゃならない。もしあいつのことをチクったら、きみはおちおち眠っていられなくなるんじゃないか？」

ジョナサンは何も答えず、じっと皿に目を落としていた。まだ胸がむかついていたが、それはもう、料理の匂いのせいではなかった。

八時二十分。あと十分で自習時間は終わりだった。

ジョナサンはひとりで自習室にいた。天井の電灯は消してあった。机の電気スタンドの弱々しい光がいろいろな形の影を壁に投げかけていた。

彼は目の前の机の上に立てかけてある腕時計を見つめ、ゆっくりと回る秒針の動きを目で追った。中間休暇が取り消されないようにするチャンスが刻一刻と失われていく。

だが、そのチャンスはすでに失われていた。ジョナサンは昼食のときにもう決心していた。スティーヴンの言葉は、ジョナサンにはすでにわかっていたことを確認したにすぎなかった。いまはこの学校がジョナサンの全世界、全生活だった。だから、もしジェームズ・ホイートリーのことを告げ口したら、彼の毎日が生きるに値しなくなることはまちがいなかった。

学校は明日ジョナサンの父に連絡して、息子の罰について知らせるだろう。父は文句を言わずにその決定を受け入れるだろう。息子に中間休暇をもらう資格がないと学校が判断したのなら、それは正しい判断にちがいないと思うに決まっていた。なにしろ、父に言わせれば、カークストン・アベイ校はすばらしい名門校なのだから。息子はそんな学校の生徒でいられるだけでも幸運なのだ。

そうして、父はあの継母と一緒にデヴォンへ行くだろう。ジョナサンを憎み、そういう三人の関係を自分に有利なようにする術《すべ》を心得ている女と一緒に。

ジョナサンは頭のなかで彼女の声が聞こえるような気がした。柔らかな、説得力のある声で彼と父の関係をぶちこわすのが。「あなたにとってジョナサンがどんなに大切か、あたしにはよくわかっているわ。あなたがた二人がお互いのことをどんなに大切に思っているか、あたしにはよくわかっている。でも、今度のことであの子は、あなたがた二人の楽しみを台なしにしたのよ。もしかすると、あの子はほんとうはあなたに会いたくなかったのかもしれないわ。もしかすると、あの子にとって、あなたはそれほど大切な人じゃないのかもしれないわね」

彼女はそんなことを言うだろう。そして、父は彼女の言葉を信じてしまうだろう。ジョナサンがその場に居合わせて、ほんとうのことを話すことができないのだから。

彼女が勝ってしまうだろう。ジェームズ・ホイートリーが勝ってしまうのと同じように。アッカーリーが勝ってしまうのと同じように。

ジョナサンが打ち負かされるのは必至で、彼はそれをどうすることもできなかった。

八時二十五分。

ジョナサンは腕時計を手にとり、時計の裏に刻まれた文字を指でこすった。彼は時計を裏返して文字を読んだ。

〈ジョナサンへ。愛をこめて、父より。一九五一年クリスマス〉

そのとき、ふいに、思いがけない怒りが彼の心にひろがった。燃えるような、どす黒い怒りの固まりがみぞおちのあたりからこみ上げてきた。

こんなこと、がまんできるか！　父に会えるチャンスを奪われるなんて！　もう一年以上も夢見てきたチャンスを奪われるなんて！　いくらそれがパブリック・スクール制度の下では正しいこととされているからといって、ジョナサンは黙ってそれに耐えるわけにはいかなかった。もし〝制度〟がそういうふうに機能するものなら、まちがっているのは〝制度〟のほうなのだ。

だから、ジョナサンはそんなことに怯えて泣き寝入りするものかと決意した。

ジョナサンは立ち上がった。

彼は自習室を出て、正面玄関のほうへずんずん歩いていき、ブライアント先生の部屋のある、赤いカーペットを敷いた薄暗い廊下へ向かった。

廊下はがらんとしていて、ヘンリー・ブレイクがウィリアム・アボットの自習室の入口に立っていただけだった。二人は監督生に聞こえないように声をひそめてしゃべっていた。ヘンリーはあんぐり口をあけてジョナサンが通りすぎるのを見送った。一瞬、彼はあっけにとられてその場にくぎづけになっていた。

が、すぐに、ウィリアムの自習室を出て、だれよりも先にその大ニュースをみんなに伝えようと廊下のあちこちのドアをたたいた。

九時二十分前。ジョナサンがブライアント先生の部屋から出てきた。

ブライアント先生は昔ながらのまっとうな人物ではあったが、考えの狭い教師だった。彼は深刻な面持ちでジョナサンの言い分に耳をかたむけた。ジェームズ・ホイートリーの名前が出ると、先生はため息をつき、嘆かわしそうに首を振った。彼はむろん、ひとりの生徒が自分のしたことの責任を他の生徒になすりつけるのはけしからんと思っていた。だが、典型的なパブリック・スクール制度の産物だったから、告げ口をする者もけしからんと思っていた。

ブライアント先生がジョナサンを戸口まで送り出してくると、ジェームズ・ホイートリーは廊下の端に立って、出番を待つように足をもぞもぞ動かしていた。先生はそれに気づいて呼んだ。「ホイートリー、ちょっと来なさい。きみはもう行っていい、ジョナサン」先生の声は抑揚がなく冷ややかだった。どちらの生徒に対して先生がより強い反感をおぼえているか、判断するのは困難だった。

ジョナサンとホイートリーは廊下ですれちがった。一瞬、ジェームズは足をゆるめてジョナサンをにらんだ。彼は何も言わなかった。言う必要はなかった。毒を含んだ目つきがすべてを物語っていた。

九時半。

ジョナサンはパジャマにナイトガウンという姿で更衣室の隅のベンチに座り、ゆっくりと深呼吸していた。

更衣室は空っぽだった。五年生の就寝時間は十時十五分前だし、四年生はもう着替えをすませて寝室へ向かっていた。ほんとうはジョナサンもみんなと一緒に行かなければならなかったのだが、自習室に残って、あたりにだれもいなくなるのを待っていたのだ。ジョナサンはまだ、みんなの前に出る心の準備ができていなかった。

彼は正しいことをしたと思っていた。泣き寝入りして、父に会う機会を逃すなんて、とてもできっこなかった。彼のしたことは正しかった。ジョナサンはそう確信していた。だが、信念を実行に移してしまったいまになって、彼の自信はぐらつきはじめていた。なぜなら、ジョナサンはまもなく〝一味〟と対決しなければならなかったからだ。〝一味〟と対決し、なんらかの仕返しを受けなければならないのだ。

彼は立ち上がると、更衣室を出て廊下を正面玄関ホールのほうへ向かい、さらにホールを横切って、掲示板や優勝カップが飾ってある戸棚の前を通りすぎ、石の階段をのぼって共同寝室へ歩いていった。脚が鉛のように重く感じられた。大きすぎるスリッパが例によって、歩くとパタパタと音をたてたが、今日ばかりはその音も彼の心臓の激しい鼓動にかき消されてしまうようだった。

ついに、ジョナサンは自分の寝室の前に着いた。ドアの向こうから話し声が聞こえる。彼の噂をしているのだろうか？　彼をどういう目にあわせるか相談しているのだろうか？　ジョナサンは睾丸が鼠径部《そけいぶ》へ引っこんでいくような気がした。きびすを返して逃げ出したい衝動にかられた。だが、どうすることもできなかった。逃げ場はどこにもなかった。

彼のしたことは正しいのだ。四日たてば彼は父に会える。怖がる必要は何もない。

ジョナサンは決死の覚悟でドアをあけ、敵地に乗りこんだ。

そこには、この一年間、彼が何度も見てきた光景がくりひろげられていた。ベッドに丸くなって本を読んだり眠ろうとしたりしている少年たちもいれば、あちこちうろうろして仲間としゃべっている者もいた。彼が入っていくと、みんないっせいに顔をあげ、話し声がぴたりとやんだが、すぐにまた元にもどった。みんなてんでに自分のやりたいことをやっていた。それはふだんの夜と変わらない光景だった。

ジョナサンはずらりと並ぶ寝台のあいだの通路を通って洗面所へ行った。静かな洗面所で歯を磨き、洗面タオルで顔を洗う。皮膚に冷たい水をパシャパシャとかけながら、彼は窓の外を見やった。晩秋の澄んだ夜空に、満月に近い月が高く昇っていた。アベィ寮の監督生のひとりが口笛を吹きながら通りすぎ、その吐く息が白い霧のように空中に立ちのぼっていった。ジョナサンは、窓ガラスに映る自分の姿を見た。大きく見開かれ、油断なく光る目が、なにか顔の割に大きすぎるように見えた。

ジョナサンは怖くはなかった。

彼は水道の栓をしめて寝室へもどり、自分のベッドへ向かい、ナイトガウンを脱いでシーツのあいだにもぐりこんだ。そしてロッカーから読みかけの本を取り出した。それは、幽霊の話を集めた本で、彼は前の晩に読んでいたページを見つけた。三つの願いをかなえるというサルの手を持っている人たちが、最初の願いごとをするところだった。いったい何を願うのだろう、はたしてかなうのか、とジョナサンは思った。

彼は怖くはなかった。

ジョナサンの目はいつか本の活字を離れ、あたりをちらちらと見まわしていた。ジェームズ・ホイートリーはスチュアート・バリーのベッドに座っていた。スチュアートはふさふさした金髪をしきりにかき上げていた。スチュアートは、自分はハンサムだとうぬぼれていて、ジェームズはそのことでいつも彼をからかっていたが、実際には、スチュアートの容貌はリチャード・ロークビーと比べたら月とスッポンだった。ジョナサンは、リチャードの大伯母さんの葬儀が無事にすんだだろうかと思い、リチャードがあまり気を落とさないでくれるよう願った。

ジョナサンは怖くはなかった。

ジョージ・ターナーがジェームズとスチュアートのところへ行った。三人は何が可笑《おか》しいのかどっと笑いだした。ジョナサンのことを笑っているのだろうか？　ジョナサンは、三人が振り向いて自分をじろじろ見るのではないかと思ったが、それは彼の思いすごしだった。もしかするとジェームズは何もしないことにしたのかもしれない。自分が悪かった、あのときすぐに名乗り出て、事態が悪化するのを防ぐべきだったと認めたのかもしれない。もしかすると、結局みんなジョナサンの取り越し苦労だったのかもしれない。

ドアが開き、ブライアン・ハリントンがつかつかと入ってきた。毎晩、寝室の電灯を消しにくるのだ。「さあ、みんな、ベッドに入るんだ」

最後まで動かなかったジェームズもスチュアートのベッドから重い腰を上げ、のろのろと自分のベッドへもどった。

その途中、彼はジョナサンのほうを見て、片目をつぶってみせた。

ブライアンは明かりを消し、ドアを閉めて出ていった。いつものように、暗闇のなかに残されたのは同室の少年たちだけになった。

ジョナサンはベッドに横たわって天井を見上げ、彼をすっぽりとつつむ闇を見つめていた。

彼は声が聞こえるのを待った。ひそひそ声がするのを、〝一味〟が襲ってくる気配を待ちかまえた。

だが、何も起こらなかった。あるのは、暗闇と、嵐の前の静けさのような沈黙だけだった。ジョナサンは正しいことをしたのだ。彼は怖くなかった。

胸のなかで心臓の鼓動が時計のように時を刻んでいた。秒が分になり、十五分が経過し、半時間が経過した。それでもまだ、沈黙がつづくばかりだった。

ジョナサンはベッドに身じろぎもせずにじっとしていた。待ちかまえていた。頭のなかでは、同じ思いが、かごに閉じこめられた小鳥のように脳味噌に激しくぶつかっていた。

ほんとは怖い、怖いよ、ああ、神様、ぼくは怖い……

ジョナサンはぎくっとして目を覚ました。

彼はまだ仰向けに寝ていた。あたりはまだ真っ暗だった。どれぐらい眠ったのだろう？ そんなことはどうでもよかった。彼はもうすっかり目が覚めていた。体じゅうの神経が、すべての本能が警告を発していた。いよいよ始まると。

物音が聞こえた。何かが動く音だ。床がきしみ、だれかが声を殺して笑っている。ジョナサンは、何が起こっているのかと聞き耳を立てたが、暗闇には音を消す効果があり、耳に毛布がかぶさったようにすべての物音がぼんやりとしていた。

ジョナサンの額に汗が噴き出しはじめた。吐きけがし、同時に小便をもらしそうな気がした。彼は体を覆っている毛布に手を這わせ、上のシーツを握りしめた。シーツは糊がきいてごわごわしていたので、指が布に触るとガサゴソ音がした。

突然、そのシーツも毛布もどこかへ行ってしまった。ベッドから引きはがされ、ジョナサンの体はむき出しになり、彼は寒さに震えた。上体を起こして身を守ろうとしたとたん、ヒューッと何かが風を切る音がし、横あいから飛んできた枕が頭にドスンとあたった。その衝撃で頭がぼうっとなり、彼は無抵抗のまま首を押さえつけられ、ベッドから引きずり出された。彼のまわりでは、同室の生徒たちが眠りつづけていた。あるいは、眠っているふりをしていた。

洗面所のドアがあき、明かりがついた。ジェームズ・ホイートリーが入口に立っていた。もうひとり、それより小さな人影がその後ろに立っていた。ジョナサンはその入口のほうへ、ベッドの端に足をぶつけながら引っ立てられていった。洗面所のなかへ押しこまれた拍子に、石の床にドシンと転んで足首をひねり、もう少しで洗面台に頭をぶつけそうになった。背後で、ドアが閉まる音がした。彼は足首の痛みに顔をしかめながらも立ち上がり、襲撃者たちと向き合った。

ジェームズ・ホイートリーが彼の前に立ち、両わきにジョージ・ターナーとスチュアート・バリーがいた。ジョナサンの予想どおりの顔ぶれだった。

さらに、スチュアートのとなりには、ウィリアム・アボットが立っていた。おとなしい、毒にも薬にもならないウィリアム・アボットが、こんなところでいったい何をしようっていうんだ？　彼も三人組とぐるなのか？

ジョナサンの疑問に答えるように、ジェームズがウィリアムに向かって言った。「おまえは廊下に出て見張っていろ。何か聞こえたら知らせるんだ」

ウィリアムはちょっとためらい、ジョナサンにちらりと目をやってから、またジェームズの顔を見てきいた。「きみたち、彼に何をするつもりなんだ？」蚊の鳴くような小さな声だった。

「さっさと出ていかないと、おまえもこいつと同じ目にあわせるぞ！」

ウィリアムはジェームズの言葉に従ったが、出ていく前に、もう一度ジョナサンと目を合わせた。ごめんよ、とその目は言っていた。ぼくはこいつらの仲間になんかなりたくなかったんだけど、わかるだろう？　ぼくにはこうするしかないんだ、と。

ウィリアムがドアを閉めて出ていくやいなや、ジェームズが言った。「おまえの面《つら》は汚いな、ジョナサン。おれたちは、この学校に汚い貧乏人のせがれがいるのが気にくわないんだ。だから、その面を洗ってやる」

そのときジョナサンは、三人が何をするつもりか察した。心の内に泡立つようにひろがっていた恐怖が急に膨れあがってはじけ、彼は三人のあいだをすり抜けてドアのほうへ突進しようとした。が、ジョージに行く手を阻まれた。ジョージの目は、いよいよ本番だというようにぎらぎらしていた。ジョナサンはもがいたが、相手は彼より身長が六インチも高く、体重も十二、三キロも重かったので勝ち目はなかった。ジョナサンはまた首根っこを押さえられ、左手を背中に押しつけられたまま、トイレの個室のほうへ引っ立てられていった。

スチュアートがドアをあけて押さえると、ジョージがジョナサンを個室のなかへ押しこみ、無理やりひざまずかせた。スチュアートとジェームズもつづいて個室のなかに入ってきた。ついで、ジョナサンは顔を便器のなかへ突っこまれ、その拍子に額がほうろうの表面にガツンとぶち当たった。そのあまりの痛さに、彼は悲鳴をあげた。血がどっと頭に上り、漂白剤と小便の臭いのする便器の内側に目と鼻を押しつけられて、いまにも吐きそうになった。と、水槽の鎖を引っぱる音がして、ジョナサンの頭のまわりじゅうで水が一挙にあふれ出し、目や耳や鼻の穴や口に流れこみ、息がつまりそうになった。水が吸いこまれるとき、顔が排水口に引きこまれ、永久にはずれなくなってしまうのではないかと思われた。

もう一度鎖を引く音がした。今度は金属のガチャンという音がしただけで、水は流れなかった。「いいさ」と、「お粗末なトイレだ！」と、スチュアートがいまいましそうに言う声が聞こえた。「いいさ」と、ジェームズが言った。「こいつの面を洗う方法はほかにもある」三人は笑いだした。シューッという音がして、アンモニアの臭いがただよい、ジョナサンの顔になま温かいものがかかった。ジェームズが彼の頭の上に放尿しはじめたのだ。

ジョナサンはもがいたが、両腕を背中に押しつけられていて身動きがとれなかった。彼は小便が目に入らないように瞼《まぶた》を閉じ、悔し涙を懸命にこらえた。

また鎖を引っぱる音がした。またしても便器は水でいっぱいになり、ジョナサンは目も耳も鼻も口もふさがれ、いまにも溺《おぼ》れてしまいそうな気がした。

彼は頭を乱暴に便器から引き上げられ、立ち上がらされて、個室の外へ連れ出された。つぎの瞬間には、体を壁に押しつけられていた。片方の腕をジョージに、もう片方をスチュアートに押さえられ、髪から滴《したた》り落ちる水が目に入って前がよく見えなかった。ことさらゆっくりと、ジェームズが彼に近づいてきた。

「おれはおまえに警告したはずだぞ」彼は静かに言った。「それなのに、おまえはおれの言うことを聞かなかった。おまえはまったくばかだよ。アッカーリーの言うとおりだ。おまえみたいなばかはこの学校にいる資格はない。けちな公立学校にずっと行ってればよかったんだ」ジェームズは笑いだした。「いまは、なんとしてでも元の学校へもどりたいと思っていることだろうな！」

ジェームズは握りこぶしを後ろへ引いてパンチをくらわせるかまえをした。身の守りようのないジョナサンは思わずたじろいだ。だが、ジェームズの握りこぶしはジョナサンの顔の数インチ手前で止まった。かわりに一本の指がにゅっと突き出て、彼の鼻を強くはじいた。ジョージとスチュアートは笑っていた。

「どうだ、怖いか、ジョナサン？　え？」

ジョナサンは熱が出たときのように震えていたが、わずかに残っている自尊心から、首を横に振った。

ジェームズはにやりとした。ことさらゆっくりとした、底意地の悪い笑い。「怖いはずだがな。だれもおれのことをチクったりはしないんだから」と、目が残忍な光を放ちはじめた。「だれもな！　おまえ、いま、ひどい目にあってると思ってるか？　こんなのはほんの序の口だ！　チクったりしなければよかったと、おまえには想像もつかないほど後悔するようにしてやるからな。一生、おれのことを夢に見てうなされるようにしてやる」

ジェームズは一歩後ずさりし、さきほどと同じことをくり返した。いったんこぶしはかまえるものの、実際にはジョナサンの鼻をはじいただけだった。「今度はどうだ、パーマー、怖くなってきたか？」ジェームズは小声できいた。「キンタマが縮みあがってるか？」

ジョナサンは縮みあがっていた。恐ろしくてたまらなかった。彼のすべての本能が、首を縦に振れ、どんなことをしてでも、とにかくこんなことをやめてもらうようにしろ、と命じていた。

だが、彼の心のどこか、恐怖の奥底に、こんな不当な仕打ちに対する怒りの小さな火花が埋もれていた。そして、ジェームズの嘲るような笑顔を前にして、その火花がぱっと燃え上がり、恐怖は猛烈な怒りの爆発によって打ち砕かれ吹き飛ばされた。

突然、ジョナサンはもう何をされてもかまわないと思った。こいつらに気のすむまでやらせておけ。そのときジョナサンの頭にあったのはただひとつ、ジェームズ・ホイートリーの顔から薄笑いを消してやることだけだった。

「おまえなんか大嫌いだ！」と、ジョナサンは叫んだ。「おまえは卑怯者だ‼ おまえはアッカーリーにほんとうのことを言うべきだったんだ‼ それなのに、怖くて言えなかった‼ おまえは臆病者で、ぼくをやるにもひとりでやる勇気はないんだ！ ああ、いくらでもぼくを痛めつけたらいいだろう。だけど、そんなことをしても、何も変わりはしない！ おまえが哀れな卑怯者だということに変わりはないんだ。ぼくはそんなおまえが大嫌いだ‼」

ジェームズの薄笑いは消えた。ジョナサンの言葉はジェームズの痛いところをついていたのだ。そんな言葉を口にするのは正気の沙汰ではなかったが、ジョナサンは心のどこかで笑っていた。

そのとき、ジェームズはジョナサンの睾丸を蹴り上げた。

痛みは信じられないほど強烈だった。股ぐらから火が出て胃のなかまで走った。ジョナサンは悲鳴をあげ、脚の力が抜けて倒れそうになったが、スチュアートとジョージにかろうじて支えられた。

ジェームズはさらに一歩ジョナサンに近づいた。その目は血に飢えた獣のように冷酷な光を帯びていた。

「しっかり押さえているんだぞ」と命じて、ジェームズ・ホイートリーはとどめを刺しにかかった。


二度目のベルが鳴ってから、もう十分たっていた。寝室は空っぽで、生徒たちは更衣室で着替えているか、もしくは食堂へ向かっていた。カーテンはまだ閉まっていたが、明るい秋の朝日がカーテンのあいだから射しこみ、床や窓ぎわのベッドに冷たい光の模様を描いていた。

ジョナサンはだれもいない洗面所で、洗面台のわきの鏡の前に立ち、被害状況を調べていた。

体じゅうが痣《あざ》だらけだった。ピンクの肌が青や紫のパッチワークで飾られ、色がたがいに混ざりあって抽象画のようになっていた。ジョナサンは鏡の前で右を向いたり左を向いたりして全身を見えるかぎり調べようとした。彼はゆっくりと動いた。あまり急に体を動かすと体じゅうに痛みが走った。呼吸もなるべく浅くしていた。息をするたびに体が疼《うず》いたのだ。

便器にぶつけた額にも痣ができていたが、それを除けば、顔にはほとんど傷はなかった。

〝一味〟は用心深かった。残忍だったが、用心深かった。証拠になるような傷はすべて制服に隠れるところにできていた。

ジョナサンは鏡に映る自分の顔を眺めた。目は痛みと寝不足ではれぼったかった。彼は、ああするのが正しかったのだと自分に言い聞かせた。あと四日すれば父に会える。四日など、あっという間に過ぎる。

ただし、それまで生き延びられればの話だ。

ジョナサンは寝室を出て階下の更衣室へ向かった。できるだけそろりそろりと動いた。更衣室もほとんど空だった。朝食を抜くことにした五年生が二、三人いたが、まだ寝ぼけ眼で、ジョナサンのほうなど見ようともしなかった。ジョナサンは、だれかに痣を見られないよう急いで着替えをすませた。烙印を捺《お》された罪人のように、痣だらけの体が恥ずかしかった。衣服が皮膚にあたり、そうでなくても激しい痛みがいっそうひどくなった。ジョナサンは痛みを気にかけまいとした。ただの打撲傷だ。痣はそのうち消える。あとに残るような傷はできていない。

いまのところは。

彼は更衣室を出て、午前中の授業に使う教科書をとりに自習室に向かった。中央の廊下はがらんとしていた。ほかの生徒たちはまだ食堂にいたが、まもなくもどってくるだろう。そう思って、ジョナサンは足を速めた。

階段わきのテーブルの前にさしかかると、午前中の郵便物がすでに到着していた。彼は自分宛ての白い封筒に目をとめた。父の筆跡だ。中間休暇の旅行の日程を知らせてきたのだろう。待っていた手紙だった。ジョナサンは封を切り、人けのない廊下を通って自習室に向かいながら手紙を読みはじめた。

親愛なるジョナサン

悪い知らせがある。お継母《かあ》さんが病気になってしまった。二週間ほど前にインフルエンザにかかり、すっかり治ったように見えたのだが、ウィルスが急にまた暴れだした。彼女はお医者さんを呼ぶのはいやだと言いはっているが、床についたきりで、とても具合が悪そうなんだ。

当然、わたしは彼女に、デヴォンへ行く予定を取りやめるように言った。彼女は、自分のためにおまえとわたしが計画を変更すべきではないと主張しているが、彼女はしじゅう寒気がしたり咳きこんだりしていて、とても家に客を泊められる状態ではない。そういうわけで、残念ながら、おまえがわたしたちの家で中間休暇を過ごすことは不可能になった。こんなことになって、わたし同様おまえもとてもがっかりするだろうが、もちろん、お継母さんの健康を第一に考えなければならない。おまえにもそれはわかってもらえると思う。

わたしからお母さんに連絡して、このことを伝えておく。彼女はきっと、わたしに代わっておまえに会えるようになったことを喜ぶことだろう。

この前の手紙、ありがとう。今学期も、万事うまくいっているようで安心した。お継母さんからおまえによろしく伝えてほしいということだ。何か必要な物があったら、いつでも手紙をよこしなさい。

変わらぬ愛をこめて

父より

ジョナサンは自習室の前に来ていた。彼はドアをあけて一歩なかへ入った。

室内はめちゃくちゃだった。机は倒れ、電気スタンドは床に落ち、電球は粉々《こなごな》に割れていた。ロッカーのドアはあけっ放しで、中身がそこらじゅうに散乱していた。教科書の表紙は引きちぎられ、手紙はびりびりに裂かれていた。両親の写真の入った小さな写真立てのガラスも割られていた。

カーテンはあけてあり、小さな窓に紙切れが貼り付けてあって、ただ一行、なぐり書きがしてあった。

これはほんの序の口だ。

ジョナサンは部屋に入ってドアを閉めた。彼は壁によりかかって座りこみ、じっと膝をかかえた。外では、朝食からもどって朝礼の準備をする近くの部屋の生徒たちの声が聞こえていた。涙がゆっくりと音もなく彼の頰をつたった。口のなかが塩辛かった。彼は父の手紙をくしゃくしゃに丸めて握りしめた。

ずいぶん長いあいだそうして座っていたような気がジョナサンはした。顔から涙をぬぐおうともしなかった。もう、泣き顔を世界じゅうの人に見られてもかまわないと思った。

だれかがドアをそっとノックした。ジョナサンはそれを無視した。

「ジョナサン、ぼくだよ、リチャードだ」

ジョナサンは何も答えなかったが、ドアは開き、リチャードが入ってきて惨状を見つめた。

「なんてことだ！」

リチャードは後ろ手でドアを閉め、床一面に散らばった本や引き裂かれた紙で足をすべらせながら、どうにかジョナサンの前にかがみこんだ。「大丈夫か？」

ジョナサンはうなずいた。

「さっき食堂で、みんながしゃべってるのを聞いてね。どうして言ってくれなかったんだ？葬式は昼間だったから、六時半にはもどっていたんだ。学校にいたんだよ。言ってくれればよかったのに」

「言ったからって、どうせ同じことだったよ」

「なんとかきみを守ってやれたかもしれないよ」

「どうやって？」

「何かうまい方法を見つけてね」

「あいつはなぜあんな絵を描いたんだろう？ なぜぼくのことをあんなふうに思ってるんだろう？ ぼくにはわからないよ」

「いや、わかるね」と、リチャードは静かに言った。

ベルが鳴った。外で、急いで廊下を走り去る足音が聞こえた。朝礼の時間だった。そう思うと、ジョナサンはほんとうに気分が悪くなった。また、涙があふれてきた。自分の弱さを恥じて、彼は膝に顔をうずめた。

「気にしないでいいよ」と、リチャードは優しく言った。「泣きたいだけ泣けばいい。ぼくはなんとも思わないよ」

ジョナサンは目をぬぐった。「あのホイートリーはどんな罰を受けたんだろう？　中間休暇を取り消されたのかな？」

「いまのところはね」

ジョナサンは顔をあげた。「いまのところ？」

「彼がジェームズ・ホイートリーだってことを忘れちゃいけない。彼の両親は理事会のメンバーなんだ。あの、おんぼろ体育館の改装のために、何千ポンドも寄付してるんだ。ジェームズがおふくろさんに電話して、すごく不当な仕打ちを受けたと言えば、おふくろさんはきみの寮の舎監に電話して、うちの可愛いジェームズが中間休暇に帰宅を許されなければ、学校への援助は打ち切られることになるかもしれないとほのめかすさ」

「そんなこと、通ると思う？」

リチャードは眉をつり上げた。「もちろんさ。金曜日になったら、ジェームズはほかのみんなと同じようにスーツケースに荷物を詰めているだろうね」

何気なく口にされたその言葉は、どんな強力なパンチよりもジョナサンを打ちのめした。彼は握りしめていた手を開いて、くしゃくしゃに丸めた手紙を差し出した。リチャードはそれをひろげて読み、読みおえると、低く口笛を吹いた。

「で、どうするつもり？　お母さんのところへ行くのかい？」

「ほかにどこへ行くあてもないからね」

「うちに泊まりにくればいいよ」

「きみんちに？」

リチャードはうなずいた。「もしきみが来たいのならね」ジョナサンは何も答えなかった。

「来たいかい？」

ジョナサンは何と答えたらいいかわからなかった。胸が躍るような、同時になにか不安な気分だった。

「どうだい？」リチャードがもう一度たずねた。

「そんなこと、できないよ」

「どうして？　お母さんに会いにいくほうがいいのか？」

ジョナサンは首を振った。

「お母さんに会いにいくほうがいいっていうんなら、その気持ちはわかるよ。ここは、そうしょっちゅう外出許可がもらえるわけじゃないからな」

「そうじゃないんだ。休みまで、あと三日しかないのに、急にぼくが行くことにしたら、きみの家の人がびっくりするからだよ」

「そんなことないさ」

「やっぱり悪いよ。きみの家族に迷惑はかけたくないもの」ジョナサンは、行かないほうに自分自身を説得しようとしていた。だが、リチャードになおも来るように誘われると、内心ほっとした。「大丈夫だよ。心配するなって。昼休みに電話して、そう言っておくから。いいだろう?」

ジョナサンはうなずいた。「うん」

リチャードはにっこりした。「よし」リチャードの真剣な目にじっと見つめられて、ジョナサンはなにか落ち着かない気分になった。彼は視線を落として、リチャードが持っている便箋を見つめた。「彼女の勝ちになりそうだね? やっぱり、きみの言ったとおりだ」

「まだ、そう決まったわけじゃないさ」

「でも、きっとそうなるよ」

「きみが彼女に勝たせなけりゃいいんだ」

「それがそう簡単にはいかないんだよ」

「簡単だとも」

「きみはいつもそう言うけれど、それは嘘だ。ぼくはアッカーリーに勝たせたくなかった。あいつは、あの絵を描いたのがぼくじゃないと知っていたのに、そんなことはどうでもいいと思っていた。ぼくが罰を受けるのを望んでいたんだ。だから、ジェームズは名乗り出ようともしないで、高みの見物を決めこんでいればよかった。でも、ぼくは、ジェームズがあんな卑怯な真似をしたのが許せなかったので、彼のことを言いつけた。ところが、ジェームズは無罪放免になって、アッカーリーも、告げ口をする者がどういう目にあうか知ってほくそ笑んでいるにちがいないんだ。だから、結局、勝ったのはあいつらなんだよ」

「だから、ただ泣き寝入りするっていうのか」リチャードは静かな口調で言った。

その言葉はジョナサンの心に突き刺さった。「ぼくはただ泣き寝入りなんかしないよ!」

「するさ。いつもそうじゃないか」ジョナサンはフラストレーションに打ちひしがれた。「それじゃあ、ぼくはいったいどうすればいいのさ?! あいつらは権力を全部握ってるんだ。世の中というのはそういうものなんだ。

「できるとも。ぼくなら戦うよ。ぼくはいつも戦っている」

「それは、きみだからできるんだ!」

「きみにだってできるさ」

「いや、だめだ。ぼくはきみとはちがう」

「それはそうだな」と、リチャードは静かに言った。「しかし、きみはぼくみたいになりたいんだろう」

「なりたくても、どうにもならないよ」

「なるさ。なりたいという気持ちがほんとうに強ければね。そうでなければ、現状に甘んじて、あいつらにいつまでも勝たせておくんだな。それはきみしだいだ」

二人はじっと見つめあった。「で、きみは何を望んでいるんだ?」リチャードはたずねた。「何をほんとうに望んでいるんだ?」

リチャードの目がジョナサンを穴のあくほど見つめていた。その強烈な視線には催眠術のような作用があった。ジョナサンはリチャードの目の奥底を見つめ、そこからわき起こる力を感じた。

「ぼくもきみみたいになりたい」と、彼は答えた。「きみみたいになるためなら、どんな犠牲でも払うよ」

「それなら、手をかしてやろう。どうやったら勝てるか教えてやるよ。そうすれば、だれも、アッカーリーだってジェームズだってきみの継母だって、だれひとりとして、二度とふたたびきみをつらい目にあわせることはできないよ」

リチャードの目は輝いていた。光を帯びて生き生きとしていた。ジョナサンはその光の奥底を見つめ、ふと恐怖にとらわれた。

だが、そのときリチャードがにっこりと微笑んだ。それは、大丈夫、何もかもうまくいくと言っているような微笑だった。ジョナサンはリチャードを信頼していたから、恐怖を払いのけて、にっこりと微笑み返した。

6

アップチャーチ・ホールは三百年以上前からロークビー一族の住まいだった。

ジャコビアン様式の四角い灰色の石造りの建物で、大きな張り出し窓が並び、何本もの煙突が指のように空に向かって伸びていた。何世紀ものあいだ雨風に打たれてすり減った石壁が、往時の壮麗さを偲《しの》ばせる風格を添え、家の前には手入れの行きとどいた芝生が道路と平行にひろがり、裏手は森になっていて、伸び放題の多くの巨木が北海から吹き付ける寒風から館を守っていた。

ジョナサンはリチャードの寝室の窓辺に座っていた。リチャードはベッドに寝そべって本を読んでいた。ロークビー氏は書斎で《タイムズ》のクロスワードパズルと知恵比べしていた。窓の下では、雨に濡れないように身支度を整えたロークビー夫人がちょっと足を止めて庭師に何か言ってから、車に乗って出かけていった。それは、アップチャーチ・ホールのごくふつうの一日だった。

もっとも、アップチャーチ・ホールの生活には、ふつうといえるところなどまったくなかった。

二人が到着したのは、二日前の雨の夜だった。ジョナサンはスーツケースを手にして、いつになく神妙になったリチャードと一緒にアベイ寮の石段の上で迎えが来るのを待った。あたりではほかの生徒たちが大声を上げたり笑ったりしながら、やはり両親などが迎えに来るのを待っていた。家族が海外にいる少年たちのうち友人の家に招待されなかった者たちが、寂しい夕食をとりに寄宿舎の食堂へ向かう姿がジョナサンの目に入った。それを見てジョナサンは、それらの少年たちの境遇が自分の責任でもあるかのように、なにか後ろめたい気がした。

リチャードがジョナサンの肘をつついて、玄関前の車寄せを進む自動車の列に加わった一台のベントレーを指さした。中年の男がハンドルを握っていた。リチャードは一言、「ジェソップだ」と言って彼を紹介した。ジェソップの説明によると、ロークビー夫人が自分で迎えにくるはずだったのだが、地元の治安判事が突然やってきて出られなくなってしまったということだった。二人は車の後部座席に乗りこんで学校をあとにした。

車は闇と雨のなかを三十分ほど走り、やがて、両開きの鉄の門を通って石畳の道に入った。ジョナサンは、リチャードが〝ぼくんち〟と呼んでいる家の巨大なシルエットを見て度肝を抜かれた。それは、ジョナサンが母親と一緒に住んでいるリーズ郊外の二軒長屋とは天と地ほども差があった。彼はパニックに陥った。とんでもない場違いなところに来てしまった。リチャードの家族は彼をばかにするにちがいない。やっぱり招待を断わるべきだったのだと思った。

ロークビー夫妻は玄関のポーチで待っていた。ロークビー氏は背が高くて筋骨たくましく、身のこなしは軍隊式にしゃちこばっていた。彼はリチャードと握手した。夫よりずっと小柄でふっくらした体型のロークビー夫人はリチャードの頬にキスした。夫妻はジョナサンが恐れていたほどもったいぶっていなかったので、彼は少し気が楽になった。

ロークビー夫人は二人の先に立って階段を上り、廊下を歩いていった。「あなたたち、その濡れた服を夕食の前に着替えなくちゃだめよ」と、彼女は言った。リチャードはひとつの戸口から姿を消し、ロークビー夫人はジョナサンを巨大な部屋へ案内した。そこには天蓋付きベッドが置かれ、暖炉に火が赤々と燃えていた。夫人はその部屋の右側の壁にあるドアを指さして、「あそこからリチャードの部屋へ行けるのよ」とジョナサンに教えた。「二人とも、そのほうがいいでしょう?」あたりの豪華さにすっかり圧倒されていたジョナサンは、ただ黙ってうなずくばかりだった。

四人は、先祖の肖像が見下ろす長大なダイニング・テーブルで夕食をとった。ミセス・ジェソップが食事を運んできて、すぐまた部屋から出ていった。四人は磁器の皿に盛られた牛肉を食べ、クリスタルのグラスにつがれたワインを飲んだ。ジョナサンは、まちがったフォークを使ったり、何かこぼしたりしたら大変だと思ったので、用心しながらゆっくり食べた。そのあいだ、ロークビー夫妻から身の上についていろいろと質問されたので、ジョナサンはできるだけ詳しく答えたものの、自分の訛《なま》りが気になってしかたなかった。ジョナサンの感じでは、ロークビー氏の質問の多くは儀礼的なものだったが、ロークビー夫人は心底ジョナサンに関心を寄せているようだった。彼女はジョナサンが固くなっているのを察して、なんとかくつろがせたいと思ったらしく、しょっちゅう彼に微笑みかけた。リチャードは終始無言で、気のない様子で皿の食べ物をつつき、ほんとうはこんなところにいたくないというような態度を見せていた。ときおり、まるでテレパシーにでも指示されているように、夫妻は同時にリチャードに目を向け、それからたがいに顔を見合わせ、そしてまた、ジョナサンに注意を向けた。

夕食が終わって、静かな寝室でジョナサンが服を脱いでいると、後ろで物音が聞こえた。リチャードが二人の部屋のあいだのドアから入ってきたのだ。リチャードは暖炉の前にしゃがみ、火かき棒で石炭をつついた。ジョナサンは立ったままその様子を見守った。

「きみの両親って、いい人たちだねえ」ジョナサンはためらいがちに言った。

「あの二人はぼくの親じゃないよ」

「えっ?! でも……」

「ぼくの伯父と伯母さ」

「そうだったのか」

「伯父は父の兄なんだ」

「じゃあ、きみの両親はどこにいるの?」

「死んだ」

ジョナサンはさらにきかずにはいられなかった。「どうして?」

リチャードは暖炉の火を見つめ、まるでこれまで何度も同じことをくり返してそらで憶えてしまった言葉を唱えるように、すらすらと早口で答えた。「父は空軍にいて、戦死した。母はぼくが九歳のときに死んだ。ガンでね」

ジョナサンは何か励ましの言葉をかけようとしたが、ふと、もし自分の両親が死んでしまったらこの世界がどんなに孤独で寂しいものになるかを思い、言葉などなんの役にも立たないことに気づいた。「悪いことをきいちゃってごめん、リチャード」と、彼はぎこちなく言った。「ほんとうに悪かった」

リチャードは相変わらず火を見つめていたが、ややあって、「いいんだよ」と言って立ち上がった。「さっきは、伯母たちがきみに根ほり葉ほり質問して、すまなかったね」

「ぼくは平気だったよ」

「ジョナサンは、ぼくが初めてここに連れてきた学校の友だちだから、伯母たちは好奇心をそそられたってわけさ」

ジョナサンはニヤリとした。「とにかく、ぼくが何も壊さなくてよかったよ」

「伯母たちはきみが何か壊したってなんとも思わなかっただろうよ。ぼくはもう疲れたから寝る。明日はもっと楽しい日になるだろう。きみが来てくれてうれしいよ」

「ぼくもだ」その言葉は反射的に口にしたものだった。だが、そう言ってから、それが自分の本心であることにジョナサンは気づいた。

そして、翌日はほんとうに楽しい一日になった。朝食をとろうとジョナサンに言いにきたリチャードは、前夜よりずっとくつろいだ様子だった。ロークビー夫人は二人にお腹いっぱい食べるように言った。「あの学校の食事がどんなか、わたし、よく知ってますからね」そう言いながら、彼女はニシンの薫製をもう一切れジョナサンに押しつけた。「リチャードの従兄弟のエドワードもあそこへ行ったんだけど、休暇になると、いつもガリガリに痩せて帰ってくるんですもの」

「いまでは、その分がつがつ食べて太ってしまったがね」と、ロークビー氏が口をはさんだ。

「ええ、でも、ずっとあんなひどい給食でがまんしなくてはならなかったのだから、しかたないわ。ところで、あなたがたの今日の予定は？」

「まだ決めてないんだ」と、リチャードが答えた。

「ちょっと遠出しない？　ノリッジの街へ行ってもいいわ」彼女はジョナサンに微笑みかけながら言った。「どう、そうしない？」

　ジョナサンは口のなかの食べ物を呑みこんで、なんと答えたらいいか、うかがうようにリチャードの顔を見た。だが、リチャードは宙を見つめていたので、ジョナサンは自分で決めなければならなかった。「はい、ぼくは大賛成です」彼は礼儀正しく答えた。

「そう」彼女はにこやかな笑顔をジョナサンに向けた。「じゃあ、十一時に出かけましょう。そうすれば、美味《おい》しいランチを食べたあと、映画を観る時間がたっぷりあるから。そうそう、食事が終わったら、ご両親に電話をかけたら？　無事着いたってお知らせしたほうがいいでしょう。リチャードに電話のあるところを教えてもらって……」

　ジョナサンはまず母親に電話した。彼は、アップチャーチ・ホールがどんなに立派か話そうとしたが、母親はロークビー家の電話代がかさむのを心配して、「言葉遣いに気をつけて、出されたものはなんでも食べるのよ」と注意すると、そそくさと電話を切ってしまった。

　つぎに、彼は父のオフィスに電話した。秘書が電話に出て、ジョナサンの父は今日出勤していないと言った。「お父さまは、あなたのお継母《かあ》さまをデヴォンのご実家へ連れていらしたのよ」

「デヴォンへ?! でも、彼女は病気のはずだけど!」

「わたしがお会いしたときは、とてもお元気そうでしたわ」

ジョナサンは受話器をおいた。彼は、なにも驚くにはあたらないと自分自身に言い聞かせた。それでも、裏切られたような気がした。まるで、みぞおちにボディーブローをくらったような感じだった。

リチャードは部屋の隅で彼の様子を見守っていた。「どうやら、彼女の病気は治ったようだね」

「父さんは彼女をデヴォンへ連れていったんだって」

「じゃあ、第一ラウンドは彼女の勝ちというわけだ」

ジョナサンは、平静を装おうとして肩をすくめてみせた。「ぼくは気にしてないよ」

「しているくせに」

ジョナサンはその問題を掘り下げたくなかった。いまは、気持ちが傷つきやすくなっているからだめだ。「ぼく、出かける支度をしてくる」そう言って、彼はリチャードがそれ以上質問しないうちに急いで部屋を出た。

ロークビー氏がノリッジまで車を運転していった。ジョナサンは窓の外の、地平線までゆるやかに起伏する畑を眺めた。ノーフォークの広々とした空を黒雲が覆いはじめていた。今日じゅうに雨が降りだすだろう。肌を刺す風があたりを吹き荒れていた。ロークビー氏はパイプをふかし、きついタバコの臭いが車内に立ちこめていた。しばらくすると、ロークビー夫人が煙を外に出すために窓をあけ、冷たい風がジョナサンの顔に当たった。だが、彼は平気だった。新鮮な空気に触れるとジョナサンは、学校という名の牢獄から、ほんの一時にせよ抜け出せたことをあらためて実感した。

四人はノリッジ城の裏手の広場にあるレストランで昼食をとった。目立たないが、いかにも高級そうなレストランだった。四人が食べているあいだじゅう、ウェーターたちはテーブルのまわりをかいがいしく動きまわっていた。食事のあと、四人は小さな白いカップでコーヒーを飲んだ。

「例の鍵が見つかったよ」ロークビー氏が、食事中は消していたパイプに火をつける準備をしながら夫人に言った。

「どこにあったの？」

「あの、古銭の入っている箱だ」

「それで、あなた、あれをあけてごらんになったの？」

「ちょっとのぞいてみた」ロークビー氏はポケットナイフでタバコの燃えかすをつつき出し、新しいタバコを詰めながら答えた。「わたしが見たかぎりでは、がらくたばかりのようだ。明日、中身を整理する」

「子供たちにやらせたらどうかしら。きっと面白がるわよ」

「何の話？」と、リチャードがきいた。彼は窓の外を眺めていて、いま初めて、自分たちが話題になっていることに気づいたのだ。

「エレナー伯母さまの衣装箱のなかを調べるのよ」

リチャードは肩をすくめ、「やってもいいけど」と言ったきり、また窓のほうを向いた。ロークビー夫人はジョナサンの顔を見て、にっこりした。ロークビー氏は店の人に勘定を頼んだ。

『暁の出撃《ザ・ダムバスターズ》』のつぎの上映時間まで一時間ほどあった。ロークビー夫人は買い物があるからと言って、お供に夫を連れていき、少年たちは二人きりで街のなかをぶらつくことになった。二人は人通りの多い街路を歩き、ときどき立ちどまって店のウィンドーをのぞいたりしながら、大聖堂広場に出た。そのときには雨が降りだしていたので、二人は大聖堂に入って雨宿りすることにした。

長い身廊の奥で聖歌隊がグレゴリオ聖歌を練習していた。ソプラノ、アルト、テノール、バスの声が幾筋もの織り糸のようによりあわさって、美しいが、どことなく不気味な音を醸《かも》し出していた。二十人あまりの人が側廊のそこかしこにひっそりとたたずみ、聖歌隊の歌声が渾然一体となって高いアーチ形天井に響きわたるのにうやうやしく耳をかたむけていた。

二人は身廊を横切って回廊へ通じる扉のほうへ向かった。石の床を歩く二人の実用本位の学生靴の音があたりに反響した。リチャードはジョナサンから離れて、壁を飾る彫刻を見にいった。ジョナサンは扉を出て、回廊を歩きはじめた。外は激しい吹き降りになっていて、横なぐりの雨が柱のあいだから廊下に吹きこんでいた。

回廊はがらんとしていて、前方に一組の老夫婦がいるだけのようだった。年配の妻のほうは耳障りな声で観光案内を読みあげていた。ジョナサンは足早に二人を追いこし、角を曲がった。そこの、回廊の中央の芝生に面した石のベンチに、若いカップルが向き合って座っていた。二人とも厚手のコートを着て、首からローブのように垂れ下がっている長いマフラーをしていた。

二人はその吹き降りのなかでキスしていた。たがいに相手のほうへ身をかがめ、顔を寄せて唇を合わせていた。それは二人の熱情よりも、むしろ親密さを感じさせる行為だった。二人は外界をまったく忘れてしまうほど親密で、むつまじくて、心が通い合っているようだった。

その姿を見て、ジョナサンは自分が邪魔をしているような気がして足を止めた。が、そのままたたずんで二人を見ていた。だが、そうしているのが気恥ずかしくなり、視線を足元に落とした。そのとき初めて、彼は自分が墓の上に立っているのに気づいた。そこの床には一面に墓石がはめこまれていて、そのどれにも、死んでそこに埋められている人々の名前と死亡時の年月日が刻まれていた。彼の足下には、一八一九年十月十五日に死んだロバート・メドリコットという若者の遺骸が横たわっていた。トマス・メドリコットとその妻キャサリンの息子で、十六歳で死に、いまはジョナサンの足下の石の下で塵となっているのだろう。

老人夫婦が近づいてきた。その年配の妻の割れるような大声に、若いカップルは驚いて顔をあげ、ジョナサンの姿に気づいた。思わず赤面するジョナサンに、若い二人は微笑みかけた。若い女性の髪は雨に濡れていた。二人とも限りなく幸せそうだった。ジョナサンは足早にそこを通りすぎ、聖堂内のリチャードのところへ急いだ。

彫刻を眺めていたリチャードはジョナサンを手招きした。ひとりの女性が、十三歳ぐらいの少女と連れだって反対方向から近づいてきた。その女性は少女にいろいろな物を指し示していたが、少女は退屈しきっている様子だった。彼女たちがリチャードのそばを通ったとき、少女はふとリチャードに目を止め、興味をそそられたように瞳を輝かせた。それを見たジョナサンはまたなにか落ち着かない気分になった。少女はジョナサンの視線に気づくと、目を伏せて通りすぎていった。ジョナサンは立ちどまって少女の後ろ姿を見送り、それからリチャードに歩み寄っていった。

その彫刻は、二本の柱のあいだの小さなアルコーブに立っていた。それは記念牌だった。石碑の後ろに骸骨が立ち、祈りを捧げるように組み合わせた手を石の上においていた。そして石碑には碑文が刻んであった。

トマス・グディングここにとどまり
最後の審判の日を待つ
ここを過ぎる人はみな
死を忘るることなかれ
人はみな死ぬ定めにて
かつて吾《われ》もいまの汝らのごとく在りしように
汝らもやがていまの吾のごとくならん

ジョナサンはその言葉をゆっくりと読み、その意味を考えた。「この人はいったい何をやったんだろう」彼は小声で言った。

「やった？」

「だって、これを読むと、なにか罰を受けているみたいな感じだもの。何か、生きているうちにやったことの罰を」

二人は骸骨を見つめた。その口は、祈りを捧げる手を嘲笑っているようにゆがんでいた。両側の柱は、最後の審判の日まで彼を閉じこめている鉄格子のように見えた。

リチャードはフーッと息を吐いた。「何をやったにしても、きっといまは後悔していることだろうな」

聖歌隊の合唱は終わり、ソプラノの独唱だけが響いていた。その声は寄せては返す浜辺の波のようで、哀歌のような悲しげな調子だった。

「どうもここはあまり好きじゃないな」と、ジョナサンはだしぬけに言った。「行こう」

二人は出口へ向かった。二人がそこに達すると、ちょうど独唱が終わり、側廊からまばらな拍手が起こった。

その夜、夢のなかで、ジョナサンはまた大聖堂のなかを歩いていた。大聖堂はいまはまったく人けがなく、暗がりの多い巨大な墓のようで、石の壁に静寂が重くのしかかっていた。いつかジョナサンは、トマス・グディングの記念牌のあるアルコーブの前に立っていた。

石碑の後ろの骸骨はなくなっていて、かわりに、悲しそうな目をした青白い顔の少年の肖像が飾ってあった。ジョナサンよりほんの少し年上の、摂政時代風の服を着た少年だった。ジョナサンには、それがロバート・メドリコットだということがわかった。

「きみはどうしてこんな所にいるの？」と、ジョナサンはたずねた。「ここはきみの場所じゃないのに」

肖像画の少年は何も答えず、悲しそうな目で彼を見つめるばかりだった。それは十六歳の少年の目だったが、何世紀もの歳月を経てきたように見え、何か強烈な願望を宿しているようだった。ジョナサンは怖くなり、きびすを返して出口へ急いだ。その向こうからは、だれかが笑っている声がしていた。

だが、彼が出口まで来ると、扉には鍵がかかっていた。ジョナサンは扉をたたいて助けを求めた。だが、笑い声は遠ざかり、だれも彼の声を聞きつけてくれなかった。ジョナサンはただひとり、しんと静まり返った大聖堂のなかに閉じこめられてしまった。あたりは相変わらず暗かった。しかし、聖堂のなかはもはや空っぽではなかった。さまざまな影が動きはじめていた……

ジョナサンはぎくっとして目を覚ました。彼はしばらくベッドにじっと横になっていた。心臓が激しく鼓動していた。部屋のなかは暗く、ひんやりとしていて、大聖堂のなかのようだった。

とにかく光を見たい一心で、彼は急いで起き上がり、重いカーテンをあけて早朝の外の景色を眺めた。空にはすでに黒雲が沸き起こっていた。この日もまた雨になりそうだった。ジョナサンは服を着て階段を降りていった。食堂にはだれもいなかった。ほかの人たちはまだだれも起きていなかった。

食堂の先には、いくつもの部屋が広い廊下のようにつづき、ロークビー一族の肖像画が壁にかかっていた。王政復古時代の放蕩者といった風情の人物、かつらをかぶったジョージ王朝時代の人たち、摂政時代の伊達男たち、謹厳なヴィクトリア時代の人たちなど、代々のロークビー家の先祖がジョナサンを見下ろしていた。ジョナサンはそれらの肖像画を眺めて、リチャードに似た面ざしの人をさがしたが、それらしき顔は見当たらなかった。

ジョナサンはいちばんはずれの、壁に赤いダマスク織りのクロスを張った部屋に出た。その部屋の中央の書き物机には、額に入った写真が並んでいた。彼はそのうちのひとつを手にとって見た。二十年ほど前に撮影された結婚式の写真で、新郎新婦が近親者に囲まれて教会の前に立っていた。花婿のとなりの男女はロークビー夫妻だった。そして、新郎新婦はリチャードの両親にちがいないとジョナサンは思った。

二人は魅力的なカップルだった。新郎のほうは色が浅黒く、兄に似て背が高くがっしりしていたが、はるかにハンサムだった。新婦のほうは華奢《きゃしゃ》で色白で、息子と同じ端整な顔立ちと深くくぼんだ目をしていた。彼女によく似た中年の男性——おそらく父親——が花嫁のとなりに立っていた。

ジョナサンは別の写真を手にとった。夏の日射しのなか、リチャードの母親が彼女の父とおぼしき人物と並んで庭に座っていた。彼女の膝にはリチャードがいた。せいぜい四歳か五歳のころだろう。彼女はリチャードを守るように彼の体に腕をまわしていた。三人ともカメラのほうは見ずに、何か自分たちだけにわかる冗談を言っているように笑っていた。その幸せそうな様子を見て、ジョナサンはなにか、見てはならないリチャードの秘密をのぞいてしまったような後ろめたい気がした。

後ろで物音がした。ジョナサンが写真立てを机にもどして振り返ると、ロークビー夫人が立っていた。

「ちょっと見物させてもらってたんです」と、彼は弁解するように言った。

「ドアがあいていたものだから、きっとあなただと思ったのよ」

「ちょっと見てただけです。ほんとです」

「いいのよ」夫人は優しく微笑んだ。「あの人たち、気に入った？」

「あの人たちって？」

夫人は壁の肖像画を身ぶりで示した。

「ああ。ええ。立派ですね」

「わたしは、陰気臭くて嫌いよ。大昔に死んだ親戚、みんな同じ形のあごや鼻の人たちに見下ろされて暮らすなんてね」彼女は笑った。「わたしは、風景画のほうがずっといいわ！」

「すみません。勝手に入ってしまって」

「そんなこと、ちっともかまわないわ。ごめんなさいね、寝坊しちゃって」

夫人に謝られて、ジョナサンはますます固くなり、返す言葉がなかった。

「あなた、リチャードのことがとても好きなのね？」

「はい」

「うれしいわ。わたし、ときどきあの子のことが心配になるの。あの子があんまり独りぼっちだから。だれにだってお友だちは必要なのにね」

「リチャードのお母さんって、どんな人だったんですか？」

ロークビー夫人は目を大きく見開いた。「リチャードのお母さん？　あの子、お母さんの話をしたの？　あの子が何か……」そう言いかけて、夫人は机の上の写真に気づき、納得して、ふたたび微笑んだ。が、その目には警戒の色がうかんでいた。「とても魅力的な、すばらしい人だったわ」

「それは写真を見ただけでもわかります」

「リチャードはあなたにお母さんのことを何か話したの？」

「いいえ。ただ、亡くなったということだけです。そう聞いてからは、ぼく、何もたずねる気になれなかったもので」

「そのほうがいいわ」

ジョナサンはうなずいた。

そのとき、人声が聞こえた。リチャードと彼の伯父が起きてきたようだった。ロークビー夫人は部屋から出ていきかけて、ふとジョナサンのほうを振り返った。

「あなたがここに来てくれてうれしいわ、ジョナサン。ほんとうに。リチャードにはお友だちが必要だったのに、なかなかできなかったの。だから、あの子があなたのような人とお友だちになれて、わたしとってもうれしいの」

夫人にそんなふうに言われて、ジョナサンは照れくさかったが、同時にうれしかった。彼は恥ずかしそうに微笑んだ。「ぼくもです」

二人は一緒に部屋を出て、リチャードたちのいるほうへ向かった。

十一時十分。ロークビー夫人は友人に会いにいましがた車で出かけたところだった。ジョナサンはリチャードの部屋の窓敷居に腰かけ、リチャードはベッドに寝そべって本を読んでいた。

ドアをノックする音がして、ロークビー氏が入ってきた。「きみたち、何をしているのかね？」

「雨があがるのを待ってるんだ」と、リチャードが答えた。

「それなら、例の大伯母さんの衣装箱の中身を点検したらどうだ？　面白いかもしれんぞ」

リチャードは気乗り薄な様子だった。

「わたしはどっちでもかまわんがね。これは伯母さんの思いつきなんだから。ほら、これが鍵だ」ロークビー氏は鍵をベッドの上に投げた。「衣装箱は物置部屋にある」

リチャードは本をかたわらへ押しやって鍵を拾い、ジョナサンについてくるよう合図した。

物置部屋は屋敷の裏の森に面していた。衣装箱は、船の浮き彫りのあるオーク材の箱で、部屋の中央に置いてあった。リチャードが鍵を回して蓋《ふた》をあけると、黴《かび》臭いにおいがただよった。リチャードはひもで縛った古新聞の束を取り出してジョナサンに渡した。第一面に〈戦争終結！〉という大見出しを掲げたいちばん上の新聞の日付は一九一八年だった。「きみの大伯母さんは、どうしてこんなものをとっておいたんだろうね？」

リチャードは肩をすくめた。「だいたい、人はどうして物をとっておくの？」彼はほこりまみれの本をつぎつぎに取り出した。ジョナサンはそのうちの一冊を手にとって表紙の文字を読んだ。『心の嵐《ア・テンペスト・オヴ・ザ・ハート》』。歴史恋愛小説。彼の祖母がいつも図書館から借りてきていたような本だ。ジョナサンは窓の外に目をやって、早く雨がやまないかと思った。

「おい、これを見て」

リチャードが木製の盤を取り出した。一×二フィートほどの、ゴシック体の文字がびっしり書いてある古い霊応盤《ウィジャ》だ。

「驚いたなあ、大伯母さんがこんなもの持っていたなんて」

ジョナサンはリチャードの手から盤をとった。「ちっとも驚くにはあたらないさ。ヴィクトリア時代にはよく使われていたんだから」

「大伯母さんはヴィクトリア時代の人とはいえないよ。つい二週間前に死んだんだからね！」

「じゃあ、これは彼女のお母さんのだったのかもしれないよ。ヴィクトリア時代の人たちは降霊術が大好きで、晩餐会のあとなんかに、一種の余興としてやったんだって」

「ぼくは、ブリッジばかりやっていたのかと思っていたよ」

「降霊術はとても流行《はや》っていたらしいんだ。ぼくは図書館で借りた、超自然現象の歴史の本で、降霊術のことを読んだんだ」ジョナサンは盤を裏返して、それがいつごろ作られた物か知る手がかりをさがした。それまで彼は、本物のウィジャ盤を見たことがなかった。「こういう盤を使ったことがあるかい?」ジョナサンはリチャードにきいた。

「ない」

「ぼくはある」

「いつ?」

「二年前。友だちの家で。毎日、放課後にやっていたんだ。ちゃんとした盤がなかったから、紙切れで円を作って真ん中にグラスを置いた」

「何か起こったかい?」

「うん、だけど、それは、マーク・ピーターズっていう子が押していたからさ。みんな、その子が押しているのに気づいたんで、わざと『このなかでいちばん偉くなるのはだれだ?』なんていう質問をして、マークが指先を真っ赤にしてグラスをMの字のほうへ押そうとするのを、じっと見てたりしてたんだ」

「いま、試してみようか?」

「うん。でも、グラスがないよ」

「ぼくのナイトテーブルの上にある。とってくるよ」

リチャードは物置部屋から出ていった。ジョナサンは盤を見つめ、指で木をなでてみた。木の艶は失われていたが、盤面はまだすべすべしていた。どれぐらい昔のものだろう? この衣装箱にしまいこまれてから、何年ぐらいたつのだろうか? もう何十年も使われていないのかもしれない。この前この盤面でグラスが動いたのは、いつなのだろう? この盤は、これを使った人たちにどんな秘密を教えたのだろう? どんな亡霊を呼び出してみせたのだろう？

そしていま、それらの人たちはジョナサンを見ているのだろうか？

ふいに、ジョナサンは不吉な予感におそわれ、その盤を衣装箱にもどして箱に鍵をかけたい衝動にかられた。

そのとき、リチャードが小さなグラスを持ってもどってきた。彼はそれを盤の上に置いた。

「こんなこと、やらないほうがいいかもしれないよ」と、ジョナサンはためらいがちに言った。

「どうして？」

「何が起こるかわからないから」

「なんにも起こるもんか。ただのゲームだもの。やったからって、地獄に堕ちるわけでもあるまいし」

ジョナサンは窓の外を見た。空はまだ暗かった。雨がやむといいのに。こんなふうにびくびくするなんてばかげている。以前やったときはちっとも怖くなかったんだから。そう自分に言い聞かせると、ジョナサンは盤を指さして言った。「いいかい、こんなふうにやるんだ……」

だが、ようやく雨があがったときには、ジョナサンの恐れはとうに消え失せ、かわりに焦りがつのっていた。グラスは一インチも動こうとしなかった。テーブルがガタガタ音をたてることもなかったし、ドアがひとりでに閉まることもなかった。異常な現象は何ひとつ起こらなかった。

リチャードはグラスから指を離してあくびをした。

「まだ動くかもしれないよ」と、ジョナサンは元気づけるように言った。

リチャードは信用していないような顔をした。少し離れた車寄せで、車が止まる音がした。ロークビー夫人が友人に会って帰ってきたのだ。

「あきらめるのは早いよ」と、ジョナサンは重ねて言った。

彼は超自然現象についての本の一節を思い出した。そこには、この世と霊界のあいだには一連の扉があるというようなことが書いてあった。しかし、それらの扉は、われわれの求めに応じていつでも開くというわけにはいかない。扉を開こうとする者の心のバランスが正しく調整されていなければならないというのだ。

たしか、そんな意味のことが書いてあった。

ジョナサンはそのことをリチャードに話すべきかどうか迷った。

ロークビー夫人が、下に降りていらっしゃいと二人を呼んでいた。「先に行けよ」と、リチャードはジョナサンに言った。「この盤をぼくの部屋に置いてくるから。気が向いたら、またあとで試してみよう」

ジョナサンは階段を降りていった。昼食の用意ができたので呼ばれたのだと思い、彼はダイニングルームへ向かった。だが、そこでは、ミセス・ジェソップが丁寧《ていねい》に食器を並べているだけだった。と、前日ジョナサンが両親に電話をかけた応接間から、人声が聞こえた。ジョナサンがドアをノックすると、ロークビー夫人が、どうぞ、と応えた。

彼女はソファーに座ってタバコを吸っていた。ジョナサンはそれまで夫人がタバコを吸うのを見たことがなかった。そして、夫人のとなりにもうひとり、女性が座っていた。ずっと若くて、きれいで、身なりの立派な女性だった。ジョナサンが入っていくと、ロークビー夫人はにっこりして立ち上がったが、彼がひとりなのを見てちょっと顔を曇らせた。夫人は緊張しているようだった。「リチャードはすぐに来ますよ」と、ジョナサンは言った。夫人はうなずいて、また腰を下ろした。

ロークビー氏はスコッチのグラスを手にして、窓辺に立っていた。そして、もうひとり、紳士が彼と並んで、やはりグラスを手に立っていた。年は四十代の初め、髪の黒い、端整な顔立ちの人物で、青いブレザーを着ていた。リチャードの父親！

しかし、そんなことはありえない。リチャードの父は亡くなったはずだ。

ロークビー氏がジョナサンを二人に紹介した。「マルコム、キャサリン、これがリチャードの友だちのジョナサン・パーマーだ。ジョナサン、これがリチャードのお父さんとお父さんの奥さんだ。ロンドンから訪ねてきたんだよ」

ジョナサンはあっけにとられていたが、必死で何気ないふうを装った。彼ははにかみながらキャサリンに微笑みかけ、マルコムに手を差し出した。マルコムはその手をしっかりと握った。彼の手のひらには、ゆがんだ星形の傷跡があった。「きみはわたしの母校の生徒だそうだね。どう、学校は楽しいかい？」

「ええ、とっても楽しいです」ジョナサンは反射的に答えた。

マルコムは笑った。「嘘つき！」彼の目は優しかったが、心配そうだった。「きみとディックはいつから友だちになったのかね？」

「ディック？」

「リチャードの愛称だよ」

「ええと……そんなに前からじゃありません」ジョナサンはみんなの視線が自分に集まっているのを感じて、説明する必要があると思った。「ぼくたち、ある日、ラテン語の時間に並んで座ったんです。ぼくがあてられたセンテンスを訳せなくて困っていたとき、リチャードが助けてくれたんですよ」

「中間休暇は楽しい？」と、キャサリンがきいた。

「ええ、すごく楽しいです。おかげさまで」こういうときには、行儀よくふるまうよう母親にしつけられたのが役に立った。「ぼくを泊まらせてくださったロークビーさんご夫妻にとても感謝しています」

「わたしたちこそ、あなたが来てくれてとてもうれしいわ」ロークビー夫人が優しく言った。

「また来てくれるといいんだけれど」

「ぼくもそうしたいです」ジョナサンはどぎまぎしながら言った。

そのとき、ドアが開いてリチャードが入ってきた。「みんな、どうしてこんなところにいるのさ？　食事の支度ができているのに……」

そう言いかけて、リチャードは父親に気づいた。

彼の顔からさっと血の気がひいた。ロークビー夫人が立ち上がり、彼に足早に歩み寄った。

「リチャード、思いがけないお客さまよ」

リチャードは父親をじっと見つめた。口を少しあけたまま、何か言いたいのだが、どうやって舌を動かすのか忘れてしまったようだった。

マルコムは息子のほうへ一歩寄った。「やあ、ディック。久しぶりだな」

リチャードは伯母に向かって、「この人、なんでここにやってきたの？」と詰問するようにきいた。

「お父さまとお継母《かあ》さまは、あなたに会いにわざわざロンドンからいらしたのよ」と、ロークビー夫人は言った。「わたしたちにも何も知らせずにね。それで、みんなで一緒にお昼食をとりましょうってお誘いしたの」夫人はリチャードを励ますように笑顔を見せ、彼の肩を抱こうとした。だが、リチャードはその手を払いのけた。彼の目は怒りに燃えていた。

「伯母さんは知っていたんだろう！」

「ねえ、リチャード……」ロークビー夫人はなだめるように言いかけた。

「伯母さんの嘘つき！　大嘘つき！　この人たちが来るって知ってたくせに!!」

「リチャード、伯母さんに対してなんていう口のききかただ！」ロークビー氏が怒鳴った。

彼は甥を縮みあがらせようとして大声を出したのだが、それはまったく逆効果だった。リチャードは今度は伯父に怒りを向けた。「伯父さんも知ってたんだな！　二人とも知ってたんだ！　あんなにぼくに約束したのに！」

「でも、リチャード！」ロークビー夫人が叫んだ。「マルコムはあなたのお父さまじゃないの」

「いまはもうちがう！」

「あなたに会いたいばっかりに、遠くからわざわざやってきたのよ。どうしてそんな態度をとらなくてはならないの？」

リチャードは信じられないというように伯母の顔を見つめた。「どうしてか百も承知のくせに！」

「でも、そんなのいけないわ！」と、夫人は叫んだ。その声はかすかに震えていた。彼女はいまにも涙をこぼしそうだった。「ねえ、リチャード、お願い、そんな態度をとるのはやめて」

「どうして？」

「わたしがこれ以上我慢できないからだ！」突然、マルコムが叫んだ。

一瞬、彼は険しい怒りの表情を見せたが、兄がなだめるように彼の腕に手をおくと、気を静めようと努力した。「リチャード、このままじゃいけない。おまえのせいで、みんながみじめな思いをしている。おまえ自身、健康を損ねてしまうよ。おまえの気持ちはわかるが、現実を認めなくては……」

リチャードはそのとき初めて、父親のほうをまっすぐ向いて答えた。「ぼくがどんな気持ちか、あんたにはわかりっこない！」

「わかるとも。わたしたちは二人とも大事な物を失ったのだから……」

「わたしたち?! あんたは何も失ってなんかいない！」ロークビー夫人があえいだ。「リチャード、どうしてそんなことが言えるの?!」

「だって、ほんとうだからさ！ ぼくにはわかってるんだ！ みんなわかってるはずだ！」

「いいかげんにしないか！」

もう一度、マルコムは怒りを抑えようと超人的な努力をした。彼は何度も深呼吸してから口をひらき、ゆっくりと話しかけた。

「リチャード、わたしたちはこんなことをつづけるわけにはいかない。過去のことは水に流して、敵対するのをやめなければ。おまえはわたしの息子だ。わたしはおまえを愛している。おまえがわたしの生活の一部になることを願っている。とくにいまは」

リチャードは不審そうに眉をひそめた。「いまは？　それはまたどうして？」

「わたしに赤ちゃんが生まれるからよ」と、キャサリンが静かに言った。

彼女は立ち上がり、義理の息子に歩み寄った。「わたしは妊娠しているのよ、リチャード。あなたのお父さんとわたしの子供が生まれるの。まだ、だれにも知らせていないの。まず、あなたに知らせたかったから」

彼女はリチャードの前に立って哀願するような微笑をうかべ、優しく言った。「生まれてくる赤ちゃんは、あなたの弟か妹になるのよ、リチャード。あなたのお父さんと同じように、あなたを愛する家族に。お父さんはほんとうにあなたを愛しているわ。とっても深く。あなたは、いつまでも過去にこだわるのはやめるように努力しなくては。それがあなた自身のためなのよ。わたしたちはほんとうの意味で家族になるの。だから、あなたにもその家族の一員になってほしいのよ」

リチャードは継母の顔に唾を吐きかけた。

キャサリンは悲鳴をあげ、顔を拭いながらよろよろと後ずさりした。ほかの人たちはショックのあまりその場にくぎづけになった。

リチャードはキャサリンのほうへ一歩歩み寄り、「ぼくは、あんたの赤ん坊が奇形だといいと思っているよ」と言った。「頭が二つあって、目のない奇形児で、いつも苦しそうに泣きわめいているといいと思う。ぼくは、あんたがその泣き声を聞いて、赤ん坊が苦しんでいるのがわかっても、どうすることもできずにじっと耳をかたむけているしかないといいと思う。あんたがその泣き声を聞いているうちに、しまいに気が変になって、ナイフをとって自分の赤ん坊の喉をかき切るといいと思う……」

いきなり、マルコムがリチャードを殴った。頭に強烈な一撃をくらって、リチャードは床に倒れた。「やめて！」と叫んで、ロークビー夫人がリチャードをかばおうとした。だが、リチャードは彼女を乱暴にわきへ押しのけ、起き上がって父親のほうを向いた。殴られたあたりが赤くなり、目は憎しみに燃えていた。「ぼくは絶対に許さないぞ！」彼は絶叫した。「死ぬまで絶対に許さないからな!!」

リチャードはくるりときびすを返すと、部屋から飛び出していった。

キャサリンは涙にくれていた。ロークビー夫人も泣いていた。「みんな、わたしのせいだわ」と、夫人は泣きじゃくった。

ロークビー氏が妻の肩を抱いて、「そんなことはない」と力をこめて言った。

「いいえ、わたしのせいよ！ 今度は大丈夫だと思ったんだけれど。ほんとうにそう思ったのよ」

マルコムは自分の妻を慰めていたが、首を横に振った。「お義姉さんのせいじゃありませんよ」

「いいえ、わたしのせいよ。わたしがあなたがたに来るように言ったんですもの。今度は大丈夫だと思ったから。あの子はいままでより幸せそうで、それほど怒っていないように見えたわ。それに、ジョナサンが泊まりに来てくれたし……」

そのとき、ふいに、四人の大人たちはジョナサンがまだそこにいるのを思い出した。ロークビー夫人は精いっぱい心を落ち着けて言った。「ジョナサン、ごめんなさいね。こんな場面に立ち会わせちゃって」

「きみ、あの子のあとを追いかけてくれないか？」と、ロークビー氏が頼んだ。「大丈夫かどうか、見にいってくれ」

ジョナサンはその場から立ち去る口実ができて、心底ほっとした。彼はすぐに部屋を飛び出した。遠くで足音が聞こえ、ドアがバタンと閉まる音がした。彼はその音を頼りに追い、家の裏手の森へ向かった。まもなく前方に、足もとの落ち葉を蹴散らして木立のあいだを大股に歩くリチャードの姿が見えた。ジョナサンは彼の名を呼んだが、リチャードはそれを無視した。ジョナサンは走りだした。「リチャード、待って！」

「あっち へ行け！」

「待って！」

「行けったら！」

「きみの義理のお母さんは泣いているよ！　伯母さんもだ！　きみはあの人たちを泣かせちゃったんだよ！」

リチャードはくるりとジョナサンのほうに向き直った。彼の目はまだぎらぎらしていた。
「行けっていうんだ！　ほっといてくれ‼」
「でも、きみは、きみのお父さんは死んだって言ってたじゃないか」
「ほんとうに死んでたらいいと思ってるんだよ！」
ジョナサンはショックを受けた。た。「どうしてそんなことが言えるんだ？」
リチャードは軽蔑の目でジョナサンを見つめる。「他人なんかに何がわかる⁈」
「ぼくにはあの人がきみのお父さんだってわかってい　それから、ぼくには、自分の父親にそんなことは絶対に言えないってこともわかっている！　た父を憎んだことがないわけじゃないよ！　だけど、それでもぼくは、父が死ねばいいなん
て思ったことは一度もない！　父が何をしようともね！」
そう言ったとたん、ジョナサンは後悔した。リチャードがあまりにもすさまじい怒りの形
相を見せたので、ジョナサンは全身鳥肌が立った。リチャードは彼のほうへ一歩足を踏み出
した。怒りで震えていた。「よくも人に説教するなんていう生意気なまねができるな！　ど
いつもみんな同じだ！　なんにもわかっちゃいないんだ‼」ジョナサンは怖くなり、本能的
にこの場から逃げ出しそうになった。だが、何かが、心の内にあるなんとももどかしい思い
が、彼を踏みとどまらせた。
「もちろんわからないさ！」と、彼は怒鳴り返した。「わかりたいと思うけど、わからない
よ‼　きみがなんにも話してくれないんだから、わかりっこないじゃないか⁈」
そのジョナサンの言葉はリチャードに奇妙な作用を及ぼした。それはリチャードの心を鎮

め、彼の怒りを消散させる効果があったようだった。二人はじっと見つめあった。やがてリチャードは目をそらし、オークの木の根本に腰を下ろして幹にもたれた。

ジョナサンはおずおずと近づいて、リチャードのそばにしゃがみこんだ。朝から降りつづいた雨のせいで地面は濡れて冷たかった。あたりは、朽ちた落ち葉と湿った木のにおいに満ちていた。

「どうしてそんなにお父さんを憎んでいるの？」ジョナサンはリチャードに静かにきいた。

リチャードは答えなかった。彼は木の枝を拾い、濡れた地面を引っかきはじめた。まるで張りつめた神経からエネルギーが電波のようにほとばしるようだった。ジョナサンはリチャードを見つめ、返事を待った。遠くの木立のあいだをリスが走るのが見えた。

「お父さんが何をしたというんだ？」と、ジョナサンは重ねてきいた。「そんなに悪いことをしたのかい？」

枝は相変わらず地面をつついていた。

「ぼくはきみの気持ちがわかるようになりたいんだ。ほんとうだよ。ぼくに話してくれないか？　義理のお母さんのことかい？」

「義理の母？」

「お父さんが再婚したからかい？　お母さんが死んだあとで？　きみは、それでお父さんを憎んでいるのかい？　ぼくは、もしぼくの母が死んで、そのあとで父が再婚したんだったら、父を憎んだと思うよ。母を裏切ったような感じがするからね。ほんとはそうじゃなくても、そういう感じがするだろう。ぼくは、母がいなくなってしまったことで、だれかを責めずにいられないだろうから、父を憎もうとするだろう……」

「もう、やめろ！」と、リチャードは言った。その声は震えていた。「やめてくれ。お願いだ」

「ごめん。ぼくはきみの気持ちを理解したいだけなんだ。きっと理解してあげられると思うよ。約束する。ぼくに話してくれさえすれば」

「とても話せないんだよ！」

リチャードはうつむいた。彼は悲しみを呑みこもうとするように、ごくりと唾を呑みこんだ。ジョナサンは自分の非力を恥じた。彼は同情を示したいと思ったが、言葉だけでは充分でないことがわかっていた。彼はそっとリチャードの肩に手をおいた。リチャードは顔をあげ、まっすぐジョナサンを見つめた。

と、突然、ジョナサンの心のなかに渦巻くもろもろの感情がひとつの強烈な感動に凝縮した。あの日、学校の図書室で二人きりになったときと同じように。

しかし、今度のそれは十倍も強かった。百倍も強かった。

二人の心がひとつになったのを感じたのだ。

その瞬間、それは疑いようもなく明白だった。ジョナサンとリチャードは仲間なのだ。大事なのは、リチャードと心が通じ合ったことで、それ以外はもうどうでもよかった。

「ごめん、あんなことを言って。ぼくの父のこととか、何も言うべきじゃなかった。きみの言うとおりだ。ぼくには何もわからないよ」

リチャードはジョナサンの心のなかをのぞこうとするように、穴があくほど彼を見つめた。

「ほんとに知りたいのか？」

ジョナサンはうなずいた。「ぼくになら、どんなことを打ち明けても大丈夫だよ。ぼくはいつもなんとかわかろうとするから」

リチャードは彼を見つめつづけた。ジョナサンも見つめ返した。二人はたがいに相手だけに視線を注ぎつづけた。

「わかっているよ、きみならそうするだろうって」と、リチャードはささやいた。

二人は木立の下の濡れた地面に座ったまま抱き合った。


二人が家にもどったのは、マルコムとキャサリンがとうに帰ってしまったあとだった。

二人はダイニングルームで夕食をとった。ロークビー氏は明白な理由から同席しなかった。ロークビー夫人は二人と一緒にテーブルについたが、何も食べなかった。まだ、目を赤く泣きはらしていた。彼女はじっと甥を眺めた。

「ああ、リチャード」と、彼女は叫んだ。「いったいどうしてあんな態度をとったの？」

リチャードは何も答えなかった。

「あんな態度をとるのはやめなくてはだめよ、リチャード。あなた自身のために。永久に人を憎みつづけることなんてできないわ。そんなことをしたら、自分自身が破滅してしまうだけよ」

リチャードは今度は口をひらいた。

「できるとも」と、彼は言った。「ぼくはそうしてみせる」

夫人は目にいっぱい涙をためて食卓から立ち上がり、部屋から走って出ていった。

その夜、みんなが寝静まったあと、二人はまたウィジャ盤を試してみた。

二人はリチャードの部屋の暗がりに体を寄せあってうずくまった。暖炉に消え残る火がわずかにあたりを照らしていた。

二人は冷たいグラスに指をあてた。と、ふいに、ジョナサンは電気のようなショックが腕を走るのを感じた。リチャードも同じショックを感じただろうか、と彼は思った。

ジョナサンは盤を見下ろした。それはただの板切れだった。ただのゲーム。それだけのこと。

彼はさらにリチャードにすり寄った。静かな部屋のなかで、二人の影法師がひとつに重なり合った。

スティーヴン・ペリマンは急に目を覚ました。

マイケルが夢にうなされていたのだ。

スティーヴンはベッドから起き上がり、マイケルの部屋へ向かった。途中、廊下の後ろのほうから父の大いびきが響いてきた。

スティーヴンは弟の部屋に入って枕元の明かりをつけた。マイケルはシーツの下で体をエビのように丸めていた。額は汗びっしょりで、瞼がぴくぴくし、口もパクパク動いていたが、声は出てこなかった。

スティーヴンは弟の体を揺すった。「マイケル、起きろよ」

マイケルはぱっと目を開き、びっくりしてあたりを見まわしたが、明かりがまぶしくてよく見えないようだった。

「怖い夢を見ていたんだろ？」と、スティーヴンは言った。「なんでもないよ」彼はベッドに腰を下ろした。「大丈夫か？」

マイケルは目をこすりながらうなずいた。

「何の夢を見ていたんだ？」

「ぼくたちの夢だ」

「ぼくたちの夢？　どんな？」

マイケルは答えなかった。「話してごらんよ」と、スティーヴンはうながした。

「ぼくたちは部屋のなかにいた」

「どんな部屋？」

「とってもきれいな部屋。全部真っ白だった。窓があって、窓の外は見わたすかぎり青かった。ぼくたちは何かしゃべっていた。何の話か忘れてしまったけど」

「それで？」

「いきなり、あたりが暗くなった。真っ暗で何も見えなかった。また明かりがついたとき、スティーヴンはいなくなっていた。そのかわりに、リチャード・ロークビーがいた」

「リチャード・ロークビーが？」

マイケルはうなずいた。「ぼくがスティーヴンはどこかってきくと、リチャードは、スティーヴンは行ってしまったと答えた。ぼくは、どこへってきいたんだけど……」マイケルは口をつぐんで、床を見つめた。「リチャードは、『スティーヴンには二度と会えないよ』と言ったきり、どこかへ行ってしまって、ぼくは独りぼっちになった」

「そんなの、ただの夢だよ、マイケル。なんでもないよ」

マイケルはうなずいた。「わかってるよ。スティーヴンがどこかへ行ってしまって、帰ってこないなんてこと、ありえないもの」唐突に、マイケルは顔をあげて双子の兄を見つめた。

「そうだろう？」

「ああ、もちろんだとも。ぼくたちはずっと一緒だ。わかってるだろう」スティーヴンは弟に優しく微笑みかけた。「ぼく以外に、おまえみたいなやつをがまんできる者はいないだろう？」

マイケルも笑った。スティーヴンは弟と並んでベッドにもぐりこみ、明かりを消した。二人は闇のなかに一緒に横になった。

「ニコラスはどうなるんだろう？」と、マイケルがきいた。

「ニコラス？」

「ジョナサンはニコラスのいちばんの親友だろう。もし、二人の仲がリチャード・ロークビーに邪魔されたら？」

「そんなこと起こらないよ」と、スティーヴンは言った。

「起こるかもしれないよ」

「起こらないってば」と、スティーヴンは言いはった。「それに、もし、そんなことが起こっても、ぼくたちには関係ないだろ。リチャード・ロークビーがぼくたちのあいだに割って入るなんて、絶対にありえないからね」

「約束する？」

「約束するよ」

「ぼくは、スティーヴンが好きだよ」

「ばかだなあ、ぼくもおまえが好きだよ。さあ、おやすみ」


夜明け。厳しい冬の太陽が地平線の上に顔を出し、冴え返った曙光が冷たい大地にひろがった。

双子のペリマン兄弟はマイケルのベッドで一緒に眠っていた。二人は安らかに眠り、もう悪夢にうなされることもなかった。二人の腕はたがいの肩にまわされ、二つの体が、二人を創り出したひとつの卵子にもどったように、ぴったりとくっつきあっていた。

ジョナサンとリチャードも、リチャードのベッドに並んで寝ていた。リチャードの腕はジョナサンの体にまわされ、ジョナサンの頭はリチャードの肩に寄りかかっていた。二人もまた安らかに眠っていた。

ニコラス・スコットは自分のベッドに横になり、寝室のカーテンを見つめていた。ニコラスは何時間も前から目が覚めていた。なにか得体の知れない不安にとりつかれて、よく眠れなかったのだ。

彼は夜明けの光がカーテンの下から寝室に忍びこんでくるのを見つめながら思った。

また新しい日が始まるけど、今日はいったい何があるのだろう？

第二部　願いごと

1

月曜日の夜八時。雨の降りしきる、十一月の寒い夜。

エリザベス・ハワードは寝室の窓辺に立って、自動車の列が学校の車寄せに入ってくるのを眺めていた。

少年たちがつぎつぎに両親らに別れを告げていた。その様子はじつに淡々としたもので、愛情表現の欠如がかえって気になるほどだった。父親は息子と握手し、母親はわが子の頬に軽くキスするだけで、親子三人はいずれも、これから離れ離れになることをなんとも思っていないという印象を与えるための、充分練習ずみの芝居を演じているようだった。

だが、それはエリザベスには見慣れた光景だった。教師の妻になってからもう十五年になるし、彼女自身、子供時代を通じて、寄宿舎へもどる弟に手を振って別れを告げた経験があった。彼女の父は伝統的な寄宿学校の産物で、その信奉者だった——少なくとも、男の子に関しては。「男の子は一生母親の言いなりになって過ごすわけにはいかないんだ」父は、渋る母親に言って聞かせた。「寄宿学校が彼に自立を教えてくれるだろう。それによって、息子は男になれるのだ」父の言うとおりだったのかもしれない。

しかし、彼女には、そういう考えはまったく無意味なように思えてならなかった。下級生たちは、どんなに背伸びしても、まだ子供だった。どうして子供に一人前の男としてふるまうことを強要する必要があるのだろう？　どうせ大人になれば、ずっとそうやって生きていかなければならないのだから。

エリザベスは窓辺にたたずんで、親子の別れの光景を見守った。

九時十五分。オールド・スクール寮の三年生たちは、もう寝室に入って消灯時間を待っていた。

ジェームズ・ホイートリーは更衣室に立っていた。ほかの四年生たちは彼のまわりを行き交い、シャワー室から出たり入ったり、タオルで体をふいたり、パジャマやナイトガウンを着たりしていた。部屋には湯気が立ちこめていた。

しかし、みんなの口数はふだんより少なかった。マイケル・コーツがロンドンで観たショーの話をしていたが、ほかの少年たちは言葉少なだった。ほとんどが、できるなら家にもどりたいと思っていたからだが、だれもそんなことは口が裂けても、死んでも認めたりはしなかった。

ジェームズ・ホイートリーは、家族の懐にもどりたいとは願っていない数少ない少年のひとりだった。彼の中間休暇は不愉快きわまりないものだった。黒板のいたずら描きのことで父にこっぴどく叱られたのだ。「おまえも、もう少し利口になってもいいころじゃないのか！　お母さんに泣きつかれなかったら、わたしは学校がおまえの中間休暇の許可を取り消すのを認めるところだったんだぞ。わたしはおまえに悪ふざけをさせるために高い学費を払ってるんじゃないんだからな！」ジェームズは父の批判にむっとして、うちの金はほとんどみんなお母さんのものだから、それがむだになろうとなるまいとお父さんには関係のないことだと言い返した。その口ごたえで、父と子のあいだはきわめて険悪になり、緊迫した状況を緩和するためにホイートリー夫人が最大限に説得力を発揮しなければならなかった。

ジェームズは母に感謝したが、彼女のとりなしは無償ではなかった。彼は、高齢の親戚を訪問する母に同行して死ぬほど退屈な思いをしたり、母の主催する教会のバザーの手伝いをしたり、憎たらしい妹の誕生パーティーでゲームをとりしきったりしなければならなかった。じきに彼はイーニッド・ブライトンの児童小説の世界に閉じこめられたような気分になり、学校にもどれて少しばかりほっとしたところだった。

彼は壁のフックにかけてあったナイトガウンをとって、通路を見わたした。シャワーから出たばかりのウィリアム・アボットがのろのろと体をふいていた。ジェームズの視線に気づくと、彼は口の端をゆがめ、いまにも泣きだしそうな顔になった。ジェームズは、その夜、ウィリアムをいじめて楽しもうかとふと思ったが、やめにした。そういう気分ではなかった。その気になればいつでもやれるのだ。ウィリアムはいつもいいオモチャになったし、どこかへ行ってしまう気遣いはなかった。

ジェームズの視線はウィリアムを通りすぎ、くだらないショーの話を長々としているマイケル・コーツを素通りし、クリストファー・ディーズとヘンリー・リヴィングズも通過した。

そして、ずっと端のジョナサン・パーマーに移った。

ジョナサンは木のベンチに腰かけて、やはりタオルで体をふいていた。そうしながら、宙を見つめて何やら考えこんでいた。おそらく家に帰りたいと思っているのだろう。彼にはそう思う理由が充分あった。

ジョナサンのわき腹の痣は薄れていたが、まだ、皮膚に映る影のようなかすかな跡が残っていた。それを見ると、ジェームズの血が騒いだ。ジョナサンにしてやろうと計画していたいろいろなことを、彼は思い出した。家で夜ベッドに横になっているときに考えついたことだ。そういうことを考えるとき、彼の想像力はいちばん活発にはたらくのだった。

だが、ジョナサンに対する制裁はまだすんだわけではない。こないだのはほんの序の口なのだ。ジョナサンをやるのはもうしばらくおいておくことにしよう。ジェームズは人に苦痛を与えることに快感をおぼえたが、それ以上に、苦痛に怯える者の恐怖を見るのがこたえられなかった。ジョナサンの中間休暇は、学校にもどってから彼を待ち受けていることに対する恐怖で、台なしになったにちがいなかった。そして、学校にもどってきたいま、もうしばらくじらしておくのも面白いだろう。

ジェームズはナイトガウンを着て通路を進み、ベンチに座っているジョナサンの前で足を止めた。ジョナサンは体にタオルを巻きつけている以外は裸だった。

「中間休暇はどうだった？」と、ジェームズはたずねた。

「楽しかったよ」と、ジョナサンは答えた。

「それはよかった」

ジョナサンは何も言わなかった。「なあ、ジョナサン」と、ジェームズは言った。「まだ後悔してないか？」

ジョナサンは目を伏せ、床を見つめた。「どうだ？」と、ジェームズは重ねてきいた。

「ああ」と、ジョナサンは静かに答えた。「してないね」

ジェームズは低く笑った。「まあ、見てろ」と言い捨てて、彼は更衣室を出ていった。

翌朝、礼拝が終わって、何百人もの少年たちが教科書をこわきにかかえて廊下を進み、一時間目の授業へ向かっていた。

ヘンリー・アッカーリーは五年生のラテン語のクラスへ大股に歩いていった。彼の前を歩く生徒たちが、モーゼの前で紅海が二つに分かれたようにさっと両側に分かれた。アッカーリーの表情は険しかった。一時間目が始まる前の校内の騒音ときたら、まったくがまんならなかった。もし彼の思いどおりになるなら、教室の近くでの生徒たちの私語は厳禁にしたかった。

三年生の一団が笑ったりふざけたりしながら彼の前を歩いていた。ひとりの生徒がもうひとりの腕を押したため、何冊かの教科書がアッカーリーの行く手に落ちた。その教科書の持ち主はまわりの仲間と一緒になって笑ったが、落ちた教科書につまずきそうになったのがだれか気づいたとたん、青くなった。

アッカーリーは鼻息を荒くして怒鳴った。「ぼんやり突っ立ってないで、チャーチャー、早く拾え！」

「はい、先生。すみません、先生」チャーチャーは言われたとおりにした。が、一冊の教科書の背表紙が破れ、ばらばらになったページが床に散らばっていた。「何をぐずぐずしてるんだ、チャーチャー、早くしろ！」ほかの生徒たちが三々五々通りすぎていった。みんな、アッカーリーのそばに来ると声をひそめ、そこを通りすぎるとまた大声でしゃべりだした。と、アッカーリーの視野の端に、立ちどまってこの騒ぎを眺めている少年の姿がちらりと映った。とたんに、彼は苛立ちがつのり、無性に腹が立ってきた。これは見せ物じゃない！振り向くと、それはリチャード・ロークビーだった。

リチャードは教科書をこわきにかかえ、片方の手をポケットに突っこんで壁によりかかっていた。そんなくつろいだ姿勢がますますアッカーリーの癇にさわった。「そんなところでぶらぶらするな、ロークビー！　さっさと教室へ行け！」

アッカーリーは、そう怒鳴ったとき初めて、リチャードが騒ぎを眺めていたのではないことに気づいた。

リチャードの青い目はアッカーリーをじっと見つめていたのだ。

その視線があまりに鋭かったので、アッカーリーはたじたじとなった。「ロークビー！」と、彼は怒鳴った。「さっさと行け！」

まったく反応がなかった。青い目はアッカーリーをじっと見つめたままだった。瞳の中心は爛々《らんらん》と燃えていたが、視線は氷のように冷たかった。

「ロークビー！　先生の言うことが聞こえないのか?!」

リチャードの目は微動だにしなかった。強い興味を示し、同時に客観的に、科学博物館の珍しい陳列品でも見るようにアッカーリーを見つめていた。

と、ふいに、リチャードは目をそらし、きびすを返すと、ゆっくりと廊下を歩きだし、最初の授業へ向かっていった。

アッカーリーはその後ろ姿を見送った。なにか得体の知れない戦慄が彼の背筋を走りぬけた。

チャーチャーは散乱した本のページをようやくかき集めた。アッカーリーは何も言わずに手を振って彼を立ち去らせた。突然、胸の内にふくらんだわけのわからぬ不安感から、叱る気力をなくしてしまったのだ。

彼はその不安感を払いのけ、その日の最初のクラスに向かった。

モンマス寮は学校の本館からいちばん離れていたので、そこの寄宿生たちはいつもいちばん遅れてクラスにやってきた。ニコラス・スコットとペリマン兄弟が英語の授業へ向かうころには、廊下の人通りはすでにまばらになっていた。

マイケルはニコラスに、中間休暇中にラジオで聞いたお化けの話を聞かせていた。気のふれたお婆さんの幽霊が古ぼけた屋根裏部屋に出るという話だった。面白そうな話だったが、マイケルが物語の筋をごちゃごちゃにして、何度も初めから話しなおしたので、要領を得なかった。「それで、それからどうなったと思う？」教室に入っていきながら、マイケルがニコラスにきいた。

「どうなったんだ？」ニコラスはあたりを見まわしながら言った。三人がいちばん最後のようだった。教室にはすでに二十人余りの生徒がいた。決められた席についている者もいれば、立ったまま仲間としゃべっている者もいた。とぎれとぎれの会話、大声で悪口を言い合う声――典型的な一時間目の光景で、みんな、授業が始まるのを待ちながら、あり余るエネルギーを発散させていた。

二人がけの机がひとつ空いていた。ペリマン兄弟が座る席だ。その後ろの二人がけの机には、片側にジョナサンが座り、ニコラスを待っていた。

ただし、今朝、ジョナサンはひとりではなかった。

リチャード・ロークビーがジョナサンの机に腰をかけていたのだ。二人は小声でしゃべっていた。

ニコラスは立ちどまって二人を見守った。リチャードがジョナサンに何か言うと、二人は一緒に笑いだした。

ニコラスは中間休暇の前の火曜日のことを思い出した。授業に出てきたジョナサンの体には、ジェームズ・ホイートリーに仕返しされた傷跡があった。それを見て、ニコラスは激しい怒りをおぼえ、ジェームズ・ホイートリーに、彼がしょっちゅうほかの生徒たちに与えている苦痛を与えてやりたい思った。だが、それは、どんなに強く願っても、所詮かなう見込みのないことだった。そんな、やりきれない思いにとらわれていたニコラスは、初め、ジョナサンが言っていることが耳に入らなかった。

「リチャード・ロークビーの家に？　だけど、きみはあいつとつき合ったこともないじゃないか！」

「何度か口をきいたことはあるよ」

「でも、きみの友だちじゃない。あいつはだれとも友だちにならないんだ」

ジョナサンはぎこちなく肩をすくめた。「彼のほうから誘ったんだ。ぼくは断わりきれなかった。ほかにどこにも行くあてがないしね」

「そんなことないよ！　ぼくんちに来ればいいさ。いまからだって遅くないから。ぼく、うちに電話してきいてやるよ。ぼくの親たちはいいって言うに決まってる。きみのことをすごく気に入ってるからね」

ジョナサンは首を振った。「もう手遅れだよ。リチャードが家の人に電話して、ぼくが行くって言ってしまったから。いまさら気が変わったなんて言うわけにはいかないよ」

だから、ニコラスはそれ以上何も言わなかった。そんなことはべつに気にすることはない、と自分に言い聞かせた。ほんとうに気にする必要などなかった。ジョナサンとリチャードが実際に友だちになれるはずがなかった。リチャードはすごくお高くとまっていて、火星に住んでいるも同然だった。ジョナサンはみじめな中間休暇を過ごすはめになるだろう。リチャードからも、リチャード同様つんと澄ましているに相違ないロークビー家のほかのみんなからも無視されて、独りぼっちで散歩したり、自分の部屋に閉じこもって本を読んだりしながら、ニコラスの招待を受ければよかったのにと思うだろう。ニコラスは、ジョナサンがそんな中間休暇を過ごすにちがいないと考えていた。

そうなるといいと彼は思っていた。

それなのに、いまあの二人は笑っている。なぜだ？　まるで内緒話を交わしている仲間同士のように。

ニコラスは、みぞおちのあたりが冷たくなっていくような気がした。ペリマン兄弟が自分たちの席につくと、ジョナサンは顔をあげ、ニコラスの姿に気づいてにっこりした。ニコラスも微笑み返し、自分の席に歩み寄った。リチャードはジョナサンに何か言って机から腰を上げ、ニコラスに目を向けて、会釈するようにうなずいた。ニコラスはそれを無視した。リチャードは、いつもひとりで座っている窓ぎわの席へもどっていった。その後ろ姿を見つめるニコラスの頭のなかで、挨拶を返すべきだったという強い声が聞こえていた。

ニコラスは席についた。「中間休暇はどうだった？」

「とっても楽しかったよ」

「そう。それはよかったね」ニコラスはがっかりしたような声を出さないよう必死に努めた。「じゃあ、ロークビーはきみと口をきいてくれたの？」

ジョナサンはにやりとした。「ときどきはね」

ニコラスの頭に、ききたいことが無数にうかんだ。彼はとりあえずそのうちのひとつを口に出した。「あいつ、どこに住んでいるんだ？」

「アップチャーチさ。ヤーマスのほうの村だよ」

「どんな家だった？」

ジョナサンはおどけて目をむいて見せた。

「じゃあ、きみはずっとものすごく行儀よくしてなくちゃいけなかったんだね？」

ジョナサンはうなずいた。ニコラスは内心にんまりした。「家の人たちはどんなだった？

感じ悪かった？」

「感じ悪いって？」

「気どっててさ」

「いや」

ニコラスはまたもやがっかりした。「全然？」

ジョナサンは首を振った。「リチャードは伯父さん伯母さんと一緒に暮らしてるんだ。二人ともとてもいい人たちだったよ」

「彼の両親は？」

「両親は亡くなったんだ」

ニコラスはふと、自分の頼りがいのある両親のことを思いうかべ、もし二人が死んでしまったら、自分はどんな思いがするだろうと考えた。「そう、それは気の毒だね」

ニコラスは窓ぎわにひとりで座っているリチャード・ロークビーの孤独な姿に目をやった。孤児か。彼はなんとかリチャードに同情しようとした。ニコラスは思いやりがあるほうで、他人の苦しみにすぐに心を動かされたから、自然にそういう気持ちになれるはずだった。だが、リチャードに対してはどうしても同情心が湧いてこなかった。

英語のカーティス先生がパイプをくわえて教室に入ってきた。クラスの騒音は少しおさまったが、ほんの少しだけだった。カーティス先生は、愛用のタバコのにおい同様、甘い先生だった。生徒たちがいっせいに『オリヴァー・トゥイスト』のページをめくる音がひとしきりつづいた。カーティス先生はタバコの濃い煙をくゆらせながら、教卓の上に本を並べた。英語の時間が終わるころには、教室はタバコ屋の店内のようなにおいになるにちがいなかった。

「昼休みに、ぼくたちの自習室へおいでよ」と、ニコラスはジョナサンに言った。「ぼくのお母さんがキッチンで気が狂ったようになってね、キリストみたいに五千人分くらいの食べ物をつくって持たせてくれたんだ」

ジョナサンは顔をしかめて見せた。「パンと魚はごめんだな」

ニコラスは笑った。「ほかの物もあるさ」

「ケーキとか？」

「うん。きみの好きなチョコレートのやつも。クロワッサンやサーディンと一緒に食うとうまいぜ」

そう言いながら、ニコラスはジョナサンの顔を、そこに見え隠れする何かはっきりわからないものを見きわめようとして見つめた。「きみ、来るよね？」

ジョナサンは何も言わなかった。が、彼の視線は、教室の片側の窓ぎわにひとりで座っているリチャードのほうへ流れていった。

と、またもどり、ジョナサンはニコラスを見てにっこりした。いつもの、見慣れた笑顔だった。「来るなって言われたって、押しかけるよ」

教室のなかはしだいに静かになってきた。ニコラスとジョナサンも声をひそめた。ニコラスはぼろぼろの『オリヴァー・トゥイスト』をひろげた。「これは、『クリスマス・キャロル』よりずっと面白いね」

「あれだってそう悪くはなかったよ」

「いや、ひどい話だよ！　タイニー・ティムが口をきくたびに、ぼくは吐きけがしたね」

「それはちょっと言いすぎだよ。タイニー・ティムはイギリス文学の古典的キャラクターだからね」

「ほう、そうですか、教授？」

「そうだとも。苦難に直面したときのティムの明るさは、われわれみんなのお手本だよ。ティムはヴィクトリア女王時代のシャーリー・テンプルなんだ」

「ぼくがディケンズだったら、クラチット家の連中を人食い人種にしたな。そうすれば、連中はスクルージに金をせびる必要はなかった。クリスマスにはタイニー・ティムを丸焼きにして食べて、何百万もの読者を大いに満足させたね」

二人はぷっと噴き出し、教室の静寂を破った。「静かにしないか、そこの二人」と、カーティス先生が言った。ニコラスが顔をあげると、みんなの目が彼とジョナサンに集中していた。いつもなら注目の的になるのは苦手なニコラスだったが、今日はむしろいい気分だった。ちらりと横目で窓ぎわを見ると、リチャードも二人のほうを見つめていた。ざまあみろ。ジョナサンとニコラスは親友同士なんだ。たった一度の中間休暇で、それが変わるわけがないのだ。

ニコラスは脅威を感じなかった。リチャードなど恐れるにたりなかった。

ニコラスは笑うのをやめ、教科書のページを開いた。

火曜日はカークストン・アベイ校では半休日だった。生徒たちは午後のスポーツの時間から夕食までの二時間、好きなことをして遊べた。校外へ出られるのは週末だけだったので、遊ぶといっても学校の敷地内に限られていた。ただし、小雨模様の天気にもかかわらず、いくつかの小人数のグループがグラウンドで遊び半分のラグビーに興じていた。ほかの生徒たちは自習室に集まって勉強したり、本を読んだり、ラジオを聴いたり、監督生や教師の悪口を言ったり、学校生活を律する無数の規則について愚痴《ぐち》をこぼしたりして過ごした。

美術室は、学校の本館の裏手に付設された小さな建物のなかにあって、絵の具のしみだらけのテーブルが並び、制作中の作品を載せたイーゼルが立ち並んでいた。部屋のなかにはテレビン油のにおいが充満していた。

ジェームズ・ホイートリーが一つのイーゼルに向かって座り、中間休暇の前に描きはじめた絵を仕上げていた。雪のなかを疾走する一台の馬車。ぼろをまとった少女が道端にひざまずいて手をのばし、金を恵んでくれと頼んでいるが、馬車に乗っている人たちはそっぽを向いている。馬車の大人たちの顔にはこれといった特徴は見られなかったが、貧しい少女はジェームズの妹そっくりに描かれていた。ジェームズは少女を身体障害者にしようかと思ったが、それはやめにした。父親をノートルダムのせむし男の姿に描いて物議をかもした苦い経験を忘れていなかったからだ。かわりに、彼は馬に手を加えはじめた。

スチュアート・バリーがテーブルに腰をかけてジェームズが描くのを見守っていた。美術室にはほかにだれもいなかった。ジョージ・ターナーは五年生の一団と外のラグビー場で取っ組み合って遊んでいた。スチュアートはリンゴをかじりながら、「ここのにおいはほんときついなあ」とこぼした。

「そんなら、さっさと出ていけ」と、ジェームズは目の前の画用紙をじっと見つめたまま言った。

「いや、べつにかまわないよ」

「そんなら、なんで文句を言うんだ?」

「いやね、ただ、何か言いたくなっただけだよ」スチュアートはリンゴをかじりおえて芯を部屋の隅のごみ入れめがけて放り投げた。狙いははずれた。「ちきしょう」彼は口を手でぬぐった。「ねえ、なんで今夜じゃいけないんだ?」

「おれがそう決めたからさ」

「あいつはまだ、一度痛めつけただけじゃないか。このままにしておくわけにはいかないよ」

「そんなつもりはない」

「それなら、なんで今夜やらないのさ?」

「あいつをうんと怖がらせるためさ。いずれやられるとわかっているが、いつかわからないっていうのは、実際に痛めつけられるよりもっといやなものだからな」

スチュアートはこぶしでテーブルをコツコツたたいた。「おれ、まだ腹がへってるから、売店へ行ってくるよ。何かほしいものある?」

「ワインガム」ジェームズはポケットに手を突っこんで金を取り出そうとした。「金はあとでいいよ」そう言って、スチュアートはテーブルから腰を上げ、部屋を出ていった。ジェームズは馬の頭に手を加えつづけ、目を修正した。皿のように大きな目は汗にぬれ、馬車を懸命に引っぱろうとして目玉が飛び出している。彼は目のまわりの影にとりかかり、鉛筆の線でアクセントをつけてから、椅子の背にもたれて絵を眺め、影をもう少し暗くしたほうがいいと判断した。背後でドアが開閉する音がして、スチュアートが元どおりテーブルに腰をかける気配がした。「ずいぶん早かったな」ジェームズは顔を向けずに片手を差し出した。

「頼んだものは？」

「頼んだものって？」

リチャード・ロークビーがテーブルに腰をかけて彼を見ていた。

ジェームズは虚をつかれて動揺した。落ち着かない気分だった。リチャードのそばではいつもそんな気分になってしまうのだ。ジェームズの頭のなかには、彼がもう何度となく自分に問いかけた疑問が首をもたげていた。

なんでリチャードはおれを嫌うんだ？　おれのことが好きになるようにするにはどうしたらいいんだ？

だが、いまは、以前からの疑問にさらに新たな疑問が加わっていた。もっと深刻な疑問が。

ジョナサン・パーマーはおれのことをリチャードに何て言ったんだろう？　いま、リチャードはおれのことをどう思ってるんだろうか？

だいたい、リチャードはここに何しに来たんだ？

ジェームズは自分の顔が火照るのを意識した。リチャードの肩ごしに、彼はドアのほうを見た。が、スチュアートの姿はどこにも見当たらなかった。美術室のなかには彼とリチャードしかいなかった。

「頼んだものって?」リチャードが重ねてきいた。彼の視線はじっとジェームズにすえられたままだった。

「ワインガムさ。スチュアートが買いにいったんだ」ジェームズはまばたきしたいのをこらえた。「そろそろもどってくるころだ」最後の言葉は脅しに近い口調になった。

「いや、もどってはこないよ」リチャードはポケットに手を突っこみ、ファッジをひとつ取り出して口に入れた。そのあいだも、彼の目はずっとジェームズを見守りつづけていた。

「長い行列ができてるんだ。ヘザーフィールド寮のインド人の子が五ポンド札を振りかざして、店じゅうの品を買い占めているんでね。売店のノークスおばさんが半クラウンより大きい札をくずさなきゃならなくなったのは、たぶんこれが初めてじゃないか」

「たぶんね」

リチャードはポケットから小さな白い紙袋を取り出してジェームズに差し出した。「食べる?」ジェームズは首を振った。

「遠慮するな。ひとつ食えよ」

ジェームズはファッジをひとつとり、口に入れてかんだ。柔らかな、とろりとした甘さが口のなかいっぱいにひろがった。甘すぎるぐらいだった。

「ありがとう」

リチャードはもうひとつ食べた。「昼に食ったあの生ゴミよりはましだろう。なにしろレバーは苦手なんでね」

ジェームズは何か言わなければと思った。「おれのは生煮えだった」

「そりゃヤバイぞ。食中毒になるかもしれないな」

「前に食中毒にかかったことがあるんだ」ジェームズはまたリチャードの肩ごしにドアのほうを見て、スチュアートが早く帰ってくるように念じた。

「いつ？」

「小学校のとき。給食に腐った挽《ひ》き肉が出たんだ。文句を言うやつもいたけれど、結局みんな食わされちまった。六日間も寝込んだよ」

「そういうことはぼくのいた小学校でもあったよ」と、リチャードは言った。「何かがいたんでいて、学校じゅうが腹を下した。便所の前は長蛇の列さ。しまいにトイレットペーパーがなくなって、図書室の古い本を破って使わなくちゃならなかった」

ジェームズはぎこちなく笑った。リチャードの目は依然穿《うが》つように彼を見つづけていた。いったいスチュアートはどこへ行ったんだ？

「あげくの果てに、トイレがみんな詰まっちゃってね。鼻が曲がりそうなほど臭かった」リチャードはジェームズにファッジをもうひとつすすめた。「中間休暇はどうだった？」

ジェームズは罠にかけられたような気がしはじめていた。「楽しかったよ」

「それはよかった」

リチャードの射抜くような目に見つめられつづけて、ジェームズは頭がくらくらした。食欲はなかったが、差し出されたファッジをもうひとつとった。目をそらすきっかけになったからだ。

「ぼくの中間休暇は面白かったよ」と、リチャードは言った。

当然、それに対する質問がジェームズの頭にうかんだ。彼はそれを口にしたくはなかったが、きかないわけにはいかないような気がした。「それはまたどうして？」

「いままで知らなかったいろんなことがわかったからさ」

ジェームズはファッジを口に入れた。喉がからからからだった。「たとえば、どんなこと？」

「たとえば、きみがほんとうはどんなにひどいやつかとかね」

ジェームズはファッジをかんだ。またしても甘い味が口のなかにひろがった。彼は胸が悪くなった。

「ジョナサンがきみのことを話してくれたんだ」と、リチャードは言った。「きみや、きみの取り巻き連中がほかのみんなをどんな目にあわせているかということをね。きみが歯磨き用のコップに小便をしてクリストファー・ディーズに飲ませたことや、きみがウィリアム・アボットを洗濯かごのなかに閉じこめて、かごを壁ぎわの戸棚に入れて一晩じゅうそのままにしたことも。ウィリアムは閉所恐怖症なんだぜ。彼はそれから何週間も怖い夢を見てうなされたらしいよ。もっとも、それだからよけい面白かったんだろう？

それから、ヘンリー・ブレイクの写真の話も聞いたよ。ヘンリーがお父さんと一緒に写っている写真だ。ヘンリーのお父さんは戦死して、彼はお父さんと一緒の写真を一枚しか持っていなかった。ヘンリーはそれをロッカーにしまっていたんだけど、きみたち一味がロッカーをこじあけて写真を盗み出した。そして、きみはヘンリーを一週間じらしておいて、あげくの果てに、一ポンド出したら写真を返してやると言った。ちょうど学期末近くで、ヘンリーは八シリングしか持ち合わせがなかった。彼はそれを全部差し出したけれど、きみはそれでは足りないと言って、ヘンリーが見ている目の前で写真を燃やしてしまった」

リチャードの目は相変わらずジェームズをとらえたまま放さなかった。ジェームズはその瞳の中心に自分の姿が、まるで二つの小さな鏡に映るように映っているのを見た。それは世界中でいちばん見慣れた姿のはずだった。だが、いま、彼はその姿にまったく見覚えがないような気がした。まるで見知らぬ人のようだった。それが、世間の人たちから見た彼の姿だった。ジェームズは、リチャードの瞳に映る見知らぬ若者の姿を見つめ、嫌悪感をおぼえた。だが、その嫌悪感は他人にはおろか、自分自身にも認めるわけにはいかなかった。それには、もはや怒りの煙幕を張るしかなかった。ジェームズは激しい口調でまくしたてた。

「だからどうだっていうんだ?! あいつらはそういう仕打ちを受けて当然なんだ! クリストファー・ディーズは寝小便をするんだ!! 十四歳にもなって、まだ寝小便をするんだぜ!! それから、ウィリアム・アボットはまるで赤ん坊だ!! ちょっとぶたれただけで、すぐべそをかくんだから!! それから、ヘンリー・ブレイクときたら、自分の父親ほど偉大な英雄はいないと言わんばかりに父親の自慢をするんだ!! あいつの話を聞いていると、まるであいつの父親がたったひとりで〝英本土航空決戦《バトル・オブ・ブリテン》〟に勝ったみたいなんだから!!」

「それじゃあ、ジョナサンはどうなんだ?」リチャードは冷ややかにきいた。「彼は何をしたんだ?」

「何をしたか知ってるだろう!! おれのことをチクりやがった!! おれが中間休暇に家へ帰

れないようにしようとしたんだ!!」

「しかし、それはほんとうの理由じゃないんじゃないか？」

いきりたっていたジェームズは、その言葉に虚をつかれてあわてた。「どうして？　それがほんとうの理由だよ！」と、彼は言いはった。

「きみは嘘つきだ」

「嘘じゃない！」

「きみは嫉妬してるんだ」

「嫉妬だって?!　なんでおれがあんなやつに嫉妬しなくちゃならないんだ?!」

「彼には、きみの手に絶対に入らないものがあるからさ」

「それはいったい何なんだ？」

「ぼくの友情さ」

ジェームズは唾を呑みこんだ。

「きみは、入学したその日から、ぼくと友だちになりたがっていた。だけど、いくら努力してもむだ骨だった。それがきみにはがまんならないんだろう？　きみはみんなから好かれないと気がすまない。好かれるか、怖がられるか、どっちかでないとね」

「黙れ！」

「だけど、きみのやりかたはぼくには通用しないだろう？　ぼくはきみが好きじゃないし、きみが怖くもない。ぼくはただきみを軽蔑しているだけだ。きみは、心の奥底でそう察している。だから、ますます躍起《やっき》になるけれど、そのせいでぼくはますますきみを軽蔑するばかりだ」

「黙れ!!」ジェームズは金切り声をあげた。体が震えはじめていた。

「黙らなかったら?」と、リチャードはうながした。

「後悔するからな!!」

「ああ、するだろうとも。だけど、ぼくよりもまず、ジョナサンから始めたらどうだ」リチャードは薄笑いをうかべた。「中間休暇のとき、彼がきみのことをどんなふうに言ったか、きみに聞かせたかったたな。どんなにひどい言葉でののしったか。ぼくだったら、自分のことをあんなふうに言ったやつは生かしてはおかないね。ぜひともジョナサンに思い知らせてやるべきだよ。この前のは、全然効果がなかったからね。いっそ今夜やったらどうだい? だれもきみを止める者はいない。消灯時間になったら、彼を痛めつけるんだ。許してくれと悲鳴をあげさせるんだ」

「もちろん、そうしてやるとも!」と、ジェームズは言った。彼は全身をわなわなと震わせていた。

「よし。できるだけこっぴどく彼を痛めつけて、いまのうちにたっぷり楽しんでおくといいよ」

ふいに、リチャードはジェームズのほうへ体を乗り出した。二人の顔はわずか数インチを隔てるだけとなった。

「なぜって、きみがジョナサンにすることなんて、そのうちぼくがきみにすることと比べたら、どうということもないからね。きみは、ぼくに何をされるか、想像もつかないだろうよ」

二人はそうやって一分近くのあいだ、くっつきそうなほど顔を近づけ、にらみ合っていた。キスする寸前の姿勢で静止した恋人同士のように。

やがて、リチャードが顔をそむけた。「さて、もう行かなくては」そう告げる彼の口調はじつに淡々としていて、まるで、それまでの五分間、天気の話でもしていたみたいだった。

リチャードはテーブルから腰を上げ、描きかけの絵を指さして、「よく描けてるな」と言うと、ポケットからファッジをひとつ取り出してイーゼルの端に載せた。「腹が空いたら食えよ」そう言い残して、リチャードは美術室から出ていった。

ジェームズはその後ろ姿を見送った。心臓が早鐘を打っていた。彼は絵のほうへ向きなおって鉛筆に手をのばした。が、手の震えを抑えられず、また鉛筆を下に置いた。

彼はファッジをとって口に入れた。とたんに、その味に吐きけをもよおし、彼はそれを床に吐き出した。


その夜、オールド・スクール寮の四年生たちが洗面所で歯を磨いているあいだ、ジェームズ・ホイートリーはベッドに座っていた。ジョージ・ターナーとスチュアート・バリーもジェームズのベッドの端に腰をかけ、三人は念入りに話し合っていた。

「スチュアートの言うとおりだ」と、ジョージが言った。「今夜やるべきだ」

「いつまでもほっておくわけにはいかないよ」と、スチュアートが言い添えた。「さもないと、みんな、もうあきらめたと思うからね。そんなことになったら、妙な考えを起こす連中が出てこないともかぎらない」

「そんな心配はない」と、ジェームズは言った。「そんな危険は冒さないほうがいいね」

「いや、わからないよ」スチュアートは譲らなかった。

ジェームズは宙を見つめて考えこんだ。彼は夕食のとき、近くのテーブルにリチャードとジョナサンが一緒に座っているのに気づいた。さらに彼は、自習時間のあとで、アベイ寮へ通じる廊下を急ぐジョナサンの姿を見ていた。アベイ寮はリチャードの寮だった。それに、ジョナサンは就寝時間に遅れて、消灯まで間もないいまになって、急いで顔を洗っていた。

あの二人はいったい何の話をしていたのだろう、とジェームズは思った。彼のことを話していたのだろうか？

が、そんなことはもうどうでもよかった。ジェームズはもうこれ以上待てなかった。今夜、ジョナサンは当然の報いを受けるのだ。そして、明日の晩も。場合によっては学期末まで毎晩、ジェームズの気のすむまで。リチャード・ロークビーのほかには、彼を止められる者はいない。そのリチャードだって、ジョナサンよりはずっと力は強くても、ジョージ・ターナーと取っ組み合いをしたら勝ち目はないだろう。

そうだ、決行するのは今夜だ。ジェームズはそう決心した。

洗面所のドアが開いて、ジョナサンが寝室に入ってきた。シャワーを浴びたばかりだったので、髪がまだ濡れていて、耳のあたりで少しカールしていた。大きすぎるスリッパをひきずって歩いていて、じろじろ見られているのに気づくと、ちょっと赤面した。その姿はいかにも華奢で弱々しかった。ジェームズは仲間に自分の決心を知らせようとして口をひらきかけた……

が、そのとき、彼の頭のなかでリチャード・ロークビーの声がひびいた。

〝……なぜって、きみがジョナサンにすることなんて、そのうちぼくがきみにすることと比べたら、どうということもないからね。きみは、ぼくに何をされるか、想像もつかないだろうよ〟

ジェームズの脳裏に、リチャードの冷たい、穿《うが》つような青い目がうかんだ。まるで彼の心を見通すように彼をじっと見つめる目が。

彼はそのイメージを追いはらおうとした。ジョージなら、リチャードを半殺しの目にあわせることだってできるだろう。勝負は最初からついているも同然だ。

ジョナサンは彼のベッドにたどりつき、ナイトガウンを脱いでベッドの上に置いた。彼は部屋の反対側にいるジェームズのほうを見た。その瞳には、明らかに恐怖の色がうかんでいた。

しかし、いま、その瞳には何かほかのものがあった。なにか、ジェームズにはうかがい知れぬもの、彼を不安にするものが。

「今夜はやめておこう」と、ジェームズは仲間に言った。「そのかわり明日やろう。それだけじらせば充分だ」

仲間の抗議の声は、当番監督生の出現にさえぎられた。「ようし、みんな、ベッドに入るんだ。おまえもだぞ、ターナー。さあ、早くしろ」

少年たちは各自のベッドへ急いだ。照明が消えた。

ジェームズは天井を見つめた。自分自身に腹が立ってしかたがなかった。どうして考えを変えたんだ？　リチャードの言葉なんて、ただの脅しじゃないか。ジェームズ・ホイートリーともあろう者が脅しに負けるなんて、あってはならないことだった。脅すのは、つねにジェームズのほうでなければならなかった。

彼は闇のなかでじっとベッドに横たわり、自分で自分を叱りつけた。そうすることで、彼の怒りの奥底に恐怖が潜んでいることを忘れられたからだ。

2

ジョージ・ターナーは水曜日の午前中の数学の時間が大嫌いだった。

だからといって、彼が一週間の時間割のほかの授業が好きだったというわけではない。彼は頭がよくないうえに努力家でもなかったから、どんなに熱心な教師にとってもつねに悩みの種だった。カークストン・アベイ校の教師たちは、彼に何か教えようとするのをとうの昔にあきらめ、彼が授業を妨害しないという暗黙の了解の下に、教室の後ろのほうに黙って座ってぶすっとしているのを大目に見ていた。

だが、どんな慣わしにも例外があり、ジョージ・ターナーに関しては、例外はクリーヴァー先生だった。数学のクリーヴァー先生はまもなく六十に手のとどくベテラン教師だったにもかかわらず、どれほど前途有望でない生徒でも心の奥底に学ぶ意欲を秘めているという幻想を持ちつづけていた。ジョージ・ターナーの場合、その意欲はあまりにも深く埋もれていたので、当のジョージ・ターナーをはじめとして、クリーヴァー先生のほかはだれも、その存在に気づかなかった。しかし、クリーヴァー先生は、まちがっているのはほかの人たちのほうだと確信し、誤った信念に凝り固まっている者にありがちな熱心さで、努力をつづけていた。

先生の誤った信念は、ふだんはジョージにとってそれほど迷惑ではなかった。彼が複雑な数学の問題を解く確率は、彼が妊娠する確率に等しかったが、水曜日以外は、彼はジェームズ・ホイートリーのとなりに座れるという幸運に恵まれていた。ジェームズは数学が得意だったので、ときには意地悪な癖が頭をもたげて、初めはジョージを立ち往生させることもあったが、最終的には正しい答えを教えてくれた。

ところが、困ったことに、水曜日の数学の時間はジェームズの週に一度のピアノのレッスンとかちあったので、ジョージの浮沈は本人しだいだった。そうなるとジョージは、クリーヴァー先生の励ましの言葉もむなしく、いつも石のように沈み、クラスのみんなにくすくす嗤《わら》われるはめになった。

だから、彼は水曜日の数学の時間が大嫌いだった。屈辱が避けられないとわかっていたからだ。そう思うと、彼は腹が立ち、腹が立つと、彼は攻撃的になった。それで、この水曜日の朝、彼は席に着いてクリーヴァー先生の到着を待つあいだ、怒りをぶつける相手を物色した。

彼の視線は、ジョナサン・パーマーがニコラス・スコットと並んで座っている二人がけの机のところで止まった。二人とも熱心に教科書を見ながら、小声で何か話し合っていた。おそらく、その日やる予定の問題の答え合わせをしているのだろう。

あと数時間たったら、ジョナサンはジェームズの復讐の第二弾を受けることになっていた。だが、このときのジョージには、その数時間が待ちきれないほど長く思えた。

ジョージはふいに立ち上がり、まだ席についていない数人の生徒を大きな図体で押しのけて進んだ。ジョナサンは彼が近づいてきたのに気づき、不安そうな表情になったが、それを隠すために教科書を見るふりをした。その様子はジョージを刺激した。彼はジョナサンをにらみつけた。「今夜、おまえは半殺しになるからそう思え」

ジョナサンは答えなかった。「おまえは、この前だってずいぶんひどい目にあったと思っているだろうがな」と、ジョージはつづけた。「あんなのは、これからおまえがされることに比べたら、なんでもない」

「ああ、わかってるよ」ジョナサンは平静を装って答え、教科書から目をあげなかった。みんなが二人のやりとりに耳をそばだて、教室のなかは静かになった。その沈黙がジョージを勢いづけた。彼は机ごしに手をのばしてジョナサンの教科書をバタンと閉じた。「おれたちは、チクるやつが嫌いなんだ。今夜、おれたちがおまえに何をするつもりか、教えてやろうか?」

「ジョナサンはきみのことをチクったわけじゃないだろ!」いきなり、ニコラス・スコットが大声をあげた。「なんできみが言いがかりをつけるんだ?」

「よけいな口出しをするな、ちんちくりんの四つ目小僧のくせに!」ジョージがばかにしたように言った。

「脳たりんの二つ目小僧よりはましだよ!」と、ニコラスもやり返した。

よりによって水曜日の数学の時間に、そんなことを言ったのは軽率だった。「なんだと、この野郎!」そうがなるや、ジョージはニコラスの首筋を押さえこんで腕を後ろにねじ上げた。ニコラスは悲鳴をあげ、ジョナサンはジョージの手をゆるめようとした。「放せよ!

ニコラスの腕が折れるじゃないか！」ジョージはジョナサンを払いのけた。教室は水を打ったように静まり返った。ただ一声、だれかがジョージの名を呼んだ。ジョージはそれを無視し、ニコラスの腕をさらに強くねじ上げた。

「ターナー、なあ、いままでだれかに、きれいな目をしてるって言われたことがないか？」

ジョージの手が止まった。

彼はハトが豆鉄砲をくらったような顔をしてニコラスから手を離し、声のしたほうを振り返った。

「なんだと?!」

窓ぎわの机にひとりで座っているリチャード・ロークビーが、空いている席に足をのせて壁に背をもたせかけ、ジョージの顔を見て眉をつり上げていた。「どうなの？」

ジョージは頭のおかしな人間でも見るようにリチャードを見つめた。「いったい何の話をしてるんだ？」

「きみにきいてるんだよ。きみは自分がきれいな目をしてるのを知っているかい？」

ジョージはまったく調子を狂わされてうろたえながらも、自分の得意の武器で応戦した。

「よけいな口出しはやめろ、ロークビー！」と怒鳴り、またニコラスのほうを向いた。

「ただきいただけだ」

ジョージはリチャードを無視してまたニコラスをつかまえようとした。

だが、そのまま引きさがるリチャードではなかった。「そう怒るなよ、ターナー。せっかく褒《ほ》めてやってるんだから」

ジョージはとうとうがまんできなくなり、リチャードのほうを振り向いた。「黙れっていうんだ！」

「いいんだよ、ターナー。答えたくないんなら、答えなくてもな。それじゃあ、投票で決めよう」リチャードはクラスのほかの生徒たちのほうに顔を向けた。「このクラスで、ターナーがきれいな目をしていないと思う人いるかい？」

沈黙。リチャードはジョージの顔を見て、にやりとした。「全員一致のようだな」

それでもまだみんな黙っていたが、やがて沈黙がしだいに破られ、ジョージの耳に、まわりでくすくす笑う声が聞こえはじめた。彼はリチャードをにらみつけた。あの野郎の顔からあの薄笑いを消してやる！　ジョージはもう完全に頭にきていた。

だが、彼はひとりぎこちなく教室の真ん中に突っ立って二十組の目にじっと見つめられているうちに、頬が火照りだした。怒りはしだいにばつの悪さに変わっていった。

「きみ、赤くなっているよ」と、リチャードが言った。

「なっていない！」

「なってるよ」

「なっていないっていうんだ！」

「なってるよ。みんな、見て。赤くなってるよな？」

「なっていないっていうんだ！」と、ジョージは怒鳴った。彼はそんなふうにじろじろ見られるのに耐えられなかった。顔が燃えるように熱かった。

「恥ずかしがることはないさ」と、リチャードが言った。「世の中には、頬を赤らめるのはとても魅力的だと考えている人が大勢いる。きみの目とちょうど同じようにね」彼はまたもやクラスのみんなに向かってきいた。「ここにいる人のなかに、ターナーが赤くなるのが魅力的だと思わない人はいるかな？」

「黙れったら黙れ、ロークビー！」と、ジョージはわめいた。

リチャードは相変わらず薄笑いをうかべてジョージを見ていた。リチャードの顔はいたずらっぽく輝いていた。ジョージはその顔に強烈なパンチをくらわせたいと思ったが、体が麻痺したようだった。みんなの視線の重みで手足が石になってしまったような感じがした。後ろで物音がし、クリーヴァー先生の大声が教室にひびきわたったときには、ジョージは皮肉にもほっとした。「ターナー、自分の席にもどりなさい。今日はやらなければならないことが山ほどあるんだ」

ジョージは席にもどり、教室を見まわした。まだ彼を見つめている生徒も何人かいたが、にらみ返すと、みんなあわてて目をそらした。ジョージの顔はまだかっかしていた。

「みんな、全部の問題を解いてみただろうね。二次方程式というのはちょっとわかりにくい概念かもしれないが、試験にはひじょうによく出るものだからね。では、最初の問題に挑戦したい人はだれかな？」

沈黙。

「勇気のある人はだれもいないのかね？」

相変わらず沈黙がつづいた。

が、そのとき、リチャード・ロークビーが声をあげた。「先生、ターナー君にやってもらったらいいと思います。彼はやる気満々のようですから」

教室じゅうがどっと笑った。クリーヴァー先生はびっくりしたような顔をした。「いったいこの騒ぎは何なのだ？　ロークビー、きみは音頭をとるのが好きなようだから、まず、きみが第一問を解いてみたらどうだ」

笑い声は静まり、リチャードは言われたとおりにした。ジョージは、また顔を火照らせながら、リチャードがまちがえるように念じた。しかし、もちろん、リチャードはまちがえなかった。

「よくできた、ロークビー」

「ありがとうございます、先生、でも、ターナーのほうがずっとうまくやったと思います」

またもや教室じゅうが笑い声で満たされた。「いいかげんにしないか、ロークビー！」クリーヴァー先生が大声でたしなめた。「さあ、第二問だ。これはスティーヴン・ペリマンに解いてもらおう」

ようやく、授業はいつもどおりのテンポで進みはじめた。スティーヴンは、出だしはうまくいったが、途中で立ち往生してしまった。クリーヴァー先生が彼に助け船を出しているあいだ、ほかの生徒たちはもじもじと教科書を見つめたり壁の時計に目をやったりしながら、今日はあてられずにすむかどうか案じていた。教室の後ろのほうでは、ジョージがリチャード・ロークビーをにらみつけていた。もはやみんなの注目を浴びなくなったリチャードは、のんびり窓の外を眺めていた。その様子は、どんな問題をあてられても必ず答えられるし、たとえ答えられなくてもどうということもないという自信にあふれていた。

だけど、リチャードのやつ、このおれを笑い物にして恥をかかせたのは大まちがいだ、とジョージは思った。いまに後悔させてやるからな。

リチャードは背中に視線を感じて振り向き、ジョージを見つめた。彼は冷静にジョージの顔を観察し、その憎悪のメッセージを読みとった。リチャードは口を少し開き、舌をぐるりとまわして唇をなめた。ゆっくりと、エロチックに。

それから、彼はにやりと笑い、片目をつぶってみせた。

二人はにらみ合いをつづけた。先に目をそらしたのはジョージのほうだった。


ジェームズ・ホイートリーは音楽教室からずっと息せききって走りつづけてきたが、それでも雨でずぶぬれになってしまった。彼はぶつぶつ言いながら廊下を抜け、二時間めの神学の授業へ向かった。

ちょうどほかの教室から出てきた生徒たちがまわりを行き来していた。遠くに、グラッドストーン教室から出てくるジェームズの同級生たちの姿が見えた。ジョナサン・パーマーがニコラス・スコットやペリマン兄弟と並んで出てきた。ペリマン兄弟はどんどん歩いていったが、ジョナサンは立ちどまってだれかを待っていた。ニコラスも彼と一緒に待っていた。

と、リチャード・ロークビーが教室から姿を現わし、二人に近づいた。ニコラスはジョナサンのすぐそばに立っていたが、リチャードはさりげなく二人のあいだに割りこんだ。三人は廊下を歩きはじめた。リチャードは背をかがめてジョナサンに話しかけながら歩いていった。

そのとき、三人の背後で何か騒ぎが持ち上がった。だれかの大声が上がったと思うと、ジジョージ・ターナーが人込みをかき分けて現われ、リチャードが振り向いて彼と向き合った。

クラスのほかの生徒たちは、見物するようにそのまわりを取り囲んだ。

ジョージの顔は怒りで紅潮していた。彼は早口でまくしたて、大きな手をリチャードに向かって脅すように突き出して振った。だが、リチャードはちょっと笑い、やはり手をのばしてジョージの頬をなでようとした。ジョージは後ずさりした。彼の顔には、怒りに代わって当惑の色がうかびはじめた。周囲にどっと笑い声が起こった。ジェームズは思わず足をゆるめた。

すると、クリーヴァー先生が教室から出てきて、戸口にたむろする生徒たちに、さっさと行けと指示した。みんなはしかたなくまた歩きだした。ようやく、ジョナサンがジェームズの姿に気づき、リチャードの肘をつついた。

「いったい何があったんだ?」と、ジェームズはきいた。

「きみとは関係のないことさ」と、リチャードが答えた。

ジェームズはジョージのほうを向いた。「どうしたんだ?」

ジョージは黙って目を伏せた。まるで恥じ入っているようだった。

「どうしたんだ?!」

「ジョージはちょっとむくれてるのさ」と、リチャードは言った。「ぼくは彼を褒めたつもりだったのに、彼はすっかり誤解してしまったんだ」

「その口に蓋をしろ!」と、ジョージがわめいた。威嚇するつもりのようだったが、あまり迫力はなかった。

「さもないと？　ぼくの頭を蹴っ飛ばすというのか？　きみ、そういう脅し文句を言う前に、ジェームズの許可を得たほうがいいんじゃないか？」

「黙れって言わなかったか！」と、ジョージは怒鳴った。

「いいんだよ、ジョージ。ぼくはきみを憎んではいない。きみを軽蔑しているかもしれないが、憎んではいない。たしかに、きみはぼくの友だちをさんざんな目にあわせたが、だからといって、ぼくはきみを憎んではいない。きみは命令に従っていただけなんだからな」

「ロークビー、ジョージの言うことをきいたほうが身のためだぞ」と、ジェームズがリチャードに警告した。

「どうして？　さもないと、きみがこいつにぼくをこっぴどく殴らせるから？」リチャードはまたもや手をのばしてジョージの頬にふれた。今度もまたジョージは後ずさりした。リチャードは笑いだした。「いまの見た？　こいつはぼくに指一本触れられるものか。だから、きみの脅しはさっさと引っこめるんだな」

廊下の人影がまばらになってきた。それまで不安そうに成りゆきを見守っていたニコラス・スコットがジョナサンの肘をつついた。「授業に遅れるから、もう行ったほうがいいよ」ジョナサンはためらい、リチャードの顔を見た。だが、リチャードはにっこり笑ってうなずいた。二人はその場を離れ、あとに残ったリチャードは、ひとりでジェームズとジョージを相手にすることになった。「さて」と、リチャードはジョージに言った。「ぼくに思い知らせてくれるんじゃなかったっけ」

ジェームズはジョージを見つめ、ジョージがリチャードをなんとかするよう念じた。だが、ジョージは顔を真っ赤にしてじっとうつむいたままだった。リチャードはまた笑った。その声がジェームズの癇にさわった。「おれたちはおまえを相手にしている暇はない。おれたちのやる相手はジョナサンだからな。今夜、おれたちはあいつをやっつけるつもりだが、おまえにはそれをどうすることもできない」

リチャードはジェームズに軽蔑の目を向けた。「おれたち、おれたち、おれたち。きみは脅し文句を並べるだけで、それを実行に移すのは手下どもなんだ。きみは完全に手下たちに頼りきっていて、自分ひとりでは何もできないんだな」

リチャードの顔に薄笑いがひろがった。「それだと、もし、手下たちの身に何か起こったら、大変なことになるんじゃないか？　連中がそばにいなくなったらどうなるか、想像できるかい？　きみはきっと丸裸になったような気がするんじゃないかな？」リチャードはいかにも恐ろしそうに身震いしてみせた。「まったく、もう、考えただけでもぞっとするんじゃない、え？」

リチャードはきびすを返して、ジョナサンとニコラスのあとを追っていった。

ジェームズ・ホイートリーはその後ろ姿を見送った。「おまえ、なんでぼんやりそこに突っ立ってたんだ？」彼はジョージに食ってかかった。「どうしてあいつをぶん殴ってやらないんだ？」

「そうしてやりたかったよ」

「じゃあ、なんでそうしなかったんだ？」

ジョージ・ターナーは無言だった。「え？　なんでぶん殴らなかったんだ？」ジェームズは重ねて詰め寄った。ジョージは肩をすくめた。「なんでだ？」

「そう簡単なもんじゃない」

「簡単だとも」

「そう思うのは、知らないからだ」

「知らないって、何を？」

「さっきあいつがおれに何て言ったか。あいつの言ったことを聞いてないだろ？」

「あいつの言ったこと?! そんなもの、ただの言葉だろ？ あいつは偉そうなことを言うだけだ。そんなのはなんでもない。おまえがその気になれば、あんなやつ、地面にたたきつけてやれる。そうだろう？」

「言ったことだけじゃない。それを言ったときのあいつの目つきのせいもあるんだ」

「どんな目つきだ？」

「あいつがふつうじゃないってわかる目つきだ」

ジェームズはごくりと唾を呑みこんだ。

彼は何か言おうとしたが、言葉が見つからなかった。二人は人けの絶えた廊下を、無言でつぎの授業へ向かった。

ニコラス・スコットの自習室は個室ではなかった。モンマス寮のほかの四年生たち同様、彼は相部屋でがまんしなければならなかった。彼はペリマン兄弟と同室で、寮の裏の森に面した部屋をあてがわれていた。

ときおり、ニコラスは個室が欲しくてたまらなくなることがあった。自習室は三人用にしては狭すぎたし、スティーヴンとマイケルは喧嘩ばかりしてはいても、やはり兄弟ならではの親密な絆で結ばれていたので、ときどきニコラスは仲間はずれにされているような気がしたからだ。しかし、たいていの場合、ニコラスは寂しい思いをせずにすむ相部屋でよかったと思っていた。

彼はまた、モンマス寮に入れたことに感謝していた。学校の敷地の西側にある林の奥にひっそり立つこの寮は、四つの寮のなかでいちばん規則のゆるやかな寄宿舎として知られていた。校内のスポーツ試合でもほかの寮ほど競争心を燃やさず、学校の伝統を守ることをそうむやみに強制されることもなかった。ニコラスもいじめを経験しなかったわけではなかったが、それもほかの寮ほど組織的なものではなく、だいたいにおいて持ちつ持たれつの寛容の精神が支配していた。

ただひとつ、ニコラスが残念に思っていたのは、ジョナサンがモンマスの寄宿生でないことだった。ジョナサンは彼のいちばんの親友だった。それは、なかなか友だちができなかったまじめで思慮深い少年にとって、何よりも重要なことだった。この一年間、ニコラスはジョナサンのために安全弁の役割を果たしてきた。ジョナサンが何時間もぶっとおしで悩みを打ち明けるとき、彼は黙ってうなずきながら耳をかたむけてやった。ジョナサンは、両親の離婚に関する悩みや、継母にたいする憎しみ、父を失うのではないかという不安、学校に対する嫌悪感、ポール・エラーソンの死を悼《いた》む気持ちなどを彼に訴えた。

そして、ニコラスもまた、ジョナサンに打ち明け話をした。ほかのだれにも言えない個人的なことを話した。軍人でスポーツマンの父親にとって、彼が期待はずれの息子なのではないかという不安、徐々に老人性痴呆の徴候を見せはじめている大好きな祖母や、その現実を直視しようとしない母親に対する心痛、さらに、五年前、結核で死んだハンサムで社交的な兄のことを考えると、いまでも泣いてしまうということなどを語った。兄の死後ニコラスは、両親がどんなにニコラスを愛していても、もし選ぶことができたら、兄よりも彼が死んだほうがよかったと思っているのではないかという、恐ろしい考えにもとりつかれていた。

二人はたがいにありのままの自分を見せあい、心の奥に秘めていた〝パンドラの箱〟の中身をさらけ出した。たがいに相手が秘密を絶対に口外しないことを確信していたからだ。ジョナサンは、午前の休み時間を自分の自習室で過ごさず、ニコラスの部屋に来ることがよくあった。そして、ペリマン兄弟も交えて四人で、手持ちの食料を平らげ、そのおりおりの学校生活に対する不満をぶちまけあった。それは四人にとって欠かせない、何よりも楽しいひとときとなった。

だが、この朝、ニコラスはペリマン兄弟と三人で寮にもどってきた。ジョナサンは、あとから行くと言って、同行しなかったのだ。ニコラスは、家からの差し入れの箱のなかをさぐって、わずかばかり残っていたチョコレート・ケーキと封を切っていないビスケットの包みを取り出した。スティーヴンはレモネードを一瓶出して、縁の欠けたマグカップにつぎはじめた。遠くで安物のレコードから流れるルビー・マレーの歌声が聞こえていた。「ここにもプレーヤーがあったらいいのになあ」と、マイケルが言った。

「だめにきまってるよ」と、スティーヴンが弟に言い聞かせた。

「もう一度パパに頼んでみようよ」

「ばか言うな。この前のときのことを忘れたのか?」

「あのときは、スティーヴンがほんとうのことを言っちゃったからいけなかったんだよ。パパがアルマ・コーガンのことをどう思っているか、わかってるだろう。パパはぼくたちにベートーヴェンと聖歌隊の合唱しか聴かせたくないんだから」

「ぼくは、ベートーヴェンは好きだな」スティーヴンはニコラスが口をはさんだ。

「ま、きみなら、そうだろうな」と、ニコラスにレモネードの入ったマグカップを渡した。「パパに言わせれば、過去百年間に録音された音楽は、すべて聞くに耐えないんだってさ」

「エルガー以外はね」と、マイケルがつけ加えた。

「ああ、ぼくはエルガーが大嫌いだ! とくにパパの好きなあの行進曲『威風堂々』がね! パパはエルガーに首ったけなんだ! もし、いまエルガーが墓からよみがえってロイヤル・アルバート・ホールで演奏することになったら、きっとパパは、フランク・シナトラのコンサートに群がる女学生のミーハーみたいに、最前列に座ってキャーキャー歓声をあげるだろうね! パパはいつもエルガーを聞きながらお説教の原稿を書くんだ」

「それから、ホルストね」

「ああ、ぼくはホルストも大嫌いだね。パパが原稿を書くときは、そのときにどんな音楽を聴いているかで、どんなお説教になるかがたいてい見当がつくんだ。もし、大勢の女性コーラスが黄色い声を張り上げて『希望と栄光の国』を歌っていたら、神は愛で、生きていることはすばらしいってことになるけど、もしホルストの『惑星』のうちの『火星』ががなりたてていたら、神は不機嫌で、ぼくたちはみんな地獄の業火に焼きつくされる運命にあるというわけさ！」

三人はどっと笑った。と、ドアをノックする音がして、ジョナサンが入ってきた。スティーヴンは彼に、縁の欠けたマグカップを差し出しながらきいた。「きみはどっちのほうが嫌いかい？　エルガー、それともホルスト？」

そのとき、ジョナサンにつづいてリチャード・ロークビーも入ってきた。

笑い声はぴたりとやんで、気まずい沈黙が流れた。まるで、三人が何か悪いことをしているところを見つかったような感じだった。

「リチャードを連れてきたんだ」と、ジョナサンが急いで説明した。「いけなくはなかったよね？」

「そりゃ……うん、もちろんさ」と、スティーヴンが答えた。「さあ、入れよ、狭いけど。きみも飲むかい？」

リチャードはうなずいた。スティーヴンは彼にもグラスを渡した。「ちょっと気が抜けてるかもしれない。伯母さんからもらったんだけど、何でも何カ月分も蓄えておく人だからね」

「大丈夫だよ」と、リチャードは言って、「ありがとう」と笑顔を見せたが、戸口に立ったままだった。ジョナサンも、いつもならおんぼろのソファーにどっかと座るのに、リチャードと並んで立っていた。

「ケーキもあるよ」ニコラスがジョナサンに一切れ渡した。「みんなに行きわたると思うよ」

「ぼくのことはおかまいなく」と、リチャードが言った。

「遠慮するなよ」

「いや、ほんとうにいいんだ」

「数学の時間のあのひとこまは最高に愉快だったね」と、マイケルがリチャードに言った。

「なにしろジョージ・ターナーが完全な間抜けに見えたもん」

「あんなの、造作ないことさ。あいつはもともと間抜けなんだからね」

「それにしても見事だったよ。ぼくはいままで、あんなに顔を真っ赤にした人間を見たことがないもの。見ているこっちまで火傷しそうだったよ！」マイケルは笑いだした。スティーヴンとジョナサンもつられて笑った。

「でも、きみはあんなことをやるべきじゃなかったね」と、ニコラスが言った。

「どうして？」と、リチャードがきいた。「ああしたから、きみはあいつに殴られずにすんだじゃないか」

「問題はそんなことじゃないよ」

「じゃあ、何が問題なんだ？」

「きみはあいつをみんなの前で間抜けに見せた。あいつはそれを絶対に忘れないだろう」

「ジョージ・ターナーはぼくに指一本触れるものか」

「ぼくが考えているのは、きみのことじゃない」

「ジョナサンだって、何も心配することはないさ」

「そうかな？　きみは忘れてるかもしれないけど、ジョナサンはジョージ・ターナーとジェームズ・ホイートリーの二人と相部屋なんだよ。あいつらは、今朝のことがある前から、ジョナサンを目の敵《かたき》にしていた。これから先、ジョナサンの身にどんなことが起こるか、考えてみた？」

「なんにも起きやしないさ」リチャードは静かに答えた。

「なんにも？　よくそんなことが言えるね。きみはジョナサンと同じ部屋じゃないんだ。ぼくたちもちがう。ジョナサンは寝るときはひとりきりなんだ。中間休暇の前、ジョナサンがどんな目にあったか知ってるだろう！　きみが今朝みたいなことをやったせいで、事態は十倍も悪くなった。だから、あんなことはするべきじゃなかったんだよ！」

ニコラスは口をつぐんだ。顔が火照《ほて》っていた。リチャードもジョナサンもじっと見つめていた。リチャードは冷静な目つきで、ジョナサンは不安そうに。「ぼくは大丈夫だよ、ニコラス」と、ジョナサンが言った。「心配いらないよ」

「そんなこと、わかるもんか」

「いや、わかるとも」と、リチャードがきっぱりと言った。彼はまだニコラスを見つめていた。

ニコラスはたまりかねて目を伏せた。彼は心のなかで自分に、おまえはばかだと言っていた。リチャードはジョナサンや自分を助けようとしているのだ。そのリチャードをどうしてわざわざ敵にまわしたりするんだ？　「ごめん。ぼくはべつに悪気があって言ったんじゃないんだ。今朝きみが割って入ってくれたのはありがたいと思っている。ただ、ジョナサンがこれ以上トラブルに巻きこまれるといけないと思っただけなんだ」

「わかってるよ」と、リチャードは言った。「心配するな」彼はあたりを見まわして、「ここはいいな」とジョナサンに言った。「きみの〝トイレ〟よりずっとましだ」

「でも、自分の個室があるほうがもっといいよ。ぼくもできたら、きみみたいに個室に入りたいよ」

「入れるさ」と、リチャードは言った。「寮を替わればいいんだ」

「どうしたら替われるのさ？」

「簡単だよ。ガイ・ウィルソンがクリスマスに転校するから、彼の部屋が空くよ」

「だけど、彼のあとに入るのはとても無理だよ」ニコラスはジョナサンに言った。「みんな、アベイ寮に入りたがっているからね」

「みんなとはいえないよ」と、ジョナサンが答えた。「ジャイルズ・ハリントンは、兄貴のいるオールド・スクール寮から絶対に出ないだろうからね。ほかに移ったら、生き延びられないよ」

「おふくろさんのお腹から出るようなものだな」と、リチャードがつけ加えた。二人は笑いだした。

「でも、できることなら寮を替わりたいと思っているやつは大勢いるよ。もしジェームズ・ホイートリーが替わりたいって言いだしたら、どうかな？　あいつなら、親に頼んで手をまわしてもらえるからね」

「影響力のある父兄がいるのは、ジェームズ・ホイートリーだけじゃない」リチャードが言った。

「ジョナサンの両親には影響力がないな」

「ぼくのにはある」

「きみの？」

「実際にはぼくの伯父夫婦だけどね。伯父たちに手をまわしてもらえば、ホイートリーのうちなんか全然問題じゃないね」

　ジョナサンがぱっと顔を輝かせた。「きみの伯父さんたち、ほんとうにそうしてくれるかなあ？」

「もちろんだとも。ジョナサンのことがとっても気に入ってるからね。頼んでやろうか？」

「うん、頼んでよ！」

「でも、やっぱり移らないほうがいいよ、ジョナサン」だしぬけに、ニコラスが言った。

「すくなくともアベイ寮へは。だって、もし、きみがどこかへ移るんなら、モンマス寮に来るべきだもの」

「しかし、空きがないじゃないか」と、ジョナサンは指摘した。

「そのうち空きができるかもしれないし、それに、きみがいったん寮を替わったら、もう一度替わりたいと言っても許可が下りないからね。きみは絶対にここに移ってくるべきだよ。きみの友だちはみんなここにいるんだから」

「ひとりを除いてはな」と、リチャードが言った。

ニコラスはまた、リチャードの反感を買わないようにしなければ、と自分に言い聞かせた。自分の都合ばかり考えてはいけないのだ。どんな形にせよ、ジョナサンがオールド・スクール寮から出られるようになるのは、けっこうなことではないか。

ジョナサンがケーキを食べおえると、「そろそろ行こうか」と、リチャードが彼に言った。ジョナサンはニコラスに目を向けてにっこりした。「どうもごちそうさま」

ニコラスは微笑み返したが、何も言わなかった。ジョナサンはリチャードのあとを追って部屋を出ていった。

「ニコラス、いったいどうしたのさ?」二人の姿が見えなくなると、スティーヴンがたずねた。

「どうしたって?」

「ずいぶんご機嫌ななめだったじゃないか」

「そんなことないよ」

「だったよ。きみはロークビーのおかげでぶん殴られずにすんだんだから、あいつに感謝すべきだろ。それなのに、あいつが何か言うたびに反対してたじゃないか」

「ちゃんと礼は言ったよ」

「ずいぶんあとになってからね」

「ニコラスにかまうなよ」と、マイケルが兄をたしなめた。

「ただ、ちょっと思っただけだよ」

「だったら、やめろよ。スティーヴンとは関係ないんだから。よけいな口出しするなよ」

「なに?! おまえからそんなことを言われる筋合いはないぞ!」

スティーヴンとマイケルは喧嘩を始め、ニコラスはそれを黙って聴いていた。

十一時半。オールド・スクール寮は闇につつまれていた。唯一四年生の寝室のとなりの洗面所だけから明かりがもれていた。

ジェームズ・ホイートリーがドアの前に立ち、両わきにジョージとスチュアートが控えていた。

ジョナサンはひとりで洗面台のそばに立っていた。彼のパジャマの上着は、ここまで引っぱってこられるあいだに破れて、肩から垂れ下がっていた。目には警戒の色をうかべ、腕を組んで両手でわき腹をこすり、裸足の足を冷たい床からかわるがわる持ち上げていた。彼は無防備で不安そうだった。見たところ、この前のときとまったく同じだった。

だが、今度は、何かがちがっていた。

それでも、ジェームズは意を決して命令を下そうとした。彼は周到な計画を立てていた。この前など、今夜に比べたらちょろいものだ。彼は片方の手に蠟燭《ろうそく》を握っていた。手の熱で蠟燭の表面がべとべとしていた。もう片方の手には、猿ぐつわ代わりに使うナイトガウンのひもを持っていた。

ジョナサンは絶えず蠟燭のほうをちらちらと見ていた。ジョナサンには、これから何をされるのかわかっているのだ。ジェームズはひもを床に落とし、手から手へ蠟燭を放り投げはじめた。

「おまえのホモだちはいまどこにいるんだ?」ジェームズはおもむろにたずねた。「どこにも姿が見当たらないな。まあ、当然だろう。これからおれはおまえに、この学校でホモがどんな取り扱いを受けるか、見せてやるんだからな」

ジェームズは、いつものような快感が沸き上がってくるのを待った。だが、そのような気持ちの昂《たか》ぶりはいっこうに訪れなかった。

「ぼくはきみが大嫌いだ」と、ジョナサンが言った。ささやくような小さな声だった。弱々しい、いかにも頼りない声だ。

ジェームズは一歩前へ足を踏み出した。「おまえを見てると、むかつくんだよ、オカマ野郎」と、ジェームズは言った。

「ぼくたち二人、リチャードとぼくは、二人ともきみが大嫌いだ」

ジェームズは立ちどまった。ふと美術室のにおいを思い出して、彼は大きく息を吐いた。

「そんなこと、おれが気にすると思ってるのか」

「気にすべきだね」

ジェームズはせせら笑ったが、それ以上ジョナサンに近づこうとしなかった。

「何をぐずぐずしてるんだ?」と、スチュアートがうながした。「いまにだれかが聞きつけてやってくるぞ。いつまでもこんなところに突っ立ってるわけにいかないよ」彼は床に落ちたひもを拾い上げた。

「やめろ」と、ジョナサンはスチュアートに言った。

「どうして? やめさせられるものなら、やってみろ!」

「あとでひどい目にあうぞ」

「黙れ！」そう一喝してから、スチュアートはジョージのほうを向いた。「さあ、とりかかろうぜ」

「リチャードがほんとうに憎んでいるのはジェームズだ。彼はきみやジョージには恨みはない。だけど、今夜の計画を実行に移したら、きみたちもリチャードの仕返しを受けるからな」

「ああ、そうだろうとも！」スチュアートは鼻の先で笑い、ジョナサンのほうへ進み出たが、ジョージとジェームズが動こうとしないのに気づいた。「おい、いったいどうしたっていうんだ？」スチュアートは憤慨して言った。「おれは、オカマのロークビーなんか怖くないぞ」彼はジョージをこづいた。「おまえ、怖いのか？」

ジョージは首を横に振った。

「そんなら、さっさとやっちまおうぜ」スチュアートはジェームズのほうを向いた。「さあ、ジェームズ、言いだしっぺだろ。なに怖がってるんだ？」

「べつに」と、ジェームズは答えた。が、いかにも取ってつけたような言いかただった。

「嘘をつけ」と、ジョナサンは言った。「きみは怖がってる。それも、充分理由があるからだ」

「黙れ！」ジェームズは鋭い声をあげたが、金縛りにあったようにその場から動かなかった。

「おい、なにやってんだよ！」スチュアートがジョージにひもを差し出した。ひもは宙に垂れてぶらぶらと揺れた。そのひもの動きを追ってジョナサンの目が大きく見開かれるのを見て、ジェームズは自信をとりもどした。リチャード・ロークビーなんて恐れるにたりない。どうせ口先ばかりなんだ。

だが、ジョージは足元をじっと見つめたままだった。「こんなことをすると、おれたち、やばいことになるぞ」と、彼は言った。

「おまえ、いったいどうしちゃったんだ?!」スチュアートがかん高い声をあげた。「まさかロークビーが怖いわけじゃあるまいな?!」

「もちろん、怖くなんかないさ。ただ、おれは……おれは……こんなこと、したくないんだ。やめたほうがいい」ジョージはきびすを返して出ていこうとした。

スチュアートは彼の腕をつかんだ。「何を言ってるんだ? ばかばかしい!」ジョージはその手を振りほどいて洗面所から飛び出していった。

「それじゃあ、しかたがないな」と、スチュアートが言った。「おれひとりじゃ、こいつを押さえつけるのは無理だ。だれか来る前にずらかろうぜ」

ジェームズはスチュアートからひもをひったくり、ジョナサンに向かって人差し指を突き出した。「いまに見ていろ、オカマ野郎! このままですむなんて思うなよ」そう言ってドアのほうに向かいながら、彼は欲求不満と安堵の混じりあった不快な気分を味わっていた。

「どうやら何もかも、きみたちの思いどおりにはいかなくなりそうだね?」ジョナサンが静かに言った。

ジェームズはスチュアートに出ていくように合図してから、戸口のほうを向いたまま立ちどまった。

「そんな気がしないかい？」ジョナサンはつづけた。「なにもかも変わりそうだって。リチャードが言ったように」

「黙れ」ジェームズはそう言ったが、振り返らなかった。

「リチャードの言ったとおりだ。きみは子分がいなければ何もできないんだ。きみが力を振るえるのは、全部子分のおかげなんだ。あいつらがきみの言うことをきかなければ、きみの力はゼロだ。そうなったら、だれもきみのことなんか怖がらなくなるんじゃないかな？」

ジェームズは振り返ってジョナサンと向き合った。「黙れと言ったのが聞こえなかったのか」

「ぼくはきみが大嫌いだ」と、ジョナサンはくり返した。「ぼくやほかのみんなをひどい目にあわせたきみが大嫌いだ。もうじき、きみの力がすっかりなくなったら、どれだけ大勢の人間がきみを憎んでいるかわかるだろう」

ジョナサンは顔に薄笑いをうかべてジェームズのほうへ一歩足を踏み出した。「きみがぼくの自習室をめちゃめちゃにしたときに残していったメモに書いてあったように、これはほんの序の口さ」

二人はじっとにらみあった。と、ジェームズは先に目をそらし、洗面所から出ていった。行きがけに電灯のひもを引いていったので、あたりは真っ暗になった。

やっとひとりになれたジョナサンは、急に吐きけをおぼえて、闇のなかをトイレの個室へ急いだ。足ががくがくしたが、なんとか便器のそばにうずくまった。吐きけがおさまると、彼は座って天井を見上げた。

体じゅうがわなわな震えていた。心臓が大太鼓のように激しく脈打っていた。それでも、彼は胸が膨《ふく》らむような思いを味わっていた。彼はリチャードに言われたとおりにした。そして、それがうまくいったのだ。

ジョナサンは、いま、父さんがここにいてくれたら、と思った、彼は自分のしたことを父に話して、褒めてもらいたかった。だが、父の姿を思いうかべようと目を閉じると、瞼の裏にうかんだのはリチャードの顔だった。

3

紅茶をつぎながら、エリザベス・ハワードは、応接間の壁にかかっているノーフォークの風景画に見入っているアラン・スチュアートにきいた。「お砂糖は二つ？」

「一つにしてください」

「そうだったわね。わたし、いつも忘れちゃうのよ」

アランは少年のような笑顔を彼女に向けた。その笑顔を見ると、エリザベスは弟のアーサーを思い出し、古傷のような痛み、年月を経て薄れてきてはいるが、決して消え去らない痛みを感じた。彼女はアランのそばに腰を下ろした。「急にこんなところに引っぱりこんでごめんなさいね。わたし、先生がたにとって授業のない時間がどんなに貴重かわかっているわ。せっかく、もっとずっと面白いことをするチャンスだったのにね」

彼はうなずいた。「イタリア統一戦争についての三年生のレポートの山に目を通すとかね。それか、奥さんにお茶をごちそうになるか、どちらか選べと言われたら、答えはわかりきっているでしょう！」

「イタリア統一戦争って、率いたのはたしかガリバルディ将軍だったわね？」エリザベスは笑いながら言った。「ひどいでしょう？　わたし、学校で十九世紀の歴史をいやというほど勉強したのに、いまじゃほとんどなんにも憶えていないわ」

「それは三年生だって同じですよ。それも、あの子たちは先週勉強したばかりだというのに！　ただ、生徒たちにとってラッキーなことに、教科書には、じつに簡潔に四ページにまとめた、主な出来事の要約が載っているので、レポートの九十パーセントはその引き写しだろうと思いますよ！」

「まさか一言一句同じじゃないでしょう？」

「ええ、もちろん、ところどころ段落を入れ替えたり、単語を変えたりします。さもないと、ぼくに疑われると思うんでしょうね！」

二人は声をそろえて笑った。「そんなにご自分を卑下なさることはないわ」と、エリザベスは慰めた。「あなたがこの学校にいらして以来、歴史を選択する六年生の数が倍になったという事実は、あなたが立派な仕事をしているという何よりの証拠ですもの。それに、あなたが四年生にやらせたあの研究発表！　とくに、ロンドン塔に幽閉された王子たちについての研究はすばらしかったわ！　あれはたしかペリマン兄弟が大活躍したんでしたわね？」

「ええ、手作業の面ではね。あの二人はページを糊付けしたり、家系図を書いたりして手伝ったんだと思います。ジョナサン・パーマーとニコラス・スコットが推進力だったんです。とくにジョナサンがね」

「もちろん、先生の指導を受けてでしょう」

アランは首を振った。「ジョナサンがテーマを選んで、ほとんどひとりで資料を調べ、文章もほとんど全部書いたんですよ。彼は図書室にある参考文献をひとつ残らず読みとおしたうえ、ぼくが貸してやった数冊の本も読んだんです」

「その、彼の努力が報われたというわけね。あれはすばらしい研究だったわ」

アランはにっこりした。「ジョナサンは頭のいい子です。ぼくの教え子のなかでおそらくいちばん優秀な生徒でしょう。あと数年してオックスフォードかケンブリッジを受験すれば、彼は合格するかもしれない。その力は充分あるし、おまけに努力家だ。彼に欠けているのは自信だけなんです」

「あなたなら、彼にその自信をつけてあげられるわ」

「そう努力するつもりです。ぼくは彼に成功してほしいんです。優秀な素質が埋もれたままになるのはもったいないですからね。あの子の授業中の様子をごらんになればわかりますよ。ぼくが新しい問題を取り上げると、ぱっと目を輝かせるんですよ。そういう反応を示す子がいると、すごく励みになります。ぼくがなぜ教師という職業を選んだのか、思い出させてくれるんです」

アランの顔も、話すにつれて生き生きと輝きだした。それを見て彼女は、またもや最愛の弟アーサーのことを思い出さずにいられなかった。弟はいつもエネルギーと熱意にあふれていた。十二年前、ドイツ軍の銃弾によってその人生に終止符が打たれるまでは。その日、彼女は弟を永遠に失ってしまった。だが、彼女はいまでもときおり、目の前に座っている理想に燃える青年の姿を見ると、それが弟の亡霊のような気がすることがあった。

彼女はアラン・スチュアートのぼさぼさした黒っぽい髪をなでたいという衝動をこらえて、彼に優しく微笑みかけた。「ジョナサンはあなたのような先生に恵まれて、幸せね」

アランは目を伏せ、「そんなことはありません」と小声で言った。

「それはそうと、わたしがなぜあなたをここにお呼びしたのかお話しするわね」

彼は口をとがらせた。「ぼくとおしゃべりを楽しむためじゃなかったんですか？」

「もちろんよ！　アラン、まさか……」彼がふざけているのに、エリザベスは気づいた。

「冗談がお上手ね！　じつは、わたし、お願いがあるの」

アランは期待に満ちた表情で微笑んだ。

「土曜日に夕食にいらっしゃれない？　急な話でごめんなさい。ほかに予定があるのなら、遠慮なくそうおっしゃってね」

「いや、何もありません」

「料理はラム肉よ」

彼はぱっと目を輝かせた。

「たまには学校の食堂のごちそうとちがうものを食べるのも悪くないでしょう」舎監補佐としてアベイ寮に住みこんでいる、独身で妻の手料理が食べられないアランは、一も二もなくうなずいた。「ほかにどなたかみえるんですか？」

「わたしの従姉妹のジェニファーがリンカーン州の友だちを訪ねてロンドンへもどる途中、寄るっていうの」

「それで、ぼくを引き合わせようというんですか？」

「大丈夫よ。お見合させようと思ってるわけじゃないから。どっちにしても、ジェニファーはわたしより四つ年上だから、あなたのお相手にはふさわしくないわ」

彼女ははっとして口をつぐんだ。アランはさぐるような目つきで彼女を見た。「シャーロットとはちがうっていうわけですか？」

アランは一年前、ノリッジのあるパーティーでシャーロットという女性と知りあい、それ以後、二人はデートを重ねた。シャーロットはしょっちゅう学校を訪れ、エリザベスは、二人のロマンスを積極的に後押しし、一度ならず若いカップルを夕食に招待した。エリザベスも夫のクライヴもシャーロットが気に入っていた。シャーロットは、控えめなアランにぴったりの活発な性格の女性だった。二人は魅力的なカップルで、エリザベスは早くも、子供が生まれたらどっちに似るだろうなどと考えていた。ところが、新学期に学校にもどってきたアランは、二人がもう交際をやめたことをエリザベスに告げたのだった。いまではシャーロットは裕福だが面白味のない銀行家とつき合っていて、エリザベスがノリッジで偶然出会ったときには、彼女は当惑した様子で、二言三言挨拶を交わしただけで去っていった。

「べつに、そんなこと考えていたわけではないわ」

「そうですか？」

そうきくアランの顔は笑ってはいなかったが、目は優しかった。「もしかすると、考えていたかもしれないわね」と、彼女は白状した。「ほんとにもう見込みはないの？」

彼はうなずいた。

「残念ねえ」

「ぼくも残念です」

彼女は彼の手に自分の手を重ねた。「そのうちきっと、だれかほかの人が現われるわよ。

あせらずに待っていらっしゃい」

「その見込みはないと思いますね」と、アランは静かに言った。突然、彼のまなざしに苦痛の色がみなぎり、何か打ち明けたくてたまらなそうな悲痛な表情がうかんだ。エリザベスは彼の手をぎゅっと握りしめた。「わたしがあなたに何もきかないのは、気にかけていないからじゃないのよ。ただ、詮索しては悪いと思っただけ」

彼はうなずいた。

「わたしになら、何もかも打ち明けても大丈夫よ。秘密は絶対に守るわ」

アランは頭を垂れた。「わかっています」と、彼は言った。「ぼくはあなたに話したい。どんなに話したいか、あなたには想像もつかないくらいです」

二人は黙って座っていた。エリザベスは彼が口をひらくのを辛抱づよく待った。だが、遠くで、つぎの授業のベルが鳴ったので、すくなくともいまは機を逸してしまったことを悟った。

なにか妙に堅苦しい空気が二人のあいだに流れた。アランが持ち物をまとめているあいだ、エリザベスはタバコに火をつけて窓辺へ行き、四年生の一クラスが本館を出て、三々五々、科学実験室のほうへ向かうのを眺めた。

ひとつのグループが彼女の目にとまった。リチャード・ロークビーとジョナサン・パーマーが並んで歩いていた。双子のペリマン兄弟がその後ろにつづき、ニコラス・スコットがどちらについたらいいか迷っているように、前の二人と後ろの二人のあいだをせかせかと動きまわっていた。

アランも彼女のそばに来て立ち、二人は一緒に外を眺めた。「ジョナサンはロークビーの家で中間休暇を過ごしたのよ」と、彼女は言った。「あなた、知っていた？」

「ええ」

「わたし、そのことを聞いたときはびっくりしたわ。でも、うれしかった。ロークビーには友だちが必要なのよ。彼は一匹オオカミを気どっているけれどね」

「ジョナサンに白羽の矢が立ったのは残念でしたね」

エリザベスはアランを振り返った。「どうしてそんなことを言うの？」

彼はびっくりしたような表情をうかべていた。彼の言葉は、彼女と同じくらい彼自身をも驚かせたようだった。「わかりません」と、彼は正直に答えた。「ぼくはただ、彼がほかの子を選んでくれたほうがよかったような気がするんです」

「あなたも、主人と同じようなことを言うのね。主人もロークビーが嫌いなのよ」

「ぼくはそうは言っていません」

「言葉に出して言ってはいないけれど」

「ぼくは彼が嫌いなのではない。彼に反感を持っているわけではありませんよ」

「クライヴは、あの子は危険だと思っているの。それはほんとうかもしれないわ。あの子みたいに深い悲しみに沈んでいる子は、破壊的な行動に出る場合が多いから。でも、だからこそ、ロークビーがジョナサンと友だちになれてよかったのよ。ほかの子と心が通いあうようになれば、いままでほど独りぼっちだと感じないですむでしょう」

「われわれはみんな独りぼっちなんですよ」と、彼は言った。「そのほうが安全なんです。

他人と心が通いあうようになると、人は傷つきやすくなる。そのような結びつきなしではいられなくなる。それが生活の中心になり、ある日、それが奪われたとき、人生の喜びがすべて失われてしまう」

彼が吐き捨てるような口調でそう言ったので、彼女は心配になった。「ねえ、アラン……」

彼は首を振った。「すみません。こんなこと言うべきじゃなかった。許してください。では、もう、行かないと授業に遅れてしまうので。まあ、ロークビーに友だちができてよかったと思いますよ。奥さんの言うとおりです。人間はみんな心の触れあいを求めている。それがなければ、人間でなくなってしまいますからね。そうでしょう？」

エリザベスは彼の頬に軽くキスした。アランが戸口まで行ったとき、彼女は彼の名を呼んだ。アランは振り向いた。

「話し相手が必要になったら、いつでもここにいらっしゃいね。わたしはあなたとの友情を大切に思っています。信頼を裏切って、その友情を壊すようなまねは絶対にしないわ」

アランまた、少年のように微笑んだ。「わかっていますよ」と、彼は言った。「だからこそ、ぼくは奥さんが好きなんです」

アランは応接間から出ていった。彼女はまたもや弟のことを思い出して目を潤ませた。

「だから、大丈夫だって言っただろう」リチャードはジョナサンと二人で科学実験室へ急ぎながら言った。

ジョナサンはうなずいた。あたりを風が吹きまくっていた。彼は寒さに身震いした。

「もうあいつらのことを怖がる必要はないんだ。これからはね」

「ゆうべは怖かったよ」

「どうして？」

「きみがいなかったから。ぼくひとりだったんだもの」

「怖がる必要はなかったんだよ。ぼくが教えたとおりにすれば何もされないって言ったじゃないか」

「ジェームズも怖がっていた。あいつはそれを隠そうとしていたけれど、ぼくにはわかったよ」

「あいつが怖がるのは当然さ。あいつはいまに、きみをひどい目にあわせたのを後悔することになる」

「もう、後悔しているようだよ」

「まだ充分じゃない。ぼくたちは、まだ、あいつに何もしていないも同然だ。アッカーリーにもね」

「アッカーリー？　ぼくたち、先生に何かするなんて、できるかなあ？」

「どうすればいいか、ぼくにはわかっている。任せておけ」

リチャード・ホイートリーにはほんとうにわかっているのだろう。ジョナサンはそう確信していた。ジェームズ・ホイートリーに対しても、どうすればいいか、ちゃんと知っていたのだから。

そのとき、ニコラスがジョナサンのそばに来て、会話に加わろうとして何か言ったが、ジョナサンにはよく聞きとれなかった。一瞬、ジョナサンは邪魔をしたニコラスに腹を立てた。が、彼はすぐ、そんな自分を恥ずかしく思った。ニコラスは彼のいちばんの親友なのだから、仲間に入る権利がある。ニコラスが邪魔だなんて、自分はなぜ思ったのだろう？

夕食がすんだとき、マージョリー・アッカーリーは初めて夫に、校長夫人から夕食に招待されたことを告げた。

ヘンリー・アッカーリーは居間に座ってタバコをふかし、宙を見つめていた。彼女は臆病な蝶のように戸口でおずおずしていた。夫の邪魔をしたらどんな反応が返ってくるかわかっていたからだ。ヘンリーは妻がそこにいるのに気づき、冷たい灰色の目で彼女を見つめた。

「何だね？」

「今朝《けさ》、校長先生の奥さんが電話してきたの」

「何の用で？」

「用というほどのことじゃなかったんだけれど」

「何か用があったんだろう。でなけりゃ、なぜわざわざわたしに知らせる必要があるんだ？」

彼女は緊張してごくんと唾を呑みこんだ。「土曜日の夕食にわたしたちを招待したいっておっしゃるの。奥さんの従姉妹のかたが訪ねてくるので、友だちのわたしたちに引き合わせたいんですって」

「それで、行くって言ったのか？」

「もちろん言わないわ。あなたにきいてみないとわからないって答えたの。ほかに予定があるかもしれないって」

「予定があるね」

マージョリーはきょとんとした顔をした。

「おまえはわたしが、あの恩着せがましい女が荘園の女主人気どりで開く夕食会にいちいちつき合うとでも思っているのか?!」

「ヘンリーったら!」

「そのあいだ、あのお調子者の校長は、自分の何も知らないことについて知ったかぶりをして偉そうな口をきく。自分は校長という大層な地位についているのだから、われわれはみんな彼の退屈な意見に傾聴して当然だと思っているんだ」

「そんなことないわよ!」

「そうかな?」

「あの人たちはわたしたちのお友だちよ!」

「なに寝ぼけたことを言ってるんだ、おまえ! 校長夫妻はおまえの友だちなんかじゃない。あの二人はおまえを軽蔑している。初めからそうだった。おまえと口をきくときの二人の目を見ればわかる」

「あなた、よくそんなひどいことが言えるわね……?!」

「ああ、わたしのことも軽蔑しているが、同じくらいおまえも軽蔑している」

ヘンリーはほっそりした長い指にはめた結婚指輪に手をやり、ぐるぐるまわした。長年一緒に暮らしているうちに、彼女には彼のしぐさの意味がよくわかるようになっていたが、彼女が何よりも恐れていたのはそのしぐさだった。彼女はその場にたたずんで彼の様子を見守った。口のなかがからからだった。沈黙が霧のように二人のあいだに立ちこめていた。

「すまない」ようやく、彼は言った。

「いいのよ」

「校長夫妻がきみのことをどれほど高く買っているか、わたしにはよくわかっている」

「あなたのこともよ」

彼は笑った。

「あの人たちはあなたを軽蔑してなんかいないわ、ヘンリー」

「そうかな？」

「ええ」

「軽蔑して当然なんだがねえ」

「そんなこと言わないで」

「どうして？　当然じゃないか。それは、だれよりもおまえがいちばんよく知っているはずだ」

「招待は断わりましょう。ほかの予定があるって言っておくわ。彼女はわかってくれるわよ」

「それで、そのかわりにわたしたちは何をするんだね？　また、今夜みたいな一夜を過ごすわけだ」

彼女はまた唾を呑みこんだ。

「ちがうかね？」

「こんなふうに過ごす必要はないわ」

「そうかな？」ヘンリーは相変わらず疲れきった目で彼女をぼんやりと見た。「わたしたち二人はそうするしかないんじゃないか？」

彼女は居たたまれないように夫に背を向けて部屋から出ていこうとした。

「ゆうべ、また、あの夢を見たんだ」

彼女は立ちどまった。逃げ出したかったが、背中に注がれる彼の視線に射すくめられていた。

「わたしたちはまたロンドンにいた。あのフリス街の家にね。あの子はわたしと隠れん坊をしていた。わたしにはあの子の姿は見えなかったが笑い声は聞こえた。とてもはっきりとね。いったん低くなって、最後にまた上がるあの独特の笑い声だ。わたしがあの声をはっきり聞くことができるのは、夢のなかだけになってしまった」

「ヘンリー、やめて……」

「わたしは部屋から部屋へと駆けまわっていた。わたしは一生懸命さがしているふりをしていたが、あの子が階段の上の納戸に隠れているのはわかっていた。さがすふりをしているあいだじゅう、あの子の笑い声が聞こえていた。その声は蛾《が》のようにわたしの頭のなかを飛びまわっていた。階段を駆け上がっていくにつれて、笑い声はどんどん大きくなり、わたしは、いままでずっと悪い夢を見ていたんだ、ドアをあければ、あの子は納戸のなかでわたしを待っているんだって思った」

彼女の唇はわなわな震えはじめた。「ヘンリー、お願い……」

「だが、わたしがドアの前まで来ると、笑い声はぴたりとやんだ。それに、そこは納戸ではなくて、あの子の寝室だった。きみたちはみんなベッドのまわりに立っていた。医者のアダムズ先生がわたしに近づいて、『だれにもどうすることもできなかった、みんなで支えあって悲しみに耐えなければならない』と言った」

彼女の目に涙がうかんだ。「わたしは一生懸命やったのよ。ほんとうに一生懸命」

「だが、あんなヤブ医者に何がわかる。あんなやつに、あの子に死なれたわたしの気持ちがわかってたまるか！」

「あの子に死なれてつらかったのは、わたしも同じよ。あなただけじゃないわ」

「そうかな？」

マージョリーは振り返って夫と向き合った。「そんなこと、当然じゃないの。あなただけが、悲しみを独占しているわけじゃないのよ。自分ではそのつもりらしいけれど」

彼は鼻でせせら笑った。その声は彼女の心を苛《さいな》んだ。

「そもそも」彼女はつづけた。「あの子が死んだほうがいいと思ったのは、わたしじゃありませんからね」

その言葉が口をついて出たとたん、彼女はそう言ったのを後悔した。彼の顔にうかんだ苦しみの色は、十六年前、フリス街の家の寝室で彼が見せたのに負けず劣らず鮮烈だった。彼は頭を垂れた。「そうだ、わたしはそう思った」と、彼はつぶやいた。「そのことをわたしは一生忘れるわけにいかない。そのうえ、そのことできみに面と向かってなじられなくてはならないのかね？」

「ごめんなさい」彼女は静かに言った。「いけないことを言ってしまったわ」

彼女は夫の答えを待った。だが、答えはなかった。彼はうなだれたままだった。「ごめんなさいね」もう一度言ってから、彼女は部屋を出ていった。

ヘンリーはその場に凝然としていた。彼は部屋の隅のテーブルに目をやり、ブランコに乗った少女の写真を見つめた。泣きたいと思ったが、涙は出なかった。心のなかで燃えさかる怒りの炎が涙を焼きつくしてしまったのだ。


夜の自習時間は十五分前に終わっていた。オールド・スクール寮の廊下には人声がひびきわたっていた。コートを着たニコラス・スコットは、場違いなところに来てしまったように感じながら、ジョナサンの自習室の戸口に立っていた。ウィリアム・アボットがそばに立っていた。ジョナサンの姿はどこにも見当たらなかった。

「じゃあ、きみは彼を見かけなかったんだね？」

ウィリアムは首を振った。「自習時間の前に見たきりだよ。彼、きみが来るって知ってるの？」

「いいや」

「じゃあ、べつにね」心配は無用だというように、アボットは言った。

「散歩に行く途中で、ちょっと寄ってみたんだ」

「おまえ、こんなところで何してるんだ?」という声がした。ジェームズ・ホイートリーがスチュアート・バリーと並んで近くに立っていた。「よけいなお世話だよ」と、ニコラスは言った。

「こいつ、あのオカマ野郎のジョナサンをさがしてやがるんだ」と、スチュアートが言った。「だけど、あいつは留守だ。きっと例のおホモだちのところへ行ってるんだろうよ」

ニコラスはジョナサンが侮辱されるのを黙って聞いているわけにはいかなかった。「オカマ野郎はおまえたちのほうじゃないか! おまえたちはおテテをつないでないと、どこへも行けないんだから!」

彼はすぐに、そんな大それたことを言ったのを後悔した。スチュアートの顔に、まったく信じられないというような表情がうかんだ。「貴様、いまなんて言った?!」

ニコラスはとっさに逃げ出そうと思ったが、行く手を二人にふさがれていた。

彼はアボットのほうを見た。アボットは恐怖に目を皿のようにしていた。ニコラスは、ウィリアム・アボットがさんざんいじめられたというジョナサンの話を思い出した。それと同時に、中間休暇の前にジョナサンが受けたいじめのことが頭にうかび、そのとたん、ニコラスのパニックは思いがけない反発心に変わった。彼はスチュアートたちをにらみつけた。

「何て言ったか聞こえたはずだ。さあ、どうするのさ? ぼくをぶちのめすのか? そうすれば、きみたち、さぞかし強そうに見えるだろうよ!!」

「それはどうかな」と、スチュアートが言った。「だけど、そうすれば、少しは気が晴れるだろうな」彼は一歩ニコラスのほうへ詰め寄った。

「それなら、やってみな。きみたち二人には、まったくむかつくよ。みんな、きみたちにはむかついている。だから、いまにきみたちは後悔することになるぞ。彼や――」ニコラスはウィリアム・アボットを指さした。「ジョナサンなんかをいじめたせいでね」そう言いながら、ニコラスは眼鏡に手をやり、壊される前にアボットに渡そうとした。

だが、ジョナサンの名前を聞いたとたん、ジェームズの目に怯えともとれる懸念の色がうかんだ。彼はスチュアートの肩に手をかけた。「こいつにかまうな」

「冗談だろう?! あんなことを言われて、黙って引きさがるのか?!」

「いいから、かまうな。こんなやつはほっときゃいいんだ」

「なんだって?!」スチュアートはいきりたった。「この前はジョナサンに弱腰になって、今度はこの生意気な野郎も大目に見るのか!」

「いいから、やめておけ!! さあ、行こう」

スチュアートはニコラスに人差し指を突きつけた。「いいか、ただじゃおかないからな!」そう言い捨てると、彼もジェームズのあとを追って去っていった。

ニコラスは二人の後ろ姿を見送りながら、キツネにつままれたような気分だった。「びっくりさせて、ごめんよ」と、彼はアボットに言った。

アボットは言葉もなく、ただ畏敬のまなざしでニコラスを見つめた。ニコラスは照れくさかった。「ぼくが来たって、ジョナサンに伝えてくれるね?」アボットはうなずいた。

ニコラスは中央廊下を通って正面玄関へ向かった。三年生の一団がナイトガウン姿で更衣室から出てきた。これから就寝するところだった。ニコラスは立ちどまって一同を通してやった。

右手に、オールド・スクール寮とアベイ寮をつなぐ薄暗い廊下があった。人けはなかった。

遠くで笑い声が聞こえた。かん高い声だった。ニコラスはリチャードとジョナサンのことを思いうかべた。あの二人も、一緒のとき笑うのだろうか？　何が可笑《おか》しくて笑うのだろう？ぼくのことを笑うこともあるのだろうか？

ニコラスはぶるっと身震いし、コートの前をしっかりと合わせて出口に向かった。

4

メルバーン教室内はしんとしたなかに、なんとなく浮き浮きした気分がみなぎっていた。なにしろいまは土曜日の朝で、あと数時間すれば週末の休暇が始まり、少年たちは比較的自由な生活を楽しむことができるのだ。

ヘンリー・アッカーリーは教卓に向かってタバコに火をつけ、最初のセンテンスをだれに訳させるべきか考えていた。それは難しい文だったが、四番めのほどではなかった。四番めはジョナサン・パーマーにやらせることに、彼はすでに決めていた。

ずらりと並んだ机を眺めているうちに、ヘンリー・アッカーリーは教室内がいつもとはちがうことに気づいた。例によってひとりぽつんと座っているリチャード・ロークビーが、窓から外を見るかわりに、教師の彼のほうをじっと見つめているのだ。きっと自分が指されるかどうか、うかがっているのだろう。ヘンリーの目は彼を素通りして、反対側のひとつの机のところで止まった。「スペンサー」

ショーン・スペンサーは、熱心に予習してきたと見えてすべり出しは好調だったが、途中でつっかえてしまった。驚くにはあたらない——これは、このクラスの生徒にとってはまだなじみが薄い文型なのだ。「構文は、スペンサー？」スペンサーはちょっと考えてから答えた。「未完了過去です」

ヘンリーは首を振った。「近いが、はずれだ」彼はタバコを深く吸って強い濃厚な煙を肺に送りこみ、鼻から吐き出した。「だれか、彼に説明してやれる人はいるかな？」

一本の手が挙がった。ヘンリーはいつもながらやり場のない苛立ちをおぼえた。「一人きりか？　これは先週やったばかりだぞ」何人かの生徒たちの顔に、ああ、思い出した、というような表情がうかび、さらに五、六人の手が挙がった。「よし」ヘンリー・アッカーリーは珍しくちょっと軽口をたたいた。「すくなくともきみたちのうち何人かは、わたしの授業中ちゃんと目と耳の穴をあけていることがわかって心強いよ」追従笑いが教室のあちこちに起こった。リチャード・ロークビーは相変わらずヘンリーを見つめていた。

「では、オズボーン」

「動詞状形容詞です、先生」

「そのとおり。思い出したか、スペンサー？」

スペンサーはちょっと顔を赤くした。「はい、先生。すみません」

「先をつづけて」

スペンサーはそのヒントに助けられて、順調に最後まで訳した。「よし。今度から、訳しはじめる前に構文を見きわめるようにするんだ。試験のときはオズボーンに助けてもらうわけにいかんぞ」生徒たちはまた笑った。ヘンリーはかたわらの灰皿にタバコの灰を落とし、つぎはだれにあてようかと考えた。やさしいセンテンスだったので、ほとんどの生徒たちは彼に見つめられても下を向かなかった。

リチャード・ロークビーもじっと彼を見つめていた。

そのあまりに執拗な視線に、ヘンリーはしだいに気づまりになってきた。いつも彼は、ロークビーのよそ見の癖に苛立っていたのだが、今日は、鋭い青い目が瞬《また》きもせずに彼を凝視するのに辟易して、ロークビーの癖が直ったのを恨めしくさえ思いはじめた。

ヘンリーはゆっくりとタバコを吸った。前のほうの席の生徒が咳をしはじめた。煙にむせたのかもしれない。可哀想だが、しかたがない。ここはヘンリーの教室なのだ。彼は煙を吐き出した。「スティーヴン・ペリマン」ペリマン兄弟はちらりと視線を交わした――どちらかがあてられると、二人はいつも顔を見合わせた。

スティーヴンは訳しはじめた。ゆっくりと、しかし正確に。後ろで、ジョナサン・パーマーとニコラス・スコットが教科書を見つめていた。ヘンリーは、四人とも、ニコラスの準備した答えを頼りにしているのではないかとにらんでいた。が、それはいっこうにかまわなかった。いくら頭脳明晰なニコラス・スコットでも、四番めのセンテンスには手こずるにちがいないからだ。

リチャード・ロークビーはどうして彼を見つめるのをやめないのか。

スティーヴン・ペリマンがまちがえた。いや、まちがえたようだったが、どうだったか？ ヘンリーの目はスティーヴンに向けられていたが、彼の注意はともすると窓ぎわの席のほうへそれがちだった。「その、最後の部分をもう一度言ってみてくれ、ペリマン」スティーヴンは言われたとおりにした。正しかった。結局、まったくまちがえていなかった。ヘンリーは内心ばつが悪かった。「顔を上げて、ペリマン、口をもっと大きくあけなさい。もぐもぐ言ってるから、よくわからないんだ」支障なく終わりまで訳せたのにほっとしていたスティーヴンは、おとなしくうなずいた。

三番めのセンテンスはそれほど簡単ではなかった。さっきまでヘンリーの視線を受けとめていた生徒たちも、いまはじっと下を向いていた。だが、リチャード・ロークビーだけはちがった。彼の目はヘンリーに注がれたままだった。瞬きもせずに、じっと集中して。

教室のなかは寒かったが、空気がこもっているようで息苦しくなってきた。ヘンリーはタバコの火をもみ消した。「ロークビー、三番めを訳しなさい」

ヘンリーはロークビーが教科書に目を落とすものと思った。だが、案に相違して、その目は相変わらずヘンリーを見つめつづけていた。それは超然とした、しかし敵意に満ちた視線だった。

「ロークビー、聞こえたのか？」

「はい、先生」

「それなら、テキストに集中しなさい。答えは宙に浮かんではいない。さあ、早く。ぐずぐずしていると日が暮れてしまうぞ」

目をそらせ、目をそらせ、目をそらせ。

ロークビーの口が動きはじめたが、ヘンリーはその答えに集中できなくなった。ロークビーの目は依然彼にじっと注がれたままだった。ヘンリーは、〝目をそらせ〟と言いたいのを必死にこらえ、自分の教科書に目を向けてロークビーの訳文をチェックした。完璧だった。

「よくできた」と言って、ヘンリーは依然として机を見つめているほかの生徒たちのほうを向いた。「さて、つぎの四番めはだれにやってもらおうかな」彼は生徒たちの顔がこわばるのを見ながら言った。「ジョナサン、きみだ」

窓ぎわのほうから、教室じゅうに聞こえるような大きな吐息がもれた。ロークビーの目はなおもヘンリーに注がれたままだった。ヘンリーはまたタバコに火をつけ、自分の手が震えているのに気づいた。

ジョナサン・パーマーはじっとうつむいたままだった。彼はゆっくりと訳しはじめた。まず、最初の単語、それから二番めの単語。そして、黙りこんだ。ヘンリーは少し自信を回復した。「つづけて」

「できません、先生」

「できないでは困るんだ、ジョナサン。われわれはみんな、きみのラテン語力が頼りなんだからな」また、ちょっと笑い声が起こった。これはいつもどおりだ。「つぎはどの単語がくるのかな？」

「わかりません、先生」

ヘンリーは少し口調をとがらした。「ジョナサン、わからないでは困るんだと言わなかったか？　みんなをいつまでも待たせるんじゃない。つぎはどの単語がくるのかね？」ヘンリーは相手が顔を赤らめ、口ごもり、パニックに陥るのを待った。

だが、ジョナサン・パーマーは顔をあげ、ヘンリーを見つめた。彼の顔は青ざめていたが、瞳は澄んでいた。「だから、言ったでしょう、先生。ぼくにはわからないんです」

ヘンリーはふいに胃が締めつけられるような気がした。こんなことが起こるはずはない。

「ジョナサン、言っておくがな……」

「だれか、彼に説明してやれる人がいるんじゃありませんか、先生？」

なんと、リチャード・ロークビーがヘンリーの口まねをしたのだ！　しかし、なぜロークビーがこんなことに首を突っこむのだ？　「これはだれも助けてはならない。先生はジョナサンにこのセンテンスを訳せと言ったのだから、みんな、ジョナサンが訳しおえるまでじっとがまんして待つのだ」

ヘンリーはジョナサンの顔を見つめ、いつもの屈辱の色がのぞくのを待った。だが、それはいつまでも現われなかった。

「きみはクラス全員を待たせてるんだぞ、ジョナサン」

「でも、ぼくにはまだわかりません、先生」

「だれかほかの人に助けさせたらどうですか、先生？　先生はオズボーンがスペンサーに助け船を出すのを認めたじゃありませんか？」

「ロークビー、わたしはきみの意見など……」

「ただ、お役に立てればと思っただけですよ、先生。ジョナサンは答えを知らないんですから、いつまでたっても答えられるはずがありません。先生がおっしゃったとおり、ぐずぐずしていると日が暮れてしまいますよ」

ヘンリーはロークビーにその目で催眠術にかけられたような気分だった。彼は弱々しくうなずいた。「よろしい。だれかジョナサンを助けてやれる人？」

「ターナーに頼んでみたらどうですか、先生？」

いた。教室じゅうからどっと笑い声が起こった。ジョージ・ターナーは顔を真っ赤にして下を向ロークビーの言葉に隠されたトゲを察知したヘンリーは、いまにも自制心を失いそうで不安だった。「静かに！」その大声に、何人かの生徒が飛び上がった。「ロークビー、きみはジョナサンをかばうのに大変熱心なようだから、きみが説明してやったらどうだ？」

ロークビーの目がヘンリーを穴のあくほど見つめた。「そうですね、先生。ターナーよりはちょっとはマシかもしれませんね」また笑い声が起こった。

「さっさとやりなさい！」

リチャード・ロークビーはこともなげに正しい答えを言った。「いいだろう」ヘンリーはしぶしぶ認めた。「さあ、先をつづけるんだ、ジョナサン」

パーマーはふたたび教科書に目を向けた。だが、ロークビーは相変わらずヘンリーを凝視していた。ヘンリーの心臓は激しく鼓動していた。手にしているのをすっかり忘れていたタバコが燃えて短くなり、彼の指を焦がした。彼はあわてて手を振り、灰を教卓の上にまき散らした。ヘンリーはなんとか、ジョナサン・パーマーの言っていることに注意を集中し、どこかまちがえるように念じた。ようやく、一カ所、まちがえた箇所があった。

「そこをもう一度言ってみなさい、ジョナサン」

「何をですか、先生？」

「きみがいま訳したところだ！　早く！」

「怯えた市民たちは忘れたのだった……」

「時制は！　時制は何だ?!」

「過去完了……」

「ちがう！　ちがう！　ちがう！」ヘンリーは鬼の首でも取ったように小躍りした。「何度言ったらわかるんだ?!　おまえはどうしてそうばかなんだ?!　何ひとつまともにできないのか?!　どうして……」

「先生、ジョナサンはまちがっていないと思いますけれどね」と、リチャード・ロークビーが言った。

「何を言っているんだ？　もちろんまちがっているとも！　テキストを見たまえ！」

「はい、見ていますけれど」

「ちゃんと見ていないから、そういうことを言うんだ」ヘンリーは自分の教科書を見た。

そして、色を失った。

ジョナサン・パーマーは正しかった。

いったいなぜ彼はそんな初歩的なミスを犯してしまったのか？　ロークビーにあんなにずっと見つめられて平静を失ってしまったせいだ。それ以外には考えられない。ヘンリーはごくりと唾を呑みこんだ。

「先生が勘ちがいしたようだな、ジョナサン。すまない」彼は教科書から目を離さずに言った。まわりでひそひそささやく声が聞こえた。「つづけなさい」

ジョナサンはセンテンスを訳しおえた。一カ所もまちがえずに。「よろしい。さあ、どんどん先へ進もう。時間がなくなってきた。つぎのセンテンスは……ヤング」

スチュアート・ヤングが訳しはじめると、ヘンリーは顔をあげた。教室じゅうの目が彼に向けられていた。が、とたんに、みんな下を向いた。

ただし、二人を除いて。

ヘンリーは努めてゆっくりと呼吸してヤングに注意を向け、彼が言っていることに神経を集中しようとした。だが、その言葉はわけのわからない雑音にしか聞こえなかった。その二人の目はヘンリーの感覚を麻痺させ、耳にひびく言葉を意味のない断続的な音に変えてしまうかのようだった。

と、唐突に、ロークビーが椅子の背にもたれて窓のほうへ目をやった。いつものようによそ見をしはじめたのだ。ジョナサンもロークビーの変化を察知したらしく、彼を見てそれを確かめると、教科書に目を向けた。すべてが平常にもどった。

ヘンリーの顔は熱く火照り、心臓の激しい鼓動もまだおさまらず、頭のなかがひきつるようだった。頭痛の前触れにちがいなかった。彼はことさらゆっくりと深呼吸した。ヤングが訳しおわり、つぎにスティーヴンソン、それからオズボーンと、順に無難に課題をこなした。

ヘンリーはまたタバコに火をつけ、紫煙を深く吸いこんだ。彼の手はもう震えてはいなかった。ようやく気持ちが落ち着き、彼は自制心を取りもどした。すると、今度は怒りがこみ上げてきた。ロークビーとパーマーがとった態度はきわめて不遜だった。授業が終わったら、二人にきびしく言って聞かせなければ、と彼は思った。

だが、ベルが鳴ったときには、ヘンリーは二人が出ていくのをただ黙って見送っただけだった。

「すごかったよ。何マイルも離れたところでも聞こえたと思うよ」

「近くで見たの？」

「ううん。きみは？」

「いいや、だけど、スティーヴン・フォレスターは見たんだって。もう、めちゃめちゃだったって」

泥と汗にまみれてラグビー場から引き揚げてきた二人の三年生は立ちどまって、オールド・スクール寮の掲示板を見上げた。ジェームズ・ホイートリーは胃の具合が悪いと仮病を使い、体育の時間に自習室で本を読んでいたのだが、通りすがりに三年生たちの会話を聞きかじって、きいた。「めちゃめちゃだったって、何が？」

「まだ聞いてないの？」

「何の話だ？」

「事故のこと」

「何の事故？」

「十六歳以下《アンダー・シックスティーン》のチームが練習試合をやっていてね、ぼくたちのグラウンドからも見えたの」

二人の三年生はどちらも自分が話そうとして異口同音に言った。「そうしたら、ボールがライン沿いにジャイルズ・ハリントンにパスされて、ジャイルズは敵方のフォワードめがけて突進していった……」

「……それで、ラックになって、ジャイルズの味方のフォワードも彼の後ろから覆いかぶさったの。すると、ジャイルズがボールを落としたので、エヴァンズ先生がホイッスルを吹いて、スクラムを組ませようとした……」

「……ところが、そのとき、すごくおかしなことになってね、だれも先生の指示に従おうとしないんだ。先生はホイッスルを鳴らしつづけたけれど、みんながそれを無視した……」

「……みんな大声をあげていた。興奮しすぎて、ホイッスルが耳に入らないようだった……」

「……それで、もうまったく収拾がつかなくなってしまって、ほかのゲームも全部中断されて、みんな成り行きを見守っていた……」

「……叫び声はますます大きくなる一方で、選手たちはたがいに相手に飛び乗って、激しくもみ合っていた。フォワードだけじゃなくて、バックラインのなかにも押し合いに飛びこんでいく選手もいて、たがいに相手の肩によじのぼろうとした……」

「……それで、とうとうその人の山全体が崩れて、ボキッという、何かが砕けるようなすごい音がした……」

「……ほんとに大きな音だった。ぼくたちのグラウンドまで聞こえたんだから……」

「……とたんに、すごい悲鳴があがった。でも、だれがあげているのか全然わからないんだ。とにかく、重なり合った大勢の人の山の下から聞こえていた……」

「……エヴァンズ先生はホイッスルを鳴らしつづけて、みんなを引き離そうとしたけれど、選手たちの体が絡み合ってしまって、どうにも身動きのとれない人もいて、全員を引き離すまでにものすごく長くかかった。そのあいだじゅう、悲鳴はずっとつづいていた……」

「……ようやくみんなが立ち上がったとき、悲鳴をあげているのがジョージ・ターナーだって、ぼくたちにもわかった。彼は地面に倒れていて、まわりの選手たちが彼を起きあがらせようとした。そのとき、彼の脚が見えた……」

「……もう、ひどいなんてもんじゃなかったね！　すごく変なふうに曲がっていて、だれかが救急車を呼びに本館のほうへすっ飛んでいった。ほかの選手たちはみんな、ただ茫然として突っ立っていた。だれも、どうしたらいいのかわからなかったんだ。ターナーはただ絶叫しつづけていた。そのうち、だれかが彼の口にすね当てを突っこんだ。とにかく、なんでもいいから、その声を止めようとしてね……」

「……そして、ようやく救急車がやってきて、ターナーをノリッジ総合病院へ運んでいった。だけど、彼はロンドンの病院へ移らなくちゃならないかもしれないって話だね。脚にいろんな手術をしなきゃならないらしいから。もう元どおりちゃんと歩けるようにはならないかもしれないんだってさ。すくなくともロークビーの話ではね。どうやら救急車の人が彼に……」

「ロークビーだって?!」事件の顛末を聞いているうちにしだいに不安をつのらせていたジェームズ・ホイートリーの胸に、パニックに近いものがひろがりはじめた。「なんでロークビーがそんなところにいたんだ?!」

「それはいるにきまってるよ、彼もアンダー・シックスティーンのメンバーだもの。彼は敵方のバックラインにいたけれど、ラックには巻きこまれていなかった……」

「……彼もほかの選手と一緒にジョージ・ターナーをグラウンドから担《かつ》ぎ出して、エヴァンズ先生が救急車の人と話しているのを聞いたんだ……」

「……それから、救急車が行ったあとで、ぼくたちの試合を指導していたコリンズ先生がエヴァンズ先生のところへ話を聞きにいった。そのそばにいたスティーヴン・フォレスターの話では、エヴァンズ先生は、どうしてあんなことになったのかさっぱりわからないって不思議がってたって。あれはふつうの練習試合で、だれもそれほど真剣にプレーしていたわけではないのに、突然みんなヒステリックになって、あんなふうに折り重なってしまったって……」

「……とにかくみんな、ショックを受けたような顔をしてただ突っ立っていた。まるで、自分たちに起こったことが全然信じられないみたいな顔でね……」

「……まったく変な事故だよ。さあ、早くシャワーを浴びてこよう。行くよ」

二人の三年生は更衣室のほうへ走っていった。

ジェームズはその後ろ姿を見送った。すると、ジョージ・ターナーはいまノリッジにいるのだろう。いや、もしかするとロンドンへ向かう途中かもしれない。彼がいつもどるのか、そのときどんな状態になっているのか、それは神のみぞ知るだ。

そして、リチャード・ロークビーがその場に居合わせた。

しかし、それは当然なのだ。彼はアンダー・シックスティーンのメンバーなんだから。それに、彼はラックには加わらなかった。それどころか、あとで、彼は手伝おうとさえしたというのだ。要するに、恐ろしい事故だったのだ。ただそれだけのことだ。

ロークビーが起こしたなどということはありえない。それともありうる?

廊下が、運動場からもどってきた生徒たちでしだいに混みあってきた。石の床にスパイクの当たる音があたりに響きわたった。ジェームズ・ホイートリーは掲示板のそばにじっとたたずんでいた。わけのわからないさまざまな考えで、彼の頭はくらくらしていた。

ニコラスはドアのすきまからジョナサンの自習室をのぞきこんだ。思ったとおり空っぽだった。彼には、ジョナサンがどこにいるかわかっていた。

いいじゃないか。ジョナサンにもうひとり友だちができたというのはいいことだ。ニコラスはジョナサンのために喜んでいた。ほんとうに……

「やあ。こんなところで何してるの？」

ジョナサンが紅茶の入ったマグカップを手に廊下を歩いてきた。その姿を見て、ニコラスはなにかわけもなくうれしくなった。「散歩に行くところなんだ。一緒に来ないか誘おうと思って寄ってみたんだ」

「残念ながら、まだあのいまいましい数学の宿題が残っているんだ。きみはもうすんだんだね？」

「もちろん」

二人は腰を下ろした。ジョナサンは机に向かって、ニコラスは小さな部屋の隅のおんぼろの椅子に座った。「手伝ってやろうか？」と、ニコラスはきいた。

ジョナサンは首を振った。どことなく元気がないようだった。

「どうかしたの？」と、ニコラスはきいた。

「大丈夫だよ」

「事故のこと、聞いた?」

「うん」

「さぞかしいい気味だと思ってるだろうね?」

ジョナサンはびっくりしたような顔をした。

「それ、どういう意味?」

「中間休暇の前に、あいつとホイートリーにあんなひどい目にあわされたからさ。ぼくは、いい気味だと思ったね」

「ああ、そういう意味? うん、もちろんだ」

ニコラスはジョナサンの顔色が悪いのに気づいた。「ほんとになんともないのかい?」と、彼はきいた。

「ちょっと頭痛がするだけさ」ジョナサンはゆっくりと吐息をついた。「ジョージはノリッジ総合病院へ運ばれていった。どうもいろんな手術を受けなくちゃならないらしいね。もしかすると、彼の脚は元どおりにならないかもしれないんだって」

そんな詳しい話はまだ聞いていなかったニコラスは、ショックを受けた。「それは気の毒だな!」

「でも、きみはいま、いい気味だって言ったじゃない」

「ぼくは彼が怪我をしたと聞いて、いい気味だと思ったけど、それは、ただ、脚を骨折しただけだと思ったからさ。そんなに深刻なことだとは思わなかったんだよ」

「それほど深刻じゃないよ」

「だって、彼の一生に影響するかもしれないんだよ。かなり深刻だよ。ぼくはあいつが大嫌いだけど、いくらあいつでもそんな目にあわせたくはないよ」

ジョナサンの目に奇妙な表情が浮かんだ。彼はニコラスをじっと見つめて、何か言いそうになったが、気が変わったらしく、下を向いた。

「きみはそう思わない？」と、ニコラスはきいた。ジョナサンは答えなかった。「ね、どうなのさ？」

「いや、もちろんそう思うよ」

「そう、それならいいけど」ニコラスは立ち上がった。「頭、ひどく痛むの？」

ジョナサンは顔をあげ、どうにか微笑ってみせた。「大丈夫だよ」

ニコラスは開いたままの数学の教科書を指さした。「ほんとに手伝わなくてもいいのかい？」

「うん。いいんだ」

「お茶の時間のあとで、遊びにおいでよ」

「だめなんだ」

「どうして？　宿題は月曜に出せばいいんだろう」

「宿題のせいじゃないよ。ロークビーのところへ行くんでね」

ニコラスは、気にするなと自分に言い聞かせたが、やはり面白くなかった。「それならいいよ」

「きみのところへ行きたくないわけじゃないんだよ」と、ジョナサンは急いで言った。「ただ、前からの約束なんだ」

「何をやるの？」

「やるって？」

「だって、前からの約束だなんて、なんかあらたまって何かやるみたいだもの」

「いや、ぼくが彼の部屋へ行くだけさ。おしゃべりしにね」

「それなら、ぼくも一緒に行ってもかまわないだろう？」

ジョナサンは目を大きく見開いた。

「いいだろう？」

「それは……」

「彼だってぼくの自習室に来たことがあるんだから」

「そりゃそうだけど、ただ……」

ニコラスは、ここは絶対に引きさがらないぞと心に決めた。「ぼくたちは見ず知らずの間柄というわけじゃないんだ。まさかぼくと友だちなのが恥ずかしいわけじゃないだろう？」

「もちろんだよ、ただ……」

「それなら、ぼくも一緒に行くよ」

ジョナサンはうなずいた。彼が不服なのは、ニコラスにはわかった。かまうものか。リチャード・ロークビーなどにのけ者にされてたまるか。そう思いながら、ニコラスは立ち上がった。「夕食は一緒に食うかい？」

「もちろんさ」

「じゃあ、また」

「じゃあ」

ニコラスは自分が断固とした態度をとったことに気をよくしていた。廊下を行く彼の顔には笑みがうかんでいた。


ノックの音がしたとたん、エリザベスはぱっと顔を明るくした。ノックしたメイドを追い越して、彼女は玄関へ急いだ。

レインコート姿のアラン・スチュアートが外に立っていた。「遅刻ですか？」

「全然」

「よかった！　時間を聞いていたのに、すっかり忘れてしまったんですよ！　どんな様子ですか？」

「惨憺《さんたん》たるありさまよ。ヘンリー・アッカーリーは家の敷居をまたいでからほとんど一言もしゃべっていないわ。マージョリーはわたしの従姉妹のジェニファーに一生懸命話しかけてくれるんだけれど、ジェニファーはクライヴをからかうのに夢中なの」

「で、校長の反応は？」

「あまりうれしくないみたい。ジェニファーはいい人なんだけれど、わざとクライヴをいらいらさせるようなことを言う悪い癖があるのよ。だから、彼女をクライヴから離しておくためにわたし、今日の午後彼女をノリッジへ連れていったくらいなの」

「楽しかったですか？」

「ええ。二人でお茶を飲んで、お店をあちこち見てまわったの」そう言って、彼女はちょっとためらい、それから意を決したようにつづけた。「そうしたら、シャーロットにばったり出くわしたのよ」

アランは能面のように無表情になった。「どんな様子でしたか？」

「わたしたち、ちょっと立ち話しただけなのよ。彼女、急いでいたから。元気そうだったわ」

「それはよかった」彼はしばし無言だった。「彼女は……？」

エリザベスは首を振った。「どうやら、あのロマンスはもう終わったようよ」

「そうですか」

「彼女、あなたがどうしてるか気にしていたわ」

「それは恐縮ですね」

「彼女に電話してみればいいのよ。きっと喜ぶわよ」

「いや」彼は静かに答えた。「そうは思いませんね」

「アラン……」

彼はエリザベスの頬にキスした。「これ以上みんなを待たせちゃ悪いですよ」

彼女は不服だったが、彼の先に立って応接間へ向かった。

ニコラスはリチャード・ロークビーの自習室へ向かった。

ペリマン兄弟も一緒だった。二人ともどうしても一緒に行くと言ってきかなかったのだ。

初めニコラスは、二人を邪魔に感じたが、いま、目的地に近づくにつれて胸がドキドキしだすと、二人がいてくれてよかったと思いはじめていた。

ニコラスはこれまで一度もアベイ寮に足を踏み入れたことがなかった。その寮に友人がいなかったので、訪問する理由もなかったのだ。アベイ寮は、三年生以外は全員が個室に入れるというので、四つの寄宿舎のうち最も入居希望者が多かった。だが、ニコラスにはそこは陰気な所に思えた。廊下の両側に部屋がびっしり並んで、まるで牢屋のようだった。階段を上ると監督生の部屋の並ぶ廊下があり、つぎに六年生、そのつぎに五年生の部屋が並び、それぞれに特有の音や臭いがあって、よそ者には恐ろしい感じがした。学年が下がるにつれて廊下はますます寒々とし、天井は低く、明かりは暗くなっていった。プライバシーは保たれても、その結果醸《かも》し出される雰囲気は、くつろげるというにはほど遠く、息がつまりそうだった。

四年生の部屋のある廊下は寮の最上階、屋根のすぐ下にあった。他の階の物音が階段の吹き抜けから上がってきて、バックグラウンド・ミュージックのようなざわめきがつねに聞こえていた。天井はひどく低くて、ニコラスが手をのばせば指がつくほどだった。見たところ、廊下には窓はどこにもなく、ずらりと並んだ裸電球が唯一の照明だった。ニコラスは道順を聞いていたので、リチャードの自習室は左側の三番めの部屋だとわかっていた。空気がよどんでいて、汗と汚れたシーツの臭いがあたりに立ちこめていた。そのあたりのドアはどれも閉まっていたが、廊下の先のほうのドアはほとんどあけ放たれていて、ひとつの戸口に一団の少年がたむろして雑談していた。ニコラスの同級生が彼に気づいて手を振った。ニコラスがリチャードのドアをノックすると、「どうぞ」という声が返ってきた。

それは小さな四角い部屋で、奥の壁の真ん中に三フィートほどの高さのアーチ型の窓があった。家具らしい家具といえば、鉄枠のベッド、がたがたの机、それに衣装だんすがあるだけだった。ジョナサンは机のそばの椅子にもたれかかるように座っていた。リチャードはベッドに座って壁に寄りかかっていた。ニコラスが入っていくと、二人は彼をじっと見つめた。ニコラスはばつの悪さをまぎらすために、「きみたち、きっとぼくが迷子になったと思っていたんだろう」と言った。

「迷子になるほどややこしくなかったよ」と言いながら、スティーヴンがニコラスにつづいて部屋に入った。ジョナサンは笑顔になって立ち上がった。「何か、食べ物を持ってきてくれた？」マイケルが菓子パンの入った袋を渡すと、ジョナサンはそれを机の上に置いた。そこにはビスケットの箱とレモネードの瓶があった。マイケルはあたりを見まわして、「いい部屋だね」とお世辞を言った。

「掃きだめみたいなところさ」と、リチャードは答えた。窓が細めにあけてあったので、室内の空気は廊下より新鮮で冷たかった。「まあ、座れよ」と、ジョナサンが三人に言った。

スティーヴンは窓ぎわのおんぼろの椅子に座り、マイケルは椅子の肘に腰をのせた。ニコラスはコートを脱いでベッドに腰を下ろした。ジョナサンがレモネードの瓶に口をつけて一口飲んでから、みんなにすすめた。三人がまわし飲みしたあと、ニコラスがリチャードに瓶を渡すと、リチャードは瞳の奥に敵意をたたえたままニコラスに微笑みかけた。隣室から、古いレコードプレーヤーから流れるオペラ歌手の歌声が聞こえてきた。「壁が薄いようだね？」と、マイケルが言った。

リチャードはうなずいた。

「音が気にならないかい？」

「気になることもある」

「ぼくらもプレーヤーがほしいね」

「またその話を蒸し返すなよ」と、スティーヴンが弟をたしなめた。

「ただちょっと思っただけさ……」

「だったら、やめろ。もう耳にたこができたよ。それはそうと、ターナーのことで、あれから何かわかったかい？」

「まだノリッジ総合病院にいるらしいね」と、ジョナサンが答えた。「リチャードは彼をグラウンドから担ぎ出すのを手伝ったんだ」

「じゃあ、彼の脚を見たんだね？　ひどかったかい？」

リチャードはうなずいた。

「元どおりになると思う？」

リチャードは肩をすくめた。「ならなくたってかまうものか！」

ニコラスはその答えにショックを受けた。「それはちょっと冷たすぎないか？」

「偽善者になるよりはましだ」

「ぼくは偽善者なんかじゃないよ！」

「そうかな？　じゃあ、ジョージ・ターナーは友だちだったのか？」

「いや、もちろんちがう。ぼくだってあいつは人間のクズだと思っていた。だけど、そんな目にあうほど悪いやつじゃないよ!」

「だけど、ただちょっと脚を骨折するだけなら当然の報いだというのか? どうもきみの同情心は本物かどうか怪しいものだな」

ニコラスは友人に裏切られたことに気づいて強いショックを受け、ジョナサンのほうを見た。ジョナサンはうつむいて床を見つめ、ニコラスと目を合わせようとしなかった。スティーヴンはそれまでの経緯は知らなかったが、緊張した空気を感じて、それをなんとか和らげようとした。「アッカーリーの授業のときのリチャードは最高だったね?」

「そうかい?」リチャードは気のない返事をした。

「うん。アッカーリーにあんなにうまく言えるのは、きみぐらいのものだよ」

「べつにたいしたことは言わなかったけどね」

「でも、きみの言いかたがよかったんだ。きみはアッカーリーをへこませる方法を心得ているよ」

リチャードはかすかに口元をほころばせ、ジョナサンのほうを見てにっこりした。「それはまあな」

「ぼくもきみみたいに言えたらと思うよ。きみみたいになれたら、どんなにいいだろうってね」

その褒め言葉はリチャードに無視され、宙に浮いてしまった。スティーヴンはばつが悪くなって、急いでジョナサンに向かって言った。「おい、ジョナサン、菓子パンをみんなに配れよ」ジョナサンはパンを配りながらニコラスに微笑みかけた。ニコラスも微笑み返したが、じっと見つめるリチャードの痛いような視線を感じた。ニコラスは菓子パンを一口かじったが、にわかに食欲をなくしていた。

沈黙がつづき、静寂を破るのは、壁ごしに聞こえてくる、ニワトリが首を絞められるような歌声だけだった。

「いや、まったく」と、リチャードが言った。「じつにいい雰囲気だな？」

マイケルが緊張をまぎらわそうとしてすっとんきょうな笑い声をあげた。

「さて、今度は何の話をしようか？」

だれも答えなかった。リチャードはニコラスのほうを向いた。「え、ニコラス？」

「さあねえ。きみとジョナサンはいつもどんな話をするの？」

「そんなことはどうでもいいじゃないか？　ここへ来たいと言いだしたのはきみなんだ。きみは何の話がしたいんだ？」

ニコラスは目を伏せた。「べつに」

「それじゃあ、今夜はずっと黙って座っているのか。いいだろう」

ニコラスは何か話すことがないか、必死でさがした。すると、ジョナサンが助け船を出した。「ニコラス、きみはこの部屋をどう思う？」

「悪くないと思うよ」

「悪くないどころか、だれとも一緒にならずにすむっていうのはすばらしいんじゃないかな」そう言ってから、ジョナサンは壁を指さした。「ワグナーさえ気にならなければね！」

ニコラスは会話がとぎれないようにしたいと思ったが、相変わらず注がれつづけるリチャードの視線に気後れして、ただ黙ってうなずいた。

沈黙。

リチャードがあくびをした。

「退屈させてしまってすまないね」スティーヴンがちょっと険のある口調で言った。「ぼくたち、そろそろ帰ったほうがいいかもしれないな」彼はマイケルの肘をつつき、ニコラスの顔を見た。

「きみたちがそう言うのなら、引きとめないよ」と、リチャードは言った。

「いや、待ちなよ」ジョナサンが急いで言った。「きみたちが来てくれてよかったよ。もう少しいたら？」

「ああ、そうしたら？」リチャードは腕時計を見た。「まだ就寝時間までたっぷり二時間あるからな」

「べつに何もしなくたっていいよ」と、ジョナサンはリチャードに言った。「ただ、こうして座って、おしゃべりしていればね」

リチャードは眉をつり上げた。「こんな調子でこのままずっとか？」

「それじゃあ、何かほかのことをしよう」

「何を？」

「何か」

「じゃあ、ゲームをしようか？」と、リチャードが提案した。

「いや、あれはだめだよ」

この、二人のやりとりが、ニコラスはなにか気にかかった。「どんなゲーム？」

「なんでもないよ」と、ジョナサンがあわてて言った。

「それなら、三人にはもう帰ってもらったほうがいいかもしれないな」と、リチャードが意味ありげに言った。

「でも、まだ帰ることはないよ。いま来たばかりじゃないか」

「どんなゲームなの？」

「なんでもないって。リチャードはただ出まかせを言ったんだ」

「そうかな？」

これまで退屈そうだったリチャードの目に、奇妙な光が宿りはじめていた。ニコラスは内心不安になりながらも、「いったい何の話さ？」ときいた。

「なんでもないっていうの」と、ジョナサンはくり返した。

リチャードはジョナサンを見すえた。「なぜなんだ？　ニコラスたちだって面白がるんじゃないか」

ニコラスとスティーヴンは顔を見合わせた。「面白がるって、何を？」と、スティーヴンがきいた。

「リチャードの言うことは気にするな」と、ジョナサンは言った。「きみたちをからかってるだけなんだから」

「からかってなんかいないさ」

言った。
「それより、ぼくたちはそろそろ消えたほうがいいのかもしれないな」と、スティーヴンが
「そうだ、もっと食おう。食べているあいだはみんな黙っていられるからな」
「いるとも。この話はもうよそう。だれか、もっと何か食べたい人はいる？」

「うん、そうかもしれない」ジョナサンも急いで同調した。

「そうかもしれない」と、リチャードが答えた。

だが、ニコラスは、これが何のことかはっきりするまでは帰るまいと心に決めた。「いいや」彼はきっぱりと言った。「ぼくたち、もうしばらくここにいることにするよ」ニコラスはスティーヴンをきっと見すえた。「なあ、スティーヴン？」一瞬、スティーヴンはためらったが、すぐにうなずいた。「だから」と、ニコラスはつづけた。「そのゲームとやらをやろうじゃないか」

リチャードはニコラスをじっと見つめた。「ほんとうにやりたいのか？」

「リチャード！」と、ジョナサンが大声で言った。「あれだけはやめてよ。頼むから」

リチャードは、大丈夫だというようにジョナサンに微笑みかけ、ドアを指さした。「あそこ、閉めてくれないか？」ジョナサンはじっと動かず、不安そうに顔を曇らせていた。「大丈夫だよ、ジョナサン」と、リチャードはなだめるように言った。「心配するな」ジョナサンはまだちょっと躊躇していたが、しかたなく立ち上がると、ドアの差し金をかけた。

リチャードはベッドの下に手を突っこみ、家からの差し入れの入っている箱を引っぱり出した。彼はポケットから鍵束を出して箱をあけ、古びたウィジャ盤とグラスを取り出して床

の真ん中に置いた。

ニコラスはウィジャ盤を見つめた。「ゲームって、これのこと？」

ジョナサンはうなずいた。

「やるかい？」と、リチャードがきいた。

「こんなこと、やっちゃいけないよ」と、マイケルが言った。

「どうして？」

「だって、こんなもの、くだらないもの」

「だけど、べつに害はないだろ？　なぜいけないんだ？」

「とにかくいけないからだよ。ただそれだけだよ」

「だけど、いったいどうして？」

「だって、何が起こるかわからないだろ」

「何も起こらないよ。ただのゲームなんだから」

「そんなこと、わからないだろ？」

「わかってるんだろ？　だって、いま、こんなのくだらないって言ったじゃないか」

「くだらないよ」

「それなら、何を怖がってるんだ？」

マイケルは真っ赤になった。「ぼくは怖くなんかないよ！」

「そうだろうとも。ただ、地獄への道にはウィジャ盤がびっしり敷きつめてあるっていうだけのことさ。きみんちのパパ、そう言ったんじゃないの？」

「こんなことに、うちの父のことなんか持ち出さないでくれ！」スティーヴンが強い口調で言った。

「ねえ、マイケルがやりたくないっていうんなら……」ジョナサンが口をはさんだ。

「そうだな」と、リチャードが言った。「もしどうしても怖いっていうんなら……」

「怖くなんかないっていうの！」

「じゃあ、証明してみなよ」

「マイケルは何もきみに証明なんかする義務はないんだ」と、スティーヴンが言った。彼は立ち上がって、「さあ、マイケル、帰るぞ」と弟をうながした。

「ぼくは残るよ！」と、マイケルは言いはった。

「マイケル！」

「ぼくは怖くないから」

「わかってるよ」

「それなら、ぼくにいちいち指図するのはやめてよ！」

「マイケル！　ばかなことを言うもんじゃない！」

「スティーヴンは帰りたければ帰ればいいだろ！　ぼくは残る！」マイケルはスティーヴンの腕を振りほどき、ウィジャ盤のそばにしゃがみこんだ。

スティーヴンは立ったままリチャードをにらみつけていたが、やがて弟のそばに膝をついた。

リチャードはニコラスのほうを見た。「で、きみはどうなの？　怖いの？」その口調は挑発的だった。ニコラスは挑発には乗らず、マイケルとジョナサンのあいだに座りこんだ。

「ぼくもやるよ」

「よし」

リチャードはグラスを盤の中央に置いて指をのせた。マイケルもそれに倣《なら》った。ついで、スティーヴンが、つぎにニコラスがのせた。グラスの表面はびっくりするほどひんやりとしていた。「さあ、ジョナサン」と、リチャードが励ますように言った。ジョナサンは首を振った。

「どうやら、もうひとり怖がり屋がいるようだね」と、マイケルが皮肉っぽく言った。

「黙らないか」と、リチャードが言った。「ジョナサン、早くしろよ」

ジョナサンはまた首を振った。

「きみがやらないんなら、こんなことやってもしょうがないよ」

「わかったよ」と、ジョナサンは静かに言った。

リチャードはほっと吐息をついた。「さあ、いいか。みんな、目をつぶって、念力を集中するんだ」

ニコラスは言われたとおりにした。彼は自分の瞼の内側の暗闇のなかで、窓から入ってきた風が首筋にあたるのを感じた。心臓がドキドキしていた。

五人はしばらく黙って座っていた。グラスはびくとも動かなかった。「ほらね」と、スティーヴンが言った。「こんなの、くだらないよ」

ニコラスはそばで何かが動く気配を感じて、目をあけて見た。リチャードがジョナサンの肩に腕をまわしていて、そのジョナサンの顔からは不安が消え、なにか穏やかな表情がうかんでいた。リチャードはジョナサンの頬を優しく指でさすった。ジョナサンはリチャードに寄り添い、片手をのばして指をグラスにのせた。ニコラスは一瞬ぴりっと指に、かすかな電気ショックのような衝撃を感じた。

グラスが動きはじめた。

初めはゆっくりと、しかししだいに速く、円を描いていき、スピードがあがるにつれて円は大きくなっていった。ニコラスはスティーヴンも目をあけているのに気づいた。二人はじっと顔を見合わせた。

「こんなこと、もう、やめたほうがいいよ」と、スティーヴンが小声で言った。

グラスの動きが止まった。

「お客さんが来たぞ」と、リチャードが声をひそめて言った。

「こんなこと、もうやめよう！　よくないよ！」

スティーヴンはさっと立ち上がった。「こんなことをやるなんて、みんなどうかしてるよ！　きみらは自分のしていることがわかっていないんだ！」

「これはただのゲームだよ」と、リチャードが言った。「それだけさ」

「そんなの嘘っぱちだ！　それはきみにはちゃんとわかってるんだ！　きみが自分のやりたいことをやるのは勝手だけど、ぼくたちまで巻き添えにしないでくれ！　マイケル、もう帰るぞ！」

「でも、スティーヴン……」

スティーヴンはマイケルの腕をつかんで無理やり立ち上がらせた。「つべこべ言うんじゃない！　帰ると言ったら帰るんだ！」

「出るとき、ドアを閉めていけよ」と、リチャードが言った。

「でも、ぼくは帰りたくない……」

「うるさい！」スティーヴンはマイケルを戸口まで引きずっていき、差し金をはずすと、ニコラスに顔を向けた。

「ああ、もう帰りな！」と、リチャードもうながした。「さあ、行こう！」

「さあ！」スティーヴンが重ねて言った。

ニコラスの本能のすべてが、帰れと彼に命じていた。リチャードは彼に微笑みかけていた。その瞳には暗い光が躍っていた。ニコラスは、自分もペリマン兄弟と一緒に帰るべきだとわかっていた。ひとりここに取り残されるのは恐ろしかった。

もっとも、彼はひとりではなかった。

リチャードの腕はまだジョナサンの肩にまわされていた。守るように。独り占めするように。

ジョナサンもニコラスを見つめていた。彼の目は悲しそうだった。だが、彼はニコラスに残ってくれとは言わなかった。

しかし、いま、帰ってしまったら、ニコラスは永久にジョナサンを失ってしまうかもしれない。

「さあ、早く！」と、スティーヴンが大声で呼んだ。

ああ、ジョナサン、きみはいったいどうしちゃったんだ？

「ニコラス、早く行こうよ！」

ニコラスは首を振った。これはただのゲームだ。リチャードの言ったとおり。

「もう、勝手にしやがれ！」スティーヴンはそう言い捨てて、マイケルを部屋から引きずり出してドアをバタンと閉めた。

「きみは帰らないのかい？」と、リチャードがニコラスにきいた。

ニコラスはうなずいた。リチャードの目にうかんだ憎悪の色に気づいて、彼は吐きけをもよおした。

「ほんとうに？」

「ああ」

「それじゃあ、差し金をかけてくれ」

ニコラスは言われたとおりにしてからしばしじっとたたずみ、二人を見つめた。ジョナサンは相変わらずリチャードにもたれていた。二人は、もともとひとつだった物の二つの片割れ同士のようにぴったりと寄り添っていた。

ニコラスはリチャードが恐ろしかった。彼はこの状況のすべてが恐ろしかった。

だが、ジョナサンは無二の親友だったから、ニコラスは友のために戦う覚悟だった。

彼はまた二人のほうに歩み寄った。

デザートとコーヒーのあいだに、ジェニファーはタバコに火をつけた。「あれから、彼の両親から何か言ってきた？」

エリザベス・ハワードは首を振った。「何も言ってこなくても、不思議じゃないわ」

ジェニファーはタバコの煙を吐き出した。彼女は背の高い、骨張った体格の女性で、従姉妹のエリザベスをきつくしたような顔立ちだった。「気の毒な人たちねえ。子供を亡くすって、さぞつらいことでしょうねえ」

マージョリー・アッカーリーはちょっと青ざめた。「ええ」と、彼女は静かに言った。いつもどおりの優しい声だった。彼女は自分の髪をいじりはじめた。

エリザベスは顔をしかめた。彼女はジェニファーに、ポール・エラーソンの事件はとてもデリケートだから話題にしないようにと頼み、ジェニファーもそれには一言も触れないと約束していた。だが、ワインがまわると、ジェニファーはそんなことは忘れてしまったようにべらべらしゃべりだした。

「で、どんな子だったの、その子？」

「とても立派な若者だった」クライヴ・ハワードが重々しい口調で言った。

ジェニファーは笑いだした。「やめてよ、クライヴ、べつに彼の弔辞を述べてって言ってるんじゃないのよ。公式発表が知りたければ、新聞の死亡欄を見るわよ。実際にはどんな子だったの？」

クライヴの物憂げな顔に怒りの色がうかんだ。エリザベスは一生懸命平和を保とうとして、いたわるような笑顔を夫に向けたが、彼はそれを無視した。「退屈に聞こえたらすまないがね、ジェニファー」彼は声を荒らげて言った。「たまたまそれが真実だったのだからしかたがない。彼は前途有望な青年だった」

「その青年がたまたま睡眠薬を飲みすぎたというわけ？」ジェニファーはせせら笑った。

「あたしはそうは思わない。あたしに言わせれば、その子の家にはいろいろと人に言えない秘密があるにちがいないわ」

「どの家にも人に言えない秘密があるものよ」と、エリザベスが口をはさんだ。

「そのとおり」ジェニファーはタバコを深々と吸った。「あなたもそう思わない、クライヴ？」

「たとえ秘密があったとしてもだね」クライヴは答えた。「われわれにはまったくわからなかったよ」

「よくよく探せば必ず見つかるはずよ。彼の両親はどんな人たちなの？」

「二人ともとても感じのいい人たちだよ」と、クライヴは言った。

「父親は何をしてる人？」

「去年引退したわ」と、エリザベスが言った。「ノリッジの郊外に家を買ったの。それまでシンガポールにいたんだけれど」

「それで、ポールは休暇はそこで過ごしたのね？」

「夏休みはね。ほかの休みには親戚の家へ泊まりにいっていたわ」

「ああ、それがそもそもの始まりね」

エリザベスはきょとんとしてきいた。「それ、どういう意味？」

「両親が植民地でのうのうと暮らしているあいだ、彼は親戚のあいだをたらいまわしにされていたっていうことよ。それが恨みのもとになったにちがいないわ。兄弟はいたの？　その子たちもやっぱりイギリス本土の学校に行ったのかしら？」

「いいかげんにしてくれ！」アラン・スチュアートがたまりかねたように大声をあげた。一座の者はみんなびっくりして飛び上がった。ふだんは愛想のいいアランの顔がいまは怒りに燃えていた。「あの子は死んでるんですよ！　彼は立派な青年だった。校長先生のお言葉どおりの、いや、それ以上に立派な子だった。彼の死をパーティーの四方山話《よもやまばなし》の種にしないでほしいですね」

「賛成」クライヴが小声で相づちを打った。

「それは悪うございましたわねえ」ジェニファーは憤然と言い放った。

「ジェニファーもあの子のことを茶化す気はなかったと思うわ」エリザベスは急いで事態を収拾しようとした。

「しかし、ぼくにはそんなふうに聞こえたものですから」アランは気持ちを落ち着けようとして大きく息を吸った。「すみません。失礼なことを言うつもりはなかったんです。ただ、あの子の死についてあれこれ憶測しないでもらいたいんですよ。あれは悲しい出来事だった。彼のことは、もう、そっとしておいてやりましょう」

そのとき、いきなりヘンリー・アッカーリーが笑いだした。

彼は食事中ほとんどずっと無言だった。食べ物にあまり手をつけず、もっぱらワイン・ボトルをあけることに専念していたので、すっかり酔っぱらってしまい、彼の口調には危険なトゲがあった。

「いつも悲しい出来事ということになるんですよねえ？　若い人が死ぬと、みんな、きまってそう言う。わたしたちの娘が死んだときも、みんなそう言った。なんて悲しい出来事なんだろうって。彼女はまだ人生のスタート台に立ったばかりだった。彼女がどんなすばらしい人生を送れたか、考えてごらんなさい」

マージョリーはびくっと体を震わせた。もともと青白かった彼女の顔は、幽霊のように真っ青になった。「ヘンリー……」と、彼女は言いかけた。

「しかし、それはみんな嘘っぱちじゃありませんか？　あいつらに何がわかる？　ほんとうのことなんてだれにわかりますか！　六十年前のオーストリアで、もしヒトラーが子供のときに死んでいたら、みんな、きっと同じことを言ったにちがいない。医者は両親の背中をポンとたたいて、『ヒトラーご夫妻、これは悲しい出来事です。アドルフ君はじつに前途有望だった。彼がもっと長生きしていたら、どんなことができたか考えてごらんなさい。そうですよ、大人になったら戦争を始めて何百万もの人を殺すことができたかもしれない。肺炎のために彼のすばらしい能力がつぼみのうちに摘み取られなかったら、彼は史上最大の大量虐殺者になれたかもしれない』

わたしたちの娘は、もし生きていたら二十一歳になる。ポール・エラーソンより三つ年上です。もし彼でなくてわたしたちの娘が死んでいたらどうか。人々はなんと言ったでしょうねえ？　やはり悲しい出来事ということになったんでしょうか？　かわいそうなソフィー・アッカーリー。なんて惜しいことをしたんだろうって。それとも、もう、そう言われるには遅すぎたかな？　彼女のすばらしい潜在能力がすべて表に出てしまったあとだったので、人々はただ肩をすくめてこう言ったかもしれない。『いい厄介払いだ。あの娘はいけ好かないあばずれだったけれど、ああいう両親の子供だから、それも当然だろう』ってね」

マージョリーがすすり泣きをもらした。短いが鋭い苦悶の叫びだった。

エリザベスは平和を保とうとすることなど、もうすっかり忘れていた。彼女の目は怒りに燃えていた。「なんてひどいことを言うの！　あなたが自分の喪失感を嗤《わら》うのはあなたの勝手でしょうけれど、せめて奥さんの心の痛手を思いやってあげられないの？」

ヘンリーはエリザベスをにらみ返した。「心の痛手がどうのこうのなんて、あなたに言われる筋合いはない。あなたには、わたしの心の痛手がどんなに大きなものだったか、想像もつかないでしょう」

マージョリーは応接間から飛び出していった。エリザベスは急いで彼女のあとを追った。

ヘンリーは二人の後ろ姿を見送った。「どうやらわたしのせいで、今夜のパーティーはぶちこわしのようですな」彼は淡々とした口調で言い、またワイン・ボトルに手をのばしてグラスを満たした。

スティーヴンは息せききって自分たちの自習室に駆けこんだ。雨が滝のように降っていて、しかも、出がけにコートを持っていくことを思いつかなかったのだ。マイケルも彼のあとを追って駆けこんできた。二人は部屋の真ん中で向かい合った。二人の体から水が床にぽたぽた垂れ、湯気が立ちのぼった。

「リチャードはグラスを押していたんだ」と、スティーヴンが断言した。

「ううん、押してはいなかった」

「押していたってば！　あいつはおまえを怖がらせようとしていたのさ」

「それじゃあ、どうしてぼくたちは帰ってこなくちゃならなかったの？」

「どうしてもだよ」

「だけど、どうして？」

「あいつがおまえをほんとうに怖がらせていたからだよ。おまえが怖がっていることがじきにあいつにばれてしまっただろう。そうしたら、あいつはおまえをばかにして笑ったにちがいないんだ」

マイケルは兄を見つめた。「怖がっていたのはぼくだけじゃなかっただろう？」

「それはどういう意味だ？」

「スティーヴンにはわかっているはずだ」

「ぼくは怖がってなんかいなかったぞ！　あれはみんな大がかりなペテンなんだ！　そんなこと、ちょっとでも脳味噌のある人間なら、だれにでも見抜けるよ！」

「じゃあ、自分はなぜ怖がってたんだ？」

「ぼくは怖がってなかったってば！　怖がってたのはおまえだ！　ぼくたちが帰ってきたのは、おまえのためじゃないか！」

「わかったよ！　たしかにぼくは怖がっていた！　だけど、それは自分だって同じじゃないか！　なんでそう認めないのさ?!」

「事実じゃないからさ！」

「事実だとも！」

「ちがう！　何もかもくだらないことだ。パパが言ってたようにね！」マイケルは目を伏せ、靴のまわりにできた水たまりを見つめた。「でも、あれがくだらないことなら」彼はつぶやくように言った。「なんでパパは、ああいうことを絶対にやらないってぼくたちに約束させたんだ？」

スティーヴンは無言だった。

「パパも怖いんじゃないかな？　パパは、あれがくだらないことだって言っていたけれど、そうは思っていないんだ。パパはあれが危険なことだと思っている。スティーヴンもそう思ってるんだろう？」

スティーヴンは黙ったままだった。マイケルは顔をあげた。「そうだろう、ちがうかい？」

「ぼくはもう、自分がどう思っているのかわからなくなったよ」スティーヴンは正直に答えた。

二人はたがいにじっと見つめ合った。「もしあれが危険なら」と、マイケルがおもむろに言った。「ぼくたち、ジョナサンたちにやめさせなくちゃ」

「ぼくはあれが危険だとは言っていない」

「口に出しては言っていないけどね」

「それに、もし、危険だったらどうだっていうのさ?!」と、スティーヴンは叫んだ。「連中がやりたいようにすればいい。ぼくたちには関係のないことだ」

マイケルはショックを受けた。「どうしてそんなことが言えるんだ?」

「だって、そのとおりだからさ」

「でも、ニコラスとジョナサンはぼくらの友だちじゃないか!」

「ジョナサンはぼくらの友だちじゃない。いまはもう、ロークビーと仲よくなったんだから」

「でも、ニコラスは友だちだよ!」

「いまはもうちがう」

「友だちだってば!」

「ちがうよ! ニコラスはぼくたちと一緒に帰ってこられたのに、そうしなかった。あいつは残るほうを選んだんだ」

「だけど、スティーヴン……」

「だけどもクソもあるもんか! これはもうぼくたちの問題じゃないんだ!」

「自己中心のばか!」

「ああ、そうかもしれない。だからどうした? ぼくは、ぼくたちがどうするかおまえに話した。もうこの話はしたくない」

「スティーヴンは年じゅうぼくに、ああしろこうしろって指図ばかりしてるけど、もうそうはいかないからな! ぼくはもううんざりだ! これはぼくの人生なんだからね!」

突然、スティーヴンが金切り声をあげた。

激しい怒りが彼の内で弾丸のように炸裂した。スティーヴンは弟に飛びかかり、めちゃくちゃに殴り、蹴った。マイケルはパニックを起こして悲鳴をあげ、攻撃から身を守ろうとした。スティーヴンの頭のなかで血管が激しく脈打っていた。ひとつひとつのパンチに長年積もりに積もった恨みがこめられていた。両親から兄としてつねに責任を負わされてきた恨みが。万が一マイケルに何かあったらスティーヴンが責められ、スティーヴンの身に何かあってもマイケルは責められないという積年の憤懣《ふんまん》が。もし実際に何か起こったら、両親は決してスティーヴンを許さないだろうという積年の不安が。もし何か起こったら、スティーヴン自身、決して自分を許せないだろうという長年の心の重荷が。

だが、怒りは、おそったとき同様、すみやかに静まった。彼は攻撃をやめ、後ずさりした。マイケルはボールのように体を丸めてヒーヒー泣いていた。その姿を眺めているうちにスティーヴンは、この寄宿学校に入学した最初の日、二人が並んで立って、両親の車が走り去るのを見送ったときのことを思い出した。マイケルは、これから先どうなるか不安で泣きべそをかいていた。スティーヴンは涙を流せなかった。彼はただ、弟は自分を必要としている、だれかが弟を傷つけようとしたら自分はそいつを殺すだろうと考えていた。

あのときは、すべてが単純だった。でも、いまだって同じだ。

スティーヴンは弟の肩に腕をまわし、幼い子供をあやすように優しい声をかけた。マイケルは初め抵抗したが、やがて抱かれるままになった。

アッカーリー夫妻はすでに帰ったあとで、エリザベスはアラン・スチュアートを玄関まで見送っていったところだった。クライヴは応接間の窓辺に立って、ジェニファーが自分のグラスにまた酒をつぐのを見守った。ジェニファーは彼に向かってグラスを挙げた。「今夜のパーティーの成功を祝して」

「なにもかも、きみのおかげだよ」

「あたしの？」

「ポール・エラーソンについてあんなふうにくどくどしゃべるからだ。エリザベスがあの話はしないようにって、きみにわざわざ頼んでおいたのに」

「ああ、そうだったわねえ。かわいそうなエリザベス。あの人を困らせちゃいけないわよねえ？」

「彼女はきみのために精いっぱい気を遣っているんだ」

「わかってるわ。彼女は天使のような人よ。あの人、なぜあたしみたいな女をがまんしてくれるのかしらねえ」

「わたしの思いどおりになるなら、そうはさせないがね」彼は思わずそう口をすべらしてしまった。

ジェニファーはグラスを下において彼をにらみつけ、「ああ、そう？」と冷ややかに言った。

クライヴは顔を真っ赤にし、窓のほうを向いて戸外へ目をやった。

「でも、あたしたち二人にはよくわかっているわよねえ。そんな考えを起こすのはすごく危険だって」

クライヴは答えなかった。玄関のほうから、エリザベスがもどってくる足音が聞こえた。

「どうしたのよ、クライヴ？」ジェニファーがささやくように言った。「人に言えない秘密がばれるんじゃないかって、不安になってるの？　エリザベスの耳に入るんじゃないかって？」

彼は彼女の言葉を無視し、部屋にもどってきた妻を迎えた。

ニコラスが自習室にもどってきたのは、まもなく就寝時間というときだった。スティーヴンとマイケルはスティーヴンの机に並んで向かい、教科書を見ていた。ニコラスが入っていくと、二人はちょっと顔をあげた。マイケルの目は赤かった。とっさにニコラスは、どうしたのかとききかけたが、すぐに考え直した。

「何をしてるんだい？」彼はぎこちなくきいた。

「数学」スティーヴンが下を向いたまま答えた。

「手伝おうか？」

「いいよ」

「ぼくはもうやってあるんだ。よかったら貸してやるよ」

「大丈夫だ」

「気が変わったら、いつでも見ていいからね」

「気が変わることはないよ」

スティーヴンは教科書を閉じてマイケルの腕を軽くつついた。「混みあう前にシャワーを浴びてこよう」と言って、彼はニコラスのわきを通りぬけて戸口へ向かった。マイケルもあとにつづいた。彼がニコラスの机のそばを通ったとき、二人の目が合った。マイケルはちょっとにっこりしてみせた。

「マイケル、早くしろよ」

双子の兄弟は部屋を出ていき、ニコラスはそのままじっと動かなかった。胸に熱いものがこみ上げてきた。彼はそれをぐっと呑みこんだ。泣いてもしかたがない。いまさらどうにもならない。

就寝時間を知らせるベルが鳴っていた。彼は立ち上がり、寝室へ向かった。

5

アラン・スチュアートは、目の前の四年生クラスをじっと観察した。口をひらくものはいなかった。生徒たちは黙々と教科書をのぞきこんでいるか、彼が黒板に書き出した試験問題とにらめっこしていた。答案用紙にペンを走らせる音と、ときおり吐息が漏れる以外、クラスは静寂につつまれていた。

アランは教室の後ろの空席――ジョージ・ターナーの席に目をやった。ジョージについては、まだ何の連絡も受けていなかった。いつ学校にもどってくるのか、どんな状態でもどってくるのかも知らされていない。あの事故が起きるまではジョージ・ターナーのことなど一度も気にもかけたことがなかったアランだったが、いまはターナーが一日も早くよくなるよう心のなかで祈っていた。

ジョージの席にぽっかり空いた空間は、少年一人分にしてはやけに大きい気がした。彼の体格のせいだろう。彼がいないと、ジェームズ・ホイートリーは無防備で孤立しているように見えた。四年生の力関係を熟知しているアランには、ジョージがジェームズにとってどれほど大きな存在かわかっていた。ジョージがそばにいることに慣れっこになっていたジェームズは、いま、ようやく彼の存在の大きさに気づきはじめているのではないか。

二人の生徒が小声で話をしていた。「サウスコット！　プリーストリー！　私語はやめて試験に集中するんだ」二組の瞳が、ばつが悪そうにアランを見てから黒板に視線を移した。もうひとり、よそ見をしている生徒がいた。リチャード・ロークビーがだれかを見つめていた。机の上の答案用紙はびっしり書きまれているから、早々と書きおえて退屈しているのだろう。アランは腕時計をチェックした。「時間だ、そこまで」生徒たちはいっせいに、不満げな声をあげた。「書きかけている答えを仕上げたら、いちばん上の欄に名前を書き忘れていないか、もう一度確認しよう。ただしアプトンは名前を書かなくてもいいぞ。きみの字を真似できるやつはいないからな」不平の声は明るい笑い声に変わった。「さあ、そこまでにして、答案用紙を前に送って。ヴェール、全部集めてくれるかい」

テストの終了とともに、クラスはざわつきだした。席についたまま、生徒たちは思い思いのほうを向いて雑談をはじめた。授業の残り時間はもうほとんどなかったから、アランはあえて静かにしろとは言わなかった。生徒たちの反応からすると、オズボーンは自信たっぷり、スペンサーは自信なさそうだった。トマスがアプトンに、肘がじゃまで答えを写せなかったと文句を言っていた。アランは頬をゆるめた。どれもこれもおなじみの光景だった。

だが、初めて気づいたこともあった。というより、いずれそんなこともあるだろうと思いながら、これまではなかったことだ。

ペリマン兄弟が席についたまま小声で何か話をしていて、その後ろでジョナサン・パーマーとニコラス・スコットが同じようにヒソヒソやっていた。だが、仲間同士だったこの二組がたがいに無視しあっているのだ。そんなことはこれまでなかった。

もしかしたら、何か仲たがいしているのかもしれない。一週間もすれば忘れてしまうような言い争いでもしたのだろう。仲がいいから喧嘩もする、友だちとはそういうものだ。

ジョナサンはニコラスから目をそらして、離れて座っているリチャード・ロークビーのほうを見た。二人はにっこり笑みを交わした。何やら無言のやりとりをしているように見える。と、ニコラスがジョナサンに何か話しかけた。だが、ジョナサンは彼を無視した。

「答案全部、集めました」

いままで見たことのない表情がニコラスの目にうかんだ。いくぶん傷ついたような、だがほかに、アランには把握しきれない表情も存在していた。なにか警戒しているような。

「先生、答案です」

どこか様子がおかしい。何か気になることがあるようだ。

「先生?」

ヴェールがアランの机のわきに立っていた。「ああ、ありがとう、ヴェール」ベルが鳴った。「よろしい、ではこれまで」教室のざわめきはさらに大きくなった。「静かに！ ほかのクラスはまだ終わっていないかもしれないからな」

「すみません、先生。さようなら、先生。今度は木曜日ですね」生徒たちは口々に言葉をかけてアランの机の横をぞろぞろと通りすぎていった。ペリマン兄弟はさっさと教室を出ていき、ニコラスとジョナサンはゆっくりと進んだ。二人はドアのところで立ちどまると、リチャードを待った。

リチャードがアランの机の横を通っていった。彼の歩き方は優雅で毅然としていて、独特の雰囲気があった。それは彼の全身から発散されるオーラのようなもので、何をするにも他者をまったくあてにしない力と自信と落ち着きを感じさせた。そのオーラにほかの多くの生徒が魅せられていたが、アラン自身も感心することが多かった。だが、いまは、いったいどんな力があのオーラを生み出すに至ったのか、どんな魔物があのオーラに秘められているのか、アランは気になりだしていた。

リチャードがジョナサンとニコラスに合流した。戸口にたむろしている三人のわきを、ジェームズ・ホイートリーがすり抜けていった。そのとき、リチャードがジョナサンに何か言い、二人は笑った。そんなリチャードをじっと見やるニコラスの目が、さきほどと同じ、警戒するような目つきになった。今度はさきほどよりもっとはっきりしていて、警戒するというより恐れているようですらあった。

リチャードが手ぶりでジョナサンをうながし、二人は歩きはじめた。そのあとからニコラスがついていく。おそらくあのトリオは成立しないだろうから、じきにコンビとソロになるのではないか、とアランは思った。旧い仲間が新しい仲間に取って代わられる。べつに教師がとやかく言うことではなかった。

にもかかわらず、アランはこの光景が気に入らなかった。ハワード校長はリチャードを、破壊的で危険な性格の持ち主とみていた。そうと決めつけるのは行きすぎだとアランは思ったが、リチャード・ロークビーにはたしかにカリスマ性があった。そして、カリスマと呼ばれる力は他者を誘導してその意思とは無縁の有害な行為に駆りたてることがあり、たしかに破壊的で危険な面も持っていた。

ジョナサンはアランがひそかに目をかけている生徒だった。ジョナサンの才能は必ず開花するものと彼は確信していたし、なんとしてもそれを見とどけたかった。だから、その才能のつぼみが危機にさらされていると感じたら、アランは傍観するつもりはなかった。アランは今後の三人の様子にとくに注意を払うことにした。


午前十時の休憩時間。ジェームズ・ホイートリーとスチュアート・バリーはスチュアートの自習室にいた。

「今晩、また電話してみるよ」と、ジェームズが言った。

「やめたほうがいいんじゃないのか。ブライアントもするなって言ってるし。何かわかったら、知らせるって言うんだから」

「そんなもの待ってられるか。どうなっているか、いますぐ知りたいんだ」

「おれはただ、やめといたほうがいいと思うだけ」

「どうして？　ジョージがどうしてるか心配じゃないのか？」

「もちろん心配だよ。でも、何度も電話したら、親はぜったいいい顔しないね。うるさがるに決まってるよ」

「だって、友だちなんだからな。知る権利があるはずだ」

「うちの親にそんなこと言ってみろ！　姉さんが階段から転げ落ちたとき、姉さんの友だちがたてつづけに電話してきたもんだから、うちのおふくろ、とうとう怒りだしちゃったんだ。しまいには怒鳴ってたよ。おふくろも親父も、心配で気が気じゃなかった。いちいち、怪我人がいまどんな状態かなんて人に話すような気分じゃなかったのさ。ま、どうしても電話したけりゃしたらいい。でも、怒鳴られたって知らないよ」

ジェームズは頭をぽりぽりかいた。

「でも、姉さんは大丈夫だったんだろ?」と、彼はいつもの口調にもどって言った。

「ああ、もちろん。ただし、やりたくない手伝いを頼まれると、まだ治っていないふりをしたりするけどね。ジョージもきっと大丈夫だよ。まあ、焦《あせ》らず待ってなって」

ジェームズは座ったまま宙を見つめていた。その体がかすかに前後に揺れているのに、スチュアートはふと気づいた。ほんのわずかな揺れで、明らかに本人は気づいていないようだった。「おい、大丈夫か?」ためらいがちに、スチュアートはきいた。

「何が? おれがどうかしてるっていうのか?」ジェームズの言い方はどこか虚勢を張っているように聞こえた。

「べつに」

「大丈夫だよ」

「なら、いいけど」

「歴史の授業のとき、ロークビーのやつ、ずっとおれをにらんでやがった」

「ほんと?」

「テストだったのに、あいつ、ずっとこっちばかり見てやがるんだ」

「無視するんだよ、あんないやなやつ」

「わかってる」

「気にすることはないんだ、あんなやつ」

「気にしちゃいない！」またもや、ジェームズは虚勢を張るような口調になった。「ただ、なんか頭にくるんだ、あいつ。で、つい焦っちまうんだ、あいつに対しては」

「心配するなって。そのうちヤキを入れてやるから」

「だれが？」

「ジョージと三人でさ」

「だってジョージはいないだろ」

「すぐもどってくるよ」

「もし、もどってこなかったら？」

「もどってくるよ」

「でも、もし、もどってこなかったら？　もし、ずっと退院できなかったら？」

「そのときは、待つしかないな」

「おまえなら、あいつをやっつけられるだろう」

　スチュアートは答えなかった。

「ジョージがいなくたって、ひとりでやっつけられるんじゃないのか？」

　スチュアートは床を見つめた。ジェームズはそんなスチュアートをまじまじと見た。「あいつが怖いんじゃないな？」返事がない。「怖いのか？」

「べつに」

「なんか自信なさそうだな。先週は自信たっぷりだったじゃないか」

うつむいたスチュアートの目に、豊かなブロンドの前髪がかかった。「先週はまだジョージがいただろ」

「なんだよ、意気地《いくじ》なし！ 情けないやつだな！ ジョージがそばにいるときはでかい顔をして、あいつがいなくなったとたんに腰抜けかよ！」

「じゃ、そっちはどうなんだよ！」スチュアートはわめいた。「これまで自分で手を下したことがあるかよ？ ああ、たった一度だけあるな。ジョナサンを痛めつけたときだ。だけど、あのときだってたいしたことはしなかったじゃないか！ ジョージとおれでジョナサンを押さえつけてなきゃならなかったんだから。ジョナサンも一対一なら、たぶん負けてないんじゃないか。もし、あのロークビーと一対一でやったら、メタメタにぶちのめされてるぞ！」

「わかってるよ」ジェームズは小声で言った。

「だったら、おれにそんな偉そうな口をきくな！ ぜったいに！ ジョージはすぐ退院してくる。それから三人でケリをつけようぜ」

帯電したようなぴりぴりした空気が流れた。

「どうしてあいつが怖いんだ？」と、ジェームズがきいた。

スチュアートは肩をすぼめた。

「前の学期に、コートニーとやりあっただろ。あいつもおまえと同じくらいの体格だったけど、あのときはジョージがいなくても平気だったじゃないか」

スチュアートは押し黙っていた。

「ロークビーはコートニーほどでかくないぞ」

「でも、あいつの場合はちょっとちがうんだ」

「どうちがうんだよ」

「とにかくちがうんだ」

「だから、どうちがうんだ？」

「コートニーのやることはだいたいわかるんだ。あいつはただめちゃくちゃに殴りかかってくるだけだから、こっちも同じようにしてやりあうだけだ。ただの喧嘩だって気があるから、どっちも、だいたいどこいらへんまででやめるかってことがわかってる。だけど、あのロークビーとは、そういうわけにはいかない。あいつは、そんなふうに適当なところでやめるとは思えないんだ。何をするかわかったものじゃない。どこまでやるかわからないような気がするんだ。だから、なんか怖いんだよな」

「おれもだ」と、ジェームズも認めた。

ベルが鳴った。二人は教科書をそろえはじめた。と、部屋の外の廊下で足音がしたと思うと、ドアをノックする音が聞こえた。「だれ？」スチュアートが外に声をかけた。

ドアがあいて、舎監のブライアント先生が戸口に立っていた。ジェームズとスチュアートはあわてて立ち上がった。先生の横には、上等な服を着た女性が立っていた。スチュアートは目を丸くした。「ママ！」

母親は息子に微笑みかけた。「こんにちは、スチュアート。こんにちは、ジェームズ」

「こんにちは、ミセス・バリー」

「ママ、いったい何しに来たの?!」スチュアートの声は内心のパニックを表わしていた。

「何かあったの？」

「大丈夫だ、スチュアート」と、ブライアント先生が言った。「心配はいらない。お母さんはきみに知らせたいことがあっていらしただけだ」

「知らせたいことって？」スチュアートはきいた。

ブライアント先生とミセス・バリーは目を見合わせた。「わたしの部屋に行きましょうか？」先生はうながした。

「でも、これから授業なんです」

「それはまあ、今日のところはいいだろう」と、ブライアント先生は言った。「でも、ホイートトリー、きみは急いだほうがいい」

だが、ジェームズはその場から立ち去ろうとはしなかった。彼の頭のなかでは非常ベルが鳴りつづけていた。「スチュアートに知らせたいことって、何なんです？」彼は知りたがった。

「きみには関係のないことだ」と、ブライアント先生はホイートトリーに言った。「さあ、早くいかないと授業に遅れるぞ」

ジェームズに選択の余地はなかった。しぶしぶ、彼はつぎの授業の教科書をとりにいった。

ジェニファーがハワード邸から引き揚げたのはつい前日のことだったが、彼女はもう二度もエリザベスに電話をかけてきて世話になった礼を言い、ついで、置き忘れていった香水を送ってくれるよう頼んでいた。ちょうどエリザベスがその香水を包みおわって、それに添える手紙を書きおえようとしていたとき、メイドがやってきて、ミセス・アッカーリーがお見えですと伝えた。

マージョリーはぎこちなく笑みをうかべて、玄関に立っていた。「おじゃまじゃありません?」

「とんでもない」

「おじゃまだったら失礼します」

「大丈夫! 来てくださってうれしいわ。さ、入って」二人は暖炉の前のソファーに腰を下ろした。「飲み物は何がいいかしら?」

「どうぞ、おかまいなく。長居するつもりはありませんから。ただ、土曜の晩のこと、あらためてお詫びしたかったので」

「何を言うの、マージョリー、やめて。そんなこと……」

「必要ない?」マージョリーはため息をついた。「でも、ほんとにお詫びしなくては。許されることではありませんもの、あんな見苦しいところをお見せするなんて」

「あなたが謝ることないわ。こちらこそ謝らなくてはね。あなたがいらっしゃる前に、こちらから出向いていかなくてはいけなかったんですけど、ジェニファーが帰ったのがつい昨日の晩だったものだから、それもできなくて」エリザベスは間をおいた。「そのあと伺えばよかったのだけど」

「でも、ヘンリーがいるんじゃないかと心配なさったんでしょ?」

エリザベスは顔を赤らめた。「ええ、少しね」

「わかります」

「それにしてもね」と、エリザベスは静かに言った。

マージョリーは首を振った。「あの人をひどい夫だと思ってほしくないんです」

「どうして？」自分が危険な領域に足を踏み入れようとしていることはわかっていたが、エリザベスは急に危険を冒したくなった。

「苦しみや悲しみを乗り越える方法は人さまざまですから」

「そんな言いわけは通りませんよ。あんなこと言うなんて意地悪にもほどがあります」

マージョリーは微笑んだ。「あれでも、ましなほうなんです」

「それならよけい心配だわ」

「でも、あの人、娘をとても可愛がっていたんです。それなのに、突然あの子は逝《い》ってしまって。あの人はあんなふうに人に突っかかる以外、娘を失った事実とどう向きあったらいいのかわからないんです」マージョリーは涙で曇った瞳をぬぐった。「ごめんなさい。ほんとにばかね」

エリザベスはマージョリーの手に自分の手を重ねた。その冷たさに驚いて、彼女はマージョリーの手を両手にはさんでそっとさすった。「亡くなった娘さんは、あなたの娘でもあるのよ」エリザベスはそっと言い添えた。

「わかってます」

「彼はあなたの悲しみも思いやるべきだわ」

「思いやりはあるんです」

「そうは見えないけど」

「人は見かけではわからないものです」

「わたしはあなたのことが心配なの」

「それは大丈夫です」

「でも、やっぱり心配。彼はやり場のない怒りを相当鬱積させているようだから。もし、あなたに暴力でもふるったらどうなるの？」

「そんなこと、彼がするはずありません」マージョリーは急に冷ややかな口調になった。

「あら、わからないわよ。あなたには、あんな扱いを受けるいわれはないのだから」

「そうですか？」

「あたりまえでしょ！」

「そんな言い方って、ちょっと差し出がましいんじゃないでしょうか」

エリザベスはぽかんと口をあけた。「何ですって？」

「ヘンリーとわたしのことなんか、人様にはわからないんじゃありません？　わたしたち夫婦のことを、とやかく言う権利がだれにあります？」

一線を踏み越えてしまったことを、エリザベスは悟った。「ごめんなさい。わたしには関わりのないことね」

「ええ。そう思います。ですから、これから先、それを忘れないようにしていただけるとありがたいんです」

エリザベスはまだ両手にマージョリーの手をはさんでいた。その手はいまは温かかった。

マージョリーはもう帰るものと思って、エリザベスはその手を放した。だが、マージョリーは立ち上がらなかった。それどころか、エリザベスの手をとって優しく握りしめた。「すみません。心にもないことを言って。あなたはわたしのいちばんの親友なのに。わたしのことを心配してくださるお気持ちはよくわかっているんです。ほんとにありがたいと思ってます。ただ、ヘンリーとわたしは結婚してもう二十年以上になるので、わたしたち夫婦のあいだには、わたしたち二人にしかわからないこともありますから。校長先生とあなたのようなご夫婦とはちがうんです。わたしたちなどは、とてもお二人の足下にも及びません。でも、わたしにはヘンリーしかいませんから、もしこれからも彼を非難なさるのなら、もうわたしたち、友だち同士ではいられなくなります。そんなことになってほしくなかったものですから」

「わたしもよ。お願いだから、どうか許して」

マージョリーはエリザベスの頰にキスをした。「許すも許さないもありません。もう行かなくては。外は寒いから、どうぞ暖炉のそばにいらして。また近々お目にかかれますね?」

「もちろんよ」

マージョリーは部屋を去り、エリザベスはそのまま座りつづけていた。が、アッカーリー夫婦に対するエリザベスの懸念は少しも薄らいではいなかった。

夫のクライヴが帰ってきたときも、彼女はまだ暖炉のそばに座っていた。「マージョリーが来たって、サリーが言ってたが」

エリザベスはうなずいた。

「彼女、どうだった？」

「元気だったわ」そう言ったとたん、エリザベスは泣きだした。

クライヴはあわてて妻のそばに歩み寄って腰を下ろした。「いったいどうしたというんだ？」

「何でもないわ」

「何でもないのに泣くやつがあるか」クライヴは妻を引き寄せて、あやすように両腕をまわした。「どうしたんだ？　話してごらん」

エリザベスはマージョリーとのやりとりを夫に打ち明けた。「ばかなことを言ったとは思うのよ。でも、彼女のことが心配でたまらくて、ただそれだけだったの」

「そりゃ心配になるさ。きみはただ力になってあげようとしただけだ」

「不幸せなマージョリーを見ていられないの。ほんとに不幸だわ、彼女。もう絶望的なくらい。それでも、夫に対する批判は聞こうとしないの」

「わたしだって、きみへの悪口なんか聞かないね」

「それとこれとはちがうわ」

「いや、同じだよ。きみはわたしの妻で、ヘンリーは彼女の夫だというだけで、本質的には同じだと思うね」

エリザベスは夫を見つめた。「あの人たちの夫婦関係とわたしたちの関係を比べることなんて、どうしてできるの？」

「比べているわけじゃない。ただね、マージョリーがヘンリーの悪口を言われたくないというなら、その気持ちを尊重してやらなくては」

「わたしはただ、必要ならいつでも彼女の力になってあげる、そういう気持ちでいることをわかってもらいたかっただけ」

「わかってるさ、マージョリーだって。きみのような友だちがいて、彼女は幸運なんだから」

「そうかしら?」

「もちろんそうさ。そうに決まってるだろ」

まだ不審顔の妻の頰を、クライヴは優しくなでながら、「愛してるよ」と言った。

「わたしもよ」

「いつまでも?」

「いつまでも」

「それならいい」妻をぎゅっと引き寄せて首筋にキスすると、クライヴは彼女の髪の香りを深く吸いこんだ。満ち足りた気分で、二人は暖炉の火を見つめつづけていた。と、エリザベスの口元がほころびるのに、クライヴは気づいた。「何が可笑《おか》しいんだ?」

「ジェニファーが電話してきてね。忘れ物をしたのよ」

クライヴもにやりと笑った。「毎度のことだな」

「少しばかりの香水なんだけど、送ってあげなくてはね。ディナー・パーティーは楽しかったって言ってたわ」

「パーティーを台なしにしようとしたのに」

エリザベスは夫の腕をぴしゃりとたたいた。「彼女のせいばかりじゃないでしょ」

「まあ、そうだ」

「また来てもいいかしらって、きかれたの。再来週なんだけど」

「まさか、エリザベス、はいどうぞって言ったんじゃないだろうね」返事がない。「言ったのかい？」

「ほんの二、三日よ。それだけ」

「彼女、帰ったばかりだよ」

「そうだけど、電話であまり元気がなかったものだから、断われなかったの」

「遊びにいける友だちはほかにもいるはずだがね」

「どうもお友だちにはあまり歓迎されなくなっているみたいなのよ」

「で、うちならいつでも大歓迎というわけかい」

「クライヴったら！」

「こうしょっちゅう来られたら、いいかげんうんざりだ。ホテルじゃあるまいし」

「彼女はわたしの従姉妹《いとこ》なのよ」

「わたしにも従姉妹はいるがね、うちを定宿にしているのはいないよ」

エリザベスは夫の顔をそっとなでた。「ごめんなさい。先にあなたに相談すべきだったわね。たしかに、ジェニファーは扱いにくいところがあるけれど、あの人にとってわたしたちは大切な存在なのよ。それに、彼女、あまりほかに楽しいこともなさそうだし」

暖炉のゆらめく炎がエリザベスの頬に影を躍らせて、彼女の美しさをきわだたせていた。クライヴは妻の頬にキスをした。「まあ、わたしたちほど恵まれてはいないようだね」

エリザベスもお返しのキスをした。「ええ、けっしてわたしたちほどじゃないわ」

彼女は夫に寄り添い、二人とも無言のうちに気持ちを通わせていた。が、ふと、クライヴがため息をもらすのを、エリザベスは感じた。「どうしたの？」

「何でもない」

「教えて」

「ただちょっと、わたしたちのことを考えていたんだ。わたしにとってきみとの生活がどんなに大事かってことをね。何かのせいで、その大事なものが壊されるようなことがあったら、わたしは何をするかわからないよ」

「そんなこと、ぜったいないわ」

「そうだね」

妻をもっとそばに引き寄せて、その頭に口づけをし、うなじへと愛撫していった。そのクライヴの顔からは微笑みはもう消えていた。

午後の授業がちょうど終わったところだった。オールド・スクール寮の生徒たちは食堂に行く前に、それぞれの自習室に教科書をしまいにいった。ジェームズ・ホイートリーが、自分の部屋に入ると、ドアをノックする音がした。「どうぞ」

入ってきたのはスチュアート・バリーだった。「いったいどこに行ってたんだ？」ジェームズは詰問口調できいた。「もうとっくにもどっていると思ったのに」

「おふくろがお昼を食べに連れてってくれたんだ。アクスリー通りのレストランだよ。知ってるだろ、農園みたいな店」

「いままでずっとそこにいたのか？」

「まさか。クローマーに行ってね、浜辺を散歩したんだ。話し合っておかないといけないことがあったんでね」

「どんなこと？」

スチュアートは答えなかった。その顔には、なにやら奇妙な、驚きと興奮が半々のような表情がうかんでいた。「なあ、どんな話なんだ？」

「親父に新しい仕事の話がきているんだって」

べつに目新しい話ではなかった。ロンドンの銀行に勤めるスチュアートの父親は大変な成功を収めていて、ライバル銀行が彼を引き抜こうと躍起になっていると、スチュアートはいつも自慢げに話していたからだ。「どんな仕事？」

「また銀行だけどね」

「で？」

「今度のは給料がすごくいいんだ。いまの倍になるんだってさ」

「親父さんは受ける気なのか？」

「ああ」

「で、なにを騒ぐことがあるんだ？」

「その銀行、ウォール・ストリートにあるんだよ」

一瞬、ジェームズはその意味が把握できなかった。が、ほんの一瞬だけだった。

「ニューヨークのか?!」

スチュアートはうなずいた。

ジェームズはパニックに襲われた。「転校するのか?」

「ああ」

「いつ?! 学期末?」

スチュアートは首を振った。ジェームズの頭のなかの非常ベルが静まりはじめた。「じゃ、来年の夏あたりか」

「それが、明後日《あさって》なんだ」

ジェームズは胸のあたりを蹴とばされたような衝撃をおぼえた。一瞬息ができなかった。両脚はいまにもくずおれそうで、部屋がぐるぐるまわるようだった。

「親父は二週間以内にあっちに行かなくちゃならないんだ」スチュアートはつづけた。「そういう契約だから。銀行のほうでもう家も見つけてくれてて、転校先も面倒をみてくれることになってるんだ」

「だけど、それならなにもおまえまで行かなくたっていいじゃないか！ あとから行けばいいだろ！」

「だめだよ。おふくろはイギリスを離れるのが不安で、もう家族全員で引っ越すことに決めたんだ。明日、姉さんに面会に行くんだってさ。姉さんもセント・フィーリクスをやめるこいけないんだ」スチュアートはしだいに興奮気味になっていった。「出発は二十九日でね、飛行機で行くんだ。おれはまだ飛行機に乗ったことがないんだ」

ジェームズは机の前に座った。心臓が激しく鼓動していた。

「カークストン・アベイにはおさらばだ。ナチの親衛隊みたいな監督生とも、クソみたいなまずい食事ともお別れだ。ニューヨークじゃ、全日制の学校に通うんだ。知らない土地で暮らすんだから、おれや姉さんを家から遠く離れた学校に入れたりはしないって、おふくろは言ってる」

「転校なんてやめろよ！」ジェームズはほとんど泣き声になっていた。

「しかたないんだ」

「行っちゃだめだ！」

「そんなこと言うなよ。手紙書くからさ。遊びにくりゃいいだろ」

「そんな、気休めなんか言わないでくれ！」

「どうしたんだよ。喜んでくれると思ったのに」

「喜ぶ？　ふざけるな！　おれはどうなるんだ⁈　おれはここから出られないんだぞ！」

「それなら、どうでも勝手にしたらいいだろ！」スチュアートはそう怒鳴ると、きびすを返して出ていこうとした。「待ってくれ！」ジェームズは叫んだ。

「なんだよ」

「悪かった。よかったな、スチュアート……」そう言うと、ジェームズは唾を呑みこんだ。

「ただな……」

スチュアートは振り返ってジェームズと向かい合った。ジェームズはしまいまで言わなかったが、その必要はなかった。彼の言いたいことは、二人ともはっきりとわかっていたからだ。

すでに時刻は真夜中をすぎていた。アッカーリー家のなかはしんと静まり返っていた。ヘンリーは妻のベッドの足もとに立ち、彼女の寝顔を見ていた。眠りが彼女から苦悩の表情を取り去っていた。マージョリーは、彼が初めて会ったときと少しも変わらず美しかった。

窓が半分あいていて部屋のなかは冷え冷えとしていたが、彼は寒さを感じなかった。憎悪と、先ほどまで飲んでいたウィスキーのせいで、体が火照っていた。

静けさは危険だった。あの声が聞こえてくるからだ。彼の頭のなかに巣くっている邪悪で蠱惑的《こわくてき》な声。それが大脳の奥深くから、セイレンの歌声のように鳴りひびいてくるのだ。それは破壊の歌だった。それでもヘンリーは、破滅への道に誘われるのを望むかのように、その歌声を頭のなかでもてあそんだ。

いま、姿のない亡霊のようにその歌声がひびいていた。そして、バリトンの合唱のなかに冴《さ》えわたるソロ・ソプラノのように、子供の笑い声がいちだんと高い旋律を奏でていた。それはヘンリーにとって、この世で最も美しい声だったが、最も激しい苦痛をもたらした。愛と希望と、人生に意味を与えてくれるものすべてを失った自分への哀歌だった。

ヘンリーはじっとたたずみ、妻の寝顔を見守った。彼女のかすかな寝息に、彼の低くすすり泣く声が混じりあった。

6

雨の降る陰鬱な木曜日の午後。ラグビーの試合も終わって、半休日が始まり、厳格なマナーにのっとった夕食と夜の予習が始まるまでに、二時間の自由時間があった。

リチャード・ロークビーの自習室は鍵がかけられていた。リチャードとジョナサンはベッドに寝ころんで天井を見つめていた。リチャードはジョナサンの頭を抱くように腕をまわし、ジョナサンはリチャードの肩に頭をあずけて、何も言わなくても心の通い合う仲のいい二人だった。外の廊下では、ほかの四年生たちが、何か面白いことはないかとたがいに自習室を行き来する音が聞こえていた。となりの部屋の主はおんぼろのプレーヤーでさきほどまでオペラを聴いていたが、いまはフランク・シナトラに切り替えて、つぎからつぎへと彼の曲を流していた。「ポール・エラーソンもあの歌が好きだった」ジョナサンが口をひらいた。

「そう」

「いつもあの曲をかけていた。ガイ・ペリーの部屋がポールのとなりでね、彼、うんざりしちゃって、ある日、気がつかないふりをしてわざとシナトラのレコードの上に座って壊しちゃった。でも、そのあと良心がとがめたらしくて、ガイはポールに打ち明けて、レコードも新しいのを買って返したんで、ポールもレコードを聴くのは一日おきにするって約束したんだって」

「ガイはいまどこに？」

「サンドハーストの陸軍士官学校。軍人一家だからね。二人の兄さんもあそこなんだって」

「ガイのことは好きだった？」

「いい人だったよ、ちょっと自分中心のところがあったけど。あの事件が起きたときも、ガイはぼくのところに来てくれてね。彼、泣いていた。なにか意外だったね。泣くなんて、とても想像できないタイプだったから。でも、ポールは彼の親友だったんだ。人前で泣けるなんて、ぼくはうらやましかった」

「きみも泣けばよかったじゃないか」

「だめだよ、泣けなかった。ニコラスの前でも泣けなかった。泣きだしたら、ぼくの場合とまらなくなっちゃうからね。そうしたら、みんなに見られてしまう。そのことをポールは最初に忠告してくれたんだ。この学校のだれにも泣いているところを見られてはいけないって」

「ぼくの前なら泣いてもいいよ。わかってるよな？」

ジョナサンは微笑んだ。「もちろん、わかってるさ」

「それにしても、ポールのことはあまり話さないな」

「リチャードだって、お母さんのこと、ちっとも話さないじゃないか」

「ああ」天井を凝視したまま、リチャードはおもむろに言った。「話さない」

「話したくないってこと？」

「話したって何になる？　母がまだ生きていたとき、ぼくは母は大好きだった。その母が死んでしまって、ぼくはたまらなく寂しい。そりゃ、話そうと思えば何時間だって話せるけど、結局話してることといえばそれぐらいってことになるからね」

沈黙が流れた。二人の仲を損なうようなものではなかった。と、ジョナサンは急にポールのことを何もかもリチャードに話してしまいたくなった。

「ポールに初めて会ったのは、この学校に入学して二週間目の最初の日だったんだ。ほんとに悲惨な時期だったね。上級生が優しくふるまっていた時期は終わって、四年の連中ったら、それまでがまんしてた分を取りもどしにかかっていた。寮の仕事も割り当てられたばかりだった。ぼくとウィリアム・アボットは更衣室の係でね、あそこを片づけるのには何時間もかかったんだ。なにしろ、あそこが散らかっていても叱られるのはぼくとアボットだって知ってるものだから、みんな汚れたものをそこいらじゅうに置きっぱなしにして行っちゃうんだ。

それから、だれがどの上級生の当番生《ファグ》になるか、リストが貼り出された。ポール・エラーソンのファグを務めることがわかって、ぼくは気分が悪くなったよ。いやな上級生にあたったら、学校生活がまる一年地獄になるって聞かされていたし、ポールは寮長だったから、最悪の上級生にちがいないって思いこんでいたんだ。

ポールのところへ行くと、彼は部屋の外でガイと立ち話をしていた。ぼくはそれまで遠くからポールを見たことがあるだけだったんで、彼をそばで見て、もうめちゃくちゃカッコいいと思ったね。映画スターみたいだった。背が高くてハンサムで、頭がよくてスポーツマンで、とにかくだれもが自分にほしいと望む要素をすべて備えているような人だった。で、ぼくが係ですって言ったら、こっちを見向きもしないで彼の部屋で待ってろって言われた。待っているあいだじゅうずっと、どんな仕事をやらされたってがんばってみせるって、ぼくは自分に言い聞かせてたよ」

そこまで話すと、ジョナサンは口をつぐんだ。胸に熱いものがこみ上げてきて、喉がつまった。「それで?」リチャードが励ますように先をうながした。

「ポールは部屋に入ってくると、ドアを閉めて突っ立っていた。さっそくぼくに用事を言いつけてこき使うんじゃないかと思っていたら、そうじゃなかった。彼、にこっと笑って、そんな怯えた顔しなくていいって言うんだ。彼が下級生のとき、担当した上級生のせいでほんとうに悲惨な寮生活を送るはめになったことがあるから、ほかの下級生をそんな目にあわせるつもりはないって言うんだ。

いま考えるとばかげてるんだけど、それを聞いてぼくはすっかり動揺しちゃった。ホームシックにかかっていたし、不安だったし、だれかがそんな優しい言葉をかけてくれるなんて思ってもいなかったからね。心のバランスを失って、ぼくは泣きだしてしまった。きっとポールはぼくを軽蔑するだろうなと思ったけど、そんなことはなかった。家から離れて暮らすのはこれが初めてなんだろう、恥ずかしがることはないさ、ぼくだって最初はホームシックにかかった……ポールはそう言ってくれたんだ。それから忠告もしてくれた。ほかの生徒にはぜったい泣いているところを見せちゃいけないって。弱虫だって思われたら最後、それだけの理由でいじめられて学校生活は地獄になってしまうぞって。だけど、彼の前で泣くのはかまわないし、そんなことでぼくのことを情けないやつだとは思わないって言うんだ。

それからはいろいろなことがあっても、ぼくはそうつらいとは思わなくなった。兄貴ができたみたいだったよ。ポールとは毎日会っていた。彼の部屋に行っては屑かごを空にしたり、コップを洗ったりした。いま何に夢中になってるんだとか、調子はどうだなんてきいてくれた。もちろん、ぼくは何もかも打ち明けたわけじゃないよ。寮であったこととか、そういうことは話さなかった。そういう話は人にしないだろう。でも、ポールはお見通しだった。いつも明るくふるまうようにしていたけど、ぼくがつらい目にあっているときは、彼にはすぐわかってしまうんだ。それで、そういうときはいつも、ぼくを励まそうとして何かしてくれた」

「どんなこと？」

「たとえば、お菓子を買いにいかせて、やっぱりもうほしくなくなったからって、ぼくにそれをくれるんだ。それとか、休暇中に出会った女の子からポールによく手紙がきてたんだけど、そのなかの泣かせる部分をぼくに読んで聞かせたり」ジョナサンは笑いだした。「レコードのボリュームを思いきり上げることもあった。そうするとガイが部屋の壁をたたいて、フランク・シナトラは悪魔だって叫ぶんだ。上級生になるにつれて、ここの生活もいいことが多くなるって、ただ話してくれるだけのときもあったな」

ジョナサンの耳に、そうした言葉をかけてくれるポール・エラーソンの声がよみがえった。

「そのときは彼の言うことを信じていたけど、いまはもう信じられないよ。あのことがあってからはね。みんな嘘だったとしか思えない」

また胸に熱いものがこみ上げてきた。今度はさらに大きな塊となってジョナサンの喉をふさぎ、声をつまらせた。

リチャードはジョナサンのほうを向いた。「恥ずかしがらなくていいよ。泣きたい気持ちはわかる」

「いや、わかりっこないよ、ぼくにだってほんとはわからないんだから！」ジョナサンは思わず激して言った。「いくら考えても、さっぱりわからないんだ。だって、ポールは何もかもすごく順調だったんだよ。それなのに、どうしてあんなことをしなきゃならなかったんだ？」

「さあね」

「頭がよくて、人気があって、みんなに好かれていた。みんなポールの友だちになりたがっていたんだ。いくら憎もうとしたって憎めないような人だったのに」

「ひょっとしたら、自分自身がいやになったのかもな」

「そんなはずないよ。いやになるようなところは全然なかったんだから」

「それはわからないだろう」

「いや、わかるよ」ジョナサンは言いはった。「ポールのことは、きみよりぼくのほうがよく知っているから」

「ぼくはね、ポールが自己嫌悪に陥るようなタイプだと言ってるわけじゃないんだ。でも、だからといって、陥らないとはかぎらないだろ」

ジョナサンは首を振った。「ポールはとても明るい人だった。ガイが、永遠の楽天家って呼んでいたくらいだからね。しかも、その明るさがみんなに伝染しちゃうんだ。ポールのそばにいるだけで、なんだかこっちまで楽観的になってくるんだよ。だから、みんなポールのことが好きだった。いつだって楽天家だったよ」

「最後の瞬間だけはちがったわけだ」

あふれる涙を、ジョナサンは腹立たしげにぬぐった。リチャードはジョナサンに体を寄せた。「悪かったな。いまのはよけいだった。もうその話はやめよう」

ジョナサンは息を深く吸いこんで、なんとか平静になろうとした。「いや、全部話したいんだ。ただ、ちょっとつらいだけ。でも、なんとかポールのことを理解したいから。理解できたら、もっと気が楽になるから」

「最後にポールに会ったのはいつ？」

「この前の学期の最終日。ちゃんと会ったのはそれが最後だった。さよならを言いにいったんだ。彼にプレゼントしようと思ってロシアのピョートル大帝の本を買ってあったし。ポールも歴史が大好きでね、歴史の成績は抜群だったから、いまごろは名門大学に進学していたはずなんだ」

リチャードはにっこりした。「きみだってそのつもりだろ」

ジョナサンも笑みをうかべた。「彼はぼくなんかより、はるかに優秀だったよ。一年間いろいろと面倒をみてくれたから、お礼のつもりでその本をプレゼントしたんだ。ポールはとても喜んでくれてね。陽射しを浴びながら窓ぎわの机の前に座っていた。あの日のポールは最高に幸せそうだった。夏休みをホイットビーで過ごす手配をすませたばかりでね。彼、ホイットビーが大好きだったんだ。以前ポールのお祖父《じい》さんとお祖母《ばあ》さんが住んでいた田舎なんだけど、彼の両親が外国に行くまでは、毎年そこで夏休みを過ごしてきたんだって。ポールはぼくに、休暇を楽しんでこいよ、来学期また会おうって言ってくれた」

「で、それきりかい?」

「うん、そう。ホィットビーから一度葉書をくれた。地元の画家に吸血鬼の衣装を着た自分の漫画を描いてもらったって書いてあった。ほら、ドラキュラの船が難破して流れ着いたのがホィットビーだろ」リチャードはうなずいた。「大学の受験勉強に取りかかる前に休暇があって助かるってことも書いてあった。ポールがぼくのこと忘れないでいてくれたことが、ぼくはすごくうれしかった。そういう人なんだ、ポールは」

「今学期に入ってからは? 彼に会った?」

「ちゃんとは会っていないんだ。最初の日はぼく、遅刻しちゃったから。でも、ポールが本をいっぱい持ってどこかへ歩いていくのは見かけたよ。たぶん図書館へ行ったんじゃないかな。で、ぼくが声をかけたら、彼、手を振ってにっこり笑った。それから、ぼくは荷ほどきをして、ベッドに入った。そして翌朝起きて、朝食を食べにいってもどってくると、ちょうどそのころ、ポールをさがしにいったブライアン・ハリントンが、彼の部屋のドアをノックして現場を発見したんだ。それからああいう騒動になって、警察が来て……」

「それで、すべて終わったわけだ」リチャードがジョナサンのあとを引き取って締めくくった。

「何がいちばんつらいかわかる?」

ジョナサンのつぎの言葉を待って、リチャードはじっと見つめた。

「だれももうポールの話をしなくなったってことだよ。監督生はぜったいに彼の名前を言わないし、ほかのみんなにも言わせないようにしているんだ。三年生が二人でその話をしているのをブライアン・ハリントンが聞きつけたときなんか、彼、怒りだしてね。みんな、ポールの名前を口にするのも不吉だって態度をとるんだ」

「だれかが自殺すると、まわりの連中はそういう態度をとるもんだよ」リチャードは言った。「でも、そんなのまちがってるよ。ポールはすごくいい人だったんだ。忌まわしい秘密かなにかじゃあるまいし。彼の話をしなくなったら、まるでポールなんてこの世に存在しなかったみたいじゃないか」

「自殺はいつだって忌まわしい秘密だよ。自殺した人間を知ってた者は、みんな罪の意識を感じるんだ。何かしてやるべきだったたって思うものなのさ。でも、そう考えると、ひどくつらい。つらいからみんな、自殺した人間はこの世にもともといなかったみたいにふるまうしかないんだ。母が死んだときもそうだった」

「きみのお母さん?」

リチャードはうなずいた。

「でもきみのお母さんは、ガンで死んだって言ったじゃないか!」

「嘘なんだ」

「でも、いつのこと?! いったいどうやって……?!」

「ぼくが九歳のとき。睡眠薬を大量に飲んだんだって」

「きみはその場にはいなかったの?」

「ああ。伯父夫婦のところにいた」

「そりゃ、よかったね」

リチャードはうつろな笑い声をあげた。「ああ、そうとも言える」

ジョナサンは地面に吸い込まれて消えてしまいたかった。「ごめん、ばかみたいなことを言っちゃって。ぼくはただ、その……つまりね、もしきみがお母さんを発見するようなことになっていたらって考えてごらんよ」

「そうだな」リチャードは静かに言った。「どんなだったか」

二人はそのまま並んで寝ころんでいた。リチャードの腕はまだジョナサンの肩にかかっていた。ジョナサンの頭にはひとつの疑問がわいていたが、それはきくわけにはいかないような気がした。結局、彼には知る必要のないことだからだ。

「自殺の理由をききたいんじゃないのか？」

「うん」

「あのとき、あいつにきけばよかったんだ。いいチャンスだったのに」

「あいつって？」

「ぼくの親父だよ」

「お父さんのせいだと思ってるの？」

「思うどころじゃない」

ジョナサンにはようやく、アップチャーチ・ホールで目撃した、リチャードと彼の父親が演じたあの異常なシーンの背景がはっきりと見えてきた。しかし、リチャードの母親の死因を知ったいま、彼の父親に対するあれほどの憎悪はどこかひどくまちがっているように思えた。ジョナサンが黙りこんだのを見たリチャードは、その沈黙の裏にある困惑を嗅ぎとり、彼のほうを向いた。「どうしたの？」

「何でもないよ」

「言えよ」

「何かまちがってるような気がするんだ、それだけ」

「何がだ？」

ジョナサンはごくりと唾を呑みこんだ。外の廊下から、怒鳴り声と取っ組み合いをする音が聞こえてきた。喧嘩が始まったのだ。

「そんなにお父さんを憎むってこと」

リチャードの目がつり上がった。「どうしてそんなことが言えるんだ？」

「だって、きみにとって、たったひとりの親なんだよ」

「だからどうだっていうんだ」

「つまり……」ジョナサンは言葉をさがした。「お母さんに起きたことはほんとにつらいことだろうけど、お父さんを憎んでも、お母さんは生き返らないじゃないか」

「そんなこと、ぼくがわからないとでも思ってるのか?! だいたいそんなこと、どんな関係があるんだよ?! もし、世界でたったひとりの大切な人をだれかに殺されたとしたら、きみだって殺したやつを憎いと思わないか?!」

「でも、お父さんがお母さんを殺したわけじゃないだろう」

「殺したんだよ！」

「お母さんは自殺したんだろう」

「でも、あいつのせいなんだ！　あいつが自殺させたんだ！」

「でも……」

「でももヘチマもない!!　わかったか?!　このことで、二度とわかったふうな口をきいたら承知しないからな！」

だしぬけに、リチャードはベッドの上に起き上がると、ジョナサンにのしかかった。激しい怒りに顔はゆがみ、両眼は狂気の光を宿していた。ジョナサンは恐怖のあまり身がすくんで動けなかった。何か言おうとしたが、弱々しくうなずくのがやっとだった。部屋の外の喧騒は、大勢がはやしたてる声に変わっていた。興奮した野次馬たちが、流血を求めてさかんにけしかけているのだ。

「おまえもただの嘘つきだ！　みんなと同じだ！　どんなときも、理解するようにするって言わなかったか?!　そう言ったんだぞ！　そんなこと、全部嘘じゃないか！」

「でも、リチャード……」

「まったくこっけいだよ！　自分ひとりじゃ何にもできないくせして！　ぼくがやっつけてやらなかったら、ホイートリーの悪ガキどもにあと十とおりものやりかたでぶちのめされていたはずだ！　おまえのために何でもやってやってるのに、こっちの身に起きた最悪の出来事を話してみたとたん、おまえもみんなと同じように、親父を許してやれなんて説教をはじめやがる！　説教なんかしてくれなくてけっこうだよ！　ぼくはわかってほしいんだ！　だれかに理解してもらいたいんだよ！」

リチャードは固く握りしめたこぶしを振り上げた。ジョナサンは思わず声をあげて顔をかばおうとした。だが、リチャードのこぶしはジョナサンの横の枕を強打した。

二人はまだベッドの上にいた。リチャードは息をはずませていた。ジョナサンの心臓は激しく鼓動していた。部屋の外では、騒ぎを鎮めようとして怒鳴っている年長者の声が、少年たちの声に混じって聞こえた。監督生が喧嘩をやめさせようとしているのだ。だれが喧嘩していたのだろう、だれか怪我をしたのだろうか、とジョナサンは漫然と思った。

「ごめんよ」彼は消え入るような声で謝った。

リチャードはジョナサンを無視して宙を見つめていた。彼の体は硬直し、なにか電波のようにエネルギーを放射しているようだった。

「ごめんよ、リチャード。ほんとに、ごめん」

「きみが悪いんじゃない」リチャードがぶっきらぼうに言った。「だれかにわかってもらおうなんて、どだい無理だったんだ。きみの身に起きたことじゃないんだし。むしろ、ぼくの気持ちがほんとうにわかるようなことになどならなければいいと思うよ」ほんの少し前までひどく残酷な言葉を吐いていたリチャードだったが、いまはもういつもの平板で無表情な口調になっていた。ジョナサンを見下ろした彼の顔には、もはや怒りは跡形もなく消え、いまはその下に激情を隠す仮面のような、とりすました静穏な表情がうかんでいた。そんなリチャードを見上げたジョナサンは、ふと昔読んだ物語のなかのある言葉を思い出した。〝これぞ悪魔なり〟。

ジョナサンは頭に、脚の骨を打ち砕かれて病院のベッドに横たわるジョージ・ターナーのイメージがうかんだ。脚は元にもどらないかもしれないというのだ。それは、リチャードとジョナサンが二人で願ったことだった。ジョナサンが望んだことだった。

すくなくとも、リチャードはそう言っていた――ジョナサンはそれを望んでいたと。

すでに、ジョナサンを支配しているのは彼自身ではなかった。リチャードに見つめられると目がくらんで、頭がぼうっとしてきちんと考えられなかった。ジョナサンは以前の仲間のところへもどりたいと思った。前の仲間といれば、自分自身を取りもどせるような気がしたのだ。

反面、リチャードといると、生きる力がみなぎってくる感じがした。

ジョナサンは手をのばしてリチャードの顔に触れた。リチャードは彼を見下ろして、美しい微笑をつくった。ジョナサンはそれを見て安心した。ポール・エラーソンも安心させてくれたけれど、彼を残して死んでしまった。でも、リチャードならそんなことは絶対にしないと、ジョナサンにはわかっていた。

「話してくれない?」と、ジョナサンはそっと言った。「ちゃんと理解するようにするから。約束するよ」

ドアをノックする音がした。「放っとけ」と、リチャードがささやいた。「だれだろうと、そのうち帰るから」

だが、相手はあきらめなかった。またノックの音がして、だれかがドアをあけようとしたが、鍵がかかっていることに気づいたようだった。「ジョナサン、リチャード、いるの?」

ニコラスだった。リチャードは小さく毒づいた。

「入れてやったほうがいいよ」と、ジョナサンは言った。「ニコラスは帰りそうにないもの」が、リチャードは頑として無視しつづけた。「ねえ」

「あいつに用はない」

「ぼくの友だちだよ」

「きみの友だちはぼくだろ。あいつはもう必要ないじゃないか」

「わかってる」

「それなら、あいつに言ってやれよ」

「言うよ」

「いつ？」

「わからないけど、でも、いつか言うよ」

「それがいい。それとも、ぼくが代わりに言ってやろうかな」

ジョナサンは急にニコラスを守ってやりたい衝動にかられた。「やめてよ。頼むから、そんなことしないで」

リチャードはにんまりした。「ちょっとからかってみただけだ」

「ほんとうだね」

「あたりまえだろ。何にも言わないよ」リチャードはベッドから腰を上げて、「いま行く」と声をかけた。ドアに手をかける前に、彼は振り向いてジョナサンをじっと見た。リチャードの顔には強い独占欲と、獲物を捕らえた獣のような表情が入り交じっていた。その強烈な視線にジョナサンは戦慄をおぼえたが、同時に興奮もした。

二十分後、ジョナサンとニコラスはオールド・スクール寮につづく廊下を歩いていた。夕食までにまだ一時間はあったが、リチャードが苛立っているように見えたので、二人は彼の部屋から引き揚げたほうがよさそうだと判断したのだ。

中央廊下までくると、ジョナサンはさよならを言いそうなそぶりを見せた。「きみの自習室に行ってもいい?」ニコラスはきいた。ジョナサンはぎこちなくうなずいた。一ヵ月前まではそんなやりとりは必要なかったことに、二人とも気づいていた。

二人で自習室に入ると、ジョナサンは見るからに高級そうなビスケットの箱を取り出した。

「どこでこんなのもらったの?」ニコラスはたずねた。

「リチャードの伯母さんがぼくにって送ってくれたんだ」

「優しいんだね、彼の伯母さんて!」

「そんなに意外そうな顔をすることはないよ」

「べつにしてないよ」

「リチャードの伯母さんだからって、彼女まで嫌わなくてもいいんじゃない」

「ぼくは彼のことだって嫌ってないよ」ジョナサンは信じられないという表情をした。「ほんとだよ」

「きみがそう言うなら」

「でも、リチャードはぼくを嫌ってる、そうだろ?」

今度はジョナサンが落ち着きを失う番だった。「そんなことないよ」

「いや、嫌ってる。いくら否定したって、嫌ってるのはジョナサンにだってわかってるはずだよ」

「もしそんなに嫌ってるなら、いつだってきみを仲間に入れるのはどういうわけ？」

「それはね、ぼくはあの双子のペリマン兄弟とはちがうからさ。ぼくは追い出されたりしないからね」

「スティーヴンたちは追い出されたわけじゃないよ」

「いや、追い出されたんだよ」

「あの二人は勝手に帰ったんだ」

「ああ、それじゃあ」ニコラスは皮肉をこめて言った。「二人が帰ったこととリチャードは何の関係もなかったんだね」

「関係ないさ！」

「きみもあの場にいたじゃないか。何があったか見ただろ。どうしてそれを認めようとしないんだ？」

「認めるって、何もなかったじゃないか。たしかにいまはもうペリマン兄弟とはつき合っていない。だから何だっていうのさ？　去年仲がよかったからって、永久に友だちづき合いしなくちゃいけないわけじゃないだろ」

「まるで聖リチャード・ロークビー様そっくりの話し方だね。聖リチャード様、万歳！」

「彼のこと、そんなふうに言うなよ！」

「どうして？　彼に言われたら、きみは白も黒って言うんだろ。だから、ニコラスなんかくだらないやつだから捨てちまえってリチャードが言えば、きみは彼の言うとおりにするんじゃないのか」

「ぼくはきみを捨てたりなんかしないよ。ぼくの友だちなんだから」

「そんなのはなんの保証にもならないね！　ペリマン兄弟だってきみの友だちだったじゃないか。けど、聖リチャード様が気に入らないっていったら、とたんにきみはあの二人と口もきかないんだからな」

「きみだって口をきかないじゃないか！」

「ちがうよ！　あの二人のほうがぼくと口をきいてくれないんだよ！　それだって、いったいだれのせいか、わかってるはずだ！」

「リチャードがそんなにひどいやつだと思うんなら、帰ったらいいだろ！　だれもつきまとってくれなんて頼んでないんだから！」

ニコラスはわずかに蒼ざめた。「ほんとにそうしてほしいのかい？」

ジョナサンは首を横に振った。

「ほんと？」

「あたりまえだろ」

「でも、リチャードはぼくがいなけりゃいいって思ってる」ニコラスは沈んだ声で言った。

「そうだろ？」

ジョナサンは答えなかった。ただ床を見つめているだけだった。「こんなことになるなんておかしいよ、ジョナサン」ニコラスは言った。「なんかきみと話しているんじゃないみたいだ」

「ニコラス、頼むから……」ジョナサンは言いかけた。

「どうしてさ。ほんとにそうだろう」

「ちがうよ」

「リチャードとつき合うのをやめなくちゃだめだ。深入りしすぎないうちにね」

「きみはわかっていないんだ」

「そうかな？」

二人はにらみあった。

「もちろん、わかってるさ」ニコラスは言った。「リチャードはハンサムで、自信家で、だれも恐れない。みんな彼を友だちにしたいと思っている。なのに、彼はきみを選んだ。それできみは舞い上がって、彼の言いなりになるつもりなんだ」

「そんなんじゃない」

「ちがうっていうの？」

ジョナサンは首の後ろをさすった。「最初はそうだったかもしれないけど、でもいまはちがうんだ」

「じゃ、いまはどうちがうわけ？」

「リチャードといると安心するんだよ。この学校に来てからぼくはずっと、何かに怯えてきた。ホイートリーとか、アッカーリーとか、お父さんを失うこととか、いろんなことに。ぼくには何の力もなくて、まるで監獄にいるみたいだった。でもね、リチャードといると、力がわいてくる感じがするんだ」

「だけど、力があるのは彼のほうだけで、きみはただ言われたことをしているだけじゃないか！」

「だからどうだっていうのさ?!」ジョナサンは声を荒らげた。「彼といれば不安も吹き飛ぶんだ。ポール・エラーソンといたときみたいにね。ただし、リチャードのほうが百倍も安心だけど」

「リチャードとポール・エラーソンを比べるなんて、どうしてそんなことできるんだ？　ポールは人を傷つけて喜んだりはしなかったよ！　友だち同士を引き離そうなんてしなかったね！」

「いいかい」ジョナサンはなだめるように言った。「きみにはわからないんだ、ニコラス」

沈黙が流れた。ニコラスは、窓台の上に置いてある青い石に目をやった。去年の夏、ニコラスの両親が、彼とジョナサンを日帰りでサフォークに連れていってくれたときに、サウスウォルド・ビーチでジョナサンがその石を見つけたのだ。浜を見晴らす丘の上にはナポレオン時代の大砲がずらりと並んでいた。その大砲にまたがり、カメラに向かっておどけた顔をしている二人の写真を、ニコラスの父親が撮ってくれた。その写真を、彼はまだどこかにしまってあった。ちょうどその青い石と同じく、楽しかったひところの思い出の品だったからだ。

こんなことになったのは、ニコラスにとってまったく不本意だった。彼はあの夏に時間をもどしたかった。

「うちの親が今度の日曜に面会に来るんだ。お昼を食べに出かけることになってるってね」

「そりゃラッキーだな。よろしく伝えて」

「きみも一緒に来て、直接言えばいいよ」

ジョナサンは首を振った。

「二人ともきみに会いたがっている。ジョナサンはどうしてるって、いつもきくんだ」

「会いたくないわけじゃないよ」ジョナサンはまた視線を落とした。「リチャードの伯母さんと伯父さんがちょうどその日に来るんだ。一緒に外出することになってるから。悪いな」

ニコラスは突然、激しい疲れをおぼえた。まだ負けたわけじゃない。あきらめたりするものか。だが、勝機をつかむには、いまの自分に備わっているものよりはるかに強力な武器が必要なことが、彼にはわかっていた。ただ、どこからそうした武器を手に入れられるのかがわからなかった。

ニコラスは腰を上げた。「宿題をしなくちゃ。じゃ、また夕食のとき会おう」

返事を待たずに、ニコラスは急ぎ足でジョナサンの部屋を出た。

夕食後、ジェームズ・ホイートリーは、スチュアートがスーツケースを車のトランクに積み込むのを手伝った。

バリー夫人がブライアント先生と一緒に立っていた。風よけにスカーフを頭にかぶり、タバコを吸っていた。ジェームズと視線が合うと、夫人は口元に笑みをうかべたが、表情は硬かった。これからまだサフォークまでスチュアートの姉を迎えに車を走らせなくてはならず、さらにそのあとロンドンまでの帰路の長旅が待ち受けているのだ。

「それで全部なの？」夫人がスチュアートに声をかけた。彼はうなずいた。「ほんとに？　忘れ物を取りに引き返すなんてごめんですからね」

スチュアートはジェームズのほうを向いて、やれやれと言わんばかりに目玉をぐるりとまわしてみせた。「ああ、全部だよ、ママ」

「じゃ、行きましょうか」バリー夫人はブライアント先生に手を差し出した。「ほんとうに、ありがとうございました。スチュアートがいろいろとお世話になりまして、ラルフもわたくしも、とても感謝しておりますのよ」

「どういたしまして。ただ、息子さんとお別れするのは残念ですね。寮にとっては大きな損失ですから」

スチュアートはジェームズににやっと笑ってみせた。二人ともブライアントを軽蔑していたし、ブライアントのほうも二人に対して同じ気持ちをいだいていることは確かだったからだ。いつもならジェームズもにっと笑い返すのだが、いまの彼はそんな気分ではなかった。

ブライアント先生はスチュアートと握手した。「がんばるんだぞ、スチュアート。帰国したら訪ねてきてくれるね」

「はい、必ず」答えてから、スチュアートはまたにやついた。ブライアント先生はバリー夫人に向かってうなずくと、寮にもどっていった。「じゃあ、さようなら、ジェームズ」夫人は言った。「スチュアート、さよならを言いなさい」

ついに、来るべきときが来てしまった。スチュアートはジェームズにぎこちなく手を差し出した。「じゃあな」

「ああ、じゃあ」ジェームズはさらりと言おうとした。

「大丈夫だよ、きっと」

「だろうね」

「ジョージがそのうちもどってくる」

「ブライアントはそうは言ってないけど」

「あんなやつに何がわかる。待ってなよ」

「そうだよな」

沈黙が訪れた。言いたいことは山ほどあったが、バリー夫人が苛立ってきているのがわかった。「もう行ったほうがいい」

「そうね、行きましょう、スチュアート」いくぶんぴりぴりした口調で、バリー夫人が言った。「ケイティーが待っているわ。ジェームズ、きっと遊びにきてちょうだいね」ジェームズは礼を言いかけたが、一刻もはやく車を出したい夫人は、もう車に乗りこもうとしていた。

走りだす車を、ホイートリーは目で追った。彼の一部は、追いかけていって、行かないでくれとスチュアートにすがりつきたい気分だった。だが、スチュアートの意志でどうにかなることではなかったから、ジェームズにできることは何もなかった。

彼は校舎を見上げた。まるで石の巨人のように高くそびえる建物を前にして、ジェームズは自分が無防備な、か弱い小人になったように感じた。

重い足どりで、ジェームズはオールド・スクール寮にもどっていった。

その晩、ジェームズは寮の共同寝室で本を読もうとしていた。シーツをはがされてマットレスがむき出しになっているベッドが二つあった。いまごろスチュアートはロンドンにいて、家族でいろいろな計画を話し合っていることだろう。ジョージもロンドンで専門医に診《み》てもらっている。来学期の初めまで彼はもどらないだろうと、ブライアントは言っていた。

ジェームズのまわりではほかの四年生たちが就寝の支度をしていて、部屋じゅうがざわめきにつつまれていた。洗面所からウィリアム・アボットが出てきて、自分のベッドに向かった。チビのウィリアムはしばしばジェームズのいじめにあっていたから、いつもは見逃してくれと言わんばかりにこそこそしていた。だが、今晩のウィリアムの足どりは、これまでになく自信に満ちていた。もう怯える必要はなくなったからだ。

ジョージがここにいてくれたら、とジェームズは思った。来学期がおそろしく遠く感じられた。

ヘンリー・ブレイクのベッドにはクリストファー・ディーズが座っていた。二人はジェームズをじろじろと見ていた。彼がにらみ返すと、たちまち二人は目をそむけたが、二週間前だったらもっとあわてて視線をそらしたはずだった。しかも、二人はそうしながらもたがいに笑みを交わしさえしていた。二人も過去にジェームズのいじめを受けていた。もはや怖いものはないのだ。

あいつら、何か企んでいるのか？　まあ、いい。やったら後悔させてやる。来学期にな。ジョージがもどってきたら。

いまここにジョージがいたら、とジェームズはまた思った。

ドアがあいて、ブライアン・ハリントンが見まわりにやってきた。「急ぐんだ。もうみんなベッドに入っていなくてはならん時間だぞ」洗面所から遅れて出てきた生徒たちのなかに、ジョナサン・パーマーもいた。彼は自分のベッドに向かう途中、ジェームズの横で足をとめると、にっこり笑って、「いい夢を見るんだね」と彼にささやいた。

「ジョナサン！」ブライアンの怒声が飛んだ。「ぐずぐずするな！」ジョナサンはベッドにもぐりこんだ。「では、みんな、おやすみ」「おやすみなさい、ハリントンさん」室内の明かりが消された。

ジェームズは暗闇を凝視しながらじっと横たわっていた。周囲はしんと静まり返っていた。自分の心臓の鼓動以外に、聞こえる音はなかった。

ジェームズは怖くはなかった。だれも何もしないにきまってる。そんな度胸はないはずだ。度胸のあるやつなんかいないはずだ!!

自分もロンドンに行きたかった、とジェームズは思った。どこでもいいから、ここ以外の場所にいたかった。

シーツを頭の上まで引き上げて、ジェームズは胎児のように体をまるめた。自分が震えている事実を考えないようにした。

突然、ジェームズは目を覚まし、銃から発射された弾丸のように跳ね起きた。全身を硬直させて、彼はベッドの上に上体を起こした。パジャマは汗でぐっしょり濡れていた。あたりは、まわりで眠りつづける同室の生徒たちの寝息といびきで満たされていた。ジェームズは暗がりに視線を走らせ、何か動くものはないか目を凝らして見た。何もない。いやな夢を見ただけなのだ。

何もかもが悪い夢のようだった。自分を憎悪する者たちに囲まれ、闇のなかにひとりぽつんと取り残されて、ジェームズはいつしか泣きだしていた。

7

授業時間の終了を知らせるベルが鳴ると、ヘンリー・アッカーリーは安堵の色を隠せなかった。

「よろしい。では、これまで。でも、静かに頼むよ」四年生たちは席を立つと、午前の休憩に入るため教室から移動しはじめた。ヘンリーは座ったまま、生徒たちが出ていくのを見守った。ジェームズ・ホイートリーが憔悴した顔をしていた。よく眠れなかったのかもしれなかったが、それは重大事ではなかった。気になっている問題の生徒が近づいてきた。一瞬ためらったが、彼は決行することにした。

「ロークビー！」

リチャード・ロークビーが振り向いた。「はい？」

「ちょっと話があるんだ」

リチャードは足をとめて、ほかの生徒たちが両わきをぞろぞろと出ていくのを待った。ジョナサン・パーマーとニコラス・スコットが、教室の出入口でうろうろしているのがヘンリーの目に入った。「きみたちは何してるのかな？　早く教室から出て、ドアを閉めるんだ」

ニコラスは言われたとおりにしたが、ジョナサンは立ち去ろうとしなかった。「ジョナサン、耳が聞こえないのか?」ジョナサンは依然何の反応も示さなかったが、リチャード・ロークビーが彼に向かってうなずくと、ようやく出ていった。ヘンリーは怒りを抑えて、目下の問題に専念した。

「では、ロークビー、いったいどういうことなんだ?」

少年の青い瞳がまっすぐヘンリーを見つめた。「どういう意味ですか、先生?」

「わたしの前でとぼけるのはやめるんだ。どういう意味かちゃんとわかっているはずだ」

「ぼくがですか?」

「いったいいつまであんな無礼なまねにわたしががまんすると思っているのかね?」

「ぼくが何をしたとおっしゃるんですか?」

ヘンリーは大きく息を吸った。「ロークビー、わたしは挑発的な態度は好まんのだ」

「それはそうでしょうが、何のことをおっしゃっているのかわかると、とても助かるのですが」

「きみは自分のことを利口な人間だと思っているんだろう、ロークビー?」

リチャードは肩をすぼめた。

「そうじゃないか?」

「それは先生がたが判断されることですよ。先生はぼくのことを利口だと思ってらっしゃるんですか?」

「話をはぐらかすんじゃない、ロークビー」

「何をはぐらかすっていうんです?」

「ほかの教師ならきみの無礼な態度を大目にみるかもしれないが、わたしは絶対に許さんからな」

「ぼくは無礼ですか？」

「そんなことはよくわかっているはずだ！」

「わかりませんね、先生。ぼくはいつだって礼儀正しくしようと努めてますから。でも、ぼくのどういう態度が無礼だと思われるのか説明していただければ、ぼくは直すように努力できると思うのですが」

自分が窮地に追いこまれてしまったことに、ヘンリーは気づいた。ロークビーの言うとおりだった。彼の行動はつねに、表面的には完璧な礼儀作法を実践しているかのように見えた。しかし、その慇懃《いんぎん》な仮面の下に隠されているものが、ヘンリーの神経にさわるのだ。たとえば、教師の顔を凝視することだ。

それがますます増長してきていた。いまでは授業の初めから終わりまで、あの瞬きひとつしない強烈な視線をヘンリーに注いでいた。無視しようとしても無理だった。ヘンリーはめったにロークビーと視線を合わせなかったが、ごくたまに目が合うと、そこに秘められた悪意のすべてが見てとれて、不安にかられるのだった。

ちょうどいまのように。

万力で頭を挟みつけているかのように、ロークビーの瞳はヘンリーを確実にとらえて放さなかった。その視線がドリルのように彼を突き通し、ヘンリーはまるで自分の心と、そこに巣くう闇の部分まで見透かされているかのように感じるのだ。

これは対決だ、と彼は思った。しかも、ヘンリーの敗色が濃くなってきていた。彼はなんとか主導権を取りもどそうとした。

「言うべきことは言った。ロークビー、これは警告と受けとめてもらいたい。いまの態度をつづけるなら、それをやめさせるための対抗措置をとることになる。わたしはここの教師であるし、それなりの権限もある。そのことを忘れないほうが賢明だろうな」

強い口調で警告したものの、ヘンリーは瞬時に後悔した。はた目にはほとんどわからないくらいかすかに、リチャード・ロークビーは背筋を伸ばした。

「ぼくを脅迫しているわけではないでしょうね、先生？」

依然、慇懃な口ぶりだったが、リチャードの目は氷のように冷ややかだった。

ヘンリーはごくりと唾をのみこんだ。

「そうなんですか？」

「いいや」

「よかった。ぼくがこんなに一生懸命礼儀を守っているのに、脅迫されるなんてまるっきり不公平ですからね」

リチャードは一歩前に足を踏み出した。ヘンリーは思わず椅子の背に身を引きたくなるのをこらえた。

「じっさい、脅迫なんかされたら、ぼくだってどれだけ先生に無礼をはたらけるかお見せしたくなりますよ」リチャードの口の端に笑みがうかびはじめた。「そういう事態にならないことを祈りましょうよ、先生」

ヘンリーは何か言おうとしたが、喉がからからに渇いていて、うなずくのがやっとだった。

「ほかに、ぼくにおっしゃりたいことはおありですか？」

ヘンリーはかぶりを振った。

「じゃあ、もう行っていいですね？」

「ああ」

「ありがとうございます」リチャードはドアに向かって歩きだし、戸口で振り返ると、にっこり笑った。「失礼します、また明日、二時間目に」そう言い残して、彼は立ち去った。

ヘンリーはその場から動かなかった。手をのばしてタバコを一本取り出したが、手が震えてうまく火をつけられなかった。


最終の授業が終わったところだった。ウォルポールの名を付された教室からフランス語のトップクラスの生徒たちがぞろぞろ出てくると、ニコラスは自分の名前を呼ぶ声を聞いた。振り向くと、リチャード・ロークビーが近づいてくるところだった。

「これから、来るんだろ？」と、リチャードは声をかけた。

ニコラスは警戒心をあらわにしてリチャードを見つめた。「どこへ？」

「ジョナサンから聞いてないのか？」

「聞いてないって、何を？」

リチャードは一瞬驚きの表情をのぞかせ、「どうやら、聞いてないみたいだな」と肩をすぼめると、立ち去ろうとした。

「何の話？」ニコラスはリチャードの背中に向かってきいた。

「何でもないさ」リチャードは足をとめずに言った。

ニコラスは急いであとを追いかけた。「何でもなくはないだろ。でなきゃ、どうしてぼくにきいたのさ？」

「今晩のメニューはどうせ例の挽《ひ》き肉料理だろ。伯母が昨日、大きな包みを送ってきたから、食堂に行くかわりに、みんなでそっちのほうをあけてみたらいいと思ってね。ジョナサンには言っといたんだけど」

「ぼくには何にも言ってなかったよ」

「きっと忘れたんだろう。もし来たけりゃ来てもいいよ。もっともきみは、ほかの連中と食事するほうがいいんだろうけど」

そうしてほしいんだろ、とニコラスは思った。「行くよ、ありがとう」彼は押しきった。

リチャードは露骨に不愉快そうな表情をうかべ、「じゃあ、いいよ」としぶしぶ言った。「行こう。部屋でジョナサンが待っているだろう」

二人はアベイ寮の階段を上っていった。どちらも口をきかなかった。リチャードとニコラスが二人だけになったのは、これが初めてだった。ふいにリチャードと二人だけになって、ニコラスはなんとも気づまりだった。リチャードも同じように感じているのだろうかと、彼は思った。

リチャードの部屋に到着した。ジョナサンが先に来ていることをニコラスは期待したが、部屋にはだれもいなかった。リチャードはベッドの上に体を投げ出し、机のそばの椅子を手で示した。ニコラスは腰を下ろして、「ジョナサンはすぐに来るよね」と言った。

「そのはずだ」

「フレミング先生の授業はいつも長びくって、ジョナサンはいつもこぼしてる」

「ああ」

遠くの話し声がニコラスの耳に入ってはいたが、四学年のフロアは森閑としていた。リチャードは彼をじっと見すえていた。瞬きもせずにまじまじと見つめられて、ニコラスはわけもなく動揺し、何か言おうと躍起になった。「ねえ、ばかげていると思わない？　フランス語の授業がレベルごとにクラス分けされているなんて」

「どうして？　できるやつもいれば、できないやつもいるだろう」

「それはどんな教科でも同じじゃない。ジョナサンをごらんよ、歴史はよくできるけど、ラテン語は大の苦手だ。ジョージ・ターナーなんか、落第すれすれ組の算数のクラスがあったとしても、きっと授業に追いつくのは大変だろうし」

「だから？」

「だから、ばかげてるっていうのさ」

「じゃ、何とかしろよ。学校の理事に手紙を書けば？」

ニコラスは気弱な笑い声をあげた。「それはちょっと過激だな」

「ばかげてるってほんとに思うんなら、過激ってことはないさ」

「そんなに強く思ってるわけじゃないよ」

「じゃ、どうしてそんなこと言うんだ？」

ニコラスは肩をすぼめた。「何か話をしようと思ったから」彼はジョナサンに大急ぎで駆けつけてほしかった。

「どうして、話をしなくてはいけないんだ？」

「さあね」

「黙っていると怖いのか？」

「べつに」

「ぼくが怖いのか？」

ニコラスは、自分の頬が熱くなっていくのがわかった。「怖くなんかないさ。そんなわけないだろ」

「それなら、どうしてそんなにそわそわしているんだ？」

「そわそわなんかしてないよ」

「だれとでもそんなふうになるのか？　真っ赤っかになって、下向いて、小便でも漏らしそうなくらいもじもじしちゃってさ」

「そんなことないよ」

「そう、そんなことないよな。ぼくといるときだけ緊張するんだ。一緒の部屋にいるのがそんなに苦痛なら、下の階に行ってジョナサンを待ってたらどうだ」

そうしたいのは山々だった。ニコラスの本能のすべてが、そこを離れろと彼に叫んでいた。

「いや、もっといいのはね、いつもの仲間のところにとっとと逃げ帰って、ぼくとジョナサンを二人だけにしてくれることだな」

にわかに、ニコラスのなかの不屈の闘志が牙をむいた。心の奥では、いずれこうした対決は避けられないとわかっていた。いま、そのときが来ていた。闘わずして負けるつもりはニコラスにはなかった。

目を上げて、ニコラスはリチャードを見つめた。「それがきみの望みなんだろう？」

「どうかな？」

「きみはいつだって、そうなってほしいと願ってきた。だけど、そうはいかないね」

「ほんと？」

「ああ、ほんとさ。ぼくは絶対そんなこと許さない」

リチャードはにやりとした。「賭けてみるか？」

「ジョナサンは来ないんだろう？　伯母さんからの荷物なんて届いてやしないし、ジョナサンもこのことは何も知らないんだろう？」

「そうさ、彼は知らない。これはぼくときみの問題だ」

「そうじゃない。これはジョナサンとぼくの問題なんだ。きみはジョナサンをぼくから引き離そうとした。だけど失敗した。だから今度は、ぼくを脅かして追い払うしかなくなったんだ」

「事実をよく認識したらどうだ？　ジョナサンはぼく以上に、きみがつきまとうのを疎《うと》ましく思っている。彼がきみに言えないわけはたったひとつ。きみの反動が心配なのさ。きみのことが好きなんじゃない。ただ可哀想だと思っているだけさ。まあ、無理もないな。なんとも哀れだから、きみは。そんなに自分が哀れで情けなかったら、ぼくなんか自殺したくなるだろうな」

「きみはほんとうにぼくが嫌いなんだね」

「ああ」と、リチャードは言った。まだ笑みをうかべている。「ほんとうに嫌いだね」

ニコラスはゆっくりと立ち上がった。呼吸は規則正しく、楽にできた。顔の表情も冷静そのもので、あまりにも自分が平然としているので、ニコラス自身が驚いていた。

「好きなだけ嫌うがいいさ。でも、ぼくを追い払うことはできないよ。きみなんか、ちっとも怖くない。ジョナサンはいまはきみのことをすごいやつだと思っているかもしれないけど、じきに本性を見破るだろう。そうなれば、紙くずみたいにきみを捨てるにきまってる。そしたらぼくは、面と向かって笑ってやる！」

ニコラスはきびすを返してゆっくりとドアに向かった。肝がすわっているところを見せてやるつもりだった。だが、そのあとのリチャードの言葉が彼をすっかり動転させた。

「家族は元気かい？」と、リチャードはたずねた。

ニコラスは足を止めて、振り向いた。「何だって？」

「きみの家族さ。どうしてる？」

「関係ないだろ、そんなこと」

「きみんとこのお母さんは大変だろうな。少しはうまくやっていけるようになったかい？」

「うちのお母さん？　何の話だよ」

「そう簡単にはいかないよな。お祖母さんの症状がどんどん悪くなっているんだから。今度は何が起きるかって心配ばかりしているんじゃないか。この前だって、お祖母さんが寝間着のまま街に行っちゃって、警察に連れもどしてもらうはめになったんだろう。ほかにもそういう騒ぎを起こしているんじゃないか？」

ニコラスは口をあんぐりあけた。「どうして……」

「どうりで何も問題ないふりしてるわけだよな、きみのお母さん。現実を直視して手を打つより、見て見ないふりをするほうが、だれだっていいにきまってる。夫の世話をやいたり息子にケーキを焼いてやったりして、家内安泰って自分に言いきかせているほうがずっと気楽だもんな。母親がガスをつけっぱなしにしたり、バスの直前で転んだりすれば、ただの大事故ってことになる。気がとがめることもないわけだ」

ニコラスの顔から血の気が失せた。

「きみはお祖母さんが大好きなんだろ？　お祖母さんだってきみを可愛いと思っているはずだ。きみがだれだか、ちゃんと思い出しているときはね。それに、自分がだれなのかもわかっていればだけど。お祖母さんは、きみよりお兄さんのほうが好きだったのかもしれないな。きみの両親だってそうだろう」

ニコラスは、まるで皮をはがれ、露出した肉をかみそりで削ぎ落とされているような苦痛を味わっていた。何よりもつらい秘密を、ことごとく目の前に突きつけられていた。それはだれにも打ち明けたことのない秘密だった。ジョナサン以外のだれにも。

「死んだのがきみだったらよかったのにって、お祖母さんは思ってるかな？　どう思う？　ぼくだったら知りたいと思うね。もうお祖母さんにきけないなんて残念だな。いまの様子じゃ無理だよな」

ニコラスは目に涙をうかべていた。涙を見せないようにがんばったが、むだだった。

「きみのお父さんは軍人だね？　ずいぶんアウトドアが好きなタイプみたいだな。お兄さんもそうだったらしいね。でも、きみはちがう。いい人みたいだね、きみのお父さんて。きみに失望していることなんか、少しも面《おもて》に出さない人だ」

涙を流しながら、ニコラスは無言でリチャードを見つめた。何も言わなくても、その苦悩の表情は慈悲を求めていた。だが、リチャードの瞳には同情のかけらもなかった。それどころか、とどめを刺したくて、じりじりしていた。

「ジョナサンとぼくは一人っ子でラッキーだったと思うよ。親がほかの兄弟と同じくらい自分を愛してるかなんて、心配する必要がないからね。それに兄弟が一人死んだからって、死んだのが自分ならよかったと親が思ったかどうかなんて、気にすることもないしな。さぞかしつらいだろうな。そういうことを胸の内にしまいこんでおかなくてはいけないなんて。でも心配しないほうがいいよ。きみの両親はきっときみを愛してるさ」リチャードは間をおいた。「かれらなりにね」

ニコラスはもう耐えられなかった。激しくしゃくりあげながら、彼はリチャードの部屋から飛び出した。

八時十五分前。教室へもどろうとしてアラン・スチュアートは、暗くなった廊下を歩いていた。机にタバコを忘れてきたので、夕刻のテストの採点を始める前にとってこようと思ったのだ。

日中喧騒につつまれていた廊下も、いまはすっかり静まり返っていた。聞こえる音といえば、よく磨かれた床にこだまする自分の靴のそれだけだった。だが、自分の教室に近づくと、だれかが声を押し殺してすすり泣いているのが聞こえた。

アランは歩調をゆるめて、どの教室から聞こえてくるのか突きとめようとした。この時間、このあたりにはだれもいないはずだった。教師は授業時間以外は教室に鍵をかけておくことになっていたからだ。だが、つねにだれかしらかけ忘れる者がいるのはしかたないことだった。

ドアのひとつがわずかにあいていた。アランはそのドアをすり抜けると、明かりをつけた。ニコラス・スコットが自分の席に座っていた。両腕に顔をうずめ、眼鏡は机の上に置いてあった。まるで身も世もないように、ニコラスは泣いていた。涙にくれて、明かりがつけられたことにも気づいていない様子だった。

アランは背筋に戦慄をおぼえた。ニコラスの両親のどちらかが亡くなったにちがいない、と最初は思った。「ニコラス、どうしたんだ?」

ニコラスはぎょっとして飛び上がった。彼は顔をあげると、赤く腫れた目を見開いて警戒した。「大丈夫」と、アランはそっと言った。「わたししかいないから、ほかにはだれもいないよ」彼は後ろ手でドアを閉めた。「何があったんだい?」

ニコラスはなんとか落ち着こうとした。「何でもありません」彼はぐっとこらえて、涙をぬぐった。

「何でもないようには見えないがね」アランは優しく言い、ニコラスのとなりの席に座った。

「いったいどうしたんだ？　家から悪い知らせでもあったのか？」

「いいえ」

「じゃ、何かな？」

ニコラスは眼鏡をとった。アランは安心させようと、にっこり笑ってみせた。「さあ、話してみないか？　だれかがきみを傷つけるようなことしたのかい？」

ニコラスはかぶりを振った。

「そうなんだろう？　何があったんだ？」

「言えません」

絶対にだれにも言わないからと言おうとして、アランはふと思い当たった。

「それは、ジョナサンとロークビーに関係あることだね？」

ニコラスの顔がこわばるのを、アランは見逃さなかった。当たりだ。

「ちがいます」

「あの二人がきみに何をしたんだ？」

「何も」

「ニコラス、これは大事なことなんだ」

「べつに何でもないんです」

アランは大きく息を吸った。「いいかい、ニコラス。わたしはばかじゃない。目もついている。何かが起きているのはわかっているんだ。きみとジョナサンがどんなに仲よしかも知っている。ただ、いまはロークビーが割り込んできているんだね？」

ニコラスは机に目を落としたまま、口をつぐんでいた。

「それでロークビーに焼きもちをやいているんだね」できるだけおだやかな声で慰めるように、アランは言った。「自然な反応だよ。わたしだって子供のころは、焼きもちをやいたもんだ。でも、きみの場合、それだけじゃないんだろ？　きみのロークビーを見る目つき、見たことがあるんだ。彼を怖がっているね？」

ニコラスは答えなかったが、アランの勘では、もう少しでガードを突破できそうだった。

「そうなんだね？」そっと、彼はきいた。

ゆっくりと、ニコラスはうなずいた。

「どうしてだね、ニコラス？　きみに暴力を振るったのか？」

「いいえ」

「なら、何らかの形できみを脅したのか？」

「いいえ」

「じゃ、どうしてなんだ？　自分のことが心配で恐れているのかい？　それとも、ほかのだれかのことが心配なのかな？」返事はなかった。「ジョナサンのことか？」

「はい」

「どういうことなんだ、ニコラス？　話してくれないか？　あの二人のあいだで何が起きているんだ？」

ニコラスはまた泣きだした。アランはその肩を抱いた。「ごめんよ、ニコラス。きみを動揺させるつもりはないんだが、わたしは知っておかなくてはならないんだ。ジョナサンが何か危険な目にあっているのかい？」

「彼、ぼくに誓ったんです」ニコラスは小声で言った。

「だれが誓ったって？」

「あいつ、誓ったんです！　ぼくにとっては、この世でいちばんつらいことなのに！　それなのにあいつら二人は、あそこにこもって、出来すぎのジョークみたいにその話をして笑ってるんです！　どうしてあいつ、そんなひどいことできるんだ？　何だってつき合ってやったのに？　ぼくはいやだったけど、あいつのことが心配だったから、しかたなくつき合ってやったのに」

アランは混乱した。「スコット、何のことを言ってるんだ？　何につき合ったって？」

「くそっ！　あいつらめ！　ぐるになっちゃって！　二人とも死んじまえばいいんだ！」

しゃくりあげながら、ニコラスはいきなり立ち上がると教室を飛び出していった。

予習時間は一時間前に終わっていたが、スティーヴンとマイケルはまだスティーヴンの机についたまま数学の問題に取り組んでいた。

「もう、わかっただろ？」と、スティーヴンがきいた。

マイケルはうなずいた。

「じゃ、説明してごらん」

「そんなこと、いいじゃないか」

スティーヴンは腹立たしい思いでため息をついた。「ちっともわかってないんだな」

「わかってるさ！」

「マイケル、もっとがんばらないとだめだよ。試験のときはぼくはそばにいないんだよ」

「わかってるよ」いらいらして、マイケルは言った。

「それなら、もっと注意しなくちゃ。そこに座ってぼんやりしてるだけじゃだめだよ。いつもいつも、ぼくをあてにするわけにはいかないんだから」

「あてになんかしてないよ、べつに。それほど救いようのない落ちこぼれってわけじゃないよ、ぼくは」

「落ちこぼれじゃないか。ぼくがいなかったら、進級できなかったはずだ」

「悪かったね！　いつもそんなに完璧主義で、くたびれないのか?!」

「完璧でいる必要はないさ」

「そうかな？　いつだって秀才ぶってさ、うんざりだよ」

「秀才ぶってなんかないよ！　おまえに試験で失敗してほしくないだけさ。そうなったら別々のクラスになっちゃうかもしれないんだぞ。おまえだってそんなのいやだろ」

「自分だっていやだろ」

「ああ、いやだ。だからがんばってみてくれよ。いいな？　二人のためなんだから」

激しく言い合いをしていた双子の兄弟は、そのときようやく、ニコラスが部屋にもどってきているのに気づいた。

ニコラスは自分の席について肩を落とし、目が赤く腫れ上がっていた。

「その顔、洗ってきたほうがいいな」長い沈黙のあと、スティーヴンが言った。「泣いていたのを人に知られたくないだろ」

「あと少しでベルが鳴るからね」マイケルがつけ加えた。「早く行ったほうがいいよ」

ニコラスは立ち上がろうとしなかった。マイケルは助け船を期待してスティーヴンを見た。しばらく、スティーヴンは何もしなかった。が、やがてひとつうなずくと、それを合図に二人は立ち上がった。

「よかったら、一緒に行ってやるよ。だれにも見られないようにしなきゃ」

二人はニコラスのところへ行った。「何があったのさ？」マイケルがたずねた。スティーヴンは首を振って、ニコラスの肩に手をおいた。「忘れるんだ、ニコラス、あんなやつらなんか。涙を流すほどの価値はないよ」

「わかってる」ニコラスは重い口をひらいた。「わかってるんだ」

「じゃ、来いよ。早く行かないと」

三人は連れ立って自習室を出た。

8

土曜日午前の最終授業。アラン・スチュアートは、四年生クラスで清教徒革命についての講義を終えたところだった。もう残り時間はわずかとなり、生徒たちは教科書に載っているこの内乱のまとめの部分に目を通しながら、一応は静かに席についていた。

だが、実際に教科書を読んでいる生徒などはほとんどいなかった。教室にはひそひそ話の低いざわめきが充満していた。アランはいつも、土曜日の授業は早めに切りあげるようにしていた。生徒たちはみな週末をひかえて興奮ぎみだし、最終ベルが鳴るまで授業に集中しろというのも酷なように思えたからだ。

しかし、今朝のこの授業にかぎっては、静かにしろと言わないのには、個人的な理由があった。彼自身が介入せざるをえない事態が起きていて、行動を起こす前に、現状を調べておく必要があったからだ。

クラスの席順に変化があった。ジョナサン・パーマーが、ニコラスと一緒の席から移って、いまはリチャード・ロークビーと一緒の席に座っていた。二人は額を寄せ合ってすっかり話に夢中になっているようだった。二人の肉体はそこにあっても魂はどこか遠くにあるような、そんな、周囲から遊離した雰囲気をただよわせていた。

ニコラス・スコットは、いまはひとりぽつんと席についていた。スティーヴンとマイケルのペリマン兄弟もひそひそ話をしていた。その双子たちの会話に、ニコラスがまた以前のように加わっているのを見て、アランはうれしくなった。しかし、ニコラス自身はうれしそうではなかった。ジョナサンとリチャードがいま座っている窓ぎわの席のほうをちらちら見ていて、そのニコラスの顔には悲しみがにじんでいた。それと……

それと何だろう？

アランにはわからなかった。ニコラスの表情にある何かを、彼は読みとることができなかった。

あの三人のあいだで何があったのだろう？　真相を突きとめる必要があったが、ニコラスのこの前の反応から判断するしかないとなると、すべてを明らかにするのはとうてい不可能なようにアランには思えた。

彼が関心を持ち、この時間に観察したいと思ったのはこの五人の生徒たちだったが、ふいにもうひとりの生徒も気になりはじめた。

ジェームズ・ホイートリーは教室の後ろの席にひとりで座っていた。ジェームズはだれとも話をしていなかったが、かといって教科書を見ているわけでもなく、ぼんやりと前を見つめていた。顔色が悪く、顔全体がひきつっているようで、目の下には大きなくまができていた。ひどく疲れている様子で、いつ倒れてもおかしくないのに、なんとかまだ持ちこたえているという感じだった。そのうえ、まるで帯電でもしているように、座ったままほとんど自覚なしに小刻みに震えていた。

そのとき、アランはクラスの前のほうの動きに気づいた。ジョナサンとリチャードが、後ろを振り向いてジェームズをじっと見つめていたかと思うと、リチャードがジョナサンに何かささやき、ジョナサンも何かささやいて、それからどちらもまた前を向いたが、二人の口元には笑みがうかんでいた。

ジェームズは教室にいるというより、さながら死の床に伏しているように見えた。いったいどうしたというのだ？

リチャードとジョナサンは、ジェームズのいまの様子と何か関わりがあるのだろうか？

いや、そんなはずはない。そんなことは考えられない。アランは想像をたくましくしすぎているのだ。

だが、アランの脳裏にうかんだものは、たんなる想像の産物とは思えなかった。

ベルが鳴り、授業の終わりを告げた。とたんに、ジェームズはほとんど飛び上がるようにしてわれに返り、びっくりした拍子に小さな悲鳴をあげた。生徒の多くが振り返って彼を見た。リチャードはジョナサンに何やらささやき、二人は懸命に笑いをこらえていた。

それを見て、このままではいけない、とアランは思った。何か手を打たなくては。それも早急に。

「ホイートリー、ひどい顔してるぞ。午後のラグビーはやめたほうがいい。保健室に行って診《み》てもらいなさい」

ジェームズはどうするか決めかねている様子だった。

「これは忠告ではなくて、命令だ。いますぐ保健室に行きなさい」

ジェームズはうなずくと、教科書をまとめはじめた。ほかの生徒たちもぞろぞろと教室を出はじめていた。ジョナサンとリチャードが、アランの机のそばを通った。「ジョナサン」

ジョナサンは振り向いてアランを見た。リチャードも振り返った。「はい」

「このあいだのレポートのことでちょっと話があるんだ」

ジョナサンの顔に驚きの表情がうかんだ。「あれはよく書けているっておっしゃいましたけど」

「そう、よく書けてはいるんだが、多少議論の余地もあるんでね」

ジョナサンはうなずいた。だが、リチャードの目は疑心をあらわにしていた。「どの箇所ですか？」と、彼はきいた。

「きみには関係ないだろう、ロークビー。ジョナサン、四時にわたしの部屋に来てもらえるかな。都合はどう？」

「はい、わかりました」

「よし。ではまたあとで」

ジョナサンとリチャードの二人は一緒に教室を出ていった。ちらっとアランを振り返ったリチャードの目には、まだ不審の色がうかんでいた。自分のしていることが正しいのを、アランは願った。

四時五分。アランはアベイ寮の自分の部屋にいた。ゆったりと居心地よく家具が配された広い部屋で、暖炉には火が燃えていた。ドアをノックする音がした。

「どうぞ」

ジョナサンはずっと走りつづけてきたように大きく息をはずませて入ってきた。「すみません、遅くなってしまって。試合が終わったのが、ほんの十分前だったんです」

「気にしないでいいよ。椅子にかけて。紅茶でもどうかな？」

「はい、お願いします」

アランは湯気の立つカップをジョナサンに渡した。二人は暖炉をはさんで向かい合って座り、たがいに見つめ合った。強い風が吹きつけて、窓ガラスがガタガタと大きな音をたてた。ジョナサンは礼儀正しく微笑んだが、その仮面のような笑顔の裏に本心を隠し、警戒している様子で、過去十二ヵ月間にわたってアランが見守り、励ましてきた生徒とはまるっきり別人になっていた。

「来てくれてありがとう。半休日のじゃまをして悪かったね」

「大丈夫です」

「きみと話しておかなくてはと思ってね」

「ぼくのレポートについてですか？」

「じつはそうではないんだ。ほかの件でね」

ジョナサンの目には驚きの色は現われなかった。リチャードが、アランとの話がどういう展開になりそうか正確に予測して、それを彼に説明したにちがいなかった。「ほかの件て、どんなことですか？」

「リチャード・ロークビーのことなんだ」

儀礼的な笑顔。

「最近、きみたち二人はとても親密になっているみたいだね」

「親密って？」

「特別親しいというか」

「ぼくたちは友だち同士です——もしそういう意味なら」

「親友だろう、いまは席も一緒なんだから。席替えをする前に、わたしに言ってくれなくてはな」

「すみません。かまわないと思ったものだから」

「文句を言っているわけではないんだよ……」

「じゃ、いいんですね」

「まあ、いい。それはかまわないんだが、ただね、きみなら事前にわたしにきいてくれると思っていたから。勝手に席を移動するなんて、きみらしくないような気がしてね」

「ぼくたち、それが問題になるとは思わなかったんです」

アランは身を乗り出した。「ぼくたち？」

「リチャードとぼくです」

アランは紅茶をすすった。「ニコラスやペリマン兄弟とはもうつき合っていないようだけど、何かあったのかい？」

「何もありません」

「ただ、つき合いをやめただけか」

「それはきみが望んだことなのかな？」

ジョナサンはこくりとうなずいた。

「そうです」

「ほんとうに？」

「ほんとうです。人間の気持ちは変わるものです。ずっと同じ友だちとつき合わなければならないという規則はないはずです」

「もちろんさ、きみにその気がないならね。でもね、ジョナサン、それがきみの本心でなければね。だれかほかの人間の希望でなくて」

「どういう意味かよくわかりません」ジョナサンは相変わらず仮面のような表情をしていたが、口調がわずかに守勢になりはじめた。

「わかっていると思うがね」

「いいえ、わかりません」

「つまり、それはロークビーが望んでいたことじゃないのかな？」

「ちがいます」

「じゃ、きみが、ロークビーと親しくなったとたんにほかの友だちとつき合わなくなったのは、ただの偶然なんだね」

「ただの偶然というわけでもありません」

「じゃ、どういうことだい？」

ジョナサンは肩をすくめた。

「もしかすると、きみとロークビーには、ほかのみんなより気が合う部分が多いってことかな？」

ジョナサンはうなずいた。

「なるほど」アランは微笑んで理解を示した。「ただちょっと、目新しいことをしたくなっただけかな？」

ジョナサンもにっこりした。「そうなんです」

「たとえばどんなこと」

ジョナサンの笑みはゆらいで、わずかに間があいた。「べつにとくに何かしたかったわけじゃありません」

「でも、いまのきみの話だと、きみとロークビーはほかの子たちとはちがう目新しいことをしてるんだろう？　どんなことをしているんだい？」

ジョナサンはまた肩をすくめた。「たいしたことじゃないです」

「だからどんな？」

「さあ。話したりとか」

「ほかの友だちとでは話ができないのかい？」

「リチャードと話すのとはちがうんです」

「ニコラスと話すのともちがう感じ？」

ジョナサンは答えなかった。仮面のような表情は相変わらずだったが、その瞳には新たな感情がにじみはじめていた。恥じているのだ。アランはようやく手応えを感じとった。「ニコラスでも、ちがうのかい？」アランはもう一度きいた。

「ええ、ちがうんです」

「ニコラスはきみのいちばんの友だちだったね？」

「はい、そうです」

「きみたち二人は切っても切れないほどの仲だった」

「そう思います」

「ロークビーが現われるまでは」

ジョナサンはまた肩をすくめたが、前ほどはっきりした身ぶりではなかった。「さっきも言いましたけど、人の気持ちは変わるものです」

「たしかにそうだね。で、きみはロークビーと仲よしになった」

ジョナサンはうなずいた。

「そして、残されたニコラスは独りぼっちで泣いているわけだ」

ジョナサンは目を見開いた。「それはどういう意味ですか？」

今度はアランが肩をすくめた。

「いつ泣いていたんですか？」

「昨日の夜だよ。教室で泣いているのをわたしが見つけたんだ」

ジョナサンは愕然とした表情になった。「ニコラス、大丈夫なんですか？」

「きみの知ったことではないだろう？　もう友だちではないんだし」

「だからって、不幸になってもらいたいわけじゃないですよ。彼、どうして泣いていたんです？」

「教えてもらいたいのはこっちだよ」

「ぼくは知りません！」

「ほんとに？」

「ほんとです！」

「心当たりがあるんじゃないか、ジョナサン。きみなら事情をよく知っていると思うが」

ジョナサンはごくりと唾を呑みこんだ。「わかりましたよ。ニコラスはリチャードと言い争いをしたんです。でも、そんなことでニコラスが泣いたりするなんて、ぼくは思わなかったんです」

「どんなことで、言い争ったんだね？」

「知りません！　ぼくはその場にいなかったし。言い争いなんて、しょっちゅうあることでしょう」

「あんなに彼が泣くなんて、相当ひどいことを言われたんだろうね」

ジョナサンは首を横に振った。

「どうしてわかるんだね？　きみはその場にいなかったって、いま言ったじゃないか」

「リチャードが話してくれたんです」

「そう、彼、どんなことを言ったらスコットが泣きだしたか、話した？」

「リチャードはニコラスに何も言ってませんよ！」

「いいや、言ったはずだ。ただ、きみには言わないことにしただけだよ。ちょうどきみが信じたくない何かを信じまいと決めるのと同じだ」

「それはちがいます。リチャードはそんな人間じゃありません！」

「そうかな？」

「絶対に！」

「それじゃきくが、どうしてニコラスはロークビーをあんなに怖がっているんだ？」

「それは、彼がばかだからです!! リチャードはニコラスを傷つけるようなことは何もしませんよ！」

「かもしれない」アランはゆっくりとした口調で言った。「でもな、ジョナサン、ニコラスが恐れているのはそんなことじゃないんだ」

ジョナサンは困惑したような顔になった。「どういう意味ですか？」

「彼はね、ロークビーがきみに何かするんじゃないかと心配しているんだよ」

「ぼくに?!」

アランはうなずいた。

「でもそんな、ばかげてますよ！」

「そうかな？ ニコラスはけっして頭の鈍い子だとは思えないがね。それどころか、まったくその反対だよ」

「リチャードがぼくを傷つけるなんて、そんなことありえませんよ！」

「それなら、なぜニコラスはきみのことを心配しているのかな？」

「わかりません！」

「きみとロークビーのあいだで、いったい何が起きているんだ？　何がニコラスをあんなに不安にさせているんだね？」

「知りませんよ！」

「ああ、そうだろうとも。きみは知らないんだろう。むろん、ジェームズ・ホイートリーの身に何が起きているのかも知らないんだろうね？」

ジョナサンは蒼ざめた。額には玉の汗が浮いてきていた。

アランは内心愕然とした。たんなる妄想として片づけようとしていたことが、何もかも否定しがたい現実であることが、ジョナサンの表情からわかったからだ。

「ジョナサン」アランはお気に入りの少年にというより、自分自身につぶやくように言った。「いったいきみは、何に巻き込まれてしまったんだ？」

ジョナサンはアランを見つめ返した。その体が震えていた。怯えた目をして、彼本来の姿である、未熟で傷つきやすい少年に立ち返ったようだった。アランはジョナサンの横に膝をついてしゃがみこむと、彼の腕を手でさすった。そして、さきほどまでの問いただすような口調を精いっぱいおだやかな声に変えて、なだめるように話しかけた。

「いいかい、ジョナサン。わたしはきみの力になろうとしているんだ。きみの気持ちがわからないとでも思っているのかい？　わたしもここと似たような学校に行ったから、きみがどれほど無力感を味わっているか、ようくわかるんだ。それから、ロークビーのような生徒が、どれほどすばらしく……」アランは適切な言葉をさがした。「どれほど頼もしく魅力的に見えるかということもね。しかしだね、ジョナサン、あの種の魅力は危険なんだ。人を惑わす麻薬のような力がある。いつものきみなら夢にも思わないことまでさせてしまうことがあるんだ。

きみと知り合って十二カ月になるけどね、ロークビーと一緒にいるときのきみは、わたしが知っているジョナサンではなくなっている。わたしのお気に入りのジョナサンではなく、だれかほかの人間を見ているようなんだよ。わたしがまったく好きになれないだれかをね。その子は本物のジョナサン・パーマーとはまったくの別人なんだ。

きみたち二人のあいだに何が起きているのか、わたしは知らないし、わたしがどうこう言う筋合いのものではないかもしれない。でも、信じてほしい。あえて言うが、この友情はきみにとって害になるものだ。きみはほかのみんなから孤立し、孤立すればだれかに頼ることになる。きみ自身のためにも、彼とつき合うのはやめにしないとね。それは、気づいているんじゃないのかい、自分でも？」

ジョナサンの唇は震えていた。目には涙があふれていた。それを見て、ジョナサンの仮面を突きくずすことに成功したのだ、とアランは思った。彼はジョナサンの肩を抱いた。「話してくれないか、何が起きているのか、な？　事態が悪化しないうちになんとか問題を解決できないかやってみようじゃないか」

ジョナサンはうなずいて、何か言おうと口をひらきかけた。

と、ドアをノックする音がした。

アランは小さく悪態をつくと、「かまわない、話して」と、ジョナサンをうながした。

「きっとすぐ行ってしまうから」

だが、そうはいかなかった。またノックする音がした。「取り込み中なんだ！」と、アランは外に向かって言った。「あとにしてくれないか」

「すみませんが、どうしてもお話しする必要があるんです」寮の監督生のパトリック・マーシュだった。

「ちょっと待っててくれ」アランはジョナサンに小声で言った。「できるだけ早くもどるから」

アランは戸口でパトリックと立ち話をしはじめた。ジョナサンは座ったまま運動場を見つめていた。頭がくらくらしていた。早くパトリックが行ってしまわないかと彼は思った。話さなければならないことが、先生に打ち明けなくてはならないことがあった。

むろん、ほんとうは話すべきでないということは、ジョナサンにもわかっていた。人に打ち明けるとは頭がおかしくなったのではないかとリチャードは思うだろうし、彼はいつだって正しかった。ジョナサンはリチャードを絶対的に信頼していた。でも、ニコラスのことは考えずにはいられなかった。いつだってジョナサンの味方をしてくれたニコラスが、あげくのはてに捨てられて暗がりで泣くはめになっていた。その責めの大半はリチャードが負うべきだったが、ジョナサンにも多少は責任があった。リチャードがいないいま、自分がどうなっているのか、ジョナサン自身にもわからなかった。その現実に、ジョナサンは怖くなった。

ジョナサンはこめかみをもんだ。すっきりした頭で考えたかった。だが、さまざまな考えや思いがもつれて、玉になった糸のように絡《から》み合い、解きほぐすことができなかった。椅子にかけたまま、彼は無意識に体を前後に揺すっていた。それにつれて足もカーペットの上をすべり、はずみでそばの本の山を突いて崩してしまった。あわてて、ジョナサンは元どおりに積み上げようとかがみこんだ。と、崩れた本のあいだから、一枚の紙片がすべり落ちた。それには、何か絵が描いてあった。ジョナサンは紙片を拾って絵を見た。

それは漫画だった。背景は漁船がひしめく港だった。前景にはケープをまとって顔だけを出している人物が描かれていた。にやっと笑ったその口元からは二本の牙がのぞいていた。粗いスケッチではあったが、腕のいい絵描きが描いたものらしく、その人物はまちがいなくポール・エラーソンだった。

ふいに、ジョナサンは頭痛におそわれた。ある想像が頭にうかび、それがいっきに膨れ上がって、なんとかそれを頭に収めようとすると頭がくらくらした。彼は反射的に漫画を元の場所に挟んで、崩れた本の山を元どおりにした。目の奥で血管が激しく脈打っていた。めまいがする。ひとつ大きく息を吸いこみ、それからもう一度息を吸って、ジョナサンは少しでも落ち着こうとした。

ドアが閉まった。ふたたび、アランがジョナサンの横に膝をついてかがんだ。「ごめんよ、ジョナサン、話を中断したくはなかったんだが」

ジョナサンはうつろな表情で彼を見た。その、焦点の定まらないまなざしを見て、アランは心配になった。「ジョナサン、大丈夫か？」

ゆっくりと、ジョナサンはうなずいた。

「それじゃ、どういうことなのか、話してくれるかい？」

ジョナサンは目の前の教師を見つめた。ほんの少し前までは、彼はすべてを打ち明けたい気持ちになっていた。だが、あれを見てしまったいまは……

でも、あれはいったい……？

とにかく、もう話したい気持ちは失せていた。それよりも、いま目にしたものについて考えなければならなかった。いくつもの断片をつなぎ合わせなくてはならないけれど、はたして自分にできるだろうか、とジョナサンは思った。できるかもしれないが、リチャードに会わなくては。ジョナサンには彼が必要だった。

「さあ、ジョナサン」アランはそっとうながした。

「ええと、何でしたっけ？」

「何が起きているのか話してくれるところだっただろう」

「気が変わったんです」ジョナサンはおもむろに言った。

アランは狼狽した。「でも、わたしには理解できないな……」

「理解していただくことなんて何もありません。ただ考え直しただけです。先生がおっしゃったように、ロークビーとぼくのあいだのことは、先生がとやかく言う問題ではありませんから」

そう答えながら、ジョナサンは自分の声に耳をすました。まるでだれかほかの人間が話しているように、自分の声がはるか遠くで聞こえていた。リチャードの声なのかもしれない。リチャードの言いそうなことだった。そういうせりふが彼は好きだった。

「もう行かなくては。宿題があるんです。帰ってもいいですか？」

アランは力なくうなずいた。ジョナサンは帰ろうとして立ち上がった。

「ジョナサン」

「はい」

「話したくなったら、わたしはいつでもここにいるから。わかっているね？」

ジョナサンはうなずくと、ゆっくりと部屋を出た。

アランは暖炉の前に膝をついたまま動かなかった。いったいどうしてしまったのだろうと、彼はいぶかった。廊下に出たジョナサンはリチャードの部屋に急いだ。

ジェームズ・ホイートリーは保健室のベッドの上に起き上がって、パジャマの上着の前を開いていた。そのジェームズの上半身を、タスカー医師と看護師のシスター・クラークはしげしげと見つめた。

「この青痣はどうしたんだい？」タスカー医師がたずねた。

「ラグビーでやったんです」

「痛そうね」シスター・クラークが言った。

「スクラムの下敷きになっちゃったんで。そんなのしょっちゅうですよ。べつにどうってことないです」

「まあ、それはともかく」タスカー医師は重々しく告げた。「きみの胃のほうはどこも悪くないよ」

ジェームズはタスカー医師をにらみつけた。「でも、さっきも言ったように気持ち悪いんですよ」

「前にも気持ち悪くなったことがあるのかい？」

「ええ」

「いつ？」

「今朝。朝食のあとで」タスカー医師は疑わしげな目を向けた。「嘘じゃないですよ！」

タスカー医師は首を振った。「吐きけがあるようには見えないね。極度の疲労のようだ。最後にぐっすり眠ったのはいつごろだい？」

「昨日の晩」タスカー医師は太い眉をつり上げた。「ほんとですよ！」

「きみのその顔からすると、もう何日も睡眠をとっていないはずだ」

シスターも同感とばかりにうなずいた。「心配しなくてもいいのよ」と、彼女はいたわるように言った。「だれでも一度は不眠症にかかるものなの」

「べつに眠れないわけじゃないんです！」ジェームズは叫んだ。「ただ吐きけがするだけで！　食中毒じゃないかな、たぶん。ここの食い物を考えたら、ちっとも驚くことはないでしょう」

「やめなさい」医師はきびしい口調で制した。「学校の食事に対するきみたちの不平不満は聞き飽きたよ。そんなに学校の食べ物がまずかったら、みんなとっくの昔に飢え死にしているはずじゃないか」

「そうなってたでしょうね」ジェームズは反撃した。「神様がトースターを恵んでくれなかったら」

タスカー医師はシスターに向かって指示した。「この子のクスリはだね、三日間ベッドで休息をとること、そしてできるだけ眠ることだ」ジェームズはそれに抗議しようと口をひらきかけた。「問答無用」医師は厳命した。「さ、横になって」ジェームズは医師の言葉を無視して、腹立たしげに糊のきいたシーツをこねくりまわしはじめた。そのとき、だれかが廊下でトレーを落としたらしく、大きな音が響いた。その音に、ジェームズは飛び上がった。シスター・クラークとタスカー医師は目を見合わせた。「ジェームズ」シスターがおもむろに声をかけた。「何か心配事でもあるの？」

ホイートリーは警戒するような目でシスターをにらんだ。「いいえ、心配事なんてあるわけないでしょう」

「しかし、きみはやけに神経過敏になっているじゃないか」タスカー医師も言った。「ほんとうに心配事はないのかい？　何かあるなら、眠れないのも説明がつくが」

「そんなことはないっていうんです！　ぐっすり眠ってるんだから！　どうして信じようとしないんですか?!」

シスター・クラークはため息をついた。外は暗くなりはじめていた。部屋の明かりをつけてから、シスターはカーテンを引きにいった。タスカー医師はまた首を振った。「好きなようにしなさい。でも、わたしの処方箋は変わらないよ。さて、ほかの患者を診てやらないとな」医師は病室を出ていった。やり場のない苛立ちから、ジェームズは自分の首筋をひっかいた。「おいしいココアを持ってきてあげましょうか？」シスターがとりなすように言った。「ゆったりした気持ちになれるから」

ゆったりした気分になって眠けを催すようなホット・ドリンクなどは、いまのジェームズがいちばんほしくないものだった。そんなものはイヌにでもやってくれと、彼はシスターに言いかけた。が、ふと、自分がいま、いかに無防備な状態にあるかということに気づいた。いまの彼は孤立無援で、シスターは彼をどうにでも思いのままにできるのだ。ここを生き延びるには、賢くふるまうしかない。ジェームズは無理やり笑顔をつくった。「それはいいですね。すいません」

シスターがココアをつくりに出ていくと、ジェームズはあたりをじっくり見まわした。病室にはベッドが五つあったが、どれも空だった。それが好都合といえるのかどうか、彼にはわからなかった。ただ、室内は冷えきっていた。外では寒風が吹きまくっているのに、窓が半分あけられていたからだ。タスカー医師は、新鮮な空気こそ健康の基という固定観念にとりつかれていて、みんなから、サナトリウムでは診察してもらう前に凍え死んでしまうといわれて、いつも笑い話の種になっていた。だが、その、医師の妄信がいまのジェームズにはありがたかった。寒さに震えていれば、それだけ眠りにくくなるからだ。

シスター・クラークが湯気の立ったマグカップを持ってもどってきた。ホイートリーはほんの少しすすっただけで、その甘さに吐きけがした。シスターはなにやら期待のこもった目で彼を見守っていた。「これすごく熱いから、冷めてから飲みますよ」この言いわけは通用しなかった。シスターはまったく動こうとしないので、もっと巧妙な手段を講じる必要があった。ホイートリーはベッドに横になった。「さっきは失礼だったかもね、ごめんなさい。シスターの言うとおり、このところずっと寝ていないんです。ただ、そんなこと言うのは、ばかみたいだと思って。不眠症なんて、うちのおふくろなんかが医者にかかるための口実にするもんだと思ってたから」ホイートリーはわざとあくびをしてみせたが、それはたちまち本物のあくびになってしまった。

この作戦はうまくいって、シスターの態度が和らいだ。「いいでしょう。それをちゃんと飲むのよ。十分後にカップをとりにきて、それから消灯しますから」

シスターがいなくなったとたん、ホイートリーは窓辺に駆け寄ってマグカップの中身を外に捨てた。思っていたとおり、薬の混入を示す残留物が底に残っていた。彼を眠らせるためのトリックなのだ。ばかめ。

十分後、ホイートリーはベッドで体を丸めて目をしっかり閉じ、すやすやと深い寝息をたてていた。これで大丈夫、とシスターはうなずいた。彼女は彼の周囲のシーツをぴんと伸ばすと、空のマグカップを回収して明かりを消した。

シスターの足音が遠ざかると、ホイートリーはベッドから上体を起こしてシーツをはねのけ、パジャマの上着を脱いだ。冷気が彼を襲い、全身に鳥肌がたった。彼は自分をつつみこんでいる闇に目を凝らした。そして、知っている曲を片っぱしから頭に思いうかべてその歌詞をつぎからつぎへと小声で口ずさみ、両手を固く握りしめて、瞼《まぶた》が落ちてくるとこぶしで自分のわき腹を強く突いた。

家に入るなり、マージョリー・アッカーリーは何かがおかしいことに気づいた。

四時三十分になっていた。ヘンリーのコートと傘が玄関にかかっていて、午前中に配達された郵便物がホールのテーブルに、彼女の目につくようにきちんと積み重ねてあった。家の奥では、モーツァルトのコンチェルトのレコードが流れていた。何もかもいつもどおりだった。が、どこか様子がちがっていた。

二十年を越える結婚生活のなかで研ぎすまされた直感から、マージョリーにはそれがわかるのだ。深く息を吸いこんで、彼女は来るべきものに備えて、心の準備を固めた。

マージョリーは居間に入っていった。暖炉のそばのいつもの椅子に、ヘンリーは座っていた。スコッチの壜が一本、椅子の横のテーブルにのっていた。今朝は半分あったスコッチが、いまは空になっている。ヘンリーは両手でグラスを挟んで揺すっていた。まるで催眠術でもかけられたようにグラスを見つめながら、底に残った液体をぐるぐるまわしている。マージョリーが入ってきたことにも気づいていない。彼女はそっと夫の名を呼んだ。ヘンリーは目を上げた。どんよりしたその目は、敵意を宿していた。マージョリーは不安をおぼえた。酔っているときの夫はいつも怖かった。

「何の用だ?」強い口調で、ヘンリーはきいた。はっきりした口調だった。どんなに酔っているときでも、ろれつがまわらなくなることはなかった。

「ただ、どうしているかしらと思って」

「わたしがまだいるかどうか、さぐりにきたってところだろう」ヘンリーは笑い声をあげた。その声に、マージョリーはひるんだ。

「そんな言い方なさらないで」

「どこが悪い? 真実を言ったまでだ。いまだって、きみはびくびくしているだろう、わたしが出ていってしまうんじゃないかって。神様はご存じだ。鎖を握っているのはきみで、わたしがどこへ行こうと、いつだってきみは引きもどすことができるんだ」

「ヘンリー……」

「何だ？　それが事実なのは二人ともわかってることだ」ヘンリーは空壜を指さした。「もう一本買っとくように言わなかったか」

「もう充分飲んだでしょう？」

「好きなだけ飲むんだ。わたしが全部払ってるんだからな。きみじゃないんだ」

「わかってますよ、そんなこと。ただ、そんなに飲むと体によくないから」

「操縦しにくくなってしまう。そう言いたいんだな？」

マージョリーはかぶりを振った。

「なら、けっこうだ。わたしを操縦するのはきみじゃない」そう言うと、彼はグラスの底をじっとのぞいた。「ぜったいにだれの言いなりにもならん」

「何かあったの？」ヘンリーは妻を無視した。「話して」マージョリーは励ますように言った。ヘンリーは小声で何かつぶやいた。あいつめ、と言ったように、マージョリーは思った。

「ヘンリー、ほんとに何があったの？」

「わたしを不安に陥れようとしているんだ。あいつの言いなりにできると思っているんだ」

「だれがですって？」

「あいつは自分を相当賢いと思っているんだ。あの目でわたしをにらみつけて、脅しをかけてきやがるなんて。そんな手に、だれが乗るものか！　わたしに大きな口をたたいたことをきっと後悔させてやる」

「ヘンリー、何のことだかわからないわ……」

「あいつとあいつのろくでもない仲間のことさ。ろくでもないやつらで、ろくでもない訛りがあるんだ。いまいましい小僧たちだ！　すぐ泣きごとを言う弱虫のヨークシャーの悪ガキどもめが！」

マージョリーはたじろいだ。ヘンリーは妻に顔を向けた。その敵意に満ちた目は、いまやあからさまな害意をのぞかせていた。「おまえも何だ？　わたしのかかえる問題をわざわざここまでのぞき見しにきたのか！」

「まあ、ヘンリー……」

彼は立ち上がった。手にはまだグラスを握りしめていた。「気にかけているふりなんかして！　心配するふりなんかしやがって！　わたしの身に降りかかる問題はみんな、おまえのせいなんだぞ！」

ヘンリーはマージョリーに一歩歩み寄った。思わず、彼女は一歩あとずさった。「ヘンリー、お願いだから……」

「みんな、おまえの、せいなんだ！　何もかも、おまえが悪いんだ!!」

ヘンリーは手にしたグラスをマージョリーの頭の後ろの壁めがけて投げつけた。ガラスの破片が部屋に飛び散った。マージョリーは悲鳴をあげて目を覆った。ヘンリーは激しい怒りに身を震わせていた。「わたしを思いどおりになど、ぜったいさせないぞ!!　わたしの人生だ、おまえのいいようにされてたまるか!!」

マージョリーは怯えていたが、夫の言葉がついに彼女の奥に秘めた勇気を奮い立たせた。マージョリーは立ち上がって、夫と向き合った。「あら、でも操縦してあげないとね、ヘンリー。なぜだかわかる？　あなたは心が弱すぎてご自分の舵とりもできないからよ」

ヘンリーはあんぐりと口をあけた。言葉につまったように、だらしなく口をあけたままだった。「どういう意味だ？」

「あなたは弱い人よ。昔からずっとそうだった。あなたに出会ったときから気づいていたわ」

「嘘だ！」

「嘘じゃないわ。たしかに、わたしはあなたを操っているわ。あなたは操縦しやすいもの。あなたは強がったり、決断力があるふりをするけど、でもそんなの全部見せかけだけ。強がりの奥に隠れたほんとうのあなたは、弱くて頼りない人よ」

「黙れ!!　黙るんだ!!」

「ですからね、それであなたの気持ちが楽になるのなら、どうぞわたしを悪者にしたらいいわ。怒鳴りつければいいわ。ご自分のほんとうの弱さを直視しないですむように、何でもすればいいんだわ！」

ヘンリーはマージョリーの顔を殴りつけた。

彼女は後ろへよろめきながら、片手を上げて殴られた箇所をかばい、もう一方の手を突き出してわずかに夫の暴力から身を守ろうと試みた。ヘンリーはまた殴りかかり、彼女は床に倒れた。するとヘンリーはその妻の胃のあたりを蹴り上げた。マージョリーは悲鳴をあげながら、体を丸めようとした。ヘンリーはさらに一撃を加えようと、こぶしを振り上げた。

七時十分。夜の予習の時間に入っていた。アラン・スチュアートは自分の部屋の机についていた。彼の前には答案用紙が積んであった。フランス革命の理念についての二十五人の答案で、今夜の採点分だった。

だが、それがまだ手つかずのままになっていた。アランの心は遠い昔に飛んでいて、十三歳のときに、サリー州の学校で目撃したシーンを思い起こしていた。あれからずっと、彼はその光景を忘れようと努力してきたのだった。

アランの学校は天地をひっくり返したような騒ぎになっていた。彼と同じ寮の五年生のひとりが、学校の庭師とたがいに相手のズボンに手を入れてマスターベーションにふけっているところを見つけられてしまったのだ。処罰は迅速で厳しかった。庭師は即刻解雇された。生徒のほうは、生徒や教師がぎっしりつまった講堂に引っ立てられて、校長に鞭で打たれ、変質者と決めつけられたあげくに、翌朝一番の汽車で学校から出ていくよう言いわたされた。

その晩、アランとルームメートたちは、寝ているところをたたき起こされて、階下の更衣室に全員集合させられた。更衣室には寮のほかの寄宿生たちもすでに集まっていた。暗闇のなかで、いったい何が始まるのかと、しんとして待っていると、ドアがいきなり勢いよくあき、監督生たちが問題の〝罪人〟を引きずって入ってきた。その生徒はまさに罪人のようにさるぐつわをかまされていた。顔には青痣や出血も見られ、激しい恐怖の表情をうかべていた。洗濯かごが部屋の真ん中に置かれ、罪人はその上に無理やりかがまされた。パジャマのズボンが引きはがされて、彼は浣腸をされた。糖蜜と食塩水の混合液を、自転車のポンプで注入したのだ。すべて完全に無言のうちに行なわれ、口をふさがれたまま泣き叫ぶ〝罪人〟の声だけが静寂を破った。ショックのあまり、彼は失禁した。監督生たちがせっせと〝お仕置き〟にいそしんでいるあいだ、排泄物の悪臭が更衣室に充満した。

処罰が終わると寮長は、変質者にはみな同じ罰を与えてやると宣言し、それから全員にベッドにもどるよう命じた。集められたときと同じように押し黙ったまま、アランたちはぞろぞろと列をなして部屋にもどっていった。置き去りにされた問題の生徒は、小さく体を丸めて、苦痛と恥辱にまみれて泣いていた。

翌朝、その生徒はスーツケースを持って駅へ向かった。ほかの生徒たちは校門まで一列に並び、口々に罵りながら、玉子や果物などを手当たりしだいに彼に投げつけた。憎悪の声が降りそそぎ、あたりには重苦しい空気が流れた。一人の生徒の排除を喜んで、大勢の人間が罵声を浴びせていた。罪人は見るも痛々しく重い足をひきずり、頭を垂れていた。目は泣きはらし、スーツには汚物が付着していた。アランはほかの生徒たちと一緒に並んで野次を飛ばしていた。が、そうするうちに、彼は恐ろしくて泣きたくなってきた。なぜなら、これが欲望に対する罰で、アランは自分のなかにも同じ欲望があることに気づきはじめていたからだ。

その瞬間、彼のなかで何かが閉ざされてしまった。心のなかのひとつのドアが、その奥の部屋に二度と入れないように煉瓦で固く封じられてしまったかのようだった。そんな部屋が存在したことなど、だれも知る必要はなかった。彼自身も、その部屋の存在を忘れてしまえばよかったのだ。

その日からはや十五年、アランのその後の人生はおおむね順調だった。学校では難なく進級し、学業でもスポーツでも群を抜いていた。ケンブリッジ大学で歴史を専攻したアランは、そこでも同様に目ざましい成績を残し、先輩にも同級生たちにも人気があった。彼は歴史の研究を大いに楽しんだが、そのうえ、歴史を学ぶことの楽しみを人に伝えるという天賦の才にも恵まれていた。歴史的にみてまったく面白味のないように思える時代も、彼の手にかかると、その時代の人間と社会が生き生きとよみがえるのだった。アランは生まれながらの教師だった。彼はまた、大学を出ても満足のいくような仕事につけず、職を転々としている友人たちを見るにつけ、まだ学生のうちに天職を見つけられたことをありがたいと思っていた。むろん、ケンブリッジに残って講師になることもできたが、アランはハンプシャー州のパブリック・スクールで教鞭をとることにした。頭のなかで、すでに自分の生涯をかけての計画を練りはじめていた。彼自身の学生時代には、生徒たちは堅苦しい生活を強いられ、野蛮な行為が横行していた。欠陥があるとしか思えない学校制度のやむをえない結果であり、アランは学校制度変革の一助となりたかった。教師として昇進を果たして校長になり、問題だらけの学校を自分の個性を反映した教育の場に創り変えたかった。アランの学校は、ほかの学校の手本となるだろうし、後進への贈りものにもなるはずだった。

カークストン・アベイ校は、アランが教鞭をとった二番目の学校だった。すでに彼は舎監補佐であり、歴史の教科部長になっていた。仕事上の権限も増えて、成功への道を歩みはじめていたから、この学校でできることはすべてやったと思えた時点で、また別の学校に移り、さらなる成功を収める予定だった。そして、十年後には校長になりたいと思っていた。そうなれば念願の大仕事に着手できる。相当難しいが、やりがいもある計画だった。全精力を注ぐことのできる目標を持てたことにも、アランは感謝していた。生々しい傷口のように、彼の心の別の部分にぽっかりあいた闇の空洞を見ずにすむからだ。

これまでの人生で、アランがつき合った女性は何人かいた。カレッジ時代に一人、卒業してから二人だ。彼女たちを好きになったのは心で恋をしたからであって、情欲の対象としてではなかった。これでいいのだと考えるよう、彼は自分自身に言い聞かせてきた。共通の志をもつ女性と交際すれば、必然的に情熱は生まれてくるものだと。

シャーロットとの交際もまさにそうした関係だった。人生のパートナーとして彼女は、何から何まで完璧のように思えた。興味の対象も共通していた。二人とも同じ本、同じ映画を好み、同じジョークで笑い、共通の夢を持っていた。アランは彼女に将来の夢を語り、シャーロットは彼の夢を称賛し、激励もした。彼女は、アランの夢に自分も加わりたいということを、じつにさまざまな形で示したのだった。二人一緒にクライヴとエリザベスの校長夫妻の家に招かれたときには、シャーロットはテーブルで光り輝いていた。生き生きとした魅力的な女性で、しかも人を楽しませる術を知っている人だった。ハワード夫妻をすっかり魅了したシャーロットは、夫妻をとりこにする一方で、アランと視線を交わして、恥ずかしそうにこっそり微笑んだ。どう、この、わたしと一緒のときのみなさんの楽しそうな様子、どれだけわたしがだれにも好かれるか、もしあなたと一緒の人生を歩めたら、どれだけ力になってあげられるかわかるでしょ——彼女の微笑はそう言っていた。アランも彼女に微笑みを返る。これ以上の人を望めるはずがない、彼女の瞳を見つめているると心がほんのり温かくなるのは、本物の恋が芽生えはじめている徴《しるし》なのだ。その情熱が自分のなかの虚無感を埋めて、完璧な人生にしてくれるはずだ、と。

彼のシャーロットを見る目は当たっていたかもしれない。もう少し時間がありさえすれば、二人のあいだはうまくいっていたかもしれなかった。だが、そうなることはなかった。六カ月前にポール・エラーソンが彼の人生に入りこんできて以来、ほかのだれかが入りこむ余地はまったくなくなってしまったからだ。

悲嘆にくれた時期はあったものの、いまでもポールとの関係にはすばらしいと思える面がいくつもあった。それまでの半生は、夢遊病者のように地下を彷徨《さまよ》っていたも同然だった。それが、あふれんばかりの太陽の熱にさらされて、いきなり目覚めたような感じだった。アランは自分の感情にあらがってみた、過ちを犯していると自分に言い聞かせようとした。だが、むだだった。ひとりの人間に対してこれほどの感情をいだくことができるというまぎれもない事実に、そして、その感情が相手からも返ってくるという事実を前にして、どんな危険も彼には見えなくなっていた。

夏のあいだ二人は、ホィットビーのコテージを借りて、一週間一緒に過ごした。毎日、コテージのまわりを探検したり、たわいのないことも含めてありとあらゆることを話し、笑いが絶えなかった。二人を知る人もなく、とがめられる心配のない場所だからこそ可能な、二人きりの時間を満喫したのだった。夜は夜で別の形の親密な関係を持った。それは二人にとって未知のすばらしい体験だった。事を終えて二人が静かに闇のなかに並んで横たわったとき、アランは、道に迷いつづけたあとにようやく帰り道を見つけたような、そんな感覚に浸っていた。彼の人生で最高に幸せなひとときだった。

だが、それも、あの最後の夜を迎えるまでのことだった。夢のなかでアランは、学校の更衣室に引きもどされていた。今度はひとりきりで、寒さと恐怖に震えていた。ドアがいきなりあいて、監督生たちが犠牲者を引き連れて入ってきた。それから罰を与える作業に取りかかった。恐ろしくなってアランは逃げ出そうとしたが、体が麻痺して動けなかった。ただ傍観する以外、どうすることもできなかった。背後の暗闇に何か生き物がうごめいているのがわかった。罵声が飛びはじめる。ひとり、またひとりと声が重なり、憎悪のシンフォニーを奏でるように、しだいに大きくなっていった。アランが見ていると、犠牲者が彼のほうを振り向いた。それは十三歳の自分だった。目に恐怖をうかべて犠牲者は彼に助けを求めたが、アランは首を振るのがやっとだった。アランとその〝罪人〟が同じ生徒だということにだれかが気づいて、自分にまで矛先が向けられるのが怖かった。憐憫の情も、その恐怖心に塗りつぶされてしまった。

ようやく勇気をふるって振り向いてみると、彼の半生で知り合った人たち全員が集まって通路をふさいでいた。罰の執行を見物しながら、みな満足げにうなずいていた。口元をゆがめて卑猥《ひわい》な言葉をさかんに浴びせ、ひきつった顔には激しい嫌悪の色がうかんでいた。つり上がった目には憎悪の炎が燃えていた……

叫び声をあげて、アランは夢から覚めた。心臓は激しく鼓動し、全身にぐっしょりと汗をかいていた。ただの夢にすぎないと自分に言いきかせて、アランは高ぶった神経を鎮めようとした。気を楽に持とうともした。だが、その夜はそれ以降眠れず、恋人のとなりに横たわったまま、かすかに声をもらしながら泣きつづけていた。ポールと過ごした一週間が、二度と見られない幻影であることを悟ったからだった。二人の関係を決して認めることのない世界にいる以上、二人に未来などあろうはずがなかった。アランにとって人生最高の出来事は、ほとんど始まると同時に終わりを告げた。

それから夏のあいだずっと、彼は自分の良心と格闘した。希望もまだあると考えようとした。二人でどこか遠くに移り住んで、人生を築いていくことだってできるのではないかとも思った。が、そう思う一方で、アランは自分が自分をごまかしていることに気づいていた。ポールとの別れがいかに苦しいものであっても、彼には許されざる恋を貫くだけの勇気がないことがわかっていたのだ。

新学期の最初の夜、ポールは彼のところへ会いに来た。アランはできるだけ優しく、二人のためには関係を終わらせなくてはならないことを、ポールに諭《さと》した。ポールは首を垂れて泣いた。彼の涙がアランの心に酸のように降りそそいだ。「泣かないでくれ」アランも涙声になりながら、静かに言った。「頼むよ」

「どうして？」

「耐えられないんだ」

「なら、別れるなんて言わないで」

「しかたないんだ。わからないかい？」

「わかるわけないでしょう。ぼくたちは愛し合っている。それ以外に何が重要だっていうんです？」

「何もかもだ。きみは愛してるといったね。美しい響きだが、世間にとっては、わたしたちの感情は忌まわしいものなんだ。人は決してわたしたちを認めようとはしないだろうから、この先ずっと、二人とも社会のはみ出し者になってしまうんだ。きみはまだ十八じゃないか。そんな人生を一生きみに強いるわけにはいかないよ」

「どうしてですか？　ぼくの人生はぼくのものだし、これは自分で選んだ道です。ぼくにとっては、あなたがすべてだ。あなたなしの人生なんて考えられないんです。ばかな連中がぼくらのことをおぞましいと思うなら、そう思わせておけばいいでしょう。他人に無視されることなんか、ぼくは怖くない」

今度はアランが首を垂れる番だった。「だろうね」彼はそっと言った。「でも、わたしは怖いんだよ」

しばらくのあいだ二人は言葉を失っていた。やがて、ポールは深い吐息をついた。それはたとえようもない喪失感と失望を映していた。

「すまない」アランは小さく言った。「そうするしかないんだ」

「なら、そうするしかないですね」悲しげにポールは言うと、立ち上がって部屋を出ていった。残されたアランはひとり泣きつづけた。

翌朝、彼はあの知らせを聞いた。死にたいと思った。アランはかみそりを手首にあてがって浴室に立ち、実行するつもりだった。だが、やり遂げることはできなかった。世間の誹《そし》りも恐ろしかったが、この世を去るのも怖かったからだ。

それで、アランは死にそこなった。彼はそれまで以上に仕事に打ち込んだ。そうすることが大事なのだ、と自分に言い聞かせた。立派な仕事を成し遂げることだってできると。しかし、そこには自分に対する欺瞞もあった。アランにとって仕事は、喪失の苦しみから逃れるため、そして罪の意識から逃れるために彼が逃げこむ、小さな世界以外の何ものでもなかった。

いま彼は自分の部屋にいて、十五年前のシーンを思い起こしていた。今度の〝罪人〟は大人の自分自身だった。罰の執行を見物する取り巻きは、みなポール・エラーソンの顔をつけていて、だれもかれも満足げにうなずいていた。その光景を思いうかべながら、アランもまたうなずいていた。

リチャードとジョナサンは、リチャードのベッドの上に向かいあって座り、もう長いこと話しつづけていた。

「それで何もかもつじつまが合うな」と、リチャードは断言した。「わかるだろう？」

ジョナサンはかぶりを振った。

「否定したけりゃしたらいいけど、でも、きみにだってわかってるはずだよ、それが真相だって」

「でも、はっきりとはわからないじゃない」

「もちろん、はっきりしてるさ。ほかに説明がつかないだろ？」

「さあ、どうかな」

「確かだ。ほかに考えようがないよ。ポール・エラーソンは名門大学《オックスブリッジ》進学を志望していた。だから、彼は個人教授を受けることになる。名門をめざす生徒はみんなそうするからね。ポールは歴史を専攻するつもりだから、アラン・スチュアート先生を選ぶ。すると、週に二回は二人きりになる。先生とポールはおがいによく知り合うようになり、何かが芽生える」

ジョナサンはまた首を振った。リチャードは冷ややかに見返した。

「もしそうなら、ぼくが知っていたはずだよ！」

「どうして？」

「とにかく、わかったはずだよ」

「くだらない！　あの二人が、手をつないで歩きまわったりするわけないだろう。ポールにしたって、ある日きみに電話してきて、『ジョナサン、いつも部屋をきれいに片づけてくれてありがとう。ところでね、ぼくはいまスチュアート先生と特別な仲になっているんで、きみに知らせておこうと思ってね』なんて、言うと思うかい？　二人が何よりも恐れたのは、だれかに知られることだったろうから、だれにも絶対にわからないように慎重に行動していたはずだ。きみがあの絵を見つけなかったら、だれも気づかなかったはずなんだ」

ジョナサンは床に目を落とした。心の奥ではリチャードの言うことが正しいとわかっていた。ただ、そんなことは信じたくなかった。

「夏の休暇のときのことがわかったらだね」リチャードはつづけた。「こまごましたことまで全部ぴったりあてはまるよ。きみはときどき言ってたよね。先学期の終わりのころになると、ポールは何かに心を奪われているみたいだったって。きみはポールが試験のことを心配しているだけだと思ってた。だけど、それって個人教授が始まった時期じゃないか？　きみはこんなことも言ってたはずだ。ある日、ポールの部屋から出てきたガイと鉢合わせしたら、『あいつ、おれに彼女の名前を教えてくれないんだ。もしかしたら、きみに打ち明けるつもりかもな』ってガイが言ったって。ポールは、どこかの女の子と恋に落ちたふりをして、しょっちゅうガイをやきもきさせていたとも、きみは言ってた。でも、きみはその手の話を信じなかった。だけど、そのときのポールはほんとうに恋をしていて、ガイもそれに気づいていたんだ。ポールは夏休みをほんとうに楽しみにしていたみたいだって、きみは言ったね。子供のころのお気に入りの場所に行くのでわくわくしているとも言った。でも、それは大ちがいだったんだ。どこへ行こうとポールはかまわなかったのさ。肝心なのは、だれと行くのかってことだったんだ。そしてそのあと、あの最後の日が来た。ポールが本を何冊かかかえて、大急ぎでどこかへ向かうのを見たって、きみは言ったね。図書館に行くんだと思ったって、きみは言ったけど、それも大はずれだった。ポールがどこに向かったのかは、ぼくらにはもうお見通しだ……」

「やめて！」ジョナサンは叫んだ。「もうやめて！」

「やめてもいいよ、ぼくの言うとおりだって、きみが認めるならね」

「わかったよ、認めるよ」ジョナサンは頭をさすった。「ただ、信じたくないんだ」

「ああ、信じられないよな？　警察が嗅ぎつけていたりしたら、どうなっただろうね？」

ジョナサンはショックのあまり、頭がまともにはたらかなかった。「警察って？」

「男同士のそういう関係は犯罪になるんだ。警察はアラン・スチュアートを刑務所に送ることができたんだ。まだ間にあうはずだよ」

「どうやって？　証拠はないんだよ」

「ぼくらだって真相を説き明かしたじゃないよ」

「でもそれは、ただの憶測にすぎないよ。具体的な証拠は何もないじゃない。きみが言ったように、あの二人はだれにも見られないようにしていたわけだし」

「その絵が証拠じゃないか」

「あの絵がどうだっていうのさ？　スチュアート先生は、ポールがふざけて絵をくれたんだって言えばすむじゃない。警察は何も証明できやしないよ」

「そう、警察じゃ無理だろうな」リチャードは両腕を上げてのびをすると、壁に背をあずけた。彼はジョナサンを見つめた。

「でもね、アラン・スチュアートはそれに気づいていないんじゃないか？」

「どういうこと？」

「どういうことだと思う？」

彼の意図を瞬時に悟ったジョナサンは驚愕した。「だめだよ！」

「それがきみの望みのはずだ。ポールとすごく親しかったんだろ。ポールはもう死んでしまった。それはすべてスチュアートのせいなんだぞ」

「先生が殺したわけじゃないよ！」

「そう、自分で手を下したわけじゃない。だけど、あいつのせいさ」

「そんなこと、確かなところはわからないじゃないか！　最終的に何があったのか、ぼくたち知らないんだから！」

「この推理は完璧だよ。信じていい。スチュアートのせいでポール・エラーソンは自殺したんだ。ぼくの母が、親父のせいで死んだみたいにね」

ジョナサンは必死で反論しようとしたが、言うべき言葉が見つからなかった。リチャードの目は爛々《らんらん》と光っていた。まるで流砂に呑みこまれていくような無力感におそわれて、ジョナサンはむなしく首を振るだけだった。

「ポールが死んだのに、かまわないっていうのか？」

「そんなことないさ。ぼくには大問題だよ！」

「だけどきみは、この件では何もしたくないんだな。ポールに何が起きたのか知りたいって、何度も言ってたくせに。わかったとたんに今度はただの傍観者をきめこんで、彼の自殺なんてどうでもいいことみたいな態度をとる」

「どうでもいいなんて思ってないよ、きまってるだろ！」

「よし、それなら何をすべきかわかるだろう」

リチャードの視線がジョナサンを射抜いた。ジョナサンはかろうじて目をそらした。「だめだよ！　そんなこと、したくないんだ！　いけないことだよ！」

「どうして？　正しいことじゃないか！　自業自得というものさ。きみがいやだっていうなら、ぼくがやる！」

「やめてくれ！　きみには関係ないんだ！　ポールだって、きみは直接知っていたわけじゃないんだから！」

「ポール・エラーソンなんかに、ぼくが同情しているとでも思ってるのか！　あのスチュアートのやつはな、ぼくらのあいだに入りこんで仲を裂こうとしたんだぞ！　もしぼくの好きにしていいんだったら、あんなやつ殺してやるよ！」

にわかに、ジョナサンは納得した。それと同時に、先生を救う手だても思いついた。

「でもね、先生は成功しなかっただろう？」彼はできるだけなだめるような口調で言った。「だれにもぼくたちの仲を割くなんてできやしないさ。きみはずっとぼくの友だちだよ。だれかにそそのかされてぼくがきみを嫌いになるなんてこと、あるはずがないだろ」

わずかにリチャードの視線が和らいだように見えた。ジョナサンはなおもつづけた。

「もちろん、ぼくだってあんなやつ嫌いだよ、苦しませてやりたいさ。でもね、ポールはそういう人じゃなかったんだ。絶対に他人を憎んだりしなかったから、ぼくたちにだって、仕返しなんかしてほしいとは思っていないさ。わかるんだ、ぼくには。だから、やめておこうよ」

リチャードの目は相変わらず彼を射抜いていた。「いいだろ？」ジョナサンはその強烈な視線にめまいをおぼえながら、「いいね？」ともう一度きいた。

「約束してくれ」と、リチャードは言った。

「約束って、何を？」

「きまってるだろう」

ジョナサンは唾を呑みこんだ。「約束する。だれにもぼくたちの仲を裂くようなことはさせないよ」

「ああ、そうとも」リチャードはゆっくりと言った。「なぜなら、ぼくがそんなこと許さないからだ。それも約束する」

ジェームズ・ホイートリーはつまずいた拍子に足首を捻挫し、その痛みのせいで彼は眠りから覚めた。

彼は保健室の廊下の床にうずくまっていた。何もかも闇につつまれていて、物音ひとつしなかった。

ジェームズは最初、眠りから目覚めたことを意識しなかった。彼の心が依然として、夢の世界に閉じこめられたままだったからだ。ジェームズはあわてて立ち上がろうとした。歩きつづけなくてはならないのだ。じっとしていたら負けだ。彼は必死で目を凝らし、彼をつつむ暗闇の正体を見きわめようとした。闇は動いていた。そして彼の耳に、何かが強く打ちつけるような音が聞こえてきた。頭のなかのもやが晴れてくると、動いているのは風にはためくただのカーテンで、音は自分の心臓の鼓動だとわかった。

何もなかった。人っ子ひとりいない廊下が、墓場のように静まり返ってつづいているだけだった。

悲鳴をあげそうになって、ジェームズはこらえた。そのかわりに涙があふれ出た。激しい疲労とフラストレーションが入り交じった涙だった。睡眠が必要なのだ。体は眠りたいと叫んでいたが、眠りはあまりにも危険だった。ジェームズは眠らずにいるしかなかった。

その闘いはしだいに熾烈を極めていった。いまでさえも、彼の目は閉じまいとして必死だった。ジェームズはわき腹をこぶしで強く突いた。パッチワークのように痣だらけになっているところをさらに突いて、彼はたじろいだ。またすっかり覚醒状態にもどったが、もう何日眠っていないだろう？　いくらがんばっても、そういつまでも生理的欲求と闘えるはずがなかった。

あれはただの夢だったのだと、ジェームズは自分に言いきかせた。どれほど恐ろしくても、夢が危害を加えるはずがない。彼の頭の理性的な部分では、そのとおりだとわかっていた。大人に打ち明ければ、みんなそう言うにきまっていることも知っていた。

だが、頭の別の部分、本能だけに支配された部分が、執拗に警告を発していた。

というのも、それが彼をさがし出そうとしていたからだ。眠るたびに、それは近づいてきた。血のにおいに引きつけられる捕食動物のように、彼の恐怖のにおいを嗅ぎつけて近づいてくるのだ。それが彼の名前を呼ぶのを聞いたように思うときもあり、執念に燃えるその呼び声に、ジェームズは戦慄をおぼえるのだった。目を凝らして声の主をさがしてみても、いつも何も見つからない。もともと見えないものが、目で見えるはずがなかった。

彼にとって眠りは敵だったが、魅力的な敵だった。海の精セイレンのように両腕を差しのべて彼を誘いこもうとしていた。そして、その腕で彼を包みこんだとたんに残忍な本性を現わすのだ。

ジェームズは自分の部屋にもどってベッドの上に腰を下ろした。寒さと激しい消耗から体は震えどおしだった。何よりもシーツの下にもぐりこんで眠りたかったが、それだけはできなかった。

相談できる相手はいなかった。理解できる人間などいるはずもない。ジェームズはひとりぼっちで怯えていた。

体を小さく丸めると、彼はそっと主の祈りをささやきはじめた。

9

　日曜日の朝。エリザベス・ハワードはドアのベルをもう一度鳴らした。それから、家の正面を見上げて様子をうかがった。全部の窓にカーテンが引かれていた。見たところだれもいないようだったが、エリザベスはなにかだれかに見張られているような感じがしてならなかった。彼女はもう一度ベルを鳴らそうかとも思ったが、やめておくことにした。マージョリーが彼女と顔を合わせたくないと思っているのなら、そっとしておこう。それに、ジェニファーが到着する前にすませておきたい用事が山ほどあった。エリザベスはきびすを返して引き返そうとした。

　すると、ドアの内側で何かが動く音がした。ついで、ドアがほんのわずかに開いた。「さ、早くお入りになって！」

　とまどいながらも、エリザベスは言われたとおりにした。後ろ手でドアを閉めた彼女は、目を見開いて立ちつくした。あまりのショックに言葉を失った。

　マージョリーは手招きで、裏手の、庭に面した応接間にエリザベスを通した。庭は周囲を塀で囲まれていた。二人はソファーに腰を下ろした。エリザベスは涙をこらえられなかった。

「ほんとになんてこと……」

マージョリーはどうにか弱々しく微笑んでみせた。「見た目ほどひどくはないんです」

「でも、いつ……どうしてそんな……」

「昨日の午後です。どうしてかは話すまでもありませんでしょ」

「だけど、どうして？」

「彼、酔っていて、わたしが怒らせたんです」

「怒らせたって?! こんなにひどいことされるなんて、あなたが何をしたっていうの?!」

「彼が聞きたくないことを言ってしまったんです」

「どんなこと？」

「ほんとうのこと」マージョリーは腫れ上がった瞼をおそるおそる手で押さえ、それから泣きだした。エリザベスは彼女の肩にそっと腕をまわして抱きしめた。二人ともしばらくそのままそうしていた。

「すみません」ようやく、マージョリーが口をひらいた。「お呼びだてなどしてはいけなかったのに。でも、とても心細くって。信頼して打ち明けられる人は、ほかにだれもいないので」

「もちろん、いつだって呼んでくれていいのよ。わかってるでしょ。彼は前にも……」

「いいえ、一度も」マージョリーは即座に否定した。

エリザベスは、信じられないという顔をした。

「殴られそうになったことは何度かありました。きまって、あの人が酔っぱらっているときなんです。でも、ほんとうに暴力を振るったことはありませんでした。あの人、気が変になったみたいでした。酔いが醒めて頭がはっきりしたら、もう、どうしたらいいのかわからないようなありさまなんです」

「どうしたらいいかははっきりしているわ」エリザベスはきっぱりと言った。「警察に行くべきです」

「警察ですって?!」マージョリーは目を丸くした。「そんなことできません!」

「いいえ、できるわ。行かないとだめよ。また暴力を振るわれたらどうするの?」

「もうしません!」

「いいえ、わからないわ。放っておいたら危険よ」

マージョリーはかぶりを振った。

「見てごらんなさい、自分の姿を! ふつうなら、入院しなくてはならないところよ! これはただの夫婦喧嘩なんかじゃないわ。警察に届け出るべきよ!」

「そんなこと、できません!」マージョリーはしだいに恐慌を来《きた》しはじめた。

「心配しなくても大丈夫。わたしも一緒に行ってあげますから」

「だめです!」

「彼とは別れるべきよ! あの人は危険だわ! うちへいらっしゃい。わたしたちはあなたの味方だから。力になるわ」

「だめなんです!」マージョリーは頬を紅潮させて言った。「お二人は、何もご存じないんです! 警察には行けないんです! 絶対に!」

「どうして行けないの?!」

「それは……」

マージョリーは口をつぐんだ。エリザベスはじっと彼女を見つめた。「それは、何？」返事はない。「いったいどんな理由があるっていうの?!」

「絶対にだれにも言うわけにはいかない事情があるんです！　ですから、どうか約束してください、わたしがこんなふうになっていたことは絶対にだれにもおっしゃらないって。もしだれかにわたしのことをきかれたら、流感だっておっしゃってほしいんです。この痣がすっかり消えるまでは、家から一歩もでないつもりですから。約束してくださいます？」

「でも……」

「お願いです！」

「でも、これはふつうじゃないわ！　あなた……」

「お願いですから！」

「わかりました！　約束するわ、だれにも言いません」

「すみません」マージョリーは小さな声で言うと、うつむいて、また顔の青痣に手を持っていった。エリザベスはそのまま彼女の様子を見守りながら、悲しみと困惑とで胃がよじれるような思いだった。

「たしかにひどくなってきています」マージョリーは静かに語った。「日に日にひどくなっています。いつかそうなるとはわかっていたのですけれど」いつもの彼女とはちがう、奇妙に魂が遊離したような、自分自身に話しかけているような口ぶりだった。エリザベスは手をのばしてマージョリーの手をぎゅっと握りしめた。マージョリーも握り返した。「どんなことになるか、最初から察しはついていたんです」彼女はつづけた。「責めるとすれば、自分ひとりしかいません。何もかもわかっているつもりでしたから。でも、こんな、ほんとにこんなにまでひどいことになるとは思ってもみませんでした」

マージョリーはエリザベスの肩に頭を寄せると、またしみじみと泣きだした。


クライヴ・ハワードが書斎で新聞を読んでいると、メイドがやってきて、ミス・シンクレアが見えたと告げた。小さく毒づいて、クライヴは客間に向かった。いったいエリザベスはどこに行ってるんだ？ もうアッカーリーのところからもどってきていいはずだが。

ジェニファーは、旅行のときにいつも着る紺色のスーツ姿で窓ぎわに立っていた。クライヴが応接間に入っていくと、彼女は真っ赤に口紅を塗った口元に笑みをうかべた。彼は儀礼的にジェニファーにキスをした。彼女の肌はたっぷりつけた安物の香水のにおいがして、クライヴは思わず口をぬぐいたくなったががまんした。「何か飲むかい？」

「スコッチをお願い」

「ちょっと早すぎるんじゃないか？」

「まあね。だから、どうだっていうの？」

「べつに」クライヴは自分とジェニファーの分をついだ。ジェニファーは腰を下ろしてタバコに火をつけた。「エリザベスはどこなの？」

「友だちのところに行ってる。きみの到着は午後になると思っていたからね」

「早めの汽車に乗ったのよ。びっくりさせようと思って。でも、なんであなた、ここにいるの？　まだ教会にいるはずじゃなかったかしら？」

「今朝は礼拝はないんだ。夕べの祈りがあるからね」

「あらそう。それは楽しみだこと」ジェニファーはタバコをゆっくり吸いこむと、クライヴの顔めがけて紫煙を吐き出した。「ラッキーだわ」

「きみは出席しなくていいんだ」

「あら、あたしは行くわよ。あなたたちが後生大事にしている、いまどき珍しい鄙《ひな》びた儀式って、見てるとすごく面白いんですもの」

「ここがそんなに珍奇で鄙びていて悪かったね。それならなにも来ることはなかったんだ」

「そんなこと言ったって、もう来ちゃったでしょ。エリザベスがぜひって言うものだから」

「それでわざわざお出ましになったってわけだ、わたしたちにご臨席の栄を賜るためだけに。ほかからの招待は数えきれないほどお断わりしてね」

ジェニファーの顔がこわばるのを、クライヴは見てとった。彼のぶつけた皮肉が彼女の痛いところを突いたのだ。ジェニファーはまた深々とタバコを吸いこむと、冷ややかなまなざしでクライヴをにらみつけた。「ねえ、クライヴ。そんな言い方をしたら、人はあたしがここでは歓迎されていないと思うでしょう」ジェニファーのあまりにも鋭い目つきに、クライヴはいささか度を失って、自分のグラスに視線を落とした。

「そんなふうに思われたらあたし、黙っていられなくなっちゃうわ。そんなことになってほしくないでしょう、クライヴ？」

彼は顔をあげた。「それは脅迫かい？」

　ジェニファーはにっこり微笑んだが、その目つきは獲物を狙うネコのようだった。「あなたって、ほんとうに品行方正な紳士と思われているのね？　お優しくて、ご立派なクライヴ様。男のなかの貴公子だわ。エリザベスがあなたのこと、そう言うのよ」ジェニファーはふふっと薄笑いをもらした。「彼女があのことを知ったら、ご主人様をどんな言葉で表現するかしらねえ」

　今度はクライヴが顔をこわばらせた。「エリザベスに知られて困ることなど何もない」

「あら失礼、あたしはそうは思わないけど」

「あんなのはなんの意味もないことだ。そんなことはわかっているはずだ」

「たぶん、あなたにとってはね。でも、それじゃ、あたしはどうなるの？」

「きみがどうだっていうんだ？　きみの動機なんて、わかりきっているだろう」

　ジェニファーは目を半眼に細めながら、スコッチをすすった。「じゃあ、エリザベスはどうかしら？　彼女はどう思うかしらね？」

「どう思うか、きみがよく知っているだろ！」

　ジェニファーは唇をゆがめて微笑《わら》った。「ええ、もちろん」

　クライヴの胸に激しい嫌悪感が吐き気のように突き上げてきた。「このあばずれ《ビッチ》が！」

「まあ、クライヴ。お優しくて、ご立派なクライヴ先生がそんな言葉を口にされてよろしいんですの？」からからと笑って残りのスコッチを飲みほすと、ジェニファーはグラスをクライヴに突き出した。「お願い、お代わりをちょうだい」

「もういいかげんにしたらどうだね？」

　また、ジェニファーは笑った。「あたしの健康を心配してくれるの？　それとも、アルコールのせいであたしの口が軽くなるのが心配なのかしら？」

「まさかいくらきみでもそれはね！」

「そうかしら？」ジェニファーは椅子にかけたまま身を乗り出した。まだ笑みをうかべてはいたが、彼女の目は害意をみなぎらせていた。周囲を手ぶりで示して、ジェニファーは言った。「あなたには素敵な家があって、美しい奥さんがいる。ほんとにあなたの人生ってご立派よね。だけどあたし、そのご立派な生活をあなたから全部取り上げることができるのよ、いつでも好きなときにね。この家では、あたしが生殺与奪の権を握っているのよ。あなたじゃないわ、それをお忘れなく。さあ、もう一杯ついでちょうだい！」

　クライヴは手にしたグラスを力いっぱい握りしめた。グラスは彼の手のなかで砕け、砕けた破片が指のあいだから床に落ちた。「自分でつげ！　飲みすぎて息でも詰まらせたらいいんだ！」クライヴは憤然と立ち上がると、応接間から出ていった。


　三十分後、書斎にいるクライヴのところへアラン・スチュアートが通されてきた。「おじゃまして申しわけありません。いま、ご都合はよろしいでしょうか？」

「もちろん、かまわんよ」クライヴは手ぶりで椅子をすすめたが、その手には包帯がゆるく巻きつけてあった。アランはそれに目をとめた。「怪我されたのですか？」

「切ったんだ」そっけない口調で、クライヴは言った。

「ほんとに、おじゃましてかまわなかったのでしょうか？」アランは重ねてたずねた。

「かまわんと言ったじゃないか！」

癇癪を起こすなどクライヴらしくなかったから、アランはびっくりした。「そうでした」

アランはとまどいながら言った。「すみません」

「いや、悪いのはわたしだ」クライヴはあわてて言った。「いまのはよけいだった。エリザベスの従姉妹のジェニファーがまた泊まりに来ていてね、さっそく喧嘩してしまったんだ」

アランはにっこりした。「ああいう女性ならすぐ喧嘩になりますよ」

「そうなんだよ。まったく手に負えん！　いったいどういうわけでうちに来るのかね？」クライヴはなおも言いつのろうとして、ふとわれに返った。「とにかく、謝るよ。もう一度最初からだ。よく来てくれたね。遊びにきてくれたのかね？」

「残念ながら、仕事がらみなんです。ジョナサン・パーマーのことで、ちょっと」

クライヴはちょっと思い返した。「リチャード・ロークビーと仲のいい生徒じゃなかったかな？」

アランはうなずいた。「こうして伺《うかが》ったのは、その二人の交友のことなんです」

「何か問題でもあるのかね？」

「そうなんです」

「エリザベスはあの二人にひどく入れこんでいてね。親友こそロークビーがまさに必要としているものだって言ってるよ。彼にとっては測り知れないほどプラスになると思っているんだ」

「そういう面もあるかもしれませんが、わたしが心配なのはジョナサン・パーマーのほうなんです」

クライヴはけげんそうな顔をした。

「ロークビーとつき合うのは、彼にはプラスにならないと思うんです。じっさい、プラスどころか大きなマイナスだと思います」

「どうしてだね?」クライヴの顔に一瞬、不安の色がよぎった。「まさか、二人が性的関係を持っているというんじゃなかろうね?!」

「ちがいますよ」アランは顔を真っ赤にして、即座に否定した。

「すまん。ただ、真っ先に頭にうかんだものだから」

アランは首を振った。

「それならよかった。ポール・エラーソンの一件があったことだし、性的倒錯者のスキャンダルだけはごめんこうむりたいからね」

「もちろんですよ」アランは冷静に言った。

「では、どんなことかな?」

「パーマーのことはよくご存じですか?」

「いや、あまり知らないんだ。一、二度話をしたことがあるくらいで。なかなか感じのいい生徒だという印象だがね」

「そうなんです。そこなんですよ」

「というと?」

「わたしは彼をよく知ってましてね、いつも好感をもっていました。性格はいいし、礼儀正しくて、何事にも熱中するタイプです。彼には仲良しのグループがいまして、勉強にもみんなで熱心に取り組んでいました。そのうえ、パーマーはいつも全力投球のがんばり屋で、向上心があります。言うなれば、地に足のついた賢い少年なんです。少なくとも、ロークビーとつき合うようになる前までは」

アランは一息ついた。校長はうなずいて先をうながした。「つづけて」

「ロークビーとつき合いだしてから、パーマーはがらりと変わりました。成績も落ちはじめていますし、ほかの友だちとは一切つき合いをやめてしまいました。パーマーとロークビーは、二人だけの小さな世界に閉じこもっている感じなんです。それに、とげとげしさが出てきてましてね、つまり――」アランは適切な言葉をさがした。「意地悪な面というか、以前はそんなところはありませんでしたから、どうも気になるんです」

「なるほど」

「わたしが口を出すようなことではないのはわかってはいるんです。友だち関係というのは変わるものですし、それが人生ですから。でもやはり、パーマーのことは心配なんです。彼の家庭についても知ってます。パーマーの両親にとって、この学校に子供を入れることは並たいていのことではないはずなんです。でも、パーマーにはいつだって、立派な成績を残すだけの天性の素質が見うけられました。それがいまは、その才能が損なわれているように思えるんです」

「それできみは、その原因はロークビーだと考えているんだね？」

「そうです。校長先生に直接こんな話を持ってきて、申しわけないとは思っているんです。

パーマーかロークビーの寮の舎監に相談すべきだったかもしれません。でも、校長先生なら、わかっていただけると思ったんです。先生がロークビーを危険で有害な生徒とみなしているって、いつかエリザベスさんから聞いていましたので。そのときは、危険で有害とはずいぶん過激な見方だなと思いました。でも、ジョナサンの変貌ぶりを目のあたりにしたいまは、そうは思えなくなりました」

クライヴはため息をついた。椅子の背にもたれると、彼はじっと天井を見つめた。アランは不安げに校長の様子を見守った。「どう思われます？」

「心配するのは当然だよ。わたしだって、ロークビーはほんとうに危険で有害だと思っている。あえて言えば、これまでにあんなに危険で有害な少年は見たことがない。

ロークビーが入学してきた当初、彼の表の顔は見せかけだと思っていた。そういう子は大勢見ているからね。カリスマ性を身につけようと思って一匹オオカミを装う子とか、世間の目なんか気にしないという態度をとってはいても、じつはまわりの称賛を浴びたい一心でいつも一匹オオカミを演じている子とか。最初はロークビーもそういう少年の一人にすぎないと、わたしは片づけていたんだ。でも、それはまちがいだった。

彼の場合は演技ではなかったのだ。何ひとつ演じてはいない。ロークビーはじっさい、他人の思惑などまったく気にしていないし、称賛されたいとも思っていない。一目置かれたいとか、特別な人間だと思われたいわけでもない。だれとも関わりを持ちたくないんだ。彼の心の中心にあるのは、ある種の怒りなんだな。それがあまりにも威力がありすぎて、彼にももともと備わっていたその他の感情を破壊してしまっている。ふだんはそのすさまじい怒りを隠しているが、ときどき表に出てくるんだ。それを目にしたら頭から離れなくなるよ、ほんとうに。わたしは教職について二十年になるが、出会った生徒のなかで怖いと感じたのは、彼をおいてほかにはいないね」

校長の話を聞いているうち、アランは身震いがしてきた。

「わたしにどうしてほしいんだね？」クライヴはきいた。「パーマーと話してみようかね？」

「もう、話してみました。でも、何の役にも立ちませんでした。パーマーはロークビーにすっかり夢中になっていて、彼の言うことしか耳に入らないようなんです」

「では、ロークビーと話してみたらいいかな？」

「そうしていただこうと思ったんですが、いまは迷っています。彼は校長先生の話を聞くでしょうか？」

「だめだろうな」

「じゃ、どうしたらいいんでしょう？　このまま放っておくわけにはいきません」

「放っておこうと言ってるわけじゃない。パーマーのために何か手を打つべきだ」

「どんな手です？」

「それがわからんのだ、アラン。ほんとうに、どうしたものか」

サナトリウムに向かう途中、シスター・クラークはしくしくとだれかが泣く声を聞いた。ジェームズ・ホイートリーが寝ている病室から聞こえてきた。シスターは足をとめると、ドアから首だけ入れて室内をのぞいた。ベッドが二列、ラグビーのスクラムのように頭を突き合わせて並んでいる。ジェームズが起きている気配はなかった。

気のせいにちがいない。そう思って、立ち去ろうとしたとたん、また泣き声がした。

「ジェームズ？　そこにいるの？」

シスターは病室に入っていった。室内の寒さに彼女は身震いし、新鮮な空気の御利益を妄信しているタスカー医師を心のうちで呪った。

右手のいちばん奥のベッドの向こうから声は聞こえていた。シスターは泣き声のするほうに近づいていった。「ジェームズ、あなたなの？」

すると、ジェームズの姿があった。シスターは驚きのあまり声をあげた。

ジェームズは病室の片隅で壁に顔を押しつけ、胎児のように体を丸めてうずくまっていた。肌は汗で光り、全身がぶるぶると震えている。

シスターはジェームズのそばに膝をついてしゃがみこむと、そっと彼の名を呼んだ。が、ジェームズはただ泣きつづけるばかりだった。もう一度、彼女は呼びかけた。今度はもう少し大きな声を出したが、やはり返事は返ってこなかった。シスターはジェームズの肩にやさしく手をおいた。とたんに、ジェームズは大きな悲鳴をあげ、こぶしでシスターに殴りかかった。彼女はジェームズの腕をつかもうとした。ジェームズは恐怖に大きく目を見開いていた。が、その視線はシスターを通り越して、どこか遠くの一点に注がれていた。「ジェームズ、起きて！　起きるのよ！」

ようやくシスターの顔に、彼の瞳の焦点が結ばれた。ジェームズは殴りかかるのをやめた。

彼の瞳から恐怖の色が薄れると、今度は動揺の色がうかんだ。唇が小刻みに震えだしたかと思うと、ジェームズはわっと泣きだした。

シスターはジェームズの頭をなでてやりながら、あやすように優しく声をかけた。「何でもないのよ、ジェームズ。悪い夢を見ただけ。それだけなのよ」

「ちがう！」

「でもね、ジェームズ……」

「夢なんかじゃない！　ほんとうに起こっているんだ！」

「何も起こってやしないわ。自分で想像しただけよ。それだけのことでこんなふうに泣いていたの？　怖い夢を見ただけで？」シスターはジェームズに微笑みかけた。「おばかさんね。恥ずかしがるようなことじゃないわ。だれでも、ときには悪い夢を見るものよ」

「夢なんかじゃない！」

「夢に決まっているでしょ。さあ、いらっしゃい。ベッドにもどりましょう。少し眠らないと病気になってしまうわ」

「眠らないと⁈」

ジェームズは笑いだした。狂気を帯びたその声に、シスターは慄然とした。「ジェームズ、もうやめて。ただの夢なのよ。何でもないわ。さあ、ベッドにもどって」

「ぜったい寝ないからな。眠るもんか！　そんなことさせないぞ！」

「だめよ、眠らなくては。お薬を少しあげましょう。よく効くのよ。きっと夢なんか見ないですむから、約束するわ」

「いやだ！」

「まあ、ジェームズったら……」

「そんな、ろくでもない薬なんて、ぜったいに飲まないからな！」

シスターはぽかんと口をあけたまま、ジェームズを見つめた。

「ぜったい飲まないからな！　わかった?!」

シスターは立ち上がった。「いいこと、ジェームズ、聞きなさい。わたしは教師ではないけれど、だからといって、わたしにそんな口をきく権利はあなたにはないのよ！」

「おまえも、ほかのやつらと同じだ！」

「ジェームズ、わたしはあなたを助けてあげようとしているのよ！」

「嘘だ、ちっとも助けてくれないじゃないか!!　よけいひどくしているんだ!!　何にもできないくせして、みんなと同じじゃないか!!　あっちに引っ込んで、おれのことは放っておいてくれ!!」

ショックを受けたシスターは、ジェームズから離れて立ち去ろうとした。「あなたが落ち着いたころ、また来るわね」彼女が病室を出ると、またジェームズのすすり泣きが聞こえてきた。


昼食をすませたあと、アラン・スチュアートは自室にもどった。

彼は落ちこんでいた。生煮えの温野菜を添えた焼きすぎのステーキを食べながら、彼は四年生のテーブルの角に並んで座っているリチャード・ロークビーとジョナサン・パーマーを観察していた。何か企んでいるのか、二人は額を寄せ合っていた。そばにはほかの生徒たちも座っていたが、それでも二人は、なにか周囲からかけ離れた存在のような印象を与えた。すばらしき孤高の二人。それこそリチャード・ロークビーの求める世界だった。

アランは机の前に座った。書きかけの妹宛ての手紙が目の前に置いてある。アランは手紙を手にとったが、心のなかのカメラはクライヴとの会話を再現していた。何らかの対応策をとる必要性を校長が認識してくれたことはうれしかった。しかし、クライヴの本心を聞いたいま、自分が干渉することで事態が好転するどころか、かえって悪くなるのではないかという懸念が、心のどこかで首をもたげていた。

そんな思いに気をとられていたアランが、手紙の下に隠れていた紙片に気づいたのはしばらくしてからだった。高価な便箋に文字が一行、几帳面な活字体で書かれていた。

おまえの手はポール・エラーソンの血で染まっている。

アランは一瞬、自制心を失いかけた。手が震えだした。頭にうかんだことはたったひとつ。その想念が、かごに閉じこめられた小鳥のように、アランの頭のなかを激しく飛び交った。だれかが知っているだれかが知っているだれかが知っているだれかが知っているだれかが知っているだれかが知っている……

七時十五分。夕べの祈りが終わった。生徒たちがぞろぞろと、席順どおりに寮ごとに列をつくってチャペルから冷たい夜気のなかに吐き出されてきた。週末が終わり、また一週間学校があると思うと元気も出ないらしく、ほとんどの生徒は押し黙っていた。

リチャードは途中で立ちどまってジョナサンを待った。まわりを風が音をたてて吹き抜けていく。彼は寒さから身を守るように両腕を体に巻きつけた。夜空は冴えわたり、壮大なノーフォークの空に満天の星がきらめいていた。星を見上げたリチャードは、何年も前のある夜のことを思い出した。その夜、まだ小さかったリチャードは母親と一緒に家の庭にいた。母は膝をついて彼に寄り添い、星座を見つける楽しさを教えてくれた。それを思い出したリチャードは、また星座を見つけようとした。だが、かえって悲しくなってしまい、星座さがしはやめにして、かわりにまわりの人間を観察しはじめた。

ニコラス・スコットがペリマン兄弟の一人と一緒に、リチャードのそばを通りすぎた。ニコラスはリチャードにじっと目を向けて、恐怖と敵意の入り交じった表情をうかべた。いつもなら本能的ににらみ返すところだったが、リチャードはそうしないことにした。その必要がないからだ。欲しいものは手に入れた。もうニコラスなど脅威ではないのだから、にらみつけてもエネルギーのむだになるだけだ。

すぐ近くでハワード校長夫妻がポッター師と立ち話をしていた。何かのジョークで盛り上がっているようだった。そのそばにもうひとり女の人が立っていて、一緒に笑っていた。見たことのある女性だった。ハワード夫人の従姉妹だ。リチャードが見ていると、彼女はハワード校長の腕をつついた。彼女のほうを振り向いたハワードは依然笑顔のままだったが、その顔がこわばった。つかのま女性はハワードの腕に手を這わせて、彼に何か言った。校長はひどくあわてた様子で答えると、夫人のほうに向き直った。一瞬、女性は傷ついた表情をうかべたが、また笑いの渦が起きると、彼女もすぐに仲間入りした。それから四人は行ってしまった。そのとき、リチャードは遠くにジョナサンの姿を認めた。「やっと来たな！　あんまり遅いから、牧師になっちゃったのかと思ったよ！」

「ごめん。ブライアン・ハリントンにつかまっちゃってね。賛美歌集を片づけさせられていたんだ」

「ぼくの部屋に行こう」

一緒に歩きながらリチャードは、いとおしそうにジョナサンの首に腕をまわして抱き寄せた。と、オカマがどうのこうのとサム・グリーンがつぶやくのがリチャードの耳に入った。「さもないと、おまえをまるごとガス・オーブンに突っこんで丸焼きにしてやるからな」まわりの生徒たちはショックと恐れの入り交じった笑い声をあげた。サムは鼻白んだ顔をして行ってしまった。

「そういういやらしいことは言わないことだ、サム坊や」リチャードは大声で言った。

「あんなこと言わないほうがいいよ」ジョナサンはリチャードをいさめた。

「どうしてさ？　ショッキングすぎるっていうのか？　わかってるけどね、でも、みんな笑ってたじゃないか」

「でも、サムはいい気はしないよ」

「けっこう。人のことに口出しするなっていう教訓になっただろう」

「人がどう思うかなんて全然考えないんだな」

「ジョナサンがどう思うかってことは考えてるよ。ほかのやつらなんか、くそくらえだ。みんなまとめて、ガス・オーブンに詰めこんでやる。マッチで火だってつけてやるよ」

ジョナサンは顔をしかめた。「そんなこと言うのやめなよ」

「どうして？」

「だって、ときどき、ほんとうにやりそうに思えるからさ」

「ああ、そのつもりさ」

二人はたがいに目を見合った。「人を憎んでばかりいて、飽きない？」ジョナサンはきいた。

「全然。ぼくの得意技だからな」

「でもね、ただ、なんかぞっとしちゃうんだ。もしきみがぼくを嫌いになったらどうしたらいいだろうって？」

「きみを？」リチャードは声をあげて笑った。「そんなことは絶対にないよ。心配いらないさ」

「約束する？」

「ああ、約束する。きみは友だちだからな。ずっと友だちでいろよ。そしたらぜったいにきみを憎んだりはしないよ。さあ行こう、凍えそうだ」

二人は人込みをすり抜けて、一緒にアベイ寮に向かった。

九時三十分。気まずい夕食のあと、ジェニファーは入浴のため席をたっていた。クライヴは二人分の飲み物をついで、ひとつをエリザベスに手渡した。彼女は非難めいた目で夫を見つめた。「もう少し、努力してくださらない？」

「してるさ」

「あなたったら、今晩はずっと不機嫌な顔をして」

「そんなことはないだろ」

「彼女、何かあなたを怒らせるようなこと言ったんですか？　本気で言っているわけじゃないのよ、ご存じでしょ。あの人は何でもろくに考えずに言ってしまうところがあるの」

「だが、そうでないときもある」

エリザベスは夫の言葉に眉をひそめた。「それ、どういう意味？」

「何でもない。忘れてくれ」

電話が鳴った。エリザベスは電話に歩み寄った。「話してほしいわ」受話器を取り上げる前に、彼女はクライヴに言った。「もしもし、エリザベス・ハワードですが」クライヴは座ったまま、じっと妻を見守った。できることなら、彼も打ち明けたかった。

「いいえ、大丈夫ですわ、ミセス・ロークビー。お元気ですか？」

エリザベスのつぎの言葉を聞きとろうとして、クライヴは身を乗り出した。

だが、エリザベスは何も言わずに、ただ相手の話を聞いている。そうするうち、彼女は口元を手で押さえ、顔からは血の気が失せていった。

真夜中近かった。シスター・クラークは保健室で腰を下ろし、新刊の小説を読みながらうとうとしていた。クーパー看護師はガーソン医師に真の愛を見いだすのか、それともコンゴに行って病気と闘うことにするのか？　主人公の葛藤の場面にさしかかり、先を読まずにはいられなかったが、今晩じゅうに読みきってジレンマに決着をつけるには、シスターはあまりにも疲れていた。彼女は目をこすりながら、寝室に引き揚げる準備をした。

と、遠くで何かきしむ音がした。ドアをあける音だ。生徒のだれかがトイレに行くのだろう。シスターは本を下に置いて、椅子の背にもたれた。動くのがおっくうだった。そのとき、ドアの外の廊下をだれかが走っていく音がした。

びっくりして、シスターは跳ね起きた。「だれなの、そこにいるのは？」彼女は大声で呼びかけた。急いでドアに駆け寄ってあけると、暗闇のなかをのぞきこんだ。だれの物音かすぐに気づいた。

だが、そんなはずはなかった。こんなこともあろうかと、あの子の病室のドアには鍵をかけておいたのだ。

「ジェームズ？」

返事はなく、あたりはしんと静まり返っていた。

たしかに、ドアには鍵をかけておいた。それはまちがいなかった。

「ジェームズ？　どこなの？」

遠くのほうでカチャリと鋭い音がした。だれかが錠を引き抜いたような音だ。

ひどくうろたえたシスターは、廊下を突っきって玄関に向かった。走りながら、どうか間にあいますようにと、心のなかで神に祈った。だが、玄関ホールに入っていくと、ドアはあけ放たれて、刺すような風が吹きこんでいた。シスターは急いで玄関ドアに駆け寄り、外に目を凝らした。初めは何も見えなかったが、つぎの瞬間、遠くに走り去る人影が目に入った。

「ジェームズ!!」

彼にはシスターの声は聞こえていなかった。まるで悪魔にでも追われているように、ジェームズは走りつづけた。

シスターは戸口に立って大声で助けを呼んだが、それも手遅れとなった。

深夜。ジェイソン・バーチルはアクセルを踏みこみながら、小声で毒づいた。サリーをクロマーでのダンス・パーティーに連れていったのだが、サリーの父親から彼女を連れていく許可を、門限までに必ず送り届けると固く約束して、なんとかやっと取りつけたというのに、その約束の時間をすでに一時間もオーバーしてしまっていたからだ。

サリーは助手席からジェイソンに微笑みかけた。「心配ないわ」

「きみは簡単に言うけどな、おれは親父さんに殺されちまうよ」

サリーは笑いだした。「それだけの価値があったんじゃない？」

ジェイソンもつられて笑った。「あったね！」サリーは彼の手に自分の手を重ねた。ジェイソンは胸が熱くなった。この娘《こ》はもうぜったいに離さないぞ。親父さんが何をしようと、断じて引きさがるもんか。

左手にカークストン・アベイ校の門が見えてきた。このあたりではいちばんいい学校だと、ジェイソンの母親は断言していた。だが、学費はバーチル家の経済力をはるかに超えていたから、どちらかというと苦々しい口調だった。ジェイソンはそんなことは気にしていなかった。カークストン・アベイなんて惨めな場所だと、つねづね思っていたからだ。金持ちが自分の子供たちを放りこんでおいて、忘れてしまうところだ。いや、惨めというわけでもないか。ここの生徒たちにはあらゆる特権が保証されている。だが、ジェイソンだって、望むもののすべてがいまここにあった。

サリーに顔を向けて、「愛しているよ」と、ジェイソンは言った。

彼女は、クリスマスの朝にプレゼントを見つけた子供のような表情をうかべた。「本気なの？」

「あたりまえさ。きみはどう？　愛してくれてるの？」

「もちろん、愛してるわ」

「うん、それならいいんだ」

サリーはジェイソンの手をぎゅっと握りしめ、それから道路に視線を移した。つかのま、ジェイソンはサリーに目を奪われていた。きれいだ。どうして彼がサリーの心を射止めることができたのか、自分でもわからなかった。

突然、サリーの目が恐怖に大きく見開かれた。「ジェイソン、危ない！」

前を向いたとたん、ジェイソンは大きく口をあけて悲鳴をあげた。

ひとりの少年が路上に現われたのだ。身につけているのはパジャマのズボンだけだった。しかも、その子はジェイソンたちの車に向かってまっしぐらに走ってくる！

急ブレーキをかけたが、手遅れだった。少年の顔がはっきりと浮かび上がった。ヘッドライトに照らし出されたその顔は、仮面のように蒼白だった。つぎに何が起きるかは明白だった。ジェイソンは正視できずに目を閉じた。耳元でサリーの悲鳴と自分の悲鳴が一緒になって響いた。その瞬間、固い金属に柔らかい肉体がぶつかる鈍い音がした。

夢のなかでジョナサンは、アップチャーチ・ホールの邸内を抜けて角の部屋に向かった。そこは赤いダマスク織りの壁紙が張ってあり、リチャードの両親の写真がかかっていた。歩きながら、ジョナサンは赤い壁を飾るロークビー家の人々の写真を見上げた。ジョナサンの父親と母親が彼に付き添っている。その両側を親類や友人たちの全員が取り囲むようにして進んでいった。ただ、ジョナサンの人生にとってただひとり大事なリチャードだけがそこにいなかった。

角部屋の手前の部屋にみんなは入っていった。そこは、いましがた通り抜けてきたほかの部屋と同様に、広くて真四角の部屋だった。勢いよく火が燃えている暖炉の上のほうには、リチャードの肖像画がかかっている。一緒に来た人たちにその絵を指さして、ジョナサンは自分のいちばんの親友だと説明した。それはすばらしい交友関係だと、みんなが感嘆の声をあげた。父親も、よくやったとばかりにジョナサンの肩を優しくたたいた。みんなの称讃を浴びてすっかりうれしくなり、ジョナサンはにっこり微笑んだ。

リチャードの肖像画を鑑賞していると、額がずり落ちはじめた。吊りひもが弱くなっていたのだ。ついにはひもが全部切れて、肖像画は暖炉の火のなかに落ちてしまった。ジョナサンは暖炉から拾い上げようとしたが、火は熱く、肖像画も重たくて、とても取り出せなかった。助けを求めてジョナサンが振り向くと、一緒に来た人たちはみな、いま来たほうに廊下をもどっていくところだった。彼は肖像画を振り返った。絵の具が熱せられて泡立ち、ひび割れていく。見る見るうちに肖像画は溶けていき、リチャードとは似ても似つかない顔がうかんだ。それはジョナサン自身の顔だった。

ジョナサンは恐ろしくなって、待ってと叫びながら、みんなを追って駆けだそうとした。だが、ドアにたどりついたとたん、ジョナサンの目の前でドアは勢いよく閉まってしまった。ドアをたたいていると背後が急に騒がしくなってきた。それは赤い壁紙の部屋から聞こえてくる。狂気にゆがんだ金切り声がいくつも、ジョナサンの名前をくり返し呼びつづけていた……

夢から覚めてもなお人の声がしていた。ジョナサンは、それはただ夢のなかで聞いた声が耳についているだけで、いずれ消えていくと思っていた。しかし、五感が完全に目覚めると、すべての音が現実のものとわかった。

ジョナサンはベッドに起き上がった。部屋のなかにはあわただしい動きがあった。ほかの生徒たちはみな目を覚ましてベッドから這い出し、窓辺に駆け寄っていた。窓からは、かすかに明かりが点滅しているのが見えた。ジョナサンもみんなのところへ行った。

眼下に警察の車が一台停まっている。ブライアント先生と奥さんがオールド・スクール寮の玄関先の石段に立っていた。二人ともガウンをはおったままで、二人の警官と話していた。シスター・クラークも一緒だ。また一人別の警官がやってきた。どういうことなのか、ジョナサンには皆目わからなかった。

部屋のドアを勢いよくあけて、キース・プリングルが飛びこんできた。みんないっせいに、興奮ぎみの声をキースに浴びせた。「遅いじゃないか、何してたんだよ?!」「何かわかったか?!」「何があったの?!」

「ホイートリーだ！　あいつ車にはねられたんだ！」

室内に衝撃が走り、全員が息をのんだ。「車だって?!」だれかが驚きの声をあげた。「でもどうして?!」

「校門の外の道路にいたんだって」

「でもあいつ、サナトリウムにいたんだぞ！」別の生徒が声をあげた。

「夢遊病で歩きまわってたんだって、シスター・クラークが言ってた」

「夢遊病……？」

「嘘だろ、おい！」

「彼、病院にいるのか?!」

「いないよ」キースは告げた。「死んじゃったんだ」

知らせを聞いた生徒たちは、一瞬ショックで口がきけなかったが、やがていっせいにわめきだした。

「死んだって……？」

「なんてこった！」

「はねたドライバーは逮捕されたのか？」

「嘘だろ？」

「ほんとだよ!」キースが言った。「ほんとなんだ」

キースはみんなを押しのけて、窓のひとつに近づいた。「いま、どうなっている?」生徒たちはひきつづきキースを質問攻めにした。ジョナサンはキースの答えを待ってはいなかった。胃がむかむかしていた。彼はトイレに駆けこんで嘔吐した。

第三部　報い

1

明け方。

オールド・スクール寮の四年生の共同寝室はしんと静まり返っていた。夜半まで起きて話をしていたこの部屋の住人たちも、いまは朝の起床ベルが鳴るまでに少しでも睡眠をとろうとしていた。

ジョナサンは洗面所の窓台にひとり腰をかけていた。赤い大きな太陽が地平線から顔を出し、凍った大地の上に明るい曙光を投げかけていた。カークストン・アベイ校の一日がまた始まる。ベルによって管理されるいつもの日課のくり返しだ。ジェームズ・ホイートリーが死んだという事実以外は、ここ何年もまったく変わっていない一日がやってきた。

ジョナサンは洗面所のなかを見まわした。ここで彼は小便をかけられ、便器に頭を突っこまれて水を流されたのだ。ここで股間を蹴り上げられ、防御できないように両手を押さえつけられたまま殴られたのだ。やったのはジェームズだ。ジェームズ・ホイートリーは、ほかの生徒を痛めつけたときと同じように、ジョナサンをなぶり物にして楽しんだ。あいつは救いようのない性悪ないじめっ子だった。あいつがいなくなって、世の中はよくこそなれ、悪くなりはしない。

それなのに、かつてジェームズに対していだいていた憤りは、どうしてもよみがえってこなかった。かわりに脳裏にうかんだのは、ひとり怯えて暗い夜道を走り、死んでいった少年の姿だった。自分と同い年の少年だ。ジョナサンが手を貸して、人生はまだこれからというひとりの少年を滅ぼしてしまったのだ。

ああ、神様、こんなつもりじゃなかったんです！　こんなことになるようにぼくは願ったんじゃないんです！

両手に顔をうずめ、ジョナサンは声を殺して泣きだした。

八時十分。ジョナサンは自習室にいた。朝食はとりにいかなかった。

ドアをノックする音がしたが、彼は返事をしなかった。だれが来たのかわかっていたし、その訪問者はどうぞと言われなくても勝手に入ってくるからだ。

ドアがあいて、リチャードが入ってきた。「ノックしたの聞こえた？」

ジョナサンはうなずいた。

「朝食のときは、みんなあの話でもちきりだったよ。ハワード校長がちらっと姿を見せたんだけど、病人みたいな顔してたな。しかたないな、ポール・エラーソンの一件のあとだから、校長にしてみればこんな事件、ぜったいにごめんこうむりたいところだったろうな」

ジョナサンは口を閉ざしたままだった。リチャードは彼をじっと見た。「泣いていたんだな」

「まあね」

「どうしてだって？」

「どうしてだって？　リチャード、きみは何とも思わないのかい?!」

「ホイートリーが死んで悲しんでいるっていうのか?!　冗談だろう?!」

「ちがうよ」

「そうにきまってる。どうしたんだよ？　だれかにいじめられたのか？　だれだ、相手は？　ぼくがやっつけてやるから」

「だれにもいじめられていないよ」

「じゃ、どうして泣いてたんだ？」

「リチャード、彼は死んじゃったんだよ！」

「だから？」

「だから?!」

「ああ、だから何だよ？」リチャードは鼻の先で笑った。「よし、じゃ、ぼくが推理してやろう。あいつが死んで、いまになってきみはこう気づいたんだ。目が覚めているときのホイートリーは、いつだってほんとうにいやなやつだったけど、ほんとうはとっても優しい心の持ち主で、お母さんを愛し、動物にも優しかった、なんてね。冗談もほどほどにしてほしいね！　そういう嘘っぱちは葬式のときにいやというほど聞けるから」

「ジェームズは死んだんだよ、ぼくたちのせいで！」

「けっこうだね。自業自得だ」

「どうしてそんなことが言えるんだ?!」

「ほんとうのことだからさ」

「でも、彼の家族はどうなのさ? 家族の人たちも自業自得だっていうの?」

「家族のことなんか知るもんか」苛立ちをつのらせて、リチャードは吐き捨てるように言った。「こんな話はうんざりだ。今日は弔意を表して授業は休講になったんだ。ぼくの部屋に行こう」

「行きたくない」

「オーケー。じゃ、ここにいよう」

ジョナサンは首を振り、グラウンドに目をやった。「いま首を振ったのはどういう意味なんだ?」リチャードは強い口調できいた。

「何でもない」

「ほんとうか?」

「ああ」

「ぼくから離れる気じゃないだろうね?」

リチャードの声には険があった。ジョナサンは目をあげた。リチャードの視線は氷のように冷たかった。ジョナサンは思わず戦慄をおぼえて、唾をのみこんだ。「まさか、そんなはずないだろう」

「そのほうがいい」

「そんなことはぜったいないよ。約束する」

「よし。これはぼくら二人でやったことなんだ、いいね。ジョナサンも、ぼくと同じだけ責任があるんだ」

「わかってるよ」

「どういうことになるか、きみにもよくわかっていたはずだ。いまさら手を引こうとしたって遅い」

「べつに手を引こうとしているわけじゃないよ」ジョナサンは必死で適切な言葉をさがした。「ただ……」

急にまた、ジョナサンの目に涙がこみ上げてきた。それを見て、リチャードの心は和らいだようだった。彼はジョナサンの横にやってきてしゃがみこむと、ジョナサンの肩に腕をまわした。「なあ、悪かったよ。泣かせるつもりじゃなかったんだ」

ジョナサンは涙をぬぐった。「きみのせいじゃないよ」

「じゃ、どうしたっていうんだ？」

「ただね、ぼくは怖いんだ。それだけだよ」

「何が？」

「こういうこと全部が」

「どうして？　きみには何も悪いことなんて起きやしないよ」

「ほんと？」

「ああ。ぼくがいれば、ぜったいにそんなこと起きないさ。わかっているだろう？」

「うん」

リチャードはジョナサンの髪をなではじめた。「怖がることはないんだ。いつだってぼくが守ってあげるから。自分の欠点を知ってるだろ。きみは気持ちが優しすぎるんだ。あまり情に流されないようにしないとね。ホイートリーは当然の報いを受けただけだ。ぼくらにしてみれば、当然なんだ。きみは頭を整理する時間がちょっと必要なだけさ」

ジョナサンはうなずいた。

「少しひとりにしてやるよ、いいね？　気持ちの整理がついたら、ぼくのところへ来て」

ジョナサンはまたこくりとうなずいた。リチャードはジョナサンの頰にキスをしてドアに向かった。そして、ドアの前で振り返ると、にこっと微笑んでみせた。「ほんとに怖がることなんかないからね。ぼくにとってこの世で大切な人はきみだけなんだ。きみに手出しをしようなんてやつは、だれもいないさ。そんなことをしようとするやつはだれだって、このぼくが殺してやるからな」

ジョナサンはなんとか笑みをうかべたが、内心は悲鳴をあげたかった。

クライヴ・ハワードは、警察の車が帰っていくのを見送りながら立ちつくしていた。その横には、エリザベスが夫の手をとって寄り添っていた。

「いったいどうしてこんなことが起きるのかね？」クライヴは妻に問いかけた。

エリザベスはため息をついた。「ほんとに、悲劇っていうのはなぜ起きるのかしら？　あの子はまだ、たったの十四歳だったのよ。ほんの子供よ。ほんとにお気の毒に、ご両親はいったいどんな気持ちでいらっしゃることか」

「きっとショックを受けているだろう」

エリザベスはうなずいた。

「残念ながら、ショックはいずれ薄らいでいく」

彼女は夫を見つめた。「それはどういう意味？」

「ショックが薄らぐと、つぎは、だれのせいか、責任の追及がはじまる」

エリザベスは夫の手を握りしめた。「でも、ここには責任を問われるような人はいないわ」

「そうかな？」

「そうですよ。警察の人も言っていたでしょ。管理上の不行きとどきがあったとはいえないって。サナトリウムのドアは錠をかけてあったし、あの子は自分で抜け出したのよ」

「道路に飛び出していた。まったくなんてことだ」

「校門には鍵がかかっていたわ」

「きっと校門を乗り越えたんだ。睡眠状態でどうしてそんなことができたのかな？　まったく、あの子の頭はどうなっていたんだろう」

「眠っているときは、ふつうでは考えられないようなことをすることがあるわ。わたしの知っている男の子はね、眠っているあいだに自宅から抜け出してしまって、八マイルも離れた場所で警察に発見されたの。ぶつぶつ独り言を言いながら道路沿いを歩いていたんですって。足から血が出ていたのに、本人は全然目が覚めなかったらしいのよ」

クライヴは顔をしかめた。「だから、ジェームズ・ホイートリーの場合も、だれの責任でもないというのかね？」

「わたしが言いたいのはね、あれは偶然起きた悲劇だったってこと。だれのせいでもないわ。わたしにはあなたという人がよくわかっているの、クライヴ。あなたはね、ポール・エラーソンのときと同じように必ず自分を責めはじめるの。あれだってあなたの責任ではなかったのに」

「でも、ポールもジェームズも死んでしまったんだ、そうだろう？　わずか一学期のあいだに同じ学校の生徒が二人もだ。こんなことになって、この先、この学校に子供を預けようなんて思う親が何人いるかね？」

「どうかしらね。それはそのときになったら考えましょうよ。早朝に警察が最愛の子の死を知らせにきたのが、うちではなかったことだけでも感謝しましょうよ」

「ジェームズのご両親と連絡をとらないと。もっと早く電話すべきだったんだが、ただどうしても受話器がとれなくてね、わたしには……」

「大丈夫よ」エリザベスはなだめるように言った。「一緒に電話しましょう」

クライヴは身をかがめて妻にキスをした。そのあいだにも、その日片づけなくてはならないそのほかのことを考えていた。「ロークビーを呼びにやらなくては」

エリザベスは首を振った。「それは夜にしましょうよ」

「その件も、一緒に話してくれるね、いいだろう？」

彼女は夫の髪をなでた。「もちろんよ」

クライヴは妻を引き寄せて両腕に包みこむと、優しく揺すった。「ああ、エリザベス、ぜったいにわたしから離れないでおくれ」

エリザベスは彼の胸に顔をうずめ、二人はしばらくそうしていた。と、物音がして、クライヴが顔を上げると、ジェニファーが戸口に立って二人をじっと見つめていた。冷ややかな視線だった。クライヴはにらみ返し、本能的に、妻にまわした腕に力を込めた。

ポッター師は車に乗りこんだとたん、聖具室に《タイムズ》紙を置き忘れてきたことを思い出した。

新聞はどうしても置きっぱなしにするわけにはいかなかった。有名なシェフが美味《おい》しいペストリーの作り方の極意を読者に伝授するコーナーがあり、いくらかでも料理の才分を分けてもらおうと、ポッター夫人がその欄を集めていたからだ。しぶしぶ、ポッター師はまた車を降りて、学校のチャペルにもどった。

師はチャペルの横のドアから入り、明かりはつけなかった。堂内なら目隠しをしてでも歩けたからだ。聖具室に行き、新聞をとって出ようとしたとき、しくしく泣く声が聞こえた。

師は足を止めて周囲を見まわした。月は出ていたが、堂内がはっきり見通せるほど明るくはなかった。チャペルのなかは寒かった。会衆席に目を走らせながら、師は身震いした。ベンチのひとつで、何かが動いた。「だれかね?」返事はなかった。師はもう一度声をかけてみた。「だれかいるのかい?」

最初はなんの反応も返ってこなかったが、やがて少年の小さな声がした。「はい」

ポッター師は声のするほうへ進んでいった。「だれかな、そこにいるのは?」

「パーマーです。ジョナサン・パーマーです」

ジョナサンは後ろの席のひとつに、縮こまるように脚を折り曲げ、両腕で胸を抱きかかえるようにして座っていた。師はそのとなりに腰を下ろしてたずねた。「いったいどうしたんだね、ジョナサン?」

ジョナサンは目をこすった。「何でもないんです」

「いや、何かあったんだろう?」ポッター師は優しく言った。「何でもないのに、だれもこんな暗がりにひとりでいたりはしないからね。わたしに話してみないかね?」

「だめです」

「わたしは信用してくれて大丈夫だよ」

ジョナサンはポッター師に顔を向けた。弱い光のなかでも、師にはジョナサンが目を泣きはらしていることがわかった。「ほんとうですか?」

「もちろんさ。さあ、話してごらん。話してしまえば気分が楽になるから」

ジョナサンはうなだれて、しくしく泣きだした。

ポッター師は自分自身を買いかぶるような幻想はけっしていだいていなかった。もう少し自分が神の御言葉を広めることに力を注げば、カークストン・アベイ校の生徒たちはイギリスでも最高レベルの聡明な少年たちになるのはよくわかっていても、どうしてもそれよりも楽に生活するほうに心が向いてしまいがちだった。それでも、思いやりのある師は、人の苦しみを見て放ってはおけなかった。彼はそっとジョナサンの肩を抱いた。「さ、もっと元気を出して。そんなに悲しいことなのかい？」ポッター師の胸に顔をうずめた。心を動かされて、師は両手でジョナサンを抱きしめ、何も言わずに彼が落ち着くのを待った。そして涙がおさまってきたところを見計らって、もう一度うながした。「ほんとに何があったのかね、ジョナサン？　どうしてここへ来たのかね？」

ジョナサンは何かささやいた。が、ポッター師には聞きとれなかった。「え、何て言った？」

「祈っていたんです」

「祈っていた？　何をだね？」

「ジェームズのことで」

「なるほど」師は吐息をついた。「そうなのか。あれはひどい事故だった。かわいそうにね。ジェームズときみが友だちだったとは知らなかったよ」

「あんなやつ大嫌いでした」

「おや」ポッター師は面くらった。「それじゃ、なぜ……」

「ぼくのせいだから」

「きみのせい？　どうして？」

「あいつに何か悪いことが起きればいいと思っていたんです」

「ああ、だれかを憎むのは罪ではないよ」と、ポッター師は思わず言い、それからあわてて訂正した。「つまり、そう、厳密に聖書に照らしていえば、罪になる。右の頰を打たれたらもう片方の頬も向けなさいという教えには背くことになるからね。だけど、大罪ではないよ。よほど完璧な人間でないと、すべての人を好きになるというのは難しいことだし、そういう完全な人間には、わたしはいまだお目にかかったことがないからね」

ジョナサンはかぶりを振った。「そうじゃないんです。ぼくがあの事故を引き起こしたんです。ああなるように願ったから」

「願った？」ポッター師は笑みをうかべた。「きみのせいとは思えないな」

「ほんとうなんです！　信じてください！」

師はジョナサンのあごを持ち上げるように手をあてがって、彼の瞳をじっと見つめた。

「ジョナサン、よく聞いて。これは大事なことだから。だれかが突然死んだりするとね、必ず罪の意識が生まれるものなんだ。死んだ人を知っていた人間はきまって、何らかの責任を感じるものなのだ。ジェームズの場合だってそうさ。責任を感じているのはきみだけだと思ってるのかい？　シスター・クラークがどんな気持ちでいると思う？　それに、ジェームズの両親はどう感じていると思うね？」

「ジェームズの両親？」ジョナサンはポッター師を見つめた。「どうして彼のお父さんやお母さんが責任を感じるんですか？」

師はため息をもらした。「今日の午後、ハワード夫人と話をしたんだ。ちょうど校長先生と夫人がホイートトリー夫人と話を終えたところだった。かわいそうに、ホイートトリー夫人は、自分のせいだと言いつづけていたそうだよ。ジェームズについてだれかに打ち明けてさえいれば、おそらくこんなことにはならなかったと言っていたそうだ」

「どういうことですか？　何を打ち明けなくちゃいけなかったんです？」

「あの子には夢遊病の病歴があったんだよ」

ジョナサンは目を丸くした。「前にもあんなこと、あったんですか?!」

「そうなんだ。どうも、小さいころに始終あったらしいんだ。あるとき、ジェームズは空を飛べる夢を見てね、二階の窓から飛び降りたそうなんだ。そんなことがあってから、ご両親は何か恐ろしいことが起きるんじゃないかと心配して、以前は彼を厳重に見張っていたらしい。だけど、彼が八歳ぐらいになったとき、ぴたりと夢遊病が治まってね、ご両親はもう問題はなくなったと思いこんだらしい。だけど、そうじゃなかったわけだね」

「じゃあ、ぼくのせいじゃなかったんだ」

「もちろんだよ。きみのせいだなんて、そんなことありえないじゃないか。悪いことは起こるべくして起こる。きみが願ったからって、現実に起こるものじゃないさ。きみは神様じゃないんだからね」

ジョナサンは顔をほころばせ、甲高いヒステリックな笑い声をあげた。ポッター師はまだ彼の肩を抱いていた。「どうも妙な心理状態に陥ってしまったんだな、きみは」

ジョナサンはうなずいた。

「わたしに話せば気が楽になるって言っただろう？　いいね、きみが責任を感じるようなことは何もないんだ。さあ、もう帰らなくては。うちの奥さんが待っているんでね。車のところまで一緒に行こう。夕食はすんだのかい？」

「いいえ、まだ」

「じゃ、急げばまだ間にあうよ」

二人はチャペルの横のドアに向かった。「ありがとうございました」ジョナサンはきまり悪そうに言った。

ポッター師はにっこりした。「礼にはおよばないよ。力になれてうれしいんだから」

「ほんとに、お話できてよかったです。ぼくがどんな気持ちだったか、おわかりにはならないと思います。何でも先生のためにぼくにできることがあったら、おっしゃってください」

ポッター師はちょっと考えた。「あるかもしれないよ」

ジョナサンは微笑んで相手の言葉を待った。

「きみとロークビーは友だちだったね?」

「はい」

二人がドアにたどりつくと、ポッター師は足をとめた。「よかった。彼には友だちが必要になるだろうから」

ジョナサンの笑みがかすかにゆらいだ。

「ロークビーにちょっと悪い知らせがきていてね。家で事故があったようなんだ。たぶんもう、ハワード夫妻が彼に伝えているはずだがね」

ジョナサンはポッター師を凝視した。唇が動いても声にならない。

「ロークビーはかなり勇気がいることだろう。そこで、きみに力になってほしいんだ。わたしやハワード夫妻に代わって、きみがそばでロークビーを見守ってやっていてくれるかい?その事故というのはね……」

「やめて！」

それはほとんど悲鳴に近かった。

「嘘だ！　ぼくらが願ったせいじゃないって言ったじゃないですか！　そんなことありえないって言ったじゃない！」

「ジョナサン、よくわからないな。いったい何のことを言っているのかね？」

ジョナサンは狂気じみた目を宙に向け、両手で頭をかきむしった。あえぐように浅く速く息をはずませている少年の肩に、ポッター師は手をおいた。「ジョナサン、どうしたんだ？」

「ああ、神様！」

「ジョナサン……」

「本気じゃなかったんです！　ああ、神様、本気じゃなかったんです！　こんなことを望んだんじゃないんです！」

ジョナサンはきびすを返してチャペルから飛び出していった。ポッター師は困惑して立ちつくし、走り去るジョナサンを目で追った。新聞は礼拝堂の椅子に置き忘れられていた。

ヘンリー・アッカーリーがウィスキーをついでいると、電話が鳴りだした。が、ヘンリーはマージョリーの足音がするのを待った。彼女にとらせればいい、彼はそう思って暖炉のそばに腰を下ろした。

マージョリーは受話器を取り上げて何か言うと、すぐにまた受話器をおいたようだった。

まもなく、彼女が部屋に入ってきた。顔の青痣は薄れてきてはいたが、まだ一目でそれとわかった。ヘンリーは顔をそむけた。「だれだったんだ？」

「だれでもないわ」

「だれでもないはずないだろ」

「まちがい電話よ。わたしの声を聞いたとたん、先方は切ってしまったの」

ヘンリーはまだ妻と視線を合わせないようにしていた。マージョリーはその場に立ったまま動こうとしなかった。「わたしの顔をまともに見るのは耐えられないんでしょ？」

ヘンリーは妻に顔を向け、すぐにまたそらした。

「昔はあなた、わたしを見ずにはいられなかったときもあったのにね」

「やめてくれ……」彼は言いかけた。

「どうして？　昔のこと以外何を話せばいいの？　過去とおたがいのことしかないじゃない」

「それしかないなら」ヘンリーは弱々しく言った。「それなら、わたしらはどっちも絶望的ってことだ」

マージョリーはくるりと夫に背を向けて部屋を出ていった。ヘンリーはスコッチを喉に流しこむと、また壜に手をのばした。

クライヴの書斎のドアをノックする音がした。エリザベスは励ますように夫の手を強く握りしめた。「どうぞ」クライヴはノックに応えた。

リチャード・ロークビーが入ってきた。彼はドアのそばに立って、挨拶はしなかった。

「すみません、遅くなって。電話をかけなくてはならなかったので」

「電話って？」クライヴはあわてた。「だれに？」

「友だちですけど、なぜです？」

「うむ……いや、べつに。ただきいてみただけだ」クライヴは下手《へた》な言いわけをしてから、なんとか話を進めるために言うべきことを懸命に考えた。こうした状況には、夫よりもうまく対応できるエリザベスが、彼に助け船を出した。リチャードに笑顔を向けると、彼女はソファーを手ぶりで示した。「どうぞかけて」

リチャードは言われたとおりにした。エリザベスは彼のとなりに座り、クライヴはリチャードの正面の肘掛け椅子に腰を下ろした。リチャードは、疑念に満ちた目で校長夫妻を見つめた。「どういうことで、ぼくは呼ばれたのでしょうか？」彼はクライヴにたずねた。

クライヴはひとつ深呼吸をした。「リチャード、きみに伝えなくてはならないことがあるんだ」

「あなたの伯母様からお電話があってね」エリザベスはあとを引き取り、リチャードのそばに座り直すと、彼の肩に腕をまわした。「悪い知らせがあったの」

「どんな知らせです？」

「事故があったそうなの」

リチャードは唾を呑みこんだ。「そうですか」

エリザベスは手を彼の手に重ねた。「大丈夫、お父様じゃないの」

「火事があってね」クライヴが説明した。

「どこでですか？」

「あなたのお父様のお屋敷で」エリザベスが言う。

「それで？」

「言ったように、お父様は無事よ。何も心配いらないわ」

「何も心配いらないのなら、どうしてお二人とも、だれかが死んだみたいな言い方をするんです？」

エリザベスはため息をついた。「亡くなったかたがいるの」

リチャードは視線を落とした。「ぼくの義理の母ですね」

「そう」エリザベスはさらに彼のほうににじり寄った。「お気の毒に、そうなの」

リチャードは床を見つめた。「あの人、妊娠していた」彼は唐突に切りだした。「知ってました？」

「いいえ、知らなかったわ」

「ぼくの弟か妹がお腹のなかにいたんです。その子が生まれたら、ぼくらは家族になるんだって、あの人は言ってました」

クライヴはリチャードの口調に何かを感じて、不安になり、エリザベスの視線をとらえようとした。だが、彼女はリチャードを慰めるのに懸命で、夫の視線には気づかなかった。

「ああ、リチャード、ほんとうにお気の毒だわ。何と言っていいか」

「どうして火事になったんです？」

「ご両親はお友だちとディナーの約束があってね」クライヴは説明した。「ところが、お継《か》母《あ》様は気分が悪くなって、外出はやめてベッドで横になっておられた。お父様はディナーの約束を取りやめにしたかったそうなのだが、お継母様にぜひ行ってくるようにと強くすすめられてね。一階のどこかの部屋で葉巻を吸ってから出かけたそうなんだが、火をきちんと消していなかったらしいんだ。それで、火事になってしまった」

「お継母さんは家にひとりきりだったんですか？」

「そうらしい」

「父はその場にいなかったんですか？」

クライヴは首を振った。「リチャード、こんなことをわたしたちの口から聞かされるなんて気の毒だとは思うが、想像はつくだろうけれど、お父様はひどく取り乱していらっしゃってね。お継母様が亡くなってからというもの、とてもひとりにしておける状態ではないと伯母様と伯父様は感じていらして、それで伯母様はね、わたしたちからきみに伝えてもらえないかと言ってこられたんだ。きみの寮の舎監に頼もうとも思ったらしいんだが、伯母様は家内に会ったことがあって気に入ってくださっていたから、わたしたちにこの役目を依頼したいと思われたそうだ。伯母様はできるだけ早い時期にきみに会いにいらっしゃるおつもりだ」

突如、リチャードの顔にひどく怯えた表情がうかんだ。彼はエリザベスのほうを向いた。

「何もかも全部話してくれているんですね？　父は大丈夫なんですね？」

「もちろん大丈夫ですよ、リチャード。嘘じゃないわ」

「父には何も起きてほしくなかったんだ。ほんとうにそう思ってたんだ」

「それはそうでしょうね」エリザベスはなだめるように言うと、クライヴを見て微笑んだ。彼も微笑んでみせたが、リチャードの口ぶりの何かが心にひっかかっていた。と、ドアをノックする音がした。

「取り込み中だ」と、クライヴはドアに向かって大声で言った。

ドアがわずかにひらいて、メイドが顔をのぞかせた。「サリー！」エリザベスが叱責した。「だれも取り次がないようにって言ったでしょ」

「申しわけありません、奥様。ですが、ホイートリー夫人からお電話が入ってまして。奥様とお話ししたいそうなんで」

「まあ、困ったわ！」エリザベスは狼狽を隠せなかった。「サリー、のちほど、できるだけ早くこちらからかけ直しますからって伝えてちょうだい」

「かまいませんよ、ミセス・ハワード」リチャードは礼儀正しく言った。「電話に出られたほうがいいですよ」

「いいえ、あとでいいんです。あなたはとてもひどいショックを受けたんですもの。もう少しお話ししないとね」

「ほんとうにぼくは大丈夫ですから」リチャードはにっこり笑ってみせた。「とてもご親切に気遣っていただいて、ありがとうございました」

エリザベスはどうしたものかと、クライヴを見た。彼はうなずいた。「いいだろう、そう言うなら。でも、リチャード、話をしたくなったら、わたしたちはいつでもここにいるから訪ねてくるといい。わかっているね」

「はい、わかってます」

エリザベスはリチャードの頬にキスをすると、立ち上がって部屋を出ていった。書斎にはリチャードとクライヴだけが残った。

クライヴはさらに慰めてやらなくてはと、懸命に適当な言葉をさがしたが、さきほどから気にかかっている奇異な感覚を振り払うことができずにいた。「ほんとうに、なんとも気の毒だったね、リチャード」彼はぎこちなく言った。

リチャードはうなだれた。「父はどんな気持ちだろうかって思うんです」

「ほんとうに、そうだね」

「とても悪いことをしたと思っているにちがいないんです」

「でも、事故なんだからね」

「わかってます。でも、父の葉巻のせいですから。火事はみんな自分の責任と感じているにちがいありません」

「ああ、きっとそうだろうね。お気の毒に。途方もなく重い十字架を背負ってしまったね」

「そうですね」リチャードはつぶやくように言った。

と、突然、彼は声をあげて笑いだした。

クライヴの全身に戦慄が走った。

「父は生涯、毎日毎秒を罪の意識に苛まれつづけていかなくちゃならないんだ。朝目覚めたときから夜眠りにつく瞬間まで。そして眠っても、罪の意識からは逃げられない。だっていつも夢に出てくるはずですからね。考えてみてくださいよ、そんな人生を送るはめになるなんてね。それでも人生と呼ぶことができればの話ですけれどね」

「リチャード、きみは混乱しているんだな。自分が何を言っているのかわかってないのだろう」

「おや、それは大まちがいですよ、校長先生。自分が何を言っているか、ぼくは百も承知です」

リチャードは顔をあげた。その目には悪意がむき出しになっていた。

クライヴの心臓は早鐘を打ちはじめた。聞いたことのある声が、頭のなかでささやきはじめた。

この子は危険だ。

だが、今度はさらに不気味な言葉が聞こえてきた。もっと不吉な言葉が。

この子は狂っている。

「リチャード、きみのお継母様は亡くなったんだよ！」

「わかってます。あの女は、結婚する前の三年間、父の愛人だったんです。知ってました？ぼくの母が生きていたときから、父と寝ていたんだ」

「亡くなった人のことを！何ということだ、少しは口を慎みなさい！」

「口を慎む？どこかの薄汚い淫売のために？」

「やめなさい！」

「あの赤ん坊だって、ぼくの父の子供かどうか怪しいもんだ。たぶん、路地裏で半クラウン払ってあの女と寝たどっかの悪党の子供ってとこさ」

「もうやめないか！」

クライヴの顔は深紅に染まった。彼は激しい怒りに身を震わせた。

「この部屋から出ていきなさい！　きみの心は病んでいる！　正常じゃない！　まあ、治療は可能かもしれないが、はっきり言って、わたしはどうだろうとかまわない。ひとつだけわかっていることは、もうこれ以上、金輪際《こんりんざい》ほかの生徒たちをきみと接触させるつもりはないということだ！　お父様に話して、きみを引き取ってもらうつもりだ！」

「ぼくだったら、父とはいますぐに話したりしませんね。先生ご自身がおっしゃったように、あの人はいま、取り乱していますからね」

「出ていきなさい！　いますぐ出ていくんだ！」

リチャードは笑みをうかべると、ゆっくり立ち上がってドアのほうへ歩いていった。クライヴは立ち去る彼をじっと見すえていた。「もうひとつ、言っておくことがある」

「何です？」振り返りもしないで、リチャードは言った。

「ジョナサン・パーマーとつき合うのはやめてもらう。彼との交際は一切禁止する。きみのなかにある病的なものが何であれ、ジョナサンには感染してほしくないからね」

リチャードは振り返った。もはや笑みは消えている。「何て言った？」

「きみとジョナサン・パーマーの交際はおしまいだ」

「くたばれ、ばか野郎！」

クライヴは立ち上がった。「わたしに向かってそんな口をきくとは何事か！」

リチャードはクライヴに歩み寄ると、真っ向から校長の目をねめつけた。「いくらでも言えますよ、ぼくは混乱していますからね。ぼくの最愛のお継母さんとお腹の弟か妹が死んだのですから。家族の半分を失って、ぼくの心は悲しみのどん底なんです。何を言ってるのか、自分でもわかっていないんです」

「きみは、はっきりわかっているじゃないか！」

「先生はよくご存じです。ぼくもです。でもね、ほかの人がそんなこと信じるでしょうか？」

「それはいったい、どういう意味だ？　わたしを脅しているつもりか？」

「勘ちがいされてますね、まったく反対ですよ。ぼくを放校処分にするとか、友だちと別れろとか言いだしたのはそちらのほうです。校長先生のほうこそぼくを脅迫しているんです、ぼくじゃありませんよ」

「この悪童が！　もうただでは……」

「ええ、どうします？　鞭打ちですか？　それはやめたほうがいい。最悪の手ですよ。いまのところ、状況は校長先生にはあまり分がよくありませんからね。同じ学期に二人も生徒が死んでるんです。この学校にとっては少しも名誉なことじゃありません。わが子をよそに転校させようかと考えている親はどれくらいいるでしょうね。相当いるんじゃないですか。そのうえ校長先生が、火事で家族の半分を亡くしたばかりの生徒を放校にすると脅したり、鞭で打ったりしたことが父兄の耳に入ったら、たぶん転校を考える親はもっと増えるんじゃないでしょうかね」

リチャードは息をついた。息づかいは荒く、目は爛々《らんらん》と光っていた。

「ですから、さっきも言いましたように、あんたなんかくたばっちまえ！」

身を翻して、彼はドアに向かった。

クライヴはもう一度だけ、自分の権威を取りもどそうとしてあがいた。「こんな無礼をはたらいて、憶えておくんだな、ロークビー。必ず後悔させてやる」

「いいえ、先生。後悔することになるのはそちらですよ。ほんとうに悔やむことになる」

リチャードはドアを後ろ手でたたきつけて、クライヴの書斎から出ていった。

クライヴは両脚からくずおれそうだった。椅子に深く体を沈めると、彼はゆっくりと深呼吸をして落ち着こうとした。そうしながら、何をすべきかを決断した。

その日の晩、またアッカーリー家の電話が鳴った。

マージョリーはすでにベッドに入っていた。頭痛がするといって、早々に寝室に引きこもっていた。二人ともそれが、一緒にいる気まずさを避けるための嘘であることは承知していた。

ヘンリーは受話器をとった。「もしもし？」

相手は無言だった。かすかな息づかいが聞こえた。「もしもし、どなた？」

やはり返事はない。「きっとかけまちがいだと思うね。切りますよ」

と、わずかにささやくような声が聞こえてきた。「シューターズ通り、一九四八年二月」

電話はぷつりと切れた。

茫然として、ヘンリーは受話器をのろのろと降ろした。手が激しく震え、受話器をホルダーに収めるのに三度もやり直さなければならなかった。

2

火曜日の午前、四時限目。ジェームズ・ホイートリーの死を悼む日は終わり、またいつもの日課がカークストン・アベイ校にもどってきた。

ニコラス・スコットは、ウェリントン教室で二人がけの机にひとりで座り、目の前の歴史の教科書に集中しようとしていた。

このクラスでは、清教徒革命の勉強は終わっていて、学習の焦点は今度は王政復古に移っていた。新しい単元の最初の授業だったので、アラン・スチュアート先生がみんなの情熱をかきたてようと、主な出来事をかいつまんで話してくれるものと、ニコラスは期待していた。ところが、なんと先生はみんなに、関連する章を読んでメモをとるようにと指示したのだった。

スチュアート先生は何かに気をとられているようだった。先生の前には採点を待つ答案用紙が山と積まれていたが、ほとんどそれに注意を払おうとしないのだ。げっそりと頬がこけ、疲れているうえに心配事があるようだった。ひょっとしたら病気かもしれない。ニコラスはスチュアート先生が好きだったから、そうでないことを願っていた。

教室の後ろのほうの二人がけの机のひとつは空席になっていた。ジョージ・ターナーとジェームズ・ホイートリーの席だ。ジョージについてはいい知らせが届いていた。最後の手術が成功したらしく、来学期にはもどってこられそうだった。しかし、ジェームズのほうは……

ニコラスはジェームズのことは考えたくなかった。

彼はリチャードとジョナサンが座っている窓ぎわの席に目をやった。二人は額を寄せ合って、小声で話していた。このごろは、あの二人が別行動をとっているところはまずお目にかかれない。二人は腰のところでつながっているにちがいないと、みんな冗談をとばしているくらいだった。だが、ニコラスは気にしなかった。彼にしてみれば、そんなことはどうでもよかった。

リチャードは横を向いて、ラグビー場の白線を引き直しているグラウンド整備員に目を向けた。そして、ジョナサンは教科書に目を向けた。頭をぽりぽりかいて、あくびらしきものをかみ殺すと、ジョナサンは振り返って教室を見まわし、何気なくニコラスに目をとめた。二人の視線が絡みあった。

ふいに、まぎれもない絶望の色がジョナサンの顔をよぎった。無言で助けを求めていた。そして現われたときと同様、あっというまにそれは消えてしまった。ジョナサンはまたリチャードのほうを向いて、額を寄せ合って小声で話しはじめた。

ニコラスは二人をひきつづき監視した。みぞおちのあたりが一瞬温かくなるような気がしたが、彼はすぐに、最後にリチャードと話したときのことを思い出した。

みぞおちの温もりは吹っ飛び、軽蔑の念とすり替わった。そう、やっぱりジョナサンは怖がっているんだ。当然だ。怖くてあたりまえなのだ。

ニコラスも怖かった。

ちがう！　あれはぼくのせいじゃない！　ジョナサンのせいなんだ！　あいつとリチャードが悪いんだ。あの二人がそそのかしたんだ、ぼくじゃない。

ジョナサンは同情するに値しない。自業自得というものだ。

ニコラスは教科書に目をもどしたが、やはり集中できなかった。


エリザベス・ハワードは応接間で、メイドが玄関のトレーにのせておいた午前中の郵便物の封を切っていた。

彼女はマージョリー・アッカーリーのことが心配だった。マージョリーの家を訪ねたかったが、その時間がなかった。ホイートリー夫人が今朝もまた電話してきたのだ。夫人にとっては、エリザベスと話をすることが慰めになっているようだった。そう思うと、エリザベスはうれしかったが、少々困惑してもいた。彼女にできることといえば、ただ話をきいて同情を寄せるのが精いっぱいだった。もしかしたらホイートリー夫人が必要としているのも、それだけなのかもしれなかった。ホイートリー家のほかの人たちは、それぞれ悲しみに沈んでいて、夫人の話を聞いてくれる人はいないのではないだろうか。

それで、エリザベスは、ホイートリー夫人と電話で話をするのは、喜びでもあれば憂鬱でもあった。夫人と話しているうちに、どうしても死んだ弟のことを思い出してしまうのだ。それはいまだにつらく、受話器をようやくおくころにはいつも必ず涙が出そうになっていた。

郵便物に目を通しはじめながらも、彼女はまだその悲しみに心をふさがれていた。郵便物には、特別目を引くようなものは何もなかった。ディナーの招待状にブック・クラブの会報、電話料金の請求書。それと、上等な便箋に几帳面な活字体でしたためられた短いメモのようなもの……

おまえの亭主はおまえの従姉妹と寝ている。どんなバカにでもわかるのに、おまえの目は節穴か？

エリザベスはその文字を見つめた。たちまち、それはかすんでいった。そして、突然、何もかも判別できないほどぼやけてしまった。彼女は便箋が入っていた封筒を手にとってみた。切手も消印もない。宛て名がきれいに活字体で手書きされていた。

ミセス・ハワードへ——親展。

いったいだれの仕業か？　こんなことをするのはだれだろうか？　だれがこんなことを思いつくのだろう？　それに、そもそも、これを書いた人間はいったいどんな根拠があってこんなことを言いだしたのか？

「エリザベス」

エリザベスは飛び上がった。見ると、ジェニファーが戸口に立っていた。「ごめんなさい、驚かすつもりじゃなかったんだけど。どうだった？」

「どうだったって？」

「ホイートリー夫人の電話よ。ずいぶん長いこと話していたじゃない」

「気の毒に、まだ信じられないようだわ」

ジェニファーはエリザベスをまじまじと見つめた。「あなた、大丈夫？」

「もちろんよ。わたしがどうかして？」

「ただね、とても顔色が悪いから」

「わたしは大丈夫。ちょっと頭痛がするだけ」

「あなたに必要なのはお酒よ。いま二人分つぐわね。郵便物のなかに何か面白そうなものあった？」

エリザベスはぎくっとした。「どうしてそんなことときくの？」

「だって、いま読んでいるところでしょ、封を切って」

「いえ、べつに。つまらないものばかりよ」

ジェニファーは飲み物がしまってあるキャビネットへ行った。エリザベスは腰を下ろして彼女を見守った。その手にはまだ問題の便箋が握られていた。

昼食の時間が終わり、十分後にはラグビーの試合が始まった。ジョナサンが更衣室に向かって歩いていると、だれかに名前を呼ばれた。寮の監督生のひとり、アダム・フィッシャーだった。「きみに電話だ」

「だれからですか？」

アダムは肩をすくめた。「だれか女の人だ」

「お母さんかな？」

「さあね。きみを呼び出してほしいって言われただけだから」

電話は監督生の部屋のそばの小さなブースのなかにあった。ジョナサンは受話器を取り上げた。「もしもし」

「ジョナサンかしら？」

「はい」

母親ではなかった。聞き覚えのない声だった。

「リチャードの伯母よ」

「ミセス・ロークビーですか！」ジョナサンはドアを閉めて、がたがたの椅子に座った。ブースのなかはチューインガムのにおいがして、壁にはイニシャルが無数に落書きされていた。

「電話なんかしてごめんなさいね」

「いえ、べつにかまいません」ジョナサンは内心の動揺を抑えようと努めた。どうしてリチャードの伯母さんが電話してきたんだろう？「火事のこと聞きました。心からお悔やみ申し上げます」

「優しいのね、ありがとう、ジョナサン」ロークビー夫人の声は緊張ぎみだったが、相変わらず温かみがあった。

「リチャードを呼んできましょうか？」

「いいえ、あなたにお電話したの。お会いしたいと思って」

「ぼくに？」驚きのあまり声がうわずらないように、ジョナサンは必死だった。「どうしてです？」

「電話では言えないの。お願い、ジョナサン。とても大事なことなの」

とっさにジョナサンは、会わずにすます口実を考えようとしたが、何も思いうかばなかった。「わかりました」

「今日の午後、車で出かけていくわ。学校に行くわけにはいかないの。リチャードにこのことを知られたくないので。あなた、自転車を持っているって言ってたでしょ。近くにバワートンという村があるんだけど、知ってるかしら？」

「ええ」

「そこに〈フリース〉っていうパブがあるわ。駐車場があるから、そこで四時に会える？」

「ラグビーの試合があるんです。その時間だと、まだ終わっていないかもしれません」

「それじゃ、四時半。半休日なのはわかっているけど、お願いね、ジョナサン」

彼は唾を呑みこんだ。「わかりました」

「ありがとう。じゃ、待ってるわね」

ジョナサンは受話器をおいた。喉がからからだった。遠くで、興奮ぎみの人の声と、ラグビー・シューズが石の床を踏み鳴らす音がしていた。

マージョリー・アッカーリーはコートのボタンをとめた。ヘンリーは妻を見守った。

「どうしても行かなくてはならないのか?」彼はたずねた。

「どうしても必要なものがあるの」

「そんな顔を人に見られたらどうするんだ?」

「ヤーマスに知り合いはいないわ」

「わからないぞ。だれかに会うかもしれない」

「そんなに心配なら自分で行ったらどうなの?」

「わたしは気分が悪いって言っただろう」

「とても元気そうですけど」

「外見からはわからないんだ」

マージョリーは手で自分の顔を示した。「わたしの顔も、そうかしら?」

ヘンリーはうつむいた。「行かなきゃならないんなら、行ったらいいだろう」

ドアが開閉する音がして、ついで車のエンジン音が聞こえた。と、ヘンリーの背後で電話が鳴った。だが、彼はそのままにしておいた。

十分後、また電話が鳴った。ヘンリーは今度は受話器をとった。この前同様、かすかに人の息づかいが聞こえるだけで、相手は何も言わなかった。

「だれなんだ?」彼は小声で言った。

やはり前と同じ、押し殺したような声が流れてきた。「シューターズ通り、一九四八年二月」

昨夜の電話は聞きちがいだろうと、ヘンリーは自分に言い聞かせていた。疲労と飲みすぎのせいだろうと。だが、この電話は聞きちがいでは絶対になかった。

「だれなんだ?! わたしに何の用だ?!」

低い笑い声が受話器にひびいた。「秘密の扉は開きはじめた。おまえたち夫婦の過去は、じきに暴かれるだろう」

そして、電話は切れた。


ジョナサンはロークビー夫人と車のなかにいた。

ヒーターをつけておくためにエンジンをかけっぱなしにしてあったので、車のなかは息苦しかった。ジョナサンは窓をあけてもらいたかったが、なぜか夫人に頼む気になれなかった。

「じつは、昨日の晩、校長先生から電話があったの」夫人は説明した。

校長とリチャードがやりあったことをすでに聞いていたジョナサンは、用心深く夫人を見つめた。「何て言ってました?」

「リチャードと話をしたって。火事のことをあの子に伝えてくださったの」夫人は結婚指輪をいじりはじめた。

「それで?」ジョナサンは先をうながした。

「校長先生の様子がどうもおかしいのね。リチャードはよその学校に転校したほうが幸せかもしれないっておっしゃりたいらしいの。ほかの生徒からあんなに孤立しているのはよくないって。もっとほかの生徒と交流する必要があるけれど、どこかよその学校のほうが友だちをつくりやすいだろうっておっしゃるのよ。わたしは、そんなことはありませんて言ったわ。リチャードにはちゃんとお友だちがいますって。あなたとお友だちになったし、あなたとのおつき合いは、とてもあの子のためになっていますってね。ほんとに、まちがいなくともあの子のためになっているんだから。わたしにはよくわかっているの」

「校長先生は、ぼくらが友だち同士でいることをいいことだと思っているんですか？」

「校長先生はおっしゃらなかったわ。そのことには触れようとなさらなかった。わたしが聞く耳をもたないとでも判断なさったのね。リチャードの父親の様子をたずねてくださって、今回の不幸に対してもお悔やみを言ってくださったけど」

ジョナサンは唾を呑みこんだ。「ほんとにお気の毒に思います」

「ええ、ありがとう、ジョナサン。ほんとにあなたは優しい子ね。あなたのような人と友だちになれて、リチャードは幸せ者だわ」愛情のこもった目で見つめられて、ジョナサンは恥ずかしくなり、うつむいた。外では雨が降りだしていた。できることなら、彼はどこかへ逃げ出したかった。

「それだからこうして、あなたに助けてもらえたらと思って来たの」

「助ける？」

ロークビー夫人はうなずいて、すがるような目でジョナサンを見た。

「ぼくにできることなら。でも、どんなことです？」

「わたしのためじゃなくて、リチャードのためにお願いしたいの。あの子にはあなたの助けが必要なんです」

「リチャードがですか?! リチャードならだれの助けもいりませんよ」

夫人は悲しげな笑みをうかべた。「あなたも、そんなふうに思っているのね。みんなそう。リチャードを見かけどおりの子だと思うのね。強くて自信たっぷりで、それがあの子のすべてだと思ってしまうの。でも、ちがうのよ」

ジョナサンは混乱したままだった。夫人は彼の手をとった。「これからあることをお話しするけれど、その前に、これはだれにも口外しないって約束してほしいの。約束してくれる?」

とんでもないことになった、と彼は思った。車から降りて逃げ出したかったが、そんなことはとてもできなかった。しかたなく、ジョナサンはうなずいた。

「リチャードは母親のことをあなたに何て説明して?」

「あまり詳しいことは聞いていません。お母さんのことは、彼、話したがらないんです」

「でも、何か話したでしょ?」

「リチャードがお母さんをとても愛していたことは知ってます。彼が九歳のときに亡くなったことも」そこまで言って、ジョナサンはためらった。「それと、どうして亡くなったかも知ってます」

「あの子はあなたに具体的に何て説明して?」

「睡眠薬をたくさん飲んだって聞きました。それと、お母さんが死んだとき、彼は伯母さんのところにいたって」

「リチャードはそう言ったの？」

「そうじゃないんですか？」

ロークビー夫人は首を横に振った。「そうだったらいいのだけど。それが事実なら、たぶん状況はちがっていたでしょうね」

夫人はさめざめと泣きだした。「どうか、泣かないで」ジョナサンは困惑して言った。ロークビー夫人は彼の手を握りしめると、涙をふき、大きく息を吸って、それからすべてを語りはじめた。

「あの子の母親はマデリンといってね。父親のマルコムは、戦争の始まる何年か前にロンドンのパーティーで彼女と知り合ったの。マデリンは女優だったんだけれど、大女優というわけではなくて、端役で映画に出ていたぐらいなの。それは美人だったわ。あんなにきれいな人は見たことがなかったくらい。リチャードは母親似なのよ。もちろん、それは知ってるわね。うちで写真を見たから。

マルコムは彼女にもうほとんど一目惚れでした。それで、さっそくマデリンをうちに連れてきてわたしたちに紹介したの。かなり内気なところがあったけど、それはとても素敵な女性だったわ。わたしたちもみんな一目でマデリンが好きになってしまった。まだほんとうに若くて、たったの十九歳だったから、子供といってもいいくらいね。彼女はまだ実家でお父さんと二人暮らしをしていたの。お母さんは何年か前に亡くなっていて、マデリンは母親のことは話したがらなかったわ。

で、マルコムはいくらもたたないうちにマデリンにプロポーズして、彼女も承諾したの。

ただし、ロンドンに住む父親の家から遠くない所に住むという条件付きでね。彼女が父親の近くで暮らしたいというのはごく自然なことのように思えたわ。いずれにしても、彼女、まだほんの子供だったし、父親もほかに家族のいない男やもめでしたしね。そうして、出会って三ヵ月もしないうちに、二人は結婚したんです。

二人が結婚してからは、わたしたちはあまりマルコムたちとは会わなくなって——なにしろ、あの人たちはロンドンで、こちらはノーフォークですから。ときたま訪ねてきてくれたけど、マルコムがひとりで来ることが多かったわ。でも、わたしたち、そんなことは何とも思っていなかった。そのころマデリンはリチャードを身ごもっていたし、旅行をする気分にはなれないんだろうって思っていたから。わたしたちが遊びにいってもいいのよって、マルコムに言ったこともあったけど、彼、やめたほうがいいって言うのよ。お客が来るとマデリンはひどく疲れてしまうからって。でも、赤ん坊が生まれれば、またちがうだろうからって。

でも、リチャードが生まれてからも、彼女に会うことはほとんどなかったわ。そのころはもう戦争が始まっていて、気軽に旅行できる状況でもなかったから、わたしたち夫婦はまだ、マデリンと会えないことを何とも思っていなかった。

ところが、ある晩、マルコムがうちの玄関先にひょっこり現われたんです。それも、ひどい状態で、そしてわたしたちに聞いてもらいたいことがあるっていうの。だれかに打ち明けないと気が狂いそうだって」

ロークビー夫人はそこまで話すと、逡巡し、ジョナサンをじっと見つめた。「ほんとに約束してくれるわね、だれにも言わないって」ジョナサンは断わりたかった。そんな話はもう聞きたくないと言いたかった。にもかかわらず、彼はまたうなずいてしまった。

「マルコムの話によると、新婚旅行から帰ってきた翌日、マデリンの父親が彼に会いにきたそうなの。マデリンのことでぜひ話しておかなくてはならないことがあるといって。それから、彼女の母親についても話しておきたいって。

じつは、マデリンの母親ほど強烈なカリスマ性のある女には出会ったことがない、そう父親は切りだしたそうなの。その、母親という人は、ある種の内的な力というか、並はずれたエネルギーを内に秘めていたようなのね。率直に物を言う女性で、人と衝突することも多かったようね。でも、だれも恐れなかったし、権力に挑戦しようといつも目を光らせているような人で、彼女のそうした強さを、マデリンの父親は愛していた、とマルコムに話したそうなの。

ところが、マデリンが生まれるとまもなく、母親はさらに極端な行動をとるようになったらしいのね。ある種の激しい怒りを内に秘めるようになって、そのために自分自身を抑制できなくなるみたいだったそうなの。口汚くののしったり暴力を振るったりするようになったらしいのだけれど、マデリンの父親はそのことをだれにも言わずに内緒にしていたっていうの。なんとかなると、父親は自分に言いきかせていたのね。するとある日、マデリンがお皿を割ってしまって、それをひどく怒った母親は、マデリンを二階に引きずっていくと、浴槽でマデリンを溺死させようとしたんですって。ちょうど帰宅した父親が止めに入らなかったら、マデリンはほんとに死んでいたっていう話。その事件があってから、どうにかしなくてはいけないと、ようやく父親も悟って、マデリンの母親を精神病院に入れたらしいのね。亡くなるまでの十年間、彼女はそこで過ごしたそうなの。でも、マデリンは性格的に母親とはちがうし、そういう凶暴なところはまったく受け継いでいないって、父親はマルコムに保証したらしいの。ただ、影響は出てきていて、母親を埋葬して以来、ときおりマデリンは鬱状態になって、自分の小さな世界に閉じこもるようになった。でも、それは必ずしも問題ではなくて、優しく見守って理解してやりさえすれば心配ないと、父親は言ったそうなの。自分はいつもそうしてきたし、ずっとそうやって娘を守っていくつもりだったって。だけど、そのころ、自分が病気がちであまり長くは生きられないことを悟ったらしいのね。

結婚前にマルコムに話しておくべきだとはわかっていたけれど、自分がマデリンの世話をすることはもうできなくなるので、だれかに確実に彼女の面倒をみてもらえるようにしておきたかった、と父親は打ち明けたっていうの。

想像はつくでしょうけど、それはマルコムには大変なショックだったにちがいないわ。でも、彼はマデリンを心から愛していたから、そんなことはたいしたことじゃないって思いこもうとしたのね。彼女を守って、必要なだけ愛情を注いでみせるとマルコムは誓ったんですって。

でも、それはそんなに容易なことではなかったのね。マルコムは善良な人だったけど、がまんづよいたちではなかったし、そんな経験は初めてだったから、努力はしてみたものの、鬱状態のマデリンにうまく対処できなかった。マデリンは数カ月のあいだずっと、彼が恋に落ちた素敵な女性でいたかと思うと、突然、何の前触れもなしに自分の殻に閉じこもってマルコムを寄せつけなかったりするようになったんですって。彼女の父親以外だれも近づけないように。でも、リチャードだけは別だったの。

マデリンはリチャードをそれは愛していて、崇《あが》めていたといってもいいくらいだった。リチャードが赤ちゃんのときはよく、あの子を抱っこしたまま何時間も歌を歌ってあやしつづけたり、ときには、母親が自分にしたことを思い出しては泣いたりしていたらしいわ。母親のことが頭から離れなくて、自分も母親のような最期を遂げるのではないかと恐れていたのね。

リチャードもお母さん子だった。目鼻だちの整ったそれは可愛らしい赤ちゃんでね、わたしはいつもあの子のことが気がかりだったの。めったに会えなかったけれど、会ったときはいつだってなんとかあの子と気持ちを通わそうとしたわ。でも、だめだった。リチャードはほかの子供にはない、ある種の力を内に秘めていて、それで、わたしが守ってあげたいと思っていることがわかって、それに腹を立ててしまうのね。とにかく人に保護されるのをいやがる子だったわ。自分が保護する側でなければならなかった。だからこそ、リチャードは母親をそれほど愛したの。マデリンはあの子を必要としていたから。リチャードは彼女の病気をよく理解していて、父親もそれにはとうてい及ばなかった。ほとんど言葉が話せるようになると同時に、リチャードは母親の心に近づく術《すべ》を会得していたようだったわ。あの子だけが、母親が引きこもってしまっている暗い場所から彼女を連れ出して、笑顔を取りもどしてやることができたの。ちょうどマデリンの父親みたいにね。

リチャードが五歳のとき、そのお祖父《じい》さんも亡くなってね。お葬式のあと、みんながお祖父さんの家にもどってみると、マデリンが泣きじゃくっていて、その横にリチャードが小さな大人みたいに座って、悲しんじゃいけない、ぼくが面倒をみてあげる、何も心配はいらないって言って、母親をなだめていたのを憶えているわ。それから、もうひとつ憶えているのは、マルコムがマデリンを慰めようとしたら、リチャードは敵意をむき出しにして父親をにらんだこと。お祖父さんが亡くなってしまったので、リチャードは母親を自分のものと見なして、だれとも共有したくなかったのだと思うわ。マルコムにさえ、共有を許さなかったの。

そのころマルコムは、しだいに家に寄りつかなくなっていてね。マデリンの病気がますますひどくなって、鬱状態の彼女にすっかり身も心も消耗してしまって、耐えられなくなっていたのね。彼は家政婦を雇って、家庭から距離を置くようになっていったの。リチャードの伯父もわたしも、それはよくないって反対したんですけれどね。それではマデリンやリチャードがかわいそうだからって。でも、結局マルコムは聞かなかった。すべて成り行きにまかせるしかなく、事態はそのまま進んでしまったの。キャサリンが現われなかったら、ずっとその状態がつづいていたかもしれないわ。

キャサリンには会ったでしょ？　どんな人か憶えてるわね？　マデリンほど美人でもないし、とびきり魅力的というわけでもなくて、そういう面ではとうていマデリンには太刀打ちできないけれど、キャサリンは優しくて心の温かい人なの。マルコムは彼女のなかに、自分がマデリンに求めて得られなかった素朴な愛の可能性を見いだしたのだと思うの。それで、彼は離婚を申し出る決心をして、それから……」

ロークビー夫人は口ごもった。「ええ、それから？」と、ジョナサンは思わず言っていた。

「それから、リチャードの親権も要求することにしたの。

マルコムはマデリンに話しにいったわ。わたしは子供を要求するのだけはやめてって言ったの。リチャードは彼女にとってすべてだし、その子をあの人から取り上げてしまうというのはあまりにも可哀想だって言ったのに、マルコムは聞く耳をもたなかった。リチャードには借りがあるって彼は言うの。父親として失格だったから、その埋め合わせをしてやりたいんだって。マデリンには必ず、必要な介護や世話を受けられるようにしてやるからって。それがいちばんいいことだし、必ずマデリンを説得してみせるとも言ったわ。

それで、マデリンと話をしにいったんです。もちろん、彼女が納得するわけはないし、ひどく怯えていたそうなの。母親が精神病院で生涯を閉じたように、マルコムも自分を施設に閉じこめるつもりだと思ったのでしょうね。マデリンはヒステリックになって、リチャードを取り上げないでって懇願したそうだわ。リチャードもお父さんのところへは行かないって拒絶したらしいの。お父さんなんて大嫌いだ、お父さんなんかいらない、新しい女と出ていって、お母さんと自分のことは放っといてくれって言ったんですって。マルコムは怒って、マデリンが気に入ろうが気に入るまいが、リチャードは自分が引き取るのがいちばんだから、そうするからって彼女に言い捨てて帰ったの。

翌朝、マデリンは学校に行くリチャードを見送ってから、家政婦には、頭痛がするので少し横になるから起こさないようにと言いつけたそうなの。

リチャードが学校から帰ってくると、家政婦はお茶を用意してやって、いつものように二階に行ってお母さんに会ってくるって言うリチャードに、やめるように説得したらしいわ。

お母さんは具合がよくないようだからって。でも、あの子は聞かなくて、お母さんは自分に会いたがっているはずだから、ほんのちょっとだけ会ってくるって言いはって、二階へ行ってしまったの。ところが、それっきり、いつまでたっても降りてこなかった。

それで、とうとう家政婦は、リチャードに降りてくるように声をかけたの。でも、何度呼びかけても返事がないので、彼女は二階に上がっていった。

リチャードは浴室の母親のそばにいたそうなの。マデリンはそのときはもう死後数時間たっていてね。浴槽で手首を切っていたの。リチャードはかたわらの床に座りこんで、まだ母親が生きているみたいに、学校での出来事を話して聞かせていたっていうの。あの子はショックを受けていて、家政婦がそこにいることさえも気づかなかったらしいわ。

すぐにマルコムが駆けつけて、お医者さんや警察もやってきてね、みんなが一階の部屋に集まっているところへ、家政婦がリチャードを連れてきたんです。あの子はまだショック状態でね、一言も口をきかないし、両手は後ろできつく組んだままでした。マルコムは泣きながら、リチャードに愛しているって言葉をかけたの。二人で助け合って悲しみを乗り越えていこうって。そう言って、あの子に腕をのばして抱きしめようとしたんです。そうしたら、リチャードも両腕を前に突き出してきた。

なんと、あの子は手にナイフを握りしめてマルコムめがけて突進したの。マルコムはとっさに手で防いだから、その手にナイフが突き刺さって、いまでもまだ傷痕が残っているわ。一生消えることはないでしょうね。みんなお父さんのせいだ、お父さんが殺したんだ、だから殺してやるって、リチャードは叫んでいたわ。警官が三人がかりであの子を取り押さえて、お医者さんがようやく鎮静剤を注射できたの。

それ以来、リチャードはだれもそばに寄せつけなくなって、わたしも何度も近づこうとしたけれど、だめでした。あの子は周囲に見えない砦を築いてしまっていて、だれもあの子の心に入りこむことはできないの。長いあいだ、あの子が見せる感情といったら、父親に対する憎しみと、ほかの人たちすべてに対する軽蔑だけでした。あなたに出会わなかったら、永久にそのままだったかもしれないわ。

母親が亡くなってからというもの、あの子が友だちになることを許したのは、あなたが初めてなの。あなたにとってはただ友だちが一人増えただけのことでしょうけれどね。あなたみたいな子なら、お友だちはたくさんいるにちがいないから。でも、リチャードの伯父とわたしにとっては、これは奇跡と言っても言いすぎではないくらいのこと。これまでのあの子の人生には、あまりにもつらいことが多かったから。怒りと不幸せが多すぎたわ。でも、いまのリチャードは、あなたとおつき合いをすることで、悲惨な人生を抜け出そうとしているようなんです。だから、いつか近いうちに、あの子が憎しみをすべて水に流して、父親と和解することができるんじゃないかしらって、わたしたちも希望が持てるような気がしてきたんです。

そう思いはじめた矢先だったから、校長先生の電話にはわたし、ほんとうに動転してしまって。リチャードのためには、転校なんて絶対に考えられませんからね。転校だなんて、あの子にとっては最悪の事態なんです。リチャードをとても芯の強い子だと思っているでしょう? だれも必要としないくらい。でも、それはちがうの。あの子はあなたを必要としているの、ジョナサン。あなたの友情が必要なの。あなたに心をひらくことができるってわかれば、ほかの人に対しても心をひらく気になれるんじゃないかしら。

だから、あなたにはリチャードに気をつけていてほしいんです。あの子には、身勝手で衝動的なところがあるのは知っているでしょう？　これまでにも、それでいやというほど面倒を起こしていますからね。なんとか校長先生に放校処分されそうなことはやらないように、あの子が何かやりそうになったら、止めてほしいの。あなたたちが別々の学校に行くようなことになれば、リチャードはほんとにどうなってしまうことか。わたし自身もどうなってしまうかわからないから」

ロークビー夫人はまだジョナサンの手を握りしめていた。ジョナサンのほうはその手を引っこめたかった。彼はまるで流砂に呑みこまれていくような気分だった。

「わかってもらえるでしょ？」

ジョナサンはうなずいた。

いまや、すべてがのみこめた。

リチャードの母親は、自分の母親に対する恐怖から逃れられずにいたにちがいない。自分の母親がしたように、自分もいつか、幼いわが子を傷つけようとするのではないかと、恐怖におののいていたのだ。だが、それは何ら根拠のないものだった。彼女は母親の狂気を受け継いではいなかった。その狂気は、彼女がそれはいとおしげに抱いていた赤ん坊に隔世遺伝していたのだ。

彼女の母親は狂気を宿していた。そして、リチャードもそうなのだ。

「力になってくれるわね？」

ジョナサン自身、気が変になりそうだった。車から飛び出して逃げ出したかった。ロークビー夫人の絶望的な状況からも、自分のかかえる不安からも逃げ出したかった。だが、どこにも逃げ場はなかった。これは目覚めれば抜けだせる悪夢などではなかった。これは逃れようのない現実の悪夢だった。

ジョナサンはうなずいた。

「ありがとう」夫人はそうささやいて、また泣きだした。そして、ジョナサンも泣いた。

ジョナサンが自習室にもどったときは六時を過ぎていた。机の上にメモがあった。

どこにいるんだ、ジョナサン？　学校じゅうさがしまわったぞ。夕食のあとでぼくの部屋に来てくれ。R。

ジョナサンはメモを小さく丸めると、床に投げつけた。リチャードが自分をさがしにくることはわかっていた。どこか予習の時間まで隠れていられる場所はないか、ジョナサンは考えた。

エリザベス・ハワードは、夫と従姉妹の三人で夕食をとった。

珍しく、ジェニファーの口数が少なかった。クライヴは先日の悲劇的な事件のことで頭がいっぱいだった。彼はあまり食が進まない様子で料理をつついていた。エリザベスも同様だった。ただし、彼女はクライヴとは別の問題に気をとられていた。エリザベスは夫を観察した。クライヴは落ち着かない様子だった。ジェニファーがそばにいるときは、いつもそうだった。彼がジェニファーを嫌っていることは、エリザベスも承知していた。いつも嫌悪感をあらわにしてはばからなかったからだ。

わざとらしいとも言えるくらい？

「どうする？」ジェニファーがたずねた。

それまで、エリザベスは聞いていなかった。「ごめんなさい、何て言ったの？」

「あなたったら、心ここにあらずね」

「ホイートリー夫人のことを考えていたものだから」

「明日、ノリッジに行くのもいいんじゃないって思ったの」

本能的にエリザベスは首を横に振った。ジェニファーと二人きりになることに、ふっと拒絶反応が起きたのだ。

「あら、どうして？　少しはここを離れるのもいいんじゃない？」

「さあ、どうかしら」

「クライヴならきっとかまわないわよ。いいでしょ、クライヴ？　奥さんが数時間いなくなったって生きていけるわよね？」

クライヴは皿から目をあげた。「もちろんだ。行ってきたらいいよ、エリザベス。ジェニファーの言うとおりだ。きみにはいいことだ」

「じゃあ、決まりね」ジェニファーは宣言した。

「明日の午後出かけることにするわ」

「どうして、朝から行かないんだ？」と、クライヴはきいた。

「あら、とんでもない」ジェニファーがからかうように言った。「そんなこと夢にも考えていないわ。あなたたち夫婦は、一日離れ離れなんて耐えられないでしょ、知ってますとも」

クライヴは肩をすくめた。「好きなようにしたら」と言って、彼はエリザベスに向かって目玉をぐるりとまわしてみせ、また皿の料理をつつきだした。ジェニファーも食べることに専念した。エリザベスは二人を眺めた。

彼女にしても、ジェニファーにからかわれて苛立つときがあったが、それは決して表情に出さないよう気をつけていた。ジェニファーがからかうのは、根底に自分たち夫婦の幸せを羨む気持ちがあるからだと気づいていた。彼女も早く何らかの幸せを見つけてほしいと、エリザベスはつねづね思っていた。

ひょっとしたら、もう見つけているのかもしれない。

いや、そんなことありえない。ジェニファーがエリザベスに対して、そんなことするはずがなかった。ジェニファーは従姉妹の自分を愛している。

ジェニファーが望むものすべてを持っている彼女を？　もしもジェニファーが横恋慕したとしても、こんなこと考えるなんて、どうかしているわ！　クライヴは心から、妻である自分を愛してくれている。片思いで終わるにきまっていた。クライヴはエリザベスなしでは人生がどれほど無意味なものになってしまうか、どれほど愛しているか、いつも口にしているではないか。

でも、どうしてそんなに何度も言うのだろう？　彼女が愛情の保証を求めているとでも思っているのかしら？　それともクライヴは、自分自身に言い聞かせているのかしら？　あんな手紙、何の意味もないわ。ただの悪意に満ちた嫌がらせ。根も葉もないこと。ジェニファーがエリザベスに微笑んだ。エリザベスも笑顔を返したが、顔の筋肉が思うように動かなかった。グラスにのばした彼女の手は震えていた。

予習時間は三十分前に始まっていた。ブライアン・ハリントンはオールド・スクール寮の玄関ホールで、近々行なわれるラグビーの試合の通知を貼り出していた。オールド・スクール寮とアベイ寮をつなぐ廊下から、リチャード・ロークビーが姿を現わし、ブライアンの横を通りすぎて、四年生の自習室に向かおうとした。

「いったいどこへ行くつもりなんだ？」ブライアンの声がホールにひびきわたった。

リチャードは彼を無視した。

「おい、おまえに言ってるんだよ！」

リチャードは振り返ってブライアンのところへやってきた。ブライアンは彼をにらみつけた。「予習時間にこの寮をうろつくなんて、よっぽど上等な理由があるんだろうな！」

リチャードはいきなり肘をブライアンの鼻にたたきつけた。鼻の骨が折れる音がした。ブライアンは悲鳴をあげて、よろよろと後ずさった。リチャードはブライアンの股間に思い切り蹴りを入れた。ブライアンは体を折り曲げて倒れこんだ。ひれ伏す格好でうずくまっているブライアンの体をまわりこむと、リチャードは今度は頭を蹴り上げた。ブライアンはうめき声をあげて床にのびてしまった。リチャードはかがみこんでブライアンの髪をつかむと、顔をのぞいてねめつけた。

「だれかにきかれたら、階段から落ちたって言うんだぞ。四年にぶちのめされたなんて白状するよりはましだろう」

ブライアンの頭を床にたたきつけると、リチャードはめざす部屋に向かってずんずん進んでいった。


ジョナサンは机の前に座っていた。教科書は閉じたままだった。自習しようとしてもむだだった。集中できないのだ。この先、勉強に集中できる日なんてくるのだろうかと、彼はいぶかった。

このままではいけない。なんとかしないと。でも、どうしたらいい？　だれにも相談できないし、だれも信じてはくれないだろう。みんなポッター師と同じような反応を示して、子供じみた幻想だというにちがいない。もしほんとうにそうだったら！　もしほんとうにただの幻想にすぎなくなるのなら、ジョナサンは何を犠牲にしてもよかった。

それに、仮にみんなが信じてくれたとしても、だからといってどうなる？　結局、理解してもらうことも、許してもらうことも望めはしない。みんな拒絶反応を起こして、ジョナサンに背を向けるだろう。化け物でも見ているように、みんな遠ざかっていくにちがいない。それはジョナサンが、自らの行為に対して支払わなければならない代償だった。

少なくともこの世にいるかぎり。

ドアが勢いよくあけ放たれて、リチャードが入ってきた。その怒り狂ったような目つきに、ジョナサンはぎょっとして、失禁してしまうのではないかと思った。

「待ってたんだぞ。来なかったじゃないか。いったいどこにいたんだ？」

ジョナサンは躊躇《ちゅうちょ》した。「どこにも」彼の脳裏に、娘を浴槽で溺死させようとした狂気の母親のイメージがうかんだ。

「嘘をつくんじゃない」

「自転車を乗りまわしていたんだ」

「どうして？」

「考えたかったから」

「嘘だ」

「嘘じゃないよ」ジョナサンは汗をかきはじめていた。

「ぼくから隠れようとしていたんだろう」

「そんなんじゃないよ！　ほんとにちがうってば！　怖かっただけなんだ。ひとりきりになって、考えたかったんだよ」

「どうして怖かったんだ？　きみのことはぼくが守ってやる。わかってるだろう」

「でも……」

「でも、何だ？　ぼくではきみを守れないっていうのか？」

「ちがう、そんなこと言ってないさ。ぼくはその……」

「いままでだって、ちゃんと守ってやったじゃないか。ぼくとつき合いだす前のきみの学校生活がどんなだったか憶えてるか？　ホイートリーとかアッカーリーみたいなやつらに、ひどい目にあわされていたじゃないか。ぼくのおかげで、だれもきみに手出しをしなくなったんだぞ」

「きみのおかげだってことはわかってるよ。ぼくは何も……」

「ひとりじゃ生きていけないんだ、きみは。ぼくが必要なんだ。そのことを二度と忘れるな」リチャードは自分の頬をこすった。その手にジョナサンの目はくぎづけになった。「指に血がついている」

リチャードはにこっと微笑んだ。「ブライアン・ハリントンとちょっとした意見のくいちがいがあってね。心配いらない。あいつがどんな目にあったか、見ておくといい」

「監督生と喧嘩したの？」

「あいつは告げ口なんかしないさ。クギをさしておいたからな」

また別のイメージがジョナサンの頭にうかんだ。ナイフを手にした小さな男の子が、激しい怒りと殺意に顔をゆがめ、父親に向かっていく光景だ。ジョナサンは吐きけをおぼえた。

「リチャード、ぼくはほんとうに怖いんだ。だれかに打ち明けたいんだ」

「だめだ」

「もう、こんな状態には耐えられない。だれかに話さないと」

「きみに必要なのはぼくだけさ。いったいだれに話すっていうんだ？　きみのお父さんか？」リチャードが笑いだした。「お父さんが話を聞いてくれるって本気で思っているのか？」

その言葉はどんな一撃よりも深く、ジョナサンを傷つけた。「やめてくれよ……」

「彼はきみのことなんか気にかけちゃいない。もう認めろよ」

「リチャード、やめて……」

机の上にジョナサンの腕時計が置いてあった。リチャードはそれを取り上げると、指にはさんで裏返し、刻んである文字を読んだ。「お父さんを愛しているんだろう？」

「もちろんさ、知ってるだろ」

「ああ」リチャードはゆっくりと言った。「知っている」

彼は腕時計を片手で放り上げると、もう一方の手で受けとめた。ジョナサンは催眠術をかけられたようにただじっと見守るばかりだった。

「ぼくよりも、お父さんのほうを愛しているのか？」

ジョナサンの喉はからからに渇いて、声が出なかった。

「そうだと思った」リチャードは静かに言った。

彼は腕時計を床に落とすと、足で踏みつけて潰した。そして、のしかかるように顔をジョナサンに近づけた。

「いつだって好きなときに、きみの親父さんをこうしてやることができるんだ。わかってるな、ぼくにはその力があるってことは。きみにはぼくが必要なんだ！　ぼくなしでは生きられないんだ！　きみにとって、人生でいちばん大切な人間はこのぼくなんだ。だから、ぼくから逃げようとしたりしたら、きみもこうしてやるからな！」

リチャードは身を翻して部屋を出ると、後ろ手でドアをたたきつけた。床の腕時計の破片が、風圧で吹き飛んで散らばった。

3

朝の礼拝が始まったところだった。アベイ寮に人の気配はなかった。アラン・スチュアートは自室で、夜のあいだにドアの下に差し込まれていた紙片に見入っていた。

もう時間の問題だ。警察はおまえに目星をつけている。監獄で変態はどんな目にあうか知っているか？　楽な解決策をとるのだ。死ね！

ありえないことだった。二人ともあれほど注意していたのだから、だれにも気づかれるはずがなかった。

しかし、だれかが知っている。

最初の脅迫文を目にしたとき、アランはそれを、べつにそれほど深刻なことを意味するものではないと思いこもうとした。おそらく、彼がポール・エラーソンの進学の夢を挫折させたと思っている人間の、それを根に持っての仕業にすぎないだろうと考えたのだ。なんといってもアランはポールの個人教授であったし、ポールの自殺は、間近に控えた試験への不安が高じてのことという見方が大勢を占めていたからだ。むろん、自分を欺いていることはわかっていたが、彼はその妄想にしがみついていた。だが、いまはもう、まちがいようがなかった。

警察は気づいていない。すくなくともいまはまだ。その点は、彼には確信があった。警察が感づいているなら、とうにアランのところへ刑事がやってきているはずだった。こうした事件で警察がわざわざ捜査を遅らせることはありえなかったからだ。

起訴にまでこぎつけられる可能性はあるだろうか？　物的証拠は何もない。紙に書いたものは、手紙はおろかメモ一枚ない。二人ともそうしたものは絶対に書かないようにしていたし、休暇のことも説明はつく。アランとポールは友人同士だった、それ以上の関係はなかったと言えばいい。警察は信じてくれるかもしれないし、信じないかもしれない。それはたいした問題ではなかった。大事なことは、警察がどれだけ立証できるかということなのだ。

だが、それでも警察の取り調べはあるだろう。そうなれば、アランの名前は新聞という新聞にでかでかと載り、みんなに知られてしまうのだ。家族や友人たちの知るところとなり、経歴に汚点がつく。二度と教職にはつけなくなるだろう。教師としての将来は抹殺される。同性愛の罪で告発された教師に、わが子の教育を任せたいと思うような親などいるはずもない。

アランの頭のなかでは、しきりに辞職を勧める声がしていた。逃げられるうちに逃げ出せ、外国に高飛びするのもいい、どこでもいいから、ここから遠く離れた場所に脱出するのだと、その声は執拗にせきたてた。だが、逃げ出せば、警察側が立証できずに終わるかもしれない罪を認めることになる。しかも、逃亡すれば二度ともどってはこられないだろう。残りの生涯を逃亡者として過ごし、いつ法の手が及ぶかと、始終後ろを振り返る日々を送るのだ。それでは、もし逃げなかったらどうなるか？　つねに脅迫に怯え、警察が知るのは遅れるかもしれないが、いずれ密告されることは避けられない。いつも警戒し、おどおどしながら不名誉な事態が始まるのを待つことになるのだ。

いずれにしても、すべては終わったのだ。

だが、心の奥底でアランは、自分の人生はポールと決別した新学期の最初の晩に終わってしまったことを悟っていた。他人の思惑を恐れるあまり、生まれて初めて知った、唯一本物の幸福を捨ててしまった晩に。

何が起きても当然の報いだった。人はアランを蔑むかもしれないが、だれよりも彼を軽蔑していたのは自分自身だった。

遠くで人の声がした。礼拝が終わって、これから授業が始まるのだ。まるで魂が抜け落ちたように悄然と立ち上がると、アランは教科書の用意をはじめた。

マージョリー・アッカーリーは朝寝坊をした。頭痛に悩まされていたため、眠れるように睡眠薬を飲んだのだ。ヘンリーはもう出勤して家にはいないだろうと思いながら、彼女は階下に降りていった。

しかし、案に相違して、ヘンリーは応接間にいた。まだ寝間着の上にガウンをはおったままだった。寝不足らしく、顔色が悪かった。

「ヘンリー？」

返事がない。彼は宙を見つめていた。

「何をしているの？　具合でも悪いの？」

それでも、返事をしない。マージョリーはしだいに不安になっていった。「ヘンリー、返事ぐらいしてちょうだい。どうしたの？」

「だれかが知っている」

「何を知ってるっていうの？」

「だれかが知っているんだ」

ヘンリーは亡霊のような、うつろな声で言った。一瞬のうちにその意味を悟ったマージョリーは、吐きけに襲われた。「そんなはずないわ！」

「でも知っているんだ」

「そんなこと、不可能よ！」

「このところ、電話がたてつづけにかかってきているだろ。それがその電話なんだ」

マージョリーはかぶりを振った。「だれにもわかるはずないわ」

「ほんとうだ、だれかが知っている。わたしがそんな狂言をでっちあげると思うか？」

いまにもくずおれそうになり、彼女は椅子に腰を下ろすと、「だれなの？」と、夫にたずねた。

「わからない」

「相手は何を要求しているの？　お金？」

「何も要求していない」

「お金を要求するに決まってるわ。ほかにないでしょ、要求するものなんて?」

「正義」

「ありえないわ。何も証明できないんですもの」

「証明できるとしたら、どうする?」

「できっこないわ。それはわたしたちにはわかっているじゃない」

「でも、もしも証明できるとしたら?」ヘンリーは薄くなってきた髪を手でかき上げはじめた。「そしたら、どうすりゃいいんだ」

できるだけ夫の気を鎮めるように、マージョリーは言った。「ヘンリー、聞いてちょうだい。相手に確証はないはずよ。そうでなかったら、あのときに、何か言ってきているはずでしょ。だれかがわたしたちを脅かそうとしているの、それだけよ」

「わたしたち? 相手の狙いはきみではなくて、このわたしなんだ」

マージョリーは視線を落として、「わたしだってお尋ね者よ」と小声で言った。「何もかも調べがついたら」

ヘンリーは恐怖に目を大きく見開いて、妻をじっと見た。「でも、そんなことできるはずないな?」

マージョリーは強くうなずいた。

「何もかも調べ上げるなんてできやしない、それはわかっている。不可能だよ。もちろん、そんなことできやしないんだ。だけどもしも、ほんとうのことがばれたらどうする?」ヘンリーの体が、椅子に座ったまま前後に揺れだした。「電話をかけてきた連中が、どうにかして真相を突きとめてしまったらどうする？　そうなったらどうしよう？」

「なんとかなるわ」

すっかり恐慌を来《きた》して気が動転しているヘンリーには、マージョリーの言葉は耳に入らなかった。「そうなったら、どうしよう。ああ、いったいわたしはどうなるんだ？　連中はわたしをどうする気なんだ？」

マージョリーは腕をのばして手を夫の手に重ねた。「何も起きないわよ、ヘンリー。二人で一緒に立ち向かえば。いつかだって二人で切り抜けたでしょ。今度も二人で切り抜けるの。一緒なら強いわ。わたしを信じてちょうだい」

病気の感染でも恐れるように、ヘンリーは妻の手から手を引っこめた。

「一緒に立ち向かう？　昔わたしらがしたことを、きみの表現でいうとそうなるのか?!」

「ね、ヘンリー……」

「あれはな、一緒に立ち向かうなんていえるものじゃなかった。ああいうのは操るっていうんだ！」彼は勢いよく立ち上がった。「いつだって、操縦し、操縦される関係だったんだ！」

「そんなの嘘よ！」

「きみはこの問題を利用して、またわたしを操ろうとしているんだ。この前だってそうだったんだ！」

マージョリーは立ち上がった。「ヘンリー、こんな言い合いをしている場合じゃないのよ！　何と呼ぼうと勝手だけど、いま大事なのは、わたしたちがおたがい同士を必要としているという事実でしょ！　二人で立ち向かわなくては。これを切り抜けるには、それしかないのよ」

ふいにヘンリーの表情から動揺の色が薄らいで、かわりに後悔らしきものがうかんだ。

「それでもし、われわれが切り抜けると、どうなるんだ？」

マージョリーは答えなかった。「それで、どうなるっていうんだ？」ヘンリーはさらにたたみかけた。

マージョリーはかぶりを振った。「やめてちょうだい、こんなときに」

「散歩に行ってくる。外の空気が吸いたくなった。じきにもどるから、そのあと話し合ってどうするか決めよう」

ヘンリーは部屋から出ていった。マージョリーはのろのろと腰を下ろした。ヘンリーと同じように、彼女も椅子にかけたまま体を前後に揺すりだした。


午前の最後の授業が終わって、生徒たちは各教室を続々と出ると、廊下を進んで食堂に向かった。

ニコラスはペリマン兄弟と一緒に歩いていた。マイケルがたったいま受けてきたばかりの地理の試験について話していた。彼はまちがいなく落第点を取ったと思いこみ、スティーヴンが、きっと大丈夫だからと言って弟を元気づけていた。ニコラスはいま出てきた教室を何度も振り返って、ジョナサンの様子をうかがった。ジョナサンは今日はひとりで座っていた。リチャードが継母の葬儀に参列するため授業を欠席していたからだ。

みんなが教室から出てしまっても、廊下にジョナサンの姿はなかった。「ちょっと忘れ物しちゃった」と、ニコラスはペリマン兄弟に言った。「先に行ってて。あとから追いつくから」

ニコラスは教室に引き返した。ジョナサンは机についたまま、何度も教科書をまとめてはまたやり直していて、どこか遠くを見るような顔をしていた。しばらくしてから、ようやく、彼はニコラスがそこにいることに気づいた。

二人はぎこちなく見つめあったまま、決闘でもしているように、どちらも先に行動を起こそうとはしなかった。

「どうだった？」とうとう、ジョナサンがたずねた。

「どうだったって？」

「テストだよ」

「きみよりはましだろうね。試験のあいだじゅう、ずっと宙を見ていただろ」

「集中できなかったんだ」

「そりゃそうだろう。手を握ってくれるリチャードがいないんだから、集中できないよな」

ジョナサンは恥じているようだった。ニコラスはいい気分だった。「今度リチャードに会ったら、うちの家族がよろしく言ってたって伝えてくれよな」

ジョナサンはうなだれた。

「お祖母さんはまだガス中毒で倒れちゃいないけど、うちの家族はみんな希望を持って暮らしているって伝えてくれ。それとね、たしかに兄貴の代わりにぼくが死んでいたら家族には都合がよかっただろうけど、うちじゃみんな、さえない弟でがまんしてくれていると伝えてくれ」

「悪かったな」

「いまさら何さ！　謝ってなんかほしくないね！　人を裏切るやつなんて、ぼくは大嫌いだ！　ホイートリーじゃなくて、きみが死ねばよかったんだ！」

ニコラスは背を向けて出ていこうとした。ジョナサンにはこたえたはずだ、いい気味だと、ニコラスは自分に言い聞かせた。単純に喜びたかった。だが、彼の脳裏には、サウスウォルド・ビーチを見晴らす丘の上の大砲にまたがった二人の姿が焼きついていた。二人で笑っているところを、お父さんがカメラに収めてくれたときの姿が。あのときは楽しかった。楽しいひとときはたくさんあった。

そして、ニコラスはかつての日々を取りもどしたいと思っていた。

教室のドアを閉めると、彼はジョナサンのほうを振り向いた。胸に熱いものがこみ上げてきた。

「どうしてあいつに話したんだ？」

「ぼくは……」ジョナサンは言いかけた。

「信じていたんだぞ。きみは親友だったから。なのに、どうしてあんなやつに話しちゃったんだ？」ニコラスの目は涙で曇った。「信頼していたから、きみだけに打ち明けたのに。よくもあんなことができたな？」

「きみを傷つけるつもりはなかったんだ。それは信じてほしい」

「ぼくは説明してもらいたいだけさ」

ジョナサンはかぶりを振った。

「言ってくれよ」

「リチャードはきみを憎んでた。心底憎んでた」

ニコラスは、信じられないという顔でジョナサンを見すえた。「だから、あいつに話したっていうのか?!」

「きみはわかってないんだ!」ジョナサンも涙をこらえきれなくなっていた。「リチャードの憎しみがどんなものか、きみは知らないんだ。ものすごく烈《はげ》しくて、ぞっとするくらいなんだ。リチャードはきみにつきまとわれるのを嫌っていて、きみのことを始終目の敵《かたき》にしていた。ぼくはきみを失いたくなかったから、リチャードに話したんだ。彼がきみに同情して、そんなに憎んだりしなくなるだろうと思ってね。でも、ぼくがばかだった! リチャードには同情心なんてこれっぽちもないんだ。こっちが何かつらいことを打ち明ければ、リチャードはそれを利用してもっとつらい仕打ちをするだけなんだ」

「ぼくのこと、笑ってたんじゃないのか? ぼくのうちのことを笑い物にしてたんじゃないのか?」

「まさか! ぼくがそんなことするわけないだろう?!」ジョナサンはしゃくりあげるようにして泣きだした。「きみがどれだけ傷ついたか、ぼくにはわかってる。笑ったりするわけがないじゃないか。きみだって、ぼくが打ち明け話をしたときは、どんなことでもぜったいに笑ったりしなかっただろう。ぼくのお父さんと新しいお母さんのことでも、ポール・エラーソンのことでも。ぼくらは信頼しあっていたのに、ぼくが裏切ってしまった。きみがぼくを恨むのは当然だけど、でも、きみを傷つけようとしてやったんじゃないことは信じてほしいんだ。きみとずっと友だちでいたいのに、リチャードが許してくれるとは思えなかったから話したんだ」

頬をつたう涙を、ニコラスはぬぐった。胸に温かいものがこみ上げてきた。昨日ジョナサンと目を合わせたときと同じだった。今度のは気のせいなどではなかった。それは、人を許すことで、永遠に失ってしまったと思っていたものを取りもどした心の温もりだった。

「信じるよ、ぼく」ニコラスはそっと言った。「それに、よくわかった」

ジョナサンのとなりに腰を下ろすと、声が震えないように努力しながら、彼は言った。

「泣かないで、ジョナサン。きっと大丈夫だよ」

「大丈夫なわけないだろ？　あんなことしてしまったのに」

「きみは何もしていないさ」

「ホイートリーのことは？　リチャードのお継母《かあ》さんのことはどうなの？」

「あれはきみのせいじゃない」

「そうかな？」ジョナサンはニコラスに顔を向けた。「ぼくもきみも、心のなかではそう思ってはいないだろ？」

二人はしばし無言だった。「そうかもしれないけど、だとしたら――」ようやく、ニコラスが口をひらいた。「それならぼくも同罪だよ」

「きみは最初から最後まであの場にいたわけじゃないし、一緒にいたときだって、参加していなかったじゃない」

「それはそうだろうけど、ぼくはきみたちをとめようともしなかったんだから」

「とめるなんて無理さ。リチャードをとめるなんて無理な話だよ。だれにもできやしなかったさ」

ニコラスはジョナサンが震えはじめているのに気づいた。「どうしたの?」

「ぼくのせいじゃないって、ずっと自分に言い聞かせているんだ。あれはみんな、ただのくだらないゲームなんだし、何の意味もないってね。こんな異常な感じもそのうち全部消えてしまうんだって。だけど、消えるどころか、ひどくなる一方なんだ」

ニコラスは大きく息を吸った。「どんなふうにひどいんだ?」

「いまじゃもう、自分が自分でないような感じがする。何か恐ろしいものがぼくのなかにいるみたいなんだ。前にはそんなものはいなかったのに。すごいパワーなんだ」と言って、ジョナサンはためらいを見せた。「ボードがなくても、ただ願いさえすればそのとおりのことを起こせるみたいなんだ」

「でも、きみはそんなことしないよね? きみはいい人間だから、人を傷つけるようなことはしたくないだろう。本心じゃないよね。そういうのはリチャードのやることだ。きみがやるわけないさ」

ジョナサンはまだ震えていた。「きみに話していないことがまだあってね。ぼくは怖いんだ、ニコラス。ほんとうに怖いんだ」

「話してくれ。ぼくを信じてくれていい。わかってるね」

ジョナサンはなんとか笑みをうかべた。「ああ、もちろん。きみはぼくが出会ったなかで最高の友だちだ。だから、すまないと思ってる。ほんとうに悪かった……」

「もういいよ」ニコラスはさえぎった。「そんなの、もうすんだことじゃないか。それより、いま何が起きているのか教えてほしいんだ」


クライヴは机についてスピーチの原稿を書いていた。次の日の午後、ジェームズ・ホイートリーの身に起きたことについて訓話をするために、全校集会を開くことにしたのだ。書き上げた原稿を読み返すと、彼の心は沈んだ。ジェームズ・ホイートリーを少しも好きになれなかったので、それが言葉の端々に表われていた。クライヴは原稿を丸めて屑入れに投げ入れた。と、床板のきしむ音がした。目をあげるとジェニファーが戸口に立っていた。

「ノリッジに行くんじゃなかったのかい」

「ええ、行くわよ。あとでね。エリザベスは例のお友だちに会いにいってるの。マージョリーっていったかしら、彼女の名前。三十分ぐらいでもどるそうよ。それから出かけるの」

「なるほど」クライヴは新しい紙片に手をのばした。ジェニファーは書斎に入ってくると、後ろ手でドアを閉めた。クライヴは警戒心をあらわにして、彼女を見た。「ほかに何かわたしに用かね？」

「用がなくちゃいけない？」

「仕事中だ」

「そのようね。いつも熱心だこと。あたしの従姉妹はラッキーよね？」

胸のうちに怒りがこみ上げるのを感じて、クライヴはそれをなんとか押しとどめようとした。「突っかかるのはやめてくれ」

「あたしが、突っかかる？　あたしの記憶ではね、いつも仕掛けてくるのはそっちのほうよ」

「きみとわたしとのあいだには、仕掛けるとか、そういうことは何もなかった」

「そうだったかしら？」

「わたしはそう思ってる。いま忙しいんだ。くだらん話をする時間はない」

「あたしのために時間は割けないってわけ」

クライヴはジェニファーの声にトゲがあるのに気づいたが、あえて無視しようとした。

「好きなようにとってくれていい」

「昔はあたしの相手をする時間があったじゃない」

クライヴは深く息を吸った。「ジェニファー、もう行ってくれないか」

「行くわよ。エリザベスがもどってきたらね」

彼はペンを置いた。「そういう意味じゃない」

「じゃ、どんな意味？」

「この家から去ってもらいたい。ここへ来るのももうやめてほしい。何もいいことはないのだから、きみにもわたしにとっても」

「あなたにとっては、そうでしょうね。あたしにとっては、有利な力関係を楽しめるのよ」

「こんな関係が楽しいのかね？」クライヴは立ち上がった。「きみの人生はそんなにむなしくて、唯一の楽しみはわたしを苦しめることなのかね？」

ジェニファーは一瞬ひるんだが、すぐに険しい目つきでクライヴをにらんだ。「あたしの人生の何がわかるっていうの？」

「きみはむざむざと人生を浪費しているように思えるがね。こんなことはやめるんだ。わたしのためにではなく、自分のためにね。きみはまだ充分若い。知性も魅力もあるじゃないか。だれかと一緒になって幸福をつかむことだってできる」

「そうかしら？」

急に彼女の口調からとげとげしさが消えて、その奥に隠されていた心の痛みが顔をのぞかせた。「見てちょうだい、クライヴ。あたしに魅力なんかないわ。セクシーでもない。一度だってもてたことなんかないわ。そんなこと、あたしが知らないとでも思ってるの？　あたしには何もない。あるのは人を傷つける力だけよ」

「だからって、どうしてエリザベスを傷つけなきゃならないんだ⁈　エリザベスに話して何の得になる？　彼女はきみを大事にしてきたじゃないか。きみのことが大好きなんだ。どうしても傷つけたいというのなら、わたしを傷つけるがいい。だけど、なぜエリザベスなんだ？」

「だって、彼女はあたしがなりたいもののすべてだからよ‼」

目を爛々と光らせて、ジェニファーは自制心を失いかけていた。

「だって、あの人は魅力的で、人気者で、みんなを明かりに群がる蛾みたいに惹《ひ》きつけてしまうんだもの！　エリザベスはあたしがなりたいものすべてなのよ。それだけでも充分憎む理由になるでしょ！」

「わたしとエリザベスが築いてきたものすべてを破壊したいほど、彼女が憎いのか？」

「そんなにごたいそうなものを持っていると思ってるの？」ジェニファーは笑いだした。

「あんまり大事なんで、彼女が後ろを向いているあいだに、あたしと愛し合ったってわけ？」

「愛し合った?! あれをきみはそんなふうに呼ぶのか？」

「それじゃ、なんて呼ぶのよ。ちょっとしたおしゃべりだったとでもいうつもり？」

「わたしは寂しかったんだ。何カ月もエリザベスは触れさせてくれなかったからね」

「それなら彼女のせいね？　夫を拒絶した不感症のエリザベスが悪いのね？」

「エリザベスは具合が悪かったんだ！　流産で危険な状態になった！　もう少しで死ぬところだったうえに、もう子供を産むことはあきらめなくてはならなかったんだ。だから悲しくてひどく取り乱していたのだ！　彼女には愛情と理解が必要だった」

「それで、かわりに、エリザベスを裏切ったのね」

今度はクライヴの目が異様な光を帯びていた。烈しい怒りに、彼はほとんど何も見えなくなっていた。「だが、裏切ったのはわたしばかりじゃない、そうだろう?! きみはエリザベスのことが心配でたまらないという顔でうちへやってきて、彼女の世話を手伝いたいと言った。みんな嘘だったんだ。きみはエリザベスの容体を人づてに聞いていて、機を見てわたしたち夫婦の仲を割いてやろうと考えていたんだ。エリザベスが持っているものをいくらかでも奪おうと狙っていたんだ！　おためごかしの名演技を披露しておいて、その裏じゃいつも、ふいにわたしに顔を見せては、意味ありげな表情をうかべたりした。そしてある晩、わたしが正体もなく酔ったときを狙って、きみは行動に出た。『ああ、クライヴ、あなたがほしいの、とっても。初めてあなたに会ったときからそう思っていたわ。あたしを抱いてちょうだい、クライヴ。エリザベスには絶対に気づかれないようにするから』なんて言ってね」

「でも、あたしと寝たじゃない！」

「ああ、寝たさ、そのとおり。わたしは意志が弱くて寂しかった。そのことでは、この先もずっと自分を軽蔑するだろう！　だが、愛し合ったなんて美化するのはやめてくれ。愛のかけらもなかったんだからな。わたしたちはソファーでセックスをした。獣のように欲望を満たした。だが、きみに口づけをするたびに、わたしはエリザベスのことを思っていた！　きみのなかに入るたびに、エリザベスのことを夢見ていたんだ！　きみは、情欲のはけ口に利用した肉体でしかなかったんだ。きみとわたしのあいだには何もなかった。何もね」

「人でなし！」ジェニファーはこぶしを振り上げてクライヴに殴りかかった。クライヴは彼女の腕をつかんで押さえこんだ。

「ああ、いくらでもエリザベスにぶちまけたらいいだろう！」クライヴはわめいた。「どうしても言わずにいられないのなら、その毒液をばらまいてこい！　だがな、破滅するのはわたしの人生だけじゃないぞ！　おまえはどうなると思っているんだ?!　それは、このことを知ればエリザベスはわたしを憎むだろうさ。だが、おまえのことはどう思うだろうな?!　おまえの裏切りを知ってもまだ、ここで歓迎されるとでも思っているのか?!　二度とおまえの顔なんか見たがらないだろうよ！　おまえのことを本気で心配しているのは、この世でたったひとり、彼女だけなんだぞ！　いまの人生を空っぽだって思っているのか?!　それならエリザベスまで失ったあとは、いったいどうなるんだ?!」

「ほんと、どうなるかしら?」二人の背後で声がした。

エリザベスが戸口に立って二人を見つめていた。

クライヴはジェニファーの腕を離した。あれほど長いあいだ恐れていた悪夢はとうとう現実のものとなってしまった。まるでだれかに急所を蹴り上げられたような気がした。

「信じたくはなかったわ」エリザベスは静かな声で言った。「二人とも、わたしがこの世でいちばん愛している人たちだもの。わたしにそんな仕打ちをするはずがないって、自分に言い聞かせていたわ」

「でも、あたしのせいじゃないのよ！」ジェニファーが叫んだ。「クライヴが襲ってきたのよ！　信じてちょうだい！」

エリザベスはかぶりを振った。「もう、ジェニファー……」

ジェニファーは泣きだした。「彼は酔っていたの！　自分で言うのを聞いたでしょ！　あたしをレイプしたのよ！」

「出ていってちょうだい」エリザベスは言った。

「この男は獣だわ！」

「ジェニファー、お願いだからやめて」

「でも、ほんとうなのよ！　あなたに打ち明けたかったけど、言ったら殺すって脅かされていたの！　憎むならあたしじゃなく、クライヴを憎んで！　あたしがあなたを傷つけるようなことするはずがないでしょ！　それは知ってるわよね！」

烈しい嫌悪に燃える目で、エリザベスは彼女をにらみつけた。「すぐにこの家から出ていってほしいの！」

「何よ、あんたなんか！」ジェニファーは叫んだ。「あんたも、あんたのおめでたい結婚生活も、ご立派な人生も、みんなくそくらえだわ！　たった一度だけの過ちだなんて思ってるの?!　数えきれないほどあったのよ！　何百回もね！　あんたが結婚する前からいまのいままでね！　あたしとやっていないときは、ほかの女とやっていたんだ！　彼はあんたのものなんかじゃなかった！　ずっとね！　あんたの人生なんて何もかも嘘の塊なのよ！」しゃくりあげながら、ジェニファーは部屋から走り去った。

エリザベスはクライヴと向き合った。「で、あなたはどう言いわけするつもり？　彼女があなたを縛りつけてやらせたっていうの？」

彼は首を振った。

「じゃあ、何？」

「何も言うことはない。ただ、きみを愛している」

エリザベスは苦悩に顔をゆがめた。「やめてちょうだい、いまさら」

「言わずにはいられない。きみはわたしのすべてなんだ。きみがいるから、喜びがある。きみのためなら命だって惜しくない。きみのいない人生なんて、死んだも同然だ」

エリザベスは目に涙をうかべ、口元を手で押さえた。クライヴは彼女に両腕を差しのべた。

エリザベスは一歩前に進んだが、つと立ちどまると首を振った。「だめなの、ごめんなさい」彼女は部屋を出ていった。

ベルが鳴り、昼食時間の終了と、午後に予定されているラグビーの試合開始を告げた。ニコラスとジョナサンは、だれもいない教室でまだ一緒に座っていた。すでに一時間あまりも話し合っていた。

「牧師さんかだれかに話すしかないね」ニコラスが結論を言った。「だれかこういうことに詳しい人にね」

「そんなのむだだよ」と、ジョナサンは言った。「ポッター師は信じてくれなかったから」

「それはそうだろう。ポッター師は好きだけど、あの人は平穏無事ならいいってタイプなんだ。神様だとか宗教だとか、善とか悪なんてこと、ほんとうは信じていないんだ」ニコラスは少し思案した。「でも、そういうことに詳しい人を知ってるんだ」

「だれ？」

「ペリマンさん。あのスティーヴンとマイケルのお父さんだよ」

「ああ、ペリマンさん?! 話なんか聞いてもらえないよ」

「どうして？」

「スティーヴンたちはぼくを嫌っているもの。相談しようにも、あの二人が話をさせてくれるわけないだろう」

「あの二人はきみを嫌ってはいないよ。ただ怖がっているだけさ。それも、お父さんから話を聞いているからなんだ。つまり、それは、ペリマンさんはそういう話を真剣に受けとめるってことだから、有望だよ。ポッター師みたいにきみの話を頭から否定したりはしないはずだ。きっと信じてくれるし、どうしたらいいか教えてくれるよ」

ジョナサンはニコラスをじっと見た。「ほんとうにそう思う？」

「ああ、ぜったいだよ。じゃ、ジョナサン、ペリマンさんに話してみるね？」

ジョナサンはうなずいた。

「スティーヴンたちには今夜話す。少し説得が必要だろうけど、きっと賛成してくれるさ。大丈夫」

ふいに、ジョナサンは不安におそわれて目を大きく見開いた。「リチャードはどうしよう？　明日の夜にはもどってくるんだ。ぼくはどうすればいい？」

「何もなかったようにふるまわないとね。ぼくに話しかけないことだ。ぼくもまだきみを憎んでいるふりをするから。スティーヴンたちにもそうするように言っておくよ。リチャードにこのことを気づかれないようにしないとね」

「でも、ばれたらどうする？」ジョナサンは震えだした。「ああ、リチャードが気づいたらどうなる?!　きっと気づくにきまってる。わかってるんだ。彼、ときどきぼくをじっと見るんだけど、ぼくの心を読んでいるみたいなんだ。秘密にしておくなんて無理だよ」

「でも、これはぜったいリチャードには秘密にしておかないとまずいよ」ニコラスはジョナサンに念を押した。「そうするしかないんだ」

「わかってる」ジョナサンは深く息を吸った。「やってみるよ」

「そうだよ。リチャードは何も気づきはしないさ。きっと大丈夫だ、ジョナサン。もうきみはひとりじゃないんだから。ぼくらで力を合わせて解決するんだ。いいね？」

ジェニファーを乗せたタクシーは十五分前に出ていった。クライヴは妻と一緒に使っていた寝室に立ちつくして、彼女の荷造りを見守っていた。

「頼むから出ていかないでくれ」彼はエリザベスに懇願した。

「しかたないわ」

「そんなことないさ」

「いえ、出ていくしかないの。わからないの？」

「愛しているんだ」震える声で、クライヴは言った。「頼むよ、エリザベス。二人でなんとか切り抜けられる。きっとできるから」

エリザベスはスーツケースを閉じると、夫と向き合った。「そうできたらいいと思うわ。ほんとよ。でも、できるはずがないでしょ？　あなたはジェニファーと寝たのよ」

クライヴは首を振った。「そんなんじゃないんだ」

「じゃ、どんなだったの？」

「どんなだったかなんて問題じゃないんだ」

「それはちがうわ、クライヴ。とても重要なことよ。わたしにとっては大事なこと。だってあなたは、わたしの従姉妹と寝たのよ。従姉妹と二人でわたしを裏切ったんだわ。あのころのわたしは病気だった。人生最悪の時期だった。あなたを必要としていたし、あなたがた二人が頼りだったのに！」

「あれは過ちだった！　魔が差しただけなんだ！　何の意味もないことだった！」

エリザベスの目に涙がにじんだ。「意味は大ありよ。あなたにはわからないの?!　あなたを見るたびに、あなたたち二人が一緒の場面を思いうかべることになるのよ。この世でいちばん愛している二人を！」彼女は泣きだした。「悪いけど、そんなこと耐えられないわ。だから出ていくしかないの」

エリザベスはスーツケースに手をのばした。クライヴの胸はナイフを突きたてられたように痛んだ。彼は妻の腕をつかんで引き寄せると、ひざまずいた。そして両腕を彼女の腰にまわし、スカートに顔をうずめた。

「エリザベス、お願いだ、わたしを見捨てないでくれ！　ああ、頼むから行かないでくれ！　きみはわたしの生きがいなんだ。きみがすべてなんだ。きみなしでは生きてはいけない。わたしを憎んでもいい、呪ってもいい、どんな罰でも受けるから、わたしをひとりにしないでくれ！」

母を求めて泣く子供のように、クライヴは声をあげて泣きだした。エリザベスは無言の涙を流した。彼女はやさしく彼の髪をなではじめ、しばらくそのままでいた。

だが、やがてエリザベスは体を離した。クライヴは引きとめなかった。とめてもむだなことがわかっていたからだ。彼はそのまましばらく床を見つめていた。死んでいくような気分だった。

「どこへ行くつもりだ？」クライヴは声をかけた。

「まだ、わからないわ」

「ここにいればいい。ここはきみの家だ。わたしが出ていくべきなんだ」

「あなたはここに必要な人よ。やらなくてはいけないことがあるでしょ」エリザベスは涙をふいた。「こんなことになるなんてほんとうに残念だわ。愛しているから、あなたを困らせたくはないの。でも、とてもいられないのよ。わかってちょうだい」

エリザベスはドアに向かった。クライヴが名前を呼ぶと、彼女は振り向いた。

「ほんのわずかでも、いつか許してもらえる可能性はあるかな?」

「そんなこと、いまはきかないで」

「頼むよ。知りたいんだ。きみが出ていくときは、わたしの命も連れ去っていくということだ。いくばくかの希望をくれないか」

「愛してるわ」エリザベスは夫に言った。「ごめんなさい」

「愛があれば、いつだって希望はある。そうだよね。それを信じるしかない」

「それなら、そう信じることね」彼女はそっと言った。

「きみを待っているよ。たとえ永遠に待つことになろうとも。エリザベス、愛してる。きみを取りもどしたい気持ちは絶対に変わらないからね」

エリザベスは部屋を出ていった。クライヴは両手に顔をうずめて泣いた。

「絶対にお断わりだ」スティーヴン・ペリマンはきっぱりと言った。

「彼にはぼくたちが必要なんだよ!」ニコラスは叫んだ。「助けてあげなくては!」

夕食の時間が終わって、予習時間が始まろうとしていた。二人は自習室で顔をつき合わせて立っていた。マイケルは自分の机の椅子に座って、二人を見守っていた。

「あいつを助ける義務なんてないね」スティーヴンはニコラスに言った。「ジョナサンだって、してはいけないことにかかり合う必要はなかったんだ。こっちが警告してるのに、聞こうとしなかったじゃないか。自分でまいた種なんだから、自分で刈るしかないさ」

「でも、スティーヴン……」マイケルが言いかけた。

「口をだすんじゃない」と、スティーヴンは弟を制して、またニコラスに注意をもどした。

「とにかく、どうしてそんなに一生懸命、あいつを助けようとするんだ？　もうきみの友だちでも何でもないじゃないか。あいつがきみを捨てたことを忘れたのか？　あいつとロークビーがきみを笑い物にしたことは憶えてるだろう？」

「ジョナサンはぼくを笑い物にしてはいなかったんだ。とにかく、いまはそんなことはどうでもいい。それより、ジョナサンにはぼくらの助けが必要なんだよ」

「助けてやる価値はないさ。悪いことをしたんだから」

「彼はばかなことをしたけど、悪いやつじゃない。人に左右されやすいだけなんだ。悪いのはロークビーだ」

「かわいそうなジョナサン君だ」スティーヴンはせせら笑った。「凶悪なリチャード兄ちゃんのせいで道を踏みはずしたっていうのか。でもな、そんなの嘘っぱちだって、ぼくらにはよくわかってるはずだろ。だれも本人がいやがっていることを無理やりやらせたりしない。あいつらは二人とも同じくらいワルだから、自業自得なんだ！」

「どうしてそんなこと言えるのさ！」だしぬけに、マイケルが大声をあげた。「あの晩、ぼくをリチャードの部屋から引きずり出したのはスティーヴンじゃないか！　あのときのスティーヴンは、いまのジョナサンと同じくらい怖がってたね！」

スティーヴンはさっと顔を紅潮させて、弟のほうを向いた。「ばかなこと言うな！」

「ばかなことじゃないよ！　ほんとうだから！」

「ぼくは怖がってなんかいない！　おまえが悪いことに巻き込まれないように用心してやっただけさ。だって、いつもおまえはぼんやりしてて、すきだらけじゃないか！　ぼくがいなかったら、チャペルにひとり座って泣きながら罪を告白したのは、おまえってことになっていただろうよ。ぼくをばかにしたような口をきくより、感謝すべきなんだ！」

マイケルは動揺の色を隠せなかった。「感謝なんかするもんか！」

「なら、黙って引っこんでろ！」

「どうしてジョナサンを助けちゃいけないんだ？　わからないよ。友だちだったんじゃないか。ジョナサンがいないと淋しいんだよ。どうして彼を許して前のような関係にもどれないのさ？」

「マイク、いいから黙ってろ。わかってないんだ、おまえは」

「でも、どうして?!」マイケルは立ち上がった。「今回だけは兄さんの指図は受けないぞ！ジョナサンの力になってやらなくちゃ。お父さんだってきっとそう思うね。人を許すことが大事だって、お父さんはいつも言ってるじゃないか。今度のことはまさにその、人を許さなくちゃいけないときじゃないの？　ぼくらよりもニコラスのほうがジョナサンを憎む理由はたくさんあるはずだよ。そのニコラスがジョナサンを許しているのに、どうしてぼくらは許せないのさ?」

スティーヴンはいきなりマイケルに平手打ちをくらわした。

ニコラスは思わず息を呑んだ。マイケルは悲鳴をあげて、頬を手で押さえた。スティーヴンは弟の髪をつかむと、にらみつけた。

「二度とぼくに説教なんかするんじゃないぞ! 生まれてからずっと、おまえの世話ばかりさせられてるのに、それがおまえの感謝のしかたか? いいか、憶えとけ、どうするか決めるのはぼくなんだ。おまえじゃない。なぜなら、ぼくは何がベストかわかっているからだ。だから、ぼくはお父さんをこの件に巻きこまないことに決めた。ぼくらの問題じゃないし、お父さんの問題でもないんだ」

ベルが鳴って、予習時間になった。スティーヴンはマイケルから手を離すとニコラスに向かって言った。

「ジョナサンのことをお父さんに相談するつもりはないし、マイケルも同じだ。ぼくらと友だちでいたかったら、彼を助けるなんてことはきみも忘れたほうがいいな」

三人はそれぞれの机に向かった。スティーヴンは教科書で顔を隠した。マイケルはいまにも泣きだしそうな顔をして、頬をさすっていた。ニコラスはマイケルをじっと見た。二人の目が合った。

部屋には沈黙が流れていたが、二人は目で会話をした。

4

一九五四年十二月九日、夜明け前。

マージョリー・アッカーリーは階段を上りきったところでうずくまっていた。家のなかは暗闇につつまれていた。ヘンリーはひとりで階下にいた。彼は夜通しそこにいた。マージョリーが寝床に入る前から飲んでいたから、そのまま飲みつづけたのだろう。ヘンリーのいびきが聞こえないかと彼女は耳をすませたが、物音ひとつしなかった。彼女は怯えていた。酔っているうえに恐怖に苛まれているときのヘンリーの心がたどる暗い旅は、マージョリーには想像もつかなかった。夫に呼びかけたかったが、恐ろしさのあまり舌が麻痺したようで言葉にならなかった。何も言わずに待っているほうが安全だろうと、彼女は思った。

家のなかは冷え冷えとしていた。マージョリーはぶるっと身震いすると、ガウンの前をかき合わせて、夫の監視をつづけた。

ヘンリー・アッカーリーは、写真立てに収まっている娘の遺影をじっと見つめていた。可愛い子だった。だれもがそう言った。娘はよく、見知らぬ客ばかりの部屋にまでころがりこんできては、輝くばかりの笑顔と笑い声をふりまいて、一人残らず魅了してしまうのだった。客が娘に示す反応を座って見ていることが、ヘンリーにとって人生の楽しみのひとつだった。娘はきまって部屋の中央に立ち、ひとりひとりに微笑みかける。ついで、ヘンリーを見つけ出して、二人でとびきりの笑顔を交わすのだった。彼女の笑顔は、子供が父親に寄せる信頼の証しであり、彼の笑顔は父親の強い愛情の証しだった。当時のヘンリーは、自身の果たしえなかった野望に代えて子供の将来を夢見ることで、どうにか野心を満足させていたのだ。

ヘンリーはつねに野心をいだいていた。自分は世に出て成功するものといつも思っていた。成長するにつれ、それはいとも簡単なことのように思えてきた。裕福な家庭に育ち、金で買える最上の教育を享受してきた。とれる賞という賞を総なめにした。オックスフォードを卒業すると、ハーヴァード大学の大学院で研究をつづけないかと誘いがかかった。学費は相当かかるはずであったが、息子を誇りにしていた父親が留学費用を出してくれることになった。そのころのヘンリーには、未来はまばゆいばかりに輝いて見えた。彼は古典の分野で必ず世界的権威になってやろうと決心していた。あの招待状さえこなかったなら、実際そうなっていたかもしれない。

ヘンリーの名付け親夫妻は母親の古くからの友人で、いつも彼を溺愛し、彼が学校ですばらしい成績をおさめていることが自慢の種だった。その名付け親がヘンリーに一夏遊びにこないかと言ってきた。夫妻はそのあたりではいちばんの名家で、地元の社交界のだれもが認めるリーダー的存在だった。ヘンリーは名付け親の称讃を浴びたい一心で、即座に招待に応じた。彼はヨークシャーの大邸宅を優雅に笑みをうかべながら闊歩して、若い娘たちが自分に向ける憧れの熱い視線を楽しんだ。娘たちは、輝かしい将来を約束されてほどなくアメリカに旅立つこの素敵なゲストについて、小声でささやきあったり、くすくす笑ったりした。娘たちの注目を浴びて舞い上がっているうちにヘンリーは、ひときわ目立つ、十八歳ぐらいの金髪の美しい娘に目をとめた。その美しさといったら、名付け親が彼のためにそろえた、いわゆる社交界の華たちの多くも羨んだにちがいなかった。その娘とすれちがうたびにヘンリーは、彼女から目が離せなくなっている自身に気づくのだった。彼が接近したときの、娘の目を伏せるしぐさ。すれちがうときの彼女の腰の揺れ。そして、遠ざかる前に彼女が振り返って見せる蠱惑的《こわくてき》な微笑み。娘のそうした反応や様子にヘンリーの目は惹きつけられ、彼は立ちどまって、彼女を見守った。ヘンリーは娘の自分への傾倒がうれしく、自身の高まる欲望も意識していた。

ある晩、名付け親夫妻はディナー・パーティーを催した。招かれたのはほとんどが中年の友人たちで、ゲストたちはみな機知あふれるヘンリーの会話をほめたたえ、彼のすばらしい未来に乾杯してくれた。ワインの飲みすぎとほめられすぎで、頭がくらくらするのを意識しながらヘンリーが寝室に向かうと、階段の上でくだんの娘が待ち受けていた。目と目を見交わすと、彼は娘を自分の部屋に連れこんだ。

言葉は一言も交わされなかった。ヘンリーにとっては初めて経験する肉体の愛だったが、あっというまにいともたやすく手に入れた感じだった。感情的な交流は一切なく、単純に性欲を満たしたのだ。ことを終えると、娘は静かに部屋を抜け出していった。その後、ヘンリーの目が彼女に向くことはなかった。彼にとっては何でもないことだったし、娘にとってもそんなものだろうと思っていたから、彼女とのつかのまの体験を思い出すこともなかった。

アメリカに発《た》つ二日前のことだった。ヘンリーは名付け親に呼ばれた。そこには、男が一人同席していた。粗野な労働者で、酒の臭いをぷんぷんさせながら、マージョリーの一生を台なしにされたと言って、ありったけの罵詈雑言をヘンリーに浴びせた。彼は状況をのみこむまでにしばらくかかった。あのときの娘には名前をたずねることすらしなかったからだ。名付け親はヘンリーに同情的だった。若気のいたりという程度のことで、相手の父親の怒りもいくばくかの金銭で和解できないほどのものではなく、それが最善の策であることはわかりきっていた。だから、ヘンリーの父親もそう判断するだろうと、夫妻は思っていた。

だが、その判断は誤りだった。ヘンリーの父は話を聞いて仰天した。彼は高い倫理観の持ち主で、家族にも自分の基準に照らして恥じない生き方を期待していただけに、それから逸脱した者に容赦はしなかった。父親はヘンリーに、その娘を誘惑したからには代償を支払わなくてはならないと言いわたし、そのうえ、息子への財政的支援を撤回することにした。ヘンリーはすぐさま結婚式の手配をしなければならず、ハーヴァードへの留学の夢どころではなくなった。数週間たらずで、気がつけば彼は、身重の妻を養わなくてはならない所帯持ちになっていた。

ヘンリーはロンドンで教職につき、二人は小さなフラットに新居をかまえた。二言以上の言葉を交わしたことなどほとんどなかった二人は、どちらも何の心がまえもないまま結婚生活を強いられてしまったのだ。ヘンリーは仕事に情熱を注ぎ、マージョリーは夫を喜ばせよ

う と懸命に努力した。それまでの彼女の人生は苛酷なものだった。母親は幼い彼女を捨てて家を出ていき、マージョリーは酒びたりの暴力的な父親のもとに残された。結婚は彼女にとって父親からの解放を意味した。それだけに、マージョリーはヘンリーに感謝していたし、なんとかして夫を喜ばせたいと思った。二人の関係のお粗末な始まりを恥ずかしく思っていたから、うわべだけでも洗練された妻になって過去を忘れようとした。彼女は話し方のレッスンを受けて、訛りを目立たないようにした。身だしなみにも気をつかい、金をかけずにおしゃれをすることを学んだ。学校教育はろくに受けていなかったが、知性を磨き、会話の幅をひろげるために本を読んだ。彼女はすこしずつ、だが着実に、夫がだれに対しても自慢できるような妻として生まれ変わっていったのだった。

娘の誕生は、ヘンリーとマージョリーの絆を育む役割を果たした。子供に強い愛情を注ぐうちに、ヘンリーは娘の母親に対してもある種の愛情を感じるようになったのだ。娘のソフィーは両親の最良の部分を受け継ぎ、母親似の金髪の美しい容姿に加えて、父親譲りのずば抜けた頭脳を授かっていた。ヘンリーは一日に何時間も娘と一緒に過ごしては、読み書きや算術を教えた。ソフィーの知識欲や未知の概念を吸収する速さに、彼は有頂天になった。マージョリーの魅力のおかげで夫婦にはたくさんの友だちができ、ヘンリーは娘の才能をそうした友人たちに披露するのがこの上ない喜びだった。いつもソフィーを自分の膝に座らせてから、彼は数学の問題を出す。すると彼女は眉を寄せてじっと考え込む。やがてソフィーは誇らしげににっこり笑って正解を発表する。みんなが彼女に拍手喝采し、ヘンリーは娘を抱きしめてキスの雨を降らせる。見るとマージョリーが二人に微笑みかけている。だからヘンリーも妻に微笑む、というぐあいだった。そして、こんなにすばらしい子供に恵まれたのだから、運命のいたずらを呪うことはできない、と彼は自分に言い聞かせるのだった。

しかし、何の前触れもなく死は訪れた。冬場によくある子供の風邪が肺炎へと急変したのだ。ヘンリーもマージョリーも、娘の病状が重くなっていることに気づいていなかった。仕事に出かける前に、ヘンリーは娘のところに立ち寄って彼女の頰にキスをし、帰りにおみやげを買ってきてあげるからね、と約束した。ソフィーはうす茶色の瞳で父親を見上げると、お母さんがお父さんの好きなお料理を作るときお手伝いができるように、よくなったらお料理を習うからね、と言った。ヘンリーは笑顔で家を出たが、その日の昼過ぎ、彼のもとに連絡が入った。ヘンリーは家まで走りつづけていっきに階段を駆け上った。娘の寝室に入ると、マージョリーが友人たちや医者から慰められているところだった。ソフィーは苦しまなかったし、いまはもっと幸福な世界にいるのだからと。

最初の一日か二日は何も考えることができず、ヘンリーは自分がどれほどのものを失ったのか、完全には理解できなかった。だが、葬儀の日になって、自分が失ったものの大きさを悟った。彼がマージョリーと一緒に小さな墓の横にたたずんで、参列者の悔やみの言葉を聞いていたときだった。ある人が、二人を励まそうにも励ましようがなくて、この先も失意の日々はつづくだろうが、少なくとも慰めあい、支えあっていける伴侶がいるのだから、と言ったのだ。

その瞬間、ヘンリーにはすべてが明々白々となった。若いころに彼がいだいた野心は、最終的にことごとく打ち砕かれてしまったのだ。娘の愛があったからこそ、惨めな人生にも耐えることができたのだが、娘の死に接して、彼はもはや希望をいだく力も失ってしまっていた。いまやヘンリーにできることは、ただ生きながらえることだけだった。

二人はほかの土地に移った。ヘンリーはバークシャー州の学校で新たに教職につき、ここで一からやりなおそうとした。だが、新生活のスタートを切る前から、それはうまくいかない運命にあった。ソフィーが逝《い》ってしまうと、二人を律してきた最低限の夫婦らしい行動や会話もとだえてしまったのだ。ヘンリーは厭世的になり、それを妻のせいにした。自分の世界に引きこもって仕事と追想に埋没するようになり、マージョリーを遠ざけた。彼女のほうも彼女自身の魔物——強迫観念に取り憑かれていた。彼女は自分がもう子供を産めないことを知っていた。父親もすでに他界していて、ほかに家族のいない彼女は、ひとり寂しく老いていくことを恐れた。ヘンリーが彼女を遠ざけようとすればするほど、マージョリーは彼にしがみつこうとした。烈しい嫌悪と相手への執着が交錯した二人の異様な結婚生活は、たがいの不幸を増大させるばかりだった。

そして、ついに、ヘンリーはそんな生活はもうつづけられないとはっきり自覚した。おたがいのために別れるしかない。ヘンリーはマージョリーに、全財産を半分ずつ分けて、別々の道を行くことにしようと切りだした。彼女は泣きながら、自分にはこの世にヘンリーしかいないし、彼を失うことなど耐えられないと訴えた。言い争いのあげく、彼女はヒステリーを起こした。息がつまりそうになったヘンリーは、彼女から逃げ出した。何マイルも車を飛ばしつづけて、とうとう彼は、だれひとり自分を知る者のいない片田舎のパブにたどりついた。そしてそこで、惨めな人生を忘れようとして、浴びるように酒を飲みはじめた。

ようやくヘンリーが車で帰路についたときは、夜も更けていた。天気は荒れ模様で、風雨が激しく車を打ちつけた。すっかり酩酊したヘンリーは、とても車を運転するような状態ではなかったが、自宅めざして田舎道を走りつづけた。反射神経は緩慢になり、瞼《まぶた》は鉛のように重かった。ヘンリーはその若い女性を轢《ひ》いてはじめて、彼女に気づいた。恐怖に凍りついた二つの瞳を目にしたつぎの瞬間には、どすんという鈍い衝撃を感じた。

無意識に、彼は車を止めた。バックミラーに、道に倒れたまま動く気配のない女性の姿が映っていた。もどって助けを呼ばなくてはならないことはわかっていた。だが、ショックで酔いが醒め、頭がはっきりすると、絶対に自首はできないとヘンリーは悟った。これほどアルコールづけになっていては、不測の事故だったと言い逃れをすることはできない。長期の実刑を言いわたされるのは必至だったから、彼はそのまま走り去った。心臓は早鐘を打ち、呼吸はあえぐように浅く速く、頭のなかではただひたすら祈るばかりだった。もし聞いてくれる神がいるなら、どうかあの娘を死なせて、自分に結びつく証言ができないようにしてくれるように、と。

ガレージでひとりきりになると、ヘンリーは車を調べた。バンパーが数ヵ所、若干へこんでいた。意識的に見ないと、それとは気づかないくらいだった。家に入ると、マージョリーが彼の帰りを待っていた。ヘンリーは妻に、さきほど言ったことは後悔している、傷つけるようなことを言ってすまなかったと詫《わ》び、すぐに行くから先に休んでくれと言った。だが、ヘンリーは寝室には行かずに一晩じゅう階下にいて、時計の針が夜から朝へと移っていくのを見つめていた。

彼はなんとか学校には行くようにして、努めて何もかもいつもと変わらないようにふるまった。そして、人の話を立ち聞きするうちに、何マイルも離れた片田舎の路上で、轢き逃げ事件の犠牲者とみられる若い娘の遺体が発見されたことを知った。「ひどいやつがいるもんだな」と、ひとりは言っていた。「かわいそうに、まだ十七だっていうんだ。人生はこれから華っていうときにな。その娘を轢いたやつは縛り首ものだ！」それを聞いて、犠牲者が自分の願いどおりになったことがわかり、ヘンリーはまた生気を取りもどした。週末には遠く離れた修理工場へ車を持っていって、バンパーのへこみを直してもらうつもりだった。そうすれば、轢き逃げの証拠は跡形もなく消えてなくなるはずだった。

それから三日ほどして、警察がやってきた。夕刻のことだった。マージョリーは応接間に警官を案内してきた。ひとりは四十歳ぐらいで、もうひとりはそれよりいくらか若かった。ヘンリーは立ち上がると、吐きけがするのをこらえて、どうにか笑みをうかべようとした。

警官たちは突然の訪問を詫びてから、三日前の轢き逃げ事件に目撃者がいたことを説明した。その人物は密猟をしていたので黙っていたかったのだが、やはり知っていることを警察に言うのが義務と感じたということだった。しかし、彼が証言できることはわずかで、しかも遠くから目撃しただけだったから、ドライバーの人相や車のナンバープレートは見えなかった。ただ、はっきりわかったのは、車種と、運転していたのは男だということなので、問題の車種の持ち主をしらみ潰しにあたって犯人をさがしているという話だった。二人の警官はぎこちなくふたたび突然の訪問の非礼を詫びてから、問題の夜にヘンリーが何をしていたか話してもらえないだろうかとたずねた。

ヘンリーは返事をしようと口をひらいた。が、話しだしたのはマージョリーだった。なめらかな声で彼女は、あの晩のことはよく憶えていると言った。あの夜、最初ヘンリーは作文の採点をしていて、そのあいだ自分は夕食用にローストビーフのペッパーソース添えを作っていた。自分の好みからいうと、あのソースは少し辛すぎるのだが、それが夫の好物なのだ、とマージョリーは説明した。二人の警官も、どちらかというとふつうのグレーヴィーソースのほうがいいとうなずいた。

そして、夕食後は一緒に居間でラジオ・ドラマを聞いて過ごした、と彼女は証言した。鈴を転がすような声で笑ってから、恋愛もののドラマだったので、ヘンリーはすっかり退屈してしまい、十分もしないうちに眠りこけてしまったと言って、マージョリーは警官たちの笑いを誘った。二人ともすっかり彼女のとりこになって、年上の警官は、自分も同じことをよくやるが、妻はちっともわかってはくれないとこぼした。

マージョリーは、ドラマの題名を思い出せなくて申しわけない、二階に置いてある日記に書きとめてあるのでとってきましょう、と言った。年上の警官は、そこまでしなくてもけっこうだと辞退し、これほど理解のある奥さんがいるとは幸運なかただとヘンリーに言った。そのあと、若いほうの警官が、念のために車を見せてもらえないかと、ためらいがちにたずねた。

その瞬間、すべてが終わったとヘンリーは悟り、何もかも打ち明けて終止符を打とうと心を決めた。だが、またしてもマージョリーが先手を打った。微笑をたたえながら、ついてくるように警官たちに言うと、彼女は二人をガレージに案内した。ヘンリーは二人の警官のあいだに立ち、キツネにつままれたような面持ちで自分の車を見つめた。バンパーのへこみが消えていた。彼の車は事故を起こす以前のように申し分のない状態だった。

「失礼しました」年上の警官がもう一度詫びた。「これもやむをえないことなのです。形式的なものでして」

マージョリーはにっこり笑った。「ええ、よくわかりますわ、ね、あなた？」ヘンリーもうなずいた。頭がすっかり混乱していて言葉が出なかった。

「ほかに何か手がかりはありますの？」マージョリーは警官たちにたずねた。

二人とも首を振った。「この地区のほかの警察署とも電話で連絡をとってましてね」と、若いほうが言った。「聞き込みをさせたのですが、その線から出てきたのは、きのうホーンチャーチの修理工場に車を持ちこんだ女の人が一人いて、修理を頼んだということだけなんです。でも、たいした修理ではなかったので、その人が待っているあいだにすませたそうなんです」

マージョリーはそれに興味を持ったようだった。「修理工場ではナンバープレートの控えをとったのかしら？」

「その必要はなかったのですよ」と、年上の警官が言った。「ウィックス巡査部長が申しましたように、客が待っているあいだに修理を終えてしまったのですから」

「で、その女性についてはどうなんです？　名前はわかりましたの？」

「クーパーです。たしかそんな名前だったと、担当した修理工は言ってます。そいつは正確に憶えていないんですよ。それに、その客は現金で支払ったのでレシートも残っていない。

厚化粧で、少し派手な感じの人で、言葉にひどい訛りがあったそうです。ランカシャーあたりではないかと修理工は言ってますが、ヨークシャーかもしれない。とにかく、そんなところです。おそらく事件とは何の関係もないでしょう。アッカーリーさん、そろそろおいとまします。これ以上お時間をとらせては申しわけないので」

こんな寒い夜にもお仕事をなさらなくてはいけないなんて大変ですのね、とマージョリーは言葉をかけ、警官たちが帰らないうちにお茶をすすめた。二人は辞退したが、それがいかにも残念そうだった。年上のほうが、恥ずかしげもなく羨ましそうにヘンリーをまじまじと見てから、お会いできて楽しかったと別れの挨拶した。

ヘンリーとマージョリーは一緒に玄関先に立ち、警官が立ち去るのを見送った。そして、家に入って後ろ手でドアを閉めると、マージョリーは夫を見つめた。彼女の顔から笑みは消え、かわりに勝利と自己嫌悪の入り交じった醜い表情がうかんだ。

「このあたりにいつまでもいるのは危険だわ。わたしたち、できるだけ早く引っ越さなくてはね」ヘンリーにそう言うと、彼女はくるりと背を向けて、階段を上りはじめた。「わからないのか？」

「わたしたちなんてもう存在しないんだ」彼はマージョリーの背後から叫んだ。

彼女は振り向いた。「あら、そんなことないわ、ヘンリー。これからもずっと夫婦よ。もう絶対にわたしを捨てられないのよ。あんなことをしてしまったし、わたしは何もかも知っているんですからね」

あれは六年前のことだった。それから六年のあいだヘンリーは、マージョリーを捨てようとしたときの報復が怖くて、彼女に縛られてきた。刑務所送りは免れたが、彼に自由はなかった。彼はマージョリーの捕虜で、彼女は看守だった。自宅が捕虜収容所で、そこでの二人は、一見ふつうの家庭を装って世間の目を欺くように努めながら、他方ではたがいにいつも用心深く相手と距離をおくようにしていた。

そしていま、だれかが二人の秘密を知った。

だが、ありえないことだった。だれかが真相を嗅ぎつけたのなら、なぜあのときに現われなかったのだろう？　脅迫するつもりなら——まちがいなくこれは脅迫だったが——なぜ六年もしてから接触してきたのだろう？　筋の通らない話だ。理にかなっていない。

つい最近、真相を突きとめたというのなら、話は別だが。

しかし、どうやって突きとめたのか？　いったいだれが？　唯一の目撃者でさえ、犯人がヘンリーとは特定できなかった。だれかが密告したのなら、マージョリーと自分だけなのだ。自分はだれにも打ち明けていない。真相を知っているのはマージョリーにしてもだれにも言うはずがなかった。

だが、密告して何かの得になるのなら、話は別だ。

しかし、そんなことがありうるだろうか？　口をつぐんでいてこそ、彼女は力を行使できるのだ。だれかに打ち明けて、自分の支配力を弱めるようなまねをするはずがない。

だが、自分の支配力が薄れてきていることに彼女が気づいたら、どうだろう？　もしもマージョリーが、ヘンリーがリスクを冒してでも離婚して、彼女がいつも恐れていたようにひとり置き去りにするかもしれないと疑念を抱いたらどうだろうか？

ばかな！　そんなはずはない！

だが、それならつじつまが合う！　ヘンリーが震えあがれば、頼れるのはたった一人しかいない。真実を知っているもうひとりの人間だ。前にも彼の窮地を救い、今度もまたそうするつもりなのではないか。

彼は弱く、助けが必要だった。主導権はマージョリーが握っていた。

こめかみのあたりで血液が激しく脈打った。あまりにも強烈な拍動に、頭が破裂するのではないかとヘンリーは思った。

ちきしょうめ！

操ろうとしているんだ。いつだって思いどおりに操ろうとしてきたんだ。

ちきしょうめ！　あの腹黒女は人を操るのが好きなんだ！

固く握りしめたこぶしの爪が皮膚にくいこみ、指のあいだを血が流れだした。頭のなかで、ヘンリーは絶叫していた。

一時間目の授業がちょうど終わったところだった。生徒であふれ返った廊下で、ジョナサンはポケットに何か押しこまれるのを感じた。ニコラスが、ペリマン兄弟と話をしながら、ジョナサンを完全に無視して彼のわきをすり抜けていった。

ジョナサンがポケットの奥に手を突っこんでみると、折りたたまれた紙切れがあった。彼はそっとその紙切れを取り出した。

マイケルが力になってくれる。スティーヴンはこのことは知らないし、知らせてもいけない。ぼくたちに話しかけたり、そういうそぶりを見せないこと。昼食のあと、きみに直接会いにいく。きっと何もかもうまくいく。N。

ニコラスは、わずかに首をめぐらせてジョナサンと目を合わせた。ジョナサンは何の反応も見せず、何もなかったかのように淡々と歩いていった。

十時三十分。マージョリー・アッカーリーはためらいがちに階下に降りていった。家のなかは相変わらずしんと静まり返っていた。

「ヘンリー？」

返事はない。

もう一度、呼びかけてみたが、やはり何も返ってこない。彼女は居間に入ると、後ろ手でドアを閉めた。そこにヘンリーがいると思ったのだが、居間は空っぽだった。と、近づいてくる足音が耳に入った。マージョリーは震えだした。

「ヘンリー？」

足音はドアの外で止まった。彼女は窓のほうへあとずさりした。「ヘンリー、わたしたち話し合わないと」

足音は遠ざかっていき、玄関のドアが開いて、また閉まる音がした。マージョリーは暖炉のそばの椅子に腰を下ろした。カーペットの上に血の跡が点々とついていた。

部屋のなかは寒かった。暖炉に火をおこすと、彼女は腰を下ろして、両腕で体をかかえるようにして待ちつづけた。

昼食時間。アラン・スチュアートは自室にいた。一時間後には、ジェームズ・ホイートトリーの追悼集会が控えていた。

アランは自分が書きつづった言葉を見つめると、すぐにそのページを丸めて暖炉の火に放りこんだ。またしても、むだな努力だった。適切な言葉が見つからない。はたして適切な言葉など見つかるのだろうか、と彼は思った。そもそも、この種のことを表現するのに、適切な言葉などありうるのか？

彼はジェームズ・ホイートトリーのことを考えた。それから、ジョナサン・パーマーとリチャード・ロークビーの二人の姿を思いうかべた。あの二人はジェームズの死に関与していたのか？　そんなことはありえないと、彼は自分に言い聞かせた。だが、頭のどこかである直観が、ありうると告げていた。

アランはもはや真相を知ることはないだろう。ひょっとすると、だれも真実を知ることはないかもしれない。何が起きたにしろ、うまく隠蔽されてしまっていた。アラン自身の秘密よりよっぽど完璧に覆い隠されていた。

彼はまた書きはじめた。ふたたび言葉を書きつらねたものの、黒いインクでつづられた内容は、彼の意図とはかけ離れていた。アランはまたひとつ紙つぶてを作って、暖炉の火にくべた。彼は炎を見つめた。涙が彼の頬をつたった。

「保健室に行ってくる」食堂を出ると、ニコラスが言った。

「頭痛、まだひどいのかい？」と、スティーヴンがきいた。

ニコラスはうなずいた。「アスピリンを飲まないと、とても午後の集会には出られないよ」

こめかみをもむニコラスの足もとが、わずかにふらついた。スティーヴンとマイケルは顔を見合わせた。「ほんとうに大丈夫か？」と、スティーヴンはたずねた。

「ちょっと、くらくらするだけさ」

「ぼくらのどっちかが一緒に行ったほうがよさそうだな」と、マイケルが言った。

「ひとりで大丈夫だよ」

「いや、大丈夫じゃないよ」マイケルは言いはった。「ぼくが一緒に行ってやるよ」彼はスティーヴンに、「講堂で会おう」と言った。

スティーヴンはうなずいて、「席をとっておくよ」と言うと、講堂へ向かい、ニコラスとマイケルは別の方向に歩いていった。二人はスティーヴンとの距離が開くにつれ、歩調を速めていった。

ジョナサンは机に向かって座っていた。もう三十分ほどそうやって待っていた。昼食はとっていなかったが、食べ物のことを考えただけでも吐きけがしたからだ。

外の廊下で足音が聞こえ、ドアが開いた。ジョナサンはにっこり笑って迎えようとした。

入ってきたのはリチャードだった。

ジョナサンの顔から笑みが消えた。まるでみぞおちを蹴られたようなショックを受けて、息ができなかった。リチャードはびっくりしてジョナサンを見つめた。「おい、ジョナサン、大丈夫か？」

ジョナサンはなんとかうなずいてみせた。

「ひどい顔色だけど、具合でも悪いのか？」

「もっと遅くなるのかと思ってた」

「予定を変えたんだ。それがどうかした？　会えてうれしくないのか？」

「もちろん、うれしいよ」ジョナサンは無理やり笑顔をつくってはみたが、悲しいかな目だけは笑えなかった。「どうだった？」

「親父は脱け殻同然だよ。何もかも自分のせいだと、そればっかり言いつづけてるんだ」リチャードは笑いだした。「みんながそんなに自分を責めるものじゃないって言ってくれても、何の効き目もなくてね。じきに親父は気がふれる。目を見ればわかるんだ。そうなったら、みんなは親父を施設に入れなくちゃならないだろうな。あいつがお母さんを入れようとしたみたいにね」

ジョナサンは悲鳴をあげたいのをぐっとこらえた。もうニコラスとマイケルがいつやってきてもおかしくなかった。リチャードがあの二人と鉢合わせしたら、たちまちこれまでのことが彼にばれてしまう。そうなったらもう、とんでもないことになる。リチャードはまだ笑っていた。そうだ、もしニコラスたちが笑い声を聞いたら、なにか様子がおかしい、入らないほうがいいって気づくにちがいない。そう思って、ジョナサンも一緒に笑いだした。だが、その笑い声はなんとも不自然だった。「いったいどうしたっていうんだ？」リチャードはきいた。

「何でもない」

「何か隠しているな？」

ジョナサンは、親の前で嘘を信じさせようとやっきになっている子供のように首を振った。

「何をしたんだ？」

ジョナサンの心臓は喉から飛び出しそうだった。「何でもないよ、リチャード。ほんとだってば」

リチャードの鋭い視線が彼を貫いた。その瞳にジョナサンはまた、自分の娘を溺死させようとしている母親の狂気を見た。

ジョナサンはなんとか視線をそらしたが、リチャードの目は、積んである教科書の上の折りたたんだ紙切れに吸い寄せられた。ニコラスのメモだ。

自分の顔から血の気が失せていくのを、ジョナサンは意識した。

「これは何だ？」リチャードはメモに手をのばしながら、有無を言わさぬ口調で言った。

ジョナサンは答えなかった。ただ座って、リチャードがメモを読むのを見つめていた。極度の恐怖心から、彼は股間になま温かい湿りけがひろがるのにも気づかなかった。

ジョナサンの自習室にはだれもいなかった。

「もしかしたら便所かな」と、マイケルが言った。

二人の背後で足音がした。ウィリアム・アボットが自分の部屋に歩いていくところだった。

「ジョナサンを見なかった?」ニコラスがたずねた。

「ロークビーと出ていったよ」

「ロークビー?!」ニコラスとマイケルは顔を見合わせた。「夜までもどらないはずなのに」

「でも、まちがいなくロークビーだったよ」

「二人はどっちへ行った?」マイケルが切迫した声できいた。

ウィリアムは肩をすくめた。

ニコラスは大きく息を吸った。「どこに行ったかわかっている。行こう」

クライヴ・ハワードは自分の書斎の窓ぎわに立ち、生徒たちがそろって講堂に向かうのを見ていた。彼自身も、まもなくそこへ行かなくてはならない。

彼は鏡に向かうと、それに映っている自分の姿をじっと見つめた。背の高い大柄な男——一晩で老けてしまったようで、ひどい格好をしている。スーツはしわだらけで、ネクタイは曲がり、髪には櫛も通していない。以前なら、そんな見すぼらしいクライヴをエリザベスは決して許さなかっただろうが、クライヴの外見などもう彼女の関心事ではなかった。

彼女が家を出て二十四時間もたっていなかったが、クライヴには永遠にも思われた。喪失感は、寄生虫に心臓を蝕《むしば》まれていくような肉体的苦痛に近かった。いっそ死んでしまいたかったが、人生がこれからどれほど続くのか、考えるのも恐ろしかった。

死ねば、いつか彼女が帰ってくるという望みを永遠に失うことになる。
茫然自失の体で、彼は髪をとかしはじめた。

マージョリーはいきなり目を覚ました。暖炉の火が消えていて、室内は冷えきっていた。どれくらい眠ってしまっていたのか、見当がつかなかった。

ヘンリーが彼女の前に立ちはだかっていた。酒の臭いをぷんぷんさせて、衣服は乱れていた。その夫の目つきに、マージョリーの血は凍りついた。

「あれはおまえだったんだな」ヘンリーは小声で言った。

ぎょっとして、彼女は立ち上がろうとした。ヘンリーは一歩近づいた。マージョリーは身動きできなかった。

「あれはおまえの仕業だな」

「何を言ってるの？」

「おまえなんだ。おまえがもらしたんだ。わたしを裏切ったな」

マージョリーはかぶりを振った。体が震えだした。

「おまえにきまってる！」

彼女は椅子のなかで身を縮めた。「あなたは酔っているのよ。何を言ってるか、自分でもわかっていないんだわ」

「嘘をつくんじゃない！」

「嘘じゃないわ！　ほんとうよ！」

「嘘つきめ！」

「ヘンリー、命にかけて言うけど、わたしはだれにも言ってはいないわ！」

「おまえの言いなりになんかならないぞ!!　おまえの好きにはさせないからな!!」

「ヘンリー、あなたは正気じゃないわ！　本気でそんなこと言えるはずないもの！」

だが、彼のまなざしは本気だと言っていた。

マージョリーの不安は激しい恐怖に変わった。逃げなければ、と彼女は思った。彼女はさっと立ち上がると、ヘンリーを押しのけてわきをすり抜けようとした。ヘンリーはその彼女をつかまえて、力まかせに椅子に押しもどした。彼はまるでひきつけでも起こしたように全身を硬直させてマージョリーにのしかかった。

「もううんざりだ！　もうこれまでだ！　警察がわたしを捕まえるというのなら好きにしたらいいだろう。だが、おまえの束縛とはこれで永遠におさらばだ」

マージョリーはしくしく泣きだした。「ヘンリー、お願いだからそんなひどいこと言わないで！　ソフィーのためにやめて！」

「黙れ！」

「あなたはソフィーを愛していたでしょう！　どれだけ愛していたか忘れたの?!」

「黙るんだ!!」

「あなた、あの子を堕《お》ろしてくれって、わたしに頼んだわね！　あたしにひざまずいて頼んだわね！　でも、わたしは堕ろさなかった！　あなたのために堕ろさなかったのよ。それをあなたは喜んでくれたじゃない！　こんなにだれかを愛したことはない、あの子だけだって言ったわ！　あの子の写真を見てちょうだい！　あの子がどれほどあなたを愛していたか思い出して！　ソフィーのために、こんなことやめてちょうだい！」

「黙れ!!　黙れ!!」

ヘンリーはげんこつを自分のこめかみに打ちつけはじめた。ぞっとするようなうめき声が彼の口からもれたかと思うと、彼はくずおれるようにひざまずいた。

「ああ、あの子を取りもどしたい！　あの子を取りもどせるなら、何だってする！　なんであの子が死ななくてはならなかったんだ?!　まだほんの小さな子供だったのに。人生なんてもんじゃなかった。あの子なら、なんだって好きなことができたはずなんだ。あれほど才能に恵まれていたのに。わたしの百倍は才能があったんだ」ヘンリーは泣きだした。「ソフィーを救えるなら、命だってくれてやったのに！　それなのに、わたしにはチャンスが与えられなかった！　さよならを言うチャンスさえもらえなかった！」

彼はうなだれて、傷を負った獣のような悲痛な声をあげた。マージョリーはじっと彼を見守った。彼女の本能がしきりに警告していた。逃げられるうちに早く逃げろ。家を出て、二度ともどってきてはいけない、と。

だが、この家以外に、マージョリーには何もなかった。ヘンリーがすべてだった。

彼女はためらいがちにヘンリーの肩に手をのばすと、「愛してるわ、ヘンリー」とささやいた。「二人で切り抜けられるわよ」

彼はゆっくりと顔をあげた。そこに狂気を見て、マージョリーの視線は凍りついた。彼女は悲鳴をあげはじめた。

ヘンリーはいきなり立ち上がると、暖炉のそばにある火かき棒をつかんだ。彼も絶叫していた。二人の叫び声が重なってひとつになった。激しい怒りと恐怖が混じり合い、破滅の賛歌を奏でた。

講堂に急ぐ生徒の一団ともう少しでぶつかりそうになりながら、ニコラスはアベイ寮に駆けこんだ。マイケルがそのあとにつづいた。

二人は四年生の自習室につづく階段を上っていった。リチャードの部屋に近づくにつれ、興奮した二つの声が聞こえてきた。ひとりはきびしく相手を非難している。もうひとりは怯えながら弁解している。

ニコラスとマイケルは最上階の廊下にたどりついた。あたりの空気は重くよどんでいるようだった。左側の三番めのドアは閉ざされていたが、二人のやりとりはもうはっきり聞こえた。ニコラスとマイケルは立ちどまって耳をすました。リチャードがジョナサンの裏切りについてわめきたてていた。支離滅裂のとげとげしい言葉を投げつけていた。ジョナサンはしゃくりあげながら、何も本気でするつもりじゃなかった、ただ怖かっただけなんだ、とくり返し訴えている。一発殴りつける音がするのと同時に、悲鳴があがった。マイケルがたじろぐのが、ニコラスの目に映った。急に、何がどうだろうと、彼もきびすを返して逃げ出したい衝動にかられた。これはニコラスには関わりのないことだった。ジョナサンとリチャードのあいだの問題なのだ。ニコラスはリチャードが怖かった。この一件の何もかもが恐ろしかった。

だが、ジョナサンはニコラスを必要としているし、友だちなのだ。そのジョナサンを見殺しにするわけにはいかなかった。

ニコラスは口をひらいた。でも、喉がからからだった。

「ジョナサン？」

なかのわめき声はやみ、くぐもったささやき声に変わった。

「ジョナサン、ぼくだよ、ニコラスだ。マイケルもここにいる」

一瞬の沈黙のあと、いきなりドアが開いて、リチャードとジョナサンが廊下に出てきた。

「ちょっとつめろよ」ヘンリー・ドールトンが言った。

「だめなんだ」スティーヴンは言った。「この席はとってあるんだ」

「勝手にしやがれ」ドールトンは毒づいてから、その後ろの列の席に身をすべらせた。スティーヴンは彼を無視して、マイケルとニコラスが早く来ないかと、ずっと講堂の扉ばかり気にしていた。

「いったい何の用だ？」リチャードが強い口調で言った。

質問は二人に向けたものだったが、彼の視線はニコラスに注がれていた。ジョナサンはリチャードの横に立っていた。唇には血がにじみ、見開いた目には恐怖の色がうかんでいた。

ニコラスも恐怖をおぼえていたが、引きさがりはしなかった。「ぼくたち、ジョナサンと話があるんだ」彼はきっぱりと言った。

「だめだ」

「返事をするのはジョナサンだ。きみじゃない」

「ジョナサンはぼくの言うとおりにするさ」

「彼はきみの持ち物じゃないんだ。きみの指図は受けないよ」ニコラスは一歩前に出た。

「ジョナサン、さあ行こう」

リチャードはジョナサンの襟首をつかんで引き寄せた。「彼はぼくのものだ！　おまえは引っこんでいろ！」リチャードの目は野獣のようだった。「ニコラス！」ジョナサンが叫んだ。「彼の言うとおりにして！」

ニコラスはまた一歩前に出た。「ぼくは怖くなんかない」

「そんなはずないだろ！　早く行って！　頼むから！」

「わかったか?!」リチャードがわめいた。「ジョナサンはおまえなんか必要ないんだ！　必要なのはぼくだけだ！」

ニコラスはリチャードを無視した。「さあ、行こう、ジョナサン。ぼくたちが力になってあげるよ」

ジョナサンは頭を垂れた。「きみたちには無理だよ。だれにもできやしないんだ。手遅れさ、あんなことをしてしまったのだから」

「きみはただまちがいを犯しただけだ。それだけだよ。あれはゲームだったし、現実に起こるとは思っていなかったんだ。みんなわかってくれるさ」

リチャードが笑いだした。「あれはゲームなんかじゃないんだ！　自分たちが何をしているのか、みんなちゃんとわかっていたじゃないか！」

「そんなの嘘だ！」ニコラスは叫んだ。「おまえの言うことはみんな嘘っぱちだ。ジョナサン、さ、行こう。まだ手遅れじゃないよ」彼はまた一歩前に出た。

「あとほんのちょっとでも動いてみろ、あれがどんなゲームか、おまえに思い知らせてやるぞ!!」

リチャードは激しい怒りに体を震わせ、息を荒くはずませた。

「ぜったいだれにもぼくら二人に手出しはさせない！　だれだろうと、そんなことをすれば、みんな報いを受けることになるんだ！　ホイートリーは自業自得だった。ターナーも、アッカーリーも、アラン・スチュアートも、ハワード校長も、ぼくの親父と淫売の継母も、みんな当然の報いを受けたまでだ！　みんな自業自得なんだ！　ぼくとジョナサンの仲を裂こうとしたりすれば、おまえだってただじゃすまさないぞ!!」

「どうか神様、お許しを!!」マイケルが叫んだ。

彼はニコラスの横に来て並んだ。マイケルも顔を紅潮させて全身を震わせていた。

「きみのお継母《かあ》さんはお腹に赤ちゃんがいたんだぞ！　その子はいったい、きみに何をしたっていうんだ？　お父さんを人殺しだなんて、よくも言えるな?!　きみこそ殺人鬼だ、お父さんじゃない!!　きみのほうが何百倍も悪党じゃないか!!」

リチャードはジョナサンから手を離した。

彼は一歩前に出た。その顔面は蒼白だった。「何て言った？」リチャードは不気味なほど静かにきいた。

「聞こえただろ！」マイケルは叫んだ。

「ああ、聞こえた」と、リチャードは言った。「だけど、もう一度聞きたいんだ」

いまや心底怯えきっていたニコラスは、マイケルに近寄ってささやいた。「何も言わないほうがいい」

だが、マイケルは忠告を無視した。彼もなにか異様に落ち着いているように見えた。「きみのほうがきみのお父さんより悪党だって言ったんだ。お父さんがどんなに悪いことをしたってきみが思っていようとだね、たとえ人殺しをしたとしたって、きみほど凶悪じゃないよ。きみにはほんとにむかつくよ。きみこそ死んでしまえばいいんだ」

リチャードはまた一歩前に出た。ジョナサンは彼の腕をつかんだ。「リチャード、マイケルは本気じゃないんだ！　自分でも何を言ってるかわかってないんだよ！」リチャードはジョナサンを振り払った。その目はマイケルをとらえて離さなかった。「よくもほざいたな、きっと後悔するぞ」抑揚のない声で、リチャードは言った。

「リチャード！」ジョナサンが必死に叫んだ。「お願いだから、やめて！」

リチャードはそのままマイケルに向かっていった。ニコラスがあいだに入った。「マイケルに手を出すな！」リチャードはニコラスをぼろ人形のように放り投げると、なおもマイケルに迫った。

「マイケル、逃げろ！」ニコラスが絶叫した。が、マイケルはそれを無視した。彼はリチャードから目をそらさず、挑むように叫んだ。「きみなんか怖くない！」

だが、リチャードがさらに迫ると、マイケルはあとずさりしはじめた。

講堂はもう生徒たちですっかり満杯で、みんなの話し声が堂内を満たしていた。

マイケルとニコラスはまだ影も形も見えなかった。保健室には行列ができているにちがいない、とスティーヴンは自分に言い聞かせたが、なにかしだいに心配になってきた。

「どうした？」と、ヘンリー・ドールトンが皮肉たっぷりにきいた。「マイケル坊やは迷子になっちゃったのか？」

「うるさい！」スティーヴンはぴしゃりと言った。

「きっとそうさ。相当な低能だからな。きみなしでは何もできないんだろ」

「低能なんかじゃない！　知りたきゃ教えてやるが、マイケルはニコラスを保健室に連れていったんだ。ニコラスはぼくらの友だちだからな。友だちってのがどういうものか、きみにはわからないだろうな?!」

「保健室だって？　たしかなのか？」ピーター・クレイグが声をかけてきた。いま来たばかりのもうひとりの四年生だ。

「どういう意味だ？」

「ぼくが見たときは、あの二人はアベイ寮のほうに走っていくところだったぞ」

にわかに、スティーヴンの懸念は現実味を帯びた。彼ははじかれたように立ち上がると、列の端まで移動した。監督生の一人が彼の腕をつかんだ。「もう始まるぞ！　いったいどこへ行くつもりだ？」スティーヴンはかまわず監督生を押しのけると、通路を走って講堂の出口に向かった。

マイケルはぎりぎりのところまで後退していた。背中に階段の手すりが当たっていた。リチャードは十フィートほど離れて立ち、二人の視線はがっちりと絡みあった。ニコラスとジョナサンは並んで見守っていた。二人とも恐ろしさのあまり近づけずにいた。

「リチャード、マイケルは本気で言ったんじゃないんだから！」ジョナサンがまた叫んだ。

「痛めつけたりするのはやめてよ！」

「そんなことはしない」リチャードはおもむろに言った。

「ぼくはきみなんか怖くないよ」マイケルもまた言ったが、もうその声に自信は感じられなかった。怯えているのは明らかだった。

「リチャード、お願いだ！　見逃してやってよ！　痛めつけることはないじゃないか！」

「言わなかったか」リチャードは依然ゆっくりとした口調で答えた。「ぼくはそんなことはしないって」

突然、リチャードの全身が硬直した。彼は祈りを捧げるように頭を下げた。急に、あたりの空気が冷たくなったように、ニコラスは感じた。彼の脳裏には、リチャードの〝ぼくはそんなことはしない〟という言葉がくり返しうかんでいた。それを言ったとき、リチャードは、〝ぼくは〟という言葉をやけに強調していたのが、ニコラスは気になった。

スティーヴンは講堂から猛烈な勢いで飛び出して連絡通路を抜けると、オールド・スクール寮からアベイ寮に向かった。彼は心のなかで同じ言葉を呪文のようにくり返していた。

いです、マイケルが無事でありますように……

背後の手すりが崩れ落ちた。

五十年間びくともしなかった手すりが、トランプで組み立てた家のように崩壊した。

マイケルの体は後ろに傾き、足が吹き抜けの縁でばたついた。必死にバランスをとろうと両腕が振りまわされる。恐怖に大きく見開かれた目が背後の階下を振り向き、またもどる。口から悲鳴があがりはじめる。助けを求めて手が突き出される。ニコラスはマイケルに向かって走りかけた。だが、またもリチャードに行く手をさえぎられ、マイケルが吹き抜けに姿を消すのを、ただ突っ立って見ているしかなかった。落ちていくマイケルの悲鳴が天井まで響きわたったとたん、どすんと気味の悪い音がして、悲鳴はぴたりとやんだ。

そのとき、はるか下のドアが開閉した。足音が響き、つづいて激しく号泣する声が聞こえ、それはやがてすすり泣きに変わっていった。

クライヴ・ハワードは講堂の演壇の最前部に立ち、彼のスピーチを待っている生徒たちの列をじっと見つめた。

頭はずきずきと痛み、胸に締めつけられるような圧迫感があった。気分が悪く、疲れを感じていた。彼はここにはいたくなかった。こんな集会も開きたくはなかった。彼がいま求めていたのは妻だけだったが、彼女はもう彼のもとにはいない。クライヴは集会を始めるしかなかった。

「では、起立して校歌斉唱」

ニコラスは泣いていた。「ちきしょう！　人でなし！」こぶしを振り上げ、彼はリチャードめがけて突進していった。リチャードはその両腕をつかまえると、ニコラスを横に勢いよく投げ飛ばした。ニコラスはしたたか壁に頭を打ちつけ、床に倒れこんでうずくまった。ジョナサンはニコラスを助けようと駆け寄った。彼も泣いていた。ジョナサンとニコラスはたがいに手をのばしてしがみついた。

「ニコラスから離れろ」リチャードがジョナサンに命令した。

「いやだ！」

「言うとおりにするんだ。早く離れろ！」

「こんなことしちゃいけない！」ジョナサンは叫んだ。「もうやめなくちゃ！　それがわからないの?!」

ニコラスはジョナサンの胸に顔をうずめた。まだ階下からすすり泣きが聞こえていた。そして、遠くの講堂から、歌声が流れてきた。

「ぼくは何だって思いどおりにできるんだ。何だってだ!!　それをやめろだって?!　まだろくに始めてもいないんだぞ!!　ぼくはどいつも大嫌いなんだ！　どいつもこいつもみんな！　だから、みんな片っぱしから罪を償わせてやるんだ!!」

ふたたび、リチャードは頭を垂れて体を硬直させた。

それを見てニコラスは、もうおしまいだと思い、目をつぶって主の祈りを口ずさみはじめた。

遠くで聞こえていた歌声がふいにやんだ。最初、沈黙が流れた。

つづいて、大きなどよめきと叫び声があがった。

校歌斉唱も終わりに近づいていた。クライヴ・ハワードも口を動かしていた。講堂内はひどく風通しが悪いようだった。あたりの空気は湿気を含んで、彼は息がつまりそうだった。

突如、胸がまるで万力で締めつけられるような気がした。息ができなかった。クライヴは酸素を求めてあえいだが、まったく入ってこない。信じられないほどの痛みが彼を襲った。クライヴの顔から血の気が失せていった。彼に死が迫っているのは確実だった。最前列の生徒たちは押し黙ったまま、亡霊を見るような目つきで彼を見上げていた。

クライヴは一声うめいてくずおれ、演壇から転がり落ちて、その下の床に転がった。

ニコラスは自分がまだ無事なことに気づいた。ジョナサンはまだ彼を抱いていた。あたりに強い悪臭が漂っていた。ニコラスが便を漏らしてしまったのだ。恥ずかしさと安堵の気持ちが入り乱れて、彼は泣きだした。

「そいつから離れろ！」リチャードがもう一度ジョナサンに命じた。

ジョナサンはニコラスから手を離すと、立ち上がった。ニコラスはジョナサンの腕をつかんだ。リチャードが二人のところへやってきた。ニコラスは縮みあがった。リチャードは声をあげて笑った。「まったく情けないやつだな。おまえなんか、いてもいなくても同じだ。憎むほどの価値もないね」そうニコラスに言うと、リチャードはくるりと背を向けて自分の部屋にもどっていった。

ニコラスはまだジョナサンの腕をつかんでいた。「ジョナサン、お願いだから行かないで！」

「行かなくては」ジョナサンは彼に言った。「そうするしかないんだ」

「でも、ぼく怖いんだよ！」

「もう大丈夫だよ。いま引き揚げればね」

涙がニコラスの頬をとめどなく流れた。「だけど、きみはどうするの？ きみを置いては行けないよ」

ジョナサンはニコラスの横にかがみこんだ。彼も泣いていた。「いや、行ったほうがいい。行かないとだめだ。ぼくのことなら、かまわないんだ。自分のやるべきことはもうわかっている。これはぼくの問題なんだ、なのに、きみをこんなことに巻き込んで悪かった。きみはぼくの最高の友だちだよ。人がぼくのことをどう言おうと、いつもそのことは忘れないでほしい。ぼくを嫌いにならないでくれ」

ジョナサンはいきなり両腕をのばしてニコラスを抱きしめた。そして体を離すと、リチャードのあとを追って彼の部屋に入っていった。

ニコラスはのろのろと立ち上がった。リチャードのかん高い怒声が聞こえていた。何を言っているのか、ニコラスは聞きとろうとしたが、頭が痛み、めまいがした。彼は壁にもたれて、もう一度目の焦点を合わせようとした。

　壁に寄りかかったまま、ニコラスは周囲の空気がうごめいているような感覚に襲われていた。床の上の影がそれぞれ命を吹きこまれて彼の横をすり抜け、何か邪悪な力に引きつけられるようにリチャードのドアの前に集まり、のたうち、律動しているかのようだった。

　あまりの恐ろしさにこらえきれず、ニコラスは階段に向かって走りだした。


　ジョナサンはドアの錠をかけると、リチャードと向かい合った。呼吸は落ち着いていて、心臓の鼓動も安定していた。ようやく恐怖心を克服して、いまは穏やかな気持ちだった。

「いつになったら真実と向き合うつもり？」と、ジョナサンはたずねた。

　リチャードは彼をじっと見つめた。「どういう意味だ？」

「きみは憎しみの塊だ。きみの人生には憎しみしかない。それをまるで鎧《よろい》のように身にまとって、自分を守ろうとしてるんだ」

　リャードは不意打ちをくらったような顔をしていた。「何を言いだすんだ?!」

「でもね、そんなのは全部嘘っぱちなんだ。きみはお父さんやほかのだれにしても、ほんとうに嫌っているわけじゃないだろう。ただみんなが憎いと自分に言い聞かせているだけなんだ、そのほうが気が楽だからね」

　リチャードはぶるぶる震えだした。「そのくらいでやめたほうが身のためだぞ！」

「どいつもこいつも憎いと自分に言い聞かせているけど、ほんとうは、きみが心底憎いと思っているのはただひとり、きみのお母さんなんだ。なぜならきみがそれほど愛していたのに、きみにはかけがえのない人だったのに、お母さんはきみを残して逝ってしまったからさ！　だからきみは、それからはほかの人間を片っぱしから憎むことにしたんだ。そうすれば、二度とだれかのことをかけがえのない人だなんて思わなくてすむからね！」

「やめろと言ったはずだ！」

「どうして？　ほんとのことだろ!!　きみはほんとはお母さんを憎むべきなんだ！　お母さんはきみのことを愛していたと思ってるのか?!　きみのことなんかちっとも考えていなかったじゃないか！　きみのために生きつづけていくだけの愛情もなかったじゃない!!」

「黙れ!!　黙るんだ!!」

「結局、いくら人を憎んだってきみは救われなかっただろう?!　以前、お母さんがかけがえのない人だったみたいに、いまのきみはぼくを必要としているんだ！　それだから、きみにとってなによりも頭にくるのは、ぼくのほうがいまはもうきみを必要としていないってことなんだ！　ああ、ぼくはもうたくさんだよ！　前はぼくもきみを必要としたかもしれないけど、それはただぼくが意気地なしで、きみの本性が見抜けない大ばかだったからだ！　いまじゃぼくは本気できみを憎んでいる！　もうそばにいるのもがまんできないくらいにね！　きみから逃げられるならなんだってする！　自殺したっていい！」

リチャードのなかで何かがぷつんと切れた。

彼はジョナサンめがけて突進すると、彼を床に突き倒した。ジョナサンの上半身に馬乗りになったリチャードは、ジョナサンの両腕を脚で押さえつけ、喉に両手をかけるや力いっぱい絞めはじめた。夢中で渾身の力を込めるリチャードの指の関節が白くなった。

ジョナサンはリチャードをはねのけようともがいたが、力では勝てなかった。頭が破裂しそうになってついに耐えられなくなると、彼はリチャードを見上げた。そして、またもリチャードの瞳のなかに、わが子を溺死させようとしたあの母親の狂気を見たのだった。目がかすんでいった。意識を失う前の最後の瞬間に、ジョナサンの唇が声をたてずに動いた。バースデーケーキを前に願いごとをする幼子のように、かすかな微笑が彼の顔にひろがった。

リチャードはジョナサンの喉から手を離した。

組み敷いている死体に視線を落としてはいたが、彼の目にはジョナサンの亡骸《なきがら》は映っていなかった。頭のなかで、彼は九歳の少年にもどっていて、母親の遺体に寄り添っていた。リチャードは悲痛な叫び声をあげ、こぶしを握りしめてジョナサンの胸をたたきはじめた。涙が滂沱《ぼうだ》としてリチャードの頬をつたい、彼はしゃくりあげながら体を震わせていた。「どうしてぼくを置いて死んじゃったんだよ?! お母さんのためなら何だってしてあげたのに! お母さんが必要だったのに、こんなのって、あんまりじゃないか!」

と、突然、リチャードの背中に緊張が走った。そして、うなじの毛が逆立ちはじめた。彼はゆっくりと後ろをふり返った……

ニコラスが階段の下まで降りたとき、絶叫が聞こえた。その声にたとえようのない恐怖をおぼえて、彼の血は凍りついた。リチャードの声なのか、それともジョナサンの声だったのかもわからない。上にもどらなくてはと自分に言い聞かせながら、恐ろしさのあまり引き返すことができなかった。

ニコラスは玄関ホールに立ちつくしていた。目の前には壊れた手すりが散乱し、その真ん中でスティーヴンがマイケルの遺体を抱いて優しく揺すっていた。なす術《すべ》もなく、ニコラスは二人を見つめていた。目にあふれる涙をぬぐうばかりで、何をすればいいのかわからずにいた。

と、どこからか音楽が聞こえてくることに、ニコラスは気づいた。クラシックの曲が近くで流れていた。ニコラスはその音のするほうへ歩きだした。音楽に導かれて廊下を進んでいくと、あるドアの前まできた。アラン・スチュアート先生の部屋だった。彼はドアをドンドンたたいた。が、返事はない。「スチュアート先生、助けてほしいんです。お願い、どうしていいかわからないんです」

それにも、何の返事もなかった。ドアをあけると、ニコラスの目はくぎづけになった。ひもでつるしたぼろ人形のように、先生の遺体がだらりと宙づりになっていた。

その衝撃で、ニコラスの頭はむしろはっきりしたようだった。机の上の電話に目をとめると、彼は受話器を取り上げた。

ジョン・ブレイク巡査はアッカーリー家の外に立った。その横には、隣家のフレミング夫人が立っていた。

「……それはすさまじい声なんです」フレミング夫人は巡査に訴えた。「あの夫婦は前にも何度か喧嘩してますけどね、とにかく今度のはそんなもんじゃありませんでした。二人が同時に絶叫してるんですから。まるで獣みたいでした。お昼を食べるどころじゃなかったわ」

「でも、それっきり何も聞こえてこないんでしょ？」

「ええ。さっきも言ったように、急に静かになっちゃって。あたしに言わせれば、静かすぎるんですよ。何か起きたんです、あたしにはわかります」

ブレイクの目には、フレミング夫人は時間を持て余しすぎている暇人と映った。うちの近所の夫婦喧嘩を彼女に聞かせてやりたいくらいだ！　まあそれでも、ここまで来たことだし、少しはやる気を見せておいたほうがいいだろう。「じゃあ、奥さん、何が起きたのか、一緒に調べてみましょう」明るく言って、巡査はドアをノックした。

返事はなかった。もう一度ノックしてみたが、やはり何も聞こえない。「ご夫婦で出かけちゃったなんてことはないでしょうね？」巡査は夫人にたずねた。

「いいえ。あの悲鳴を聞いてからは、何の物音もしてませんよ」フレミング夫人は両手をこすりはじめた。「ぜったい何かおかしいわよ」

巡査は三度目のノックをした。ドアの取っ手をまわしてみると、鍵はかかっていなかった。巡査は玄関ホールに入っていった。「ミスター・アッカーリー？　ミセス・アッカーリー？　いらっしゃいますか？　警察の者ですが」

それでも何の返事もなかったが、物音はしていた。かすかに、椅子の揺れる音がしている。右側の二番目のドアからだ。巡査がその部屋に向かうと、すぐあとから、主人のあとを追う犬のようにフレミング夫人がつづいた。

巡査はドアをノックした。「ミスター・アッカーリー？　すみませんが、ご近所から騒音の苦情が出ていまして。おじゃましてもかまいませんか？」

返事はなかった。巡査はドアをあけてなかに入った。

カーペットの上には女が一人、大の字になって倒れていた。頭蓋骨が打ち砕かれてぐにゃぐにゃになっていた。周囲のカーペットは血をたっぷり吸いこんで、彼女の頭部の残骸を光輪のように取り囲んでいた。そのそばに火かき棒が落ちていた。

そして、男が一人、窓ぎわの木製の椅子に座って体を前後に揺らしていた。男の手も服も血まみれだった。ブランコに乗った可愛い少女の額入りの写真を胸にあて、それを大事そうに両腕で抱えていた。

男は巡査が立っていることに気づくと、ゆっくりと目を上げた。ブレイクは本能的に一歩あとずさった。だが、男の瞳は虚空に向けられ、完全に生気を失っていた。すでに内部崩壊している精神の、割れたヘッドライトのようだった。

「操ろうとしているんだ」そばで驚愕している二人の人間にというよりは自分自身に向けて、男はつぶやいた。「いつだって、思いどおりに操ることばかり考えてきたんだ」

ようやく、フレミング夫人が悲鳴をあげはじめた。ブレイクは夫人を押しのけてそのわきを抜けると、電話をさがした。

二十分後、警察の車が三台アッカーリー家の外に停まった。ブレイクは現場の戸口で、到着したばかりのエドワーズ主任警部に報告していた。

「ひどいもんだ」警部が言った。「ここまでやるとはね、どれだけ恨みを鬱積させていたか、想像できるかね？」二人の背後で電話が鳴った。「シェパード、電話に出てくれ！」

「あの男からは、何か聞き出せました？」

「収穫はゼロだ。正直言って、無理だろうな。彼の頭のなかは何かがぷっつり切れてしまっていてね。救急車がまもなく来るだろうから、あの男は救急隊に面倒みてもらおう」

ブレイクがうなずくと、主任警部は彼をじっと見て言った。「ちょっと顔が蒼いぞ。ほんとに大丈夫か？」

「少々動揺しているだけです。よくある夫婦喧嘩だと思って入ったら、あんなものを見つけてしまいましたから」

ピーター・シェパード巡査がやってきて、主任警部の耳に何かささやいた。「ほんとうか？」と、主任警部は相手を見返した。「それじゃ、行って何が起きているか調べてきてくれ」主任警部はブレイクに目をもどした。「署から連絡だ。学校の生徒から電話が入って、わけのわからんことを言って、警察の出動を要請しているらしい。いたずら電話かもしれんが、シェパードに見てきてもらうことにした。きみも一緒に行ってくれ」

この現場を離れる口実ができたことに感謝しつつ、ブレイクは自分のパトカーに向かった。

五分後、彼の運転する車は問題の学校の校門を通り抜けた。遠くにチャペルと学校の建物が見えていた。巡査はヴィクトリア朝様式の壮大な建物をじっくり眺めた。「ちょいといかめしいですね」

「ぞっとするね」シェパードが言った。「こんなところに子供を送りこむために大金を払うなんて考えられるか？」

「ちょっとでも家のなかが平和で静かになるんなら、それだけの価値はあるな」

二人は声をあげて笑った。ブレイクは校門からつづく道を進んでから右に曲がり、校舎に近づいていった。遠くに救急車と、そのまわりを右往左往する人影が見えた。「あの救急車、あそこで何してるんだ？　行き先がちがうぞ」

「おい見ろ」シェパードが、十四歳ぐらいの眼鏡をかけた少年が手を振っている石段のほうを指さした。ブレイクは車を止めると、ハンドルをまわして窓をあけた。「きみが電話をくれた生徒かい？」

少年はうなずいた。見ると、目が真っ赤だった。ブレイクは優しく微笑んで、車から降りた。「さてと、それじゃ、何が起きたんだ？」

少年は何も言わず、くるりと背を向けると建物のなかに入っていった。ブレイクがシェパードに目をやると、彼は肩をすぼめた。二人は一緒に少年のあとを追って校内に足を踏み入れた。

二人の巡査が入ったところは玄関ホールだった。どこか遠くでラジオの音が聞こえていたが、それ以外は物音ひとつしなかった。階段の下に壊れた手すりの残骸らしきものが散乱し、その真ん中でひとりの少年が膝をついてもうひとりを抱きかかえ、あやすように揺すっていた。

「なんてこった！」シェパードが小声で言った。「何がいたずら電話だ」

「ぼく、どうしたらいいかわからなくて」眼鏡をかけた少年がうつろな声で言った。明らかに、その子はショック状態にあった。

「もう大丈夫だ」ブレイクがそっと声をかけた。「どうすればいいか、ちゃんとわかってるから」彼は階段の下の少年のほうに歩いていって、その横にしゃがみこんだ。そのとき初めて、少年が抱いているのは双子の兄弟の遺体であることに気づいた。

それで、彼はすっかり動揺してしまった。ブレイクは大きく息を吸って、なんとか冷静になろうとした。「さあ、その子はわたしが連れてってあげるからね」と、彼はできるだけ優しい声で双子の片方の少年に言葉をかけた。

少年は彼を無視した。ブレイクは遺体に手をのばした。

「弟にさわるんじゃない!!」

「おい、おい……」ブレイクはとりなすように言いかけた。

「あっちへ行けよ！　ほっといてくれ！　警察なんかに用はないんだ！　ぼくらはずっとここにいる、そうすれば弟も元気になるから！」少年は双子の弟の顔にキスの雨を降らせた。

「マイケル、きっとよくなるからね。このまま様子を見ていればいいんだ」

ブレイクは立ち上がると、シェパードに言った。「あの救急車をここに呼んできたほうがいい」

「どうすればいいかわからなかったんです」眼鏡の少年がまた言った。

「そりゃそうだろ」ブレイクが相づちをうった。「わからなくてあたりまえさ」

少年には彼の声は聞こえていないようだった。「スチュアート先生なら助けてくれると思ったんです」少年はつづけた。「行って頼んだんだけど、先生もどうにもできなかった」

「だれだって？　何のことを言ってるんだ？」

「先生は自分の部屋です」眼鏡の少年は廊下のほうを指した。「あの音は先生のラジオです」

ブレイクとシェパードは顔を見合わせた。「おれが行ってこよう」シェパードが言った。

「きみはここにいてくれ」

「どうしてこんなことになったのか、話してくれるかな？」ブレイクは眼鏡の少年にきいた。

「ぼくがいけなかったんだ。マイケルは来るべきじゃなかった。彼を巻き込んじゃいけなかったんです。ジョナサンはぼくの友だちだった。これはぼくの問題で、彼の問題じゃなかったのに」

ブレイクはますます混乱してきた。「ちょっと待った。ジョナサンていうのはだれだい？」彼は階段の下の少年を手ぶりで示した。「あそこにいる子？」

「ううん」

「じゃ、どこにいるんだい？」

「リチャードのところ。上にいる」

「リチャードって？　あのね、すまないけど、最初から話してくれないか」

シェパードが廊下のほうから姿を見せて、ブレイクに手招きした。顔面蒼白だった。「どうした？」ブレイクはきかずにはいられなかった。

「あそこで男が自殺している！　だれか知らないが、男が首を吊ってるんだ！　いったいこの学校はどうなってるんだ?!」

ブレイクはめまいをおぼえた。まるでだれかほかの人間の悪夢のなかに迷いこんでしまったようだった。「わけがわからない。妙なことばかりで、ますます見当がつかなくなってきた。はっきりしているのは、生徒があと二人上の階にいるってことだ」

「そいつらが、あの子を突き落としたんだと思うか?」

「可能性はある。もしかしたら上に隠れているのかもしれないな」ブレイクは眼鏡の少年に目を向けた。「あとの二人がどこにいるか、正確な場所を教えてくれる?」

「リチャードの部屋です」

「それはどこなんだ?」

「いちばん上の階。左側の三つめの部屋」

「その子たち、その部屋で何をしてるのかな? 隠れてるのかい?」

少年はかぶりを振った。

「じゃ、何してるんだ?」

「死んでる」

「死んでる?!」ブレイクの口がぽかんとあいた。「でも、どうして?」

「わからない」

「わからない?!」

「だって見てないから」

「見てないのに、どうして死んでるってわかるんだ?!」

少年の心はどこか遠くを彷徨《さまよ》っているようだった。「みんなぼくが悪いんです」少年はまたくり返した。「何もかも」

「こんな調子じゃ、とてもらちが明かない」シェパードが音《ね》をあげた。「署に電話しよう。応援をよこしてもらうんだ」

「電話したければしたらいいだろう。おれは上に行ってくる」

「それが名案だと思うか？」

ブレイクはうつろな笑い声をあげた。「今日の昼飯時にいいもの見ちゃったからな、もうたいていのものには驚かないよ」

彼は階段を上りだした。一瞬躊躇《ちゅうちょ》してから、シェパードもあとを追った。

二人は階段を上りつめて、ようやく最上階に達した。天井がやけに低くて、ブレイクの頭はもう少しでぶつかりそうだった。彼は左手の三番めのドアをノックした。返事はなかった。取っ手をまわしてみると、鍵がかかっていた。先ほどより強くノックしてみる。「警察だ。さあ、ここをあけなさい」

「いないのかもしれないな」シェパードが言った。

「いるにきまってるだろう。ドアは内側から錠をかけてあるんだ」彼は声を張りあげた。「いいか、きみたちがドアをあけないなら、こっちは蹴破るまでだぞ。わかったか？」

やはり、ことりとも音はしない。シェパードは震えだした。「ここは冷えるな。そう思わないか？」

ブレイクは無視した。「いいか、十数えるぞ」

十数えたが、依然ドアがあく気配はなかった。ブレイクはドアに肩を押し当てて、強度を調べた。「後ろに下がっていろ」足を後ろに引くと、彼はドアを蹴破ってあけた。

眼鏡の少年の言ったとおりだった。少年は二人とも部屋にいた。二人とも死んでいた。

ひとりは仰向けに倒れていて、眼球が飛び出し、口から舌を突き出している。首のまわりには、タータンチェックのスカーフでも巻いたような、絞められた痕があった。

もうひとりの少年は部屋の奥の隅のほうに押しつけられていた。顔をまっすぐ天井に向け、目を見開いている。まぎれもない恐怖の表情が、その顔に貼りついていた。

室内には異様な臭いがこもっていた。ブレイクには何の臭いか特定できなかったが、一度嗅いだら絶対に忘れられないような臭いだった。死臭のような、ひどく陰惨で冷酷なものの臭い――魔物の臭いだった。

「なんてこった！」シェパードは吐息まじりに声をあげた。

ブレイクは廊下に出て窓をあけようとしたが、どうやってもあかなかった。彼はこぶしで窓ガラスをたたき割ると、窓から首を突き出して、肺いっぱいに新鮮な冬の空気を吸いこんだ。

第四部　余　波

一九五四年十二月十三日付《デイリー・メール》紙の記事

ノーフォーク学園事件について警察は依然沈黙

十二月九日にカークストン・アベイ校で、生徒三名と教師一名が死亡した事件に関して、ノーフォーク州警察はその後何ら発表を行なっていない。

死亡したのはジョナサン・パーマー少年（一四歳）、マイケル・ペリマン少年（一四歳）、リチャード・ロークビー少年（一五歳）と判明している。また教師は、同校の歴史部長、アラン・スチュアート教諭（二九歳）。

スチュアート教諭は自室で首を吊って自殺。マイケル・ペリマン少年は階段吹き抜けでの転落死。だが、ジョナサン・パーマー少年とリチャード・ロークビー少年がどのようにして死に至ったかは依然謎につつまれている。本紙記者の質問に対して、ノリッジ警察のヒュー・コリンズ巡査部長は、三人の少年については、死因に不明な点ありという扱いになっており、それ以上のコメントは差し控えたいと述べた。

不幸続き

カークストン・アベイ校ではここ数カ月のあいだに不幸な事件が続発している。九月にはポール・エラーソン少年（一八歳）が自殺するという騒動があり、二週間前には、ジェームズ・ホイートリー少年（一四歳）という別の生徒が夢遊病で徘徊中に車にはねられて死亡している。

十二月九日だけでも、ほかに二件の悲劇的事件が起きている。同校の古典部長、ヘンリー・アッカーリー教諭がバワートンの自宅で妻のマージョリーさんを殴殺した。アッカーリー教諭は何らかのノイローゼにかかっていて夫人を襲ったものと見られており、現在は精神病院に収容されている。またクライヴ・ハワード校長が全校集会の最中に心臓発作を起こして、一時は危険な状態に陥った。校長は現在病院で手当てを受けており、快方に向かっている。

脅迫グループの存在

警察は、三人の少年の死とそのほかの悲劇的事件とのあいだに関連性はないとの見解を発表している。しかし、ある警察関係者（匿名希望）は、死亡した三人が脅迫グループのメンバーだったことを裏づける証拠があると語っている。

警察の捜査から、この不幸なドラマの登場人物のあいだには、ほかにもつながりがあることが判明している。ジェームズ・ホイートリー少年は事故死する前の数日間、精神的にひどく苦しんでいる様子だったことがわかっている。彼は死亡した三人の少年たちの同級生でもあった。また、ジョナサン・パーマー少年とリチャード・ロークビー少年は、ヘンリー・アッカーリー教諭に対して強い反感をいだいていたとも伝えられている。

警察は、現場にいるところを発見された二人の少年（二人とも一四歳）からひきつづき事情聴取をする予定で、本紙としては、今回の不穏な事件について、新たな展開がありしだい逐一取り上げていきたい。

ノリッジ警察の取調室では、ブラッドリー警部がテーブルの向かい側に座っているニコラス・スコットをじっと見つめていた。

「もう一度初めからおさらいしよう。きみが二人と別れたときには、ジョナサンとリチャードは二人とも生きていたというんだね？」

「そのことはもう十回も話しましたよ！」

「で、二人は言い争いをしていた」

「ええ」

「きみはそこに残って、喧嘩をとめようとはしなかったの？」

「そんなことできるわけないでしょう。二人はリチャードの部屋に入って鍵をかけちゃったのに。それに、ぼくはとにかく怖かったんです。何か恐ろしいことが起きるのがわかっていたから」

「何か恐ろしいことはとうに起きていたじゃないか。それともマイケル・ペリマン君が死んだのはたいしたことじゃないって思ってるのかい？」

「まさか！　どうしてそんなふうにとるんですか?!」

「いまの質問は適切ではないと思いますが」ニコラスに付き添っているクレッグ弁護士がぴしゃりと言った。

ブラッドリー警部は目をこすった。取調室には窓はなく、天井からの照明のせいで彼はさきほどから頭痛がしていた。警部はタバコを深々と吸いこんだ。「それじゃ、先に行こうか。きみはブレイク巡査に、リチャードとジョナサンが死んでいる、でも死体はまだ見ていないって言ったそうだね。それじゃ、どうして死んでるのがわかったのかな？」

「言ったでしょ！　ただ、そうだとわかったんだって！　警部さんだってあの場にいたら、きっとわかったはずですよ！　どうしてそんなくだらないことばかりきくんです？」

ブラッドリー警部はタバコを置くと、テーブルに身を乗り出した。「いいかい、ニコラス、きみは事件の参考人として、きわめて深刻な立場にあるのだよ。死者が三人も出ていて、すくなくともそのうちのひとりは明らかに他殺なのだ。それなのに、きみの話ときたら、霊魂の力だの神通力だのって、それこそばかげたことばかりじゃないか」

「ばかげてなんかいませんよ！　どうして信じてくれないんですか?!」

「常識では考えられん話だからだ！」

「すべてみんなリチャードが引き起こしたんですよ！　あいつがやるところを、ぼくは見たんだから！　手すりが壊れるように心のなかで念じているのを！」

「あそこの手すりは腐っていたんだ！　いつ壊れても不思議ではなかった。充分な圧力がかかりさえすればね。リチャードはマイケルを押したのかね？」

「いいえ！　あいつは押したりする必要はなかったんですよ！」

「この取調べはそれくらいにしてもらいませんか！」クレッグ弁護士が要請した。「依頼人がだいぶ疲れてきていますから」

「すぐに終わります」と、ブラッドリーは言った。「もうひとつ、ききたいことがある。アラン・スチュアート先生の自殺については、どんなことを知ってる？」

「何にも」

ブラッドリーは机の引出しに手を入れて、紙片を二枚取り出すと、ニコラスに渡した。

「この脅迫文に見覚えあるかい？」

ニコラスは蒼くなった。

「それはスチュアート先生の机から見つかったんだ。どうしてそれが先生の机にあったか知ってるかい？」

ニコラスは首を振った。

「知っていると思うがね」

「わたしの依頼人はもう答えていますよ、警部さん」

「知ってるよね、ニコラス？」

ゆっくりと、ニコラスはうなずいた。

「話してくれ」

「リチャードが先生に送りつけたんです、きっと」

「どうして彼がそんなことするんだい？」

ニコラスは床に目を落とした。「どうした？」ブラッドリーは迫った。

「スチュアート先生とポール・エラーソンは恋人同士だったから」

「しかし、どんな証拠をつかんでいたんだ？」

「絵です」

「絵というと？」

「ジョナサンはスチュアート先生の部屋で絵を見たんです。ポールが先生に贈ったやつを。それで、ジョナサンとリチャードは二人の関係を見抜いたんです」

「その絵っていうのはどんな絵だね？　ポルノみたいなやつか？」

「ちがいますよ！」ニコラスは苛立たしげに髪をかきあげた。「警部さんは全然事情がわかってないんです！　ジョナサンはポールのことをよく知っていたんです。去年、彼の雑用係をしていたから。ジョナサンはいろんな事実をつなぎ合わせて答えを出したんです」

ブラッドリーは大きく息を吸った。「じゃあ、だれがその脅迫文を届けたんだろうね？」

「リチャードです」

「ジョナサンじゃなくて？」

「ちがいますよ！　ジョナサンは先生が好きだったから、そんなことするはずありません！」

「わたしは彼だと思うな。彼とリチャードの二人でやったということをいろいろきみから聞かせてもらってるからね、それからすると、彼は何だってやる可能性があるように思えるが」

「そんなのでたらめです！　やったのはリチャードですよ！　リチャードは、スチュアート先生がジョナサンと自分との仲を裂こうとしたから、先生を憎んでたんです！　あいつはジョナサンから自分を引き離そうとする人間を片っぱしからやっつけていったんです！」

「じゃ、きみは先生とポール・エラーソンのことをどうやって知ったんだ？」

「ジョナサンが話してくれたんです」

「ジョナサンはきみにずいぶんいろいろなことを話しているようだね。わたしが何を考えているかわかるか、ニコラス？　きみときみの仲間はスチュアート先生からなにがしかの金を巻き上げることにしたんじゃないのか。それで、ゆすりのネタにちょっとした噂を薄汚いスキャンダルにでっちあげたんだろ？」

「そんな！　冗談じゃない！」

「もう、充分でしょう！」クレッグ弁護士が声をあげた。「この取調べをいますぐ終了するよう要求します」

「いいですよ」ブラッドリー警部は言った。「だがな、ニコラス、きみに関する調査はまだ終わったわけではないんだ。まだこれからだ」

ニコラスが取調室から連れ出されると、入れ替わりにエドワーズ主任警部がやってきた。

「まだあの子から話をきいているのか？」

ブラッドリー警部はうなずいた。エドワーズ主任警部は、ニコラスの弁護士がいましがた明け渡した椅子に腰を下ろした。「脅迫文の件はどうだった？」

「思ったとおりでした。スチュアートとエラーソン坊やはただならぬ仲だったと言ってます」

「証拠は何かあるのか？」

「絵がどうとか言ってましたが、そのあとはどうも話が見えてこなくて。ロークビーがあの脅迫文を届けたと言ってますよ。自分も、ほかの生徒たちも、その件に関してはまったく関わっていないと言いはるんです。この線をもっと調べてみますか？」

エドワーズは首を振った。「エラーソンはまだ十八だったんだ。彼の一族はかなりのコネを持っていてね。すでに息子の自殺という衝撃を乗り越えなくてはならなかったのに、そのうえ彼を変態扱いしたら、一族はどんな反応を示すと思うね？ きっと名誉毀損で訴えられるぞ。何か決定的証拠をつかむまでは、その件は放っておいたほうがいい」

「アッカーリーについてニコラスが言っていた話はどうでした？」

「轢《ひ》き逃げ事件があって、アッカーリーは事情聴取を受けたが、逮捕には至らなかった。証拠がなかったんだ」

「アッカーリー本人はどうなんです？」

「今朝、担当の医師たちと話をしたんだが、緊張型分裂病の症状を示している。完全に自閉の状態だよ。回復の見込みについては医者は疑問視している」

「では、ハワード校長のほうは？」

「校長の容体はもう安定している。いま部下を一人面会に行かせている」

「わたしもホプキンズとメドウズに、ジョナサン・パーマーの同級生数名の聞き込みをさせているところです。ジェームズ・ホイートリーについて何かつかんできてくれるといいのですが。彼が死んだのも今回の事件とつながりがあるんです。それは確かですよ」

エドワーズはため息をついた。「しかし、それでもまだ問題の解決にはほど遠いからな」

「相変わらずマスコミにせっつかれてるんで？」

「電話が鳴りっぱなしだよ。今日の新聞を見たかね？　連中はもう脅迫の線を嗅ぎつけている。ほかのことまで勘づかれたら、目もあてられないぞ」

二人は沈黙した。エドワーズは椅子の背にもたれて天井を見つめ、首の後ろを手でもんで緊張をほぐそうとした。ブラッドリーは腰を下ろして、上司の表情をうかがった。「あの子の言ってることが事実である可能性については、どうお考えです？」言いにくそうに、警部はたずねた。

「事実であるわけないだろ」と、エドワーズは言った。が、なにかあわてて否定した感があった。

「リチャード・ロークビーのあの死に顔を見たあとでも？」

「ショックを受けた、それだけだ。とんでもないことをしてしまったと驚いたんだろう」

「あの子の首は鉛筆でもへし折ったみたいに、ぽっきり折れてました。相当な力をかけないとああは折れないのに、体には何の跡もなかった」

「いまに見つかる」

「まだ見つかってないんですよ」ブラッドリーはなおも上司を見つめつづけた。「それに、ブレイクの報告を思い出してください。部屋のなかの例の異臭です。邪悪なものを感じたと言ってます」

「ブレイク巡査は混乱していたんだ。神経が高ぶっていたんだろう。その前にアッカーリーの自宅に踏みこんでぞっとしないものに出くわしていたからな」エドワーズの口調は自信たっぷりだったが、警部とは視線を合わせようとしなかった。

「ブレイクは有能な男です。彼の同僚はみんなそう言ってます。冷静なやつで、取り乱したりするようなタイプじゃないと。そりゃ、よほどのことがあれば話は別でしょうが」

エドワーズはこぶしで机をたたいた。「もうその話はいい！　ニコラスの言っていることは何もかも出まかせにすぎん。ただの妄想だ。疑いを晴らそうとやっきになってああ言っているんだろうが、その手にはのらん。とにかく、わたしは霊魂の力だとか神通力だとかいう話を公表する気はないからな。そんなものは存在しないのだから。あの部屋で起きたことについて合理的な説明がつくまで、あの子の供述は一切外部に漏らさないようにするんだ」

「しかし、もし合理的説明がつかなかったら？」ブラッドリーはたずねた。「そうしたらどうします？」

「そうしたら、お手上だ」エドワーズは言った。

その日の午後、ブラッドリー警部はスティーヴン・ペリマンから話を聞いた。

ブラッドリーにしてみれば、この事情聴取は気が進まなかった。ブレイクから詳しい話を聞いていたからだ。死んだ双子の弟の遺体を抱いて泣いていたことも聞かされていて、その光景が頭から離れなかった。

スティーヴン・ペリマンは虚空を見つめていたが、そのまなざしには感情が欠落していた。彼にはクローリー弁護士がついて、横に座った。優しい顔立ちの婦人警官がスティーヴンに紅茶を運んできて、そのままドアの横に立って心配そうに彼を見守った。

「始めてもいいかな、スティーヴン？」ブラッドリーは声をかけた。

スティーヴンは生気のない目をカップに向けて、湯気があがるのをじっと見ていた。が、やがて、無表情のままうなずいた。

「リチャード・ロークビーのことはどれくらい知っていたのかな？」

「よく知ってましたよ、だから大嫌いだった」

「どうして嫌いだったのかい？」

「悪魔みたいなやつだったから」

「どうして、そう思ったのかな？」

「ほんとにそうだったから」

「ニコラスは、交霊会のようなことをしたって言っていたけど、きみもメンバーだったのかい？」

スティーヴンは首を振った。

「きみも一度参加したって、ニコラスは言っていたがね」

「何も起きなかった。あんなのインチキですよ。ほかのやつらはだまされたけど、ぼくはだまされたりはしなかった」

「どうしてほかのみんなはだまされたんだろうね?」

「みんな弱虫だから」

「それじゃ、つまり、リチャード・ロークビーには不思議な力なんてなかったわけだな?」

「あたりまえです。気の弱いやつは強いやつの言いなりになるでしょ? あいつの力なんて、ただそれだけのことです」

ブラッドリーはひとつ大きく息を吸った。「それで、きみの弟も言いなりになったというわけかな?」

ようやく、スティーヴンの目に生気がもどってきた。「弟だって言いなりになったりはしなかった! ぼくがそんなことはさせなかったからね!」

ブラッドリーは別の角度から質問することにした。「アッカーリー夫人のことは何か知ってる?」

「何も」

「ほんとに?」

「アッカーリー先生が彼女の脳みそをたたきつぶしたんでしょう? それが何か?」

ブラッドリーは啞然とした。「それが何か?!」

「ええ、それがどうだっていうんです?! それがいったい何だっていうわけ?! ぼくの弟が死んじゃったんですよ! それ以外のことなんてどうだっていいんです! 弟が死んだのは、リチャードと、ジョナサンと、ニコラスのせいなんですよ! あいつらが悪いんだ! この騒ぎは全部あいつらのせいなんだ!! リチャードとジョナサンが死んだなんて、うれしいですよ。自業自得っていうもんです。だけど、どうしてぼくを尋問するんです?! 尋問するならニコラスにすりゃいいんだ! あいつは人殺しなんだ! あいつも死んじまったらよかったんだ!!」

いきなり、スティーヴンは片手でティーカップをなぎ払い、部屋の端まで投げ飛ばした。カップは壁に当たってこなごなに砕け、湯気の立ちのぼる液体が床にゆっくりと滴《したた》り落ちた。スティーヴンは両手に顔をうずめた。ドアのそばの婦人警官が彼をなだめに走り寄った。ブラッドリーは取調室を出ていった。

クライヴ・ハワードは病院のベッドにいた。心身の消耗から、顔は灰色だった。彼はグリーン巡査部長の事情聴取を受けていた。

「リチャード・ロークビーのことはどれくらいご存じでした?」

「ああ、よく知っていましたよ。いつもぞっとさせられていたね」

「どうして、ぞっとさせられたんです?」

「危険な生徒だったから。あの子は完全に憎しみに蝕《むしば》まれていた。わたしが出会ったなかで最も危険で有害な少年でしたよ」

「その点はおっしゃるとおりですね。ジョナサン・パーマーという少年を素手で絞め殺していますから」

「知ってます。ジョナサンには可哀想なことをした。わたしがもっと早く介入していたらよかった」クライヴは悲しげに首を振った。

「なぜ介入しようと思われたんです？　二人の交友関係を心配なさっていたんですか？」

「心配していたのは、わたしじゃなくてアラン・スチュアート先生です。ジョナサンは彼のお気に入りの生徒だった。アランがわたしのところへ相談に来ましてね。リチャードはあの子に悪い影響を与えていると思う、と言ってきたんです」

グリーンは乾いた笑い声をあげた。「その懸念は的中していたわけですね！　ロークビーの家系には気の触れた人がいたようだから。ご存じでしたか？」

「ああ、それはわたしも知ってました。しまいには、リチャード自身も狂っているように思えてきましたよ」

グリーン巡査部長は手帳を取り出した。「ジョナサン・パーマーについてはどうでしょう？」彼はたずねた。「どんな少年でしたか？」

「がんばり屋で、おとなしくて、周囲ともよく打ち解けていましたよ。彼があんなことになるとは、なんとも悲しいことです」

「彼自身が今度の事件を招いてしまったとは思いませんか？」

「とんでもない。きちんとした子でしたよ。ただ、傷つきやすくて、人に引きずられやすいところがあった。リチャードはきわめて強い性格の持ち主でしたから、ジョナサンを独占するのは彼にとってたやすいことだったにちがいない。あの二人が何をしたにしろ、リチャードが元凶と考えるべきです。決めるのはリチャードで、ジョナサンは彼に言われたとおりにしていただけだから」

「ニコラス・スコットは、あの二人が交霊会のようなことをしていたと供述してましてね。二人はある種の心霊《サイキック》パワーを利用して、みんなに報復したと言うんです」

クライヴはうなずいた。

「そんな話、まったくばかげていると思いませんか？」

クライヴは大儀そうに笑みをうかべた。「この天地のあいだにはな、ホレイショ、人智の思いも及ばぬことがいくらもあるのだ……」

グリーンは手帳から目を上げた。「すみません、何ですかそれ？」

「『ハムレット』からの引用ですよ」

「それじゃ、ニコラスの話を信じるのですか？」

「あの二人が何らかの邪悪な力を利用したと思うかというんですか？　いいや、そうは思いません。あの二人が、自分たちは何かの力を利用したと思いこんでいたと思うかという質問なら、イエスです。あの二人は百パーセントそう信じこんでいたと思いますよ」

看護師がドアから顔をのぞかせた。「今日は、そこまでにしていただけます？　ハワードさんを休ませないと」

グリーン巡査部長は腰を上げた。「ご協力に感謝します。またお話をうかがわなくてはならないかもしれません」

「かまいませんよ」クライヴは手で部屋のなかを示した。「どこにも行く予定はないから」

仰向けになって目を閉じると、彼はたちまち眠りに落ちていった。夢のなかで、クライヴの目の前にジョナサンが現われた。彼の首は痣《あざ》だらけで、大きく突き出た目がクライヴを非難していた。「チャンスがあったときに、あいつを放校処分にすべきだったんだ。そうしたらぼくは、まだ生きていたかもしれないのに」

目が覚めると、クライヴは自分がひとりではないことに気づいた。エリザベスがベッドのかたわらの椅子に座っていた。彼は当惑をおぼえながらエリザベスを見つめ、夢の続きを見ているのではないかと恐れた。

「あなたが眠っているあいだ、そばにいてもいいって言われたものだから」

クライヴは彼女の手をとろうと手をのばした。エリザベスはその手を握って頬にあてた。

クライヴは彼女の涙に気づいた。「泣かないで」彼はそっと言った。

「知らせを聞いたとき、わたし、あなたが死んでしまったと思ったの」

クライヴはなんとか笑みをうかべた。「少々がたがきてはいるけど、まだ生きているよ」

「あなたが死んだと思ったら、わたしまで死にたくなってしまって。いつかあなた言ってたわね、わたしなしでは生きていけないって。今度のことでわたしも、あなたなしには生きていけないことがよくわかったの」

クライヴの目に涙が光った。「そんな気はまったくなかったんだが、わたしが弱かったんだ。本気じゃなかった……」

「いいの。もう、そんなことどうでもいいわ。あなたを許してあげる。わたしのことも許してもらえるといいのだけど」

彼はエリザベスの手にキスした。すると、生き返ったような気分になった。「きみが許しを請う必要なんかないさ」クライヴは彼女に言った。「全然ないよ」

目に涙をうかべて、エリザベスは微笑んだ。クライヴは彼女が震えているのを感じとった。

「どうした?」

「あなたが倒れた日、何か予感がしたの。説明できないんだけど、あなたが危ないって直観的に感じたの。いまはもう何も感じないけど」

「わたしが危険なわけないだろう? こうして、きみがそばにいてくれるんだから」

外では日が落ちはじめ、病室のなかは薄暗くなっていた。二人は明かりをつけようともせず、ただ無言のまま手を握りあっていた。

「学校は何もかもおしまいだな」ようやく、クライヴが口をひらいた。「こんなことになったからには、校長の職にはとどまれない。学校そのものだって存続できるかどうかわからん」

「わたしたち夫婦は生き残れるわ。ひとりじゃないもの。それ以上、何が必要かしら?」

忍びよる夕闇のなか、二人は口づけを交わした。


ロンドン警視庁のロズウェル警部は写真を置くと、ぶるっと身を震わせた。「まったく、なんて形相だ! いったいこの子に何が起きたんです?!」

「それがわからんのだ」エドワーズ主任警部は言った。「説明のしようがない」

「もうじき公式声明を出さなくてはならないんですよ。報道陣は黙っていないでしょうね。少年が三人も死んだのに、死んだときの詳しい状況について何も発表されなかったりしたら」

「そんなことは言われなくてもわかっている！　まったく、おちおち外にも出られやしないよ、必ず記者連中につかまって質問攻めにあうからな！」

「で、ニコラスという子の供述は変わらないんですか？」

「変えるつもりはないようだ」

「ペリマンのほうは？」

「むだだな。精神的にまいっていてね。昨日、ひどい癇癪を起こしたもんだから、それからずっと鎮静剤を投与している」

「ニコラスはいまどこに？」

「両親のところだ。近くの民家に宿泊している。あの子の名前は公表しないようにしているんだが、新聞記者はもう嗅ぎつけている。連中にニコラスの供述を知られるようなリスクを冒すわけにはいかないし。まいったよ、手の打ちようがない！」

「そうともかぎりませんよ」だしぬけに、ロズウェル警部は言った。「わたしに考えがあるんです」


その夜十時、ニコラスは両親に付き添われて、ふたたび警察署に出頭した。

ニコラスたちは警官に警護されて裏口から入り、ブラッドリー警部のときと同じ取調室に連れてこられた。今回はブラッドリーの姿はなく、待ち受けていたのはエドワーズ主任警部と見知らぬ二人の中年の男だった。ひとりは短軀でがっしりしていて、豊かな口ひげをたくわえていた。もうひとりは長身でやせていて、優しそうな目をしていた。ニコラスは警戒するような目で二人を見つめた。「あなたがたはどなたですか？」

「こちらはね」エドワーズが口ひげの男を指して紹介した。「ロンドン警視庁のロズウェル警部だ。そして、こちらがノリッジの主教でいらっしゃるブラキストンさんだ」

スコット夫人は息子の肩に腕をまわした。「ニコラスはみなさんの質問にすべて答えています。この子は何も悪いことはしていません。なぜそっとしておいてくださらないんです？」

「申しわけありません、ミセス・スコット」ロズウェルが言った。「ですが、これはきわめて慎重を要する捜査でして、ニコラス君は重要な目撃者なのです」

「でも、ぼくはもう全部話しました！」ニコラスが声をあげた。「何度も何度もくり返して！」ニコラスはやり場のない憤懣の涙をうかべた。彼は何日も眠れない日が続き、疲れきっていた。

「それはわかっているよ、ニコラス」ロズウェルはつづけた。「だけど、ほかにもきみの話を聞かせてやってほしい人がいるんだ」

「だれにですか？　この人に？」ニコラスは主教を指さした。「それにどんな意味があるんです？　みんなぼくのこと、嘘つきだと思っているのに」

「そんなこと思っていないさ」エドワーズが言った。「ただね、あそこで実際に起きたことについて、きみの考えが少し混乱していたかもしれないと思っているんだ」彼は安心させるようにスコット夫妻に微笑んで見せた。「それは、ああいった状況では充分理解できることだからね」

「いいですか」スコット氏が口をはさんだ。「もうこの騒ぎにはいいかげんうんざりしてるんです。息子を司直の手にゆだねるか、家に帰すか、どちらかにしたらどうです？　これでは、完全な嫌がらせだ！」

エドワーズの表情が曇った。「忘れていただいては困りますね、スコットさん。あなたの息子さんは三人の少年の死に深く関わっているんですよ。しかも、三人が死んだときの状況については満足がいくような説明はなされていないんです。ご協力くださることをおすすめしますがね」

「わたしを脅迫するんですか?!」

「とんでもない。ただ、ご自分のおっしゃっていることをよく考えたほうがいいと申し上げているだけですよ」

口論がつづくあいだ主教をじっと見ていたニコラスは、彼が非難めいた表情ではなく、同情の色をうかべているのに気づいた。ニコラスはもう疑われるのにはうんざりしていた。だれかに理解してもらいたかった。ふいに彼は、この人なら理解してもらえるかもしれないと感じた。「じゃ、いいです。この人にもう一度説明します。ただし、二人だけにしてくれるならね」ニコラスは二人の警部をにらみつけた。「警部さんたちは、どちらも席をはずしてください」

「ニコラス」ミセス・スコットは言った。「べつに無理に話さなくてもいいのよ、話したくないのなら」

「大丈夫だよ、お母さん。ぼく、この人に話してみたいんだ。ほんとに」

　二人を残して、一同は取調室から出ていった。ニコラスは腰を下ろした。主教はニコラスとテーブルを挟んで対峙するのではなく、並んで話ができるよう椅子を移動してから、いたわるような笑顔を向けた。「きみのこと、ニコラスって呼んでもいいかな？」その声は至極おだやかで、耳に心地よかった。

「かまいません。ぼくはあなたのこと何て呼んだらいいんです？」

「ジェレミーって呼んだらいい。わたしの名前なんだ」

　ニコラスは顔を赤らめた。「そんなふうには呼べません」

「じゃ、ブラキストンさん。そのほうが呼びやすければ、わたしはかまわないよ」

「わかりました、ブラキストンさん」

「亡くなった少年たちはきみの友だちだったんだね？」

　ニコラスはうなずいた。

「気の毒に。きみにとってはさぞかしショックだったろうね。話を聞かせてもらってかまわないかな？　それとも、もう少し時間をおいてからのほうがよければ、わたしはそれでもかまわないよ」

　ニコラスはかぶりを振った。婦人警官が紅茶の入ったカップ二つとチョコレート・ビスケットを一皿トレーに載せて運んできた。主教はビスケットの皿をニコラスのほうへ押しやった。「ビスケットでもどうかな」

　ニコラスは一枚取って、かじりついた。甘いチョコレートの味が口のなかにひろがった。と、突然、ニコラスは泣きだした。

主教は彼の肩を抱いて、「さあさあ、もう泣かないで」と優しく言った。「大丈夫だから」

ニコラスは涙をぬぐった。「ぼくはただ、もういやになってきたんです。何が起きたのか何度も話したのに、だれも信じてくれないから。まるでぼくは頭がおかしいんじゃないかっていうような目で見るばかりで。みんな、ぼくが恐ろしいことをしでかしたみたいに言うけど、ぼくはそんなことしていないんです。でも、だれも信じてくれなくて、きっとうちの両親だってほんとは信じていないと思うんです。口では信じてるって言うけど、でもときどき、ぼくをじっと見ているから……」

主教は彼にハンカチを渡した。「わたしは信じるよ」

ニコラスは首を振った。主教は元気づけるようににっこり笑った。「信じちゃいけないのかい？」

「信じられるわけないでしょ？　みんなから、ぼくはひどい嘘つきだって聞かされてるのに」

「警察の人たちからはまだ何も聞いていないよ、ニコラス。ほんとうだ。わたしが聞いているのはね、きみが苦しんでいるから、わたしと話をすることで楽になるんじゃないかってことだけだよ」

「ぼくは嘘つきなんかじゃありません。事実を話しているんです。ほんとうです」

「それなら、わたしはきみを信じると誓うよ。ただし、ひとつだけ頼みたいことがある」

「ええ、何ですか？」

「きみは神を信じているかな?」

ニコラスはうなずいた。

「そして、嘘をつくのは悪いことだとわかっているね。とくに今回のような重大事件では、嘘は禁物だ」

「ええ」

「それなら、わたしと約束してほしいんだ、まじめにね。きみが話すことは百パーセント真実だってことをね。約束してくれるね?」

ニコラスは唾を呑みこんだ。「はい」

主教はにっこりした。「それなら、わたしも約束する。きみが話すことは何だって信じるよ。わたしはきみを裁くためにここにいるわけではないんだ、ニコラス。きみの力になりたいだけなんだ。信じてくれるかい?」

「はい」

「けっこう。それじゃ、わたしにもう一度話してくれるかな?」

「どの辺から始めます?」

「ジョナサンのことから話してくれないか? 彼の話をするのはいやかな?」

「いいえ」

「きみたちが友だちになった経緯から話してくれないか。きみたちは親友だったんだろう?」

ニコラスはどうにか笑顔をつくった。「入学した日からの友だちなんです」

「じゃ、その最初の日のことを話してくれないか。どんなふうにして友だちになったのか」

ニコラスは紅茶をすすって、もう一枚ビスケットに手をのばし、それから話しだした。

四時間後。ニコラスは両親と一緒に、来たとき同様、警察署の裏手の通用口から帰っていった。

主教は二人の警察幹部を前に座っていた。「あの子はほんとうのことを言ってます」彼がそう言ったのは、これで三度目だった。

「しかし、ありえないことです！」エドワーズが声をあげた。「嘘をついているにきまってます！」

「嘘はついていませんよ」主教は言った。両手で髪をかきあげながら、視線は目の前の机に置かれた一枚の写真にくぎづけになっていた。「嘘であってほしいとわたしは神に祈りましたよ」

「それじゃ、妄想にとりつかれているんでしょう。あの子が信じこんでいるからって、それが真実とはかぎりませんからね！」

「あの子は妄想にとりつかれてなんかいませんよ」主教は言った。「ニコラスの言葉だけだったら、わたしも妄想だと思ったかもしれない。しかし、ブレイク巡査の証言もありますからね。彼があの部屋で感じたものについての。もしも、この気の毒な少年が妄想にとりつかれているのなら、ブレイク巡査の証言も妄想だということになる」

「真実のはずがありません！」エドワーズがまた叫んだ。

「では、これは何なんです?」主教は目の前の写真を指さした。「外傷はまったくない。それなのに首は真っ二つに折れている。それに、この形相……」彼は身震いした。「こんな写真は見せてもらわなければよかった」

主教はやにわに写真を、まるでそれが何かに汚染されてでもいるかのように押しのけると、エドワーズに向かって言った。「ほかに、これをどう説明するんです?」

「知りませんよ!」エドワーズは嘆息して、ロズウェルのほうを向いた。「こんなはずではなかったのでは? あの子供に供述を変えさせるのがこっちの狙いだったんだ。公表できるような話を引き出すのがな!」

「わたしもそう願っていたんですが」と、ロズウェルは言った。

「ところが、ミイラ取りがミイラになっただけだ、ちがうか?! いよいよ、打つ手がなくなってしまった! 記者会見ではいったい何と言えばいいんだ?!」

「何も言わないことです」と、ロズウェルは答えた。

「何も?! そんなことをしたら、どう思われる? そうでなくともいまや、いやというほどとんでもない憶測が飛び交っているんだからな!」

ロズウェルが立ち上がった。「警視庁本部に電話を入れてきます。とにかく、こんな話は公表するわけにはいきませんよ。世間がどんな反応を示すか考えたら、公表は避けるしかありません。いまから連絡を入れてきます」そう言うと、ロズウェルは部屋から出ていった。

エドワーズはタバコに火をつけた。「さぞ喜んでおいででしょうな」冗談めかして、彼は主教に言った。

「喜んで?!」信じがたい言葉に驚いて、主教はエドワーズをまじまじと見た。

「だってそうでしょ? あなたがた聖職者はいつも言っているじゃないですか。われわれの魂は危険にさらされていると。たいていの人間は、そんな話はくだらないと思ってますよ」エドワーズはタバコを深く吸いこむと、紫煙を宙に吐き出した。「それがいま、そちらが正しくて、われわれがまちがっているという証拠が出現したわけですから」

「まちがっていたのはわたしのほうですよ」主教は消え入るような声で言った。

エドワーズは目を丸くした。「どういう意味です? あの子の話は嘘だということですか?」

この瞬間まで、自分自身の苦境を思いわずらうので精いっぱいだった主任警部は、この相手にあまり注意を払っていなかった。ようやく、このとき初めて、彼は主教の様子に注意を向けてよく見た。

向かいの席に座っている人物は、一夜にして十歳は老けこんでしまったようだった。ひどく疲れている様子で、肩を落とし、目の下はたるみ、皮膚は羊皮紙のように灰色を帯びていた。エドワーズは心配になった。「ショックを受けておられるようですな。何か飲み物を持ってこさせましょう。気付け薬を」

主教は首を振った。

「いや、飲んだほうがいい。ほんとに」エドワーズは立ち上がった。「恥じることはないですよ。お気持ちはよくわかります」

「いいや、警部さんにはわからんでしょう」

「わたしだってこんな事件、平静ではいられませんよ。ほんとです、いろいろな現場を見てきましたが……」

主教は笑った。その声はうつろで、陽気なところはまるでなかった。「わたしがどんな気持ちでいるかは、おそらくあなたにはおわかりにならないと思いますよ。それは、神に感謝すべきことですがね」

エドワーズはまた腰を下ろした。「では、どんな気持ちなんです?」

「わたしは聖職についてかれこれ三十年になります。人を救いたいと思ってこの道に入ったのです。人助けは得意でしてね。人はみな弱い面を持っていて、まちがいを犯すものだと思っているんです。わたしは人の悩みを聞くことはあっても、人を裁いたりはしません。いわゆる神の僕《しもべ》に対してたいていの人が望んでいるのは、それぐらいのことですから。地獄とか天国とか、裁きの雷《いかずち》とか稲妻とか、そんな話を聞きたいわけではない。自分の身になって話を聞いてもらい、なんとかやり直すきっかけがほしいだけなんですよ。

善なる力とか邪悪な力なんて、わたしは信じたことはなかった。もちろん、説教をするときはいかにも信じているふりをしてきました。でも、本気で信じたことは一度もなかった。友人と一緒のときはよく笑いとばしてやったものです。あんなもの迷信にすぎないと言ってね。だから、だれかが助けを求めてやってきたときには、いつもこう話してやりました。神とか悪魔とかいうものは目に見えるような姿で存在しているわけではない。人はだれでも善の部分と悪の部分を持っているもので、したがって、神も悪魔もわれわれ人間の心に潜在的にある二つの面にすぎないとね。わたしは純粋にそう信じていたし、相談にきた人たちの多くもそう聞かされると気が楽になるものなんです。

それがいま、自分が嘲笑ってきたものがすべて真実だとわかったんです。この三十年間、導きを求めてわたしのところへやってきた人たちに、わたしは嘘を吹きこんでいたことになる。そうなると、もし人間の魂に裁きの日が訪れるとしたら、いったいわたしの魂はどうなります？」

エドワーズ主任警部はそれには答えなかった。答える気力を失っていた。

ニコラスは、取調室のテーブルの前に両親と一緒に座った。ロズウェル警部とエドワーズ主任警部は彼に冷ややかな視線を注いだ。

「お子さんの取調べは終わりました」エドワーズは言った。「もう用はすみましたので、お引き取りいただいてけっこうです」

スコット夫人が安堵の吐息をもらした。「ですから申し上げましたでしょ、ニコラスは何も悪いことはしていないって。最初からずっとそう……」

「息子さんをお返しするからといって、彼の無実を確信しているということではないんですよ」と、エドワーズは念を押した。「納得のいくような答えをしてもらっていない疑問点はたくさん残っているんです」

「でも、ぼくはほんとのことを全部話しました！」ニコラスが叫んだ。「ブラキストンさんにもね！　あの人は信じてくれるって言いました！　それなのに、どうして警察は信じてくれないんですか?!」

「主教が口で言ったことと、実際に信じていることは、必ずしも一致するとはかぎらないのだよ」ロズウェルが厳しい口調で言った。「今後のために、そのことをよく憶えておくことだな」

「でも、ブラキストンさんは信じるって言ったんです！　ぼくに約束したんだから！」

「もうたくさんだ」エドワーズが制した。「さっきも言ったように、もう帰ってもらってけっこうだ。ただし、きみを解放するにはひとつだけ条件がある」

スコット夫妻は顔を見合わせた。「条件て、何です？」スコット氏がきいた。

「息子さんが今後一切、だれにも、霊応ゲームの話はしないこと。そんな事実はなかった。いいですね」

「でも、それはほんとにあったことなんですよ！」ニコラスは叫んだ。「ブラキストンさんにきいてよ！　あの人はほんとに信じてくれたんだから！　たしかに信じたんだから！」

ロズウェル警部はスコット夫妻に向かって言った。「一時間後に、われわれはこういう内容の発表を行ないます。リチャード・ロークビーがマイケル・ペリマンを階段の下に突き落とした。それから、彼はジョナサン・パーマーの首を絞めた。ジョナサンを殺したあと、リチャードはつまずいて倒れこんだ拍子に壁に頭を打ちつけた。不幸にも角度が悪かったために首の骨が折れた。それで彼は絶命した」

「でも、そんなの事実じゃない！」ニコラスはどなった。

「いいかげんにしないか！」エドワーズ主任警部の声がとどろいた。「いいですな、そういうことで三人は死亡した！　報道陣にはそのように発表します。死因審問でもそう報告されることになっていますから、この部屋にいる全員、そういうことで押し通してもらいます。おわかりですかな?」

「だけど、それじゃ事実とちがうじゃない! あの巡査は知っているからね! 彼がしゃべっちゃうよ!」

「ブレイク巡査はそんなことはしない」ロズウェルがきっぱりと言った。「彼は自分の職務をちゃんと心得ている。きみもそうでなくてはいかん」

「ニコラス」スコット夫人が言った。「警部さんたちはあなたを解放してくださるのよ。いま重要なのはそのことだけでしょ」

「よくぞおっしゃってくださいました、ミセス・スコット」ロズウェルが言った。「ニコラス、きみはお母さんの言うことを聞いたほうがいい。お母さんは何がきみのために最善か、それだけを考えていらっしゃるんだから。われわれだってそうだよ」

「みんな嘘つきだ! そろいもそろって嘘つきじゃないか!」

「ニコラス!」スコット氏は息子を黙らせた。

ロズウェル警部はテーブルに身を乗り出して、ニコラスをにらみつけた。

「そうかもしれない」彼はおもむろに言った。「だがね、このことを忘れないほうが賢明だぞ。きみはすでに、少なくとも三人の人間を死に追いやったと思われる嫌がらせや脅迫があったことを供述しているんだ。霊応ゲームのことを少しでも人にしゃべろうなんて考えたりしたら、もっとはっきり言えば、警察が供述をもみ消したなんて話をしようものなら、こちらだってためらうことなく、その嫌がらせや脅迫の件を掘り起こして、きみを不利な立場に追いこむしかなくなるからな」

「でも、ぼくはそれには全然加わってはいないんだ！　全然関係ないんだから！」

「そうかな？　それについてはきみの証言があるだけで、それを裏づける人間はいないんだ。いいかい、どんな理由できみを起訴しても、われわれは裁判官を納得させられるってことを忘れないことだ」

エドワーズ主任警部も加わった。「それにだね、霊の力だなんて話を世間にばらまいてごらん、世間の人にはいったいどう映ると思うんだね？　たいていの人は、きみは狂っていると思うだろうな。わたしらは当然そうみなす。アッカーリー先生がいまどこにいるか知ってるな？　きみはぜったい、先生と同じ所に行きたいなんて思わないだろ」

スコット氏は啞然としていた。「わたしの息子をそんなふうに脅すのはやめたまえ。よくもそんな……」

「いや、言わせてもらいますよ、スコットさん」ロズウェルが言った。「ロンドン警視庁にも内務省にも話は通してありましてね、息子さんの話を絶対に外部に漏らさないようにするために、必要とあればどんな脅しでもかけられる、あらゆる権限をわたしは与えられているんですよ。おわかりいただけますか？」

ニコラスは、目の前で部屋がぐるぐるまわっているような気がした。「そんなのまちがってる！　ごまかすなんてよくないよ！」

「わかったのかね?!」

ニコラスは自分に注がれている両親の視線を感じた。選択の余地がないのはわかっていた。

彼はどうにか首を縦に振った。

「では、帰ってくれてけっこう。だが、今日言ったことは忘れないようにな。こけおどしじゃないんだ。必要とあれば、実行に移すまでだ」

取調室を出るとスティーヴンがやってくるのが目に入った。彼にも両親が両わきに付き添っていた。

のろのろと歩くスティーヴンの瞳は何も映していなかった。まるで介助なしには立っていることもできない人のように、両親が彼の腕を片方ずつ支えていた。警察が学校に来て以来、ニコラスは彼と会っていなかった。ただ、スティーヴンが鎮静剤を投与されていることは聞いていた。彼はさながら生ける屍《しかばね》だった。死んでいるのに生きているふりをしているようだった。

ペリマン夫人がニコラスに気づいて、夫に何か言った。二人とも緊張しているのがニコラスにはわかった。自分の両親にも同じく緊張が走るのを、彼は感じた。

二つの家族が対峙した。「息子さんのことは心からお悔やみ申し上げます」と、スコット夫人は言って手を差し出したが、その手は木の枝のように宙ぶらりんのままになった。「あなたがたに同情なんてしていただきたくありませんわ」ペリマン夫人が頑として拒んだ。

「スティーヴンから何もかも聞いてますの。おたくの息子さんさえいなかったら、マイケルはいまでも生きていたはずなんです」

「それはちょっと不公平な見方だと思いますわ」スコット夫人は静かに言った。

「やめなさい」スコット氏が諭《さと》した。「そんな話をする時でも場所でもない」

スティーヴンは周囲の様子に気づいたようで、目を上げるとニコラスを見た。ニコラスの脳裏に、落ちていくマイケルの叫び声がよぎり、目には涙があふれた。「ごめんね」震える声で、ニコラスは言った。「ほんとうに、ごめん。あんなことになるなんて、わからなかったんだ。ぼく……」

スティーヴンはニコラスの顔に唾を吐きかけた。

母親がはっと息を呑むのを、スティーヴンは聞いた。ペリマン氏は息子を引き離そうとしたが、スティーヴンはそれを振り払おうともがいた。彼はニコラスをにらみつづけていた。

「おまえがいなけりゃ、マイケルはまだ生きていたんだ！　どうしておまえが死ななかったんだよ?!　なんでマイケルが死ななきゃならなかったんだ！　おまえなんか大嫌いだ！　この人殺し!!　おまえも、おまえの仲間も、人殺しだ！　みんな地獄の火で永遠に焼かれちまえばいいんだ!!」

ペリマン夫妻はスティーヴンを無理やり引っぱっていった。ニコラスは立ちつくして、離れていくスティーヴンをじっと見つめていた。母親が彼の顔にかかった唾を拭きとろうとすると、ニコラスはそれをはねのけた。それくらい当然の報いなのだ。

スコット一家は正面玄関から出た。ニコラスも解放されるための条件を納得したので、そこそ裏口から出る必要はなかったのだ。ニコラスを自宅にもどす車は玄関付近にまわされていた。

ニコラスたちが正面玄関のドアに近づいたとき、人の声がした。もみ合いながら声を張りあげている一団がいた。ニコラスは不安になった。きびすを返して逃げ出したかった。だが、どこにも逃げこむ場所はなかった。

一家はドアを抜けて外に出ていった。あっというまに、ニコラスは人垣に囲まれてしまった。顔の前にいきなりカメラを突きつけられた。フラッシュが光る。一瞬、ニコラスは何も見えなくなった。両親が彼をかかえるように腕をのばすのがわかった。ニコラスを小突きまわし、答えられないような質問をしつこく浴びせてくる記者たちから、二人はなんとか息子を引き離して車のほうへ誘導しようとしていた。

「ヘンリー・アッカーリーを脅迫していたってのは、ほんとうかい？」

「彼からいくら巻き上げたんだ？」

「リャードとジョナサンに何があったの？　取引はしたの？」

「ほんとに殺したのかい？　きみが殺したの？」

「おまえなんか監獄にぶち込まれりゃいいんだ、この悪ガキめ！」

ようやく、ニコラスの両親は彼を車に押し込んだ。スコット氏はエンジンをかけると、人だかりをかきわけるようにして車を発進させた。いくつもの顔が窓に貼りつく。ガラスをたたく者もいる。みんなの射るような視線がニコラスに注がれた。ニコラス、話を聞かせてくれ、とみんなしきりに叫んでいる。何があったのか教えてくれ、きみが何をしたのか話してくれ、罪に問われずにすんでどんな気分だ？

ニコラスは両手に顔をうずめて泣きだした。

エピローグ

一九九九年一月、ロンドン

テープレコーダーはすでに何時間もまわりつづけていた。果てしなく続くテニスの打ち合いのように質問と答えが延々とくり返されているあいだ、録音テープの小さな摩擦音がバックグラウンド・ミュージックの役目を果たしていたが、それがいまようやくやんだ。

ティム・ウェバーはリモコンから手を離すと、ニコラス・スコットを見つめた。

「警察はほんとにそんなふうにあなたを脅したんですか？」

ニコラスはうなずいた。

「なんてことだ」

「かれらもひどく不安だったということを理解してやらないとね。警察も初めてだったんですよ、この手の事件に出くわしたのは。合理的な説明ができない現場なんて、見たことがなかった」

「それでも、警察は公表したらよかったんだ」

「いや、それはできない、警察としてはね。大変な騒ぎになっていたでしょうからね。あのころは、わたしもそれがわからなかったが、いまなら理解できます。よく知りもしない力を、少年たちがいたずらにもてあそんでいたのだから。たいていの人間がその存在さえ信じていないような力をね」

ティムの瞳はきらめいていた。「それならよけい、世間に知らせるべきですよ」

ニコラスは首を振った。「それはちがう。あなたもやはりほかのジャーナリストたちと同じで、真実をさらけ出すことにばかり執着しすぎる。そうやって暴露することでどんな悪影響がでるかなんて、考えてもみない」

「それでも、みんなに知らせるべきですよ！」

「なぜ？　そんなことして何になるんです？　いつかこういう話を何かで読んだことがある。NASAが何度か打ち上げている宇宙探査機のひとつが、あるとき、月の裏側で廃墟を発見したというんです。それは知的生命体にしか創れないものだった。ホワイトハウスでは大騒ぎになり、結局真実を隠すことに決めた。もし、地球外知的生命が存在するという決定的証拠が露呈したら、人類が神聖なものとして守ってきたあらゆるものが、宗教も、人類の存在意義も含めて、たとえ破壊されないまでも、著しく損なわれるおそれがあるからで、そんなリスクを冒すよりは、黙殺したほうがいいということになったというんです」

ティムはニコラスの言ったことを考えてみた。暖炉の火が消えそうになっているのを見て、彼はもう一本薪《まき》をくべた。暖かい空気がティムの首のあたりをスカーフのようにつつんだ。

「そう、つまり、あなたは警察になんともひどい目にあわされたわけだ」彼はおもむろに言った。

「いや、そういうわけでもない。警察はかれらなりにベストを尽くしたんです。事件について公式発表を行なって、その自分たちの見解を固持した。警察は、この話を完全に闇に葬ってしまいたかっただけなんです。

ただ、そううまくはいかなかった。世間が納得しなかった。何らかの証拠隠しがあったのではないかと人は疑った。脅迫状の噂もとっくに漏れていたから、いろいろな情報を総合して推理したんでしょう。かなりの数の自称同級生という連中が、噂話の輪のなかに飛びこんでいっては、みんなの注目を浴びて楽しんでいた。その連中は、リチャードとジョナサンがどうやってジェームズ・ホイートリーをいじめていたか、詳しく解説してくれてね。可哀想なジェームズ。あんなにいいやつだったのに、残酷ないじめにあって死に追いやられてしまったって調子だった。そのあと、ホィットビーでコテージを貸している女性が現われた。彼女は新聞の記事を読んで、アラン・スチュアートとポール・エラーソンの記述にぴったり当てはまる風貌の二人の客のことを思い出したんです。二人の男性客は、彼女流の気のきいた言葉でいえば、尋常ではないほどの好意をたがいに持っているみたいだったそうですよ。どういうわけか報道機関もアランの机にあったメモのことを聞きつけていて、アランが死んだのは、わたしとリチャードとジョナサンのせいだと非難した。ポールの自殺までわたしたちのせいにしたんです。わたしたちがあの二人を死に追いやったと言うんですから、まったくね！」ニコラスは椅子の背にもたれて天井を見つめた。「ポールの自殺はジョナサンのせいにされた。ジョナサンはポールが大好きだったのに！　ポールが死んだときは、彼は身も世もなく打ちひしがれていたんです。ジョナサンがポールを傷つけるようなことなどするはずがなかった。そんなこと、彼が空を飛べないのと同じくらいありえないことだった。

でも、ほんとうにつらかったのは、わたしのところへはよく嫌がらせの手紙がきたんですが、そのなかに励ましの手紙が何通か混じっていたことなんですよ。アランとポールは変態だって書いてあるのもありましたよ。死んで当然だ、わたしたち三人を非難するなんてとんでもない、それどころか勲章ものだっていうんです。

もちろん最終的には、わたしたちは極悪非道のひとでなし扱いされてしまった。人間らしい感情など少しも持たない冷酷な化け物だってことになった。人間としてのわたしたちに興味を持つ人なんて、だれもいなかった。世間の無知と恐怖心の産物にすぎない化け物にされてしまったんです」

「それ以後、スティーヴン・ペリマンに会ったことは？」

「ありませんね」ニコラスはため息をもらした。「彼はほんとに可哀想だった。カークストン・アベイに警察がやってきた日にわたしの人生は終わったけれど、スティーヴンの人生はマイケルと一緒に終わっていたんです。とてもそんなことは信じられなかったけれどね。いつだって彼はしっかり者だったから。マイケルは彼のことをそれは頼りにしていた。でも、その一方で、スティーヴンも同じくらいマイケルが頼りだったなんて、思いもよらなかった」

「彼が死んだと聞いてどう感じました？」

「何も。こういうと、また空恐ろしく聞こえるでしょうね。十八歳の若者が銃で自殺したのに何にも感じないなんて。だけど、ほんとうです。そんなことが起きるような気がしていたんでね。スティーヴンの母親が手紙をよこして、彼が死んだのも、マイケルが死んだのも、みんなわたしの責任だと書いてありましたよ」ふたたび、ニコラスはため息をついた。「ある意味で、彼女のいうことは当たっていた。わたしの責任なんです」

二人のあいだに沈黙が流れた。ニコラスは暖炉の炎を見つめた。四十年余りも自分のなかに葬ってきた過去の亡霊たちのせいで、彼の瞳は陰鬱な色をたたえていた。ティムも腰を下ろしてニコラスをじっと見守った。「まだ話してもらっていませんよ」と、彼はおもむろに切りだした。「あなたがリチャード・ロークビーの部屋に最初に行ったときに、いったい何が起きたのか。双子たちが出ていったあとのことです。あなたと、リチャードと、ジョナサンと、それにそのウィジャ盤だけになったときになにがあったのか」

ニコラスは答えなかった。

「話してくれませんか？」

「わたしたちはゲームをつづけた。ゲームのなかで、わたしたちは願をかけた。ただそれだけのことです。すくなくとも、そう自分に言い聞かせてきた。ゲームがたまらなく恐ろしい様相を呈してきたときも、ずっと自分にそう言い聞かせていた。頭のなかで、祈りの言葉のように何度もくり返し唱えていたんです。これはただのゲームなんだ、ただのゲームなんだ、ただのゲームなんだ……」

「どうしてそのゲームがそんなに恐ろしかったんです？　なぜそんなにあなたは怯えたんで

すか？　いったい何が起きた……」

「もういいでしょう」ニコラスは唐突にさえぎった。「話しておこうと思ったことはすべてお話しした。そりゃ、思い出したくないことだっていくつかありますよ。いまでもね」

ふたたび、二人は沈黙した。ニコラスはまだ炎を見つめていた。ティムは彼の顔をじっくり観察した。生涯を通じていちばんの親友だった少年を失いたくないとがんばったばかりに大変な代償を支払わされた、まじめで勇敢な十四歳の少年の面影をそこにさがした。が、そのニコラス少年を彷彿させるところはまったくなかった。世間の非難の重圧と、一生つきまとう後悔の念と切々たる友への思いが重なって彼に重くのしかかり、少年は永久に葬り去られてしまっていた。

「お気の毒ですね」ティムはそっと言った。

「何が？」

「あなたがですよ。そんな体験をされたなんて。化け物にされてしまったって言ったでしょ。それは事実ですね。あなたが来られるまで、ぼくはびくびくしてましたから。お会いするのが怖かったんです。マスコミが創り上げたとおりの化け物を思いうかべていましたからね。でも、こうしてお会いしてみて、あなたがふつうの人だということがわかりました」

「みんな、ふつうの人間ですよ」ニコラスはティムに言った。

「ほかの人たちに対するいまのお気持ちは？」

「どんな気持ちでいればいいっていうんです？　憎むのがあたりまえですか？」

少し思案してから、ティムはうなずいた。

「そんなに単純ではない。ジョナサンはぜったいに憎めない。ときどき彼の夢を見るんです。リチャードが割りこんできて何もかもぶちこわしてしまう前の、楽しかったころの夢をね。ジョナサンはいいやつだった。彼の唯一のまちがいは、自分を無力だと思ったことです。リチャードとつき合うことで心強く感じたんです」

「で、そのほかの人たちは？」

「双子の兄弟のことは気の毒だと思ってますよ。スティーヴンがわたしを憎んだのは当然なんです。マイケルが死んだのも、わたしの責任です。むろん、ああなるよう仕組んだわけではないが、それでも責任はある。スティーヴンを無視するように彼を説得したのはわたしだし、その結果彼は死んでしまったわけですからね」

「では、リチャードは？　彼のことはどうです？」

「昔は憎んでいたが、いまはわからない。距離をおいて、彼の人生や彼を狂わせていった魔物をふり返る時間があったからね。彼の頭のなかの魔物ですよ。いまの時代なら、リチャードもけっしてあんなふうにはならなかったでしょう。あんなふうになるまで放っておかれるはずがない。母親の自殺のあとの、彼の反応のしかたを見れば、周囲が黙っていなかったはずです。何らかのケアがなされたにちがいない。だが、五十年前はずいぶんちがっていてね、都合の悪いものはテーブルの下に押しこまれて、そのうち消えてしまえばいいと無視された。リチャードの場合、そうした環境が悪影響を及ぼして、はるかに重い症状になってしまったんですよ。

わたしたちは三人とも化け物なんかじゃなかった。だからこそ警察は動揺したんです。警察はわたしの話を信じたけれど、それを認めたくはなかった。それが意味するものがあまりにも恐ろしかったからです。つまり、そういうことはどこでも起こりうるという事実がね。たまたま、わたしたちの身に起きただけなんです。真実を認めるよりは、化け物や極悪非道の悪ガキにしてしまうほうが楽だったんです」

「その真実をぼくはいまつかんでいる」ティムは重々しく言った。

「これまでわたしはだれにも打ち明けたことがなかった、警察の取調室で話してからは。初めは怖い気がしたが、でも話しおえてしまうと……」

ニコラスは言葉をとぎらせて、首の後ろをさすった。ティムは積み重ねた録音テープを取り上げると、片手で放り上げてもてあそんだ。「たいしたものには見えないですよね、これ」と、ティムは言った。「だけど、これでわれわれは一財産つくれるんです」

ニコラスは首を振った。

「大金が転がりこむのは確実ですよ。すごい話じゃないですか！　霊魂の力、不可解な死、警察の隠蔽工作。ノイローゼになった主教の話。おまけに事件を起こした少年たちの動機を世間が理解するチャンスを与えるものでもある。となりゃ、これは金鉱を掘りあてたも同然だ！」

「初めに言ったように、金儲けの話はなしです」

ティムは、気でも触れたんじゃないかという目つきでニコラスを見つめた。「世間の関心を引くとは思わないんですか⁈　みんながこの話を知りたがるとは思わないんですか⁈」

「思わないどころか、世間は大変な興味を示すと思いますよ」

「それじゃ、何が問題なんです？」

「約束どおり、ほんとうに起きたことをわたしはあなたに話した。だが、ほかのだれにも話す気はないし、あなたにもそうしてもらいます」

「警察があなたに手出しをするようなことはありませんよ。もうこんなに歳月がたっているんですから。この話を暴露して傷つくのは警察のほうで、あなたではない。あなたならうまく切り抜けられますよ。ぼくが請けあいます。何も悪いことはしなかったわけだし、友だちを気づかって見張っていただけなんですから」

ニコラスはため息をついた。「聞いていなかったんですな。この話は他言無用です。警察は正しかった。危険が大きすぎる。真相を知ったら、一般の人たちはどんな反応を示すと思うね？　リチャード・ロークビーやジョナサン・パーマーのような少年は、国じゅうのどこの学校にもいるんです。その少年たちの何人かが、利用できる超自然的な力の存在を知って、同じようにその力を利用しようとしたらどうするんです？」

「そんなこと、するはずありませんよ！　あなたの身に起きたことが充分な警告になるでしょうから」

「まさか本気でそんなこと信じているほどナイーブじゃないでしょう。無謀な遊びは麻薬のようなものです。霊応ゲームのせいで人が殺されたり、体に障害を負ってしまった人間がいても、そんなことで、怖いもの見たさの若者たちを止めることなんかできませんよ。麻薬だってそうでしょう。リスクが大きいものほど、興奮の度合いは高まるものです」

ティムは肩をすくめた。「そんなことはぼくの問題じゃない」

「そうでしょう。あんたの頭にあるのは真相をすっぱ抜いて、一躍有名になることだけだから」

「ええ、だとしたらどうだっていうんです?!」ティムは憤然としてわめいた。「いまも言ったように、どうだろうと、それはぼくの問題じゃない」

「この話は公表しないことです」

「結果のことなんて、ぼくがちょっとでも気にすると思うんですか？　このネタはぼくにとってビッグ・チャンスなんですよ、ボツにするつもりなんかさらさらありませんからね。じゃまをしようとすれば後悔することになりますよ!!」

「そうかね？」

おだやかな声だったが、その口調に何かを感じて、ティムは思わず口をつぐんだ。

ニコラスは椅子から身を乗り出してたずねた。「それで、どうやって後悔させるつもりかね？」

生気を失っていたニコラスの瞳が、異様な光を帯びてティムをとらえた。ティムはなんとか巧い脅し文句を見つけようとしたが、何も思いうかばなかった。先ほどまでの自信は一瞬にして霧散し、急に自分が無防備の弱い存在に思えてきた。

「わたしを脅すつもりじゃないでしょうな、ミスター・ウェバー」

「いけないかな？」ティムは強がってみせたが、板につかなかった。

「その答えはもうわかっているはずだがね」

彼はどうにか冷笑をうかべた。「そうかな？」

「わかっているはずです、ちゃんと話を聞いていたのなら」

「どういう意味？」

「わたしの話を信じたんでしょう？　真実の話だと思うんでしょう？」

「まあ」

「それなら、わたしに何ができるかわかったはずですがね」

暖炉の火はまだ燃えていたが、ティムは小刻みに震えだした。

「わたしはその場にいたんです。リチャードやジョナサンと一緒にね。ただしゲームには加わらなかった。あの二人のようにはね。しかし、一緒にいたことはいた。だから、あの二人に入り込んだものは、わたしのなかにも入ってきたんです」

ティムはごくりと唾を呑みこんだ。「そんなことは信じないね！」

「では、どうして震えているんです？」

「震えてなんかいないさ！」

「やろうと思えば、わたしはあんたをどんな目にあわせられるか知ってますね？」

「ぼくをどうにかするなんて、できるはずないでしょ!!」

「何の跡もつかないんですよ」

ティムの全身に戦慄が走った。

「真実を語るとあなたに約束して、わたしは約束を果たした。でも、それは自分自身のためにしたまでです。この長い年月を経たいま、心の重荷を降ろすいいチャンスだからね。今度はあんたに約束してもらわなくてはならない。この先も絶対にわたしの話を口外しないとね」

「でも、そんなの無理ですよ！」ティムはほとんど泣き声になっていた。

「いや、無理じゃない」

「それで、もし断わったら、どうする気です？」

「断われば、あんたは自分で招いた結果に直面することになる」

ティムは深く息を吸った。「何も起きるはずないでしょ！」

「そう、そう思うならどうぞ」ニコラスは唐突に立ち上がった。

ティムは肝をつぶした。「どうするつもりです？」

「大変おじゃましました、ミスター・ウェバー。これで失礼させてもらいます」

「そんな、待ってくださいよ！　まだ行かないで！」

「なぜだね？」

「こんなのひどいですよ！」

「あんたは名声を求めていた。わたしはあなたにチャンスをやった。だが、チャンスには代償がつきものです。問題は、あなたにその代償を支払う気があるかどうかということです」

「代償なんてあるもんですか！」

「そう思うならどうぞ」

「あんたはまともじゃないよ。ただのひねくれた老いぼれじゃないか！　ぼくの記事のなかで、徹底的にさらし者にしてやるからな！　あんた、いまの人生をつらいと思っているんだろうけど、ぼくの記事が紙面を飾る日を楽しみにしてたらいいね！」

「好きなようにしたらいいでしょう。しかし、その前にじっくりようく考えて決断することですな、ミスター・ウェバー。慎重に、自分のために正しい道を選ぶことです」

ニコラス・スコットは部屋から出ていった。ティムは腰を上げようとはしなかった。心臓が激しく鼓動していた。


二時間後。ティムはまだ暖炉のそばに座りつづけていた。

哀れな老人のただのこけおどしにすぎないのだ。あんな老いぼれに何もできはしない。これは成功への切符だ。断じて使わずにはおくものか！

で、そのあとは？

何もないにきまっている。いつも夢見てきた成功をつかむだけだ。王国の鍵は手に入れた。あとは錠に差してまわすだけだ。

で、そのあとは？

ティム・ウェバー、本年度の最優秀ジャーナリストに選ばれる。ティム・ウェバー、マスコミ界の寵児となる。ティム・ウェバー、花形記者となる。

しかし、いつまで？

かまわないから記事にしちまえ。あとはどうなろうとくそくらえだ！

彼はテープを暖炉の火のなかに放りこんだ。茶色のリボンがねじれて泡立ちながら溶けだした。異臭が室内に充満した。ティムは自分の野望が頓挫して消えていくのを座って見守りつづけた。

解説

書評家 大矢博子

出会ってはいけない二人だった。

寄り添ってはいけない魂だった。


本書は二〇〇〇年に邦訳・出版された『霊応ゲーム』の文庫化である。

出版時、手にとった人からは名作・傑作と高く評価されたものの、決して大ヒット作ではなかった。年末のランキングで上位に入るようなこともなかった。そしていつしか、店頭から姿を消した。

けれど確実に、強く、読者の心を捉えたのである。時間をかけながらじわじわと広がった「何これ、すごい」という声。評判が評判を呼び、ネットには入手できないことを嘆く書き込みが増えた。古書価格が高騰し、復刊や文庫化を望む声が上がり、広がり、高まり、熱を帯びた。

単行本出版から十五年。お待たせしました。ようやく文庫でお届けできます。

まずは本作のファンのひとりとして、「復刊して！」と叫んでくれた多くの読者にお礼を申し上げたい。この名作が蘇ったのは、あなたのおかげです。

さて、では本書の何がそれほどまでに読者の心を摑んだのか。まずはアウトラインを説明しておこう。

物語は一九九九年、スクープを狙うジャーナリストが、四十五年前にとあるパブリック・スクールで起きた事件について関係者に話を聞く場面で始まる。この関係者が誰なのか、どんな事件だったのかはこの段階では明かされない。

そこから話は一九五四年に遡る。イギリスのノーフォーク州にある全寮制の男子校、カークストン・アベイ校が舞台だ。誠実だが少し気弱な十四歳の少年ジョナサンは、ラテン語の教科書を忘れてしまい、同級生のリチャードに見せてもらうことに。ルックスが良く勉強もできて、なのに一匹狼で孤高を保っているリチャードを、ジョナサンはずっと羨望の眼差しで見つめていた。

その日をきっかけに、ふたりは友人になる。同級生の悪童グループや偏屈な教師がジョナサンをいじめたときには、リチャードが庇い、ふたりの親密度は急速に深まっていった。ところがリチャードの家でたまたま見つけた霊応盤《ウィジャ》（西洋のコックリさんのようなもの）を試したところ、その後、ジョナサンをいじめたグループを奇怪な事件が襲い始めて……。

何かが起きることだけは知らされているが、それが何なのか分からないままに、読者は半世紀以上前のパブリック・スクールの世界に身を委ねることになる。

読み始めてすぐに惹きつけられるのは、ジョナサンとリチャードの関係だ。いじめられっ子のジョナサンが、周囲から一目置かれ教師すら手玉にとるリチャードに守られることで、いじめを回避する。そのくだりはまさに青春もので、いっそ爽快なほど。孤高の不良美少年と、真面目で心優しい少年。鉄板である。鉄板の組み合わせがともに時を過ごし、肩を抱き、寄りかかる。

けれど硝子のような思春期にうっとりするのはここまでだ。少しずつ、事態は軋み始める。リチャードがジョナサンに対して見せ始めた異常な独占欲。リチャードの苛烈さに戸惑うジョナサン。友情は狂気に、庇護は執着に、崇拝は恐怖に形を変える。いじめっ子たちを襲った「奇怪な事件」は、いつしかリチャードとジョナサンの仲を裂こうとするすべてのものに牙を剝く。気づいたときには、もう逃げられない……。

物語が進むにつれ、畳み掛けるように災厄が訪れる。この先に待ち受けているであろう禍々しい何かへの恐怖が読者を搦め捕る。それでも、いや、だからこそ、読むのをやめられない。麻薬のような物語だ。寝食を忘れて、という言葉があるが、私は本書を初めて読んだとき息をするのを忘れた。全編を覆う閉塞感に、無意識のうちに息苦しさを共有していた。

それほどまでに本書が読者を摑んで離さない大きな要因に、人物造形とその心理描写がある。その筆は脇役ひとりたりとも揺るがない。これはこの著者最大の強みである。

たとえばリチャードと出会うまでのジョナサンの親友ニコラス。ジョナサンがリチャードと親しくなって自分から離れたことに激しく嫉妬し、なんとか取り戻そうとし、返り討ちにあって傷つき、諦め、けれどジョナサンの危機には懸命に彼を救おうとする。

ニコラスと同じく以前からの友人で双子のスティーヴン＆マイケルにも注目だ。しっかり者のスティーヴンに天然のマイケルという組み合わせは、常にスティーヴンがマイケルをリードし、庇護する。しかしここにも、庇護しているという立場に依存する兄と、自我を主張したい弟とのすれ違いがある。

ジョナサンをいじめるジェームズ一派も、ひとりひとりの背景が細やかに綴られる。他人が思い通りにならないことへの苛立ち。いじめたいという思い。しかし「奇怪な事件」ゆえに取り巻きがいなくなったジェームズが一転して感じる激しい恐怖。

誰も彼も、十四歳という危うい年代ならではの肥大した自我を持て余している。衝動が熟慮を凌駕し、傷ついては立ち止まる。どの登場人物の気持ちも、わかりたくないのにわかってしまう。それが怖い。

ジョナサンを心配する歴史教師のアランはとても誠実で優しい、いい先生だ。校長のクライヴとその妻エリザベス。リチャードを心配する伯父夫婦（アランやクライヴがリチャードの危険性に早くから気付いているのに対し、エリザベスや伯母は彼のことを十四歳の多感な子どもとしか認識していないのも象徴的だ）。ジョナサンをいじめるラテン語教師のアッカーリーとその妻マージョリー。

こうして挙げていてはキリがないほど、ひとりひとりの心情が実に細やかに紡がれる。誰が主人公になってもひとつの物語が書けるほど肉厚で、それぞれに秘密や傷を持つ。実際、それぞれが主役と言ってもいいようなエピソードが次々と展開されるのである。そしてそれらもまた、リチャードとジョナサンの問題に帰趨していくという卓越した構造も読みどころだ。

その中でももちろん、リチャードとジョナサンの心理描写が中心にある。物語の前半、何度も繰り返されるジョナサンのセリフに「ぼくもあんなふうになりたい。ああ、あんなふうになれるのなら、どんな犠牲を払ってもいい」というものがある。リチャードに向けられた思いだ。「ほんとに、きみみたいになれたらいいと思うよ」「きみみたいになるためなら、どんな犠牲でも払うよ」と。恐ろしいまでに真っ直ぐな、憧れ。

リチャードは最初、そんなジョナサンに強くなれ、戦え、と励ましの言葉をかける。いじめっ子のジェームズを挑発して倍返しする。それだけ見ればヒーローだ。けれどちらりと顔をのぞかせる彼の悪魔的な面に、読者は必ず気づくようになっている。

ジョナサンがニコラスと語らっているとき、さりげなく間に割り込むリチャード。ニコラスの前で、わざとジョナサンの頰を撫でるリチャード。ひとつひとつは、読者にももしかしたら覚えがあるかもしれない、ささやかな嫉妬であり自己顕示欲だろう。しかしそれが重なる。加速する。暴走する。

「ぼくだったら、ぼくが好きな人とぼくのあいだを隔てるようなまねは、誰にも絶対にさせない」

「きみに手出しをしようなんてやつはだれもいないさ。そんなことをするやつはだれだって、このぼくが殺してやるからな」

「きみにはぼくが必要なんだ！　ぼくなしでは生きられないんだ！　きみにとって、人生でいちばん大切な人間はこのぼくなんだ」


史上最凶のヤンデレだ。ただ不思議なのは、ここまでの狂気を見せつけられながらも、リチャードを完全に悪とは思えないことだ。いや、悪なのだけれど。極めて悪なのだけれど、悲しみの方が先に立つ。

あの日、ジョナサンが教科書を忘れさえしなければ、こんなことにはならなかった。ジョナサンはニコラスたちと平穏な学校生活を送り、好きな歴史の道に進んでいただろう。リチャードの狂気が暴走することもなかっただろう。そう思うと、恐ろしい以上に悲しいのだ。だから——出会ってはいけない二人だった。

寄り添ってはいけない魂だった。

最後にリチャードを襲った運命。あれは何だったのだろう。誰の、何の、意志だったのだろう。読み終わってからも、読者は本書に搦め捕られずにはいられない。

最後に、周辺情報を。

パトリック・レドモンドの邦訳には他に『復讐の子』（新潮文庫）がある。これも卓越した心理描写で読ませるサスペンスだが、残念なら現在は流通していない。復刊が待たれるところだ。

また、全寮制の学校を舞台に描かれた少年たちの物語といえば、萩尾望都『トーマの心臓』（小学館文庫）や竹宮惠子『風と木の詩』（中公文庫）といったコミックがある。いずれも一九七〇年台の作品だが、いまだ語り継がれる名作だ。

小説では、同じイギリスのパブリック・スクールが舞台のジェームズ・ヒルトン『チップス先生さようなら』（新潮文庫）をあげておこう。ただし主要人物は先生の方。映画が話題を読んだE・M・フォースター『モーリス』（扶桑社）の舞台はケンブリッジ。イギリスのパブリック・スクールそのものに興味を持たれた方には、古い本だがトマス・ヒューズ『トム・ブラウンの学校生活』（岩波文庫）をお勧めする。ドイツならエーリッヒ・ケストナー『飛ぶ教室』（講談社文庫）、アメリカならN・H・クラインバウム『いまを生きる』（新潮文庫）などが古典的定番だ。

国産小説に目を向けると、恩田陸がいる。男子校なら『ネバーランド』（集英社文庫）、共学なら『麦の海に沈む果実』（講談社文庫）があり、前者はリリカルな、後者はゴシックな味わいの物語。

また、寮ではないが、友情とも愛情ともつかないひりつくような男同士の物語がお好きな方には、これも先ごろ復刊されたテリー・ホワイト『真夜中の相棒』（文春文庫）、ヘルマン・ヘッセ『デミアン』（新潮文庫）などがある。

本書をきっかけに、より広い物語の海へと漕ぎ出されんことを願っている。

本書は二〇〇〇年二月に早川書房より単行本として
刊行された作品を文庫化したものです。

訳者略歴　1932年生，青山学院大学英文科卒，英米文学翻訳家　訳書『ファイアフォックス』トーマス，『パンドラ抹殺文書』バー＝ゾウハー，『史上最大の作戦』ライアン（以上早川書房刊）他多数

HM=Hayakawa Mystery
SF=Science Fiction
JA=Japanese Author
NV=Novel
NF=Nonfiction
FT=Fantasy

霊応《れいおう》ゲーム

〈NV1343〉

二〇一五年五月十五日　発行
二〇一五年五月二十五日　二刷
（定価はカバーに表示してあります）

著者　パトリック・レドモンド
訳者　広《ひろ》瀬《せ》順《まさ》弘《ひろ》
発行者　早川浩
発行所　株式会社　早川書房
郵便番号　一〇一 - 〇〇四六
東京都千代田区神田多町二ノ二
電話　〇三 - 三二五二 - 三一一一（大代表）
振替　〇〇一六〇 - 三 - 四七七九九
http://www.hayakawa-online.co.jp

乱丁・落丁本は小社制作部宛お送り下さい。
送料小社負担にてお取りかえいたします。

印刷・中央精版印刷株式会社　製本・株式会社川島製本所
Printed and bound in Japan
ISBN978-4-15-041343-9 C0197

本書は活字が大きく読みやすい〈トールサイズ〉です。